dtv

Warum habe ich nur darauf bestanden, zu Hause in der Scheune zu feiern? fragt sich die 49jährige Barbara am Vorabend ihrer Silberhochzeit. Immer bleibt alles an ihr hängen. Doch schließlich soll es ein schönes Familienfest werden. Ihre Familie: das sind die Nachkommen derjenigen, die bei der Flucht 1945 das wenige Familiensilber unter dem Apfelbaum im Danziger Garten versteckt haben. Obwohl die Ankündigung der Feier bei einigen zu Verspannungen und Fluchtgedanken geführt hat, haben alle ihr Kommen zugesagt. Die kleine Stadt Neuenburg – wo Jo Perling, der größte Arbeitgeber der Stadt, noch wie ein mittelalterlicher Burgherr alle Fäden in der Hand hat – ist für ein Wochenende die Bühne, auf der sich alles trifft: die Großtanten, Geschwister, Cousinen und Cousins, Nichten und Neffen, aber auch freundliche türkische Mitbürger, friedliebende Bauwagenbewohner, intrigante Kleinstadtpolitiker, Modepüppchen und allerlei schräge Typen. Was zunächst als Geschichte eines großen Familienfests daherkommt, erweist sich bald als Momentaufnahme und Spiegelbild der Gesellschaft, in der wir leben.

»Ein spannend geschriebenes und doch so normales Buch, das uns wieder einmal klar macht: Es ist nicht wichtig, wohin wir gehen, sondern woher wir kommen.« (Kerstin Strecker in der ›Welt‹)

Sabine Friedrich, 1958 in Coburg geboren, studierte Germanistik und Anglistik und promovierte 1989 in München. Nach zahlreichen Wohnungs-, Orts- und Berufswechseln quer durchs In- und Ausland lebt sie heute mit ihrer Familie wieder in Coburg. Bisher sind folgende Romane erschienen: ›Puppenhaus‹ (1997), ›Die wunderbare Imbißbude‹ (1999), ›Nachthaut‹ (2000) und ›Das Eis, das bricht‹ (2002).

Sabine Friedrich

Familiensilber

Roman

Deutscher Taschenbuch Verlag

Von Sabine Friedrich
ist im Deutschen Taschenbuch Verlag erschienen:
Puppenhaus (20936)

Meinem Vater
Meiner Mutter
Meinem Kind

Ungekürzte Ausgabe
Mai 2007

www.dtv.de
Dieses Werk wurde vermittelt durch die literarische Agentur
Thomas Schlück GmbH, Garbsen
Umschlagkonzept: Balk & Brumshagen
Umschlaggestaltung: Stephanie Weischer unter Verwendung
des Gemäldes ›Deb's Demise‹ von Lincoln Seligman
(Bridgeman Giraudon)
Satz: Fotosatz Reinhard Amann, Aichstetten
Gesetzt aus der Goudy Old Style
Druck und Bindung: Druckerei C. H. Beck, Nördlingen
Gedruckt auf säurefreiem, chlorfrei gebleichtem Papier
Printed in Germany · ISBN 978-3-423-20990-8

Zu dem Ort, an dem er sterben wird,
macht der Mensch sich früh am Morgen auf.
Ahmadou Kourouma

I

Donnerstag

Am Golf von Gibraltar

Tarifa, die südlichste Stadt Kontinentaleuropas, liegt genau am Schnittpunkt zwischen der Westwind-Drift der nördlichen Tiefdruckgebiete und den südlichen Passatwinden. Wind- und Wellenverhältnisse ändern sich deshalb sehr schnell. Wetterprognosen sind äußerst unzuverlässig. Konstant ist hier eigentlich nur eines: der ständige Wind. Wobei die Straße von Gibraltar wie eine Düse wirkt, die jeden Luftzug bündelt und zusätzlich beschleunigt –

Ein Knacken und Knattern wie von einem Maschinengewehr. Dann ein Fluch Josés, der vorn auf dem Beifahrersitz schon wieder mit der defekten Mikrofonanlage kämpft. Marianne und Walter Lehmann sitzen in einem Bus der Andalusia Tours. Es ist ein kleiner Bus, exklusiv. Keine Spur von Massentourismus, wie Marianne vor der Abreise mehrmals betont hat, Marianne liest in ihrem Reiseführer. Walter nutzt die Gelegenheit. Er lehnt den Kopf zurück, schließt die Augen, im Moment ist das vollkommen ungefährlich. Solange Marianne liest, hat Walter keine Ermahnungen zu befürchten,

Walter? Walter, schläfst du etwa? Walter! Du guckst ja gar nicht!

Marianne hat Walter diese Reise geschenkt, zu seinem fünfundsechzigsten Geburtstag. Oder vielleicht eher sich selbst? Aber das ist egal, in Walters Augen. Marianne wollte an die Algarve und die Costa de la Luz, also wären sie in jedem Fall gefahren. Und bezahlen muß ohnehin Walter. Denn wenn Marianne ihn einlädt, von welchem Geld tut sie das dann wohl? Doch von dem Geld, das Walter ihr vorher gegeben hat. Das er verdient, mit seiner Arbeit. Nicht daß Walter lieber etwas anderes zum Geburtstag bekommen hätte als eine Reise. Walter selbst hat keine Wünsche. Er hat ja alles, was er braucht. Und was er nicht hat, das besorgt er sich eben: Walter ist imstande, sich drei Tage vor Weihnachten eine neue Uhr zu kaufen, während die ganze Familie seit Wochen darüber nachgrübelt, was man Papa dieses Jahr schenken könnte. Deshalb ist es seit langem Lehmannscher Brauch, daß Walter Marianne bestimmen läßt, welche Wünsche er nicht hat. Natürlich sprechen sie sich vorher immer miteinander ab,

Walter? Biggi Schröder hat mich gefragt, was sie dir zum Geburtstag schenken sollen. Sie wollen alle zusammenlegen, hat sie gesagt. Es soll also ruhig was Anständiges sein,

Tja. Na gut, schön. Aber ich weiß wirklich nicht. Was meinst du? Was brauche ich denn?

Zu Walters fünfzigstem Geburtstag hat Marianne eine Filmkamera von Schröder & Co. bekommen. Zu Walters sechzigstem eine Fahrt mit dem Heißluftballon, für zwei Personen natürlich. Und jetzt, zu Walters fünfundsechzigstem, einen Beistelltisch aus dem Biedermeier.

Als hätte die Möbelfabrik Lehmann & Sohn nicht selbst genug Kleinmöbel auf Lager! Leider sogar mehr als genug. Was nun allerdings nicht heißen soll, daß die Firma ernstlich in Schwierigkeiten wäre. Diesen Gedanken verbietet sich Walter. Er gehört nicht zu den Jammerlappen. Der Wirtschaft geht es nun mal schlecht, da halten die Leute lieber ihr Geld zusammen. Klar, daß sie mit dieser Haltung die Krise immer weiter verschärfen. Aber das ist ihnen völlig egal. Die Endabnehmer der Lehmannschen Möbel hegen die diffuse Befürchtung, daß die Zeiten noch schlechter werden könnten: Und was soll ihnen dann ein Beistelltisch nützen? Oder vielleicht ist es sogar noch dramatischer. Vielleicht haben die Leute gar keine Wünsche mehr. Vielleicht haben sie sie endgültig satt, die ewige Kauferei: Aber was würde dann aus Lehmann & Sohn? Aus Deutschland, Europa? Der westlichen Welt? Wobei das allmählich nicht mehr Walters Problem sein sollte. Walter hat seinen Anteil geleistet. Soll er vielleicht arbeiten und sich sorgen und kümmern, bis er umfällt? Nein. Im Laufe dieses Sommers, der nun seinem Ende entgegengeht, hat er sich mehr und mehr aus dem Tagesgeschäft der

Firma zurückgezogen. Anfang kommenden Jahres wird er endgültig aufhören und die Firma seinem Sohn Mark übergeben, die Stimme des Professors drängt sich in Walters Gedankengänge wie ein drittrangiger Politiker ins Bild einer Fernsehkamera.

»Etwa 52 Prozent des Jahres fegt der Poniente vom Atlantik zum Mittelmeer herüber. 42 Prozent des Jahres bläst der Levante vom Mittelmeer zum Atlantik«,

Professor Klugscheißer. Er sitzt ausgerechnet auf dem Platz vor Walter. Er hat jetzt ebenfalls in seinem Reiseführer zu lesen begonnen. Aber im Gegensatz zu Marianne liest er nicht stumm. Er liest seiner Frau vor, und zwar laut genug, daß auch Walter etwas davon hat, in Wirklichkeit ist er gar kein Professor. Die Lehmanns nennen ihn lediglich so. Womit er tatsächlich sein Geld verdient, ist noch nicht so recht klar geworden: Im Museo de Bellas Artes hat er behauptet, er wäre Maler. Dann aber, im Angesicht der Alhambra, war er mit einemmal Architekt,

»Der ständige Wind bietet paradiesische Bedingungen für Surfer«, doziert der Professor. »Gleichzeitig sorgt er dafür, daß dieser stürmische Küstenabschnitt bisher von Betonburgen für Badegäste verschont geblieben ist«,

Nun, das wird immerhin Marianne freuen. Andererseits steht zu befürchten, daß die Unterkunft, in der Walter heute abend seine Reisetaschen auspacken muß, wieder extrem lokaltypisch sein wird. Aber bleiben werden sie ja ohnehin nicht. So oder so muß Walter morgen in aller Frühe die Taschen wieder einpacken und zurück in den Bus schleppen, und auf geht es zur nächsten Sehenswürdigkeit, Walter ist froh, daß sie wenigstens die Ruinen schon erledigt haben.

Forum, Gerichtsgebäude, Tempel von Baelo Claudia, der Professor hat natürlich wieder alle am Schatz seines Wissens teilhaben lassen. Hat verschämt gestanden, daß er auch als Historiker nicht ganz unbeleckt sei,

»Spanien war ja eine römische Kolonie! Eine Weile lang war sogar Cäsar da, das wissen viele gar nicht. Baelo Claudia florierte. Der Thunfisch, den man hier verarbeitete, wurde ins ganze römische Weltreich exportiert«,

Aber dann kamen die Westgoten, und dann die islamische Invasion. Und was von der florierenden Weltwirtschaft des Professors geblieben ist, das sind die Ruinen einiger kleiner Läden und ein paar Tröge für toten Fisch, Walter hat ehrlich gestanden die Nase voll von alten Steinen.

Aber Marianne nicht. Marianne ist unermüdlich. Griechenland, Bretagne, Kreta, Italien: Wer mit Marianne unterwegs ist, könnte leicht den Eindruck gewinnen, ganz Europa bestünde aus Schutt. Keltischer, maurischer, griechischer, römischer Schutt. Untergegangene Weltreiche, wo man hintritt, und dazwischen überfüllte Strände ohne einen Quadratzentimeter Schatten und Kneipen mit unbequemen Holzbänken, wo das Essen mehr Knoblauch enthält, als einem normalen Mitteleuropäer auf Dauer guttut, Walter hat die ganze Herumfahrerei gründlich satt.

Im Frühling hat er deswegen eine kleine Villa erstanden, in einer recht exklusiven Urbanisation oberhalb von Marbella. Er hat gehofft, daß Mariannes Fernweh mit diesem Häuschen ein Ziel finden wird. Er hat sich vorgestellt, daß er seine Ferien fortan in einem Liegestuhl auf der Terrasse vor seinem Haus verbringen kann, mit einem Haufen deutscher Zeitungen, während Marianne in Ruhe alles besichtigt, was in der Nähe liegt, zusammen mit den netten, kulturell interessierten Nachbarn, die sie perfekterweise gleich dazukriegen würden: Aber nun, kaum ein halbes Jahr später, genügen Tagesausflüge Marianne schon nicht mehr. Ihr Fernweh ist ungebrochen: Und mit diesem Kurztrip ist Walter noch vergleichsweise gut weggekommen.

Marianne hätte es sich auch in den Kopf setzen können, nach Marokko zu fliegen oder auf die Kanaren, Walter, mit geschlossenen Augen in seinen Sitz zurückgelehnt, versucht unauffällig seinen Gürtel zu lockern. Dieses infernalische Mittagessen, vorhin wieder! Knoblauch knollenweise und Gallonen von Öl, darin einige gekrümmte Krabben von bläßlichem Rosa, wie ertrunkene Maden, vielleicht war der Knoblauch sogar an dem Vorfall in dem Souvenirladen schuld?

In den Walter gegangen war, um der Hitze zwischen den Ruinen zu entkommen und eine dieser großen spanischen Wasserflaschen zu kaufen, der Laden war leer. Aus einem Hinterzimmer hörte Walter aber Stimmen. Also würde sicher gleich jemand kommen und ihn bedienen, Walter betrachtete den Touristentrödel. Die Postkarten mit Meeresansichten, mit der Alhambra bei Nacht. Die Poster mit Flamencotänzerinnen, die grellbunten T-Shirts mit »I ♡ Andalusia«-Aufdruck und die unvermeidlichen Sammeltassen mit Picasso- und Dalí-Motiven, eine Art Beklemmung erfaßte Walter. Was war das nur alles für ein Zeug? Wer brauchte solchen Müll? Und wer um Himmels willen verbrachte seine kurze kostbare Lebenszeit damit, diesen Schrott herzustellen, das Knoblaucharoma des Mittagessens stieß ihm erneut auf. Ihm wurde schwindlig, speiübel, wie viele Ständer mit gestanzten Ledergürteln, Strandspielzeug, falschem Safran würde er wohl umreißen, wenn er jetzt tatsächlich zu Boden ging? Und wie absurd, womöglich so seinen Geist aufzugeben! Inmitten von Ruinen, erdrückt, erstickt, begraben unter Kitsch, zum Glück war der Spuk nach einem Moment wieder vorbei.

Und zum Glück hat Marianne nichts von der Sache mitbekommen: Sie hätte sicher auf einem Arztbesuch, womöglich auf einem Krankenhaus-Check bestanden, Walter hofft jedenfalls, daß er im Bett sterben wird, wenn es eines Tages soweit ist. Am besten im Schlaf, so daß er nichts fühlt. Aber das sind ja nichts als morbide Gedanken. Walter fühlt sich hervorragend, im großen und ganzen. Und fünfundsechzig ist doch wirklich noch kein Alter, der Bus windet sich nun nach Tarifa hinunter.

Marianne schlägt ihren Reiseführer zu und sieht aus dem Fenster. Die Landschaft draußen ist spätsommerstaubig. Das Licht ist blendend, milchigweiß, mit einem ebenso blendenden Himmel darüber. Weit drüben, jenseits der Straße von Gibraltar, ist schwach die afrikanische Küste auszumachen. Marianne hat schon oft Fotos gesehen, von dieser Aussicht. Sie hat sich seit Wochen darauf gefreut, sie endlich in Wirklichkeit zu erleben, die Fotos waren allerdings klarer. Das Atlasgebirge war auf ihnen ganz deutlich zu erkennen. So wie die Alpen, auf manchen Postkarten von München: auf denen es aussieht, als würden die Berge kurz hinter dem Isartorplatz beginnen, ist dies vielleicht die falsche Jahreszeit? Hätten sie lieber schon im August kommen sollen? Marianne blickt zu Walter hinüber, der noch immer die Augen geschlossen hat.

Schläft er etwa?

Aber Marianne sagt nichts!

Wenn Walter schlafen und den Blick auf die afrikanische Küste verpassen will, dann ist das schließlich allein seine Sache. Marianne darf nicht vergessen, daß Walter in letzter Zeit ein paar Probleme mit dem Herzen gehabt hat. Nichts Ernstes, bewahre. Nichts Organisches, hat der Arzt gesagt. Keinerlei Grund zur Unruhe, wirklich nicht, andererseits, seine Cholesterinwerte sind auch nicht besonders gut. Deshalb hat Marianne ihm ja auch diesen Ausflug geschenkt. Ohne neue Eindrücke altert der Mensch, das ist Mariannes Ansicht. Man rostet ein, man spürt nicht mehr, daß man am Leben ist, nein, Marianne ist nicht enttäuscht!

Es ist doch ein Erlebnis, hier zu sein. Ein echtes Erlebnis, an das sie sich lange erinnern wird, der Bus windet sich tiefer und tiefer hinab. Die Mikrofonanlage beginnt erneut zu knattern. Und das bei dem Preis. Eigentlich ist es ein starkes Stück. Marianne ist ja immer bemüht, die Dinge positiv zu sehen: Aber über diese Mikrofonanlage wird Walter sich in Marbella beschweren müssen. Das gehört sich nun mal so. Man kann sich nicht über alles hinwegsetzen, nur weil es einem lästig ist, sie fahren jetzt am Meer entlang.

»Walter?« sagt Marianne. »Walter! Jetzt wach doch endlich auf. Wir sind schon am Strand!«

Walter öffnet die Augen. Sie sind am Strand, genau wie Marianne es verkündet hat,

»Sehr schön«, sagt Walter.

Er merkt selbst, daß das bei weitem nicht reicht. Er nimmt einen neuen Anlauf,

»Wirklich herrlich«, sagt er.

Marianne versucht ein Lächeln. Wendet dann den Kopf ab,

sie hat es gut gemeint, mit dieser Reise. Sie meint es immer gut: Walter weiß das auch ganz genau, er greift über den Reiseführer hinweg und streichelt ihre Hand. Der Bus hält auf einem Parkplatz, vor einem Hotel. Das Hotel liegt einsam, allein in der Weite. Der Wind preßt sich nun heftig gegen den Bus. Läßt ihn beben, wanken, dazwischen sind einzelne stärkere Böen fühlbar wie seismische Erschütterungen, Marianne räumt ihre und Walters Sachen zusammen. Die Türen öffnen sich. Die Passagiere klettern ins Freie, einer nach dem anderen, gebückt wie Krieger aus einem Unterschlupf. José schreit gegen den Wind an,

»Hier sind wir also! Am Strand von Tarifa! Am äußersten Vorposten Europas! Nur eine etwa vierzehn Kilometer breite Meerenge trennt uns hier noch von Afrika! Bei guter Sicht! ist die Küste Marokkos! zum Greifen nahe! Dahinter kann man das Atlasgebirge erkennen!«

Aber die Sicht ist nicht gut. Die Luft ist voll Wasserstaub und feinem Sand. Die Truppe kämpft sich dennoch weiter voran. Stemmt sich dem Wind entgegen, der ihnen Tränen in die Augen treibt, warum hat José sie nicht besser zum Leuchtturm am Cabo de Trafalgar gebracht? Das würde der Professor gern wissen. Am Cabo de Trafalgar ist man Afrika doch noch um einiges näher. Ein auch historisch interessanter Punkt zudem, wegen der gleichnamigen Schlacht, in der Lord Nelson bekanntlich die spanische Armada besiegt hat, José seufzt. Alles gut und schön, aber der Leuchtturm ist leider militärisches Sperrgebiet, der Professor ist empört. Entschuldigung, aber warum denn das bitte? Das ist doch absurd. Südspanien ist doch kein Kriegsschauplatz, sondern eine Urlaubsgegend, weiter drüben am Strand hocken merkwürdige Gefährte im Sand, schief wie die Überbleibsel von Schiffswracks.

Umgebaute VW-Busse, Geländemobile. Lastwagen mit zusammengebastelten Wohnaufbauten, vom Sand zugeweht bis zu den deutschen, französischen, englischen Nummernschildern, dahinter zieht sich der Strand weiter, in eine weißleuchtende Ferne. Reißt Mariannes Blick mit sich hinüber nach Afrika, jenseits der sturmholprigen Straße von Gibraltar, auf der die Segel der Surfer glänzen wie bunte Motten, Marianne weiß natürlich von den afrikanischen Hungersnöten.

Sie ist informiert über Dürren, Überschwemmungen, Virus-Epidemien, afrikanische Massaker, die immerwährenden afrikanischen Bürgerkriege: Aber in Mariannes Kopf gibt es zwei Afrikas. Beide sind Produkte des Fernsehens. Das Afrika der Katastrophenmeldungen ist das der Abendnachrichten. Das andere Afrika jedoch, das, aus dem sich Mariannes Vorstellungen vor allem speisen, ist das Afrika der Tierfilme aus den sechziger Jahren, in denen ein deutscher Zoodirektor den Wanderungen riesiger Gnu- und Zebraherden über das wogende Grasland eines offensichtlich fast menschenleeren Kontinents zu folgen pflegte, für Marianne ist die Küste dort drüben deshalb eine Art letzte Trennlinie, zwischen ihr und der Wildnis.

Eine Art äußerster Rand: hinter dem Wüsten beginnen und Savannen. Buschland, das weiter- und weitergeht, sich schließlich verliert in der hitzeflimmernden Ferne, Marianne, die übers Wasser blickt, erfüllt auf einmal ein Gefühl der Weite. Ein Gefühl der Freiheit. Oder vielleicht ist es eine Art Sehnsucht. Eine grenzenlose Sehnsucht, nach grenzenloser Freiheit, Marianne hat natürlich keine Ahnung, daß ihr gegenüber, am anderen Ufer des Meeres, ein Mann steht und zu ihr hinüberstarrt.

Er ist noch jung, Mitte zwanzig vielleicht. Er singt etwas vor sich hin, sehr leise,

On my way to Calamocarro, in the last assembly,
on my way to España,

Schwer zu sagen, was in diesem Moment in ihm vorgeht. Schwer zu sagen, wo er überhaupt herkommt. Wo er geboren ist, in welchen Ländern er sich seitdem aufgehalten hat, er könnte Marokkaner oder Algerier sein. Seine Haut ist allerdings ziemlich dunkel. Vielleicht ist er doch eher ein *súbsahariano*: ein Schwarzafrikaner von jenseits der Wüste, vielleicht kommt er aus Nigeria. Vielleicht aus Kamerun. Vielleicht ist er aus Sierra Leone nach Liberia geflohen, bevor er sich auf den Weg zu dieser Küste gemacht hat? Oder aus Liberia nach Sierra Leone. Oder aus einem der beiden Länder nach Ghana, wo es auch viele Flüchtlinge aus Togo gibt, während Ghanaer ihrerseits oft nach Togo fliehen, er könnte auch aus Mauretanien sein. In Mauretanien halten sich eine Menge Leute aus Mali auf. Nach Mali wiederum ziehen die Mauretanier, wenn sie nicht in den Senegal gehen, festzustehen scheint also nur eines: Der Mann dort drüben hat Tausende von Kilometern zurückgelegt. Er hat den afrikanischen Busch durchquert, von dem Marianne träumt, die Wüsten und Gebirgszüge. Hat Grenze um Grenze überwunden, in klapprigen Zügen, in zerbeulten Bussen, auf Karren, auf der Ladefläche von Lastwagen. Auf seinen eigenen Füßen, die in staubrissigen, an den Fersen heruntergetretenen Abendschuhen stecken, um nun dort drüben zu stehen und nach Europa hinüberzustarren.

Zu Marianne: der der Professor soeben erklärt, daß die riesige Düne, die den Strand zur Rechten begrenzt, eine Wanderdüne ist.

Eine Wanderdüne!

Marianne hat noch nie eine Wanderdüne gesehen. Oder vielleicht doch, und sie hat es nur nicht gewußt? Denn Wanderdünen gibt es auch in Deutschland, erklärt der Professor. Sie entstehen, weil man Raubbau mit einem Landstrich getrieben hat, so daß er verödet, dem Wind nichts mehr entgegensetzen kann, es ist nicht so, daß man der Düne irgend etwas anmerkt. Sie sieht harmlos aus, wie ein riesiger Haufen Sand. Sie scheint vollkommen ruhig: während der Wind Sandkorn für Sandkorn weiterträgt, eine Wanderdüne kann alles unter sich begraben. Sie kann ganze Dörfer schlucken, um dann Jahre, Jahrzehnte später ihre Ruinen wieder auszuspucken. Und dagegen läßt sich nichts tun, jedenfalls nicht auf die Schnelle. Aufhalten lassen sich nur große Dinge, Panzer vielleicht oder Felsbrocken. Aber Sandkörnchen? Ein Sandkörnchen, das der Wind trägt? Genausogut könnte man versuchen, die Zeit selbst aufzuhalten, der Nachmittag schreitet allmählich fort.

Der Abend kommt. Die Dämmerung färbt das Wasser einen Moment lang lila, dann stahlgrau: Aber da sitzen Walter und Marianne schon längst in der gemütlichen Tapasbar, in die José seine Reisegruppe ganz spontan geführt hat. José führt jede seiner Gruppen spontan in diese Tapasbar. Gegen ein entsprechendes Entgelt vom Wirt natürlich, das der Wirt dann den deutschen Gästen wieder abknöpft, José hat früher mal Philosophie und Musikwissenschaften studiert. In Deutschland übrigens, was auch seine ausgezeichneten deutschen Sprachkenntnisse erklärt: Und nun ist er Reiseleiter bei Andalusia Tours. Schlepper, für eine Tapasbar. Nicht gerade eine berauschende Karriere. Und genau deswegen ist ihm nun auch noch Maria Estrella durch die Lappen gegangen.

Zugegeben hat sie das natürlich nicht. Offiziell hat sie José abgewiesen, weil er keine Gefühlskultur hat. Gefühlskultur? Was soll denn das überhaupt für ein Wort sein? Aber um Gefühle ging es auch gar nicht. Oder will Maria Estrella allen Ernstes behaupten, der Kerl, den sie sich ausgesucht hat, hätte mehr Gefühlskultur als José? Ein Landbesitzer, der in der Gegend von Almería einen Agrar-Großbetrieb leitet, die einzige Art Kultur, von der dieser Tomaten-Don eine Ahnung hat, ist die Folienkultur! Aber freilich, er beliefert den internationalen Markt. Er kann sich festangestellte Spezialisten leisten, komplizierte Chemikalien, modernste Technik und nun auch noch Maria Estrella, José ist entsprechend angewidert.

Er hat schon ernstlich darüber nachgedacht, ob er nicht auswandern soll. Man muß sein Leben selbst in die Hand nehmen, statt sich zu beklagen, sonst kommt man zu nichts. Man muß Risikobereitschaft mitbringen, ein hohes Maß an Eigenmotivation. Man muß vor allem mobil sein, der Mann an der Küste Afrikas hebt jetzt sein Bündel auf.

Es ist der Mann, der vor ein paar Stunden zu Marianne hinübergeblickt hat. Er ist inzwischen nicht mehr allein: Ungefähr fünfunddreißig Männer, Frauen und Kinder haben sich mittlerweile am Strand versammelt. Ihr Schlepper macht gerade das

Boot startklar. Es ist ein Schlauchboot, mit Außenbordmotor. Drei der Männer, die das Boot umringen, sind Haschischschmuggler. Einer ist Tierarzt. Einer ist Autoschlosser. Einer ist ein Polizistenmörder. Einer war Angestellter der Stadtverwaltung von Lagos. Die anderen sind Lehrer, Fischer, Hafenarbeiter, Polizisten, Kellner, Lastwagenfahrer, einige der vierzehn Frauen haben Kleinkinder auf dem Arm. Zwei sind schwanger. Zwei sind zukünftige Prostituierte, die sich bei der Schlepperorganisation vertraglich verpflichtet haben, 25 000 Euro an ihren zukünftigen europäischen Eigentümer zu bezahlen, einem der Kinder fehlt das rechte Ohr.

Es ist ein Junge, vielleicht fünfzehn Jahre alt. Er ist mit seinem kleinen Bruder unterwegs. Der Kleine hat ein Spielzeug dabei. Es ist ein Lastwagen, den er selbst gemacht hat, vor ein paar Jahren schon. Der Lastwagen ist aus Coladosen, Drahtresten. Er ist aus Müll. Er ist sehr schön: ein colarotes Kunstwerk, die Scheiben sind aus der Folie einer alten Röntgenaufnahme geschnitten, mit der rostigen Verbandsschere, die die Mitarbeiter der Hilfsorganisation bei ihrem Abzug aus dem Dorf zurückgelassen haben. Der Junge ohne Ohr hält den Lastwagen, damit sein kleiner Bruder ins Boot klettern kann. Das Boot ist ziemlich voll. Die Kinder finden aber noch einen Platz, neben einem Mann, der auf seinem Bündel kauert, in der Hand ein paar ausgetretene, an den Senkeln zusammengebundene Abendschuhe,

On my way to Calamocarro, in the last assembly,
on my way to España,

Gegen Mitternacht brechen sie auf, in Richtung Tarifa.

Wo das Trüppchen der Deutschen noch immer am Tresen der Tapasbar sitzt, bei Rotwein und Serranoschinken, der sogar Walter schmeckt, die Tapasbar ist wirklich gemütlich. Es ist ein sehr netter Abend, das finden alle. Und jetzt beginnt auch noch jemand zu singen.

Ein Deutscher, schon älter, mit ergrauendem Haar. Er singt ›Granada‹. Er gehört nicht zu Josés Gruppe. Er sitzt weiter hinten an einem Tisch, inmitten seiner Freunde, wahrscheinlich hat er schon einen Schluck getrunken? Sonst würde er sich doch wohl kaum so gehenlassen. Aber er hat eine überraschend gute Stimme, das muß man sagen. Einen klaren, kräftigen Tenor, der seinen mittlerweile recht hochgestimmten Zuhörern direkt ins Zwerchfell fährt, ist er womöglich ein echter Künstler? Einer, der mit seiner Singerei was verdient? Möglich wäre es, Josés Truppe applaudiert heftig. Der Tenor freut sich über den Beifall. Also ist er wohl doch nur ein Laie. Aber er singt gleich noch etwas, aus einer Operette von Franz Lehár,

Freunde! Das Leben ist lebenswert!

Ein Schauder überläuft Marianne. Sie schiebt ihre Hand in die Walters, ihr ist es jedenfalls ganz egal, ob dieser Sänger echt ist oder nicht. Marianne liebt Operetten. Und gerade dieses Lied geht ihr jedesmal durch und durch. Wie wunderbar, es nun ausgerechnet hier zu hören, Walter erwidert den Druck ihrer Hand. Auch er liebt Operetten,

Jeder Tag kann Schönes uns geben,
Jeder Tag ein neues Erleben,
Jede Stunde verjüngt sich die Welt!
Die herrliche Welt!

Marianne hat Tränen in den Augen. Es ist jetzt tatsächlich fast, als wären sie wieder jung. Walter küßt Marianne auf die Wange. Es ist ein herrlicher Abend. Ein ganz besonderer Abend: den Marianne so schnell nicht vergessen wird, der Professor läßt Cava bringen, für alle. Marianne und Walter stoßen miteinander an. Der Cava ist so kalt, daß die Gläser beschlagen. Der Sänger verneigt sich. Der Applaus ist überschwenglich,

»Walter?« sagt Marianne. »Weißt du was? Ich möchte so gern mal nach Afrika. Was meinst du? Nur für einen Tag? José, kann man denn von hier aus nach Afrika?«

»Natürlich!« sagt José. »Gar kein Problem. Mit dem Jumbo-Cat sind Sie in fünfunddreißig Minuten in Tanger. Sie brauchen nicht mal ein Visum. Es gibt sogar ein deutsches Unternehmen, das solche Tagestouren veranstaltet, ich kann das gern für Sie arrangieren. Ich kenne die Leute«,

Und während der Tenor nun noch einmal Lehár anstimmt, auf allgemeinen Wunsch, während Walter jetzt ebenfalls Cava bestellt und Marianne den Kopf an Walters Schulter lehnt, kommt über der Meerenge von Gibraltar Nebel auf. In der Stadt ist er noch kaum mehr als ein nasser Hauch. Über dem Meer dagegen verdichtet er sich schnell, wird zu einer opaken Brühe, die die Sicht zerstört wie eine Augenkrankheit, das Wasser schwappt. Der Motor tuckert. Die Leute im Boot sitzen zusammengekauert. Sie sprechen nicht viel. Der Nebel ist grau, wie Verzweiflung. Er klebt in den Haaren, perlt in den Wimpern, der Steuermann hat längst die Orientierung verloren. Noch sucht er das allerdings zu verbergen, vor sich selbst nicht minder als vor den anderen, der Nebel ist doch auch ein Schutz. Schließlich, wer könnte sie wohl auf dem Meer entdecken, bei diesem Wetter?

Und tatsächlich wird die Guardia Civil, die diese südlichste Grenze Europas bewacht, dieses Boot auch nicht finden. Ihre hypermoderne Flugaufklärung, ihre Infrarotkameras und Nachtsichtgeräte werden vollkommen nutzlos sein, in einer Nacht, in der sich die Luft in Wasser verwandelt zu haben scheint, es ist fast, als wäre das kleine Boot längst gesunken.

Als führe es längst unter dem Meeresspiegel dahin: ein Geisterkahn tief drunten im grauen Wasser, algen- und fluchbeladen, bei dessen Anblick Seeleute sich abergläubisch bekreuzigen, denn was mag so ein Boot wohl dem Land bringen, in dessen Hafen es schließlich einfährt? Eine der schwangeren Frauen hat begonnen, merkwürdige Laute auszustoßen. Es sind langgezogene, vogelähnliche Klagelaute, die der Nebel schluckt. Eine andere Frau wiegt sich hin und her, die Arme um ihr Kind geschlungen, als das Boot auf ein Riff beim Cabo de Trafalgar aufläuft, etwa fünfzig Kilometer nordwestlich von Tarifa. Der Aufprall ist stumpf, endgültig. Er verursacht ein schabendes Geräusch, wie eine schwere Tür, die sich schließt. Eine Welle schwappt ins Boot, dann noch eine. Der Junge ohne Ohr kippt über Bord. Er schlägt um sich, spuckend und hustend. Dann dringt Wasser in seinen Hals.

Es ist nicht viel. Es ist gerade genug, um einen Stimmritzenkrampf auszulösen. Der Krampf verhindert, daß noch mehr Wasser in die Lunge gerät und dort das Gewebe nachhaltig schädigt. Ein sinnvoller Schutzmechanismus seines Körpers also: aber natürlich nur dann, wenn der Junge jetzt schnell geborgen wird. Schließlich verhindert der Stimmritzenkrampf nicht nur das Eindringen von Wasser, sondern auch das von Luft.

Der Junge kann jetzt also nicht mehr atmen. Panik überschwemmt ihn. Sein Kopf durchstößt immer wieder die Wasseroberfläche. Sein Mund öffnet sich, die Nasenflügel blähen sich: Aber sein Hals bleibt wie zugeschnürt, die Sauerstoffrezeptoren an den Halsschlagadern beginnen Unterversorgung zu melden. Dann verliert der Junge das Bewußtsein.

Seine Muskulatur erschlafft. Auch die Stimmritzenmuskulatur. Nun sickert also doch Wasser in die Lunge ein. Allerdings ist die Zunge des Jungen nach hinten gerutscht. Sie verdeckt den Kehlkopf wie ein Stöpsel, der zwar nicht ganz schließt, aber den Fortgang der Dinge zumindest verlangsamt, der Körper des Jungen scheint noch immer fest damit zu rechnen, daß er gerettet wird. Daß alles nur eine Frage der Zeit ist: Irgendwo in der Nähe müssen sich doch andere seines Rudels, seines Stammes, seiner Art aufhalten, die einen der ihren nicht einfach umkommen lassen?

Vielleicht. Aber von den Insassen des Bootes ist jedenfalls keine Hilfe mehr zu erwarten. Das Boot ist ja längst gekentert. Ein Boot voller Nichtschwimmer, die nun einer nach dem anderen im Nebel ertrinken. Die Männer ertrinken, die Frauen, die Kinder. Der kleine Bruder des Jungen ohne Ohr, der seinen colaroten Lastwagen längst verloren hat, und vielleicht stimmt es ja, daß jeder von ihnen kurz vor seinem Tod noch einmal sein ganzes Leben an sich vorüberziehen sieht.

Vielleicht ist es ungefähr so, als hätte man eine Anhöhe erstiegen. Als hielte man noch einmal inne, oben auf dem Hügel, um einen letzten Blick zurück auf den Weg zu werfen, den man gekommen ist: bevor man sich endgültig abwendet und den Fuß auf den Pfad setzt, der in das fremde Tal auf der anderen Seite hinabführt, inzwischen hat sich doch ziemlich viel Flüssigkeit in der Lunge des Jungen ohne Ohr angesammelt.

Eine Menge davon ist Blutplasma. Das Meerwasser hat es dem Gewebe entzogen, weil es salziger ist als das Blut des Jungen. Der Junge wird nun also an einem Lungenödem sterben. Genau wie seine Mutter: die vor Jahren an ihrem Hunger ertrunken ist, inmitten einer graugelben Dürre, vielleicht sieht der Junge jetzt noch einmal ihr Gesicht.

Das allererste Gesicht, das er auf der Welt gesehen hat. Das sich über ihn geneigt hat, an einem Morgen vor fünfzehn Jahren, leuchtend und allumfassend wie ein Planet, vielleicht hört er noch einmal eine Stimme, die in einem dämmrigen Raum leise summt. Das Krähen eines Hahns. Rufe, Lachen von draußen, unter einem Mittagshimmel, der vor Hitze dröhnt wie ein Gong, vielleicht sieht der Junge noch einmal einen Pfad vor sich.

Seine eigenen staubigen Füße auf diesem Pfad, die den Ziegen folgen. Morgenlicht, das in Streifen über die Steppe fließt, golden und dick wie Sirup. Dann ein Baum. Unter den Fingern das Gefühl von Rinde. Das Gefühl der eigenen Muskeln, die sich spannen, strecken beim Klettern: und dann hoch oben über den Ziegen ringsum die Ferne, weithin bis an den Horizont, und der Duft von Zukunft überwältigend in der heißen Luft, atemberaubend, der Kreislauf des Jungen bricht jetzt zusammen.

Sein Herz hört auf zu schlagen. Die Aktivität seines Gehirns verebbt. Der Junge ist tot. Sie sind alle tot. Alle bis auf einen. Bis auf den Mann mit den Abendschuhen, der am Nachmittag zu Marianne hinübergeblickt hat. Er schwimmt. Er ist der einzige, der schwimmen konnte. Und er wird schwimmen, in dieser Nacht.

Die Schuhe hat er natürlich längst verloren. Hose und Hemd hat er abgestreift, um nicht von ihnen behindert zu werden, nur seine Haut trennt ihn noch von der Tiefe unter ihm. Seine dünne Haut: allenfalls drei, vier Millimeter dick, zum Glück ist die See nicht sonderlich rauh. Die Wogen brechen sich nicht mehr, sobald er einmal das Riff hinter sich gelassen hat. Der

Mann versucht, seine Kraft einzuteilen. Vielleicht findet ihn ja jemand, wenn er lange genug durchhält?

Vielleicht liest ihn ein Boot auf. Vielleicht wird sich der Nebel teilen, und vor ihm liegt mit einemmal eine Küste: der äußerste Rand der westlichen Welt, die Wogen rollen gleichmäßig heran, unausweichlich wie aufeinanderfolgende Momente. In diesen Wogen, im Nebel ist er so allein, als wäre er tot.

Als wäre er ertrunken, zusammen mit den anderen: Und dann kommt der Zeitpunkt, wo er sich das wünscht. Es ist der Zeitpunkt, wo er nicht mehr schwimmen kann.

Oder wo er sich wünscht, nicht mehr schwimmen zu können. Denn er kann ja nicht einfach damit aufhören. Er kann nicht innehalten, aufgeben. Früher einmal wäre ihm das vielleicht möglich gewesen, auf einem Acker voller Steine, in einer Wellblechhütte am Rand einer von Granatenkratern aknenarbigen Großstadtstraße. Aber sobald er aufhört zu schwimmen, dringt ihm Wasser in Mund und Nase. Es zwingt ihn zu husten. Zwingt ihn zu einer letzten, einer immer noch allerletzten Anstrengung, im lautlosen Donner des Sonnenaufgangs treibt er fern jeder Küste im offenen Meer. Sein Blut pulsiert noch, in seinem lebendigen Körper. In der dünnen Haut, die es für eine kleine Weile noch vom Meerwasser scheidet, nun kann der Mann endlich sehen, was vor ihm liegt. Es ist der Westen, tatsächlich.

Endlos. Blau leuchtend.

Die herrliche Welt!

Marianne kann nicht aufhören, das Lied zu summen.

Freunde! Das Leben ist lebenswert,

Und warum läßt man sich eigentlich immer wieder von irgendwelchen Lappalien das Dasein vergällen? Warum macht man sich gegenseitig das Leben schwer, statt es zu feiern wie ein rauschendes Fest? Das kurze Leben: Man weiß ja gar nicht, wie lange man noch hat, Marianne ist entschlossen, von nun an noch stärker als bisher bei allem auf das Positive zu achten. Auf die kleinen Dinge, aus denen sich letztlich ein glückliches Leben zusammensetzt, Marianne und Walter sind auf dem Weg zu ihrem Hotel.

Sie gehen eingehängt, ein ganzes Stück hinter den anderen. Die Nacht ist immer noch warm, trotz des Nebels, der Marianne ein wenig mit Sorge erfüllt, wird nun etwa das Wetter schlecht? Aber Walter beruhigt sie. Der Nebel wird sich sicher auflösen, in der Morgensonne. Der Tag morgen wird ganz bestimmt wieder genauso wunderbar wie dieser,

Sinkt die Sonne abends nieder,
Strahlend steht sie morgens wieder
Auf dem blauen Himmelszelt,

Marianne drückt Walters Arm fester. In Deutschland wären sie um diese Zeit längst im Bett! Die Gassen der Altstadt sind schon ganz still. Die Läden liegen dunkel hinter ihren herabgelassenen Gittertüren. Aber plötzlich taucht vor ihnen ein hellerleuchtetes Schaufenster auf.

Walter und Marianne bleiben stehen. Zuerst können sie gar nicht recht ausmachen, womit das Fenster eigentlich dekoriert ist. Aber die reine Fülle der Objekte ist so überwältigend, ihre Präsentation so geschickt, daß man unwillkürlich hineingehen, irgend etwas kaufen möchte, noch bevor man erkannt hat, woraus der ganze Überfluß eigentlich besteht: aus den verbogenen Teilen alter Fahrräder, augenlosen Teddybären. Aus rostigen Toastern, Puppen in grellfarbigen Spitzengewändern, angeschlagenen Keramikgegenständen von zweifelhaftem Geschmack,

»Schau mal«, sagt Marianne zu Walter. »Da hinten steht ja ein Stuhl von uns.«

So ist es. In der Ecke steht tatsächlich ein Küchenstuhl von Lehmann & Sohn. Es ist ein Stuhl aus den sechziger Jahren. Ihm fehlt ein Bein. Sein fettiggelber Plastiksitz ist geborsten. Schaumstoff quillt aus dem Riß hervor, fahlrosa wie totes Gewebe. Um seine Lehne ist eine grellbunte Papierblumengirlande drapiert. Das Holzrad eines alten Karrens bekränzt seinen Sitz. Auf der Radnabe steht ein Kinderschuh.

Übrigens brechen in dieser Nacht vom marokkanischen Küstenort Qsar-es-Seghir zwei weitere Boote in Richtung Tarifa auf. Und diese zwei Boote werden es schaffen, trotz des Nebels. Sie werden das spanische Festland erreichen, trotz der Patrouillen zu Lande, zu Wasser und in der Luft, in den frühen Morgenstunden werden sie bei Tarifa landen. Und einundfünfzig Menschen werden sich auf den Weg nach Norden machen, unerkannt.

Marianne und Walter werden zu diesem Zeitpunkt bereits im Bett liegen. Sie werden das Licht gelöscht, einander eine gute Nacht gewünscht haben, ohne Gutenachtkuß allerdings. Aber das bedeutet ja nichts. Es hat nichts mit Lieblosigkeit zu tun, welches Paar küßt sich schon noch regelmäßig auf den Mund, nach so vielen Jahren Ehe? Walter wird sich auf die Seite drehen, mit dem Rücken zu Marianne. Er wird sich darauf freuen, daß er morgen in sein Haus bei Marbella zurückkehren kann. Er wird sich vornehmen, auf jeden Fall so zu tun, als hätte er die Tage an der Costa de la Luz genauso wunderbar gefunden wie Marianne. Und dann, direkt vor dem Einschlafen, wird ihm noch einmal der Stuhl einfallen.

Sein Küchenstuhl, aufgebahrt in dieser Aussegnungshalle der toten Dinge, wie ist er überhaupt nach Spanien gekommen? Und warum hat man ihn nicht einfach weggeworfen? Er ist nichts wert. Er ist keine Antiquität, nur ein billiges Nachkriegsmöbel, Walter erinnert sich noch gut an die Zeit, als diese Stühle in Produktion gingen.

Er war damals jung. Er war Mitte Zwanzig: fast zehn Jahre jünger, als sein Sohn Mark es heute ist, und könnte Walter vielleicht morgen den Stuhl kaufen, ihn wieder in Ordnung bringen lassen?

Aber das ist natürlich lächerlich. Der Stuhl ist Schrott, da ist nichts mehr zu machen. Er gehört auf den großen Schrotthaufen, auf dem zuletzt alles landet: und zwar nicht nur die Stühle von Lehmann & Sohn, sondern eines Tages auch die Fabrik selbst.

Der Gedanke, einmal aufgetaucht, läßt sich so schnell nicht wieder verscheuchen. Es ist ein nutzloser, morbider, ein ökonomisch sinnloser, womöglich sogar ein gesundheitsschädigender Gedanke: Aber eines Tages wird die Möbelfabrik Lehmann & Sohn nichts weiter sein als ein Haufen alter Steine. Teil einer weiteren Schuttschicht, auf dem riesigen europäischen Schuttberg. Über den dann womöglich Menschen ziehen werden, deren Sitten und Gebräuche sich Walter nicht einmal vorstellen kann,

Jede Stunde verjüngt sich die Welt!
Die herrliche Welt!

Marianne im Dunkeln wird glücklich sein. Sie bedauert vielleicht ein wenig, daß sie diesmal nicht nach Afrika kommen werden. Aber sie könnte Walter zu überreden versuchen, im Spätherbst mit ihr für ein paar Tage direkt nach Marokko zu fliegen. Ein kurzer Ausflug wäre doch sicher nicht allzu gefährlich? Auch wenn man in diesen Ländern heutzutage natürlich immer mit Anschlägen rechnen muß, Marianne bewundert wirklich diese Surfer am Strand, mit ihren mobilen Behausungen.

Womöglich wollen einige von ihnen noch weiter nach Süden. Womöglich planen sie eine Saharadurchquerung, eine Westafrika-Safari, Marianne ist überzeugt, daß auch sie früher sofort zu dergleichen bereit gewesen wäre. Aber mit Walter war so etwas ja nicht zu machen. Walter hat es Marianne erspart, ihre Abenteuerlust zu beweisen: Oder hätte sie etwa allein lostingeln sollen? Das wäre doch wirklich albern gewesen. Sie hatte schließlich auch ihre Pflichten, als Ehefrau und Mutter, es hat keinen Sinn, die Dinge zu erzwingen. Man muß sich mit den Gegebenheiten abfinden. Man muß das Beste aus seinen Möglichkeiten machen, Marianne ist sehr glücklich, daß sie nun ihr Ferienhaus hat.

Sie hat es wunderschön eingerichtet. Walter wollte lauter Möbel aus der Fabrik anschleppen, aber sie hat darauf bestanden, das Haus original maurisch zu gestalten, Marianne stellt sich vor, wie sie morgen ankommen werden. Wie sie einkaufen, auspacken, dann sofort in den Pool steigen werden, sie malt sich aus, wie sie abends mit Walter auf der Terrasse sitzen wird, bei Oliven und Wein.

Wie sie zusammen über das Meer sehen werden, in der weichen spanischen Nacht: die sich anfühlt, als wäre sie gerade so warm wie Mariannes eigener Körper. So warm wie ihr eigenes pochendes Blut. Und dann denkt Marianne an den wunderbaren Tag, den sie heute erlebt hat.

Der nun für immer vergangen ist: das Lied des Tenors, der eiskalte Cava. Walters warme Hand, in der ihren, das letzte, woran Marianne denkt, ist der Strand. Der Wind über dem Strand und die Wanderdüne: Und darüber wird Marianne einschlafen. Über der Vorstellung von Millionen Sandkörnchen, jedes einzelne in dauernder Bewegung. Jedes einzelne wandert mit dem Wind. Und deshalb wandert die Düne, unaufhaltsam.

II

Freitag

Witweneintopf, Beschneidungsfeier und weitere Zusammenkünfte

Altweibersommer, Spätnachmittag. Marie Schürer kommt gerade vom Witweneintopf nach Hause. Das Licht in den Vorgärten ist flüssig, wie warmer Apfelsaft. Der Himmel über den ockergelben Siedlungshäuschen ist von klarem Blau: das aber entfärbt ist, ausgewrungen wie manche Erinnerungen, Marie geht die beiden Stufen zur Haustür hinauf. Dreht den Schlüssel im Schloß, einmal, zweimal, dreimal, die Versicherung zahlt nicht, wenn ein unabgeschlossenes Haus ausgeraubt wird. Dietrich hat Marie das oft genug vorhalten müssen. Jedesmal, wenn sie wieder die Tür einfach hinter sich hat zufallen lassen, als gäbe es nur gute Menschen auf der Welt: Aber Marie schließt nun immer sehr sorgfältig ab.

Dietrich hätte keinerlei Anlaß zu Beanstandungen mehr, in der engen Diele ihres Hauses zieht Marie ihre Jacke aus.

Im selben Moment überwältigt sie die Stille. Die schweigende Präsenz der Dinge. Ihre stumme Gegenwart, abweisend: als stünde Marie in einem fremden Haus und wartete in der Diele auf den Besitzer, da ist ein hochlehniger Stuhl mit einem Sitz aus fransigem Peddigrohr. Eine Wanduhr, die seit vier Monaten steht. Eine leere Bodenvase aus Porzellan. Ein Einbauschrank, Rüsterfurnier: für Kindermützen, Handschuhe, Schals, die längst weitergewandert sind zu den Nichten und Neffen einer kasachischen Putzfrau, Marie stellt ihre Handtasche auf das Telefontischchen.

Das Telefon blinkt.

Es ist ein schnurloses Telefon. Das rote Licht blinkt am – ja, woran? An dem Teil, das man abnehmen und herumtragen kann. Das Marie immer Handy nennt, natürlich ist es kein Handy. Marie weiß das! Es erübrigt sich also, daß Barbara sie jedesmal korrigiert,

Mobilteil, Mama. Es heißt Mobilteil,

Dabei ist es doch vollkommen egal, wie man etwas nennt, solange alle wissen, was man damit meint.

Oder etwa nicht? Barbara?

Dann seufzt Barbara. Sie seufzt aus Ungeduld mit ihrer Mutter. Marie kann ihre Tochter durchaus verstehen. Sie hält sich ja selbst nicht für überdurchschnittlich gescheit. Sie hat kein Abitur, sie hat nicht studiert: Aber andererseits, dumm ist sie nun auch wieder nicht. Das Problem ist nur, daß das Telefon so viel intelligenter ist als Marie.

Es kann so viele Dinge, die Marie nicht kann. Es kann Kurzmitteilungen schicken und entgegennehmen, Anrufe aufzeichnen, Konferenzschaltungen schalten, es sagt Marie, daß sie auflegen soll, weil schon wieder ein neuer Anrufer darauf wartet, daß Marie ihm zuhört, das Telefon ist unermüdlich. Es braucht Marie gar nicht. Es beschäftigt sich auch allein, wie ein phantasievolles Kind. Wenn Marie zum Beispiel nicht zu Hause ist, dann registriert es die Anrufe, die sie nicht entgegengenommen hat.

Und dann blinkt es.

Dann muß Marie Knöpfe drücken: und zwar zuerst den Knopf mit dem kleinen Briefumschlag, und danach den Knopf ganz rechts oben. Die Reihenfolge ist wichtig. Aber warum? Und wieso tut ein und derselbe Knopf immer etwas anderes, je nachdem, zu welchem Zeitpunkt man ihn drückt? Wenn man es richtig macht, dann erscheinen jedenfalls die Nummern der Anrufer auf dem kleinen leuchtenden Feld über der Tastatur. Und dann kann Marie auf den Knopf drücken, der die Anrufe löscht. Und dann hört das Blinken auf, und im Haus herrscht Ruhe.

Wenn sie es aber falsch herum macht, beschwert sich das Telefon. Dann erscheinen Fragen auf dem leuchtenden Feld, die Marie ohne Brille nicht lesen kann. Und diese Fragen verschwinden nicht etwa davon, daß Marie auflegt. Das Telefon insistiert. Wenn Marie einfach auflegt, während die Fragen noch da sind, dann piepst es. Und das rote Licht fängt wieder an zu blinken.

Marie haßt dieses Telefon. Barbara hat es ihr geschenkt. Barbara hat gesagt, Marie soll sich einfach nicht um das Blinken kümmern. Es bedeutet ja nichts! Es hindert das Telefon nicht daran, zu funktionieren wie ein normales Telefon. Das mag schon sein. Aber es hindert Marie daran zu funktionieren. Wie, ein so winziges Licht? Kleiner als die Kontrollampe am Herd? Aber das täuscht. Das Blinken ist eine Aufforderung, ein Appell von der Sorte, die seit jeher durch Maries Leben schallt,

Marie! Hast du meine Socken gesehen? Mama, wo ist meine rote Zopfspange? Ich muß zum Reiten, Mama, kannst du mich fahren? Marie, setz die Kartoffeln auf für deine Geschwister. Hörst du nicht? Hallo! Mama! Marie! Marie!

Es ist wie bei den fernen Lichtsignalen eines Schiffes auf hoher See. Das Schiff ist in Seenot. Der winzige Punkt des Telefon-Lichtsignals ist in Wirklichkeit ein riesiger Scheinwerfer, der den engen Flur, das ganze Haus in ein rotes, dringliches Licht taucht. Er scheint nur so klein, weil das Schiff so weit weg ist, Marie nimmt ihre Brille aus ihrer Handtasche. Sie nimmt das Wie-auch-immer-Teil des Telefons ab und geht damit ins Wohnzimmer.

Das ihr klein vorkommt wie jedesmal, wenn sie aus der Schubertschen Villa zurückkehrt, das ganze Zimmer ist ja kaum größer als Karin Schuberts Kamingrube. Was nun allerdings nicht heißen soll, daß Marie Karin Schubert um ihr Haus beneidet. Jedenfalls jetzt nicht mehr. Früher vielleicht: damals, als Dietrich sein Arbeitszimmer hatte, Barbara ihr Kinderzimmer und Marie den Holztisch in der winzigen Küche, um den sie sich mit den Nachbarinnen quetschte, während Dietrich allein im Wohnzimmer saß und fernsah. Aber jetzt? Jetzt ist Marie glücklich über ihr kleines Haus. Was tut Karin Schubert nur mit all ihren riesigen Räumen? Sie ist doch ganz allein und noch dazu gehbehindert, Marie steht unschlüssig in ihrem Wohnzimmer, mit dem Telefon in der Hand.

Da sind die Farne und Usambaraveilchen und Zimmerlilien in ihren weißen Übertöpfen. Die Vitrine mit den alten Wein- und Likörgläsern, die niemals benutzt werden. Die Couchgarnitur mit den farblich passenden Kissen und den gerahmten Stichen von Danzig darüber, in der Mitte des Wohnzimmers ist eine große leere Stelle.

Dietrichs Sessel hat sie hinterlassen. Das riesige braune Ledermonstrum, in dem Dietrich sein häusliches Leben zu verbringen pflegte, oft genug setzte er sich schon nach dem Mittagessen hinein. Paßte den Sessel dann genau seinem Körper an. Verstellte die Armstützen, das Rückenteil, das Fußteil, schaltete den Fernseher ein: in dem um diese Zeit Hausfrauentalkshows liefen, Gartenratgeber, die Wiederholungen zehn Jahre alter Vorabendsendungen, er setzte meist Kopfhörer auf, um Marie nicht zu stören.

Oder vielleicht tat er es auch, um Marie nicht zu hören. Marie, die durchs Wohnzimmer ging. Die von der Küche durchs Wohnzimmer in den Garten ging, dann wieder zurück in die Küche und wieder hinaus in den Garten, sie ging im Zickzack: immer um den Sessel herum, der das Zentrum des Zimmers blockierte wie Steinschlag einen Gebirgspfad. Es irritierte Dietrich, diese ständige Herumgeherei. Seine Frau war doch nicht der Ewige Jude. Sie hatte ja schon einen regelrechten Trampelpfad in den Teppich gegraben, mit ihrer ständigen Unruhe, tatsächlich war aber das ganze Haus von solchen Pfaden durchzogen. Sie waren nur nicht alle sofort erkennbar.

Die Bahn, die Dietrichs Sessel mit dem Fernsehbildschirm verband, war zum Beispiel gar nicht zu sehen. Es konnte also wohl kaum mehr als ein Zufall sein, daß Marie sie mindestens zweimal täglich blockierte. Sie tat das doch bestimmt nicht mit Absicht. Was konnte sie denn dafür, daß so häufig ein Fussel auf dem Teppich lag, gerade während Dietrich sich eine Talkshow ansah? Daß zufällig etwas mit der Blumenvase neben dem Fernseher nicht stimmte, während Dietrich einer Dokumentation über die Kongowirren zu folgen suchte? Oder daß die Ordnung auf dem Nähtischchen zwischen Fenster und Fernseher danach verlangte, neu geordnet zu werden: und zwar ausgerechnet, während eine Operettengala mit Fritz Wunderlich aus den frühen Siebzigern lief, Dietrich war seit jeher begeistert von Fritz Wunderlich. Und er liebte Operetten. Es war ihm egal, daß diejenigen seiner Lehrerkollegen, die musische Fächer unterrichteten, über seinen Geschmack die Nase rümpften: Dietrich war der stellvertretende Direktor. Er entschied über die Stundenpläne. Er unterrichtete Mathe und Physik, und zwar den Leistungskurs, seinetwegen konnten die Damen und Herren Kunsterzieher und Musiklehrer von morgens bis abends Requien hören, oder Sonaten für Cembalo und zwei Topfdeckel. Warum nicht? Wenn sie das über ihre marginale Bedeutung an Dietrichs Schule hinwegtröstete, die allenfalls noch von der des Religionslehrers unterboten wurde? Dietrich saß derweil mit Freunden beim Wein und sang.

Es muß was Wunderbares sein,
Von dir geliebt zu werden.
Ich will dich lieben,
Solang ich leb auf Erden,

Marie war es peinlich, wenn Dietrich sang. Seine Stimme war durchaus passabel, daran lag es nicht: Aber mußte man sich denn immer dermaßen in den Mittelpunkt spielen? War es wirklich nötig, daß ausgerechnet der eigene Mann regelmäßig den Entertainer gab? Wenn es der Mann einer anderen gewesen wäre, hätte es ihr ja nichts ausgemacht. Dann hätte sie die Singerei unter Umständen sogar großartig gefunden, stimmungsvoll, anrührend, und ja, es war wahr: Sie selbst hatte früher durchaus manchmal etwas zum besten gegeben.

Ihr Vortrag von Schuberts ›Forelle‹ etwa, von ausdrucksstarker Gestik begleitet, war den Anwesenden weit über den Abend hinaus in Erinnerung geblieben. Aber sie hatte sich am nächsten Morgen wenigstens dafür geschämt, wie es sich gehörte, während Dietrich ein Gefühl wie Scham nicht einmal zu kennen schien, auf der Bühne im Fernseher trug Fritz Wunderlich nun eines von Dietrichs Lieblingsliedern vor. Etwas von Franz Lehár, aus ›Giuditta‹,

Freunde! Das Leben ist lebenswert!
Jeder Tag kann Schönes uns geben,

Jeder Tag ein neues Erleben,
Jede Stunde verjüngt sich die Welt!
Die herrliche Welt!

Genau in diesem Moment trat Marie auf.

Wo eben noch Fritz Wunderlich gestanden hatte, den Mund weit, aber aufgrund des Kopfhörers für jeden außer Dietrich vollkommen lautlos geöffnet, stand nun Marie Schürer mit zusammengepreßten Lippen und arrangierte die hübsch arrangierten gelben Gerbera in der Bodenvase neu.

Dietrich umfaßte die Armstützen seines Sessels. Er schob die Beine vom Fußteil. Stellte die Füße links und rechts auf den Boden, richtete sich ruckartig auf, Marie prüfte mit schräggelegtem Kopf die Wirkung der Blumen. Dietrich beugte sich vor. Marie trat einen Schritt zurück. Dietrich reckte den Hals: erst zur einen, dann zur anderen Seite, wie ein Autofahrer, der auf einer kurvigen Straße zum Überholen ansetzt, Marie bückte sich, weil sie noch einen Fussel gefunden hatte. Dietrich riß seinen Kopfhörer herunter und explodierte.

Herrgott noch mal! Muß das denn ausgerechnet jetzt sein? Ich sehe gerade eine Sendung, die mich interessiert, wie du vielleicht schon bemerkt haben wirst. Kann man denn nicht mal die kleinste Spur Rücksicht erwarten, in diesem Haus,

Marie richtete sich auf. Sie wandte sich zu Dietrich um. Sie hob erstaunt die Brauen,

Aber Dietrich. Jetzt reg dich doch bitte nicht schon wieder so auf. Natürlich siehst du gerade eine Sendung, die dich interessiert. Du siehst immer gerade eine Sendung, die dich interessiert. Du verbringst dein ganzes Leben vor dem Fernseher, das weiß ja jeder. Aber irgend jemand muß nun mal hin und wieder das Haus in Ordnung bringen, so leid es mir tut,

Dann warf sie einen letzten prüfenden Blick auf die Gerbera in der Vase. Und dann trat sie beiseite. Gab die Bahn wieder frei. Umfuhr den Sessel weiträumig, auf ihrem Weg in die Küche oder in den Garten, Dietrich sank gegen die Lehne zurück.

So verfuhr sie also mit ihm. So machte sie es, jedesmal wieder: Er war im Recht, und Marie war im Unrecht, und dann änderte sie einfach die Richtlinien. Tauschte ruckzuck die Schilder aus, die den Verkehr der Menschen miteinander regelten, so daß er sich unversehens auf der falschen Spur wiederfand: eine Art moralischer Geisterfahrer, Dietrich stellte das abgewetzte Fußteil wieder hoch. Regulierte das speckige Kopfteil, schob den Kopfhörer wieder zurecht. Versank erneut in seinem Sessel. In einer Sendung, die die Welt jenseits seines Sessels auslöschte,

Es muß was Wunderbares sein,
Von dir geliebt zu werden.
Ich will dich lieben,
Solang ich leb auf Erden,
Der Fernseher ist ausgeschaltet.

Die Blumenvase steht leer in der Diele. Sie steht unter der Wanduhr, auf der es Viertel vor drei ist: der Moment, als Marie sie angehalten hat, eines Nachmittags in Dietrichs letzten Lebenstagen, um das viertelstündliche Schlagen zum Verstummen zu bringen, Dietrichs Sessel ist fort.

Irgendwann in den Wochen nach Dietrichs Tod, als Barbara und Marie schließlich damit begonnen hatten, die Schränke zu leeren und seine Schuhe auszusortieren, hat Barbara ihrer Mutter geraten, doch auch das Zentrum des Wohnzimmers räumen zu lassen. Marie hat den Sessel also einem Hilfswerk angeboten, das gebrauchte Möbel an arme Leute verkauft. Am nächsten Tag sind zwei Männer gekommen und haben den Sessel abgeholt. Marie hat tagelang geweint. Barbara hat versucht, sie zu trösten,

Aber Mama! Das kann doch nicht dein Ernst sein. Du wolltest diesen Sessel dein Leben lang los sein,

Natürlich hatte Barbara recht. Nur hat sie eben das Wesentliche nicht verstanden: daß es nämlich vollkommen sinnlos gewesen ist, Dietrichs Sessel wegzugeben. Daß es nicht das geringste gebracht hat: In der Mitte des Zimmers ist nun eine sesselförmige Leere. Es ist eine Art Loch, das Maries freie Fahrt genauso blockiert wie früher der Sessel selbst, Marie umgeht das Loch vorsichtig und stößt die Tür zum Garten auf.

Auf der Terrasse ist es noch immer sehr warm. Der Garten steigt nach Süden an, was zwar die Aussicht versperrt, aber eine Art geschütztes Kleinklima schafft, südländische Pflanzen gedeihen sehr gut in Maries Garten. Vor allem in diesem Sommer, der außergewöhnlich trocken und heiß war: ein Jahrhundertsommer, wie die Zeitungen schreiben, Maries Oleander steht noch immer in voller Blüte. Eigentümliche Insekten umschwirren ihn. Es ist eine Art riesiger bunter Motten, die Marie vorher noch nie gesehen hat. Sie können über einer Blüte in der Luft stehenbleiben wie Kolibris, während sie Nektar saugen, angeblich sind es Einwanderer aus Afrika. Sie sollen mit der Hitze über das Meer gekommen sein. Mit dem Wind, der von Afrika nach Europa herüberbläst, anfangs hat Marie sich vor ihnen gefürchtet. Sie fand ihre Fremdheit beunruhigend, abstoßend. Sie hat versucht, sie von ihrer Terrasse zu vertreiben. Aber inzwischen hat sie sich an sie gewöhnt, Marie streift ihre Schuhe ab.

Sie bewegt die Zehen, genießt die rauhe Wärme der Terrassenfliesen an den Sohlen, Marie hat das, was man einen Ballen nennt. Ein Überbein am Fuß, ein Erbteil ihrer Mutter oder vielleicht auch eine Folge der schlechtsitzenden Schuhe, die Marie als Kind tragen mußte, sicher, inzwischen kann sich Marie längst gute Schuhe leisten. Aber so einfach sind die Spuren der Armut nicht zu beseitigen. Jeder Schuh ist unbequem an einem einmal von schlechten Schuhen verformten Fuß. Und ganz besonders unbequem sind die schönen beigen Pumps, die nun neben Marie auf den Fliesen warten wie artige Rassehunde, Marie hat sie nur für den Witweneintopf angezogen.

Der Witweneintopf findet jeweils am ersten Freitag im Monat statt. Die Witwen kochen immer reihum. Es sind sechs Frauen, alle ungefähr in Maries Alter. Nach Dietrichs Tod haben sie Marie begeistert willkommen geheißen. So ähnlich, wie gestandene Mütter eine junge Schwangere in ihren Kreis aufnehmen,

Na, Marie! Jetzt bist du also auch eine von uns,

Das war vor vier Monaten.

Witweneintopf? hat Marie gesagt. Und welche Witwe kocht ihr diesmal?

Aber natürlich kochen die Witwen immer sehr gut. Sie kochen begeistert, viel ambitionierter als früher, jetzt, da sie es nicht mehr dreimal täglich tun müssen, heute zum Beispiel gab es Thunfisch-Sashimi, gegrilltes Gemüse und danach Käse. Freilich, Karin Schubert hat nicht gekocht.

Sie kocht niemals: Sie hat sich alles vom Hotel Schwan liefern lassen. Das Sashimi war vielleicht ein bißchen zu modern. Also wirklich, roher Fisch! Sie haben es aber alle gegessen. Keine wollte sich blamieren vor Karin Schuberts Weltläufigkeit, ihr Sohn ist schließlich beim Auswärtigen Amt. Immer wenn Karin ihn in Berlin besucht hat, schwärmt sie hinterher von den exotischen Lokalen, in die er sie angeblich geführt hat, Marie in ihrem Garten drückt einen Finger in die Erde des Oleandertopfs.

Die Erde ist aber noch feucht. Marie testet die Erde im Blumenbeet, dann die im Balkonkasten an der Terrassenmauer: Aber es gibt tatsächlich nichts zu gießen. Und jetzt?

Das Problem ist nicht, daß Marie allein ist!

Marie ist doch gern allein. Sie hat das Alleinsein immer sehr genossen: früher, als sie fast nie allein war, das Problem ist also, daß die Blumen noch feucht sind.

Oder daß Marie nicht schon wieder Hunger hat. Ein weiterer möglicher Übergang ins Alleinsein wäre das Abendessen. Marie könnte sich eine Dosensuppe warm machen, ein paar Tomaten aufschneiden, sich dann an den Küchentisch setzen mit einer Zeitschrift von Barbara, das Leben an sich ist überhaupt kein Problem: bloß die Übergänge, Marie hält noch immer das Telefon in der Hand.

Das blinkende Telefon, sie setzt ihre Brille auf. Konzentriert sich, erst die Taste mit dem kleinen Briefumschlag. Dann den Knopf, der immer etwas anderes tut, je nachdem, zu welchem Zeitpunkt man ihn drückt, *Anruf in Abwesenheit* erscheint auf dem Leuchtfeld.

Die Nummer darunter ist Barbaras. Es wird doch nichts passiert sein? Aber nein, natürlich nicht. Marie rechnet nur ständig mit Katastrophen. Sie ist ein bißchen hysterisch: Dietrich hat ihr das oft genug vorgehalten, Marie lebt immer in Angst, einem der Ihren könnte etwas passiert sein. Wenn irgendwo in der Ferne das Martinshorn schrillt, muß sie sich zusammennehmen, um nicht nacheinander alle Familienmitglieder anzurufen, sie gibt ja selbst zu, daß sie hysterisch ist! In ihrem tiefsten Inneren allerdings flüstert eine leise, aufsässige Stimme ihr von Zeit zu Zeit zu, daß es in Wirklichkeit die anderen sind, mit denen etwas nicht stimmt.

Daß die anderen stumpf und dumpf sind, unfähig zu begreifen, was es bedeutet, wenn sie das Schrillen des Martinshorns für diesmal nichts angeht: Es ist ja nichts weiter als reines Glück. Es ist eine mit nichts zu verdienende Gnade, wenn es nicht das eigene Haus ist, das getroffen worden ist. Wenn es nicht die eigene Enkelin ist, die auf dem Heimweg von der Schule vergewaltigt worden ist, nicht die eigene Tochter, die am Morgen unter der Dusche einen Knoten in ihrer Brust ertastet hat: Aber bestimmt hat Barbara vorhin lediglich angerufen, weil sie nun doch Maries Hilfe braucht.

Schließlich feiern Barbara und Gernot Lehmann morgen ihre Silberhochzeit. Nur in kleinem Rahmen, natürlich. Nur im Kreis der Familie, so kurz nach Dietrichs Tod: Aber zu tun ist sicher trotzdem genug, Marie hat ihrer Tochter mehr als einmal angeboten, bei den Vorbereitungen zu helfen. Aber Barbara hat abgelehnt.

Sie hat abgewehrt, geradezu unwillig, als hätte ihre Mutter etwas von ihr verlangt, statt etwas anzubieten, warum eigentlich? Barbara ist doch so eingespannt.

Seit ein paar Jahren arbeitet sie wieder ganztags, beim ›Neuenburger Anzeiger‹. Und dann der große Garten, das große Haus. Die vielen gesellschaftlichen Verpflichtungen: während Marie alle Zeit der Welt hat, wenigstens hat sie ihrer Enkelin Sarah mit den Fotos helfen können.

Sarah will morgen abend nämlich eine Show vorführen, mit Kinder- und Jugendbildern ihrer Eltern. Es soll natürlich eine Überraschung sein. Sarah ist deshalb letzte Woche extra heimlich aus

München gekommen, um bei ihrer Oma Marie alte Fotoalben zu durchforsten, Marie hat eine Flasche Sekt kaltgestellt.

Und sie hat den Butterkuchen gebacken, den Sarah als Kind so gern gegessen hat, Sarah hat ihn allerdings kaum probiert. Sie hat Marie flüchtig umarmt, dann sofort nach den Fotoalben gefragt, von Barbara war natürlich alles da: postkartengroße Farbfotos aus den Siebzigern, Studioportraits aus den Sechzigern. Briefmarkenwinzige Schwarzweißabzüge aus den Fünfzigern, deren gezackte Ränder aussehen, als wären sie von künstlerisch begabten Mäusen benagt, Marie hat dafür gesorgt, daß die Kindheit ihrer Tochter anständig dokumentiert worden ist: Barbara nackt auf einem Eisbärfell, strahlend mit ersten spuckenassen Zähnchen. Barbara lächelnd, mit einer ersten Zahnlücke. Barbara am ersten Schultag, mit Zöpfen, Zuckertüte und gestärktem Blusenkragen über Oma Lilos selbstgenähtem rotgrün kariertem Trägerkleid, beim Betrachten der Bilder könnte man fast glauben, eine Kindheit bestünde nur aus lauter ersten Malen.

Aber so hat Marie es nicht empfunden. Für Marie war Barbaras Kindheit eher wie ein einziger langer Tag, der andauerte, solange Barbara glücklich darüber war, der Mittelpunkt von Maries Leben zu sein, und der mit Barbara in türkisem Sechziger-Jahre-Minirock endet.

Mit Barbara, ungelenk hingeräkelt auf ein braunes Cordsofa, die Mundwinkel Kommas halbwüchsiger Arroganz. Dann Barbara mit einem Rotweinglas in der Hand auf einem Studentenfest, lachend an einen befremdlich zottelhaarigen Gernot gelehnt. Barbara in traditionellem Weiß an Gernots Arm, umrahmt vom neugotischen Portal der Johannes-Kirche. Barbara schwanger. Dann Sarah nackt: allerdings nicht auf einem Eisbär-, sondern auf einem schadstoffgeprüften Öko-Lammfell. Sarah mit ZöpfenZahnlückeZuckertüte. Sarah kurz vor dem Abitur, mit blümchenbestickten Schlagjeans, die denen ihrer Mutter im selben Alter verblüffend glichen,

Schau doch mal hier, Oma! Wie superdoof ich auf diesem Bild gucke!

Sarah hat gelacht.

Sie hat in Maries Wohnzimmer auf dem Boden gelegen. Auf dem Bauch, wie früher, wenn sie ein Bilderbuch ansah, auch ihr Lachen ist noch wie früher. Ein Kinderlachen, hoch und glucksend, früher war Sarah sehr oft bei Marie. Sie hat bei Marie übernachtet, wenn ihre Eltern ausgingen, sie ist nach der Schule zu Marie gegangen, wenn Barbara einen Friseurtermin hatte, heute kommt sie natürlich nur noch selten. Marie versteht das: Eine Einundzwanzigjährige hat wahrlich Besseres zu tun, als bei ihrer Großmutter auf dem Sofa zu sitzen.

Nur was genau eigentlich?

Marie, die Sarah beim Bilderaussuchen zugesehen hat, hat sich bemüht, ihre Enkelin nicht mit einer Flut von Fragen zu überschwemmen,

Wie läuft es denn so mit dem Studium, kommst du gut voran? Macht dir Produktdesign immer noch Spaß? Und was treibst du eigentlich so in deiner Freizeit? Hast du einen Freund? Du hast doch ganz bestimmt einen Freund oder zumindest einen Jungen, der dir gefällt, warum erzählst du uns nichts von ihm? Ist er nicht präsentabel? Und warum nur hast du dir deine schönen Haare so ruiniert,

Die eigentlich von hellem, leicht gelblichem Braun sind, ungefähr wie frisches Herbstlaub. Aber Sarah hat sie sich vor kurzem grellrot gefärbt. Es ist eine Farbe, wie sie sonst nur Plastikgegenstände haben, oder vielleicht noch Autolackierungen. Sie überblendet Sarahs Gesichtszüge. Löscht sie aus: so daß der zarte Mund, die aprikosenrunden Wangen, die hellen Augen verschwimmen, unscharf wirken wie auf einem überbelichteten Foto, und müßte Marie ihrer Enkelin das nicht sagen? Wer soll einem denn die Wahrheit sagen, wenn nicht die eigene Familie? Aber Sarah würde es nicht so sehen. Sie würde sich einrollen, zu einem kleinen feuerwehrroten Igel werden, Marie ist schließlich in die Küche geflohen.

Sie hat die Klöße dieser Gegend gemacht, die Sarah als Kind so gern mochte. Dazu eine Pilzsoße, einen Salat, ein Braten kam ja leider nicht in Frage. Sarah ißt schon seit einer Weile kein Fleisch mehr. Sie hat es Marie zu erklären versucht: Das Fleisch eines getöteten Tiers sei voller Todesangst, hat Sarah gesagt. Die Tiere schütteten Hormone aus, wenn sie geschlachtet würden. Adrenalin und was sonst nicht noch alles: Angsthormone, Streßhormone,

Und das ißt man dann alles mit. Vom Kochen geht es nämlich nicht weg. Lecker, was? Herr Ober, bitte einmal Steak mit Pommes und Todesangst! Und einmal Würstchen mit Senf und Schmerzen! Also ehrlich. Da kann ich nur sagen, guten Appetit,

So redet Sarah. Marie nimmt an, daß es eine Generationenfrage ist. Sie selbst würde jedenfalls nie darauf kommen, Essen mit Todesangst zu verbinden. Hunger und Todesangst, das schon eher. Oder Müdigkeit.

Überwältigende Erschöpfung, in den heißen Märztagen 1945, auf der Flucht von Danzig zum Hafen der Halbinsel Hela, so daß das Motorengeheul der Flugzeuge, der Weltuntergangslärm schreiender Flüchtlinge und explodierender Splitterbomben in dem schwarzen Schlaf ertranken, in den Marie jedesmal sofort fiel, wenn ihre Mutter sie in einen Bombenkrater stieß und sich über sie warf, natürlich, all das ist sehr lange her.

Zumindest versucht Marie sich das zu sagen, wenn die Erinnerung sie bedrängt. Aber was hilft das? Das am weitesten Zurückliegende kommt ja zuerst wieder, mit den fortschreitenden Jahren. Das Leben ist keine Linie, sondern ein Kreis: Je älter man wird, desto näher kommt man seinen eigenen Anfängen, Marie in ihrer Küche hat auf der Eckbank gesessen und ihrer Enkelin Sarah beim Essen zugesehen.

Sie hat sich gefreut, daß es Sarah geschmeckt hat. Daß Sarah nicht gleich nach dem Essen gegangen ist, sondern noch eine Weile bei Marie gesessen hat. Und nun hat Sarah auch ein bißchen erzählt.

Von einem Film, den sie gesehen hat, von einer Radtour mit Freunden. Von einem Kommilitonen. Einem Ausländer, wenn Marie es richtig verstanden hat: Und ist das vielleicht der junge Mann, den Sarah mag und den sie ihrer Familie verschweigt? Denkt sie womöglich, Marie könnte etwas gegen Ausländer haben? Doch sicher nicht! Es wäre Marie sehr unangenehm, wenn ihre Enkelin ihr Fremdenfeindlichkeit unterstellen würde. Natürlich, als Marie selbst jung war, wäre ein Ausländer unter Umständen ein Problem gewesen. Aber heute? Heute geht es doch lediglich darum, daß ein Mann nett ist.

Daß er einen guten Charakter hat, ein liebevolles Herz. Daß er vernünftige wirtschaftliche Aussichten hat: Dann ist es völlig egal, wo er herkommt. Jedenfalls solange er nicht zu dunkel ist. Solange er nicht womöglich noch seine eigenen Kinder in Schwierigkeiten bringt, indem er ihnen eine Hautfarbe vererbt: Aber Sarah wird schon wissen, was sie tut. Sie ist schließlich nicht dumm. Sie ist nicht so naiv wie Marie, die bis zu ihrer ersten Nacht mit Dietrich zwar eine Menge über das Sterben, aber rein gar nichts über Sex wußte, Marie, mit Sarah am Küchentisch, hat plötzlich an ein Wochenende vor vielen Jahrzehnten denken müssen, als sie mit Freunden aus der Faltbootabteilung zum Zelten an den Main geradelt war.

Es war kurz nach Kriegsende. Marie war ein Flüchtling: Sie hatte kein Fahrrad, sie hatte kein Zelt. Aber das Rad lieh ihr die Mutter einer Freundin, und die Zelte hatte der Betreuer der Gruppe irgendwo besorgt, am Abend gab es ein großes Lagerfeuer. Am nächsten Morgen wollte Marie in aller Frühe nach draußen kriechen, als sich das Zelt gegenüber öffnete und einer der Jungen ins Freie trat. Er trug eine Trainingshose. Und unter der Trainingshose hatte er eine riesige Schwellung. Einen monströsen Auswuchs, der zwischen seinen Beinen hervorragte, den Stoff ausbeulte, Marie fühlte ein Prickeln im Nacken, als richteten sich dort die Härchen auf. Gleichzeitig überkam sie eine Art Schwäche. Eine kribbelnde Hitze: die sie als Mitleid einordnete, Marie weiß noch heute, wie der Junge hieß. Hans Schiller. Sein Vater hatte eine Bäckerei. Mittags und abends holte Hans Schiller jeweils drei belegte Brote und ein Stück Kuchen aus seinem Rucksack. Das alles aß er auf, systematisch und ganz allein, fast so, als wäre es eine Pflicht. Als wäre es die natürlichste Sache der Welt, so viel Brot und Kuchen zu haben: während die anderen sich unterhielten, wegsahen, schluckten, krampfhaft versuchten, an etwas anderes als an Kuchen zu denken, nein, Hans Schiller war nicht besonders beliebt. Aber Marie in ihrem Zelt schwor sich, ihn von nun an nur noch mit größter Freundlichkeit zu behandeln.

Ihm alles nachzusehen, alles zu verzeihen, er war doch offensichtlich schwerkrank! Litt unter einer unaussprechlichen Behinderung, die Marie und ihren Freundinnen bislang nur völlig verborgen geblieben war,

Oma? hat Sarah am Küchentisch gesagt. Oma, hörst du mir überhaupt zu?

Marie hat einen Moment gebraucht, um von dem Sommermorgen vor über fünfzig Jahren wieder in ihre Küche zurückzufinden. Dann hat sie Sarah eilig gefragt, ob sie immer noch fleißig Klavier übt. Ob sie nicht den Butterkuchen mit nach München nehmen will, den Marie für sie gebacken hat, kurz darauf ist Sarah aufgebrochen.

Die Stille im Haus war danach voller Stimmen. Marie hat den Fernseher angestellt. Dann hat sie eine Freundin angerufen. Dann ist sie hinauf in ihr Schlafzimmer gegangen: wo das Foto an der Wand hängt, in einem alten Silberrahmen, sie hat das Foto von der Wand genommen und sich damit aufs Bett gesetzt.

Es ist am Ostseestrand nahe Danzig aufgenommen, im Sommer 1939. Am Strand von Brösen: Im Hintergrund sieht man deutlich den weißen Seesteg. Im Vordergrund sieht man Maries Mutter Lilo, mit dreien ihrer vier Kinder. Lieselotte Jensen geborene Jaschke: mit Marie, Fritz und der kleinen Püppi, von Marie ist nicht allzuviel zu sehen, auf diesem Bild. Ihre weißblonden Zöpfe baumeln vor ihrem Gesicht. Der linke Bildrand durchschneidet ihre magere neunjährige Schulter, trennt ihren rechten Arm ab, dies ist das einzige Kinderbild, das es von Marie gibt.

Das einzige Bild, das es von ihrem Bruder Fritz gibt: Friedrich Jensen, geboren 1932 in Danzig-Langfuhr, auf dem Foto lacht er. Er sitzt im Zentrum des Bildes. Er blickt nicht in die Kamera. Er lacht über irgend etwas, das außerhalb des Bildes liegt und das nur er zu sehen scheint, Fritz ist seit seinem dreizehnten Lebensjahr verschollen.

Er ist im März 1945 verlorengegangen, auf der Flucht von Danzig über die Halbinsel Hela. Am Hafen von Hela: wo die letzten Schiffe ablegten, manchmal nachts, in dem allerletzten Moment vor dem Einschlafen, spürt Marie plötzlich seine Hand in der ihren.

Gebt euch die Hand! Verliert euch nicht! Halt deinen Bruder fest, Marie,

Dann kommen die Bomber zurück, und Marie fällt. Fritz wird von ihr gerissen. Der Fall geschieht wirklich, oder es fühlt sich so an. Es ist ein körperliches Gefühl: ein Ruck, der Marie durchfährt, als kippte sie plötzlich nach hinten weg, während sie in Wirklichkeit doch in ihrem Bett liegt, Marie muß sich dann aufsetzen und die Nachttischlampe anschalten. Sie muß sich beruhigen, wieder zu Atem kommen,

Du bist schuld! Du bist schuld,

Aber Marie war damals kaum fünfzehn. Sie war ein unterernährtes Kind, das sich voll Todesangst in ein Bombenloch duckte. Und natürlich hat ihr nie jemand einen Vorwurf gemacht. Niemand hat je behauptet, sie hätte es zu verantworten, daß ihr Bruder verlorengegangen ist: Aber Marie selbst ist eben nicht verlorengegangen.

Sie ist noch hier. Das ist eine Tatsache, die sich nicht leugnen läßt,

Gebt euch die Hand, Fritz und Marie! Verliert euch nicht! Halt deinen Bruder fest, Marie,

Nachts löscht das spiegelnde Licht der Nachttischlampe das Foto neben dem Bett fast vollständig aus.

Marie erinnert sich nicht an den Moment, den es zeigt. Sie erinnert sich nicht an diesen einzelnen Tag am Strand: aber an viele ähnliche, gleiche, sie erinnert sich an den Weg zum Strand, zwischen den weiten Feldern hin. Sie geht diesen Weg manchmal noch, nachts in ihren Träumen oder kurz vor dem Einschlafen, wer mag dieses Bild von Lilo Jensen und ihren Kindern aufgenommen haben, vor mehr als einem halben Jahrhundert?

Sicher nicht Maries Vater. Karl Jensen hatte keine Kamera. Und er kam ohnehin selten mit an den Strand. Er ging lieber in die Laubenkolonie, fachsimpelte mit den Laubenpiepern über Kaninchen- und Hühnerzucht, wahrscheinlich hat ein jüngerer Bruder, eine jüngere Schwester von Maries Mutter das Foto gemacht. Lilo war ja die Älteste von neun Geschwistern.

Das älteste der Jaschkekinder, Marie sagt sich gelegentlich die Namen der anderen vor. Es ist eine Art Litanei, beruhigend: Tante Else, Onkel Herbert, Tante Grete, Tante Anni. Onkel Albert, Onkel Horst, Tante Hanna, Tante Hella, es war Tante Anni, die das Foto gerettet hat, aus der lichterloh brennenden Stadt. Oder war es der Zufall? Das ist das Wahrscheinlichere. Es kann ja wohl kaum einer alten Tante anheimgestellt sein zu bestimmen, was vergeht und was bleibt! Aber Tante Anni hat jedenfalls das Foto vervielfältigen lassen und in der Familie verteilt. Den alten Silberrahmen, in dem es steckt, hat Marie sich natürlich selbst gekauft.

So wie alles andere auch. Wie das Silber auf dem Bord im Wohnzimmer, die Stiche von Danzig. Wie die Gläser in der Vitrine, die nie benutzt werden, Maries Freundinnen haben ihre Gläser, ihr Silber, ihre Bilder selbstverständlich von ihren Müttern, ihren Großmüttern geerbt. Aber Marie ist ja mit leeren Händen hier in Neuenburg angekommen.

Marie, der Flüchtling: Sie hat alte Gläser gekauft, altes Silber. Gebrauchte Dinge. Gegenstände mit vielen Vorbesitzern: Wenn Marie ihr Silber, ihre Gläser betrachtet, dann hat sie das Gefühl, auf der Welt fest verwurzelt zu sein. Für einen Moment lang verlieren dann die Worte ihren Sinn, die sie ihr ganzes Leben begleitet haben wie ein mal leiserer, mal lauterer Refrain,

Verloren, verloren, alles verloren,

Aber das ist sehr ungerecht, von Marie. Marie weiß das ganz genau. Sie hadert auch nicht etwa mit dem Schicksal. Das erlaubt sie sich nicht, Marie geht es gut! Sie hat ihre Tochter, sie hat ihre Enkelin: Barbara und Sarah, die eines Tages Maries Gläser, Maries Silber, Maries Haus erben werden, Marie, die noch immer schuhlos in ihrem Garten steht, drückt entschlossen auf die Taste des Telefons, die alles kann.

Nummer aufrufen?

Es ist ein Triumph! Es ist der richtige Knopf. Und jetzt, wie weiter? Marie geht auf volles Risiko. Sie drückt die Taste mit dem grünen Hörer. Der Text verschwindet. Barbaras blinkende Nummer erfüllt das leuchtende kleine Feld: Und im Haus der Lehmanns klingelt das Telefon.

Aber keiner nimmt ab. Barbara Lehmann steht in ihrer Scheune. Sie hört durchaus, daß drüben im Haus das Telefon klingelt. Aber jeder einigermaßen wichtige Anrufer hat ja ihre Handynummer, und alle anderen haben Pech gehabt, Barbara mustert die beiden Tische, die sie für ihre morgige Silberhochzeit gedeckt hat. Neunzehn Personen. Eine ungerade Gästezahl. Das ist problematisch. Barbara hat den einen Tisch für zehn, den anderen für neun Personen gedeckt, und nun sieht der Neunertisch aus, als ob dort jemand fehlt. Barbara seufzt. Morgen kommt zwar nur Familie, aber trotzdem soll natürlich alles perfekt sein, Barbara überlegt, wie viele Stunden sie letzte Nacht geschlafen hat. Halb zwölf bis halb acht, das müßte doch reichen? Aber sie ist müde. Sie ist immer müde, seit dem Tod ihres Vaters. Mehr als müde: erschöpft, fix und fertig. Und warum hat sie sich dann dieses ganze Fest nicht einfach erspart?

Warum hat sie darauf bestanden, zu Hause in der Scheune zu feiern? Gernot hatte ihr doch angeboten, ihren Hochzeitstag im Schloßhotel, im Hotel Schwan oder im Festsaal von Burg Eberstein zu begehen. Neuenburg hat schließlich eine funktionierende Gastronomie. Barbaras Mühen wären gar nicht nötig gewesen: Aber im Schloßhotel sind sie doch schon im nächsten Monat, wenn Barbara fünfzig wird. Ein teurer Spaß, all die Leute zu beköstigen, die irgendwann ihren eigenen Fünfzigsten groß gefeiert und die Lehmanns dazu eingeladen haben! Und eine Familienfeier zu Hause ist außerdem viel persönlicher, Gernot hat die Schultern gezuckt.

Wie Barbara meint. Schön, daß sie spart. Nur soll sie sich hinterher bitte nicht bei ihm über den Arbeitsaufwand beschweren, Barbara lehnt sich an die Scheunenwand. Vielleicht sollte sie ins Haus gehen und sich ein bißchen hinlegen? Aber das ist zwecklos. Sie könnte ohnehin nicht schlafen. Ihr Herz fängt an zu rasen, sobald sie sich zu entspannen versucht, der Schweiß bricht ihr aus, vielleicht sind es nur die Wechseljahre.

Vielleicht ist es irgend etwas Nervliches, gegen das man Kräutertee trinken könnte. Oder es ist eine ernste Krankheit. Ein Kreislauf- oder ein Herzproblem, das dringend behandelt werden müßte, wenn Barbara noch eine Weile leben will: Und natürlich will sie das. Keine Frage. Barbara lebt gern! Barbara wird gebraucht: Ihre Tochter ist schließlich erst einundzwanzig. Sie ist mitten im Studium. Sie hängt noch immer sehr an zu Hause, an ihrer Familie, auch wenn sie das nicht zugeben will: Und warum nur ist dann das Mittagessen vorhin wieder so gräßlich schiefgelaufen?

Barbara versteht es nicht. Zuerst war doch noch alles so nett! Barbara hatte mit Stoffservietten gedeckt. Gernot hatte eine Flasche Weißwein geöffnet, seiner Tochter zu Ehren, die gerade von ihrer Freundin Polly vor der Haustür abgesetzt worden war, sie saßen zu dritt um den Tisch wie früher und aßen Barbaras Risotto Milanese. Sarah erzählte von ihrem Studium. Gernot erzählte von seinem Mandanten Jo Perling und dessen Querelen mit der Stadtverwaltung, alles war vollkommen in Ordnung. Und dann hat Barbara zufällig erwähnt, daß sie heute noch einen Wäschekorb kaufen muß.

Sie hat niemandem einen Vorwurf gemacht. Sie hat lediglich verkündet, daß sie gestern einen Wäschekorb kaufen wollte, aber keinen bekommen hat. Sie hat laut darüber nachgedacht, woran es wohl liegen mag, daß etwas so Stinknormales wie ein Wäschekorb in der Stadt einfach nicht mehr zu kriegen ist. Genausowenig wie Nähseide oder Gummilitze oder eine Wäscheleine übrigens, oder Nägel und Schrauben und Schraubenzieher, die Läden, die früher dergleichen führten, haben längst dichtgemacht. Was kein Wunder ist, bei den Innenstadtmieten. Aber wozu ist eine Stadt überhaupt gut, wenn man sie verlassen muß, um einkaufen zu gehen? Und dann jubelt der Stadtrat auch noch über jeden neuen Großmarkt auf der grünen Wiese. Neuenburg schafft sich selbst ab, mit Hilfe seiner eigenen Verwaltung: Warum hat Gernot sich deshalb angegriffen gefühlt?

Barbara hat doch nicht ihn für die Stadtplanung verantwortlich gemacht. Sie hat ihn für gar nichts verantwortlich gemacht. Sie hat ihm überhaupt nichts vorgeworfen: denn daß es immer Barbara ist, die sich um alles kümmern muß, ist schließlich kein Vorwurf, sondern Fakt.

Es ist eine Tatsache: Immer bleibt alles an Barbara hängen. Und früher konnte man wenigstens noch manches nebenbei in der Mittagspause erledigen. Aber jetzt muß Barbara sich regelmäßig abends nach Redaktionsschluß noch durch den Feierabendverkehr ins Einkaufszentrum quälen oder in den Baumarkt hetzen, und das wegen der allergewöhnlichsten Dinge, Gernot hat aufgestöhnt.

Himmel noch mal! Geht das schon wieder los. Hör um Gottes willen mit dem ewigen Gemecker auf, hättest du doch einen Ton gesagt! Hättest du mich doch in der Kanzlei angerufen. Ich hätte das erledigt, mit deinem Wäschekorb. Ich kann es jetzt noch erledigen,

Ach wirklich? Barbara hat sich ein Auflachen nicht verkneifen können. Das war allerdings vollkommen neu. Das war eine echte Veränderung: Gab es auf einmal eine Stunde am Tag, in der der bedeutende Anwalt Gernot Lehmann gerade mal keiner volkswirtschaftlich, steuerlich und versicherungstechnisch relevanten Tätigkeit nachging, so daß er es sich erlauben konnte, etwas so Nebensächliches wie ein Haushaltsgerät zu besorgen? Bislang war er doch immer der Ansicht gewesen, daß seine persönliche Teilnahme am Familienleben sich gar nicht lohnte. Sie war ganz einfach unwirtschaftlich. Barbara konnte doch Hilfspersonal anstellen: Wenn Gernot Lehmann sich in seine Akten kniete, verdiente er schließlich viel mehr, als ihn ein Handwerker, eine Putzfrau oder ein Schwarzarbeiter in derselben Zeit kosteten.

Nur, was bleibt dann eigentlich noch?

Das fragt sich Barbara, in ihrer Scheune. Was bleibt übrig von einer Familie, wenn jeder Beitrag zum Familienleben zu einer Dienstleistung degradiert wird, die man auch irgendwo kaufen kann? Was bleibt von einer Ehe, nach einem wirklich gründlichen Outsourcing? Die Liebe vielleicht, als eine Art chemisch reines Gefühl? Seelische Unterstützung bezieht man jedenfalls zuverlässiger von einem Therapeuten. Und Sex läßt sich schon immer als Service kaufen. Eigentlich komisch, daß die eheliche Vögelei nicht schon längst strafbar ist. Da treiben es die Leute jahrzehntelang miteinander, ohne auch nur das geringste dafür an den Fiskus abzuführen! Glatte Schwarzarbeit, bei Licht betrachtet. Grobe Geschäftsschädigung aller ehrlich tätigen Huren, das Telefon im Haus drüben klingelt noch immer.

Sein Schrillen klingt dünn, in dem verlassenen Haus. Es klingt einsam. Es klingt, als stünde das Haus nicht nur vorübergehend, sondern für immer leer. Als wäre Barbara ein Eindringling, auf einem der Verwilderung preisgegebenen Grundstück, aber er ist auch wirklich penetrant, dieser Festnetztelefonierer.

Warum legt er nicht endlich auf? Er muß doch allmählich merken, daß niemand mit ihm sprechen will. Daß gar keiner zu Hause ist: Gernot ist ja gleich nach dem Essen wieder in seine Kanzlei zurückgekehrt. Und Sarah ist natürlich mit ihrer Freundin Polly unterwegs.

Nicht daß Barbara ihr das vorwirft. Nicht daß sie erwartet, ihre Tochter sollte für sie auf irgend etwas verzichten: Wenn Sarah nicht einen Moment ohne Polly sein kann, mit der sie in München zusammenwohnt, dann soll es Barbara recht sein. Wenn es Sarah nicht genügt, mit Polly zu studieren, sich mit ihr eine Wohnung zu teilen, heute vormittag mit Polly in Pollys Auto nach Neuenburg gekommen zu sein und übermorgen wieder mit ihr zurückzufahren, dann bitte schön! Barbara wird nichts dagegen sagen.

Das hat sie auch heute mittag nicht getan. Barbara hat ihrer Tochter lediglich erklärt, daß sie, Barbara, sich heute extra für Sarah freigenommen hat. Daß sie mit ihr zusammen die Scheune schmücken wollte, so wie sie es früher immer vor Festen gemacht haben, Barbara hatte sich darauf gefreut. Aber sie hat nicht darauf bestanden. Sie hat Sarah alles freigestellt. Wenn Sarah keine Lust hatte, ihrer Mutter zur Hand zu gehen, dann würde Barbara auch allein zurechtkommen, danke bestens, Sarah am Mittagstisch hat aufgeseufzt. Sie hat die Gabel aus der Hand gelegt, sich zurückgelehnt,

Na, aber entschuldige mal, Mama. Hättest du halt vorher einen Ton gesagt. Das konnte ich ja wohl nicht riechen, daß du heute nachmittag frei hast. Aber gut, dann sage ich Polly eben wieder ab. Wobei ich mir schon morgen extra den ganzen Tag freigehalten habe, damit ich dir helfen kann. Und überhaupt, das Essen wird schließlich geliefert. Da hast du doch nicht dermaßen viel zu tun. Aber bitte, wie du willst. Dann bleibe ich eben zu Hause. Ich besorge dir sogar deinen Wäschekorb, falls du mir gütigerweise dein Auto leihst,

Es war dieser letzte Satz, der Barbara sprachlos gemacht hat. Den Wäschekorb? Ihren Wäschekorb? Was hatte denn der Wäschekorb damit zu tun? Um den Wäschekorb ging es doch überhaupt nicht! Barbara war durchaus in der Lage, sich selbst einen Wäschekorb zu besorgen, wenn sie einen brauchte. Und im übrigen wünschte Barbara ihrer Tochter einen netten Nachmittag. Nein, Sarah mußte Polly nicht absagen. Barbara legte keinerlei Wert darauf, Sarah unterdrückte den nächsten Seufzer.

Wie du meinst, Mama. Ganz wie du meinst,

Und nun klang sie haargenau wie ihr Vater. Wie Gernot, wenn er Barbaras Anrufe abwürgt,

Barbara? Ja. Es ist gerade ein bißchen ungünstig. Kann ich dich gleich zurückrufen, bitte,

Das ist er, der Lehmannsche Anwaltstonfall: berechtigte Ungeduld, aber heroisch im Zaum gehalten. Verhalten-dringliches Mahnen zur Vernunft, angesichts des hohen Ernsts der Lage, es klingt, als säße gerade der Vorsitzende des Jüngsten Gerichts an Gernots Schreibtisch. Wenn es doch in Wirklichkeit nur irgendein armseliger Gliedvorzeiger ist oder ein Verkehrssünder, oder allenfalls einer von Jo Perlings Leuten, das Telefon im Haus ist endlich verstummt.

Barbara in der Scheune angelt nach ihrem Handy. Aber das Handy klingelt nicht. Barbara läßt es wieder in ihre Tasche gleiten, dankbar für jedes Telefonat, das ihr erspart bleibt, sie tritt einen Schritt zurück und betrachtet noch einmal ihre Tische. Hier Tante Anni, dort Onkel Mopp. Dort ihre Tochter, hier ihre Mutter, an der Stirnseite des Neunertisches pflegte ihr Vater zu sitzen, wenn sie in der Scheune feierten.

Der Gedanke ist eine Art Adstringens. Er zieht Barbaras Inneres zusammen. Hätte ihr Vater nicht wenigstens den morgigen Tag noch miterleben können? Hätte er nicht dabeisein können, auf der Silberhochzeit seiner einzigen Tochter?

Aber die Veranstaltung namens Leben ist eben nicht wie Barbaras Silberhochzeit. Sie hat keinen Anfang und kein Ende. Sie geht weiter und immer weiter, nur daß die Teilnehmer ständig wechseln, wann würde man sich wohl von einem solchen Fest verabschieden, wenn man sich den Zeitpunkt selbst aussuchen könnte?

Wann würde man sich freiwillig von den anderen trennen: den Saal verlassen, die Tür leise hinter sich ins Schloß ziehen. Vielleicht noch einen Moment stehenbleiben und den gedämpften Lauten lauschen, die von der Festlichkeit drinnen herausklingen, um sich dann endgültig abzuwenden, allein in die Lautlosigkeit zu gehen mit Schritten, deren Klang der dicke Teppich in der Stille erstickt, Barbara weiß, daß sie jetzt gleich weinen wird.

Sie muß sich schnell das Übliche sagen. Den allgemein verbreiteten Unsinn, mit dem man sich das Unfaßbare schönquatscht: Ihr Vater war alt, er war schwer krank. Er hat gelitten. Er wollte nicht mehr leben. Der Tod war das beste für ihn, eine Erlösung von seinen Qualen.

Die aber doch genauso furchtbar, genauso inakzeptabel und grotesk waren wie der Tod selbst: Und außerdem reicht es Barbara allmählich.

Vier Monate sind doch wohl lange genug. Es wird allmählich Zeit, daß Dietrich Schürer wieder heimkehrt, aus dem Himmel oder dem Paradies oder von den Inseln der Seligen. Daß er Barbara entgegenkommt, mit seiner grünkarierten Schiebermütze, seinem abgetragenen beigen Altmännermantel, er hinkt ein bißchen, weil er sein künstliches Hüftgelenk schont. Er schwenkt seinen Stock. Sein Gesicht ist in sich gekehrt. Es ist eine Spur mürrisch: als hätte man ihm etwas vorenthalten, worauf er eigentlich ein Recht gehabt hätte, dann sieht er Barbara. Sofort hellt sich sein Gesicht auf. Sein Blick wird gegenwärtig und warm, als öffnete sich mitten im Winter unverhofft eine Tür vor Barbara, zu einem erleuchteten, geheizten Zimmer,

Mein Kind! Na! Und wohin bist du auf dem Weg,

Aber der Tod ist kein Land. Die Toten segeln nicht zu den Fernen Inseln. Sie steigen nicht in den Hades hinab. Sie überqueren keinen Fluß und kein Meer. Also kommen sie auch nicht wieder, und man kann ihnen nicht entgegengehen, Barbara in ihrer Scheune keucht vor Anstrengung.

Sie schwitzt. Sie ist dabei, den Neunertisch um 180 Grad zu drehen, so daß die Stirnseite nach unten zeigt, es ist ein schwerer Tisch, mit einer dicken Platte. Aber Barbara gibt nicht auf. Mit einem letzten Ruck schiebt sie die ehemalige Stirnseite, die nun das Ende ist, gegen den dicken Mittelbalken, auf diesen Platz wird sich morgen niemand setzen. Barbara räumt den Teller vor dem Balken weg, die Gläser, das Besteck, niemand wird morgen den Platz in Beschlag nehmen, wo Barbaras Vater zu sitzen pflegte. Dietrich Schürer war kein großer Mann.

Aber er nahm Raum ein. Er war nicht leicht zu übersehen, worauf Barbara stolz war, sie sah ihren Vater, wie er sein Glas hob, trank. Er machte einen Scherz. Gab dann eine seiner schrägen Geschichten zum besten: die von der Kneipenschlägerei, dem falschen Gebiß und dem gebrochenen Mittelhandknochen vielleicht. Oder die von seinem mißlungenen Handel mit lebenden Gänsen, neunzehnachtundvierzig, gleich nach der Währungsreform. Oder die von dem nachtblinden Taxifahrer, der immer seine Frau neben sich hatte, damit sie ihn durch die Kurven dirigierte,

Rechts! Noch mehr rechts! Nicht ganz so weit – ja – jaaah – genug! Und jetzt wieder links! Jaaah, jaaaah, weiter, weiter, weiter – halt! Nicht mehr! Und jetzt kommt eine schöööne geraaade Strecke,

Er gestikulierte, während er sprach. Seine Augen blitzten, unter buschigen Brauen, seine Zuhörer bogen sich vor Lachen. Von den anderen Tischen kamen Leute herüber. Umdrängten ihn, zogen sich Stühle heran, Barbara saß neben ihrem Vater. Dietrich hob sein Glas, trank ihr zu. Breitete dann die Arme aus, inmitten des Lachens, des Stimmengewirrs, das über allen außer ihm selbst zusammenschlug, stimmte mit großer Geste ein Lied an,

Freunde! Das Leben ist lebenswert!
Jeder Tag kann Schönes uns geben,
Jeder Tag ein neues Erleben,
Jede Stunde verjüngt sich die Welt!

Er nahm seine Tochter in den Arm. Seine schon lange erwachsene Tochter: Er zog sie an sich, hob mit der anderen Hand wieder sein Glas. Trank seinen Gästen zu, die nun ebenfalls ihre Gläser erhoben,

Die herrliche Welt!

Barbara steht in ihrer Scheune. Draußen in ihrem Garten streicht der Wind durch die Hecke. Ein Vogel singt irgendwo am Himmel, unsichtbar. Dann ist es wieder still.

Und nun?

Was soll Barbara jetzt tun?

In den Baumarkt fahren und einen Wäschekorb kaufen, natürlich.

Was sonst? Sie muß ihn ja jetzt holen, den blödsinnigen Korb, ob sie ihn nun braucht oder nicht, einen Moment lang sieht Barbara sich selbst, Sarah und Gernot aus verschiedenen Himmelsrichtungen auf das Haus zustreben, jeder mit einem plastikbunten Wäschekorb unter dem Arm.

Zum Totlachen, wirklich. Wie sie sich alle abrackern, um das Familienglück zu erhalten, und das einzige, was dabei herauskommt, sind zwei Wäschekörbe zuviel, Barbara nimmt ihre Gartenschere vom Fensterbrett und geht hinaus auf den Hof.

Der Hof ist idyllisch. Die Steine, mit denen er gepflastert ist, sind weich und glatt, vom Alter. Sie sehen aus wie große graue Eier. Zwischen den Ritzen wachsen Gänseblümchen, kleine blaue Glockenblumen. In steinernen Futtertrögen entlang der Scheunenwand blühen Geranien und Fleißige Lieschen, Barbara kann mit Recht stolz sein, auf das Anwesen.

Auf ihren Bauernhof aus dem 18. Jahrhundert: der so perfekt saniert worden ist, daß er sogar in den Bildband ›Die schönsten historischen Bauten im Neuenburger Land‹ Eingang gefunden hat, es war schließlich Barbara, die die Ideen gehabt, die Handwerker koordiniert, die Bauerei überwacht hat. In der Diele hängt ein großes Foto, das das Gehöft zeigt, wie es vor zweiundzwanzig Jahren aussah, als die Lehmanns den Hof gekauft haben. Genau dort, wo heute Barbaras Teakmöbel aus ökologisch nachhaltigem Plantagenanbau stehen, ist auf dem Bild noch ein Misthaufen mit Hühnern zu erkennen. Das Haus war ja in einem unglaublichen Zustand! Die Heizung war defekt, das Dach war undicht, die Böden marode. Wenn man hustete, bröckelte der Putz von der Wand, eigentlich war das Haus gar nicht bewohnbar: Aber sie waren ja jung, damals.

Sie waren glücklich. Barbara war mit Sarah schwanger. Es war Frühsommer. Im Garten blühten die Wildrosen. Das Fachwerk der Scheune verschwand fast unter einer alten Glyzinie. Der Sandsteinsockel des Hauses glänzte golden, im Sonnenlicht. Der Wind trieb Sommerwolken über das Dach wie Flocken verfrühten Samenflaums, Gernot legte den Arm um seine Frau, während sie hinter dem Makler hergingen. Unter dem Walnußbaum blieben sie stehen, um den Ast auszusuchen, an den sie die Schaukel hängen würden, für ihr noch nicht geborenes Kind, natürlich, sie hatten nicht allzuviel Geld.

Aber das Haus war billig. Barbaras Vater würde etwas zuschießen. Und mit dem Renovieren würden sie sich Zeit lassen. Sie würden alles nach und nach erledigen, ganz in Ruhe, Ende August gaben sie ein großes Einzugsfest. Ende Oktober wurde Sarah geboren. Ende November kam scharfer Frost. Am Morgen wucherten Eisblumen über die Fensterscheiben, von innen. Der einzige beheizbare Ofen stand im Wohnzimmer. Im Schlafzimmer stellten sie ein Elektroöfchen von Barbaras Eltern auf, das dreißig Sekunden lang einen dünnen Strom lauwarmer Luft in den Raum pustete, bevor sämtliche Sicherungen herausflogen, jeden Morgen schleppte Gernot einen Eimer Kohlen aus der Scheune herüber, heizte den Kachelofen im Wohnzimmer an und verzog sich dann schleunigst in seine Kanzlei. Er hatte zu tun: Einer mußte schließlich alles bezahlen, Barbara sah das ein.

Sie zog einen Wintermantel und Handschuhe an, packte ihr Baby in Schneeanzüge, Mützen und Decken, bis es aussah wie eine Schmetterlingspuppe, band es sich mit einem Tragetuch um den Bauch und stapfte nach oben auf den Dachboden ihres Gehöfts, um dort den Schnee wegzufegen, den der Wind in der Nacht trotz der Plastikplanen durch die Löcher hereingeweht hatte. Dann stieg sie wieder hinunter und versuchte, telefonisch Handwerker zu organisieren, die auch im Winter ein Dach reparierten, Gernot kam grundsätzlich erst spätabends nach Hause. Und sobald er zu Hause war, stritten sie darüber, daß er so wenig zu Hause war. Plagten ihn vielleicht Verarmungsängste, seit der Geburt seiner Tochter? Oder fand er seinen Bauernhof womöglich nicht anheimelnd genug? Und natürlich stritten sie nicht nur darüber, daß Gernot so spät heimkam.

Sie stritten auch darüber, wer den Schlosser hätte anrufen, die Kohlen bestellen oder den Müll hätte rausbringen sollen. Sie stritten darüber, wer heute mit dem Streit angefangen hatte. Wer mehr für die Beziehung tat, wer Sarah mehr liebte, wessen Eltern respektive Freunde unerträglicher waren, an wem es lag, daß sie andauernd stritten, und wer überhaupt die bescheuerte Idee gehabt hatte, mitten im Winter auf diesen verdammten Bauernhof zu ziehen: Und dann verschanzte Gernot sich im eisigen Ehebett vor dem Fernseher, und Barbara heulte sich mit Sarah im Arm auf dem Wohnzimmersofa neben dem Ofen in den Schlaf oder verkroch sich tagelang im Haus ihrer Eltern. Aber natürlich, heute denkt man mit so etwas wie Nostalgie an all das zurück. Es waren eben die Anfänge. Die Pioniertage: die längst zu Anekdoten geronnen sind,

Und dann hat Gernot gesagt, er könnte sich gar nicht vorstellen, daß wirklich der gesamte Innenputz abgeklopft werden müßte. Der Putz ist in Ordnung, hat er gesagt, da gehe ich jede Wette ein! Dann hat er mit dem Hammer gegen die Wand geschlagen. Und als sich der Staub wieder gelegt hatte, hatten wir eine wunderbare Aussicht bis hinüber nach Burg Eberstein,

Dann lachen die Zuhörer. Und Barbara und Gernot lachen mit. Die Gefühle von damals sind ja längst aus den Geschichten herausdestilliert, zugunsten des Unterhaltungswertes: Und schwierige Zeiten sind schließlich auch wichtig, für eine Partnerschaft. Oder? Probleme erfolgreich zu überwinden stärkt das Zusammengehörigkeitsgefühl: Aber Barbara macht sich keinerlei Illusionen mehr.

Sie weiß, ihre Ehe ist miserabel. Sie weiß, das Lehmann-Projekt ist mißglückt. Es ist im Eimer, vollkommen und unwiderruflich: Und warum schmeißt sie den ganzen Krempel dann nicht einfach hin? Warum lädt sie nicht ihre Gäste wieder aus und verkündet statt dessen ihre Scheidung von Gernot?

Ich muß ihn verlassen, versteht das bitte. Wir hatten eine Auseinandersetzung, wegen eines Wäschekorbs.

Es ist vorbei. Er würdigt meine Bemühungen nicht. Er hat mir angeboten, unsere Silberhochzeit im Schloßhotel zu feiern,

Barbara stößt die hölzerne Pforte auf, die durch die Mauer zwischen Scheune und Haupthaus in ihren Garten führt.

Der Garten ist riesig. Im Juni schäumen hier Wogen von Rosen, Lavendel, Salbei und Rittersporn in allen Tönen zwischen Rosa und Blau. Aber jetzt, Anfang September, schwelgen die Beete in schwerem Rot und Gold, wie ein kaiserlicher Audienzsaal, die Fette Henne blüht gerade auf. Die gelben und gelbbraunen und orangefarbenen Staudensonnenblumen und Tagetes und Rudbeckien leuchten wie kleine und große Sonnenräder, Barbara geht den Kiesweg zwischen den niedrigen Buchsbaumhecken im Nutzgarten entlang.

Hier ist alles ein wenig kahl. Barbara hat dieses Jahr kaum Gemüse gepflanzt. Sie hat sogar erwogen, den Nutzgarten ganz aufzugeben. Ein paar Sommerblumen zu säen, den Rest dem wuchernden Liebstöckel und der Minze zu überlassen, wozu einen Nutzgarten unterhalten, wenn Sarah nicht mehr da ist? Sarah hatte hier ihr eigenes Beet, mit süßen Erbsen, Erdbeeren, Blumen in wilden Farben, Barbara erinnert sich an rundliche Kinderhände, die eine große Tulpenzwiebel gerade noch halten konnten. An dünne Kinderfinger, die im Herbst die abgeschnittenen Staudenstengel nach Samenkapseln und letzten Blättern absuchten: Und dann pflanzte Sarah alles ein, was noch nicht ganz tot zu sein schien.

Sie tat das auch noch, als sie längst wußte, daß aus einem braungrünen Blatt keine Pflanze mehr wächst. Sie konnte sich einfach nicht damit abfinden, daß aus einem lebenden Organismus etwas wird, das nichts ist als Abfall. Sie wollte nicht, daß etwas vergeht: Und wo sind sie hin, diese langen, sonnigen Herbstnachmittage? An denen Barbara und ihr Kind im Garten blieben, bis das blasse Blau ganz aus dem Himmel herausgesikkert war, die Hecke in der Abenddämmerung milchig verschwamm, Barbara geht einen Kiesweg entlang.

Ein Band von Kosmeen läuft neben ihm her, lila und pink und rosa über fiedrigem Grün. Die Blüten leuchten kühl in der Spätnachmittagssonne: Aber Kosmeen sind nicht das richtige, für Barbaras Tische.

Sie sind zart und fröhlich, etwas für die Taufe eines kleinen

Mädchens vielleicht, mitten in Barbaras Staudenbeeten haben sich zwei dichte Büsche Astern angesiedelt. Barbara hat sie stehenlassen. Wieviel Energie, Gift, Chemie, Geduld und körperliche Kraft man mit dem Versuch verpulvert, sich dem natürlichen Gang der Dinge entgegenzustemmen! Dabei ist es eigentlich absurd, jede Pflanze, die freiwillig von jenseits der Hecke in ihren Garten gekommen ist, als Unkraut zu bezeichnen und einen erbitterten Kampf gegen sie zu führen, während man zugleich die teuren Gewächse aus der Gärtnerei mühevoll hätschelt, nur damit sie zur Hälfte doch wieder eingehen. Barbara versucht inzwischen lieber, Wild- und Kulturpflanzen, Angeflogenes und Angepflanztes miteinander zu versöhnen. Sie bemüht sich, dieses integrative Konzept auch ihren Leserinnen und Lesern nahezubringen: Sie schreibt ja die Gartentips im ›Neuenburger Anzeiger‹. Sie hat sogar einmal einen Preis von einer örtlichen Umweltgruppe erhalten, für ihre Bemühungen um den ökologischen Gartenbau, das ist allerdings schon ein paar Jahre her.

Inzwischen haben sich die Zeiten gewandelt. Die meisten Leute kaufen zwar weiterhin bei Aldi ihre giftdampfenden Billigtomaten und Chemokeulen-Paprikaschoten aus den Folienkulturen Südspaniens, aber im eigenen Garten füttert kaum noch jemand sein Gemüse mit Kunstdünger oder Schädlingsvernichtungsmittel. Selbst Nacktschnecken bringt man nicht mehr überall mit dem giftigen Schneckenkorn um. Barbara gibt deshalb Tips gegen die Schneckenplage, jeden Sommer wieder. Am besten sammelt man die Tierchen vorsichtig in ein Eimerchen und trägt sie in den Wald. Und wenn dafür die Zeit fehlt, zerschneidet man sie mit der Heckenschere, natürlich, früher hat Barbara sich ihre Karriere ein wenig anders vorgestellt.

Sie hat schließlich Garten- und Landschaftsarchitektur studiert. Sie wollte Parks gestalten, weitläufige Hotelanlagen. In ihren Träumen hat sie sich in einem großen, lichtdurchfluteten Büro gesehen: Barbara Lehmann in schmalem Hosenanzug, konzentriert planend an ihrem Zeichenbrett. Barbara Lehmann in Jeans, Lederjacke und festen Stiefeln, unter einem weiten Himmel mit dem Arm in die Ferne weisend, während sie ihrem kompetenten, hochmotivierten Team ihre Visionen erläutert: Aber das sind ja alles nur Bilder.

Die einem ein Deo verkaufen sollen oder eine Whiskymarke und einem nebenbei die Zufriedenheit mit dem eigenen Leben wegfressen: Und nun wird Barbara ihren Garten bald winterfest machen müssen.

Bald muß sie die Rosen in Strohballen binden, Bäume und Büsche ausschneiden. Sie muß alles auf den Frost vorbereiten, der ganz sicher kommen wird, auch wenn man es sich an einem so milden Spätsommertag gar nicht vorstellen kann, Barbara kauert vor einem Staudenbeet.

Sie schneidet Astern, für ihre Silberhochzeit. Die Astern, die sich ohne ihr Zutun in ihrem Garten festgesetzt haben, Barbara muß sich jetzt ein bißchen beeilen. Sie hat noch so viel zu erledigen, bevor morgen ihre Gäste kommen.

Der ganze olle Jaschke-Clan, wie Gernot sich heute mittag Sarah gegenüber ausgedrückt hat, warum muß er nur immer so ausfallend werden? Es tut Barbara ja durchaus leid, daß morgen niemand von Gernots Seite kommen wird. Aber was kann sie dafür, wenn Gernot keine Verwandten mehr hat?

Gernots Eltern und sein Bruder sind seit Jahren tot. Zu seiner einzigen Nichte unterhält er keinen Kontakt. Und zwischen ihm und der Familie seines Cousins Walter Lehmann besteht eine alte Familienfeindschaft. Was kann Barbara dafür, wenn die letzten fünf lebenden Mitglieder der Familie Lehmann zu streitsüchtig sind, um miteinander auszukommen? Barbara kann es nicht ändern. Jedenfalls gibt es Gernot noch lange nicht das Recht, ständig Barbaras Familie zu beschimpfen.

Die gesamte Danziger Mischpoke rollt an! hat er vorhin beim Mittagessen zu Sarah gesagt. Sogar deine Urgroßtanten, tjaja, mein Kind! Wenn deine Mutter einlädt, dann öffnen sich die Gräber. Ich bin bloß froh, daß du hier bist. Zu zweit werden wir den Abend schon irgendwie überstehen. Sogar Tante Püppi halten wir vielleicht aus. Ich muß sagen, vor der habe ich immer am meisten Angst. Sie hat bestimmt ein Gedicht gemacht. Nein, im Ernst. Ich fürchte mich vor Tante Püppis Gedichten,

Sarah hat natürlich gelacht.

Papa. Klar hat Tante Püppi ein Gedicht. Sie hat immer eins. Aber die sind doch lustig, ich weiß gar nicht, was du hast. Liebe Leute! Macht euch klar! Der Gernot und die Barbara! Die sind jetzt schon verheiratet fündundzwanzig Jahr,

Sie haben einander angesehen, während sie gelacht haben. Ihre Augen wurden auf dieselbe Weise schmal, ihre Brauen hoben sich, Barbara weiß nicht, wie oft sie und Gernot einander schon mit Scheidung gedroht haben. Gelegentlich haben sie einander geradezu darum angefleht,

Dann laß dich doch bitte endlich scheiden, verdammt noch mal!

Aber gern. Genau. Glaubst du vielleicht, ich wäre glücklich, in dieser Ehe? Aber das ist eben mal wieder typisch für dich. Daß du nur an dich denkst. Daß du keinen einzigen Moment lang an das Kind gedacht hast,

Das aber inzwischen längst ausgezogen ist. Es ist erwachsen, das Kind. Es verdreht die Augen und verläßt das Zimmer, wenn seine Eltern streiten. Das Haus ist abbezahlt. Barbara arbeitet wieder Vollzeit. Sie ist frei! Sie ist nicht ihre Mutter Marie, die noch hätte befürchten müssen, als Geschiedene gesellschaftlich geächtet zu werden: Barbara entstammt einer Generation, die für das Recht der Frauen auf Selbstbestimmung gekämpft hat. Nur hat sie keine rechten Vorstellungen davon, was sie persönlich damit anfangen soll.

Was genau soll sie tun, wenn sie Gernot erst einmal verlassen hat? Soll sie den Beruf wechseln? Eine Abenteuerreise machen? In eine Zwei-Zimmer-Wohnung in der Innenstadt ziehen und weiterhin jeden Tag in die Redaktion gehen? Soll sie die Stadt wechseln oder gar auswandern, nach Rom, New York oder auf die Bahamas vielleicht? Oder soll Barbara sich schlicht und einfach verlieben, in irgendeinen anderen Mann?

Das ist im Grunde eine schöne Idee. Barbara hätte nichts dagegen, sich noch einmal zu fühlen wie am Anfang. Sie wäre gern noch einmal von Spannung berauscht, erwartungsvoll, unsicher und selig wie vor einer lange erträumten Reise auf einen fremden Kontinent.

Sie wäre gern selbst noch einmal dieser Kontinent: ein unerforschtes, lockendes Land, für einen schönen furchtlosen *Conquistador*, leider kommt niemand für diese Rolle in Frage.

In diesem Punkt ist Barbara sicher. Sie muß sich doch nur das real existierende Material ansehen: die Männer ihrer Freundinnen zum Beispiel, möchte Barbara vielleicht Mara Brückners Ulli haben, der so unter Maras Pantoffel steht, daß er sich keine Jacke überzieht, wenn seine Frau es nicht ausdrücklich angeordnet hat? Möchte Barbara Gernot gegen Jana Seiferts Bernd eintauschen, der seine Reden ständig mit gutabgehangenen Scherzen der Marke »zum Bleistift« würzt, und einmal hat er bei einem Fest Jana einen dieser Säcke untergeschoben, die furzen, wenn man sich draufsetzt! Oder wie wäre es mit Nora Hellers Detlef »Detlef-mit-f-bitte«? Der seine überdurchschnittliche Bildung und geistige Spritzigkeit damit zu beweisen sucht, daß er Crocii sagt, wenn er Krokusse meint, nein, im Vergleich mit ihren Freundinnen geht es Barbara doch noch gold.

Barbara sagt sich seit Jahren, daß Gernot das blaue Auge ist, mit dem sie gerade noch einmal davongekommen ist. Und außerdem, so aufregend ist das Spiel um die Liebe nun auch wieder nicht.

Die Regeln sind doch nur allzu bekannt. Der Verlauf ist im Grunde ja immer der gleiche: erste Scharmützel, Fluchtversuche. Gefühlsdemonstrationen. Stürmische Angriffe auf die gegnerischen Grenzanlagen. Schließlich der Fall der Mauer, unter dem ekstatischen Jubel beider Seiten. Und dann das Scheitern der Einheit, die Verteilungskämpfe des Beziehungsalltags, Barbara vor ihrem Staudenbeet richtet sich auf.

Sie klopft sich die Erde von der Hose. Sieht hinüber zu ihrem Haus, das still in der Spätnachmittagssonne liegt, der Sandsteinsockel ist immer noch golden, wie vor zweiundzwanzig Jahren. Das Dach ist neu gedeckt. Die Kletterrose »New Dawn« wächst bis hinauf zum Schlafzimmerfenster, wo sie sich mit »Clematis montana Rubens« vereint, es ist im Grunde doch alles in Ordnung.

Barbara ist wahrscheinlich nur ein bißchen überempfindlich. Im Prinzip hat sie wirklich ein schönes Leben. Sie hat eine Tochter, sie hat genug Geld. Sie sollte froh sein, daß sie alle gesund sind: Sarah, Gernot, Marie und Barbara selbst, Barbara hat Freunde, einen schönen Job. Sie sieht noch ziemlich gut aus, für Neunundvierzig: auch wenn ihre Aufmachung eher praktisch als schick ist, mit kurzen Nägeln, kurzem Haar, gut, sie hat ein paar Falten um die Augen. Aber sie hat jedenfalls noch kaum Cellulite.

Sie hat kein Übergewicht, keine Krampfadern, keine Besenreiser wie manche anderen in ihrem Alter, sie kann sich nicht beklagen. Sie hat ein schönes Haus, ein Auto. Sie besucht einen Yogakurs in der Volkshochschule, sie spielt Tennis mit Nora Heller und Jana Seifert, sie geht regelmäßig ins Kino und ins Theater und morgen feiert sie ihre Silberhochzeit, Barbara geht durch ihren Garten. Sie muß sich beeilen.

Sie hat noch so viel zu tun. Sie muß den Getränkekühlschrank füllen. Sie muß die Weinschaumcreme und die Mousse au Chocolat machen, die sie dem Catering-Unternehmen nicht zugetraut hat. Sie muß eine Fünfundzwanzig aus Silberpapier basteln. Sie muß den Mittelbalken der Scheune und den Balken über der Tür mit Weinlaub umwickeln, das aber zuerst noch geschnitten werden muß, Barbara geht über den Hof.

Sie hält ihre Astern fest: diese freundlichen Gäste aus der Außenwelt, die völlig freiwillig in ihr Beet gekommen sind. Sie bemüht sich, die warme Septembersonne, den schon herbstkühlen Wind ganz bewußt zu empfinden, genau wie es die Yogalehrerin in der Volkshochschule dienstags abends immer empfiehlt, Barbara fühlt sich, als hätte sie haarfeine Risse.

Als könnte sie jeden Moment zerspringen, wie eine schadhafte Tonfigur im Ofen, sie geht um die Scheune herum, zu dem Holzstoß an der Schmalseite. Sie stellt sich auf die Zehenspitzen. Streckt den Arm aus, tastet oben über die Scheite. Zieht das Päckchen mit den Zigaretten zwischen zwei Holzscheiten hervor. Zündet sich eine Zigarette an. Inhaliert, genießt den ersten Moment des Schwindels, eigentlich raucht sie ja überhaupt nicht mehr.

Gernot und sie haben zusammen aufgehört, vor über einem Jahr. Barbara hat zuerst ganz gut durchgehalten. Gernot hat ihr dabei geholfen: Immer wenn sie fast schwach geworden wäre, mußte sie nur an seinen Triumph denken, und schon wuchs ihr neue Willenskraft zu, natürlich weiß Gernot nicht, daß Barbara wieder raucht.

Sie raucht ja auch eigentlich gar nicht mehr. Nicht mehr richtig. Sie inhaliert bloß die Hälfte, bei jedem Zug, und auch das nur vorübergehend, Barbara wird bald wieder aufhören.

Sobald es ihr etwas besser geht. Sobald sie über den Tod ihres Vaters hinweg ist. Sobald sie genügend Willensstärke aufbringen kann. Und was sie bis dahin macht, ist schließlich ganz allein ihre Sache, Barbara schiebt das Zigarettenpäckchen wieder zurück auf den Holzstoß. Einen Moment lang wundert sie sich darüber, daß es noch immer so voll ist. Sie hätte schwören können, es wäre neulich schon beinahe leer gewesen: Aber da wird sie sich wohl geirrt haben, Barbara geht zur Scheune zurück.

Das Tor steht weit offen. Das flutende Spätnachmittagslicht läßt die weißen Tischtücher leuchten. Das Kristall blitzt, das Porzellan schimmert. Vor dem groben Holz der Scheune sehen die feingedeckten Tische teuer aus, edel und sehr modern wie aus einer Hochglanzzeitschrift, Barbara nimmt den Eimer vom Haken neben dem Tor.

Sie klemmt sich die Zigarette in den Mundwinkel. Kneift die Augen zusammen, wegen des Rauchs, füllt den Eimer am Wasserhahn und stellt ihre Astern hinein, neben dem Wassereimer liegt ein Schneckenhaus.

Barbara hebt es auf. Sie sammelt solche Dinge: Steinchen, Muscheln. Kastanien. Nußschalen. Wertlose Dinge, die sie dann stundenlang auf einer Fensterbank, einem Tischchen, einem Teller hin- und herschieben kann, bis sie endlich überzeugt ist, daß nun ihre verborgene Kostbarkeit zutage tritt.

Ihre vergängliche Einzigartigkeit: die sonst vielleicht niemand bemerken würde, Barbara taucht das Schneckenhaus in den Wassereimer, um den Staub zu entfernen. Das Schneckenhaus ist leuchtendgelb, mit schwarzer Spirale. Es glänzt. Es ist schön. Es ist leer: Die Schnecke ist ausgezogen.

Das heißt, sie ist tot. Schnecken können ihrem Haus nicht entfliehen, ohne zu sterben, Barbara versucht noch einmal an ihrer Zigarette zu ziehen. Aber sie ist bereits heruntergebrannt.

Was? Schon? Das kann doch nicht sein! Es ist verblüffend. Es ist beunruhigend: Barbara kann sich immer nur an die ersten paar Züge erinnern. Es ist, als hätte sie die anderen gar nicht geraucht. Dabei nimmt sie sich jedesmal vor, die wenigen Zigaretten, die sie sich gestattet, wenigstens mit voller Konzentration zu genießen. Aber dann schweifen ihre Gedanken ab. Oder sie ist nicht ganz bei der Sache. Sie tut dies und das, sie findet etwas im Gras. Sie stellt nebenbei ein paar Blumen ins Wasser, sie ärgert sich über irgendwen: Und ehe sie sichs versieht, ist sie schon am Filter.

Ehe sie noch recht begriffen hat, daß sie raucht, ist schon wieder alles vorüber, und sie kann nur noch die Glut austreten, Barbara läßt ihren Absatz ein paarmal auf der Kippe hin- und herkreisen. Dann hebt sie sie auf und steckt sie in ihre Jackentasche, um sie später heimlich verschwinden zu lassen.

Gernot Lehmann sitzt in Jo Perlings Kleinem Konferenzzimmer, das von den höheren Angestellten der Perlingwerke in Anspielung auf die Folterkammer in George Orwells ›1984‹ Zimmer 101 genannt wird, und verflucht sich zum x-tenmal dafür, daß er keine Zigaretten mehr hat.

Natürlich gestattet Jo Perling nicht einmal seinem Anwalt, in Zimmer 101 zu rauchen. Aber Jo hat ja soeben den Raum verlassen. Sein Hund ist unruhig geworden, und Jo ist mit ihm nach draußen gegangen, Gernot könnte nun durchaus einen Moment lang hinaus auf den Flur treten. Aber wozu, ohne Zigaretten?

Dabei könnte er schwören, das Päckchen, das er gestern zu Hause oben auf dem Holzstoß hinter der Scheune versteckt hat, wäre noch so gut wie voll gewesen. Aber als er es heute nach dem Mittagessen heimlich heruntergeholt hat, war es komischerweise beinahe leer. Und dann hat er vergessen, ein zweites einzustecken, gut. wahrscheinlich hat sich Gernot getäuscht.

Wahrscheinlich hat er das Päckchen auf dem Holzstoß mit einem Päckchen verwechselt, das er woanders gebunkert hat, Gernot hat schließlich überall Zigaretten versteckt. Im Auto, zu Hause, im Büro, Barbara hat natürlich keine Ahnung davon.

Da ist Gernot ganz sicher. Wenn Barbara etwas wüßte, würde sie das niemals für sich behalten. Sie würde ihn mit süffisanten Bemerkungen über seine Willensschwäche piesacken wie ein Nest roter Ameisen. Sie würde ihn frontal angehen wie ein Dobermann ohne Beißhemmung: Wieso hat er schon wieder eine Abmachung nicht eingehalten? Wie kann er ihr das antun, wieder zu rauchen, nachdem ihr eigener Vater an Lungenkrebs gestorben ist, war ihm das keine Lehre? Will er Barbara auch noch seinen eigenen Lungenkrebs zumuten? Aber klar, das ist eben typisch für ihn, so ist er ja immer: rücksichtslos, egoistisch, Gernot sprüht Geruchsvertilger auf seine Jacke, bevor er abends nach Hause fährt.

Er sprüht sich Atemfrische-Spray in den Mund. Er ist nicht feige! Er hat nur keine Lust auf Barbaras Gezeter. Warum soll er sich mit Vorwürfen zuschütten lassen, nur wegen der paar Zigaretten? Die sie im Grunde doch gar nichts angehen, Gernot steht auf und geht zu der Fensterfront hinüber.

Die Fenster von Zimmer 101 weisen nach außen. Das tun nicht alle Fenster des brandneuen Hauptverwaltungsgebäudes der Perlingwerke: Die meisten liegen nach innen zu wie bei einer Festung, so daß man auf die glasüberdachten Wintergärten, die Brunnen und Pflanzen und künstlichen Bachläufe der Innenhöfe hinaus- und natürlich in die anderen Büro- und Verwaltungsräume hineinsieht. Aber von 101 aus kann man über die in der Spätsommersonne blitzenden Türme und Zinnen der Perlingschen Burg bis weit hinüber zur Alexanderstraße und dem Busbahnhof blicken, die Perlingwerke liegen an einer strategisch bedeutsamen Stelle. Direkt vor ihren Toren treffen die von Süden und die von Westen kommenden Bundesstraßen aufeinander. Sie münden in einen Kreisverkehr, den die Neuenburger den Westkreisel nennen, in der Mitte des Westkreisels steht ein Schild.

Gernot kann es sehen, von Zimmer 101. Lesen kann er es nicht, von hier oben, aber er weiß ja, was draufsteht, vorne und hinten und auf englisch und französisch und spanisch und polnisch und russisch und japanisch und in einer ganzen Reihe anderer Sprachen:

NEUENBURG
Willkommen
Welcome
Bienvenue PERLING

NEUENBURG
Auf Wiedersehen
Good bye
Au revoir PERLING

Dieses Schild ist der Grund, warum Gernot heute hier ist. Jo Perling hat es aufstellen lassen. Und die Stadt verlangt, daß er es wieder entfernt: Oberbürgermeister Franz Vogel hat in einem Interview mit dem ›Neuenburger Anzeiger‹ allen Ernstes die Ansicht ventiliert, das Perlingsche Logo auf dem Schild sähe aus wie eine Unterschrift.

Es sähe aus, als würde die Stadt Jo Perling gehören. Als wäre er ein Burgherr, der auf diesem Schild seine Gäste persönlich willkommen heißt. Aber Franz Vogel wird sich noch wundern.

Der Chefredakteur des ›Anzeigers‹ hat sich bereits bei Jo Perling entschuldigt. Jo Perling hat lediglich einmal mit ihm telefonieren müssen, und schon hat der Chefredakteur glaubhaft versichert, daß so etwas nie wieder vorkommen wird. Zur Wiedergutmachung wird der ›Anzeiger‹ mehrere Artikel, Reportagen sowie persönliche Interviews mit Jo Perling schalten: etwas über die West- und die Osterweiterung der Perlingwerke, etwas über Jos Personalpolitik. Dann vielleicht noch einiges über Jos Ideen zur Stadtplanung, natürlich wird Jo es nicht den Redakteuren überlassen, was sie schreiben wollen. Er hat seinen Pressesprecher bereits mit der Abfassung der ersten Texte beauftragt. Oberbürgermeister Franz Vogel wird keine Möglichkeit mehr haben, öffentlich gegen Jo Perling zu hetzen: Und was das Schild selbst betrifft, stehen seine Chancen noch schlechter.

Gernot sollte es wissen. Er hat den Vertrag schließlich selbst ausgehandelt, mit dem dafür zuständigen Zweiten Bürgermeister. Und darin steht, daß Jo Perling den Kreisel gestalten kann, wie er mag, und die Rechnungen dafür bezahlt die Stadt.

Gernot empfindet einen gewissen Stolz. Er neigt nicht zur Überheblichkeit: Aber er hat gute Arbeit geleistet. Er hat die berechtigten Interessen seines Mandanten erfolgreich vertreten. Er hat den gesamten Stadtrat über den Tisch gezogen, und allen voran den Oberbürgermeister, Franz Vogel ist angeblich total ausgeflippt, als er gesehen hat, was sein Zweiter Bürgermeister da unterschrieben hatte. Und nun kann er nicht einmal widersprechen, wenn allgemein behauptet wird, Jo Perling hätte seinen Kreisel selbst finanziert. Wie stünde Vogel denn da, wenn die Neuenburger wüßten, daß sie es sind, die Jo Perlings Grünanlagen und sein Schild bezahlt haben? Gernot verspürt keinerlei Mitleid mit dem OB. Er kennt Franz Vogel von früher.

Vom Pausenhof der Volksschule, wie das damals hieß, wo kein Tag verging, ohne daß es zu einem Scharmützel zwischen Gernot Lehmann und Franz Vogel kam, schließlich fiel Franzis Hose einem besonders schmutzigen Schlagabtausch zum Opfer.

Prompt mischten sich die Supermächte ein, was den Konflikt natürlich erst recht eskalieren ließ, am nächsten Tag schlug Gernot dem Verräter Franz fast den rechten Schneidezahn aus. Es floß ziemlich viel Blut. Härteste Sanktionen wurden gegen Gernot verhängt: Hausarrest, Strafarbeiten, Aussetzung jeglicher Süßigkeitenlieferungen, damals waren sie beide neun.

Mit zwölf schlossen sie unter dem Druck ihrer jeweiligen Bündnispartner einen wackligen Waffenstillstand, weil sie sich plötzlich in derselben Fußballmannschaft wiederfanden und das vorrangige Interesse sich nun darauf richten mußte, mit der Übermacht gemeinsamer Feinde fertigzuwerden. Dann wurden sie älter. Ihre Fußballbegeisterung verlor sich. Seitdem haben sie nur noch selten Feindberührung. Und wenn, dann benehmen sie sich wie Erwachsene. Das heißt, niemand merkt ihnen etwas an. Aber zu einem regulären Friedensvertrag ist es bis heute nicht gekommen.

Und, liegt das vielleicht an Gernot? Gernot verhält sich doch vollkommen ruhig. Es ist ausschließlich Franz, der perfide ist. Franz hat sich glatt von der Partei an die Macht bringen lassen, in der auch Gernot seit Jahrzehnten Mitglied ist! Und bis vor kurzem hat er auch noch ständig genau das beschlossen, was Gernot ebenfalls beschlossen haben würde, wenn er selbst Oberbürgermeister geworden wäre. Die Neugestaltung des Salzmarkts zum Beispiel hat Gernot selbst jahrelang gefordert, ebenso wie die Jugendbegegnungsstätte, die nun allerdings zum Glück an der Finanzierung scheitert, wirklich, Franz treibt Gernot regelrecht in die Opposition, mit seinem Benehmen. Und nun macht er auch noch Gernots wichtigstem Mandanten die Hölle heiß. Und warum? Wegen eines Straßenschilds. Soviel zum Wirtschaftsstandort Neuenburg. Und dabei ist Jo doch ein wahrhafter Gewinn für die Stadt.

Jo ist ein Bilderbuchunternehmer. Er ist sich seiner Verantwortung für die Stadt voll bewußt: Wer ist es denn schließlich, der alle ambitionierteren Aufführungen des Neuenburger Theaters sponsort? Wer hat den Sprungturm im Neuenburger Freibad finanziert? Wer unterstützt den Neuenburger Handballverein? Wer bezahlt das Feuerwerk, jedes Jahr wieder, zur Eröffnung des Jahrmarkts? Und das ist noch das wenigste. Jo hat praktisch die ganze Weststadt neu gestaltet.

Er hat phantastische Architekten engagiert, für seine Werkserweiterung. Er hat die alten Bruchbuden in der Gleichengasse hinter seinem Werk aufgekauft und sanieren oder abreißen lassen, so daß das gesamte Viertel nun aussieht wie aus einem Guß. Vor allem aber hält er über dreitausend Neuenburger und ihre Familien in Lohn und Brot, und das in einer Stadt mit gerade mal fünfzigtausend Einwohnern. Und den Leuten geht es gut bei Perling.

Es geht ihnen besser als den meisten anderen, in vieler Hinsicht. Ein Perling-Mitarbeiter muß sich zum Beispiel nicht mit den normalen Neuenburgern um einen der knappen städtischen Krippen-, Kindergarten- oder Hortplätze raufen. Er meldet seinen Nachwuchs einfach in der Perling-KidsWorld an, die Jo gleich hinter seinem Werk in der Gleichengasse errichtet hat, und dort kümmert sich dann das hervorragend ausgebildete Fachpersonal um die Kleinen. Innerhalb ordentlicher Öffnungszeiten, versteht sich: montags bis freitags, sieben bis neunzehn Uhr. Da ist es für die Eltern kein Problem, auch mal ein paar Überstunden zu schieben. Die Kinder sind in der KidsWorld ja bestens untergebracht. Weit besser als in den entsprechenden städtischen Einrichtungen übrigens: Oder hat die Stadtverwaltung etwa Ahnung von kognitiver Frühförderung?

Nein, das hat sie nicht. Sie hat doch gar kein Geld für dergleichen. Sie hat nicht einmal genug Geld, um die Toiletten im städtischen Hort neu fliesen zu lassen. Aber einen Perlingmitarbeiter betrifft das nicht. Solange er sich mit Jo Perling gut steht, muß er sich keinerlei Sorgen machen. Solange er nicht aus den Werken verbannt und in den ungeschützten öffentlichen Raum abgeschoben wird, muß er keinen Gedanken mehr an das Wohl seiner Sprößlinge verschwenden.

Und um solch profane Dinge wie das Einkaufen oder das Kochen muß er sich auch nicht sorgen. Ein Perlingmensch speist mittags Edelfisch-Tris auf Avorioreis oder Hasenrücken an roten Balsamico-Linsen in der Perlingkantine, und für abends nimmt er sich gleich noch einen Salat oder ein leckeres Sandwich mit, Jo wünscht einfach nicht, daß seine Leute Zeit, Energie und Kreativität für so etwas Primitives wie Nahrungsmittelbeschaffung aufwenden müssen. Er will, daß sie ihr volles berufliches Potential entfalten. Er findet, seine Leute sollten den Kopf vollkommen frei haben für ihre Arbeit: Deshalb ist er persönlich bemüht, sie so effizient wie möglich vor allen Ablenkungen zu beschützen, die ihre Karriere beeinträchtigen könnten.

Früher war das natürlich alles anders. Bevor Jo an die Macht kam, waren zum Beispiel die Welten der Manager und des Fußvolks noch streng getrennt. Sie wurden sogar in separaten Bereichen abgefüttert. Aber Jo glaubt an Freiheit, an Eigenverantwortung. An die grundsätzliche Gleichbehandlung aller Menschen: Er hat beide Küchenbelegschaften gefeuert, dann die Kantinen zusammengelegt, renoviert und einen Spitzenkoch angestellt, und nun ist das Essen in der Perlingkantine besser und dennoch preiswerter als das irgendeines Restaurants im Umkreis. Für einen Perlingmenschen lohnt es sich nicht, irgendwo anders essen zu gehen. Es lohnt sich kaum noch, überhaupt in die Stadt hineinzufahren. Jedenfalls nicht mehr, seit Jo das Perling-WellFit-Center in der Gleichengasse eröffnet hat, mit Tennisplätzen, Kraftraum, Tanzstudio, Bistro, Bar und Wellnessbereich, das Zentrum ist wirklich sehr schön geworden.

Es ist unter modernsten Gesichtspunkten entworfen worden: Jo hat unter anderem einen Feng-Shui-Meister, einen berühmten amerikanischen Innenarchitekten und einen Berliner Psychologen mit profunden Fachkenntnissen in Farbtherapie an der Planung beteiligt, ein Aufenthalt hier soll schließlich das psychophysische Wohlbefinden nachhaltig steigern. Hier sollen die Perlingleute Power tanken können, für den nächsten Tag. Natürlich sind auch ihre Ehepartner herzlich willkommen, in Ausnahmefällen sogar ihre Freunde. Und wenn man später die Kleinen abholt, kann man sie zu Hause sofort ins Bett legen. Sie sind ja schon in der KidsWorld abgefüttert worden. Ein Perlingmensch ist also wirklich frei, wenn er heimkommt.

Er muß nicht einmal mehr aufräumen: In seiner Wohnung hat ja den ganzen Tag niemand gelebt, Jo Perlings Leute gehen eigentlich nur noch zum Schlafen nach Hause.

Zur Zeit spielt Jo deshalb mit dem Gedanken, die sanierungsbedürftigen Sozialwohnungen drüben am Herrnhügel aufzukaufen und auszubauen. Die Lage ist gut, man könnte was aus der Sache machen. Man könnte jeweils zwei bis drei Wohnungen zusammenlegen, sie anständig ausstatten, Jo würde noch nicht einmal die Mieten anheben.

Er muß ja kein Geld verdienen, an seiner Neuenburger Führungsmannschaft. Das Geld bringen ihm seine Werksniederlassungen in Fernost und Rumänien, wo die Leute noch bereit sind, für bezahlbare Löhne eine Menge zu leisten. Aber die Wohnungen am Herrnhügel würden die Perling-Burg komplett machen.

Jos Verwaltungsstab müßte Jos Reich dann überhaupt nicht mehr verlassen. Jo hätte seine Leute immer um sich, wie ein mittelalterlicher Fürst seine Mannen: die die Fürsorge ihres Herrn auch mit nichts anderem zu entgelten hatten als mit ihrer unbedingten Loyalität. Und in der Tat steht Jo Perlings Betriebsrat schon heute geschlossen hinter seinem Chef, Gernot sieht auf die Uhr.

Aber das ist ja unverschämt! Achtundzwanzig Minuten! Fast eine halbe Stunde! Ist das denn möglich? Das muß Gernot sich nicht gefallen lassen. Jo Perling ist seit achtundzwanzig Minuten mit seinem Hund unterwegs. Dabei weiß er doch ganz genau, daß Gernot noch in die Stadt muß, um Barbaras Brillantring abzuholen. Er weiß, daß der Ring für morgen bestimmt ist, für die Silberhochzeit, will Jo Gernot absichtlich hier festnageln? Will er ihn seine Macht fühlen lassen? Das wäre wirklich ein dicker Hund. Aber nicht einmal der dickste Köter braucht doch achtundzwanzig volle Minuten, um sich zu entleeren? Jo Perling gestattet seiner Töle, glatt auf Gernots Freitagnachmittag zu scheißen, so sieht es aus, Gernot geht hektisch auf und ab.

Er atmet tief durch: Aber das bringt natürlich überhaupt nichts, ohne Zigarette, Gernot hätte zehnmal hinuntergehen und sich Zigaretten holen können, wenn Jo gesagt hätte, wie lange er wegbleibt!

Aber jetzt ist es natürlich zu spät.

Jetzt wird Jo ja sicher jeden Augenblick zurück sein: Und dann muß Gernot an Jos Schreibtisch im hinteren Teil von Zimmer 101 bereitstehen, Gernot weiß genau, was Jo von ihm erwartet.

Die Anwaltskanzlei Lehmann ist ja seit Jahren fast nur noch für Jo Perling tätig. Nicht nur für das Werk: Inzwischen kommt auch die gesamte Perlingsche Führungsebene mit ihren privaten Belangen zu Gernot, auf Jos persönliche Anordnung hin, Gernot könnte seinen Laden glatt zumachen, wenn Jo ihn hängenließe. Er müßte von vorn anfangen, und das mit über fünfzig. Er könnte nichts mehr für seine Tochter Sarah anlegen, Sarah studiert in München.

Und zwar Produktdesign.

Nicht daß Gernot ernstlich erwartet hätte, seine Tochter dereinst Jura studieren zu sehen.

Nicht daß er darauf gehofft hätte, sie würde eines Tages seine Kanzlei übernehmen. Gernot gehört wirklich nicht mehr zu der Generation von Vätern, die von ihren Kindern erwarten, daß sie beruflich in ihre Fußstapfen treten. Aber Produktdesign? Sarah hätte doch alles offengestanden. Sie hätte studieren können, was sie will, mit ihrer Intelligenz, ihren Begabungen, was, wenn sie nicht begabt genug ist, um als Designerin erfolgreich zu sein? Wobei Talent allein ja noch nicht einmal reicht. Man braucht Verbindungen, Glück, Durchsetzungsvermögen, Gernot hat Sarah wirklich ins Gewissen geredet. Aber sie hat ihrem Vater gar nicht zugehört.

Gernot konnte es sehen. Er haßt diese vage Art, mit der sie dann an ihm vorbeisieht. Sie tut, als würde er versuchen, sie zu irgend etwas zu zwingen: wo er sie allenfalls auf sanfte Weise beeinflussen möchte, zu ihrem eigenen Besten, Gernot tut doch alles für seine Tochter.

Er würde sich ihr nie in den Weg stellen. Im Gegenteil: Als

abzusehen war, daß sie stur bleiben würde, hat er nachgegeben und ihr sogar einen Vorpraktikumsplatz im Ausland organisiert.

Gernot kennt schließlich genug Leute, die ihre Produktion schon vor Jahren in günstigere Weltgegenden verlegt haben. Er kennt genug Leute mit außereuropäischen Zweigstellen: Sarah konnte zwischen Atlanta, Hongkong und Melbourne wählen. Sie hat sich schließlich für Melbourne entschieden. Hat sich vollkommen selbständig ein Zimmer gesucht, in einer Wohngemeinschaft, und dann fast ein Jahr in Australien gelebt, natürlich ist Gernot stolz auf seine Tochter.

Natürlich setzt er vollstes Vertrauen in ihre Fähigkeiten: Sarah Lehmann wird ihren Weg machen. Das sagt sich Gernot an guten Tagen. Sicherheit gibt es doch sowieso nirgends mehr! Gernot gehört wirklich nicht zu den Leuten, die allen Ernstes so tun, als existierten heutzutage noch irgendwo Jobs mit eingebauter Garantie auf einen Präsentkorb zum fünfundzwanzigjährigen Betriebsjubiläum. Und Sarahs Ausbildung eröffnet ihr eine Menge Möglichkeiten, gerade auch im Ausland.

Das wird schließlich immer wichtiger. Anderen Leuten gegenüber führt Gernot gern aus, wie wichtig es seiner Meinung nach zukünftig sein wird, als Deutscher im Ausland arbeiten zu können: Und was ist Produktdesign anderes als die internationale Sprache der schönen Gegenstände? Nein, Gernot ist es um Sarahs Zukunft nicht bange. Und nebenher spart er heimlich für sie.

An schlechten Tagen nämlich plagt Gernot eine gräßliche Vorstellung. Es ist eine fixe Idee, eine tiefe Angst: Was, wenn Sarah eines Tages ihren Vater bräuchte, und Gernot wäre nicht mehr da, um sie zu retten? Was, wenn eines Tages alles den Bach runterginge: Deutschland, Europa, die westliche Welt? Die Marktwirtschaft, die Demokratie, die Sozialsysteme, der Nationalstaat, die UNO, das Klima, das Mehrparteiensystem und der Kapitalismus, mit anderen Worten: was, wenn Sarah wirklich in die Bredouille geriete?

Und dazu müßte es noch nicht einmal zum völligen Zusammenbruch kommen. Es würde schon reichen, daß sie sich in Abhängigkeiten begäbe. Daß sie mit einem Kind dasäße. Mit einem Mann, der zu wenig verdient. Mit einem vollkommen falschen Mann womöglich, und es fragt sich noch, ob es einen richtigen gibt, Gernot kennt ja die Männer. Er wird ihnen seine Tochter jedenfalls nicht hilflos überlassen. Er wird ihr ein stabiles Fundament verschaffen: Geld, mit anderen Worten.

Mit viel Geld und etwas Glück kann man schließlich fast jeden Karren wieder aus dem Dreck ziehen oder doch wenigstens seine Ladung bergen. Und mit sehr viel Geld und ohne jedes Glück kann man immerhin den Verlust des verdammten Karrens einigermaßen verschmerzen: Und eben deshalb muß Jo Perling in Neuenburg bleiben.

Das ist der springende Punkt. Deshalb marschiert Gernot jetzt in Zimmer 101 auf und ab und wartet auf Jo und seinen offenbar darmkranken Hund: Jo hat der Stadt Anfang der Woche ganz offiziell angedroht, die Hauptverwaltung der Perlingwerke nach Nürnberg oder Budapest oder sonstwohin zu verlegen, wenn man weiter in purer Undankbarkeit darauf beharrt, daß Jo sein Schild am Westkreisel entfernt.

Es ist also mal wieder alles Franz Vogels Schuld. Franz Vogel hat Gernot schon immer das Leben schwergemacht, von Anfang an. Und nun gefährdet er auch noch Gernots Existenz. Von Franz Vogels eigener ganz zu schweigen! Die Neuenburger Wähler würden es Franz Vogel doch niemals verzeihen, wenn Jo Perling ginge. Und Franz ist an Neuenburg gekettet, genau wie Gernot.

Jo dagegen ist frei. Er kann machen, was er will. Er kann überall hingehen, jederzeit: Im Gegensatz zu einem mittelalterlichen Fürsten ist er an keine Burg gebunden, Gernot sieht wieder auf den Kreisel hinaus.

Dann hebt er den Blick, und neue Hoffnung weitet sein Herz. Nein, im Grunde muß Gernot sich gar keine Sorgen machen. Wenn Gernot in die Zukunft sehen will, dann braucht er nur von Zimmer 101 zur Alexanderstraße hinüberzusehen, an deren Ende der neue Busbahnhof liegt.

Früher fuhren die Busse nämlich nicht durch die Alexanderstraße, sondern durch die Gleichengasse, hinter dem Perlingwerk. Aber dort störte der Lärm. Dort liegen ja das Perling-Well-Fit-Center und die Perling-KidsWorld: Und deshalb fahren die Busse nun durch die Alexanderstraße, zwischen einer Grund- und einer Hauptschule durch, so wie Jo Perling es von Anfang an wollte.

Aber auch damals hat es eine Weile gedauert, bis die Stadt einsichtig wurde. Jo Perling konnte doch nicht allen Ernstes verlangen, die Gleichengasse zu einer verkehrsberuhigten Zone zu erklären. Er konnte sich doch nicht erdreisten, eine Veränderung der gesamten öffentlichen Nahverkehrsführung in der Innenstadt zu fordern! Man hätte ja drei Straßen erweitern, ein denkmalgeschütztes Haus abreißen, einen Busbahnhof bauen und die wesentlichen Haltestellen verlegen müssen. Nein, das war den Bürgerinnen und Bürgern nicht zuzumuten. Das war den Steuerzahlern nicht darzustellen, dafür würde die Stadt sich niemals hergeben, und damit basta.

Nun gut. Jo Perling mußte das akzeptieren.

Andererseits konnte ihn keiner zwingen, weiterhin das Theater zu unterstützen oder gar den Handballverein, dessen Präsident zufällig Oberbürgermeister Franz Vogel war. Wieso bitte war das Erpressung? Es war doch schließlich Jo Perlings eigenes, sauer verdientes Geld. Damit konnte er ja wohl tun, was er wollte. Jeder Straßenkehrer, jeder Fließbandarbeiter durfte sich schließlich ungestraft weigern, einen Handballverein oder ein Theater zu finanzieren. Warum sollte dann ausgerechnet Jo Perling einem Club sein Geld in den Rachen schleudern, dessen Präsident in seiner Eigenschaft als OB tagtäglich bewies, daß er offensichtlich weder wirtschaftlich dachte noch in der Lage war, wenigstens das überholte Nahverkehrskonzept zu modernisieren?

Seitdem fahren die Busse durch die Alexanderstraße, die extra dafür verbreitert worden ist. Der Handballverein und das Theater erhalten wieder ihre Spenden. Und die Lärmbelästigung auf den Tennisplätzen des Perling-WellFit-Center ist viel geringer geworden.

Die Busse berühren sie ja gar nicht mehr. Sie fahren von der Stadt weg. Sie fahren um die Stadt herum. Sie fahren an die Stadt heran, bis zum neuen Busbahnhof. Aber in die Stadt hinein fahren sie nicht mehr, natürlich, für ältere Leute oder für Schulkinder mag das ein gewisses Problem sein. Und auch der Einzelhandel klagt über Verluste: obgleich, welcher Einzelhandel?

Wenn man Barbara glaubt, dann gibt es gar keinen Einzelhandel mehr in der Innenstadt, Gernot, im Herzen des Perlingschen Imperiums, schnaubt. Wenn ihm etwas zum Hals heraushängt, dann sind es Barbaras Vorträge. Ihr Engagement-Gesabbel: Umwelt, Emanzipation, Menschenrechte, die Dritte Welt, lauter abgehobenes Theorie-Gesülze aus den siebziger Jahren des letzten Jahrhunderts, unbeleckt von wirtschaftlichem Denken, Gernot fühlt sich immer so alt, wenn er Barbara zuhört! Wie ein Dinosaurier: der letzte seiner Art. Und im Grunde genommen sind es nichts als verkappte Vorwürfe. Dabei entlastet Gernot seine Frau doch schon, wo er kann! Er kümmert sich um die Autos, er putzt seine Schuhe. Er räumt sonntags den Geschirrspüler aus. Er bringt seine Hemden in die Wäscherei. Und neuerdings ißt er mittags in der Perlingkantine, es macht ihm nichts aus. Gernot tut es gern. Das Essen ist besser als zu Hause, und man hat dabei seine Ruhe, Gernot hätte auch Barbaras Wäschekorb besorgt. Barbara hätte nur ein Wort sagen müssen. Nicht einmal Barbara kann schließlich ernsthaft von einem Mann erwarten, daß er ihr einen Wäschekorb von den Augen abliest: Aber sie ist niemals zufrieden, das ist das Problem.

Es reicht nie. Es ist nie genug. Gernots Leistung wird nicht respektiert. Er arbeitet von morgens bis abends. Er verdient gut: Barbara kann sich ein großes Haus leisten, einen großen Garten. Sie fährt Cabrio. Sie hat den Schrank voller Klamotten, eine Schmuckschachtel voller Klunker, was zum Teufel muß man denn noch tun? Was muß man machen, damit einem nicht ständig ein keifendes Weib durch alle Zimmer folgt, Gernot wendet sich vom Fenster ab, weil Jo Perling und sein Hund endlich von ihrem Ausflug zurück sind.

»Traumhaft, draußen«, sagt Jo.

Er läßt sich in einen Sessel fallen. Sein Hund wirft sich aufschnaufend neben ihn auf den Boden,

»Echt ein Superwetter«, sagt Jo. »Totaler Quatsch, hier seine Zeit zu verplempern. Laß uns jetzt mal reinhauen, Gernot«,

»Gut«, sagt Gernot. »Okay. Also, um direkt auf den Punkt zu kommen: Ich halte es nicht für geschickt, der Stadt offen mit einer Werksverlegung zu drohen. Mir erscheint das übertrieben. Ich denke, daß wir es besser erst einmal mit moderateren Mitteln versuchen sollten«,

Jo Perling hebt die Hand. Gernot verstummt. Jo fährt sich mit der Hand durch das Haar. Er hat kurzes, sandfarbenes Haar, mit ziemlich vielen Wirbeln, wie ein Junge. Er sieht gut aus, gesund. Er ist der wandelnde Beweis, daß Gott nicht gerecht ist: Er schwimmt im Geld, und er sieht noch immer aus wie vierzig,

»Ich«, sagt Jo Perling, »habe die Schnauze voll. Ich bin gekränkt. Ich bin ehrlich gekränkt, von Franz Vogels Undankbarkeit. Von der Undankbarkeit meiner Neuenburger. Ich tue doch für meine Stadt, was ich kann! Und das kommt dann dabei heraus. Daß man mir mein Schild nehmen will. Daß dieser Franz Vogel öffentlich behauptet, ich würde ohnehin nie weggehen, das wären alles nichts als leere Drohungen, der Mann nimmt mich nicht ernst. Er respektiert mich nicht. Er macht mich lächerlich. Aber nicht mit mir. So nicht«,

Jo steht auf und geht zu seinem Schreibtisch. Hinter dem Schreibtisch hängt ein riesiges abstraktes Bild, mit viel Lila und Oliv. Seine Oberfläche ist zerklüftet, wie eine unprofessionell gespachtelte Sahnetorte. Ein kleines weißes Schildchen darunter verkündet, daß dies eine Ansicht der Weststadt ist, vom Turm der Johanniskirche aus gesehen, die Künstlerin ist hier in Neuenburg ansässig. Die meisten Besucher von Zimmer 101 erfüllt ihr Werk mit stillem Glück. Sie mögen ja alle miteinander nicht viel mehr sein als Jo Perlings Leibeigene: Aber jedenfalls sind nicht sie es, die sich dieses Bild in ihr Haus hängen müssen, um als Förderer von Neuenburgs Schönen Künsten zu gelten,

»Die öden mich an«, sagt Jo Perling. »Die öden mich einfach an, diese Verwaltungswichtel. Ich gestalte meine Stadt, so gut es mir möglich ist, und die pinkeln mir andauernd ans Bein«,

»Jo«, sagt Gernot. »Hör mal. Worauf willst du hinaus? Du wirst dich von deren Geschwätz doch nicht beeindrucken lassen. Du wirst doch nicht vor denen in die Knie gehen, natürlich kannst du hier jederzeit weg. Aber das willst du doch gar nicht. Du bist hier zu Hause, du hast hier deine Freunde. Und dann hast du auch gerade erst ziemlich viel Geld reingesteckt, in die Werkserweiterung«,

»In der Tat«, sagt Jo Perling. »Und ich gehe auch nicht. Soll doch der OB gehen, wenn ihm was nicht paßt«,

Der Hund hebt den Kopf und sieht Jo an. Es ist ein Jagdhund. Nicht daß Jo Perling jagt. Aber der Hund hat ihm gefallen. Also hat Jo ihn gekauft. Der Jagdhund kann sich bestimmt ein bißchen an die sozialen Gegebenheiten anpassen, wenn er will, oder? Jo hat schließlich ein Haus an der spanischen Küste, in Marbella. Er hat ein Flugzeug, mit dem er jederzeit nach Marbella jetten kann, um dort zu surfen, zu tauchen, zu segeln, vielleicht kann der Jagdhund ein Flughund werden. Oder ein Seehund, möglicherweise,

»Hör mal«, sagt Gernot. »Was ist eigentlich mit dem alten Lichtspielhaus? Mit deinen Sanierungsplänen? Das ist doch ein Trumpf. Du willst ja letztlich Leben retten, mit der Sanierung. Das Leben von Jugendlichen. Das Leben unserer Kinder. Hier in der Stadt ist für sie nichts geboten. Aber wenn es erst mal eine Bar und eine Disko im alten Lichtspielhaus gibt, dann müssen die Kids auf den Straßen nicht mehr Kopf und Kragen riskieren, laß uns doch mal diesen Aspekt an die große Glocke hängen. Daß du die Sanierung des Lichtspielhauses einstellst, wenn die Stadt dich unter Druck setzt. Ich denke, da hast du die Bevölkerung auf deiner Seite«,

»Das ist mir egal«, sagt Jo Perling. »Die Bevölkerung ist mir vollkommen egal. Ich brauche keine Bevölkerung. Oberbürgermeister Franz Vogel braucht eine Bevölkerung. Der ist gewählt. Ich nicht. Ich komme ohne diesen Mist aus. Die Leute brauchen mich, nicht ich sie. Das ist der Unterschied, zwischen mir und dem OB«,

»Na entschuldige mal, Jo«, sagt Gernot und beugt sich vor. »Ich verstehe nicht ganz. Wenn dir die öffentliche Meinung völlig egal ist, warum haben wir dann mit dem Anzeiger ausgehandelt, daß sie deine Statements abdrucken, als wären es echte Zeitungsberichte? Vielleicht denkst du trotzdem noch mal nach, über die Sache mit dem Lichtspielhaus«,

Jo Perling winkt ab.

»Gernot«, sagt er. »Das Projekt Lichtspielhaus steht. Das mache ich hier nicht zur Verhandlungssache. Ich brauche endlich ein anständiges Restaurant. Ich brauche was, wo ich mit Gästen von außerhalb hin kann, ohne mich für diese Stadt zu schämen. Ein Lokal, das ich meinem Führungspersonal zumuten kann. Das ich den Leuten zumuten kann, die ich für meine Firma einkaufe, ich werde dir sagen, was ich vorhabe. Ich werde dir erklären, was ich mit meinem Schild mache. Ich stelle einfach zwei Leute von meinem Werkschutz auf den Kreisel. Zwei von den Jungs vom ISS. Du weißt schon, *International Safety and Security Services*. Das private Sicherheitsunternehmen, das für mich arbeitet. Dann wollen wir mal sehen, ob sie sich trauen, mein Schild abzubauen.«

»Jo!« sagt Gernot. »Moment mal. Was? Das ist verrückt. Das geht nicht! Das kannst du nicht bringen. Davon muß ich dir abraten, als Anwalt und als Freund, das Schild steht doch trotz allem auf öffentlichem Boden. Der Kreisel ist öffentlicher Boden, daran hat sich nichts geändert, was willst du den Sicherheitsleuten denn sagen? Was sollen die denn machen, wenn tatsächlich jemand vom Bauamt kommt und das Schild abmontieren will? Sollen die sich schlagen, mit den Beamten?«

Jo Perling lacht auf.

»Schlagen?« sagt er. »Das ist doch lächerlich, Gernot. Die Weicheier? Der Henzel von der Baubehörde vielleicht? Hör auf.

Nein, meine Jungs stellen sich einfach rund um das Schild. Und dort bleiben sie stehen. Das reicht.«

»Jo«, sagt Gernot. »Hör zu. Das ist Unsinn. Der Kreisel ist öffentlicher Boden«,

»Sag mal, Gernot«, sagt Jo Perling, »willst du mir etwa gerade erklären, ich könnte mein Schild nicht behalten, ohne die Erlaubnis dieser Stadtverwaltung?«

»Ja«, sagt Gernot. »Natürlich. So ist es. Leider. Letztlich ist es leider genau so, das wissen wir doch beide. Deswegen müssen wir ja eben versuchen, die Zustimmung der Stadt zu erwirken«,

»Ach, hör auf«, sagt Jo. »Weißt du, was passiert, wenn sie meine Jungs da stehen sehen? Sie werden kurz nachdenken. Sie werden sich ausrechnen, wie es weitergeht. Sie werden überlegen, ob sie sich eine weitere Eskalation leisten können, so kurz vor den Kommunalwahlen. Und dann werden sie mir meinen Kreisel schenken. Schenken, verstehst du? Na und? Dem SB-Elektromarkt haben sie zehntausend Quadratmeter geschenkt, nur damit die sich nicht in der Nachbargemeinde niederlassen. Diese Klitsche, was bringt die denn? Sechseinhalb Arbeitsplätze, die sich siebzehn Leute teilen«,

»Jo«, sagt Gernot. »Herrgott noch mal. Bitte, das ist doch alles völlig absurd. Was machst du denn, wenn es einen Zwischenfall gibt? Wenn es tatsächlich zu einer Schlägerei kommt, zwischen diesen privaten Sicherheitsleuten und der Polizei? Was wir haben, ist doch nichts als eine vertragliche Zusicherung der Stadt, daß du den Kreisel gestalten kannst, wie du magst. Gut, die öffentliche Meinung ist davon überzeugt, daß du die Sache finanziert hast. Das haben wir ausgezeichnet hinbekommen. Aber du kannst doch deswegen nicht eine Straßenschlacht zwischen der Polizei und der Perlingschen Privatarmee riskieren. Wir sind hier doch nicht in Afrika oder in Kolumbien. Wir leben auch nicht mehr im Mittelalter, als man sich eine Schar Söldner zusammenpfeifen konnte, um auf jemanden loszugehen«,

Jo Perling unterbricht ihn.

»Nicht?« sagt er. »Weißt du was? Dasselbe Sicherheitsunternehmen, das ich beschäftige, schützt in Bonn die Armeekasernen. Das muß man sich mal auf der Zunge zergehen lassen. Drinnen stauben die Soldaten auf Staatskosten ihre Spinde ab, und draußen stehen die Jungs vom ISS und erwirtschaften Gewinn für ihr Unternehmen. Aber das ist natürlich noch gar nichts. Das ist nicht mal der Anfang. Deutschland hinkt mal wieder hinterher, wie auf allen Gebieten. Wir diskutieren hier die Abschaffung der Wehrpflicht, und in Amerika und England und überall sonst haben sie ihre Armeen längst privatisiert. Überall haben sie längst begriffen, daß Privatunternehmen gegenüber staatlichen Truppen nur Vorteile bringen. Keine langwierigen Genehmigungsverfahren, keine nutzlosen öffentlichen Debatten. Man schickt die Jungs hin, wo man will, und fertig. Und wenn ihnen was passiert, muß das gar keiner mitkriegen. Die sind schließlich keine Verteidiger von Volk und Vaterland, sondern gutbezahlte Privatleute. Da kommen die *body bags* ganz diskret nach Hause. Das ist die Zukunft, sage ich dir. Und genauso wird es bei der Polizei sein. Seit Jahrzehnten wird jede U-Bahn, jede Großveranstaltung, jedes Betriebsgelände von Privatfirmen geschützt. Aber ausgerechnet die Innenstädte überläßt man den Beamtenköpfen«,

Jo Perling tätschelt flüchtig den Kopf seines Hundes. Er tritt neben Gernot ans Fenster und blickt hinunter auf seinen Kreisel, dann über seine Türme hinweg zu seinem Busbahnhof an der Alexanderstraße,

»Das ist das nächste«, sagt er zu Gernot. »Das nächste ist, daß ich mich um meine Innenstadt kümmere. Um das Lichtspielhaus, um den Marktplatz, es wird wirklich Zeit. Ich bin damals einfach nicht weit genug gegangen bei der Entwicklung des Verkehrskonzepts. Gut, das war mein Fehler. Das muß ich eben jetzt korrigieren. Die müssen mir endlich meinen Marktplatz anständig herrichten. Die Busse müssen wieder den Marktplatz anfahren. Die Innenstadt darf auf keinen Fall sterben. Wie will ich denn inländische oder womöglich ausländische Spitzenleute bekommen, wenn ich ihnen und ihren Familien nicht ein entsprechendes Umfeld bieten kann? Da wird sich Neuenburg ein wenig anpassen müssen. Und der Busbahnhof muß verlegt werden, vielleicht auf den Salzmarkt«,

»Das ist nicht dein Ernst«, sagt Gernot. »Du willst die Busrouten wieder zurückverlegen?«

Jo Perling wendet sich vom Fenster ab.

»Und, warum nicht?« sagt er. Er sieht Gernot an, zieht die Brauen hoch, »sag mal, Gernot, hast du dich eigentlich nie gefragt, warum das mit dem Kreisel damals alles so glatt gelaufen ist? Warum der Zweite Bürgermeister so brav unterschrieben hat? Der nette Herr Gauer. Der war mit allem einverstanden, was wir vorgeschlagen haben, eigentlich seltsam, nicht wahr? Mensch, allein mein Schild hat die Stadt fast 300 000 Euro gekostet. Aber in den Verträgen war noch nicht mal die Rede davon, daß ich mir meine Baumaßnahmen von der Stadt genehmigen lassen müßte. Die haben mich machen lassen, was ich wollte, und dann haben sie alles bezahlt«,

»Na ja«, sagt Gernot. »Das haben wir eben super hingekriegt. Wir haben hart verhandelt. Und Gauer hat vielleicht auch ein bißchen gepennt, bei der Vertragsunterzeichnung«,

»Quatsch«, sagt Jo. »Der war hellwach. Der will den OB loshaben, genau wie ich. Der will Vogel diskreditieren, und zwar möglichst gründlich, damit er es ist, der nach der nächsten Wahl in den OB-Sessel pupst, wir haben das vorher alles abgesprochen, Gauer und meine Leute. Es war ja auch einfach. Die Kreiselverträge fielen sowieso in Gauers Zuständigkeitsbereich, da mußte man gar nichts tricksen. Vogel kann sich schließlich nicht um alles selbst kümmern. Aber das hilft ihm nichts. Wenn es öffentlich wird, was da auf Kosten des Steuerzahlers gelaufen ist, muß er trotzdem die politische Verantwortung übernehmen, ob er nun was dafür kann oder nicht«,

»Du meinst, es war alles eine abgekartete Sache?« sagt Gernot. Er spricht leise. Er spricht langsam. Das liegt daran, daß er mit einemmal nur noch mühsam Luft kriegt, »du willst sagen, der Inhalt der Verträge stand von vornherein fest? Du teilst mir mit, meine Verhandlungen mit Gauer waren eine reine Farce, und ich habe das noch nicht mal gewußt?«

Gernot ist so wütend, daß er flüstert. Er sieht Jo Perling nicht an. Er darf ihm jetzt nicht ins Gesicht sehen: Jo Perling hat ihn zum Idioten gemacht. Er hat Gernot gedemütigt. Ihn bloßgestellt. Ihn über den Tisch gezogen. Er hat Gernot genauso über den Tisch gezogen wie den OB Franzi Vogel, Gernot sieht an Jo vorbei aus dem Fenster. Er sieht hinunter zum Kreisel, wo das Schild steht,

»Na ja«, sagt Jo. »Reg dich nicht auf, Gernot. Es sieht eben einfach besser aus, wenn man seinen Anwalt die Verträge machen läßt. Klar, ich hätte dich auch informieren können. Aber du wirkst nun mal überzeugender, wenn du selbst alles ernst nimmst, was du sagst«,

Jo dreht sich um. Er durchquert das Zimmer. Bleibt vor dem Werk der Neuenburger Künstlerin stehen, mustert es mit zusammengekniffenen Augen,

»Ach, übrigens, Gernot«, sagt er dann. »Was mir gerade einfällt: Willst du mit Barbara übers Wochenende rasch mal mit meinem Flieger runter nach Marbella? Diane hat Einladungen für einen Sarao, morgen abend. So eine Gala, zugunsten eines spanischen Tierschutzvereins, die Gräfin Oberloh hat das organisiert. Unsere Nachbarin in Marbella. Berühmt, die Saraos der Oberloh. Aber ich habe gar keine Lust auf den ganzen Senf. Nicht dieses Wochenende. Ich habe etwas anderes vor. Also, willst du? Von mir aus kannst du die Karten haben«,

»Danke«, sagt Gernot, mit großer Mühe. »Sehr nett. Aber wie du ohne Zweifel weißt, feiern wir morgen unsere Silberhochzeit.«

»Ah«, sagt Jo Perling. »Ja, stimmt. Hatte ich glatt vergessen.«

Gernot steht im Flur vor Jos Büro, wartet auf den Lift und versucht, zu Atem zu kommen. Sich wieder zu beruhigen, vernünftig zu denken, er überlegt, wie er jetzt vorgehen soll. Wieviel Handlungsspielraum er hat. Für den Bruchteil einer Sekunde blitzt in seinem Hirn der Gedanke auf, daß er das Mandat niederlegen sollte.

Aber daran ist natürlich gar nicht zu denken. Einen solchen Einfall muß Gernot behandeln wie einen Hausierer oder einen Zeugen Jehovas: Er darf ihn noch nicht einmal über die Schwelle seines Bewußtseins treten lassen. Er muß die Tür zuschlagen, bevor er noch recht gesehen hat, wer eigentlich davorsteht, der Lift kommt.

Gernot steigt ein. Der Lift schnurrt völlig geräuschlos nach unten. Bis vor kurzem hat er das noch fünfzig Zentimeter weiter links getan. Dann hat Jo Perling festgestellt, daß die Mittelachse der Lifttür und die Mittelachse des gegenüberliegenden Fensters nicht übereinstimmten. Ein untragbarer Zustand! Die Bauleitung wurde davon in Kenntnis gesetzt. Die Mittelachsen mußten schleunigst angeglichen werden: Aber das Gebäude war doch schon fertig. Die Hauptverwaltung der Perlingwerke war bereit zum Einzug. Die Böden waren poliert, die Wände gestrichen, die Teppiche verlegt, die Lampen angebracht. Die Mitarbeiter in den alten Gebäuden hatten damit begonnen, ihre Schreibtische zu leeren, ihre Computer abzukabeln, Jo Perling winkte ab. Ein neuer Schacht mußte her, neue Kabel. In das gerade erst fertiggestellte Gebäude wurde eine klaffende Wunde gerissen: Und mit einem solchen Menschen legen sie sich an, die harmlosen Aktenstreichler von der Stadtverwaltung?

Das ist nicht mutig. Das ist schlicht dämlich, Gernot steigt aus dem Lift. Er geht durch das Foyer, in dem weitere großformatige Werke der lila-oliven Neuenburger Künstlerin hängen, dann tritt er hinaus auf den sonnigen Parkplatz. Und worum geht es denn eigentlich, bei Licht besehen? Was hat Jo getan, wenn man es genau nimmt und alles einmal ganz unemotional betrachtet?

Jo hat einige Vorgespräche geführt. Er hat sein ureigenstes Verhandlungsgeschick in die Auseinandersetzung eingebracht. Er hat legitimerweise die Interessen seines Unternehmens vertreten, mit demselben hohen persönlichen Einsatz wie immer: Und das kann man ihm doch wohl nicht übelnehmen.

Gut, Jo hat Gernot nicht informiert. Aber darüber kann man sicher reden. Es war schließlich kaum mehr als eine Ungeschicklichkeit. Gernot wird Jo eben erklären müssen, daß er besser beraten wird, wenn er seine Pläne vor seinem Anwalt offenlegt, ihm alle entscheidungsrelevanten Fakten zur Verfügung stellt – aber Jo Perling macht doch sicher nicht ernst?

Gernots Schritt stockt, mitten auf dem Parkplatz. Jo hat doch nicht tatsächlich vor, sein Schild von bewaffneten ISS-Männern gegen die Neuenburger Obrigkeit verteidigen zu lassen?

Das können nichts anderes sein als Hirngespinste. Das wäre doch völlig absurd. Schon möglich, daß die Amis oder sonstwer Söldner in Saudi-Arabien einsetzen oder in Afrika! Aber Jo ist kein Ami, und Neuenburg ist nicht der Kongo oder der Irak, Gernot ertappt sich dabei, daß er leise vor sich hinmurmelt.

Daß er gestikuliert, mit den Händen in den Jackentaschen, das passiert ihm öfter, wenn er allein ist. Gernot hält eine Art ständiges Plädoyer, vor einem unsichtbaren Tribunal. Vor einem perfiden Staatsanwalt, einem voreingenommenen Richter, Gernot öffnet den Kofferraum seines Autos. Er hebt die Gummimatte ein Stück an. Holt die Zigaretten darunter hervor, dann denkt er einen wunderbaren Moment lang an gar nichts. Er saugt nur den bitteren Rauch ein und bläst ihn wieder aus: Und mit einemmal hat er eine großartige Idee.

Bevor er den Brillantring für Barbaras Silberhochzeit abholt, wird er in den Baumarkt fahren und einen Wäschekorb besorgen. Diesen Wäschekorb wird er Barbara bringen. Er wird ihn ihr auf die Schwelle legen, vielleicht gibt sie dann ja Ruhe. Und wenn sie morgen auch noch ihren Ring und ihr Fest bekommt, ist sie vielleicht endlich einmal zufrieden, und der ewige Krach legt sich für eine Weile. Wenn es nach Gernot gegangen wäre, hätte man diese alberne Silberhochzeit überhaupt nicht feiern müssen.

Wenn es nach ihm gegangen wäre, hätte man den Termin schlichtweg ignoriert. Aber das hat er natürlich nicht gesagt. Er ist ja nicht verrückt. Im Gegenteil, er hat Barbara sogar angeboten, das Ganze im Schloßhotel zu feiern.

Er hat ihr angeboten, einen Cateringservice zu bestellen, einen Geschirrservice, einen Blumen-, Gläser- und Dekoservice: Aber das reicht ihr ja alles nicht. Was Barbara wirklich will, das ist Gernots Gehorsam.

Sie will ihm den Fuß auf den Nacken setzen: Das weiß Gernot genau. Sie will, daß er pariert. Daß er durch den Reifen springt, wenn sie schnipst. Daß er sich höchstpersönlich den Hintern aufreißt, und zwar für ihre Mischpoke: Aber er wird den Teufel tun.

Von seiner Familie kommt morgen ja noch nicht einmal jemand. Ein Glück auch. Gernot legt keinerlei Wert auf einen Haufen alter Tanten, irgendwelche Cousins dritten Grades, er ist froh, daß er mit so etwas nicht belastet ist. Er hat Frau und Tochter, und das ist ihm wahrlich Familie genug, Gernot wirft die Kippe auf den Boden und tritt sie aus.

Er steigt in sein Auto. Fährt über den Parkplatz, dann auf die Zufahrt zum Westkreisel, in Richtung Baumarkt, um Barbaras verdammten Wäschekorb zu besorgen.

NEUENBURG
Auf Wiedersehen
Arrivederci
Hasta pronto PERLING

Sarah Lehmann sitzt mit ihrer Freundin Polly im Venezia. Sie trinken einen Milchshake: Bananeneis, Milch und Sahne, mit Schokoladenstreuseln obendrauf, Sarah ist ein bißchen übel. Sie hatte eigentlich gar keine Lust auf den Shake. Sie hat nur der Form halber ein paar Schluck davon getrunken. Nur weil es mit Polly so abgemacht war,

Weißt du was, Sarah? Wenn wir nach Hause kommen, gehen wir erst mal ins Venezia und trinken einen Bananenshake. Wie früher, okay?

Wie damals zu Schulzeiten, als Sarah und Polly und die anderen aus dem Dorf fast jeden Abend an dem großen Tisch hinten in der Ecke hängenblieben, weil kaum einer ein Auto hatte und der letzte Bus schon drei Minuten vor acht von Neuenburg-Zentrum wieder hierher zurückfuhr. Das Venezia war und ist der einzige halbwegs akzeptable Treffpunkt in diesem Teil der Stadt: in Neuenburg-Nord, wie das Dorf Weidenbrück seit der Eingemeindung offiziell heißt, nicht nur Sarah und Polly und ihre Freunde haben sich gewöhnlich hier getroffen. An warmen

Sonntagnachmittagen essen oft auch ihre Eltern in dem kleinen Biergarten des Venezia eine Pizza, um diese Zeit ist das Venezia allerdings ziemlich leer.

Giorgio, der Besitzer, hat sich zu ihnen gesetzt. Er hat sich gefreut, Sarah und Polly mal wieder zu sehen. Sie kommen ja nur noch selten her, seit sie in München leben. Jetzt erzählt Giorgio ihnen, was sich in den letzen Wochen in der Stadt Neues getan hat. Es ist nicht allzuviel. Sarah lehnt sich in ihrem Stuhl zurück. Polly hebt die Arme und zieht ihre langen braunen Haare erst zu einem Pferdeschwanz zusammen und dann nach vorn über ihre Schulter.

Ihr Pulli rutscht dabei hoch, und man sieht ihren Bauchnabel. Der Bauchnabel ist gepierct. Polly trägt immer Sachen, die ihren Bauchnabel zeigen, seit sie ihn hat piercen lassen, sogar bei zwanzig Grad unter Null. Jedem anderen würde Sarah das nie verzeihen. Aber bei Polly ist das etwas anderes. Wo andere Leute Fehler haben, hat Polly nichts als pollyeske Besonderheiten, Polly und Sarah sind beide in Neuenburg-Nord geboren.

Sie sind zusammen in die Weidenbrücker Grundschule gegangen, und dann aufs Schiller-Gymnasium in der Neuenburger Innenstadt, und jetzt teilen sie sich eine Wohnung in München, Polly lacht über etwas, das Giorgio gesagt hat. Sie reden über eine neue Bar in der Jonasgasse,

»Was meinst du, Sarah?« fragt Polly. »Wollen wir heute abend mal nach Neuenburg reinfahren und uns diesen Laden anschauen?«,

»Ja«, sagt Sarah. »Vielleicht. Mal sehen. Ich weiß noch nicht, was meine Eltern so planen«,

Das ist eine Lüge. Sarah weiß längst, daß Gernot und Barbara Lehmann am Abend nicht da sind. Aber sie hat keine große Lust auf die Bar in der Jonasgasse. Sie hat keine Lust auf das Neuenburger Nachtleben, Sarah kommt sich manchmal vor wie ein Boot: das sich weiter und weiter von seiner heimatlichen Küste entfernt, unterwegs zu einem fremden Horizont, sie ist wirklich froh, daß sie Karim nun doch nicht mitgenommen hat.

Sie kann sich Karim einfach nicht in Neuenburg vorstellen. Sie kann ihn sich nicht im Venezia vorstellen: das mit seinen Resopaltischen und Holzvertäfelungen und plastikartigen Holzbänken, seinen Plastikseesternen und künstlichen Efeuranken und kreischendbunten Ansichten italienischer Landschaften aussieht wie die Kreuzung aus Eisdiele, Pizzeria und schlecht renovierter Dorfgaststätte, die es ja tatsächlich ist, Karim studiert ebenfalls Produktdesign.

Sie sind einander auf einem Straßenfest begegnet, wo sie vor drei Wochen und sechs Tagen nebeneinander an einem der Stände standen, durch Zufall oder Fügung,

Schau mal, sagte Karim zu Sarah.

Er zeigte auf ein paar große steinerne Murmeln auf der blausamtenen Auslage, vor denen ein kleines weißes Schild stand,

Die Powermarbles der Moqui-Indianer

Siehst du, sagte Karim voll Andacht. Das sind sie nun also, die mächtigen Murmeln der Moqui-Indianer. Sehr interessant. Diese Murmeln. Du weißt schon. Randvoll mit Macht. Mit der großen Macht der Moquis. Du erinnerst dich. Die Macht von diesem Indianerstamm, der seit zwei Jahrhunderten ausgestorben ist. Halt, nein. Fünf Moquis sind noch übriggeblieben. Sie sitzen in ihrem Reservat in Arizona, randvoll mit Feuerwasser, und spielen an ihren Moquis,

Sarah hat gelacht. Karim hat sie angesehen, von der Seite. Er hat gegrinst,

Schön, was? hat er gesagt. Finde ich auch. Ich finde sie unheimlich sexy, die Moquis. Ich stehe auch auf Didgeridoos und auf Blasrohre und Schrumpfköpfe und überhaupt auf all dieses Spielzeug der indigenen Völker. Nett, daß sie das alles schnell noch den Esoterikhändlern aus dem Westen verkaufen, bevor sie selbst endgültig ausgerottet sind. Da kann man wenigstens ihre Kultur ordentlich archivieren, bevor man sie unter einem Berg von McPlastik erstickt, mitsamt ihren Murmeln,

Sie gingen zusammen einen Kaffee trinken, an einem der Stände. Dann kauften sie Bacardi Breezers, sahen einer Band zu, die Oldies aus den Achtzigern spielte, noch später kauften sie irgendwo Tacos und Bier. Sie lachten eine Menge: Karim kann sehr witzig sein.

Er sieht sehr gut aus, im klassischen Sinn: Er ist groß, dunkel, mit einer V-förmigen Figur, Karims Mutter ist Ägypterin. Sie arbeitet als freie Journalistin, für eine Reihe von englischsprachigen Zeitschriften. Karims Vater ist Deutscher. Er ist irgend etwas Bedeutendes bei einem internationalen Pharmakonzern, Karim ist in Kairo geboren. Als er zehn war, ist er mit seiner Familie nach Damaskus gezogen, dann nach Los Angeles und schließlich nach Deutschland, inzwischen leben seine Eltern in Kopenhagen. Karim ist in München geblieben, um sein Studium zu beenden,

Wo ich danach hingehe, weiß ich noch nicht. Ich hätte Lust, mal eine Weile in Kairo zu leben. Aber da ist ja keiner mehr. Sie sind fast alle ins Ausland gezogen. Alle bis auf meinen Großvater, und der ist vor ein paar Monaten gestorben. Wenn ich also nach Kairo komme, wo ich immerhin geboren bin, dann muß ich in ein Hotel gehen, wie ein Tourist,

Sarah beneidet Karim. Sie findet seine Heimatlosigkeit cool. Karim ist überall und nirgends zu Hause. Im Vergleich zu ihm ist sie eine Provinzlerin, ein regelrechtes Landei, trotz ihres Praktikums in Melbourne, Karim und Sarah sind gleich am ersten Abend zusammen in Sarahs und Pollys Wohnung gelandet.

Die Sarah rastlos zu durchwandern begann, kaum daß sich am nächsten Morgen die Tür hinter Karim geschlossen hatte, zum Glück rief er schon am Tag darauf an. Ob Sarah Lust hatte, mit ihm eine Ausstellung zu besuchen?

Es war eine Sonderausstellung, in der Pinakothek der Moderne. Sie trafen sich im Foyer. Sie gingen durch die Ausstellung, ohne einander zu berühren. Gingen durch die Gänge zwischen den Regalen und Regalen und Regalen voller Aktenordner, in den Aktenordnern waren Folien. In den Folien war Müll. Es war der gesamte Müll des Künstlers. Er mußte sich in den Monaten, die das Projekt dauerte, sehr bemüht haben, nur gut archivierbaren, also sehr flachen oder leicht preßbaren Müll zu erzeugen, den Müll hatte er dann in die Folien geschoben. Die Folien hatte er abgeheftet. Jeden Aktenordner hatte er mit dem Datum des betreffenden Tages versehen und ihn dann in ein Regal gestellt, das aussah wie aus einer Behörde oder einem Büro, an jedem Regal hing ein kleines Schildchen.

Diese Ordner enthalten, was dem Künstler an dem betreffenden Tag gehört hat

Weiter hinten gab es auch Bilder. Die meisten davon waren aus Wurst. Fettige Sonnenauf- und -untergänge, aus einer zwischen zwei Blätter Pergamentpapier gepreßten Scheibe Salami, die Salami lag meist im unteren Drittel des Blattes. Die Kante des zweiten Blattes lief über sie hinweg und bildete so einen papierenen Horizont, hinter dem die Salami ihren Aufstieg und Untergang zelebrieren konnte, in einer Aureole aus Fett, nach der Ausstellung gingen sie in den Englischen Garten.

Sie mieteten ein Boot, am Kleinhesseloher See. Karim war umgeben von Abendsonne und Dunst. Er schien zu leuchten. Alles um ihn her schien zu leuchten. Alles verschwamm im Licht, und zugleich war jeder Gegenstand klar und deutlich. Alles vibrierte vor Gegenwärtigkeit: die Blätter der Bäume, die Enten auf dem See. Zwei Hunde auf der Wiese. Die Stimmen, die vom Café über das Wasser herübertrieben, Sarah im Venezia denkt an Karim.

Sie denkt ziemlich viel an Karim. Sie denkt an ihn, während sie mit Polly redet, während ihre Eltern streiten, Sarah denkt daran, wie Karim sich anfühlt. Wie Karim riecht. Er riecht wie das T-Shirt, das Sarah anhat. Es ist Karims T-Shirt. Sarah hat es heute morgen angezogen, ohne ihn zu fragen,

Hey! hat Karim gesagt. Du bist ja lustig. Soll ich denn nackt aus dem Haus gehen oder was,

Klar, hat Sarah geantwortet, mit einer Coolness, die sie nicht empfunden hat. Warum denn nicht? Du bist doch ein hübscher Junge. Du kannst eins von meinen Hemden haben. Freu dich doch, daß mir dein T-Shirt gefällt,

Sie hat dabei gelacht. Es war ein Risiko: Sarah kann nicht immer einschätzen, wie Karim reagieren wird. Aber heute morgen hat er gegrinst. Er hat sich allerdings kein Hemd von ihr geliehen.

Er hat nur seine Jacke angezogen, über die nackte Haut, Karims Haut ist glatt, von blassem Braun. Beim Abschied hat Sarah ihre Hand unter Karims Jacke geschoben. Hat ihre Finger sein Rückgrat hochwandern lassen, dann die Kreise der Brustwarzen nachgezogen, bis die empfindlichen, fast unsichtbaren Härchen auf seiner Brust sich unter ihren Fingern zu einer prikkelnden Gänsehaut aufgerichtet haben, Sarah im Venezia denkt an Karim, heute morgen in ihrem Bett.

An sein Gesicht, mit geschlossenen Augen. An seine geraden schwarzen Augenbrauen, an die schwarzen Halbmondwimpernkränze, Sarah hat ihren Eltern bislang noch nichts von Karim erzählt.

Nicht daß sie fürchtet, Gernot und Barbara könnten etwas gegen Ausländer haben. Sarah hatte bisher einfach keine Lust, das ist alles. Sie sagt sich, daß sie allmählich lernen muß, ihr kindliches Mitteilungsbedürfnis zu zügeln. Sie muß lernen, private Dinge auch mal für sich zu behalten: Und außerdem wäre es ihrem Vater vielleicht ein bißchen unheimlich, daß Karim Muslim ist.

Er hätte sicher Angst um seine Tochter. Er würde befürchten, Sarah könnte ihm unrettbar verlorengehen. Könnte sich verirren, könnte Knall auf Fall, von einem Tag zum anderen unter einem Schleier verschwinden und nie wieder darunter hervorfinden, man hat dergleichen ja schon gehört. Wahrscheinlich würde er Karim sofort kennenlernen wollen. Er würde ihn auszuhorchen versuchen. Würde ihn womöglich mit Gretchenfragen löchern,

Karim! Nun sag, wie hast du's mit der Religion,

Nein, das geht nicht. Das wäre zu peinlich. Und Karim ist ohnehin nicht religiös, da ist Sarah sicher: Karim trinkt Alkohol. Er schläft mit Sarah. Er küßt Sarah, in aller Öffentlichkeit: Sarah im schwarzen Minirock, mit einem knappen Oberteil in der Farbe ihrer rotgefärbten Haare, Sarah hat Karim noch nie beten sehen. Und außerdem lohnt es sich überhaupt nicht, daß Sarahs

Vater sich wegen Karim verrückt macht. Sarah und Karim sind ja nicht für die Ewigkeit gemacht. Sarah ist verliebt in Karim, aber sie hat nicht vor, sich in nächster Zeit an irgendwen dauerhaft zu binden. Sie muß erst einmal an ihre Karriere denken, und an ihre Auslandspläne. Sie möchte vielleicht noch einmal nach Melbourne gehen, oder nach Amerika, Sarah möchte möglichst viele Erfahrungen sammeln.

Und dann möchte sie Erfolg haben. Sie möchte eines Tages ihr eigenes Design-Studio haben, ihr eigenes Label, Sarah ist absolut nicht gewillt, für Karim oder irgendwen sonst irgendwelche Abstriche zu machen. Sie kann sich nicht vorstellen, von jemandem abhängig zu sein, ständig auf jemanden Rücksicht nehmen zu müssen. Sie will frei sein. Sie legt keinen Wert auf Mann und Kinder, jedenfalls nicht in absehbarer Zeit. Wozu eine eigene Familie gründen? Sarah hat ja schon eine, zu der sie jederzeit zurückkehren kann, die immer bereit ist, sie aufzufangen wie ein weiches Bett. Die Familie ihrer Mutter: zu der morgen die ihres Vaters hinzukommen wird, Sarah hat letzte Woche in der Möbelfirma Lehmann & Sohn angerufen.

Marianne und Walter waren in Marbella. Aber Sarah ist sofort mit dem Juniorchef verbunden worden,

Hallo? Ist da Mark Lehmann? Also, hier spricht Sarah Lehmann. Die Tochter von Gernot. Ja, genau. Es ist vielleicht ein bißchen komisch, aber ich rufe an, weil ich Sie – oder weil ich euch – also, ich wollte dich und deine Eltern zur Silberhochzeit von meinen Eltern einladen – wie? Nein. Nein, sie wissen nichts davon. Es soll eine Überraschung sein. Nein. Ich habe bloß gedacht, wir sollten uns endlich alle mal kennenlernen. Ja, nicht wahr? Eben. Dieser ganze Familienstreit ist doch ewig her, und so ein Fest wäre doch eine gute Gelegenheit,

Mark hat sofort zugesagt. Seine Eltern werden allerdings nicht kommen. Gernots Cousin Walter und seine Frau: Sie springen doch nicht für Sarah aus der Torte. Sie gehen nicht auf ein Fest, zu dem sie noch nicht einmal eine anständige Einladung erhalten haben, natürlich, das hätte Sarah sich denken können. Aber Mark hat damit kein Problem.

Und Janine kommt auch. Janine lebt in Hamburg. Janine Lessing: die uneheliche Tochter von Gernots verstorbenem Bruder, sie ist Sarahs einzige echte Cousine! Und Sarah hat sie noch nie gesehen.

Sie mußte ihre Telefonnummer bei der Auskunft erfragen. Keiner der Lehmanns hat sich jemals um Janine gekümmert, Sarah findet es unglaublich, daß man ihr die Familie ihres Vaters ein Leben lang vorenthalten hat. Sie wüßte gern, wer daran schuld ist: Und deshalb hat Sarah sich auch nicht privat mit Mark und Janine verabredet.

Sie will den Knalleffekt. Sie möchte Gernots Gesicht sehen, wenn seine Verwandtschaft morgen Einzug hält. Und sie möchte das Gesicht ihrer Mutter sehen: die Gernot seine Familienlosigkeit seit Jahren mit befriedigter Schadenfreude vorzuhalten pflegt,

Typisch, daß du über meine Verwandten herziehst. Nur weil du selbst niemanden hast. Weil ihr Lehmanns zu streitsüchtig seid, um euch wenigstens auf der Straße zu grüßen,

Karim hat Sarah gefragt, was genau sie sich eigentlich erwartet, von diesen verlorenen Cousins.

Was sie sich erhofft, von diesem Treffen, Sarah hat versucht, es ihm zu erklären: Man ist doch nicht allein auf der Welt. Man ist nicht mit einem Plopp aus heißer Luft entstanden, sondern man ist Teil eines komplizierten Geflechts aus Zufällen und den Absichten und Handlungen anderer Menschen, denen man letztlich sogar seine nackte Existenz verdankt, Karim hat die Schultern gehoben und ein cooles Gesicht gemacht wie immer, wenn er sich über etwas ärgert.

Na toll, hat er gesagt. Ich bin beeindruckt. Sag mal, braucht man eigentlich ein spezielles Visum, für Neuenburg-Nord? Muß man einen besonderen Antrag stellen, bevor man in dein Stammesgebiet einreisen darf? Oder reicht die normale deutsche Aufenthaltsgenehmigung, respektive ein deutscher Paß?

Dann haben sie miteinander gestritten.

Das ist die andere Seite, von Karim. Er kann schwierig sein. Launisch. Manchmal begreift Sarah gar nicht, was er von ihr will. Manchmal hat er etwas geradezu Depressives, das Sarah niederdrückt,

Wir sind doch wirklich mutig, du und ich, sagt Karim. Wir studieren Produktdesign. Wir stellen uns furchtlos der tiefgründigsten Frage der westlichen Zivilisation. Der einzigen noch verbliebenen geistigen Herausforderung des Abendlandes: der Frage nach dem perfekten Design eines unnützen Gegenstandes. Alles andere ist doch sowieso nichts als Larifari. Gott, Glück, Tod, Gerechtigkeit, richtiges Leben, alles nichts als pubertärer Schwachsinn, für euch. Substanzlose Schatten, im Licht der überwältigenden metaphysischen Bedeutung der Aktienkurse,

Sarah hat nichts dazu gesagt. Sie kann es nicht leiden, wenn Karim »ihr« sagt, oder »für euch«. Wer genau ist denn diese Gegenseite, zu der Sarah gezählt wird und auf die Karim so wütend ist? Und wenn er so wenig von seinem Studienfach hält, warum studiert er dann nicht lieber etwas anderes?

Kennst du das Gefühl, in einem Niemandsland zu leben? fragt Karim. Als würdest du unter lauter Gespenstern herumirren, die immer auf der Suche sind, aber sie wissen noch nicht einmal, nach was. Sie können noch nicht mal benennen, was ihnen fehlt. Keiner hat einen Plan. Alle haben alles, aber im Prinzip wissen sie gar nicht, wofür sie morgens aufstehen. Wofür sie auf der Welt sind. Und du schaust es dir an, und alles wird immer häßlicher. Und irgendwann kommt es dir vor wie die reine Hölle. Und du möchtest woanders sein. In einer anderen Welt. Aber du kannst der Hölle nicht entkommen. Weil es längst überall auf der Welt gleich ist,

Aber Sarah findet das nicht. Sie findet nicht, daß es überall gleich ist. Dann würde es ja gar keinen Sinn haben, ins Ausland zu gehen! Sie findet nicht, daß die Hölle überall ist. Melbourne ist nicht die Hölle. München ist nicht die Hölle. Nicht mal Neuenburg-Nord ist die Hölle,

Weißt du, was ihr nicht kapieren könnt? sagt Karim. Daß es auf der Welt Leute geben kann, die keinesfalls so leben wollen wie ihr. Klar, ein gewisses Abweichlertum, das ist in Ordnung für euch. Das akzeptiert ihr. Das braucht ihr sogar. Das gehört für euch zum Konzept, sonst wäre dies ja nicht der tolerante Westen. Aber daß manche Leute lieber tot wären, als sich vom Westen assimilieren zu lassen, das könnt ihr euch einfach nicht vorstellen. Ihr glaubt, die müssen wahnsinnig sein. Oder dämlich. Primitiv. Zu dumm, um zu wissen, wie schön es bei euch ist. Sonst würden sich doch zum Beispiel die Islamisten sofort rasieren, ihren Koran gegen den Quellekatalog eintauschen und ihre Zweitfrau gegen einen Zweitwagen, und dann reuig darum bitten, ebenfalls Hypothekenzinsen und einen Bierbauch und eine Midlife-Crisis bekommen zu dürfen. Aber ich will dir mal was sagen. Die wissen längst, wie es hier zugeht. Die würden nur lieber tot sein, als so zu leben wie ihr,

Will Karim Sarah eigentlich wütend machen? Tut er es mit Absicht? Er weiß doch ganz genau, daß Sarah es haßt, wenn Karim »ihr« sagt,

Du bist doch selbst einer von uns, hat sie gesagt. Du bist ein Deutscher. Dein Vater ist ein Deutscher,

Sie lagen auf Karims Bett, während dieser Unterhaltung.

Unter dem Poster, das Karim letztes Jahr für eine Antiglobalisierungsgruppe entworfen hat, das Poster heißt »Der Weltfrieden«. Links unten ist die Weltkugel zu sehen, mit Dörfern und Städten darauf, mit Wäldern und Seen und Wüsten und Meeren, Menschen und Tieren, Schiffen und Kamelen und Autos und Zügen. Darüber, hoch oben über allem, schwebt eine riesige Taube. Karims Apokalypse-Taube: eine weiße Friedenstaube, mit einem Uncle-Sam-Hut auf dem Kopf, auf dem Hut stehen ein paar Kürzel: WTO, IWF, im Schnabel hat die Taube einen Hamburger, aus dem Ketchup raustropft wie Blut. Und aus ihrem Hintern quellen ihr jede Menge Bomben, wie lauter kleine schwarze Korinthen, Karim sagt, manchmal könnte er es gut verstehen, daß Leute Lust hätten, den ganzen Mist einfach wegzupusten.

Tabula rasa zu machen, noch mal ganz von vorn anzufangen:

aber diesmal nach anständigen Regeln, bitte schön. So, daß die anderen Völker und Kulturen auch mal eine Chance bekämen, nicht immer nur der Westen und seine Wirtschaftsorganisationen, Sarah hat Karim gefragt, was er damit meint.

Welchen Mist er denn wegpusten möchte. Wer seiner Meinung nach die anständigen Regeln aufstellen, ihre Einhaltung überwachen sollte, Karim hat die Schultern hochgezogen und sein cooles Gesicht gemacht.

Was weiß ich, hat er gesagt. Aber ob ihr diesmal wieder gewinnt, ist jedenfalls alles andere als sicher. Ich meine, was habt ihr denn schon zu bieten, realistisch gesehen? Die haben immerhin den Koran. Die reden vom Reich Gottes, von Gerechtigkeit, von Selbstaufopferung, vom heiligen Dschihad, was wollt ihr denen denn langfristig entgegenhalten? Den Wirtschaftsteil? Den Wetterbericht? Die Spielergebnisse der Bundesliga?

Ihr, ihr, ihr, hat Sarah gesagt. Die, die, die. Und du, wo stehst denn eigentlich du? Bist du ein Ein-Mann-Staat? Aber klar, du hast schon recht. Wir sind wirklich grauenhaft. Genau darum wollen wahrscheinlich auch alle zu uns. Genau darum versuchen jedes Jahr Zigtausende, hier einzuwandern. Weil es bei uns so widerlich ist. Wahrscheinlich sind das alles Masochisten. Das ist des Rätsels Lösung. Und du, warum gehst du eigentlich nicht nach Ägypten zurück? Wenn dich hier immer alles nur annervt,

Karim ist vom Bett aufgestanden.

Du kapierst nichts, hat er gesagt. Wirklich gar nichts,

Er ist in seiner kleinen Küche verschwunden und hat die Tür zugemacht. Sarah ist noch ein paar Momente auf dem Bett sitzen geblieben, dann ist sie nach Hause gegangen, in ihrer eigenen Küche fand sie Polly mit ein paar Freunden aus dem Tango-Tanzkurs.

Sarah hat sich dazugesetzt. Sie war ziemlich niedergeschlagen: Aber sie hat sich am Riemen gerissen. Sie hat sich dazu gezwungen, Karim nicht anzurufen. Sie hat sich verboten, womöglich noch zu weinen. Sie hat mit den anderen ein Glas Wein getrunken, und später ist sie mit ihnen ins Kino gegangen, Karim hatte sich die ganze Streiterei selbst zuzuschreiben. Warum fing er überhaupt immer wieder mit solchen Diskussionen an?

Sarah interessiert sich im Grunde gar nicht für Politik, das weiß Karim genau. Wozu auch? Warum sich mit etwas beschäftigen, worauf man ohnehin keinerlei Einfluß hat? Politik findet schließlich grundsätzlich irgendwo statt, wo Sarah nicht ist.

Das war so, und das wird wohl immer so sein, früher hatte Sarah oft das Gefühl, als wäre sie auf die Welt gekommen, nachdem schon alles vorbei war. Als wäre alles, was je passiert war, lange vor ihrer Zeit geschehen: Hitler und der Zweite Weltkrieg, Rock'n'Roll, Mauerbau, Kubakrise, Hausbesetzungen, RAF-Terroristen, Mauerfall, das einzige Ereignis von allgemeinem Interesse, das sie selbst vielleicht noch erleben konnte, war ein Fußballspiel oder eine Filmpremiere. Dann kam der elfte September. Ein geschichtliches Ereignis ersten Ranges: Das sagt jeder, natürlich weiß auch Sarah noch ganz genau, was sie tat und wo sie war, als im Fernsehen und in New York die Zwillingstürme in die Luft flogen. Sie lag mit Mandelentzündung auf dem Sofa im Wohnzimmer und zappte sich gerade gelangweilt durch sämtliche Fernsehprogramme. Der Kommentator ließ keinen Zweifel daran, daß die Bilder, die da plötzlich über den Schirm flimmerten, zu keinem Spielfilm gehörten: Der Triumph, ausgerechnet dieses Ereignis kommentieren zu dürfen, klang deutlich durch die professionelle Gefaßtheit seiner Stimme. Sarah rief nach ihrer Mutter.

Zusammen saßen Barbara und Sarah auf dem Sofa und sahen das World Trade Center brennen, Menschen aus seinen Fenstern fallen wie in einem Science-fiction-Streifen. Dann rief Barbara ihre Mutter Marie an. Sie schaltete die Freisprechanlage des Telefons ein, damit sich Sarah an dem Gespräch beteiligen konnte,

Mama, schnell, mach den Fernseher an! In New York ist etwas Furchtbares passiert. Eine Katastrophe, ganz unvorstellbar,

Sarah hörte ihre Großmutter in ihrem Wohnzimmer umhergehen. Hörte dann die Stimme des Kommentators, durchs Telefon, es dauerte eine Weile, bis Marie antwortete.

Unvorstellbare Katastrophe? sagte sie. Barbara, bitte. Übertreibe doch nicht gleich wieder so. Das sind nur zwei Türme. Als ich ein Kind war, haben Nacht für Nacht ganze Städte gebrannt. Da sind Zehntausende gestorben, Hunderttausende. Frauen und Babys und Kinder und alte Leute. Verbrannt, erstickt, in den Kellern verschmort, bei lebendigem Leib vom Löschwasser gekocht, aber klar, diesmal ist es natürlich etwas anderes. Diesmal hat es sie selber erwischt. Da ist dann gleich der Teufel los,

Sarah traute ihren Ohren nicht.

Das war doch ihre Oma. Ihre liebe Oma Marie, die Tränen in die Augen bekam, wenn irgendwo die Erde bebte oder eine Hungerkatastrophe oder ein Krieg ausbrach, die regelmäßig einen Teil ihrer Rente für hungernde Kinder oder Landminenopfer oder den Bau von Brunnen in Afrika spendete: Und die Amerikaner hatten ihr doch geholfen.

Das hatte Marie ihrer Enkelin selbst erzählt.

Sie hatten Deutschland von den Nazis befreit. Sie hatten ganz Europa befreit. Sie hatten Marie Carepakete geschickt: Zucker, Mehl, Corned beef in Dosen, und einmal sogar ein türkisblaues Kleid mit passenden Ohrringen in der Form kleiner türkisblauer Blumenkörbchen, Sarahs Mutter war ebenfalls konsterniert.

Aber Mama, sagte sie. Was redest du denn da? Das kannst du doch nicht im Ernst meinen. Diese unschuldigen Menschen! Die sind es doch nicht, die damals Dresden bombardiert haben. Außerdem, damals war Krieg, und in Amerika ist Frieden. Mit so etwas hat doch jetzt keiner gerechnet. Es ist doch ganz furchtbar, was da passiert,

Natürlich ist das furchtbar, sagte Sarahs Oma Marie. Natürlich hat mit so etwas keiner gerechnet. Was weißt denn du davon, mein liebes Kind? Wir haben auch nicht damit gerechnet, Fritz, Püppi und ich. Bei uns war auch Frieden! Weißt du, wie lange? Genau so lange, bis der Krieg losging. So lange war Frieden,

Polly stellt ihr leeres Milchshakeglas auf den Tisch.

Sie wirft einen Blick auf die Uhr,

»Ich müßte dann allmählich mal los«, sagt sie zu Sarah. »Meine Tante kommt nachher noch, um mich zu besichtigen«,

»Könnten wir noch schnell am Baumarkt vorbeifahren?« fragt Sarah. »Ich möchte noch etwas besorgen, für meine Mutter. Einen Wäschekorb«,

»Echt?« sagt Polly. Sie legt den Kopf schief. Sie sagt: »Ulkiges Geschenk eigentlich, für eine Silberhochzeit«,

Sie brechen beide in Gelächter aus. Polly streckt sich. Der Pullover rutscht hoch. Der Ring in ihrem Nabel blitzt auf.

Pollys alter Golf rollt durch Neuenburg-Nord, Richtung Stadtautobahn. Biegt ab, in Richtung Baumarkt,

NEUENBURG
Willkommen
Bem-vindo
Benvenuto PERLING

Polly fährt auf den Parkplatz, der ziemlich voll ist.

»Du kannst ruhig im Auto bleiben«, sagt Sarah. »Ich beeile mich«,

Sie öffnet die Autotür und steigt aus. Sie geht zwischen den Ständern mit Heidekraut und Koniferen hindurch, stößt die Glastür auf. Läuft einen der langen fensterlosen Gänge entlang, vorbei an Farbeimern, Lackdosen, Nägeln, Dübeln, wie kann man hier nur arbeiten? Wie kann man es nur aushalten, sein ganzes Leben in diesen Katakomben zu verbringen, in diesem flachen, gelbgrauen Kunstlicht,

Haushaltswaren

Es gibt jede Menge Wäschekörbe. Es gibt sie in allen Farben. Es gibt sie in allen Formen: hellblau und klein, hellblau und mittel. Rosa und groß. Violett und halbrund. Blaßgrün mit glatten Wänden. Knallrot und mit Griff. Griff in Schwarz, Griff in Blau. Kükengelb mit durchbrochenen Wänden, die das Weidengeflecht nachahmen sollen, aus dem solche Körbe früher hergestellt wurden, wozu zum Teufel braucht man so viele verschiedene Wäschekorbmodelle? Und wer braucht welchen? Und welchen davon braucht Sarahs Mutter? Und was, wenn Sarah nun den falschen mitbringt? Sarah, die Produktdesignerin: Sie muß jetzt eine Kaufentscheidung treffen!

Sie muß sich vor allem beeilen: Schließlich sitzt Polly draußen vor dem Baumarkt im Auto und wartet, Sarah zieht den nächstbesten Wäschekorb aus dem Regal. Er ist knallrot, mittelgroß. Der Griff ist schwarz, einklappbar, Sarah stürmt Richtung Kasse. Reiht sich in die Schlange ein, fummelt in ihrer Tasche nach ihrem Handy, sie hat tatsächlich Empfang. Sarah wählt Mark Lehmanns Nummer.

Wartet darauf, daß Mark sich meldet, zahlt, das Handy zwischen Schulter und Ohr geklemmt, dann tritt sie mit ihrem Wäschekorb wieder ins Freie. Ein Auto fährt an ihr vorbei.

Sie sieht sofort, wessen Auto das ist. Sie läßt den Korb stehen und beginnt zu rennen. Sie rennt hinter dem Auto her, wedelt mit den Armen, sie ruft sogar: obwohl der Insasse das natürlich nicht hören kann, der Wagen hält auch nicht. Gernot Lehmann hat seine Tochter nicht gesehen.

Mark Lehmann steht vor dem Zigarettengeschäft und überlegt, ob er hineingehen soll. Es ist das Zigarettengeschäft am Neuenburger Markt. Eigentlich raucht Mark gar nicht mehr. Aber er kauft seit neuestem wieder regelmäßig Zigaretten, in diesem Laden: die er dann verschenkt oder wegwirft oder im Büro hortet, was ist eigentlich los mit ihm? Warum spricht er sie nicht einfach an?

Wahrscheinlich wäre sie hocherfreut, die kleine Zigarettenverkäuferin, wenn der Juniorchef der bekannten Möbelfirma Lehmann & Sohn sie fragen würde, ob sie mal mit ihm ausgeht. Sie ist ja nicht gerade ein Prestigeobjekt, mit ihrer Solarienbräune, ihren Goldkettchen, ihrer blondierten Dauerwelle und ihren langen, weißlackierten Nägeln aus dem Nagelstudio. Eigentlich sieht sie aus wie Kitty, bevor Mark sie renoviert hat.

Das ist ja eben das Reizvolle an ihr. Sie sieht aus wie Kitty, bevor Mark Kitty Stil beigebracht hat. Bevor er mit Kitty einkaufen und beim Friseur war, Kitty hatte durchaus Potential. Aber Mark war es, der dieses erkannt hat. Er war es, der sie aus ihrer Modekataloghülle herausgeschält hat. Er hat eigenhändig ihre weißen Turnschuhe weggeworfen, ihre Plateausohlen-Sandalen, ihre H&M-Blüschen: Und nun findet er sie einfach nicht mehr sexy.

Nun ist Kitty fertig. Das Werk ist vollendet: Es kann auf den Markt geworfen werden, Mark stößt die Tür zum Zigarettenladen auf. Das Kribbeln, das er fühlt, ist im allerangenehmsten Bereich. Es ist deutlich spürbar, aber andererseits nicht so stark, daß es beeinträchtigend wäre, aus Marks Jackentasche ertönt der Anfang von ›Smells Like Teen Spirit‹.

Mark unterdrückt einen Fluch. Er läßt die Tür des Zigarettenladens wieder hinter sich zufallen, tritt zurück auf die Straße, zieht das Handy aus seiner Jackentasche, wenigstens zeigt das Display nicht Kittys Nummer.

Es ist Sarah. Soll Mark sie wegdrücken und in den Zigarettenladen gehen? Er könnte sie ja später zurückrufen, seine – ja, was nun? Ihre Väter sind Cousins. Ihre Großväter waren Brüder: wobei Sarahs Großvater einst Marks Großvater die Treppe hinuntergestoßen und ihm einen Küchenstuhl nachgeworfen haben soll, aber das kann Mark ja egal sein, Mark hat Sarah nur einmal gesehen.

Sein Vater hat sie ihm gezeigt, vom Auto aus, Mark war damals Anfang Zwanzig. Sarah mag elf oder zwölf gewesen sein: ein dünnes Mädchen mit staksigen Beinen, langen Haaren, inzwischen ist sie offenbar erwachsen geworden. Am Telefon neulich hat sie erzählt, daß sie Produktdesign studiert. Mark war ziemlich beeindruckt.

Im Scherz hat er ihr einen Job angeboten. Nur halb im Scherz hat er sie gefragt, warum sie sich nicht auf Möbeldesign verlegt: Er könnte ein paar gute Leute gebrauchen, Mark entwickelt zur Zeit gerade eine ganz neue Linie. Es sollen exklusive Möbel sein, hypermodern, aber hergestellt aus dem für diese Gegend typischen Weidengeflecht, das Problem bei der Sache ist Marks Vater.

Walter Lehmann zieht nicht so recht. Möbel aus Weidengeflecht? Obstkörbe mit Beinen! Kokolores. Bloß nicht wieder mit diesem alten Kram anfangen: Das ist Walters Überzeugung, Walter ist eher für Neuerungen. Er war schließlich einer der ersten hier in der Gegend, die schon Anfang der Neunziger große Teile ihrer Produktion nach Rumänien verlegt haben,

Ja, mein Sohn, die rumänische Bürokratie und Bestechlichkeit und der ganze Mist, das ist wahrlich kein Honigschlecken! Aber hochmotiviert sind die Leute, das muß man sagen. Die schuften für nix, während hier bei uns niemand vor halb zehn anfangen will, ich sage dir, in ein paar Jahrzehnten sieht alles ganz anders aus. Da haben die uns untergebuttert. Da ist der Osten der Westen und der Westen der Osten, die Jungs da drüben haben noch Konsumbedarf. Die rackern sich ab, für ein Radio oder einen Fernseher. Die erwarten nicht, daß ihnen einer erst Zucker in den Arsch bläst und dann mit einer Pfauenfeder hinterherstochert, damit sich die Krümel auch auflösen,

Mark versteht seinen Vater, durchaus. Walter Lehmann ist ein Arbeitstier. Begriffe wie »innovative Marktpositionierung« liegen ihm nicht. Früher ist er zur Möbelmesse nach Mailand gefahren, hat ein bißchen fotografiert und dann einfach den ganzen Kram nachgebaut. Aber gegen Ende der Neunziger startete das bayerische Wirtschaftsministerium eine Exportoffensive, und die Möbelschreiner von Neuenburg bekamen ihren eigenen Stand in Mailand.

Mark erinnert sich noch gut daran. Er erinnert sich an den langen Marsch durch Halle siebentausendsoundso. Danach mußte man mit der Rolltreppe bis ganz nach oben fahren und anschließend immer weiter und weiter nach hinten wandern bis an jene fernen Grenzen, wo Italien endete und das Land der Neuenburger Peinlichkeiten begann. Man mußte Proviant und Wasser mitnehmen, um den Weg bis dorthin zu bewältigen und dann auch noch die dahinterliegende Geschmackswüstenei lebendig zu durchqueren: Aber Walter würde am liebsten immer so weitermachen wie früher.

Er setzt nach wie vor auf Massenprodukte. Auf in Rumänien

vorproduzierte Couchgarnituren und Schrankwände und Ehebetten, die genauso sind wie ihre Käufer: Die Einzigartigkeit, mit der sie kokettieren, besteht ausschließlich in der besonderen Weise, mit der sie jegliche echte Unterscheidbarkeit vermeiden, Mark hat versucht, seinem Vater zu erklären, daß die neuen Flechtmöbel ja gar nicht für Neuenburg und seine Bürger gedacht wären. Natürlich werden die Neuenburger Marks Möbel nicht kaufen, das ist Mark klar. Die Neuenburger werden weiterhin zu IKEA gehen. Aber man muß an China denken, an die USA. Man muß erkennbar sein, Profil zeigen. Lokal designen, global vermarkten: Mark will nicht Möbel verkaufen, sondern ein Konzept,

Die Verschmelzung modernster Form mit meisterlicher regionaler Handwerkskunst

Jahrhundertealte Korbflechtertradition aus dem Land der Weiden, im cool-urbanen Design des 21. Jahrhunderts

›Smells Like Teen Spirit‹ ertönt noch immer.

Diese uralte Kamelle aus Marks Jugendtagen, die aber fast so klar und laut aus Marks Handy kommt, als spielten Nirvana auf dem Neuenburger Marktplatz, wenigstens technisch ist Mark auf dem neuesten Stand. Von anderen Bereichen läßt sich das leider nicht mehr unbedingt sagen. Seit Mark wieder in Neuenburg ist und in der Firma arbeitet, kommt er beispielsweise kaum noch dazu, die Entwicklung auf dem Musikmarkt zu verfolgen. Er ist auf die Operetten und leichten Komödien der Neuenburger Bühne angewiesen, wenn er eine Theateraufführung sehen will, und für eine interessante Ausstellung muß er weiter gehen als der Camel-Mann, manchmal widert ihn das an. Gerade mal Anfang Dreißig, und schon so gut wie abgehängt,

»Hallo?« sagt Mark jetzt zu seinem Handy. »Sarah? Hallo«,

Aber Sarah hat aufgegeben.

Ihr Großonkel Ulrich Jensen, von seiner Familie Mopp genannt, sieht gerade noch, wie sie einen knallroten Wäschekorb im Kofferraum eines alten Golf verstaut. Er winkt, aber Sarah bemerkt ihn nicht. Sie geht um den Golf herum, öffnet die Beifahrertür und steigt ein. Dann fährt der Wagen davon, Mopp bückt sich wieder nach seinen Einkäufen.

Verstaut die restlichen Holzbretter auf der Ladefläche seines kleinen Pickups, wirft eine Rolle Kabel und eine Packung Dübel hinterher, die Holzbretter sind für einen Komposthaufen, den Mopp morgen bauen wird. Der Komposthaufen ist für einen Nachbarn. Für einen Kunden: Mopp hat einen Hausmeisterservice. Er fällt Bäume, er schneidet Hecken. Er baut Dachböden aus. Er verlegt Fliesen, elektrische Leitungen, er baut den Leuten neue Fenster ein oder schleift Parkettböden ab, Mopp macht lauter nützliche Sachen.

Er erledigt, was seine Kunden nicht selber machen wollen oder können, Mopp kann sich vor Aufträgen kaum retten. Inzwischen hat er sogar ein paar Leute, die für ihn arbeiten: einen Russen, zwei Polen, natürlich machen sie fast alles schwarz. Mopp könnte nicht einmal ihre Versicherungen bezahlen, wenn er sie ganz legal anmelden würde. Und wer hätte denn etwas davon, wenn Mopp dichtmacht? Mopps Kunden jedenfalls nicht. Und auch die Baumärkte nicht, wo Mopp seine Materialien kauft, freilich, Mopps Kunden sind nicht alle arm.

Manche könnten sich durchaus richtige Handwerker leisten. Aber sie wollen nicht. Sie haben keine Lust, endlos herumzutelefonieren, Stunden mit der Koordination von Firmen zu verbringen und dann die gesamte Planung wieder umzuschmeißen, weil einer der Handwerker nicht aufgetaucht ist: Und wen soll man überhaupt anrufen, wenn man einen Komposthaufen braucht oder ein paar Gardinenstangen anbringen muß? Wen soll man beauftragen, wenn das schwere Küchenbüfett umgestellt werden soll? Ein Umzugsunternehmen vielleicht? Wenn Mopp nicht wäre, wüßten manche Leute nicht aus noch ein. Ihr Rasen würde nicht mehr gemäht. Ihre Kartoffelschalen würden in der Mülltonne landen. Sie würden auf eine neue Lampe im Bad verzichten, einfach um sich den Ärger mit dem Anbringen zu ersparen, Mopp geht um seinen Pickup herum und steigt ein.

Lenkt seinen Wagen über den Parkplatz, dann hinaus auf den Westkreisel,

NEUENBURG
Willkommen
ДОБРО ПОЖАЛОВАТЬ
Serdecznie witamy PERLING

Früher hat Mopp mal einen kleinen Laden für Elektrowaren gehabt. Damals hat er in einem hübschen Reiheneckhaus gewohnt, zusammen mit seiner Frau Sigrid. Dann hat der Elektrogroßmarkt vor der Stadt eröffnet, und Mopps Laden ist pleite gegangen. Aber Mopp hat sich wieder hochgerappelt. Ganz allein, aus eigener Kraft, jetzt muß er nur höllisch aufpassen, daß das keiner merkt. Mopp wird nächstes Jahr sechzig. Wenn der Staat mitbekommt, daß Mopp noch immer nicht gänzlich am Boden ist, dann wird er mit voller Härte durchgreifen, damit sich das schleunigst ändert, Mopp biegt in sein Wohnviertel ein.

Thüringer Straße, Erfurter Straße, Sonneberger Straße, Eisenacher Straße. Kleine Reihenhäuschen, dreigeschossige Wohnblocks in Sandgelb und Altrosa: Das Viertel ist in den späten fünfziger und frühen sechziger Jahren entstanden, als Deutschland frisch geteilt, die Wohnungsnot noch immer groß und Neuenburg mittels Stacheldraht von seinem thüringischen Hinterland abgetrennt worden war. Damals war es hier ziemlich scheußlich. Aber inzwischen sind aus den fingerdünnen Bäumchen hohe Birken und Kastanien geworden, und die Häuser mit ihren viereckigen Fenstern, ihren kleinen Balkonen und ihren Satteldächern haben etwas beinahe Historisches, Mopp fährt an dem Häuschen vorbei, in dem er früher mit seiner Frau gelebt hat.

Er versucht, nicht hinzuschauen. Es wäre nicht so schlimm, wenn das Häuschen von anderen Leuten bewohnt wäre. Wenn Kinder in der Auffahrt das Radfahren übten, der Vater den Rasen im Vorgarten mähte: Aber das Haus steht leer. Der Rasen ist gelb. Unkraut sprießt in der Auffahrt. Durch die Fenster sieht man die nackten Wände, die nackten Kabel, die sich an den Zimmerdecken winden und an denen früher Julias Sternlampe hing, Sigrids Eßtischleuchte, Mopp hält vor der Garage, die er neulich von einem der Reihenhausbesitzer gemietet hat, und öffnet das Tor.

Fährt den Wagen hinein. Sammelt seine Einkaufstüten mit Lebensmitteln zusammen. Schließt hinter sich ab, damit über Nacht niemand das Holz für den Komposthaufen stiehlt, überquert die Straße, im Flur seines Mietshauses riecht es nach Putzmittel. Das Haus ist in den Neunzigern renoviert worden, und seitdem gibt es einen winzigen Lift, Mopp steigt ein. Drückt den grünen Knopf, auf dem »Tür zu« steht, beginnt langsam zu zählen,

Eins – zwei – drei – vier – fünf –

– und sechs. Die Tür schließt sich, genau wie immer. Genau zu demselben Zeitpunkt, zu dem sie sich schließen würde, wenn Mopp den Knopf nicht gedrückt hätte, Mopp grinst. Er freut sich. Er hat den Tür-zu-Knopf schon vor längerem als das entlarvt, was er ist: eine Attrappe, die den Liftfahrer im Glauben halten soll, er könnte Einfluß nehmen, mitbestimmen, irgendwie auf die Maschinerie einwirken, der er sich anvertraut hat und der er in Wirklichkeit hilflos ausgeliefert ist, im dritten Stock steigt Mopp aus. Drückt im Hinausgehen noch einmal auf den Knopf, diesmal mit einem gewissen artistischen Schwung. Zählt, während er den Flur entlanggeht,

Eins – zwei – drei – vier – fünf –

– und sechs. Mopp öffnet die Tür zu seiner winzigen Wohnung, während sich die Lifttür hinter ihm programmgemäß schließt.

In der Küche stellt er seine Tüten ab. Er wirft einen Blick auf die Uhr: Aber er hat noch genug Zeit, um das Essen vorzubereiten, bevor er seinen Neffen Harry vom Bahnhof abholen muß, Harry lebt in Berlin. Harald Siebeck: das zweite der drei Kinder von Mopps Schwester Püppi, Harry kommt auch zu der Lehmannschen Silberhochzeit. Aber er kommt schon einen Tag früher, weil er Lust hat, einen Abend mit Mopp allein zu verbringen.

Das hat er jedenfalls gesagt. Aber das muß nicht unbedingt stimmen. Harry erklärt gern Fakten mit Gefühlen. In Wirklichkeit kommt er vielleicht nur deshalb schon heute, weil das

Schöne-Wochenende-Ticket am Freitag ein kleines bißchen billiger ist als am Samstag. Harry redet lieber von seinen Gefühlen als von seinen Finanzen, was durchaus verständlich ist, in Anbetracht der Umstände: Harry hat kein Geld. Er lebt von Sozialhilfe, Gelegenheitsdealereien und davon, daß er manchmal in seiner Stammkneipe vertretungsweise Bier zapft. Warum hat er sich die Ausgabe für das Bahnticket dann nicht ganz gespart und kommt mit seiner Tochter Julia in ihrem Auto?

Aber vielleicht haben Julia und Harry gerade mal wieder miteinander gestritten. Vielleicht hat Julia ihren Vater darauf hingewiesen, daß andere Väter wenigstens das Benzingeld bezahlen, wenn sie sich von ihren Töchtern herumkutschieren lassen. Vielleicht hat sie sich glatt geweigert, ihn überhaupt fünf Stunden lang neben sich zu ertragen: Julia kann manchmal ziemlich hart sein. Und ihr Verhältnis zu Harry ist leider ohnehin nicht das beste.

Mopp wünschte, es wäre anders. Er wünschte, Julia könnte sich mit Harry aussöhnen. Er glaubt, es wäre besser für beide: Aber nicht einmal Mopp hat ein Rezept, wie Harry wieder in Ordnung bringen könnte, was er in dreiundzwanzig Jahren bei seiner Tochter versäumt hat. Und Mopp kennt nicht nur Harry, sondern auch Julia ziemlich gut.

Julia ist schließlich bei Mopp und Sigrid aufgewachsen. Sie war acht, als Harry sie in dem kleinen Reihenhäuschen abgeliefert hat. Bis dahin hatte sie bei ihrer Mutter in Berlin gelebt. Bei Gitti Siebeck, geborene Wolff: die ihre Tochter eines Nachmittags bei einer Nachbarin ließ, ihr einen Kuß gab, versprach, in zwei, spätestens drei Stunden wieder zurück zu sein, dann in ihr Auto stieg und sich auf der Avus zweimal überschlug, Gitti starb noch am Unfallort.

Harry weinte ins Telefon,

Ich kann es nicht fassen, Mopp. Ich kann es nicht glauben. Ich habe Gitti geliebt, Mopp. Ich habe sie geliebt, das weißt du genau. Wir sind seit fast sechs Jahren getrennt, aber ich habe nie eine andere Frau geliebt,

Und wer weiß? Vielleicht ist das sogar wahr, Mopp in seiner Küche erinnert sich an den Lieblingsspruch einer angeheirateten Berliner Tante, der längst Teil jener Privatsammlung von Witzen, Sentenzen und Weisheiten geworden ist, über die jede Familie verfügt,

Junge, wenn zwee den Kopp uff een Kissen legen, denn kannste jarnischt sajen,

Mopp sieht sich in seiner Küche um.

Er hat alles bereitgestellt, was er zum Kochen braucht: Schweinefleisch, Erdnußcreme, Dosentomaten, Chilis, Salz, Öl, Reis, Mopp kocht heute afrikanisch, für Harry. Er war damals einer der beiden Trauzeugen, bei Harrys Hochzeit mit Gitti. Die beiden waren noch ziemlich jung, gerade Anfang Zwanzig. Gitti war schwanger: Aber das war nicht der Grund für die Heirat, darauf bestand Harry,

Wir hatten das sowieso vor. Ich liebe Gitti. Wir lieben uns. Wir freuen uns wie verrückt auf das Baby,

Es war der Vorabend ihrer Hochzeit. Harry und Gitti waren erst vor ein paar Stunden aus Berlin angekommen. Sie saßen alle im Garten von Harrys Eltern, rund um Püppis schöngedeckten Tisch: Püppi und Holger, Harry und Gitti, Harrys Geschwister Thomas und Elisa, Mopp und Sigrid, Mopps und Püppis Schwester Marie mit ihrer Tochter Barbara,

Ich werde mein Leben ändern, sagte Harry. Ihr werdet sehen. Ich habe jetzt etwas, wofür sich das Ganze lohnt. Ich habe jetzt eine Familie. Eine Verantwortung. Ich werde mir eine Arbeit suchen. Ich werde für meine Familie sorgen,

Holger klopfte seinem Sohn auf den Rücken, verzog dabei aber keine Miene. Püppi umarmte Harry und weinte ein bißchen. Thomas, der Älteste der drei Siebeck-Geschwister, machte ein skeptisches Gesicht. Elisa, die damals noch aufs Gymnasium ging, verdrehte die Augen,

Harry. Bitte. Hast du es nicht eine Nummer kleiner,

Holger schenkte allen von der Pfirsichbowle nach. Püppi reichte kalte Platten herum, dekoriert mit Petersilie, Dill und

Radieschen in der Form kleiner Rosenblüten. Das Tischtuch hatte ein Muster aus Weinlaub und Zitronen. Das Geschirr paßte farblich genau dazu, ebenso wie die Papierservietten, Gitti saß ganz hinten am Ende der Gartenbank.

Sie war mager. Ihr schwarzgefärbtes Haar hatte sie zu kurzen Stacheln gedreht, die von ihrem Kopf abstanden wie der Strahlenkranz der Freiheitsstatue. Sie war blaß, mit sehr viel schwarzer Schminke rund um die Augen, sie arbeitete in einem Laden, der Kleider und Schmuck und Poster verkaufte. Von ihrer Schwangerschaft war noch nichts zu sehen unter dem zipfligen schwarzen Kleid, das zerfleddert aussah wie die Flügel einer vom Schicksal gebeutelten Fledermaus, sie aß fast nichts. Vielleicht kam sie nicht dazu, weil Harry sie andauernd auf den Mund küßte. Weil er den Arm um sie legte, ihre Hand nicht losließ, einmal, als sie im Haus verschwand, erzählte Püppi den anderen Familienmitgliedern in atemloser Eile, daß Gitti als Baby von ihrer Mutter in ein Heim gegeben worden sei. Es klang, als wollte sie irgend etwas damit entschuldigen, Harry warf seiner Mutter einen wütenden Blick zu.

Das stimmt doch gar nicht, sagte er scharf. Wie kommst du nur darauf? Sie ist bei ihrer Großmutter aufgewachsen. Ohne ihre Großmutter wäre sie in ein Heim gekommen. Das ist alles, was ich gesagt habe. Und ich habe es dir übrigens nicht erzählt, damit du es gleich in der ganzen Familie herumposaunst,

Aber Harald, sagte Püppi. Das tue ich doch auch gar nicht. Ich habe es doch nur jetzt und hier erwähnt, wir sind doch unter uns. Außerdem, was ist denn schon dabei? Sie kann doch nichts dafür, daß sie im Heim gewesen ist,

Mama, sagte Elisa. Da kommt sie.

Püppi verstummte. Alle waren stumm: während Harry aufstand und Gitti wieder in ihre Ecke auf der Bank rutschen ließ,

Nehmt euch doch noch, sagte Püppi mit munterer Stimme und hob eine Platte hoch. Marie, Barbara. Noch etwas Räucherlachs? Gitti, Kind. Iß doch noch ein bißchen,

Harry hatte den Arm um sie gelegt. Hüllte sie später in seine nietenblitzende Lederjacke, unter der sie den Rest des Abends kauerte wie ein Kaninchen unter einem Busch bei Regen, Mopp, in der Küche seiner kleinen Wohnung, schneidet Zwiebeln in Würfel.

Er hat sich oft gefragt, ob er an jenem ersten Abend etwas hätte anders machen können. Ob dann die Dinge später anders gekommen wären: aber wahrscheinlich nicht, am nächsten Tag fand jedenfalls die Hochzeit statt.

Püppi hatte sich und ihren Gästen nichts erspart. Das gesamte Programm war zu absolvieren: Standesamt, Sektempfang, Trauung in der Neuenburger Johanniskirche, Festmenü, Musik und Tanz, Harry war immerhin das erste der drei Siebeck-Kinder, das heiratete. Püppi wäre untröstlich gewesen, wenn sie dieses Ereignis nicht in großem, traditionellem Rahmen hätte feiern dürfen. Und ganz unerwartet hatte sie von ihrer zukünftigen Schwiegertochter Schützenhilfe erhalten. Auch Gitti hatte sich ein richtiges Fest gewünscht: eine richtige Hochzeit, romantisch und erinnerungswürdig mit Schleier und Blumenstrauß und Torte und Ring. Harry berichtete von diesem Wunsch seiner Frau mit einer Rührung, als wäre Gitti ein Slumkind, das sich ein Leben auf Saltkrokan erträumte. Er sah in seinem schwarzen Anzug aus wie ein Konfirmand. Gittis Haar war geglättet und unter dem Schleier zurückgesteckt. Ihr Gesicht sah nackt aus, ohne die schwarzen Schminkepfützen um ihre Augen. Sie umklammerte Harrys Arm wie einen rettenden Balken: als fürchtete sie, unterzugehen in den weißschäumenden Massen ihres geliehenen Brautkleids, zu ertrinken im Gischt seiner Rüschen, Spitzen und Falten, von ihrer Seite waren nur ihre Großmutter, eine entfernte Cousine aus dem Westerwald und ihre Berliner Freundin Svenja gekommen.

Auch Harry hatte keinen seiner zweifellos zahlreichen Berliner Freunde eingeladen, zum großen Erstaunen seiner Mutter. Nahezu alle der fast fünfzig Gäste waren also Mitglieder des Jaschke-Clans: wobei damit natürlich noch längst nicht alle Abkömmlinge der alten Jaschkes erschienen waren. Mopps, Maries und Püppis Großeltern hatten es schließlich auf neun Kinder, einunddreißig Enkel und zahllose Urenkel gebracht: lauter Cousinen und Cousins verschiedenen Grades, die nicht einmal Marie alle kannte, die Anwesenden jedenfalls umhalsten Gitti.

Küßten sie, wünschten ihr Glück. Hießen Gitti Siebeck geborene Wolff im Jaschke-Clan willkommen, als hätte sie von Geburt an dazugehört, am nächsten Tag fuhren Harry und Gitti nach Berlin zurück.

Gitti trug wieder ihr Fledderkleid. Ihre Haare waren wieder zu schwarzen Zacken gedreht, die Schminkepfützen umrandeten ihre Augen, vier Monate später wurde Julia geboren.

Noch einmal zweieinhalb Jahre später wurde Harry von einem seiner Kunden bei der Polizei verpfiffen. Man durchsuchte seine Wohnung, fand genug Haschisch, um Harry gleich mitzunehmen, und Gitti ergriff die Gelegenheit. Sie packte ihre Koffer, setzte ihr Kind in den Buggy und zog aus: Und war das etwa Harrys Schuld?

Das fragte Harry seinen Onkel Mopp, als er wieder aus dem Gefängnis entlassen worden war. Konnte Harry denn etwas dafür, daß Gitti ihn im Stich gelassen hatte, gerade als er sie am nötigsten brauchte?

Gut, es mochte sein, daß ihre Ehe die letzte Zeit nicht mehr besonders gut gewesen war. Okay, ja, vielleicht hatten sie fast nur noch gestritten: Aber das lag doch nicht an Harry. Gitti meckerte ständig an ihm herum, das war das Problem. Sie verlangte zuviel. Sie erwartete allen Ernstes, daß er auch mal kochte oder die Wäsche machte oder Julia spazierenfuhr, im Prinzip war das natürlich total in Ordnung. Harry war sehr für die Gleichberechtigung. Nur wann sollte er denn dann bitte auch noch Geld verdienen, wenn sie ihn ständig unter Druck setzte? Wenn sie ihn nicht einen Moment in Ruhe ließ, damit er sich sammeln, konzentrieren, einen Plan entwickeln konnte?

Und sie erwartete ja, daß er Geld verdiente. Seit das Kind da war, hatte sie ihm ständig damit in den Ohren gelegen, sich endlich einen legalen Job zu suchen: Aber Harry hatte bislang doch immer gutes Geld heimgebracht.

Er hatte immer hart gearbeitet. Er hatte versucht, sich etwas aufzubauen, nach oben zu kommen. Er verkaufte keine Haschischkrümel an irgendwelchen Straßenecken, schon lange nicht mehr, sondern ausschließlich Kilos, die Dealerei war wirklich nicht so einfach, wie Mopp sich das vielleicht vorstellte. Harry war dafür schließlich sogar in den Knast gekommen. Und Gitti? Sie war mit Sack und Pack ausgezogen, das undankbare Luder.

Sie hatte die Familie zerstört, und ihm machte man die Vorwürfe, war das etwa gerecht? Gitti hatte Harry ja völlig zermürbt, mit ihrer ewigen Krittelei. Sie hatte sein Selbstvertrauen erschüttert, sein Selbstwertgefühl ausgehöhlt, seine Selbstachtung zerstört, sollte er ihr nun womöglich noch nachrennen? Sollte er ihr vielleicht auch noch Unterhalt zahlen, zur Belohnung?

Aber das Kind, sagte Mopp. Das Kind braucht dich doch. Das Kind kann doch überhaupt nichts dafür,

Harry lachte auf, zornig.

Das war schon möglich. Sicher, das Kind war schuldlos! Aber er auch! Und sollte er nun etwa vor Gitti niederknien und darum winseln, seine eigene Tochter sehen zu dürfen? Das war wirklich zuviel verlangt. Er dachte nicht daran, sich noch länger kleinmachen zu lassen. Noch verfügte er über einen kleinen Rest Stolz, trotz dieser Ehe, und den würde er sich nicht nehmen lassen, auch Püppi versuchte ihrem Sohn ins Gewissen zu reden.

Versuchte schließlich selbst den Kontakt zu ihrer Enkelin zu halten: Sie schrieb Julia Postkarten, sie telefonierte mit ihr. Sie schickte ihr Päckchen. Einmal fuhren sie und Holger sogar nach Berlin, um Julia und Gitti zu besuchen,

Laßt mich in Ruhe, sagte Gitti. Julia ist mein Kind. Meins allein. Ich habe sie geboren. Ich sorge für sie. Und solange euer Sohn mir nichts zahlt und sich noch nicht einmal bei seiner Tochter blicken läßt, kann ich auch wunderbar auf euch beide verzichten. Und nicht nur auf euch. Auf euren ganzen heuchlerischen, verlogenen Jaschke-Haufen,

Püppi stand da und sah die zugeschlagene Tür an. Irgendwo

dahinter konnte sie Julia weinen hören. Püppi weinte auch. Sie wußte nicht, warum ihre Enkelin weinte: Aber womöglich belastete sie sie mit ihren Besuchen mehr, als daß sie ihr Gutes tat, hinfort beschränkte Püppi sich auf Weihnachts- und Geburtstagsgeschenke für Julia. Legte einen Geldschein in die Glückwunschkarten, für Gitti: die in den folgenden Jahren allmählich wieder aus dem Bewußtsein der meisten Familienmitglieder verschwand.

Die wieder aus dem Jaschke-Clan entlassen war, ins Vergessen zurückglitt, ins Unbekannte fiel wie von der Außenkante der Welt: Und dann waren sechs Jahre vergangen, und Gitti Wolff war tot.

Harry Siebeck kam und holte seine Tochter bei der Nachbarin ab. Sammelte Julias Sachen ein. Sprach mit einem Bestattungsunternehmen, mit dem Sozialamt, dem Jugendamt,

Ich werde mich um Julia kümmern, Mopp,

Das sagte er zu seinem Onkel am Telefon. Weinte ins Telefon,

Ich habe Gitti geliebt, Mopp! Ich habe immer nur sie geliebt, was kann ich dafür, daß wir nicht miteinander leben konnten? Aber ich werde für mein Kind sorgen, das schwöre ich dir. Ich werde mein Kind nicht fallenlassen. Ich werde Julia ein guter Vater sein,

Mopp in der Küche seiner Wohnung hackt Petersilie.

Er schneidet das Fleisch erst in Streifen, dann in kleine Würfel. Zwischendurch wirft er einen Blick auf die Uhr: Er möchte das Essen fertighaben, bevor er losfährt, um Harry vom Zug abzuholen, Mopp hat Harry nie einen Vorwurf gemacht.

Er glaubt, daß ohnehin jeder seinen Kram so gut erledigt, wie er es eben hinkriegt. Wenn es in Harrys Macht gelegen hätte, Julia ein besserer Vater zu sein, dann wäre er das sicher gewesen, drei Monate nach Gittis Tod rief Harry seinen Onkel ein weiteres Mal an.

Er war völlig am Ende. Er konnte nicht mehr. Es war alles eine Riesenenttäuschung. Es war eine Riesenscheiße, aber er kam mit dem Kind einfach nicht zurecht. Es lag nicht an Harry! Niemand konnte mit Julia zurechtkommen, nicht einmal ein Heiliger, natürlich, sie war traumatisiert. Das sah Harry ein. Aber mußte sie deshalb so aggressiv sein? Mußte sie nach ihrem Vater treten und zu heulen anfangen, nur weil er ihr sagte, sie solle ins Bett gehen oder ihr Müsli nicht auf dem Tisch verschmieren?

Sie war bockig, das war das Problem. Sie war stur. Sie war unzugänglich, genau wie ihr Großvater: wie Harrys Vater Holger, mit dem Harry auch nie zurechtgekommen war. Und sie machte ins Bett. Sie machte ins Bett, jede Nacht. Sie machte alles kaputt. Sie hatte abwechselnd Wutausbrüche und Heulkrämpfe, und obendrein ruinierte sie Harry alle beruflichen Chancen: Man hatte ihm nämlich einen Job angeboten, in einer Kneipe hinter dem Tresen. Aber das ging natürlich mit Julia nicht.

Julia konnte man ja nicht alleinlassen. Sie stellte nur Unsinn an, wenn sie allein war. Zündelte, spielte an den Herdplatten. Stellte sich außen aufs Fensterbrett, im vierten Stock, die Nachbarn hatten schon gedroht, die Polizei zu rufen. Die Polizei! Harry hielt das alles nicht mehr aus. Es war der reine Psychoterror. Es machte Harry völlig kaputt. Es zog ihn alles ganz wahnsinnig runter, Mopp versuchte Harry zu beruhigen. Bat ihn, noch ein bißchen Geduld zu haben, sich selbst und dem Kind mehr Zeit zu geben, Harry fuhr hoch. Seit wann bitte hatte Mopp davon eine Ahnung? Welches Recht hatte Mopp, Harry irgendwelche Vorhaltungen zu machen,

Was weißt denn du, Mopp? Du kannst das überhaupt nicht nachvollziehen. Du hast ja nie Kinder in die Welt gesetzt,

Das war allerdings wahr.

Mopp und Sigrid hatten keine Kinder. Nicht daß sie keine hätten haben wollen: Durch ihre Phantasien von der gemeinsamen Zukunft waren früher immer Kinder geschwebt. Sie hatten von diesen Kindern gesprochen, in der postkoitalen Vertrautheit ihres Schlafzimmers, in einem Flieger über dem Kilimandscharo, in der Küche ihres Bungalows in Afrika, wo Mopp als Entwicklungshelfer arbeitete: Aber Sigrid wollte damit lieber warten, bis sie wieder in Europa leben würden.

Mopp verstand das.

Dann kehrten sie nach Deutschland zurück, und Mopp eröffnete seinen eigenen Laden. Sigrid half ihm. Dann planten sie eine Skitour durch die Schweiz, mit Freunden. Gönnten sich eine Woche Paris, ein paar Tage Rom. Dann mieteten sie ihr hübsches kleines Reihenhäuschen und renovierten es vom Keller bis zum Dach: Und dann ging Sigrid zu einer Routineuntersuchung zum Gynäkologen, zwei Wochen später wurde sie operiert, und von einem Moment auf den nächsten verwandelte sich »zu früh« in »zu spät«.

Noch bevor der richtige, der perfekte Zeitpunkt für ihre Schwangerschaft gekommen war, lagen alle möglichen Zeitpunkte bereits hinter ihnen. Es war, als hätten sie auf ihrer Fahrt durchs Leben ein paar kleine Umwege gemacht, der schönen Aussicht oder der bequemeren Straßen wegen: Und nun waren sie glatt an dem Traumhaus vorbeigefahren, in dem sie sich eigentlich hatten einrichten wollen.

Zuerst nahm Sigrid die Nachricht relativ gleichmütig auf. Aber mit der Zeit wurde sie bitterer. Mit den vergehenden Jahren, die sie nicht etwa der Erfüllung eines vagen Kinderwunsches entgegentrugen, sondern sie im Gegenteil immer weiter von jenem Zeitpunkt fortspülten, zu dem noch alles möglich gewesen wäre: So nannte sie das jetzt. *Damals, als noch alles möglich gewesen wäre*. Es klang, als wäre sie nun in allen ihren Entscheidungen eingeschränkt, in ihrer gesamten Freiheit beschnitten, nur weil ihr diese eine Entscheidung nicht mehr offenstand. Weil sie kein Kind mehr haben konnte, obwohl genau das ihr sehnlichster Wunsch gewesen wäre: Denn davon war sie nun felsenfest überzeugt, acht Jahre nach Sigrids Operation starb Julias Mutter.

Ein paar Monate später heulte Harry ins Telefon,

Ich komme mit Julia einfach nicht klar, Mopp! Ich weiß nicht mehr, was ich machen soll. Es zieht mich alles so fürchterlich runter,

Mopp, sagte Sigrid. Wir könnten doch Julia zu uns nehmen.

Kaum war ihr der Gedanke gekommen, hatte er sich auch schon eingenistet. War für sie etwas Unumgängliches geworden, etwas Vorherbestimmtes: Julia war genau in dem Jahr geboren, in dem Sigrid operiert worden war. Das war eine Tatsache. Es war mehr als das: Es war ein Zeichen, ein leuchtend bedeutungsvoller Hinweis des Schicksals,

Bitte, Mopp. Laß uns Julia holen. Mopp, sie ist geboren worden gerade als wir beschlossen hatten, selbst Kinder zu haben,

Aber so war es nicht gewesen. Mopp zögerte. So wie sein Neffe Harry Fakten oft mit Gefühlen erklärte, erklärte er selbst Gefühle gern mit Materialeigenschaften: Und möglicherweise war Sigrid nicht aus dem richtigen Stoff, um Mutter zu sein, genausowenig wie man aus Harry je einen brauchbaren Vater würde machen können. Aber wollte Mopp zulassen, daß das Kind in ein Heim kam?

Das fragte ihn Sigrid.

Wollte er Julia ihrem Vater überlassen? Wollte er riskieren, daß sie ein Straßenkind wurde oder eine minderjährige Prostituierte, wenn sie nicht vorher schon aus dem Fenster fiel oder das Haus anzündete? Oder wollte er die Verantwortung vielleicht ihrer Oma aufbürden? Seiner Schwester Püppi, die bereits drei Kinder großgezogen hatte, trotz ihres kranken Herzens?

Nein, das alles wollte Mopp nicht. Also rief er Harry an. Vermied sorgfältig Begriffe wie Sorgerecht oder Pflegschaft, baute Harry Brücken, er sprach von einer Entlastung Harrys. Von einer bloßen Pause, damit Harry den Job in der Kneipe antreten, sich in Ruhe einarbeiten konnte, Harry war sehr erleichtert.

Sigrid war in Hochstimmung. Sie räumte das Gästezimmer aus. Sie strich die Wände in sonnigem Gelb. Sie nähte passende Vorhänge. Sie kaufte einen Schrank, einen Schreibtisch, ein Kinder-Hochbett mit einer Rutsche, Mopp legte ihr nahe, vielleicht nicht schon alles fertigzumachen. Auf Julia zu warten, das Zimmer zusammen mit ihr einzurichten, Sigrid kaufte Kinderbücher, eine Lampe in Form eines Sterns. Kaufte Bücher über Patchworkfamilien, Traumabewältigung, Trauerarbeit mit Kindern, Julia erschien zu Beginn der Sommerferien.

Mopp, in der Küche seiner kleinen Wohnung, nimmt einen Topf aus dem Küchenschrank.

Er gießt Öl in den Topf, kippt die Zwiebeln hinein. Rührt, sieht den Zwiebeln beim Glasigwerden zu, er denkt oft an den Tag, an dem Julia damals nach Neuenburg kam.

Er hat sich oft gefragt, wie alles gekommen wäre, wenn es diesen Tag nicht gegeben hätte, und sich dann sofort für diese Überlegung geschämt, Harry brachte seine Tochter selbst, in einem geliehenen VW-Bus.

Julia saß hinter ihrem Vater und starrte aus dem Fenster. Starrte an Mopp und Sigrid vorbei, ohne eine Miene zu verziehen, reagierte nicht, als Harry sie aufforderte auszusteigen, Sigrid kletterte zu ihr in den Bus.

Hallo, Julia, sagte sie. Schön, daß du endlich da bist. Wir freuen uns,

Sie war sehr aufgeregt. Selbst Mopp konnte den falschen Ton in ihrer Stimme hören. Glaubte die dünne, synthetisch-süßliche Computermusik hören zu können, die in einer amerikanischen TV-Serie solch eine Szene begleitet hätte: Aber Julia verhielt sich nicht programmgemäß.

Sie blieb stumm. Sie blieb sitzen. Harry warf Mopp einen Blick befriedigter Verzweiflung zu: Dies war der Beweis, daß er nicht übertrieben hatte. Dann drohte er seiner Tochter, sie eigenhändig aus dem Bus zu zerren, wenn sie nicht sofort ausstieg. Julia stieg aus. Sigrid war über Harrys Roheit empört. Sie zeigte Julia ihr Zimmer. Das Kind nahm alles kommentarlos hin. Später am Nachmittag kamen Julias Großeltern: Mopps Schwester Püppi mit ihrem Mann Holger. Püppi hatte ein Foto mitgebracht. Einen Beweis der Verwandtschaft: Es zeigte Harry, Holger und Püppi in der Frauenklinik, versammelt um das Bett, in dem Gitti mit Julia lag, Julia betrachtete das Bild lange.

Dann bist du also wirklich meine Oma, sagte sie schließlich. Du bist die Oma, die sich nicht um uns kümmert. Ich hatte schon einmal eine Oma. Die war lieb. Aber die ist gestorben. Und jetzt ist meine Mama gestorben.

Keiner wußte, was er darauf sagen sollte. Die Frauen hatten Tränen in den Augen. Sigrid sagte: Du armes Kind.

Nahm Julia in die Arme, drückte sie an sich, Julia stand steif. Blickte mit zusammengekniffenen Augen über Sigrids Schulter an die Wand, später saßen sie um den Eßtisch und aßen Kuchen, den Püppi mitgebracht hatte. Irgendwann stand Julia von ihrem Stuhl auf. Stellte sich neben Püppi. Wollte Püppis Holzperlenkette betrachten, dann ihre Uhr. Lehnte sich an sie. Kroch schließlich auf ihren Schoß, schlief dort ein, noch später brachten sie das Kind ins Bett.

In der Nacht wurde Julia wach. Schrie und schrie, es dauerte eine Weile, bis Sigrid und Mopp wenigstens einzelne Worte verstanden: Julia schrie nach ihrer Mutter. Schrie dann nach ihrer Oma: ob nach der toten oder der lebenden, war nicht auszumachen, sie schrie, bis sie blau anlief, Mopp kippt das Fleisch in den Topf, brät es an.

Löscht mit Wasser ab, holt dann einen Topfdeckel aus dem Küchenschrank, der Küchenschrank ist vom Sperrmüll. Mopps Möbel sind fast alle vom Sperrmüll. Aber Mopp hat sie wieder hergerichtet: Den Küchenschrank hat er abgeschliffen und türkisgrün lackiert. Den Kühlschrank hat er repariert. Den Küchentisch, auf dem sein alter Computer steht, hat er abgebeizt, Mopp holt das Salzfaß von der Sechziger-Jahre-Anrichte, die ihm als Arbeitsplatte und Unterschrank dient. Über der Anrichte hängen vier Bilder.

Das erste ist ein Farbfoto, in einem blauen Holzrahmen. Es zeigt Julia ein halbes Jahr nach ihrer Ankunft, an ihrem neunten Geburtstag. Julia steht vor dem Haus und umklammert die Lenkstange ihres ersten Fahrrads, das Mopp ihr gerade geschenkt hat. Sie ist verkleidet, als kleiner Wolf mit Ohren aus Plüsch. Mit zusammengezogenen Brauen und gesenktem Kopf starrt sie in die Kamera, als wollte sie im nächsten Moment auf sie losgehen, es war Sigrids Idee gewesen, Julias Geburtstag als Kostümfest zu feiern. Ein kompletter Reinfall: genau wie alle folgenden Kindergeburtstage, Sommer- und Faschingsfeste, die Sigrid für Julia veranstaltete und die allesamt in Streit und mit Tränen endeten, in Enttäuschung, Vorwürfen, Sigrid verstand es einfach nicht.

Sie stellte sich vorher immer alles so schön vor. Sie gab sich jedesmal soviel Mühe: Sie dekorierte, sie buk. Sie stellte ein Unterhaltungsprogramm zusammen. Kaufte wunderschöne Pfänder: keine ungesunden Süßigkeiten, keinen Kitsch aus buntem Plastik, sondern teure handgeschnitzte Holztiere, hochwertige Kinderbücher, die anderen Mütter waren jedesmal sehr beeindruckt! So formulierte es Sigrid: die anderen Mütter. Wieso mußte Julia immer alles verderben?

Warum weigerte sie sich hartnäckig, ein fröhliches Geburtstagskind zu sein, eine gutgelaunte Faschingsprinzessin? Entweder stritt sie sich mit allen, oder sie weinte, ohne daß man verstand, warum, oder sie spielte ganz einfach nicht mit: Und nachts machte sie tatsächlich ins Bett.

Nacht für Nacht pinkelte sie in das teure Hochbett: das Sigrid verfluchte, wenn sie früh um zwei schwankend auf seiner Leiter balancierte, mit frischen Laken über dem Arm, anfangs geduldig, dann müde, gereizt, schließlich heulend in ungehemmter Verzweiflung, während Julia mit abgewandtem Gesicht in der Ecke hockte. Wenn Sigrid mit ihr zu reden versuchte, sah sie weg. Wenn Sigrid die Beherrschung verlor und sie anschrie, brach sie in Tränen aus: Sie würde sich das Leben nehmen, sagte sie dann. Sie würde sich töten, um zu ihrer Mutter in den Himmel zu kommen, Sigrid entwickelte ein nervöses Zucken ums Auge. Das kurz darauf auf Julia übersprang, als hätte sie sich bei

Sigrid angesteckt, so daß Mopp, wenn er mit den beiden am Küchentisch saß, nicht mehr wußte, wo er hinsehen konnte, ohne daß es rund um ihn her wetterleuchtete,

Sie tut, was sie will, sagte Sigrid zu Mopp. Sie benimmt sich wie jemand, der mich haßt. Der mich nicht ausstehen kann, aber ja nur ein paar Tage bleibt. So kurz, daß es sich eigentlich nicht mal lohnt, sich zu streiten. Aber wenn sie sich mit mir streitet, dann wie mit einem Todfeind,

Ich weiß nicht, sagte Mopp einmal. Vielleicht verlangst du einfach zuviel. Ich komme eigentlich ganz gut klar mit ihr,

Sigrid fuhr auf.

Du? Was soll das denn heißen? Du bist doch den ganzen Tag gar nicht da! Und was soll das heißen, ich verlange zuviel? Was verlange ich denn von ihr? Daß sie mich wahrnimmt? Daß sie mit mir redet? Daß sie sich normal benimmt? Oder daß sie wenigstens zur Kenntnis nimmt, wo sie ohne mich gelandet wäre: in einem Heim nämlich, genau wie damals ihre Mutter,

Dann weinte sie wieder.

Mopp tröstete sie. Ging dann hinauf in Julias Zimmer, fragte sie, ob sie morgen mit ihm ins Schwimmbad gehen wolle, Julia nickte. Mopp freute sich. Er hatte herausgefunden, daß sie mit ihren fast neun Jahren weder schwimmen noch radfahren konnte. Hatte anfangs schwer an seinen pädagogischen Fähigkeiten gezweifelt. Hatte Szenen vorausgesehen, heftige Auftritte in aller Öffentlichkeit, wenn er versuchen würde, es ihr beizubringen: Aber Julia kam ihm entgegen.

Sie trat bereitwillig Wasser, bewegte die Beine wie ein Frosch. Atmete ein und aus, wie er es ihr zeigte, sie wollte schwimmen lernen. Sie übte verbissen. Sie lernte schnell. Absolvierte in Rekordzeit erst den Frei-, dann den Fahrtenschwimmer. Dann wünschte sie sich ein Fahrrad, und Mopp schenkte ihr eins zu ihrem neunten Geburtstag. Rannte stundenlang auf dem Gehweg hinter ihr her, die Hände am Sattel: bis sie ihm schließlich davonfuhr, seinen Händen entglitt, mit einem Triumphschrei die Straße hinunterraste,

Wie kannst du ihr das erlauben? sagte Sigrid. Wie kannst du es zulassen, daß sie ganz allein auf der Straße fährt? Das darf sie nicht. Das ist leichtsinnig.

Geh nach unten und hol sie! schrie Sigrid. Hol sie wieder rauf! Du bist schuld, wenn ihr etwas passiert,

Julias Oma kam beinahe täglich vorbei. Mopps Schwester Püppi: Sie las ihrer Enkelin vor, erzählte ihr Geschichten. Flocht ihr die Haare, bezahlte ihre Klavierstunden, manchmal verabredete sie sich auch mit ihrer Schwester Marie und deren Enkelin Sarah. Sarah war nur ein Jahr jünger als Julia. Marie und Püppi gingen mit den Kindern in den Park, auf den Jahrmarkt. Sie gingen ins Kino. Sie gingen zu den Lehmanns nach Hause: wo die Mädchen in Sarahs Zimmer oder im Garten spielten, während Barbara für ihre Mutter und ihre Tante Kaffee kochte. Erst gelegentlich, dann häufiger behielt Püppi Julia auch über Nacht bei sich, damit Mopp und Sigrid durchschlafen konnten,

Ich war auch ein Omakind, sagte sie einmal, zu Sigrids Ärger. Ich habe die wichtigsten Teile meiner Kindheit bei meiner Oma Jaschke verbracht,

Aber allmählich wurde es besser mit Julia.

Das nervöse Zucken verschwand. Sie machte nicht mehr ins Bett. Sie hatte manchmal heftige Wutausbrüche, und sie weinte sehr leicht: Aber Püppi sagte, das wäre bei anderen kleinen Mädchen doch ganz genauso. Sie sagte, sie sei sehr froh, daß sie Julia wiederbekommen habe, wenn auch unter so traurigen Umständen, Mopp kaufte Julia einen Hamster. Kaufte ihr einen kleinen Werkzeugkasten für Kinder, baute mit ihr zusammen ein Häuschen für den Hamster, Julias Lehrerin empfahl Julia fürs Gymnasium.

Wo sie neun Jahre später ihr Abitur machte, um dann sofort nach Berlin zu ziehen. Um ein Studium zu beginnen, es wieder abzubrechen, in einen Bauwagen auf einen illegalen Bauwagenplatz zu ziehen und eine Schreinerlehre anzufangen, sie meldete sich nur noch selten bei Sigrid. Allenfalls rief sie hin und wieder Mopp an oder ihre Großmutter, Sigrid stand neben Mopp, wenn er mit Julia telefonierte.

Laß mich bitte auch mit ihr sprechen, Mopp. Danke. Julia? Julia, hör mal. Julia, mach doch bitte dein Studium fertig. Nimm dir bitte wieder eine vernünftige Wohnung, verpfusch dir doch nicht dein Leben. Wir bieten dir jede mögliche Chance. Wir haben dir doch immer alle Chancen geboten, warum mußt du denn überhaupt in Berlin leben? Warum kannst du nicht nach München gehen, oder nach Hamburg meinetwegen,

Julia sagte: Ich bin in Berlin zu Hause, Sigrid.

Es ist alles Harrys Schuld, sagte Sigrid zu Mopp. Sie ist wie ihr Vater, sie kann sich nicht anpassen. Sie ist wie ihre Mutter, aus ihr wird nichts werden, ich begreife das nicht, Mopp. Ich versuche ja, sie zu verstehen, aber es gelingt mir einfach nicht, sie zerstört doch ihr Leben. Wir haben ihr alle Chancen geboten, und sie zerstört ihr Leben,

Schließlich kam Mopp auf die Idee, Sigrid zu Weihnachten eine Reise zu schenken.

Eine Reise nach Afrika: nach Lobo, wo sie am Anfang ihrer Ehe miteinander gelebt hatten, vor mehr als einem Vierteljahrhundert und lange vor Julia, damals waren sie zusammen aufgebrochen, um die Welt zu verbessern. Damals waren sie jung gewesen, glücklich, vielleicht konnten sie daran wieder anknüpfen? Vielleicht konnte die Reise nach Lobo ihre Ehe retten?

Mopp in seiner Küche gibt die Erdnußcreme in den Topf. Rührt um, würzt mit Salz und Pfeffer und Kreuzkümmel, Mopp weiß, daß es dieser Rettungsversuch war, mit dem er seine Ehe mit Sigrid zerstört hat. Nicht nur seine Ehe: auch Sigrid selbst, Mopp gibt noch etwas Salz in den Topf. Geht hinüber zur Anrichte, wo das Chilipulver steht. Das zweite Bild, das dort an der Wand hängt, zeigt Karl Jensen, Mopps Vater.

Es ist im Spätsommer entstanden, wenige Monate vor Karl Jensens Tod, was aber damals noch niemand ahnte, Karl Jensen hat seinen alten Filzhut auf dem Kopf. Er steht halb gebückt, im Begriff sich aufzurichten. Er lächelt, erfreut und überrascht, Mopp weiß noch genau, wann er das Bild aufgenommen hat. Es war Samstag nachmittag, und Mopp wollte seine Eltern besuchen.

In der kleinen Mietwohnung fand er aber nur seine Mutter Lilo. Sie stand in der Küche und goß heißes Wasser in Einweckgläser: Der Vater war im Garten eines Nachbarn und sammelte Fallobst ein, das der Nachbar auf den Kompost hatte werfen wollen.

All die schönen Äpfel! Aus denen Lilo nun Kompott, Apfelmus, Gelee kochen würde, Mopp umarmte seine Mutter, küßte sie auf die Wange. Versprach, gleich wieder zu ihr heraufzukommen, dann ging er die drei Treppen nach unten. Er beobachtete seinen Vater, über den Gartenzaun hinweg. Sah ihn, in seiner alten Joppe, wie er sich nach den Äpfeln bückte, sich wieder aufrichtete, im schläfrigen Septemberdunst von Gärung, feuchtwarmem Moos, Mopp pirschte sich mit gezückter Kamera näher heran. Rief dann,

Papa!

Karl Jensen sah auf. Die Kamera klickte,

Sieh an! Mein Sohn! Das ist aber schön,

Das hat er gesagt.

Er sagt es noch immer, auf dem Foto an Mopps Wand, das dritte Bild ist ein Schwarzweißfoto, in einem gläsernen Wechselrahmen.

Es ist im Sommer 1939 aufgenommen worden, am Strand von Brösen. Es zeigt Mopps Mutter Lilo, mit dreien ihrer vier Kinder. Lieselotte Jensen, geborene Jaschke, mit Marie, Fritz und Püppi, Mopp selbst ist nicht mit auf dem Bild.

Er ist ja eben das vierte Kind.

Das Kind zwischen den Zeiten: Mopp ist noch in Danzig gezeugt, aber schon im Westen geboren worden. Er steht zwischen den Generationen. Als seine älteste Schwester Marie Mutter wurde, war Mopp gerade erst zehn, Mopp ist einmal mit seinen beiden Schwestern nach Danzig gefahren, um sich anzusehen, wo seine Familie eigentlich herkommt. Marie und Püppi haben viel gelacht, auf dieser Reise. Sie haben ein- oder zweimal geweint. Sie haben geredet und geredet,

Siehst du, Mopp, hier. Hier haben wir alle gewohnt. Um diesen Platz herum, alle miteinander. Alle im selben Viertel, die

Wohnungen hat ja Opa Jaschke verwaltet. Schau, da drüben war sein Büro. Da oben hat Tante Else gewohnt. Und da Onkel Herbert. In der Eckwohnung. Nein, eins höher, im zweiten Stock. Und dann das Haus da. Dort drüben, das graue. Dort sind wir geboren, Püppi und ich,

Mopp hat zugehört. Er hat sich alles angesehen: ein Tourist im Es-war-einmal-Land, er ist mit seinen Schwestern um das Haus herumgegangen. Hinter dem Haus war ein Garten. Der Garten war in Parzellen geteilt. Mopp hat lange am Gartenzaun der Parzelle gestanden, die zur Wohnung seiner Eltern gehört hatte. Er hat lange den Schuppen betrachtet,

Papa hat ihn gebaut, mit seinen eigenen Händen, sagte Marie. Er konnte ja alles bauen, unser Papa. Der Schuppen war früher grün. Jetzt haben sie ihn grau gestrichen. Aber früher war er grün, schau da, an der Ecke. Da sieht man es noch. Da, wo die graue Farbe abblättert,

Mopp sah die Stelle, sofort.

Sie leuchtete. Sie war magisch. Sie zauberte seinen Vater herbei: einen geisterhaft jungen Karl Jensen, der diesen Schuppen baute, dann anstrich, hatte er dabei vor sich hingepfiffen? Tonlos und ohne die Lippen zu spitzen, so wie später, als Mopp ihn schon kannte: Und was hatte der Vater gemacht, nachdem er mit dem Schuppen fertig war?

Er hatte sich wahrscheinlich aufgerichtet, gestreckt. Hatte dann seine Pinsel ausgewaschen, ohne Eile das Werkzeug aufgeräumt. Und dann? Wo war er danach hingegangen? Was hatte er getan, nachdem er den Garten verlassen hatte, Mopp konnte es sich nicht vorstellen.

Er war nie an der Hand seines Vaters durch diese Stadt gegangen. Die eine schöne Stadt war, fremd und an einem kalten Meer, sein Vater war hier geboren worden. War hier aufgewachsen. Hatte hier gelebt, mit seiner Familie: zwei kleinen Töchtern, einem Sohn, der nicht Mopp gewesen war, Mopp konnte sich nicht vorstellen, wie sie ihre Tage in Danzig verbracht hatten.

Er konnte sich den Tisch nicht vorstellen, um den sein Vater und seine Mutter abends mit ihren Kindern gesessen hatten, dort oben in der unbetretbaren Wohnung, deren Fenster er sehen konnte, wenn er sich umwandte, Mopp war in einem fremden Land. Die anderen waren hier alle daheim gewesen. Sie hatten hier nichts vermißt: jedenfalls nicht Mopp oder das Leben im Westen, in das er hineingeboren worden war, neben dem Schuppen stand ein Apfelbaum.

Der Vater hatte ihn gepflanzt, zur Geburt seines ersten Sohnes. An einem Frühlingstag im Jahre 1932 hatte er ein Loch gegraben, es eingeschlämmt, dann die Erde um die Wurzeln des mageren Setzlings sorgfältig wieder festgetreten, Mopp stand lange da und sah den Baum an.

Der Baum war sehr hoch. Seine Blätter flirrten im Licht, Marie und Püppi wurden verlegen, weil ihr Bruder so lange schwieg.

Für dich hätte er auch einen Baum gepflanzt, sagte Marie schließlich. Aber er konnte doch nicht. Du bist doch auf der Flucht geboren. Es war gar kein Garten da, in den man etwas hätte hineinpflanzen können,

Mopp schüttelte den Kopf. Dachten seine Schwestern wirklich, daß er seinem toten Bruder den Baum mißgönnte?

Seinem unbekannten Bruder: Mopp kennt ja nur das Foto vom Strand von Brösen. Aber Fritz hat danach noch weitergelebt. Er war fast sechs Jahre und einen ganzen Krieg älter, als er am Hafen von Hela verlorenging, Mopp war dabei. Aber er ist nicht verlorengegangen.

Er ist sicher aufs Boot und ans andere Ufer gelangt: eine zukkende Kaulquappe, im Bauch seiner Mutter, Mopp in der winzigen Küche in seiner winzigen Neuenburger Wohnung öffnet die Dosen mit den Tomaten.

Kippt ihren Inhalt in den Topf, rührt um, das vierte Bild über der Anrichte zeigt Sigrid und Aswad, mit Aswads beiden Söhnen. Die Jungen sind ungefähr dreizehn und neun. Sie stehen auf dem festgetretenen Lehmboden hinter Aswads Haus. Im Hintergrund sieht man die roten Mauern der Residenz des Emirs, im Vordergrund steht Aswads klappriger Jeep, in dem sie ein paar

Tage später aus der Stadt flohen, Aswad ist tot. Mopp weiß nicht, ob die Jungen noch leben. Das Bild ist anderthalb Jahre alt.

Es ist uralt: Es ist in einem anderen Leben entstanden, in einem anderen Zeitalter. Vor dem entsetzlichen Brückenwärter, vor Sigrids Zusammenbruch, Mopp, der in seiner Küche steht und Schweinefleisch in Erdnußcreme kocht, hofft, daß Sigrid ihre Medikamente regelmäßig nimmt. Sigrid tut das nicht immer. Sie behauptet, die Medikamente würden sie verdummen.

Würden sie pelzig und taub im Kopf machen, unfähig, einen klaren Gedanken zu fassen, sie hat Mopp versprochen, sie dennoch zu nehmen. Nur heißt das nichts. Sigrid hält ihre Versprechen nicht mehr, seit sie krank geworden ist.

Seit sie zusammengebrochen ist. Seit sie den entsetzlichen Brückenwärter gesehen hat, auf der verzweifelten Flucht durch den afrikanischen Busch, Sigrids Schrei war hoch und dünn, wie reißender Stoff. Aswad am Steuer stieß einen Fluch aus wie ein Gebet, der Professor in der Klinik hat gesagt, Mopp solle sich keine Vorwürfe machen.

Er hat gesagt, Sigrid habe die Anlage zu der Erkrankung bereits in sich getragen, und der entsetzliche Brückenwärter sei nur einer von vielen möglichen Auslösern für ihren Zusammenbruch gewesen, was kann denn Mopp dafür, daß er seine Ehe im falschen Land retten wollte? Es ist doch nicht Mopps Schuld, daß kurz nach ihrer Ankunft ein Bürgerkrieg ausbrach: Aber Mopp fühlt sich schuldig an Sigrids Zusammenbruch, an Aswads Tod.

Und Sigrid ist nach der Entlassung aus der Klinik nicht mehr zu ihm zurückgekehrt.

Sie ist in ein Gartenhäuschen gezogen, das sie von einem entfernten Onkel geerbt hat, das Gartenhäuschen liegt in einem kleinen Dorf, etwa eine Stunde von Neuenburg entfernt.

Es ist eine Hütte ohne Heizung, ohne fließendes Wasser. Sigrid sagt, das wäre auch gut so. Sie sagt, wenigstens einer in der Familie müsse sich vorbereiten. Einer müsse einen Rückzugsort schaffen, für Mopp und für die Familie, sie hat Mopp gefragt, was er mit seiner Gasheizung anfangen will, wenn erst die Gasleitungen zerstört sind.

Was er mit elektrischem Licht will, einem Elektroherd, wenn die Stromversorgung zusammenbricht, sie hat ihn beruhigt: Wenigstens ist Mopp handwerklich begabt.

Wenigstens hat sich Julia einen vernünftigen Beruf ausgesucht: Sie wird Schreinerin, und sie wohnt in einem Bauwagen, was fast noch besser ist als eine Hütte, Mopp war verblüfft. Hatte Sigrid ihre Meinung geändert, über den Bauwagen und über Julias Lehre? Sigrid winkte ab.

Ja, sie hatte Fehler gemacht, das wußte sie selbst. Sie hatte Fehler gemacht, in einem früheren Leben, und sie hatte für ihre Fehler bezahlt, inzwischen hatte sie dazugelernt. Denn was würden wohl all die Computerfachleute und Betriebswirte und Astrophysiker und Biogenetiker machen, wenn man sie bald nicht mehr brauchen würde? Wozu würden Lebensmittelchemiker, Medienfachleute und Marketingberater, Wirtschaftsprüfer, Richter und Fondsmanager noch nütze sein, wenn man kein Brot mehr kaufen konnte, keine Decke, keinen Topf? Wovon würden sie alle leben? Mörder und Diebe würden sie werden, alle miteinander. Marodeure, die töten müßten oder verhungern: Und dann würde Sigrid die Familie retten.

Sie würden alle zu Sigrid kommen, um sich in ihrer Hütte zu verbergen, oben in den Wäldern, Sigrid hat in ihrem Garten einen Brunnen bohren lassen.

Sie hat begonnen, spinnen und weben zu lernen. Das Schlachten von Hühnern. Das Korbflechten: ein altes Handwerk dieser Gegend, das viele ihre Vorfahren ausgeübt haben, wie sie es dem Ariernachweis ihres Großvaters aus der Hitlerzeit entnommen hat, Mopp kostet das Essen, das auf dem Herd seiner kleinen Küche köchelt.

Er fügt noch etwas Salz hinzu. Tritt an seinen Küchentisch, auf dem sein Computer steht, der Computer summt.

Kleine bunte Fische trudeln über seinen Bildschirm. Mopp

zieht den alten Küchenstuhl unter dem Küchentisch hervor und setzt sich. Er tippt auf die Leertaste. Die Fische verschwinden. Der Bildschirm wird hell. Text erscheint: der Ausspruch eines afrikanischen Söldners, den Mopp gestern gefunden hat,

The Kalashnikov lifestyle is our business advantage

Mopp glaubt nicht an den Weltuntergang. Er glaubt nicht an den Untergang der westlichen Zivilisation. Er ist nicht zusammengebrochen, nicht in die Klinik gekommen: Aber auch er hat den entsetzlichen Brückenwärter gesehen, Mopp wirft deshalb Abend für Abend das Netz aus.

Fischt, in der Hoffnung, daß sich irgend etwas darin verfängt. Daß er etwas ans Tageslicht holt, das die Vergangenheit erleuchtet, die Zukunft erahnen läßt. Etwas, das den Brückenwärter erklärt, ihn unschädlich macht. Ihn auslöscht, zurücknimmt ins nie Gewesene: so daß Sigrid gesund werden und zu Mopp zurückkehren könnte, Mopp an seinem Computer schließt einen Moment lang die Augen.

Er hofft, daß er Sigrid überreden kann, morgen mit zur Silberhochzeit der Lehmanns zu kommen. Daß er sie überreden kann, eine Weile bei ihm zu bleiben: Sigrid würde sicher bald wieder gesund werden, wenn sie nur ihre Hütte verlassen und wieder zu Mopp ziehen würde, Mopp steht auf und schiebt den Küchenstuhl unter den Tisch.

Er tritt zurück an seinen Herd. Rührt nochmals um, kostet. Gibt noch etwas Chili dazu, Mopp legt den Deckel auf den Topf und sieht wieder auf die Uhr. Er hat noch Zeit, den Reis zu kochen: Aber dann muß er los. Dann muß er Harry Siebeck vom Bahnhof abholen, Mopp gibt mehr Salz in den Topf, etwas mehr Chili. Auf dem Computerbildschirm haben die Fischlein wieder zu schwimmen begonnen.

Harald Siebeck sitzt im Zug, von Berlin nach Neuenburg. Sie sind kurz vor Schleusenfurt. Harry erzählt der Frau, die ihm gegenübersitzt, von seiner Hochzeit mit Kob.

Die Frau ist Ende Dreißig. Sie heißt Jule. Sie ist auch aus Berlin, genau wie Harry. Sie gefällt ihm. Sie ist dunkelhaarig, großäugig, zart, aufmerksam, auch ihre Kekse sind ausgezeichnet. Jule hat ihm vorhin welche angeboten,

Magst du?

Sie haben einander von Anfang an geduzt. Sie haben sich nur mit Vornamen vorgestellt,

Harry,

Jule,

Wie gesagt, die Kekse sind gut. Harry hat zugegriffen. Auch wenn ihm ehrlich gestanden etwas Salziges lieber gewesen wäre: Aber man muß sich mit den Gegebenheiten arrangieren, das weiß niemand besser als er,

»Alle waren dagegen«, erzählt Harry gerade. »Alle waren gegen unsere Hochzeit. Meine Familie war dagegen. Der Staat war dagegen«,

»Aber warum denn?« fragt Jule erstaunt.

»Was weiß ich«, sagt Harry. »Weil sie Thailänderin ist. Weil sie alle keine Ahnung haben, vom wirklichen Leben, der einzige, der zur Hochzeit gekommen ist, war mein Onkel Mopp. Der Bruder meiner Mutter. Das war der einzige, der mir gratuliert hat, wie es sich gehört«,

»Das ist aber traurig«, sagt Jule. »Das ist schrecklich. Wenn einen die Familie so gar nicht unterstützt«,

»Ja«, sagt Harry. »Genau. Mich hat nie jemand unterstützt. Mir haben sie immer nur Steine in den Weg gelegt, Kob hat am Anfang ja noch nicht mal ein Visum gekriegt! Wir wollten nur ein ganz normales Touristenvisum. Aber das ist glatt abgelehnt worden, ohne jede Begründung, ich habe mir das natürlich nicht gefallen lassen. Ich bin denen ganz schön auf die Pelle gerückt, diesen diplomatischen Sesselpupsern, das kannst du mir glauben. Und weißt du, was die mir schließlich gesagt haben? Sie haben gesagt, Kob dürfte nicht nach Europa, weil sie bis jetzt noch niemals dort war. Also wäre es sonnenklar, daß sie so schnell wie möglich hier untertauchen wollte.«

»Nein!« sagt Jule.

»Doch«, sagt Harry. »Ehrlich. Das ist ein Ding, was? Ich habe natürlich gefragt, seit wann touristische Abstinenz ein Straftatbestand ist. Ich meine, wann sind denn diese Botschaftheinis selbst wohl das erste Mal über den Kaukasus rausgekommen, noch im Mutterleib vielleicht? Kob war ja gerade mal vierundzwanzig. Wann hätte sie denn mit dem Reisen anfangen müssen, mit zwölf, mit vierzehn vielleicht? Aber da hat sie ja noch in Bangkok gesessen, in ihrem Kinderbordell«,

»Tatsächlich?« sagt Jule. »Das ist ja furchtbar!«

Sie hat sich vorgebeugt. Starrt Harry an, erschrocken und fasziniert, sie sagt: »Das ist ja ganz entsetzlich«,

»Ja«, sagt Harry.

Er nimmt sich noch einen Keks. Die Kekse haben eine Zitronenfüllung. Sie sind wirklich sehr lecker: außen knusprig, innen zart, die Packung ist allerdings so gut wie leer. Harry wird sich den Rest einteilen müssen: Die Fahrt ist noch lang, und er hat kein Geld, um sich irgendwas im Speisewagen zu besorgen,

»Weißt du«, sagt Harry, »das Mädel hatte eine gräßliche Jugend. Aber ich habe sie geliebt. Ich habe sie wirklich geliebt.«

»Aber was habt ihr denn dann gemacht?« sagt Jule. »Wegen dem Visum, meine ich. Habt ihr es woanders versucht? In Italien oder Frankreich?«

»Haben wir«, sagt Harry. »Haben wir! Aber die Kerle arbeiten ja alle zusammen. Das ist die reinste Mafia, diese EU, weißt du, wie das läuft? Also, wenn dich ein einziges Land abgelehnt hat, dann reicht das aus. Dann ist der Fall automatisch erledigt, für alle Schengen-Länder. Das muß man sich mal vorstellen. Was für eine Macht da irgend so ein kleiner Beamter hat! Irgend so ein Formularbekritzler, in irgendeiner Botschaft am hintersten Arsch der Welt, den man nicht mal abwählen kann. Wenn ihm danach ist, dann verhängt er ein Totaleinreiseverbot für sämtliche EU-Länder, immer munter grinsend und eigenmächtig wie der Papst«,

Harry schnaubt. Er schüttelt den Kopf,

»Klar«, sagt er. »Auch eine schöne Möglichkeit, all diesen zurückgebliebenen Kulturen auf der restlichen Welt unser Demokratieverständnis nahezubringen. Die überlegenen Werte der westlichen Denkungsart, also, ich konnte das einfach nicht ertragen. Diese Ungerechtigkeit! Ich konnte Ungerechtigkeiten noch nie ertragen. Wobei dieses ganze Demokratiegeschwätz sowieso nur hohles Zeug ist. Hast du dir das mal überlegt? Von wegen, Mehrheit. Ein Drittel der Bevölkerung darf nicht wählen. Ein Drittel will nicht wählen. Und dann hieven 28,2 Prozent des dritten Drittels irgendeine Regierung ins Amt, die alle repräsentieren soll, während ihr ununterbrochen irgendwelche höheren Organisationen auf den Kopf scheißen und irgendwelche niederen Lobbys ans Bein pinkeln«,

»Also«, sagt Jule. »Jetzt erzähl doch weiter. Was habt ihr denn dann gemacht, Kob und du?«

»Geheiratet« sagt Harry. »Was sonst? Ich mußte. Was sollte ich sonst machen? Ich habe sie geliebt. Eigentlich war das sogar mehr als Liebe, verstehst du? Da ging es auch um Gerechtigkeit. Aber kapiert hat das natürlich mal wieder keiner. Weißt du, was mein Vater zu mir gesagt hat? Du bringst deine Mutter noch unter die Erde! Das hat er zu mir gesagt«,

»Ich verstehe das nicht«, sagt Jule. »Wie hat er denn so etwas sagen können? Hassen deine Eltern Ausländer oder was«,

»Na ja«, sagt Harry. »Ich weiß nicht. Der ist eben ein Beamtenschädel, mein Vater. Ein typischer Beamtenschädel. Dabei ist er gar kein Beamter. Er ist Architekt. Aber er hat schon immer voll hinter diesem Staat gestanden. Er hat nie begriffen, worum es eigentlich geht. Keiner begreift das, das kannst du mir glauben. Mich hat jedenfalls nie jemand unterstützt«,

In der Schachtel ist nur noch ein einziger Keks.

»Darf ich?« sagt Harry. »Oder möchtest du den«,

»Aber nein«, sagt Jule. »Iß du nur«,

Harry ißt gehorsam den letzten Keks. Er hat noch immer Hunger. Tatsächlich hat das süße Zeug seinen Hunger noch verstärkt, er überlegt, ob er nicht doch etwas kaufen soll. Aber besser, er wartet erst mal ab. Vielleicht hat Jule ja doch noch etwas anderes dabei? Salzbrezeln, oder womöglich sogar Kartoffelchips,

»Weißt du«, sagt Jule, »ich habe die Erfahrung gemacht, daß es nichts hilft, wenn man immer wieder versucht, etwas zu bekommen, das man nicht bekommen kann. Das hat gar keinen Sinn. Das weiß ich aus eigener Erfahrung.«

»Ja«, sagt Harry. »Da hast du echt recht.«

Er seufzt. Streckt die Hand nach der Kekspackung aus, zieht sie zurück,

»Warte mal«, sagt Jule. »Ich habe noch ein paar Kartoffelchips, glaube ich«,

Sie kramt in ihrer Tasche. Dann holt sie eine Tüte hervor,

»Hier«, sagt sie. Sie reißt die Tüte auf, hält sie Harry hin,

»Danke«, sagt Harry.

Die Kartoffelchips sind mit Zwiebel- und Crème-fraîche-Aroma. Sie sind gut. Sie sind sogar ausgezeichnet,

»Weißt du«, sagt Jule, »ich habe nämlich auch kein besonders gutes Verhältnis zu meiner Familie. Aber ich kümmere mich einfach nicht mehr darum. Ich habe mir gesagt, wenn einen die Familie ablehnt, dann muß man eben seine eigene gründen, hast du denn Kinder?«

»Ja«, sagt Harry. »Eine Tochter. Aber nicht von Kob. Aus meiner ersten Ehe. Die ist schon über zwanzig, meine Tochter. Verrückt, was? Fast so alt wie Kob, als ich sie kennengelernt habe. Und sie heißt ganz ähnlich wie du. Sie heißt Julia. Sie ist Schauspielerin. Sie hat gerade ihr erstes Engagement, in einer Revue, ich fahre ja immer zu ihr raus, in die Bauwagensiedlung. Sie wohnt nämlich in einem Bauwagen. Ich habe ihr geholfen, den Wagen in Ordnung zu bringen. Ich habe ihn super hergerichtet, für meine Tochter, wir stehen uns wirklich sehr nah, ich und sie. Sie ist mir einfach wahnsinnig ähnlich. Na ja, sie ist ja schließlich auch meine Tochter«, Harry lacht auf. Er schüttelt den Kopf. »Eine Schauspielerin!« sagt er. »Ist das nicht der Hit? Sie ist genau wie ich, ehrlich. Ich wollte früher auch immer Musiker werden. Aber mich hat eben keiner unterstützt. Mein Vater hat mich null unterstützt. Und meine Mutter war ja immer krank. Es hieß immer nur: Nimm Rücksicht auf deine Mutter! Nein, du kannst keine anderen Kinder mitbringen, denk an deine Mutter. Sei still, halt den Mund, du bringst deine Mutter noch unter die Erde«,

»Ja«, sagt Jule. »Gut. Aber weißt du, das ist ja nun vorbei. Das mußt du irgendwann loslassen, glaube ich, sonst wirst du nicht glücklich, ich meine, du hast ja jetzt deine Tochter. Und du hast Kob«,

»Kob?« sagt Harry. »Nein. Wieso? Kob habe ich nicht. Habe ich das noch nicht erzählt? Kob und ich sind doch gar nicht mehr zusammen. Sie ist mir abgehauen. Kannst du dir das vorstellen? Einfach abgehauen, nach allem, was ich für sie getan habe. Ich weiß noch nicht mal genau, wo sie jetzt steckt. Und sie hat alles mitgenommen. Meine Anlage, meinen Fernseher, meinen Computer. Ich weiß überhaupt nicht, was ich zu Hause noch soll! Musik hören kann ich nicht mehr. Fernsehen kann ich nicht mehr«,

»Aber wie ist denn das gekommen?« fragt Jule. »Habt ihr gestritten oder was«,

»Gestritten?« sagt Harry. »Ja. Klar haben wir gestritten. Wir haben immer gestritten, von Anfang an. Wir haben gestritten, daß es nur so geraucht hat, der Witz ist ja, jetzt darf sie natürlich ganz legal bleiben. Da sieht man doch wieder, wie blöde die sind, diese Behördenbetonköpfe. Ich meine, mit einem normalen Turi-Visum wäre sie doch schon längst wieder in ihrer Bar in Phuket. Da hätte ich sie doch niemals geheiratet. Da hätte ich sie doch spätestens nach drei Monaten wieder in den Flieger gesetzt, aber bitte, wer hat jetzt das ganze Theater? Wer kann jetzt sehen, wie er wieder zu seinem Fernseher kommt und zu seinem Computer? Wer ist also der wahre Leidtragende all dieser sogenannten EU-Richtlinien? Ich doch! Ich bin das wahre Opfer dieser menschenfeindlichen europäischen Einreisebestimmungen, wenn man es mal genau nimmt. Ich, Harald Siebeck. Ein Europäer. Ein freier Bürger Deutschlands«,

Harald lacht auf, voller Bitterkeit. Er nimmt sich mehr Kartoffelchips. Er sieht aus dem Fenster: das aber nicht viel mehr zeigt als Harry selbst, sein blasses Mittvierzigergesicht, seinen mausfarbenen Pferdeschwanz. Seinen dünnen goldenen Ohrring, seine Kette mit dem Türkis im offenen Kragen seiner Lederjacke,

»Es ist doch sowieso alles eine Frechheit«, sagt er. »Die zocken einen ja doppelt ab. Doppelt und dreifach, ich meine, wer bezahlt denn diese Mauer rund um Europa und die Abwimmler in den Konsulaten und alles? Wer doch! Ich! Mit meinen Steuern. Und das reicht noch nicht. Erst zwingen sie mich, ihre hirnrissigen Projekte zu finanzieren, und dann soll ich für die Folgen der Scheiße, die sie mit meinem Geld anrichten, auch noch selber aufkommen. Stell dir vor, ich verdiene hunderttausend. Und ich zahle dreißigtausend Steuern. Dann sollten sie meiner Steuererklärung doch wenigstens ein Merkblatt beilegen, wo drinsteht, wieviel von meinen restlichen siebzigtausend ich an wen überweisen muß, wenn ich die unerwünschten Nebeneffekte meiner Steuern wieder auffangen will«,

»Sehr geehrte Fahrgäste«,

Die Stimme des Zugführers. Der deutlich sächselnd den nächsten Halt des Zuges ansagt,

»Ach!« sagt Jule. »Ich bin schon da. Das ging aber schnell. Ich muß an der nächsten schon aussteigen«,

»Wirklich?« sagt Harry. »Das ist aber schade.«

Jule beginnt zusammenzuräumen. Sie packt ihre Zeitschrift in die Tasche, eine halbleere Wasserflasche, einen Schal,

»Wir könnten uns doch mal treffen«, sagt Harry. »Wenn wir beide wieder in Berlin sind. Gib mir doch noch schnell deine Nummer«,

»Ja«, sagt Jule. »Na ja. Ich weiß nicht. Ich habe jetzt aber gar keine Karte hier. Und einen Stift habe ich auch nicht«,

»Aber ich«, sagt Harry. »Warte.«

Er kramt einen Stift aus seiner Jackentasche. Reißt den Rand eines Boulevardblatts ab, das auf dem Tisch liegt,

»Hier«, sagt er.

Er sieht zu Jule hoch: die etwas in ihrer Tasche zu suchen scheint, der Zug wird bereits langsamer.

»Okay«, sagt Harry. »Dann gebe ich dir eben meine Nummer. Hier, nimm«,

Jule ist aufgestanden. Sie hat ihren Mantel über dem Arm, ihren Koffer in der Hand: den sie nun noch einmal abstellen muß, um Harrys Zettel einzustecken,

»Danke«, sagt sie. »Und alles Gute«,

»Ja«, sagt Harry. »Danke. Für dich auch«,

Der Zug fährt jetzt in den Bahnhof ein.

»Hier«, sagt Harry. »Deine Kartoffelchips.«

»Laß nur«, sagt Jule. »Iß die mal ruhig. Und viel Glück, mit deiner Frau«,

»Danke«, sagt Harry. »Wirst du denn abgeholt?«

Aber Jule antwortet nicht mehr. Sie schiebt sich bereits durch die Sitzreihen zur Tür. Hat ihn vielleicht gar nicht mehr gehört,

»Und vergiß nicht, mich anzurufen!« ruft Harry.

Jule wendet kurz den Kopf. Lächelt vage in Harrys Richtung, dann windet sie sich hinaus auf den Gang, der Zug hält. Harry sieht Jule aussteigen. Sieht sie einen Moment später eilig den Bahnsteig entlanggehen, allein, hat jemand sie abgeholt? Harry hat niemanden gesehen. Eine Art Melancholie überkommt ihn. Er weiß nicht warum: Aber er hat das sichere Gefühl, daß sie ihn niemals anrufen wird. Daß sie nun für immer aus seinem Leben verschwindet, der Zug fährt wieder an. Rattert an der Bahnhofsmauer entlang, an die irgend jemand etwas gesprüht hat,

RETTET DIE FAUSTKEILINDUSTRIE

Dabei hat sich Harry soviel Mühe gegeben! Er war witzig. Er hat sich gut dargestellt: sein wildes Rebellenleben, sein gutes Herz, und nun? Wo ist Jule hin? Womöglich ist sie diejenige, auf die Harry seit Jahren und Jahrzehnten vergeblich wartet!

Womöglich ist sie DIE FRAU: die richtige, einzig mögliche, die er sein Leben lang gesucht hat, und nun hat er sie getroffen und gleich wieder für immer verloren. Aber das kann nicht sein. Das ist nicht möglich.

So etwas läßt das Schicksal nicht zu, Harald lehnt sich in seinem Sitz zurück. Falls Jule wirklich DIE FRAU ist, werden sie einander auf jeden Fall wiedersehen. Sie werden einander mitten in Berlin auf der Straße begegnen, oder in der U-Bahn, sie werden aufeinander zulaufen. Sie werden einander an den Händen fassen, einander ins Gesicht sehen: erstaunt, erfreut, etwas aufgeregt, weil sie bereits zu ahnen beginnen, was los ist, Harald wird zufällig gerade Geld bei sich haben. Sie werden also einen Kaffee trinken gehen. Danach wird er Jule nach Hause begleiten. Sie wird ihn in ihre Wohnung bitten, Harald stellt sich vor, wie er Jule küßt.

Er stellt sich vor, wie er ihren Pullover hochschiebt, an ihrem Haar riecht, zu seiner Verblüffung hat er einen Ständer, noch ehe er ihr den Slip ausgezogen hat.

Es ist der erste Ständer seit Wochen! Seit Monaten. Seit der Krieg mit Kob Haralds Libido verwüstet hat, Harald stöhnt auf.

Und was, wenn es ein Fehler war, Jule von Kob zu erzählen? Was, wenn sie zu den Frauen gehört, die es nicht mögen, wenn man von ihren Vorgängerinnen spricht? Und wieso hat er sie denn bloß nicht nach ihrem Nachnamen gefragt? Wie soll er sie jetzt jemals wiederfinden, Harald greift blind nach der Chipstüte.

Aber die Tüte ist leer. Die Chips sind weg. Jule ist weg: Und der Zug hat natürlich Verspätung, wie immer, Harald hat Hunger! Wie soll man sich einen ganzen Tag lang mit einer kleinen Tüte Chips und ein paar Keksen über Wasser halten? Aber das Bahnticket hat nun mal ein ziemliches Loch gerissen, in seine Sozialhilfe. Und eine weitere Einkommensquelle hat er gerade nicht, und die Speisewagen sind so verflucht teuer geworden, Harry hofft, daß Mopp wenigstens etwas Leckeres gekocht hat.

Harry hätte schließlich auch erst morgen kommen können, ganz umsonst und bequem im Auto, chauffiert von seiner Tochter Julia. Aber er hat sich in Unkosten gestürzt, nur um diesen Abend mit Mopp zu verbringen. Hoffentlich weiß Mopp das zu schätzen. Mopp ist mehr als ein Onkel, für Harry. Er ist sein bester Freund. Er hat immer zu Harry gehalten: auch damals vor über zwanzig Jahren, als Harald Siebeck im Gefängnis gesessen hat, nicht daß er irgend etwas angestellt hätte. Harry ist einzig und allein dafür bestraft worden, daß er nicht der Staat ist.

Allein der Staat darf nämlich festsetzen, womit sich seine Bürger zudröhnen. Nur er darf bestimmen, daß es nicht nur das Recht, sondern sogar heilige Konsumentenpflicht seiner Bürger ist, sich täglich und stündlich das Hirn mit Alkohol, Sex, Schufterei, dicken Autos, hundertfünf Fernsehprogrammen, Designerklamotten und Aktienspekulationen zuzudonnern, aber keinesfalls mit Harry Siebecks Haschisch, Harry hat sich oft gefragt, was sich dieser Staat eigentlich einbildet.

Ob er im Ernst meint, daß es Spaß macht, so zu leben? Ob er sich einbildet, es wäre ein Vergnügen, immer wieder von vorn anzufangen, Tag für Tag denselben Scheißdreck vor sich zu haben, immer wieder auf die Schnauze zu fallen und sich immer wieder hochzurappeln, Harry hat man in den Knast gesteckt, als er gerade Vater geworden war.

Seine Familie ist daran zerbrochen. Seine Frau hat ihn verlassen, mit seiner kleinen Tochter. Mit Julia: die Harry nun vorwirft, ein miserabler Vater gewesen zu sein, was konnte denn Harry Siebeck dafür?

Harry begreift nicht, warum Julia ihn nicht verstehen will. Er hat Julia doch immer geliebt. Er wäre ein guter Vater geworden, wenn man ihn gelassen hätte: Aber der Staat hat Harrys Leben ruiniert. Harry ist ja nie mehr auf die Beine gekommen, draußen tauchen jetzt die ersten Häuser von Neuenburg auf.

Seine Heimat. Die Stadt, in der Harry geboren ist, wo er seine Kindheit verbracht hat, Harry möchte am liebsten umdrehen.

Er möchte am liebsten abhauen. Warum hat er sich überhaupt auf dieses blödsinnige Fest eingelassen? Der Zug fährt auf dem Bahnsteig ein.

Harry späht aus dem Fenster. Er sieht Mopp, der suchend von links nach rechts und von rechts nach links blickt, Harry zieht seine kleine Tasche aus dem Gepäcknetz. Eilig quetscht er sich zwischen den Sitzen hindurch, Richtung Ausgang,

»Mopp!«

»Harry! Klasse. Da bist du ja«,

Onkel und Neffe umarmen einander: Und Harry stellt befriedigt fest, daß sein Onkel nach geschmortem Schweinefleisch riecht.

Julia Siebeck sitzt auf einem Klappstuhl vor ihrem Bauwagen und kämmt sich die Haare. Es sind sehr lange Haare, von rötlichem Braun. Weiter hinten hört man die Autobahn rauschen.

Die Abendsonne fällt streifig durch die Bäume. Hin und wieder rattert ein Zug vorbei. Vögel zwitschern. Irgendwo weiter weg bellt ein Hund, Julia hat sich die Haare drüben am Autohof gewaschen, wo die Fernfahrer halten.

Es gibt Wasser, hier auf dem Platz, und Strom, von Solarpaneelen: Aber Duschen gibt es noch nicht, die Leute vom Autohof haben zum Glück nichts dagegen, daß Julia bei ihnen duscht. Niemand im Viertel hat etwas gegen die Bewohner der achtundzwanzig Bauwagen und Busse, die hier auf dem Platz stehen, natürlich, anfangs gab es ziemlichen Terror.

Die Bewohner des Viertels hatten eine ziemlich rabiate Bürgerinitiative gegründet, gegen die Bauwagenbewohner und für eine saubere Gegend. Aber die Bauwagenleute haben sich nicht provozieren lassen. Sie haben sich geweigert, all diese Menschen von vornherein verloren zu geben: Sie haben hart gearbeitet, ehrenamtlich, auf der Straße und in den Kneipen, die von den Leuten in den Wohnblocks und Reihenhäusern des Viertels frequentiert werden, und nach und nach ist es ihnen tatsächlich gelungen, ihr Vertrauen zu gewinnen.

Und inzwischen haben auch die militantesten Gegner des Bauwagenplatzes eingesehen, daß ihr aggressives Verhalten niemanden weiterbringt. Sie sind vernünftig geworden. Sie haben die bestehenden Verhältnisse akzeptiert. Viele kommen jetzt sogar zu den Sommerfesten auf dem Platz. Sie bringen ihre Kinder mit. Sie benehmen sich freundlich und ganz normal, passen auf, daß keiner von ihnen entgleist oder sich irgendwelche Ausfälle erlaubt, hier auf dem Platz ist Gewalt schließlich offiziell verboten.

Genauso wie Drogen und Umweltverschmutzung und eine Menge anderer Dinge: Und demnächst werden sie sogar einen 15-Jahres-Vertrag mit der Stadt schließen, wenn alles glatt geht. Der Paritätische Wohlfahrtsverband setzt sich für sie ein, die Bezirksverwaltung, ein paar Politiker, es ist wirklich nicht so, daß Leute wie die in den Mietblocks und Reihenhäusern dieses Viertels zwangsläufig und von Grund aus schlecht sein müssen! Manche von ihnen sind sogar richtig in Ordnung. Vor allem die, die ohne Gewalt auskommen: Das sagt Amöbe.

Amöbe sitzt auf dem zweiten von Julias beiden Klappstühlen und krault seinen Hund. Amöbe heißt eigentlich Alfred. Alfred Möbe. Er hat seinen Namen auch auf seinen Bauwagen geschrieben: A. MÖBE steht da, in großen roten Lettern, Julia hat ihm beim Schreiben geholfen. Amöbe kann nämlich nicht besonders gut schreiben und lesen. Irgendwas ist in der Schule schiefgelaufen, gut, zur Not kann er Straßenschilder entziffern oder eine Zeitungsüberschrift: Aber für ein ganzes Buch reicht seine Lesegeschwindigkeit nicht.

Oder er ist zu klug, für seine Lesegeschwindigkeit. Jedenfalls schweifen beim Lesen seine Gedanken immer ab, weil es so lange dauert, und dann langweilt er sich, Amöbe ist ein Jahr jünger als Julia. Auf dem Platz wohnt er aber schon länger als sie. Er war ja von Anfang an mit dabei, während Julia erst vor zwei Jahren hergezogen ist, Amöbe sagt, er ist sehr froh, daß Julia da ist. Er ist auch froh, daß die Leute in den Wohnblocks und in den Reihenhäusern inzwischen nicht mehr gewalttätig sind: Amöbe kann Gewalt nicht ertragen.

Er trägt ja nicht einmal Schuhe.

Er trägt niemals Schuhe, oder erst, wenn die Temperaturen auf unter minus fünf Grad fallen, es hat mit seiner Religion zu tun, hat er Julia erklärt. Amöbe glaubt nämlich, daß in allem der Hauch des Göttlichen steckt. Und am meisten Göttliches steckt in der Welt selbst. In der Erde: Und deshalb geht Amöbe barfuß. Der nackte Fuß ist sanft. Er ist leise, er poltert nicht. Er hinterläßt keine Spuren, er schlägt der verletzlichen Welt keine Wunden. Nebenher führt Amöbe ein ziemlich interessantes Projekt durch: Er versucht zu ergründen, mit wie wenig Geld man gerade noch auskommen kann. Und seine Ergebnisse schreibt er auf, mit Julias Hilfe.

März: 150 Euro. April: 130 Euro. Mai: 120 Euro,

120 geht gerade noch so. Richtig spannend wird es unter 80. Amöbe hat keine Sozialhilfe beantragt. Er hofft darauf, daß ihn Leute wie die von der Sozialhilfe in Ruhe lassen, solange er sie in Ruhe läßt. Manchmal spielt er Gitarre an der Yorckstraße oder streicht jemandem die Wände oder schleppt einen Schrank, er

kann auch sehr gut malen. Auf Julias Bauwagen hat er eine kleine Wölfin gemalt, gleich neben die Tür.

Julia heißt ja Julia Siebeck, wie ihr Vater. Aber der Mädchenname ihrer Mutter war Wolff. Gitti Siebeck, geborene Wolff, gestorben, als Julia acht Jahre alt war. Danach ist Julia zu ihrem Vater Harry gekommen, der sie sofort an Tante Sigrid und Onkel Mopp weitergereicht hat. Früher haben Julia und Harry einander allenfalls ein-, zweimal jährlich für ein paar Stunden gesehen. Erst seit Julia auf dem Bauwagenplatz ist, besucht ihr Vater sie mit einemmal regelmäßig.

Offenbar mag er den Bauwagenplatz. Der Platz wird im Westen von der Autobahn überspannt und im Osten von der Intercity-Strecke, aber es ist trotzdem schön hier. Es gibt Blumen, einen Teich. Hunde, ein paar Hühner, Holzpaletten zwischen den Wagen, damit man bei Regen nicht im Matsch versinkt, Bernie drüben auf der anderen Seite hat sogar ein Plastikplanschbecken für die Tochter seiner Freundin, und einen Gartenzwerg.

Harry unterhält sich oft mit Bernie. Offensichtlich muß man Vätern etwas zu bieten haben. Offensichtlich muß man ihnen ein passendes Umfeld schaffen, damit sie gedeihen: Aber natürlich muß Harry auch hier immer erst mal irgendeinen Spruch loswerden.

Das soll eine Wagenburg sein? Hör auf, bei euch geht's doch zu wie im Schrebergarten! Habt ihr überhaupt noch so was wie ein politisches Programm? Aber laßt gut sein, Leute, mir gefällt es hier, echt,

Harry mischt immer kräftig mit, wenn er da ist. Er setzt sich an den Tisch im Pavillon, oder er guckt, wer gerade Zeit hat, und dann redet er von früher. Von den Kloppereien mit der Staatsmacht, den großen Aktionen,

Damals! sagt Harry. Da wollten wir noch was verändern. Da ging es uns um mehr. Um die gesamte Lage, nicht nur um Wohnraum, wir wollten was durchsetzen. Wir wollten das Leben ganz anders angehen,

Die Alten erzählen von früher wie vom Krieg. Durchaus nostalgisch, aber noch mal mitmachen möchte den Mist keiner,

Julia hat ihren Vater noch nie gefragt, was er eigentlich damit meint, daß er früher das Leben anders angehen wollte. Wie denn? Hatte er womöglich irgendwann mal vor, sich um seine Tochter zu kümmern? Was war denn die große Revolte, in Wirklichkeit? Kaputte Beziehungen, Schulden. Streitereien, Drogen,

Das arme Kind! Stell dir vor, ohne ihren Onkel und ihre Tante wäre sie in ein *Heim* gekommen,

Dies ist der Refrain, der Julias Leben seit fünfzehn Jahren begleitet. Und jetzt fragt Harry seine Tochter regelmäßig, ob er ihr bei der Instandsetzung des Wagens helfen kann.

Aber was will er denn noch tun? Es ist zu spät. Es bleibt nichts mehr zu tun übrig, für Harry. Julia ist weitgehend fertig. Das Grobe hat sie schon allein gemacht: und bei dem, was noch fehlt, kann sie ihren Vater nicht gebrauchen, der Bauwagen gehört Julia.

Er gehört ihr ganz und gar, wie eine Hütte in der Wildnis, die man mit seinen eigenen Händen baut. Im ersten Winter war die Nacht noch dann zu Ende, wenn das Kondenswasser, das an der Luke über ihrem Bett gefroren war, taute und Julia ins Gesicht zu tropfen begann, aber inzwischen hat sie die Luken abgedichtet. Sie hat den ganzen Wagen isoliert, mit Kokosmatten. Sie hat Schränke und Regale gebaut. Hat einen kleinen Ofen besorgt, einen Gasherd, ihre Tür hat sie himmelblau angestrichen. Hat Kapuzinerkresse in Töpfe gesät, Basilikum, Rosmarin, das einzig Dumme ist, daß der Wagen nicht richtig dichtzukriegen ist.

Julia weiß nicht, woran es liegt. Eigentlich kann es gar nicht sein. Sie hat das Dach hundertmal untersucht. Aber wenn es stark regnet, dann regnet es durch: Und dann kniet Julia im Sturm auf ihrem Dach, mit Hammer und Nägeln und Dachpappe, und schreit in die Nacht hinaus.

Es ist alles dicht! Verdammt noch mal! Es kann überhaupt nicht reinregnen! Es ist nicht möglich, Scheiße noch mal,

Und Bizze, ihr nächster Nachbar, schreit natürlich zurück.

Ruhe, verdammt! Ich will endlich pennen!

Wenn es nicht regnet, liest Julia Amöbe abends öfter mal vor. Sie liegen dann auf dem Bett in ihrem Wagen, unter dem Blatt Papier an der Wand, auf das Julia etwas geschrieben hat,

Lös es nicht auf. Schluck es pur

Gegenüber an der anderen Wand hängt ein Foto von Julia mit ihrer Mutter. Gitti trägt ein schwarzes Kleid aus Lackleder und zerrissene Netzstrumpfhosen. Sie hat Julia auf dem Schoß. Julia ist noch ziemlich klein, auf diesem Bild. Sie ist vielleicht drei. Sie ist nackt. Eine Hand hat sie im Mund. Die andere hat sie in die Nackenhaare ihrer Mutter gewühlt. Svenja hat das Foto gemacht, in ihrer Küche: in der Julia ziemlich genau fünf Jahre später am Tisch gesessen und gemalt hat, während ihre Mutter sich auf der Avus überschlagen hat, Julia erinnert sich nicht, wer außer Svenja noch zur Beerdigung gekommen ist.

Außer Svenja und Harry: Julias Vater, ein fremder Mann. Er saß neben Julia in der Aussegnungshalle, gleich vorn in der ersten Reihe. Gleich vor dem Sarg mit den Blumen darauf, Harry hielt Julias Hand und heulte. Julia machte ihre Hand schlaff, so schlaff wie möglich. Sie heulte nicht.

Man heult nicht, wenn man aus einem Fenster im fünfzigsten Stock gestoßen worden ist und sich im freien Fall befindet. Man kommt nicht dazu,

»Also, was ist jetzt?« sagt Amöbe.

Er sieht Julia zu, wie sie sich in der Abendsonne kämmt. Sein Hund sieht auch zu. Es ist ein großer Hund, mit blondgebleichten Dreadlocks, genau wie Amöbes. Er ist gut für Amöbe: Amöbe sagt, seit er den Hund hat, trägt er Verantwortung. Das hat ihn als Menschen verändert. Das hat ihn reifen lassen, sagt Amöbe,

»Kommst du nun morgen mit oder nicht?« fragt Amöbe. »Die Demo fängt um zwei an. Am billigsten kommen wir mit dem Schönes-Wochenende-Ticket hin. 28 Euro, Berlin-Hamburg-Berlin für fünf Leute. Das geht doch«,

»Ja«, sagt Julia. »Klar. Aber ich komme nicht mit, glaube ich. Ich denke, ich fahre wirklich zu diesem Familienfest«,

»Wieso«, sagt Amöbe. »Wieso denn jetzt doch? Du hast doch gar keine Lust gehabt«,

Julia schweigt.

»Julia?« sagt Amöbe. »Kann ich nicht mitkommen?«

»Mitkommen«, sagt Julia. »Auf ein Familienfest? Was willst du denn da«,

»Ich weiß auch nicht«, sagt Amöbe. »Nee, laß man. War ja auch nur so eine Idee. Ich habe ja nicht wirklich das Fest gemeint. Ich habe Neuenburg gemeint. Daß ich vielleicht mit nach Neuenburg kommen könnte«,

»Aber da ist ja gar nichts«, sagt Julia. »Das ist nur ein ganz blödes kleines Nest«,

»Ph«, sagt Amöbe. »Ist doch egal. Aber laß mal. War ja nur so eine Idee. Und irgendwer muß schließlich auch zu der Demo. Wir können die Leute in Hamburg auch nicht einfach so hängen lassen«,

Amöbe lehnt sich zurück. Er legt den Kopf in den Nacken und sieht in den Himmel hinauf, so daß seine langen blonden Dreads über die Lehne des Klappstuhls fallen, vor ein paar Wochen hat er Julia nachts vor ihrem Bauwagen gefunden. Sie lag zusammengerollt auf der Wiese, ankämpfend gegen die schwarze Sturzflut der Verlassenheit, er hat sie in den Arm genommen.

Er hat sie in ihren Wagen gebracht, hat ihr Tee gemacht, am nächsten Tag hat er Julia eine Übung gezeigt. Die Übung soll verhindern, daß Julia von Dämonen gejagt wird.

Daß sie im Spagat lebt: mit einem Bein in der Vergangenheit und mit dem anderen in der Zukunft, Amöbe sagt, die Vergangenheit und die Zukunft wären die Reiche der Dämonen, die Julia jagen. In der Gegenwart aber könnten ihre Dämonen nicht überleben. Da würden sie einfach kein Futter finden, keine Luft zum Atmen, Amöbe hat Julia gezeigt, was sie tun muß, um in die Gegenwart zu gelangen.

Julia muß sich ganz still hinsetzen und die Augen schließen. Dann muß sie sich konzentrieren, auf ihren rechten Arm. Erst auf den rechten. Dann auch auf den linken. Dann kommen die Beine dazu, es ist schwerer, als man meinen sollte. Wann nimmt man schon bewußt wahr, daß man einen Körper hat? Meist nur, wenn einen ein Schmerz daran erinnert: Und auch dann spürt man lediglich ein einziges Körperteil, die Übung klappt außerdem nur, wenn man nicht dabei denkt. Man darf nicht denken: Arm, Arm, Bein, Bein. Die Sprache erlaubt nur ein Nacheinander, keine Gleichzeitigkeit: Und als nächstes muß Julia auch noch hören, während sie ihren Körper fühlt.

Sie muß ihn spüren und zugleich alle Geräusche wahrnehmen, die sie umgeben. Aber sie darf bei keinem Geräusch verweilen. Alles ist von gleicher Wichtigkeit: das Knacken von Holz, irgendwo im Bauwagen. Stimmen, draußen auf dem Platz. Hundegebell. Motorengeräusch, von der Autobahn, anschwellend, abebbend. Ein Rauschen wie vom Wind, das sich gleich wieder legt. Dazwischen die Stille: die immer hörbarer wird, die Gleichzeitigkeit ist das Schwierige. Je intensiver die eine Wahrnehmung, desto vollständiger blendet sie alle anderen aus. Und dann bekommt man nicht mehr mit, was wirklich passiert, nun muß Julia die Augen öffnen.

Sie muß fühlen, hören und dabei den Blick durch den Raum schweifen lassen. Sie muß es wie absichtslos tun, ohne an einem einzelnen Gegenstand hängenzubleiben: nicht an dem bunten Kissen, das auf dem Fußboden liegt, nicht an dem Bild einer Wölfin an der Wand, die Schwierigkeit ist, daß keine Ruhe einkehrt. Daß das ständige Geplapper im Kopf nie aufhört,

Arm spüren Arm Bein Bein Stimmen draußen auf dem Platz Hundegebell das Kissen muß aufgehoben werden. Ich habe vergessen, Milch zu kaufen so ein Mist dann kann ich morgen früh gar kein Müsli essen. Mein Arm juckt. Dieser Köter nervt! Kann Amöbe den nicht mal dazu bringen daß er die Schnauze hält sonst soll er ihn doch erschießen verdammt,

Das Geplapper im Kopf sind Julias Gedanken. Sie beziehen sich nicht auf das, was Julia glaubt oder was ihr wichtig ist. Meistens schreiben die Gedanken einfach nur sich selbst fort. Immer nur sich selbst. Sie beziehen sich auch nicht auf das, was Julia wahrnimmt. Was sie gerade tut: nämlich zu hören, zu spüren, zu sehen, was tatsächlich da ist, die Gedanken nehmen nichts wahr. Sie können es nicht. Sie kreisen in einem eigenen, abgeschlossenen Universum, irgendwo tief drinnen in Julias Kopf, sie können nicht heraus. Sie können die Welt nicht wahrnehmen. Das kann nur Julia. Ihre Gedanken haben deshalb nichts mit der wirklichen Welt zu tun. Sie sind nicht Julia: Und deshalb hören sie auch nicht auf sie.

Die Gedanken machen, was sie wollen. Das einzige, was Julia mit ihnen tun kann, ist, sie nicht zu beachten: Und wenn sie die Übung lange genug macht, gelingt ihr das manchmal für Momente. Dann ist, jenseits des pausenlosen Geplappers, plötzlich etwas anderes da. Eine Art Geräusch. Ein Ton, der alles überlagert: das hochtiefe, flirrende Summen der Wirklichkeit, traurig und heiter und unendlich gleichmütig,

»Ist es wegen der Schuhe«, sagt Amöbe. »Ist es, weil ich keine Schuhe anziehe, daß du mich nicht mitnehmen willst«,

»Quatsch«, sagt Julia. »Wer hat denn überhaupt gesagt, daß ich dich nicht mitnehmen will? Du kannst ruhig mitkommen. Ich verstehe bloß nicht, warum«,

»Na, laß man«, sagt Amöbe. »Ich hab ja bloß gefragt. Einer muß ja auch zu der Demo. Die wollen den Wagenplatz in Hamburg räumen, da muß man doch hinfahren«,

Er beugt sich vor und greift nach dem Buch, das neben Julia auf der Wiese liegt. Kneift die Augen zusammen, fängt an zu buchstabieren,

»Die Lebensgeschichte von Fritz Löhner-Beda«, sagt Julia. »Für die Revue. Du weißt schon«,

Amöbe nickt. Er weiß Bescheid, über die Revue. Ein paar Schauspielschüler haben sie zusammengestellt: Stammgäste der Bar, in der Julia manchmal jobbt, um ihren Schreinerlehrlingslohn aufzubessern, die Bar heißt »Zum Krokodil«, nach einem alten Schlager von Fritz Löhner-Beda. Das hat die Schauspielschüler auf die Idee gebracht, die Chefin des »Krokodils« zu ihrem vierzigsten Geburtstag mit einer Löhner-Beda-Revue zu überraschen. Sie haben Julia gefragt, ob sie nicht mitmachen möchte. Das wollte Julia gern. Sie hat Amöbe erzählt, daß sie eigentlich schon immer Schauspielerin werden wollte. Und nun hat sie tatsächlich beschlossen, ihren Traum wahrzumachen. Sie hat sogar schon angefangen, sich auf die Aufnahmeprüfung an der Schauspielschule vorzubereiten: Sie studiert die Viola aus ›Was ihr wollt‹, die ›Antigone‹ von Anouilh. Amöbe hört sie manchmal, wenn er an ihrem Bauwagen vorbeikommt,

Was gehen mich deine Politik, deine Notwendigkeiten und die ganzen armseligen Geschichten an? Ich kann noch nein sagen zu allem, was mir mißfällt. Und du, mit deinen Wächtern und deinem ganzen Staat, du kannst mich nur noch töten lassen, weil du einmal ja gesagt hast

Und sie singt Fritz Löhners Lieder, wo sie geht und steht.

Ausgerechnet Bananen, Bananen verlangt sie von mir
Dein ist mein ganzes Herz, wo du nicht bist, kann ich nicht sein
In der Bar zum Krokodil
Freunde! Das Leben ist lebenswert

»Und?« sagt Amöbe. »Was steht da so drin, in dieser Biographie?«

»Eine Menge«, sagt Julia. »Wie Fritz Löhner gelebt hat. Wie er gestorben ist. Wie erfolgreich er war. Er hat ja auch Librettos für Operetten von Lehár geschrieben. Löhner und Lehár, das waren damals die Hitproduzenten überhaupt. Aber zu Lehárs siebzigstem Geburtstag war Fritz Löhner-Beda nicht eingeladen. Das war 1940. Lehár hat ›Das Land des Lächelns‹ dirigiert, zur Feier des Tages, an der Wiener Staatsoper. Es war alles sehr festlich. Sogar der Führer war gekommen. Nur den Librettisten hat den ganzen Abend lang niemand erwähnt. Der saß nämlich im KZ Buchenwald.«

»Echt?« sagt Amöbe.

»Ja«, sagt Julia. »Löhner-Beda war Jude. Aber er hatte mit so etwas trotzdem nicht gerechnet. Er dachte, ihm würde ganz bestimmt nichts passieren. Er war ja immer so ein Glückskind gewesen. Beliebt, erfolgreich, witzig. Der Führer liebte seine Lieder. Und trotzdem wurde er abgeholt, sofort nach dem Anschluß Österreichs. Mit dem Prominententransport Nummer eins ist er deportiert worden. Und sein Freund Lehár dachte natürlich nicht im Traum daran, sich für ihn einzusetzen. Niemand hat sich für ihn eingesetzt.«

»Und dann?« sagt Amöbe.

»Dann ist er nach Auschwitz gekommen«, sagt Julia. »Im Herbst 1942, ins Arbeitslager der IG Farben. Und dort ist er auch gestorben. So um den vierten Dezember, ganz genau weiß das niemand. Ein paar Tage vorher waren einige Direktoren der IG Farben nach Auschwitz gekommen, um die Produktionsstätten zu besichtigen. Fritz Löhner-Beda arbeitete in einem Graben, als sie vorbeikamen. Er schleppte Steine. Er war schon sehr geschwächt, und er war nicht mehr jung. Die Arbeit war viel zuviel für ihn. Einem von den Direktoren ist das auch aufgefallen. Er hat auf Fritz Löhner-Beda gedeutet, so im Vorübergehen, und gesagt: Der Jude da. Der könnte auch etwas schneller arbeiten. Dann sind die Führungskräfte weitergegangen. Und als sie um die Ecke gebogen waren, sind ein paar Wachen in den Graben gesprungen und haben Fritz Löhner-Beda totgeschlagen.«

Die Sonne steht schon sehr tief. Der Schatten der Autobahnbrücke liegt über dem Platz. Amöbes Hund hebt den Kopf. Dann steht er auf, streckt sich,

»Sie haben ihn nicht ganz totgeschlagen«, sagt Julia. »Gestorben ist er erst einen oder zwei Tage später, in der Krankenbaracke. Es ist so absurd. Sie haben ihn selbst in die Krankenbaracke gebracht. Ich verstehe das nicht«,

Der Hund hat die Ohren aufgestellt. Er steht jetzt angespannt, zitternd,

»Und dieser Wirtschaftsboß«, sagt Julia. »Ob der je erfahren hat, daß er Löhner-Beda hat totschlagen lassen? Er hat seine Lieder doch garantiert gekannt. Fritz Löhner-Beda durfte man nicht mehr erwähnen, aber seine Lieder wurden nach wie vor im Radio gespielt, in den Bombennächten«,

Freunde! Das Leben ist lebenswert!
Jeder Tag kann Schönes uns geben,
Jeder Tag ein neues Erleben,
Jede Stunde verjüngt sich die Welt!

Die herrliche Welt!

»Sie haben gewonnen, die Nazis und diese IG-Farben-Direktoren«, sagt Julia. »Fast jeder kennt Lehár, diese feige Schleimsocke. Aber kaum einer weiß mehr, wer Fritz Löhner-Beda war. Sie haben ihn umgebracht, und sie haben ihm seine Lieder weggenommen«,

Der Hund jagt los. Fliegt über die Wiese, dem Schatten des Lastwagens nach, der über den Schatten der Autobahnbrücke hinwegrast. Er bellt, atemlos, japsend, Abend für Abend muß er diesen Kampf führen. Abend für Abend muß er seine Wiese verteidigen und seinen Herrn, gegen die gewaltigen Schattenfahrzeuge, die auf dem riesigen Schatten der Autobahn über den Wagenplatz zu huschen beginnen, sobald die Sonne sinkt.

Harry und Mopp sitzen vor dem Couchtisch in Mopps Wohnzimmer und essen. Sie sitzen auf dem Fußboden: Mopps Couchtisch ist zu niedrig für Stühle, und auf dem winzigen Eßtisch in Mopps Küche steht ja der Computer, Harry legt eine Chilischote auf den Tellerrand. Er nimmt sich ein Stück Brot, wischt damit den Teller aus, er ißt jetzt schon die dritte Portion. Er hat Mopp bereits alle Details der Trennung von Kob berichtet. Mopp hat zugehört.

Er kennt Kob. Er kennt die ganze Geschichte, von Anfang an: wobei es nicht immer leicht ist, Harrys Geschichten zu folgen. Harry erzählt noch immer wie ein Kind. Er schweift ab, er wechselt zwischendurch das Thema. Er setzt voraus, daß seine Zuhörer immer alles haargenau so verstehen, wie Harry es meint, unabhängig davon, was er tatsächlich gesagt hat. Er erwartet, daß man alle Windungen und Kurven seines ereignisreichen Lebens im Kopf hat, und zwar so detailgetreu wie er selbst, natürlich ist das völlig unmöglich. Von allem anderen abgesehen, erzählt Harry dieselbe Geschichte nicht jedesmal gleich. Er läßt aus, er erfindet dazu. Er verbiegt die Geschichte: um sie interessanter zu machen oder logischer oder um etwas zu verschweigen, das er jetzt gerade nicht erzählen will, Mopp ist an all das gewöhnt.

Im allgemeinen gelingt es ihm, den ungefähren Realitätsgehalt aus Harrys Geschichten herauszufiltern: Soweit er weiß, haben sich Harry und Kob in Phuket kennengelernt. Angeblich hatte irgendwer Harry dort einen Job angeboten, als Segelschullehrer in einem Hotel. Mopp war etwas verwundert: Harald Siebeck, als Segelschullehrer? Aber er hat nicht nachgefragt.

Sicher, Harry hätte bestimmt eine äußerst spannende Geschichte erzählt. Er wäre wahrscheinlich entrüstet gewesen: Wie hatte Mopp denn nur vergessen können, daß sein Neffe Harry jahrelang in der Karibik Rum geschmuggelt hatte, als Skipper einer Fregatte mit roten Segeln? Und danach hätte Harry erst richtig losgelegt: Aber im Grunde war das mit dem Segelschullehrer ganz unwichtig.

Der Job hatte sich ja schon irgendwie wieder zerschlagen, als Harry in Phuket ankam. Er hat also erst mal ein paar Monate am Strand relaxt. Dann ist er nach Berlin zurückgekehrt, mit Kob im Schlepptau, die er prompt geheiratet hat, Mopp erinnert sich gut an die zweite Hochzeit seines Neffen Harry.

Er war wieder Trauzeuge. Doch diesmal gab es kein Hochzeitskleid, keinen Empfang, keine Kirche. Sie gingen ins Charlottenburger Standesamt und danach zurück in Harrys Zwei-Zimmer-Sozialwohnung, wo es Bier gab, Tom-Ka-Suppe. Huhn und ziemlich gutes Grass, das ein Afrikaner namens Mike mitgebracht hatte, dann klingelte das Telefon. Es war Thomas, Harrys großer Bruder. Er schäumte vor Wut. Harry hielt den Hörer zehn Zentimeter von seinem Ohr weg, so daß auch Mopp Thomas' Worte verstehen konnte,

Wie kannst du das unserer Mutter nur antun? Sie nicht einmal zu deiner Hochzeit einzuladen! Hinter ihrem Rücken zu heiraten, ein Mädchen, das sie noch nicht einmal kennt. Und das nach allem, was sie für dich getan hat. Nach allem, was sie für Julia getan hat, gib das doch wenigstens einmal zu, verdammt noch mal! Gib zu, was du für ein Penner bist. Und sie ist schwer herzkrank, deine Mutter, denk doch bitte mal daran. Denk doch nicht immer nur an dich,

Harry sprach mit, lautlos die Lippen bewegend,

Was du für ein Penner bist,
Schwer herzkrank, deine Mutter,

Du hast was vergessen, Bruderherz, sagte er dann. Du mußt auch noch sagen, daß ich unsere Mutter noch unter die Erde bringe. Das kommt doch immer zum Schluß. Eine Frage, liebes Brüderchen. Meinst du im Ernst, unsere Eltern wären gern gekommen? Meinst du, es hätte ihnen gefallen, hier bei mir?

Harry machte eine weitausholende Handbewegung, die die Küche umfaßte, Kob, ganz Berlin, die Welt,

Ich will dir mal was sagen, Thomas, sagte er. Ich habe schon einmal in Neuenburg geheiratet. Ich habe schon einmal den ganzen Mist über mich ergehen lassen, auf den unsere liebe Mutter so steht, vor fast einem Vierteljahrhundert. Und ich kann dir sagen, es hat mir kein Glück gebracht. Es hat auch Gitti kein Glück gebracht. Es hat niemandem Glück gebracht, oder was meinst du?

Harry in Mopps Wohnzimmer wischt sich die Finger sorgfältig mit dem Küchentuch ab, das Mopp als Serviette neben seinen Teller gelegt hat.

»Magst du noch was?« fragt Mopp.

Harry schüttelt den Kopf.

»Nee«, sagt er. »Ich bin voll. Große Klasse, Mopp, echt. Das ist das erste anständige Essen, das ich seit Wochen kriege. Seit Kob abgehauen ist, mit meinem ganzen Zeug, ich kapiere es nicht. Ich kapiere das alles nicht. Daß sie abgehauen ist, mit meinen ganzen Sachen, was habe ich ihr denn bloß getan? Warum passiert immer mir solche Scheiße? Mir ist es doch immer nur um Liebe gegangen«,

Harry beugt sich vor und sieht Mopp an. Es ist ein eindringlicher Blick, aus hellbraunen Augen, die an den äußeren Augenwinkeln ein kleines bißchen nach unten gezogen sind wie bei manchen großen Hunden,

»Du weißt das, Mopp«, sagt Harry. »Immer nur um Liebe. Mein ganzes Leben. Um nichts sonst, das kannst du mir glauben«,

Mopp nickt. Er erinnert sich: Als Kind sah Harald aus wie Heintje. Wie der niederländische Kinderstar aus den Siebzigern, der mit seiner Stimme den Müttern so schön die Tränen in die Augen treiben konnte,

Maamaaaaa! Dusollstdochnichtumdeinen Juuuuungen weiiiinen!

Mopp stellt die leeren Teller zusammen. Harry setzt sich aufs Sofa und baut einen Joint. Reicht ihn Mopp, beginnt einen weiteren zu drehen,

»Ziemlich gutes Zeug«, sagt Harry. »Geschenk von Mike. Du weißt schon, der Afrikaner. Der auch auf meiner Hochzeit mit Kob war«, Harry lacht auf, schüttelt den Kopf. Wiederholt es noch einmal, »auf meiner Hochzeit mit Kob«,

Er zündet seinen Joint an, steht auf und geht zu Mopps CD-Regal. Einen Moment später ertönt Bob Marley: der seine weinende Freundin tröstet und dann das schöne Wetter Jamaikas lobt,

»Weißt du«, sagt Harry, »die wirkliche Scheiße ist ja, daß mir das alles gerade jetzt passieren muß. Gerade wo ich so eine starke Businessidee habe, also, du kennst doch diese Ü-Eier, oder? Diese Schokoladendinger, mit den kleinen Figuren drin. Ich habe mir gedacht, ich eröffne einen Laden. Für Sammler. Wo Sammler diese Figuren kaufen und wieder verkaufen können, Mann, weißt du eigentlich, was die Dinger wert sind? Nimm nur zum Beispiel den Eierlauf-Schlumpf. Der bringt dir glatte achthundertfünfzig Euro, heutzutage! Klar, er muß sein Ei noch haben und seinen Löffel«, Harry fängt an zu lachen. »Ist ja wohl klar«, sagt er. »Ist ja wohl auch das mindeste, daß er wenigstens noch sein Ei hat. Daß er den Löffel noch nicht abgegeben hat«,

Mopp lacht auch. Das Haschisch ist wirklich gut.

»Meinst du denn, so ein Laden würde laufen?« sagt Mopp dann.

»Aber klar!« sagt Harry. »Es gibt doch eine Menge Leute, die diese Dinger sammeln. Und nach ein paar Jahren könnte man dann Filialen eröffnen, in anderen Städten«,

Harry holt tief Luft. Stößt die Luft wieder aus, in einem langen Seufzer,

»Na ja«, sagt er. »Aber jetzt hat es ja eigentlich keinen Sinn mehr. Wenn ich mir jetzt irgend etwas aufbaue, dann gehört doch die Hälfte von allem ihr, also bitte, wozu soll ich denn da noch investieren? Wozu soll ich ein unternehmerisches Risiko eingehen? Wenn nachher doch der Staat die eine Hälfte von meiner Knete abgreift und mein geliebtes Weib die andere«,

Mopp und Harry sitzen auf dem Sofa und rauchen Mikes Grass. Bob Marley ruft Jah Rastafari an, er möge die Nachkommen der Sklaven endlich über Babylon triumphieren lassen. Dann gesteht er, daß er zwar den Sheriff, nicht aber den Hilfssheriff erschossen habe,

»Und, wie läuft es zwischen dir und Julia?« fragt Mopp schließlich.

Harry lehnt sich zurück. Er sieht Mopp an, mit seinen goldbraunen Augen, Julia hat die gleichen Augen wie ihr Vater. Das gleiche durchsichtige Goldbraun, die gleichen langen Wimpern,

»Julia?« sagt Harald. »Gut! Hey! Mach dir keine Gedanken wegen mir und Julia. Julia ist okay. Wir verstehen uns prima. Wir sehen uns ziemlich viel, Julia und ich. Ich fahre immer raus zu ihr in die Wagenburg. Ich habe ihr ja geholfen, den Wagen herzurichten«, Harry schüttelt den Kopf. Er lacht, »sie ist mir einfach wahnsinnig ähnlich«, sagt er. »Na ja, sie ist ja schließlich auch meine Tochter. Eine Schauspielerin! Weißt du das schon? Ja, klar weißt du das. Ihr telefoniert ja jeden Sonntag. Sie erzählt mir viel, Mopp, in letzter Zeit. Sie wird Schauspielerin, ist das nicht der Hit? Sie ist genau wie ich, ehrlich. Ich wollte ja früher auch Musiker werden. Aber mich hat eben keiner unterstützt. Mein Vater hat mich null unterstützt! Weißt du, was er zu mir gesagt hat? Mein lieber Sohn, hat er gesagt. Etwas, das keinen erkennbaren wirtschaftlichen Nutzen hat, muß man sich erst einmal leisten können. Stell dir das mal vor. So ein Scheißspruch!«

»Na ja«, sagt Mopp. »Aber hat er nicht auch recht gehabt, irgendwie?«

»Klar«, sagt Harry. »Natürlich. Trotzdem! Das ist doch nicht okay, daß er recht hat. Es ist doch trotzdem ein Scheißspruch. Es ist einfach Scheiße, verstehst du das nicht«,

Harry zieht an seinem Joint, gedankenvoll. Bob Marley singt vom Krieg. Davon, daß überall Krieg sei: im Osten, im Westen, im Norden, im Süden. Krieg, und Gerüchte von kommendem Krieg, Harry lacht auf.

»Übrigens, dieser Mike«, sagt er und wackelt mit seinem Joint. »Habe ich dir schon erzählt, was der sich geleistet hat? Er hat meine Nachbarin geschwängert. Im Ernst! Du weißt schon, die mit den drei Kindern. Die mit dem Obst- und Gemüseladen, vorn an der Ecke, er hat vielleicht gedacht, daß sie ihn heiratet. Er ist doch ein Illegaler. Hey, ich weiß noch nicht mal, ob der wirklich Mike heißt. Aber ist ja auch egal. Die heiratet ihn jedenfalls nicht, das kann ich dir sagen. Die hat die Nase voll, von ihren drei Ehen«,

Harry fängt wieder an zu lachen. Er hat ein mitreißendes Lachen. Es kollert aus ihm heraus, wie einzelne Kohlen aus einem großen Feuer,

»Der arme Mike«, sagt er. »Er hat mir mal erzählt, wie er überhaupt hierhergekommen ist. In Afrika war er Tierarzt. Es ging ihm dort gar nicht mal so schlecht. Er war beim Staat angestellt und hat Ziegen geimpft und solche Sachen. Dann kam der IWF oder irgendwer und hat darauf bestanden, daß er entlassen wird. Daß alles privatisiert wird, der ganze Veterinärskrempel, damit der Staat bei uns seine Schulden bezahlen kann und damit der Handel und die freie Marktwirtschaft und die unternehmerische Eigeninitiative und überhaupt alles richtig in Schwung kommen«,

Harrys Augen blitzen. Mopp, der Harry zuhört, denkt nicht zum erstenmal, daß sein Neffe durchaus einiges an schauspielerischem Talent hat. Und daß Julia dieses Talent vielleicht tatsächlich von ihm geerbt hat,

»Hat auch alles super geklappt«, sagt Harry. »Ist alles klasse in Schwung gekommen. Da war plötzlich so was von Eigeninitiative, das kannst du dir gar nicht vorstellen. Da sind gleich ein paar völlig neue Geschäftszweige entstanden. Und die sind richtig gut organisiert. Total wirtschaftlich sind die, da kann keiner was sagen. Die schicken ihre Leute nach Europa, lassen sich hier haufenweise längst abgelaufene Impfstoffe nachschmeißen, importieren sie dann nach Afrika und verkaufen sie dort für mehr, als dasselbe Zeug neu bei uns kosten würde. Klar, wenn die geimpfte Ziege krank wird, dann stirbt sie trotzdem. Die Impfung ist ja für die Katz. Das weiß auch jeder. Aber für eine ungeimpfte Ziege zahlt dir keiner was, beim Verkauf«,

Harry und Mopp ziehen an ihren Joints. Harry wiegt nachdenklich seinen Kopf. Bob Marley singt von den Piraten, die ihn auf die Sklavenschiffe verschleppt haben,

»Jedenfalls«, sagt Harry schließlich. »Mike hatte keinen Job mehr. Der IWF hatte ihn ja rausgeschmissen. Und Lust zu bleiben hatte er auch nicht mehr. Er wollte weg. Wollte in die große weite Welt. Wollte dieselbe Bewegungsfreiheit haben wie das Kapital oder was weiß ich, er macht jedenfalls nach Europa rüber. Landet erst mal auf so einer spanischen Plastikplanen-Plantage, schuftet da illegal. Hilft, die Paprikaschoten auf dem Weltmarkt immer schön billig zu halten. Irgendwann gehen dann ein paar Spanier auf ihn und die anderen los, weil sie angeblich ein Mädchen angemacht haben. War so eine Art Pogrom oder was. Mike passiert aber nichts, weil er sich im Gebirge versteckt. Und dann verschwindet er über die Grenze nach Frankreich und dann nach Deutschland, alles ganz heimlich, und dann«, Harry fängt wieder an zu lachen, »dann schwängert er eine Braut mit einem Gemüseladen! Der arme Kerl. Kommt und kommt nicht weg, von den verdammten Paprikaschoten«,

Harry Siebeck und Mopp Jensen sitzen auf dem Sofa und lachen und lachen. Sie sind vollkommen stoned, von Mikes Dope.

Gerda Siebeck geborene Jensen, von ihren Geschwistern noch immer Püppi genannt, sitzt mit ihrem Mann Holger im Eßzimmer ihres kleinen Würzburger Hauses beim Abendessen, und Holger kriegt die Dose mit der französischen Gänseleberpastete nicht auf.

Die Dose hat einen Pull-Verschluß. Der ist aber abgerissen. Und mit dem Rand der Dose stimmt auch etwas nicht: Der Dosenöffner will einfach nicht greifen, Gerda sieht zu, mit wachsender Unruhe.

Nicht daß Holger ärgerlich wäre, wenn er die Dose nicht aufkriegt. Holger ist niemals ärgerlich. Er zeigt es jedenfalls nicht. Nicht so wie manche Männer, die ihre Frauen anschreien, die Türen schlagen oder tagelang nicht mit ihnen reden, Holger würde das niemals tun. Er ist liebevoll und zuvorkommend, auch noch nach über vierzig Jahren Ehe. Jeder sagt das: und Gerda zuerst, wo sonst findet man zum Beispiel einen Mann, der seiner Frau noch immer jeden Morgen eine Tasse Kaffee ans Bett bringt? Und zwar in ihrer Lieblingstasse, der mit den Kolibris drauf, die ihr jüngster Sohn Harald ihr mal von einem Trip in die Karibik mitgebracht hat, Holger war nie anders als wunderbar. Einem solchen Mann ist man doch auch verpflichtet! Gerda hat sich sehr viel Mühe mit dem Abendessen gegeben. Sie gibt sich immer viel Mühe mit dem Essen: aber heute besonders, schließlich ist dies der Auftakt zu einer Woche, auf die sich Gerda lange gefreut hat.

Morgen fahren sie nämlich zur Silberhochzeit ihrer Nichte Barbara. Übernachten werden sie bei ihrer Tochter Elisa. Und am Montag fahren sie tatsächlich nach Danzig, für ganze zehn Tage, Gerda ist aufgeregt.

Wobei dies natürlich nicht ihr erster Besuch in Gerdas Heimat ist. Ihrer beider Heimat: Holger ist in Zoppot geboren. Sie waren beide neunzehn, als sie einander vorgestellt wurden, auf einer Tanzveranstaltung im Neuenburger Café Remmer, das es längst nicht mehr gibt. Holger forderte Gerda zum Tanz auf,

Darf ich bitten, Fräulein Jensen?

Seine Worte klangen zärtlich, in Gerdas Ohren. Nicht wegen ihres Inhalts. Holger hätte auch fragen können, ob Gerda Hühneraugen habe, und in Gerdas Ohren hätte es zärtlich geklungen: Holger sprach hochdeutsch, mitten in Neuenburg. Ein norddeutsches Hochdeutsch, mit einem noch deutlich hörbaren

Rest jenes schleppenden Singsangs, der die Sprachmelodie ihrer Kindheit gewesen war, sie setzten sich nicht wieder zu den anderen, nachdem sie miteinander getanzt hatten. Sie hielten sich etwas abseits, am Rand der Tanzfläche.

Fanden heraus, daß sie im selben Jahr geboren waren, in derselben Gegend. Versuchten zu rekonstruieren, ob sie einander als Kinder schon einmal über den Weg gelaufen waren, sie versuchen das immer noch, wenn sie nach Danzig fahren.

Wenn sie die alten Wege wieder und wieder ablaufen, die eigenen und die des anderen: den Schulweg, den Weg zu den Großeltern. Den Weg an den Strand, zu Freunden, zum Kaufmann, Gerda hat deswegen heute im Eßzimmer gedeckt.

Das Essen soll ein feierlicher Auftakt sein, für die festlichen Tage, die vor ihnen liegen, Gerda hat das gute Geschirr genommen. Sie hat eine Glasschale mit einer riesigen rotgoldenen Dahlienblüte in die Mitte des Tisches gestellt: Aber die Gänseleberpastete ist und bleibt das Zentralstück des Abendessens. Holger muß die Dose einfach aufkriegen! Was soll ein wunderbar gedeckter Tisch, wenn das Prunkstück fehlt? Wenn das fehlt, was dem Essen, dem Tisch, dem Moment seine besondere Aura verleiht? Und außerdem hat Gerda die Gänseleberpastete selbst geklaut.

Gestern im Supermarkt, in der Feinkostecke. Sie hätte sie natürlich auch bezahlen können. Aber das hat sie nicht eingesehen. Die Pastete war teuer: 29 Euro fünfzig, für 130 Gramm! Fast sechzig Mark, für so eine kleine Dose. Drei Mark mehr als früher, vor der Einführung des Euro, Gerda war richtig wütend. Wie konnte es sein, daß man einen so hohen Preis dafür bezahlen mußte, mit Holger ein wunderbares Abendessen zu haben? Also hat sie die Dose eingesteckt.

Sie tut das öfter. Sie läßt Gänseleberpastete und Beluga-Kaviar mitgehen, englische Marmelade und winzige Fläschchen sündhaft teuren Balsamico-Essigs, sie klaut nur kleine Dinge. Kleine Dinge von gewissem Wert, die sie nicht unbedingt braucht, es ist ein Triumph! Es ist ein Moment der Freiheit, sich einfach etwas zu nehmen. Ein Moment reiner Euphorie, wenn sie den Laden verläßt, ihre Beute sicher in der Tasche: Und realistisch betrachtet ist es natürlich auch so, daß sie diese Dinge zwar vielleicht bezahlen, sich aber eigentlich nicht leisten können.

Wobei Gerda nicht recht versteht, woran das liegt. Holger war schließlich Architekt, bevor er in Rente gegangen ist. Er hat immer gut verdient, früher hieß es ja, sie wären knapp bei Kasse wegen der Kinder. Aber Thomas, Harald und Elisa sind inzwischen längst aus dem Haus. Und jetzt heißt es, sie wären knapp, weil sie nur noch Rente beziehen.

Dabei weiß Gerda ganz genau, wie hoch Holgers Rente ist. Sicher, es ist nicht gerade ein Vermögen. Aber der Punkt ist, daß irgendwie immer weniger Geld da ist, als nach Gerdas Berechnungen da sein müßte. Immer bleibt eine Art schwarzes Loch, in das ein Teil von Holgers Rente strudelt, Monat für Monat, Gerda versteht es nicht! Holger hat doch keine geheimen Laster. Er spielt nicht, er trinkt nicht, er spekuliert nicht mit Aktien, zum Glück fällt ihm wenigstens nicht auf, daß sie sich die guten Dinge, die Gerda ihm serviert, eigentlich nicht leisten können.

Er fragt nie, wie Gerda es schafft, von ihrem bißchen Haushaltsgeld Gänseleberpastete oder Beluga-Kaviar auf den Tisch zu bringen, natürlich muß Gerda aufpassen, daß sie es nicht übertreibt. Holger wäre entsetzt, wenn er von ihren Beutezügen erführe. Holger, der so anständig ist, so grundehrlich,

»Na also«, sagt Holger.

Er hat die Dose umgedreht. Am unteren Rand greift der Dosenöffner: Offensichtlich ist das Etikett falsch herum aufgeklebt worden, und oben ist unten, und unten ist oben, aber der Pull-Verschluß war doch oben? Egal. Die Dose ist auf, die Tücke des Objekts bezwungen, und Holger und Gerda können nun endlich zu Abend essen.

Holger streicht sich Leberpastete auf das Weißbrot. Beißt hinein, mit offensichtlichem Behagen, der Anblick befriedigt Gerda mehr als der Gänselebergeschmack auf ihrer eigenen Zunge. Sie macht sich eigentlich nicht viel aus dem Zeug. Ihr würde Leberwurst genausogut schmecken, oder Spiegeleier: Aber darum geht es ja nicht. Es geht nicht um den Geschmack, sondern um das Lebensgefühl. Um das gehobene Gefühl von Festlichkeit, von Beschwingtheit, das Luxus erzeugt,

»Hast du auch deine Tabletten genommen?« fragt Holger.

»Ja«, sagt Gerda, »natürlich, Holger.«

Gerda nimmt ihre Tabletten immer. Sie nimmt sie schon seit Jahrzehnten: blutverdünnende Mittel, entwässernde Mittel, stärkende Mittel, Gerda hat einen Herzschaden. Es ist kein angeborener Fehler, sondern die Folge einer Herzmuskelentzündung, die wiederum eine Folge des Typhus ist, den Gerda sich im Krieg zugezogen hat, eigentlich ist es ein komischer Ausdruck. Sich etwas zuziehen? Es klingt, als hätte sie die Krankheit gewollt.

Als wäre die Krankheit ein schwerer Vorhang, an dem Gerda gezogen hat, bis er sich schloß zwischen ihr und der Welt, die Batterie der Arzneidöschen und Fläschchen, mit denen nun die Folgen bekämpft werden müssen, steht drüben auf dem Küchenbüfett.

Darüber hängt ein Bild, in einem breiten Holzrahmen. Es ist am Strand von Brösen aufgenommen, im Sommer 1939. Im Hintergrund ist deutlich der weiße Seesteg zu sehen. Im Vordergrund sieht man Lilo Jensen geborene Jaschke mit dreien ihrer vier Kinder. Mit Marie, Fritz und Gerda: der kleinen Püppi, auf dem Bild ist sie vier. Fritz ist acht. Er sitzt im Zentrum des Bildes. Püppi steht neben ihm, sie ist ihm zugewandt. Vielleicht sagt sie gerade etwas zu ihm? Fritz lacht. Er sieht aber nicht Püppi an. Er blickt auch nicht in die Kamera: Er lacht über irgend etwas, das außerhalb des Bildes liegt und das nur er zu sehen scheint, Gerda hat keine Erinnerung an diesen bestimmten Moment. Aber Fritz ist im Zentrum des Bildes geblieben, durch sein Verschwinden. Es vergeht kaum ein Tag, an dem Gerda nicht an ihren Bruder denkt,

Verloren, verloren, alles verloren,

Aber auch Püppi ist damals verlorengegangen.

Nur Gerda ist übriggeblieben. Gerda Siebeck, die von der Familie noch immer Püppi genannt wird: Sie ist noch da. Aber Püppi

Jensen ist in Danzig geblieben, im Keller bei ihrer Oma Jaschke. Sie ist nicht aus der brennenden Stadt geflohen, mit ihrer Mutter Lilo, ihrer Schwester Marie, mit Fritz und ihrem zweiten Bruder Mopp: einem zuckenden kleinen Molch in Lilos Bauch, sie ist erst später nachgekommen.

Noch später kehrte Karl Jensen zurück.

Er kam aus einem russischen Kriegsgefangenenlager. Marie öffnete ihm die Tür. Sie schrie auf. Dann drängten die anderen in den Flur. Starrten den fremden, abgemagerten Mann an, der ihr Vater sein sollte, Karl sah seine Töchter und fragte nach seinem Sohn Fritz. Lilo ging ins Zimmer. Sie kam zurück, mit dem zweijährigen Mopp auf dem Arm. Hielt Karl Jensen das Kind hin: Ulrich Jensen, geboren im Westen im November 1945,

Das ist dein Sohn.

Aber das war Mopp nicht.

Karl Jensen wußte das natürlich. Er konnte rechnen. Jeder in der Familie weiß es, außer Mopp selbst. Mopp hat nie erfahren, daß sein Vater ihn erst zu seinem Sohn hat machen müssen. Er hat keine Ahnung: Er war ja nicht dabei, bei den entscheidenden Momenten seines Lebensbeginns. Er weiß nichts von seinen eigenen Ursprüngen: Wie jeder weiß er nur, was ihm die anderen darüber erzählt haben. Was er sich selbst erzählt haben mag,

»Heute abend gibt es einen schönen Film, im Fernsehen«, sagt Holger. »Eine Reisereportage, über Sibirien. Ich habe neulich etwas darüber gelesen. Es klang sehr interessant. Was meinst du, wollen wir uns das später ansehen?«

Er reicht Gerda den Käseteller.

»Gern«, sagt Gerda. »Wann fängt es denn an?«

»Zweiundzwanzig Uhr dreißig«, sagt Holger. Er schüttelt den Kopf. »Immer so spät. Ich weiß wirklich nicht, warum sie immer alles so spät bringen«,

Er schenkt seiner Frau Wein nach, dann auch sich selbst. Er sieht noch immer gut aus, mit seinen fast siebzig Jahren. Er ist groß, mager: ein dunkler Typ mit einem schmalen Gesicht, leider hat keines seiner Kinder sein Aussehen geerbt. Thomas, Harald und Elisa sind eher hell, auch wenn Thomas bei seiner Geburt noch einen dichten Schopf schwarzen Haars hatte, Gerda war damals zweiundzwanzig.

Holger und sie waren seit vier Monaten verheiratet. Eine Mußehe, wie man so etwas in den Fünfzigern nannte: Aber Gerda hat ihre Heirat mit Holger niemals bereut. Sie war immer glücklich mit ihm. Holger lebt doch vollkommen für Frau und Kinder, warum nur haben dann seine Kinder so wenig Glück in ihren Beziehungen?

Man sagt doch, Kinder aus glücklichen Familien würden ebenfalls glückliche Familien gründen: Aber Thomas und Elisa haben beide schon eine Scheidung hinter sich. Und Haralds Beziehungen sind sowieso immer schiefgegangen,

»Warum Harald nur morgen seine Frau nicht mitbringt«, sagt Gerda. »Ich verstehe es nicht. Warum soll eine Thailänderin keine Lust auf eine deutsche Silberhochzeit haben? Ich denke, die Asiaten sind so familienverbunden. Und ich hätte sie so gern näher kennengelernt, ich fürchte allmählich, etwas stimmt nicht, mit dem Mädchen. Etwas hat von Anfang an nicht gestimmt«,

»Er kommt mit dem Zug«, sagt Holger. »Er zahlt lieber die Fahrkarte, von seinem bißchen Sozialhilfe, als daß er sich von Julia im Auto mitnehmen läßt. Von seiner eigenen Tochter«,

»Aber sie sehen sich wenigstens«, sagt Gerda. »Er besucht sie ziemlich regelmäßig, in ihrem Bauwagen, nein, Holger, das stimmt wirklich. Julia hat es mir erzählt. Aber es ist doch normal! Immerhin ist sie seine Tochter. Er war einfach noch viel zu jung damals, sonst wäre alles anders gekommen. Und dann diese dumme Geschichte. Dieser Ärger mit der Polizei«,

Holger schweigt. Er liebt seinen Sohn Harald, das ist es wahrscheinlich. Er möchte nicht schlecht von ihm denken. Er möchte nichts auf ihn kommen lassen, Gerda seufzt. Sie beginnt, die Teller zusammenzustellen,

»Ich wünschte nur, Julia würde nicht mehr in diesem Bauwagen wohnen«, sagt sie. »Ich muß doch noch einmal mit ihr reden. Oder rede du mit ihr. Ich weiß, wir sind nicht reich, aber wir könnten ihr doch die Miete für ein Zimmer bezahlen. Sie kann mir nicht erzählen, daß es nicht kalt wird, im Winter in einem Bauwagen. Und mit Sigrid müssen wir uns auch etwas einfallen lassen. Der letzte Winter war ja recht mild, aber wenn es richtig friert, dann kann sie doch nicht dort bleiben, in ihrem primitiven Gartenhäuschen. Das hat ja noch nicht mal ein anständiges Klo. So haben wir nach dem Krieg gewohnt, als wir Flüchtlinge waren, hier in Neuenburg«, Gerda schüttelt den Kopf. »Es ist doch alles dummes Zeug«, sagt sie. »Diese ganzen Sachen, die Sigrid erzählt. Dieser Unsinn, daß man nicht mehr Strom und Öl verbrauchen soll als andere Leute in anderen Ländern, bei denen es sowieso immer warm ist, wir sind hier aber nicht in einem anderen Land. Schließlich essen wir auch keine Schlangen oder Affen«,

»Laß doch«, sagt Holger. »Laß die Teller, das kann ich doch machen. Setz du dich aufs Sofa und ruh dich aus«,

Das sagt er immer. Und Gerda tut es nie. Zusammen räumen sie den Tisch ab, wie nach jeder Mahlzeit, Gerda stapelt die Teller aufeinander. Holger stellt Salzstreuer und Brotkorb auf ein Tablett. Sie gehen aneinander vorbei in die Küche, ins Eßzimmer, wieder zurück in die Küche, sie behindern einander nicht. Sie folgen einer Choreographie, die sie in siebenundvierzig Jahren entwickelt haben, Holger stellt den Käse in den Kühlschrank. Gerda stellt die Butterdose auf das Küchenbüfett, Holger bückt sich und sieht in den Schrank unter der Spüle.

»Das Spülmittel ist alle«, sagt er. »Ich muß unbedingt morgen noch welches besorgen. Sonst bleibt das Zeug eine ganze Woche in der Maschine und stinkt.«

»Also wirklich«, sagt Gerda. »Wie dumm von mir! Ich weiß gar nicht, wie ich das vergessen konnte. Dabei hatte ich es doch extra noch aufgeschrieben«,

Holger richtet sich wieder auf.

»Macht doch nichts«, sagt er. »Ich kann das morgen noch schnell besorgen, bevor wir losfahren«, er wäscht seine Hände, nimmt das Handtuch vom Haken. »Ich gehe noch mal in den

Keller«, sagt er. »Ich bin noch nicht ganz fertig mit den Vogelhäuschen. Die Häuschen für die Jungen habe ich schon, aber nicht das für Rosalie«,

»Ich rufe dich dann«, sagt Gerda. »Ich rufe dich, wenn der Film anfängt«,

Im Wohnzimmer liegen überall Hochzeitszeitungen. Gerda hat sie vorhin zusammengeheftet. Auf der Titelseite prangt ein Hochzeitsfoto von Gernot und Barbara. Es ist ein lustiges Bild. Es zeigt Gernot, wie er Barbara in ihrem Brautkleid hochhebt, um sie unter einigen Mühen über die Schwelle zu tragen, darunter steht ein Gedicht, das Gerda selbst geschrieben hat,

Liebe Leute, es ist wahr,
heut sind es 25 Jahr,

Gut, vollkommen neu ist das Gedicht nicht. Gerda hat ein paar Verse wiederverwendet, die sie damals zur Silberhochzeit von Marie und Dietrich gedichtet hat. Aber das ist lange her. Es ist höchst unwahrscheinlich, daß einer die Zeilen wiedererkennt: Und Gerda hatte auch so genug Arbeit mit dieser Zeitung. Sie sammelt die Exemplare vom Sofa und von den Sesseln auf und stapelt sie auf dem niedrigen Couchtisch.

Dann tritt sie ans Fenster, um die Vorhänge zuzuziehen. Die Fenster im Wohnzimmer reichen bis hinunter zum Fußboden. Holger hat sie einbauen lassen. Er hat einen Durchbruch machen lassen, vom Wohnzimmer ins Eßzimmer. Er hat Parkett verlegen und alles neu tapezieren lassen, sie sind erst vor ein paar Jahren hier eingezogen.

Erst nachdem Holger in Rente gegangen ist, das Haus liegt am Rande von Würzburg, in den Weinbergen. Es ist nicht sehr groß, aber hübsch, Holger wollte immer lieber in Würzburg leben. Seine Familie ist nach dem Krieg zuerst hierhergekommen. Holger ist also in dieser Gegend aufgewachsen, auch Gerda sagt, daß sie sich hier wohlfühlt.

Natürlich tut sie das! Das Klima ist milder, die Landschaft lieblicher als in Neuenburg. Der Frühling beginnt zwei Wochen früher: Und man ist ja nicht aus der Welt. Mit dem Auto sind es kaum eineinhalb Stunden bis nach Neuenburg, ohne Stau gerechnet natürlich. Mit der Bahn sind es zweieinhalb Stunden: wenn nicht einer der drei Anschlußzüge so viel Verspätung hat, daß man die folgenden Züge verpaßt, was allerdings üblich ist. Aber morgen wird Gerda sie endlich alle wiedersehen.

Alle auf einmal: ihre Geschwister, die alten Tanten, Elisa und Rosalie, Harald und Julia und natürlich Thomas mit den Jungen, Thomas hat eine sehr schwierige Zeit hinter sich. Aber jetzt ist er zum Glück aus dem Gröbsten heraus. Er hat wieder einen Job. Einen sehr guten Job sogar, als Verkaufsleiter bei einer großen Spielzeugfirma, nein, wenigstens um ihren Sohn Thomas muß Gerda sich keine Sorgen machen.

Thomas Siebeck sitzt in seinem Büro. Er sitzt an seinem übergroßen Verkaufsleiter-Schreibtisch, auf dem einsam eine Designerlampe brennt. Ihr Licht fällt auf ein halbvolles Whiskyglas, aus dem Thomas von Zeit zu Zeit trinkt. Der Schreibtisch ist ein Floß, das verlassen durch die Dunkelheit treibt: Thomas hat das Deckenlicht nicht angeschaltet. Er ist allein. Seine Mitarbeiter sind längst gegangen. Und kann Thomas sich denn nicht einfach mal zu einer normalen Zeit von seinem Schreibtisch losreißen?

Er weiß doch, daß Christa daheim auf ihn wartet. Kann er nicht wenigstens einmal pünktlich heimkommen, so wie alle anderen auch? Er weiß doch, Christa ist den ganzen Tag mit den Jungen allein. Er weiß, Christa hat überhaupt kein Leben: Vormittags muß sie kochen und putzen und waschen und bügeln und einkaufen, nachmittags muß sie Hausaufgaben beaufsichtigen und Vokabeln abfragen und Knetemännchen machen und UNO spielen, und dazwischen rast sie andauernd von Thüringen nach Bayern und von Bayern nach Thüringen, um die Jungen aus der Schule und dem Kindergarten abzuholen. Um sie zum Fußball, zum Schwimmen, zu Freunden, zum Musikunterricht zu fahren: immer fünfundzwanzig Kilometer hin, fünfundzwanzig Kilometer zurück, Christa ist keine Frau, sondern die Personifizierung des kleinen Grenzverkehrs!

Das ist dann allerdings auch schon der einzige Verkehr, der in ihrem Leben noch stattfindet: Und Daniel ist noch nicht einmal Christas eigenes Kind. Er ist Thomas' Sohn, aus erster Ehe. Er kommt doch mitnichten wegen Christa! Er will seinen Vater sehen: der aber auch noch um acht Uhr abends an seinem Schreibtisch klebt, eigentlich könnte sich Christa all diese Vorwürfe sparen.

Thomas kennt sie ohnehin auswendig. Wenn man ihn in der Nacht wecken und ihm ein Stichwort geben würde, könnte er sie im Halbschlaf durch das ganze Crescendo hindurchführen bis zu ihrem unvermeidlichen Höhepunkt,

Und Tag für Tag, Abend für Abend hocke ich hier allein mit den Kindern herum, in deiner verdammten Ostpleitenbude!

Thomas bleibt sitzen, an seinem Schreibtisch. Er klammert sich an ihm fest, mit eisernem Griff: Aber das nützt natürlich gar nichts. Wenn der Schreibtisch ein Floß ist, dann eins, das soeben den Bach runtergeht: Inzwischen ist es mehr als ein Gerücht, daß die Spielzeugfabrik Eberle & Co. KG dichtmachen wird.

Und ein neuer Job ist nirgends in Sicht. Schon gar nicht hier, im ehemaligen Zonenrandgebiet. Thomas wird sich auf die Socken machen müssen. Er wird wegziehen, sich sonstwo umschauen müssen, Thomas nimmt noch einen Schluck Whisky.

Er sollte nicht trinken, das ist ihm klar. Er muß ja nachher noch Auto fahren. Er muß nach Thüringen, in sein Heim: Aber Thomas hat heute schließlich einen Grund zum Feiern. Er hatte ja gerade eine ganz neue Erkenntnis! Er hat endlich begriffen, daß es mit ihm mitnichten den Bach runtergeht. Thomas treibt schon längst auf dem offenen Meer. Thomas säuft ab, das ist die Wahrheit: Die Bank hat Thomas nicht mehr lieb. Sie hat ihn satt, sie möchte nichts mehr mit ihm zu tun haben. Sie hat ihm den Kontokorrentkredit gekündigt. Sie will sofort ihre 30000 Euro zurück, es ist doch ein Witz! Was bitte sind denn 30000 Euro? Noch nicht einmal Peanuts. Kuchenkrümel, Vogelfutter! Thomas hat sie bloß nicht, das ist das Blöde.

Er hat nicht mal dreitausend, um genau zu sein. Das einzige, was ihn jetzt noch retten kann, ist ein Wunder.

Das Wunder heißt Müller. Ein Immobilienmakler, der unter Umständen Thomas' Haus in Thüringen kaufen möchte, er hat sich regelrecht verliebt, in das Haus. Er ist ganz begeistert von der Architektur. Aber zu einem Jawort hat er sich trotzdem noch nicht durchringen können.

Wie die Männer so sind, hat er noch nicht einmal angerufen. Jedenfalls noch nicht. Aber noch ist es nicht zu spät. Noch kann es sein, daß ihm etwas dazwischengekommen ist. Daß er verhindert ist. Daß sein Handy keinen Saft mehr hat, sein Auto im Stau steckt, mitten in einem Funkloch, ein Kunde ihn in der Mangel hat, Wunder geschehen bekanntlich immer erst in allerletzter Sekunde. Das zeigt einem jeder Hollywoodfilm. Und soll Thomas vielleicht mal auf die Uhr schauen?

Da will das Für und Wider gewissenhaft erwogen sein. Nach einigen Momenten reiflicher Überlegung entscheidet sich Thomas dagegen. Die Uhr wäre doch nur auf Christas Seite. Sie würde Thomas mitteilen, daß er endlich nach Hause gehen muß: Es hat doch keinen Sinn, noch länger hier herumzusitzen. Das Wunder namens Müller hat schließlich auch Thomas' Privatnummer. Und das Bürotelefon leitet nach Feierabend ohnehin alle Anrufe auf Thomas' Handy um, Christa begreift nicht recht warum. Thomas ist doch kein Kriminalkommissar oder Arzt. Wozu braucht die Welt denn nach Feierabend noch einen Verkaufsleiter?

Zu gar nichts, da hat Christa recht. Die Welt braucht ihn nicht, den Verkaufsleiter der Spielzeugfabrik Eberle, nicht mal vor Feierabend, das wird immer klarer. Aber Thomas braucht die Welt. Er möchte verbunden bleiben mit der Welt, für sie so erreichbar sein wie irgend möglich. Bloß, wer bitte war es denn, der seine ganze Familie isoliert hat? Der Christa dazu verdonnert hat, mit ihm drüben im Osten zu wohnen,

Du, Thomas! Du! Du mutest mir das zu! Pia hättest du das nie zugemutet! Die hätte dir auch was erzählt. Die hätte sich schlicht geweigert, und dabei war dieses Haus euer gemeinsames Projekt,

Aber das stimmt nicht ganz. Das Haus war schon immer Thomas' Projekt: auch wenn Pia und er es damals zusammen entdeckt hatten, bei einem ihrer ersten Erkundungsausflüge in den wilden Osten, es war im Jahr nach der Wiedervereinigung.

Es war später Winter. Die Stadt gleich hinter der Grenze wirkte grau. Sie war trostlos, wie amerikanische Sozialbaukasernen entlang einer Bahntrasse, Thomas fluchte, weil sich die Räder des Kinderwagens auf dem schrundigen Asphalt, in dem aufgeworfenen Kopfsteinpflaster dauernd querstellten. Pia sorgte sich um Daniels Bronchien: Der Braunkohlegestank war erstickend. Sie bemühten sich, möglichst flach zu atmen, aber das half auch nichts. In der einzigen Kneipe, die sie fanden, waren die Salatblätter angefault. Die wäßrige Salatsoße rann in die glasigen Kartoffeln, die auf demselben Teller lagen. Allenfalls das Fleisch war genießbar: Aber Pia konnte ohnehin nichts essen, weil es sogar hier drin nach Braunkohle roch, alles, absolut alles war von so niederdrückender Schäbigkeit wie eine Jugend in den fünfziger Jahren.

Das sagte Pia.

Thomas mußte ihr recht geben.

Andererseits, die Bedienung war anziehend. Eine junge, lebhafte Frau, die an ihrem Tisch stehenblieb, sich eine Weile mit ihnen unterhielt, hatten sie vielleicht ein paar Verbesserungsvorschläge für ihr Gasthaus? Ein paar Tips, wie man es auch für Westkundschaft interessant machen könnte? Thomas empfahl, Salatteller anzuschaffen. Die Kneipe an sich war ja sehr gemütlich. Die Holztäfelung war doch offensichtlich noch original, ebenso wie der Fußboden, Thomas hob die Plastiktischdecke an einer Ecke hoch. Kein Resopal. Die Tischplatte sah aus, als stammte sie noch aus dem Kaiserreich, Thomas' Stimmung besserte sich vom Minute zu Minute. Als sie wieder auf der Straße standen, fühlte er sich regelrecht beflügelt. Hatte denn Pia nicht gesehen, was sich aus so einer Kneipe machen ließ?

Überhaupt, man mußte die Dinge vielleicht einmal unter einem ganz anderen Blickwinkel betrachten. Die erhaltene Bausubstanz zum Beispiel war doch wirklich beeindruckend. Hier war jedenfalls noch nichts totrenoviert, so wie drüben im Westen. Hier hatte man die Bausünden der sechziger und siebziger Jahre vermieden, wenn auch nur aus Geldmangel, bei Licht besehen war dies eine einmalige historische Gelegenheit.

In ein paar Jahren würde hier der Westen mit all seinen Segnungen Einzug gehalten haben: mit Wohlstand, Demokratie, freier Marktwirtschaft und steil nach oben kletternden Immobilienpreisen, dann würde man sich doch in den Hintern beißen vor Wut, wenn man es versäumt hatte, den Brüdern und Schwestern im Osten zu helfen! Wenn man bei der Sanierung, der Renovierung, der Wiederbelebung der neuen Bundesländer nicht mitgemacht, auf ein Vermögen verzichtet hätte, Pia nickte vage. Thomas legte den Arm um sie. Man mußte schließlich auch an Daniels Zukunft denken. Der Meinung war sie doch sicher auch, auf dem Rückweg zum Auto entdeckten sie das Haus.

Es war ein großes Mehrfamilienhaus, mitten im Zentrum. Ein besonders schönes Gründerzeithaus: rotgelber Backstein mit Schieferdach, ein heller Sandsteinsockel, ein Türmchen sogar,

Igitt, sagte Pia. Schau dir das an. Außen an den Fenstern stecken ja lauter Klobürsten. Was sind das denn, die Etagentoiletten,

Nun ja. Natürlich war das Haus sanierungsbedürftig. Das verstand sich doch wohl von selbst, Thomas bat Pia, einen Moment zu warten. Es war ja nur Neugierde, weiter nichts, er ging einmal um das Haus herum. Entdeckte dahinter einen Hof. Schuppen, eine Werkstatt, leere Kaninchenställe. Das alles konnte man abreißen, einen großen Parkplatz anlegen, ein Parkplatz wäre eine Goldgrube, wenn die Innenstadt erst wieder boomte! Als er zurückkam, fand er Pia im Gespräch mit einer alten Frau.

Mit einer alten Dame. Das sah man sofort. Sie war klein, weißhaarig. Sie versank beinahe in ihrem schweren dunklen Wintermantel, sie lächelte Thomas an. Ihr Gesicht war faltig, wie eine Reliefkarte. Die Karte eines untergegangenen Landes: Sie mußte über achtzig sein, sie hielt Thomas ihre Hand hin. Er ergriff ihre Finger. Rang den albernen Impuls nieder, ihr einen Handkuß zu geben, sie sagte: Möchten Sie nicht auf einen Moment mit hereinkommen? Ich würde mich freuen,

Sie stellte sich vor. Sagte ihren Namen, als müßte er eine Bedeutung für Thomas haben, Thomas nahm die Einladung an.

Im Treppenhaus war es dunkel. Sie stiegen Steinstufen, dann ausgetretene Holzstufen hinauf, das Geländer wackelte. An den Wänden klebten Kabelbündel, starr wie Spaghetti. Kabel wucherten über die Decken, wanden sich um die offenliegenden Rohre, die von Stockwerk zu Stockwerk weiter in die Höhe hinaufwuchsen, die alte Dame schloß ihnen auf. Sie traten in eine kleine Diele. Riesige alte Schränke zu beiden Seiten bewachten den Zugang zu dem langen düsteren Flur, sie hängten ihre Mäntel an eine altmodische Wandgarderobe. Folgten der alten Dame in einen Raum, der offensichtlich das Wohnzimmer war, ihre Gastgeberin verschwand in der Küche, um Tee zu machen.

Es war ziemlich kalt. Ein scheußlicher transportabler Ölofen schien die einzige Wärmequelle zu sein: Der riesige Kachelofen, der bis zu der hohen dunklen Kassettendecke aufragte, war zwar so prachtvoll wie in einem Schloß, aber ungeheizt, Pia setzte sich auf das ausladende Sofa. Thomas ging im Zimmer herum. Pia fragte ihn flüsternd, wie lang er denn zu bleiben gedenke. Thomas betrachtete die Wandtäfelung. Befühlte die geschnitzten Türstürze, die staubschweren Vorhänge vor den hohen Fenstern, an einer Wand stand eine Vitrine mit Gläsern, Porzellan. An der anderen Wand stand ein hoher Bücherschrank, alle Möbel in diesem Raum waren offensichtlich alt.

Aber es waren keine Antiquitäten. Keine Sammlerstücke, die irgendein Neureicher über die Jahre zusammengekauft und in sein neuerbautes Haus gestellt hatte, wo sie nicht mehr miteinander verband als der Verlust der Räume, für die sie einst geschaffen worden waren: Nein, diese Möbel waren hier zu Hause.

Sie standen in ihrer natürlichen Umgebung. Sie hatten nie woanders gestanden, seit jenem Tag vor über hundert Jahren, an dem ein paar schwitzende Arbeiter genau diese Vitrine, diesen

Schrank, diesen Tisch hier hereingetragen, sie unter den argwöhnischen Blicken der Dame des Hauses, ihren inständigen Mahnungen zur Vorsicht auf das glänzende Parkett gestellt haben mochten, dies war keine Wohnung und auch kein Museum. Dies war eine Zeitreise, Thomas trat an den Tisch. Er war beladen mit Papierstapeln. Mit Zeichnungen, mit Mappen, die wahrscheinlich ebenfalls Zeichnungen enthielten, Thomas betrachtete gerade eine italienische Landschaft in Pastellkreide, als die alte Dame wieder hereinkam. Sie tippte auf das Blatt,

Siena, sagte sie und lächelte. 1937. Schön, nicht,

Die Bilder waren alle von ihrem Mann. Er war Maler gewesen. Sie ordnete zur Zeit seinen Nachlaß: Sie wollte dies alles einem Museum stiften oder einer Kunsthalle, sie war ja schon so alt. Und auch ihr Haus wurde ihr allmählich zu groß, ja, Thomas hatte richtig verstanden: Dieses Haus gehörte nicht dem Staat. Es war Privatbesitz. Der berühmte Münchner Baumeister Albert Schmidt hatte es errichtet, 1885 für ihren Großvater, bestimmt kannten Thomas und Pia Albert Schmidt? Nicht? Ach. Nun, er war eben ein Freund der Familie gewesen, wollten Pia und Thomas sich vielleicht auch den Rest der Wohnung ansehen?

Das wollte Thomas sehr gern. Pia folgte, Daniel auf dem Arm, das nächste Zimmer hatte eine Stuckdecke. Das übernächste hatte einen Erker, einen weiteren funktionsunfähigen Kachelofen, zwei Fenster mit bunten Scheiben, das Klo war viereckig, aus Holz mit hölzernem Deckel. Daneben stand ein halbvoller Wassereimer zum Wegspülen der Fäkalien, es schmerzte Thomas wie Vandalismus an einem Kunstwerk. Dann gingen sie wieder zurück ins Wohnzimmer. Sie tranken den Tee, machten Konversation. Die alte Dame stellte ein paar höfliche Fragen. Aber Thomas hatte keine Lust, über sich zu reden. Irgendwann sagte er: Verkaufen Sie?

Als der Frühling kam, gehörte der ganze Plunder ihm.

1193 Quadratmeter, für 250 000 Mark. Neun Wohnungen, drei Gewerbeeinheiten, freilich, die Sanierung war kein reines Vergnügen. Fast zwei Jahre zog sich der Spaß hin. 1,1 Millionen Mark, und das bei Ost-Meisterlöhnen von achtundzwanzig Mark die Stunde, natürlich bekam Thomas einen Kredit für Wiederaufbau. Vierhundert Mark pro Quadratmeter, für etwas über sechs Prozent. Nicht gerade großartig, von heute aus betrachtet! Aber damals waren es noch andere Zeiten. Damals machte es den Leuten nichts aus, eine Menge Geld für Geld zu zahlen: Als Thomas die freie Finanzierung auf unter zehn Prozent gedrückt hatte, köpfte er eine Flasche Schampus, natürlich hätte er kleinere Brötchen backen sollen.

Zumindest hätte er sich bemühen sollen, weitere Fördermittel zu erhalten. Er hätte Anträge ausfüllen sollen und Anträge auf Anträge, er hätte Genehmigungen abwarten sollen, um weitere Anträge auszufüllen, er hätte sich ein Zelt und einen Spirituskocher besorgen sollen, um auf den Ämtern zu campieren, aber dann wäre er heute noch nicht fertig, mit der Grundsanierung!

Na und? Dann hätte er wenigstens nicht soviel Geld reingesteckt, in die verdammte Hütte: Aber Thomas ist nun mal kein Antragsteller. Es ist ihm nicht gegeben, er hat nicht die entsprechende Mentalität. Schon der Anblick eines Formulars, der Geruch eines Amtsgebäudes erzeugt in ihm ein Gefühl düsterer Niedergeschlagenheit: Und damals war Thomas glücklich.

Es war die glücklichste Zeit in seinem Leben. Pia, Daniel und er wohnten natürlich weiterhin im Westen, in ihrer 180-Quadratmeter-Wohnung direkt am Stadtpark. Pia hatte eine Haushälterin. Thomas hatte zwei Autos: einen gepflegten alten Mercedes Kombi und einen kleinen offenen Alfa, sie gaben regelmäßig Feste, auf ihrer Dachterrasse. Sie gingen aus. Sie flogen viermal im Jahr in Urlaub, warum auch nicht? Thomas arbeitete schließlich hart. Er hatte gerade seinen Posten bei einer Maschinenfabrik hingeschmissen, um für ein blutjunges Unternehmen Computerprogramme zu vertreiben. Er verdiente sich strubbelig: Und obendrein warf sein Haus auch noch jeden Monat ein paar Tausender mehr ab, als es kostete, freilich, er hatte ja auch hervorragende Voraussetzungen vorgefunden, für seine Sanierungsabsichten. So hat es damals das Lokalblatt ausgedrückt,

Begonnen hat der westdeutsche Geschäftsmann Thomas Siebeck mit der Einrichtung eines Berufsbekleidungsgeschäfts, das in der Region seinesgleichen sucht. Inzwischen haben auch eine Modeboutique und ein Fachgeschäft für Wohnraumtextilien in seinem Gründerzeithaus Platz gefunden. In der ersten Etage wurde eine hochmoderne, freundlich gestaltete Zahnarztpraxis eingerichtet, mit drei Behandlungsräumen,

Die Thomas inzwischen selbst bewohnt. Der Zahnarzt ist ja längst abgewandert. Er hat ebenfalls hervorragende Voraussetzungen vorgefunden, allerdings in Düsseldorf: wo er Teilhaber einer gutgehenden Praxis wurde, natürlich hatte Thomas mit ihm einen Mietvertrag abgeschlossen. Einen Zehnjahresvertrag, um genau zu sein. 1400 Mark am Anfang, danach 1700: Aber der Kerl ist ausgezogen und hat nicht mehr weiterbezahlt, Thomas versteht bis heute nicht, warum er den Prozeß verloren hat. Sein Anwalt und angeheirateter Cousin Gernot Lehmann hat sich nicht weiter dazu geäußert. Er hat nur die Schultern gezuckt,

Tja, mein Lieber. Tut mir leid. Auf hoher See und vor Gericht sind wir alle in Gottes Hand,

Natürlich war danach niemand mehr zu finden, der die Praxis übernommen hätte. Wer nach der Wende eine hatte haben wollen, war längst versorgt, und inzwischen gab es einen Niederlassungsstopp, Thomas, einsam an seinem Schreibtisch in der Spielzeugfabrik Eberle, stützt die Stirn auf die Hände.

Er ist doch überhaupt nicht mehr er selbst!

Er kennt diesen bemitleidenswerten Kerl gar nicht, der da an Thomas' Schreibtisch hockt und den riesigen Teddybären anstarrt, den ihm die Kollegen letztes Jahr aus Jux zum Geburtstag geschenkt haben. der Bär sitzt in einem Sessel. Er sieht etwas unheimlich aus, in der Dunkelheit. Er sieht aus, als könnte er sich jeden Moment erheben, stumm auf Thomas zuwanken mit dem schwankenden Gang eines Betrunkenen, Thomas legt die Hand vor die Augen. Wann fing es denn an, endgültig schiefzulaufen?

Als die Rechtsanwältin im zweiten Stock zu saufen begann? Als zwei weitere Mieter auszogen, in ihre neu erbauten Eigenheime. Als das Berufsbekleidungsgeschäft zumachte, die Modeboutique pleite ging. Als Pia ihn verließ, weil sie das alles nicht mehr aushalten konnte, wie sie sich auszudrücken beliebte. Als Thomas seinen Job bei der Softwarefirma verlor: So wie er jetzt seinen Job verliert, weil auch diese Spielzeugklitsche Pleite macht, Thomas kann tausendundeinen Grund dafür nennen, warum er am Ende ist.

Er war verschwenderisch, er hat Pech gehabt. Die Politik hat versagt. Die wirtschaftliche Entwicklung war gegen ihn. Die Globalisierung ist schuld, der Terrorismus, die Sozialdemokraten, dennoch versteht Thomas nicht, was wirklich passiert ist.

Er ist doch Thomas Siebeck! Der Sonnyboy. Er ist der sanfte Held, der Sieger, dem immer alles lächelnd gelingt. Der Verlierer in der Familie, der glatte Loser ist doch seit jeher sein kleiner Bruder Harald, das Telefon klingelt.

Thomas zuckt zusammen. Dies muß das Wunder Müller sein, der Retter der Welt. Thomas streckt seine Hand nach dem Telefon aus. Dann zieht er sie vorsichtig wieder zurück. Das Telefon sieht vollkommen harmlos aus. So harmlos wie eine Tretmine: Was, wenn Müller nicht anruft, um Thomas zu retten, sondern um ihn endgültig in die Verdammnis zu stoßen?

Nun, dann läßt sich auch nichts mehr daran ändern. Dann ist eben alles zu Ende, aus und vorbei, Thomas greift entschlossen zum Hörer,

»Hallo, Papa. Wann kommst du denn?«

Es ist Daniel. Thomas' dreizehnjähriger Sohn, aus seiner Ehe mit Pia,

»Demnächst«, sagt Thomas. »Gleich. Ich komme gleich, Denny«,

Daniel wohnt gerade bei Thomas und Christa. Er wohnt immer eine Woche bei Thomas, eine Woche bei Pia: Oder so war es früher einmal gedacht, tatsächlich ist Daniel aber schon ziemlich lange nicht mehr bei seinem Vater gewesen. Angeblich ist es zu mühselig, jede Woche wieder Daniels Fußballtasche, sein Basketballzeug, das Mountainbike, sein Skateboard, seine E-Gitarre, seine Schulbücher und Computerspiele hin- und herzutransportieren. Angeblich ist der Schulweg zu weit: gerade mal eine gute halbe Stunde, von Thomas' Haus im Osten bis zu Daniels Gymnasium im Westen, in einer Großstadt wäre das gar nichts! Aber sie sind hier nicht in einer Großstadt. Sie sind in der gottverlassensten Provinz,

»Und?« sagt Thomas. Er zögert einen Moment. Dann fragt er doch. »Alles soweit in Ordnung, daheim?«

»Ja«, sagt Daniel.

»Was hast du denn so getrieben«, sagt Thomas. »Heute nachmittag, meine ich.«

»Nichts. Computer gespielt.«

»Aha! Und was?«

»›Desert Storm zwei. Der Golfkrieg geht weiter‹.«

»Der Golfkrieg?«

»Das Spiel, Papa! ›Der Golfkrieg geht weiter‹, so heißt das Spiel«,

»Ah«, sagt Thomas. »Ah ja, verstehe. Sag mal. Hast du denn auch Latein gemacht? Deine Mama sagt, nächste Woche schreibt ihr Schulaufgabe.«

»Ja.«

»Was, ja? Hast du Latein gemacht oder nicht?«

»Ja!«

Dann herrscht Schweigen, am anderen Ende der Leitung.

»Und?« sagt Thomas ein weiteres Mal. »Was macht denn Linus gerade so?«

Linus ist im Sommer sechs geworden. Er ist Daniels Halbbruder: Thomas' Sohn aus seiner zweiten Ehe, mit Christa,

»Keine Ahnung«, sagt Daniel. »Guckt fern.«

»Und Christa?«

»Kocht«, sagt Daniel. »Wie immer.«

»Wie? Hat sie sich geärgert?«

»Papa. Wieso denn? Sie kocht. Abendessen. Was denkst denn du! Also. Wann kommst du denn jetzt«,

»Gleich«, sagt Thomas. »Ich komme gleich. Okay?«

»Okay.«

»Bis gleich, ja?«

»Bis gleich.«

Dann wartet Thomas, daß Daniel auflegt. Er braucht nicht lange zu warten. Klick, und die Leitung ist tot, früher war das nie so. Früher hat Daniel nie aufgelegt: Er hat immer gewartet, bis Thomas aufgelegt hat,

Tschüß, Denny! Bis gleich!

Bis gleich, Papa,

Manchmal saßen sie ewig so da. Thomas konnte Daniel atmen hören. Das Atmen hatte etwas Heimliches: als versteckte sich Daniel in der Telefonleitung, wie als ganz kleiner Junge hinter dem Schrank,

Daniel? Bist du immer noch dran?

Ein unterdrücktes Kichern.

Denny! Leg doch auf, okay?

Okay. Also dann tschüß, Papa.

Tschüß, Denny,

Erneutes Gekicher. Und dann das Ganze wieder von vorn, Thomas steht auf. Er zieht sein Jackett an und löscht die Schreibtischlampe.

Die Spielzeugfabrik Eberle liegt am Rande Neuenburgs, in der Peripherie. Thomas fährt auf der Bundesstraße in Richtung Thüringen, vorbei an langgezogenen Flachbauten, die in der künstlichen Beleuchtung fahlgrün schimmern, schmutziggelb, Thomas kennt diese Gegend gut. Er und seine Geschwister sind nicht allzuweit von hier aufgewachsen, früher waren hier Wiesen und Felder, kleine Waldstücke. Land.

Das die Stadt erst zur Stadt machte, dann ist die Stadt allmählich in das Land eingesickert. Aber das ist natürlich Unsinn. Die netten Kneipen und Kinos und witzigen kleinen Läden sind ja genau da geblieben, wo sie waren. Was auf das Land hinausgeschwappt ist, das sind die Fabriken. Die vielspurigen Straßen, die in die Industriegebiete hineinführen, dann wieder aus ihnen hinaus in die nächste Stadt, die halbleeren Bürotürme, jetzt am Abend völlig verödet, die riesigen Einkaufscenter inmitten riesiger Parkplätze, die Einrichtungscenter und Fitneßcenter und Gartencenter und Autohäuser und Großtankstellen und Zufahrten zu den Großtankstellen, dazwischen Brachflächen, ausgewiesen als billiger Baugrund, danach kommt die Grenze.

Der ehemalige Eiserne Vorhang. Wo früher die lieben Ossis regelmäßig andere liebe Ossis umgenietet haben, mit ihren Kalaschnikows, Junge, Junge, war das eine schöne Zeit! Plaste und Elaste, Plattenbau, Broiler, das gemütliche Bitterfeld und überhaupt diese Atmosphäre lebenslänglicher Heimeligkeit, nach der es die armen, vom Kapitalismus geschundenen Ossis angeblich so dringend zurückverlangt, der Grenzverlauf ist noch immer erkennbar.

Der Todesstreifen ist nach wie vor unbebaut: ein Streifen Landschaft in der Betonwildnis, befürchten die Investoren vielleicht, daß doch nicht alle Minen entfernt worden sind? Gleich hinter der ehemaligen Grenze stehen jedenfalls weitere Einkaufscenter.

Weitere Einrichtungscenter und Gartencenter und Autohäuser, am liebsten würde Thomas die Dinger abfackeln. Er möchte sie brennen sehen, diese Monumente eines Kapitalismus, der sogar noch zum Verdienen zu blöde ist, eine tatkräftige Ost-Bürgermeisterin hatte die West-Investoren gleich nach der Wende über die Grenze gelockt. Damals waren die paar Häuser im Hintergrund noch ein eigenständiger Ort. Inzwischen ist der Ort aber eingemeindet worden. Er gehört jetzt zu Schleusenfurt, wo auch Thomas' Haus steht, war das nicht brillant? Wer wird wohl all die Lebensmittel und die ledernen Couchgarnituren und die Oleandertöpfe in Plastik-Terrakotta kaufen, die in diesen Hallen auf Kundschaft warten, wenn erst mal alle Kunden aus der Gegend weggezogen sind?

Wenn Schleusenfurt endgültig ausgeblutet ist, weil diese Center an der Stadt kleben wie Egel, so daß die Immobilienpreise immer weiter absacken, von wegen Wiederbelebung der Altstadt! Freilich, das Spielzeugmuseum ist sehr schön renoviert. Auch das Rathaus ist tadellos hergerichtet worden. Pastellfarben, mit einem Hauch von Ochsenblutrot: als hätte eine Avon-Beraterin sich über eine Mumie hergemacht, Thomas biegt in die Obere Stadt ab.

Sie zieht sich an den schwarzen Hängen des Thüringer Waldes hin, zu beiden Seiten der Talstraße, es ist inzwischen fast dunkel. Rechts und links der Straße stehen viele Häuser leer. Ihre Fenster glotzen düster in die hereinbrechende Nacht, trostlos wie die Unendlichkeit, Thomas biegt auf seinen Parkplatz ein.

Direkt daneben ist eine Baubrache. Die Brauerei, die dort einmal stand, ist schon lange abgerissen. Natürlich gibt es Pläne für die Bebauung: Eine Drogerie, eine Reinigung, eine Sparkasse, ein Supermarkt sollen hier entstehen. Aber es findet sich kein Investor. Wer sollte hier auch einkaufen, wenn die Anwohner sowieso abwandern? Freilich, weiter oben am Hang sind achtzehn neue Wohneinheiten geplant. Die werden aber auch nicht gebaut. Kein Mensch baut in einer Gegend, wo es noch nicht mal eine Drogerie, eine Reinigung, eine Sparkasse und einen Supermarkt gibt. Könnte nicht wenigstens Thomas' Parkplatz in irgendeiner anständigen Innenstadt liegen?

Diese verdammte Betonfläche! Könnte nicht wenigstens sie irgendwo liegen, wo die Anwohner bereit sind, mehr für einen Stellplatz zu blechen als hier für eine Dreizimmerwohnung, Thomas stellt sein Auto neben das von Christa. Er steigt aus, knallt die Tür ins Schloß. Dann blickt er an seinem Haus hoch.

Es ist wunderschön. Es ist unwiderstehlich, wie eine Geliebte, für die man sich freiwillig ruiniert: Aber daran hat ja nie einer gezweifelt, Thomas schließt die Haustür auf.

Langsam steigt er die Treppe hinauf, zu seiner Zahnarztpraxis, das alte Holzgeländer ist perfekt aufgearbeitet. Die Kabel und Rohre liegen unter Putz. Die Stufen sind abgezogen, erneuert: jede einzelne ein Brett zu Thomas' Sarg, und demnächst wird Thomas Christa einweihen müssen.

Sie weiß ja noch nichts vom Liebesentzug der Bank. Er wird es ihr gestehen müssen, wenn auch nicht gleich heute abend: Und morgen früh wird Thomas diese Treppen wieder hinuntergehen.

Er wird ins Auto steigen, mit seiner Familie zur Silberhochzeit seiner Cousine Barbara fahren, wie soll Thomas bloß dieses Fest überstehen? Die gutgemeinten Fragen nach seinem Haus, seinem Job, sein Vater war von Anfang an gegen alles.

Er war dagegen, daß Thomas dieses Haus gekauft hat. Er war dagegen, daß Thomas seinen Posten bei der Maschinenfabrik hingeschmissen hat, um in der Computerfirma anzuheuern, was kann denn Thomas dafür, daß er nicht genauso ist wie sein Vater?

Holger Siebeck war immer schon ein vorsichtiger Mensch. Einer, der nie ein Risiko eingegangen ist. Der sich nie einen Fehltritt erlaubt, immer nur für seine Familie gelebt hat.

Für seine Frau, Thomas' Mutter: die natürlich sofort bemerken wird, daß mit Thomas etwas nicht stimmt, Gerda Siebeck bemerkt von jeher alles. Sie wird spüren, daß irgend etwas ihren Sohn quält, sie wird ihn mit Fragen löchern. Sie wird sich aufregen: Aber das darf sie nicht, Gerda Siebeck ist doch schwer herzkrank. Natürlich wird Thomas sie erst einmal belügen. Was soll er sonst tun? Aber die Wahrheit wird sich nicht ewig verheimlichen lassen, Thomas steht vor der Tür zu seiner Zahnarztpraxis.

Auf der anderen Seite liegt die Wohnung der alten Dame. Die Wohnung steht leer: Die alte Dame ist tot. Ihre Möbel sind von den Erben abgeholt worden. Die Wohnung ist kalt und still. Sie wird leer bleiben: Sie ist unvermietbar. Die wunderschönen denkmalgeschützten Holztäfelungen machen es so gut wie unmöglich, eine Heizung zu installieren, und wem kann Thomas das erzählen, ohne sich vollkommen lächerlich zu machen?

Aber es wird alles herauskommen. Sie werden es alle, alle erfahren, Thomas sieht seine Mutter, die sich mit einem Aufschrei ans Herz faßt. Er sieht seinen Vater, der zu ihr stürzt, außer sich vor Besorgnis, vor bitterer Enttäuschung, nicht genug damit, daß Harald den Eltern nichts als Kummer bereitet! Nun hat auch noch der Erstgeborene sein Leben verpfuscht. Der Hoffnungsträger, der Stolz seiner Eltern,

Sicher sind die Voraussetzungen nicht immer so perfekt wie bei dieser Restaurierung. Dennoch kann man die Art und Weise, wie Thomas Siebeck vorgegangen ist, nur als beispielhaft bezeichnen,

Und was, wenn er morgen einfach nicht auf das Fest geht?

Er muß doch nicht hin, wenn er nicht will. Er kann sich davor drücken: Barbara erklären, daß er morgen nacht noch arbeiten muß, irgend etwas erfinden, einen nicht aufzuschiebenden Termin. Aber am Samstag abend? Was sollte das denn für ein Termin sein?

Und dann weiß Thomas, was er machen sollte. Er sollte Elisa anrufen. Er sollte mit seiner kleinen Schwester sprechen, mit Elisas zweitem Mann Paul, Thomas holt sein Handy aus der Brusttasche.

Dann steckt er es wieder ein. Paul und Elisa anrufen? Eine schöne Idee. Thomas stellt sich vor, was seine Schwester sagen würde, wenn er jetzt anriefe,

Tommy! Ach, das ist aber schön, daß du anrufst. Wie läuft es denn so? Ja, danke der Nachfrage, bei uns ist alles super,

Thomas steckt den Schlüssel ins Schloß seiner Zahnarztpraxis. Er dreht ihn herum, die Tür öffnet sich. Thomas, der seine Wohnung betritt, überlegt, was er jetzt tun soll. Wie er weiterleben soll. Ob es wohl schwer ist, sich das Leben zu nehmen. Ob er den Mut dazu aufbringen könnte.

Elisa sitzt auf dem Bettrand ihrer Tochter. Das Nachtlämpchen brennt: eine Glühbirne in einem Salzstein, die das Kinderzimmer in ein rosiges Licht taucht, Rosalie ist neun. Aber sie fürchtet sich immer noch im Dunkeln. Die Lampe gibt gerade genug Licht, daß Elisa Rosalies Gesichtszüge erkennen kann, Rosalie betrachtet ihre Mutter mit zusammengezogenen Augenbrauen: der fleischgewordene Skeptizismus.

»Das glaube ich dir nicht«, sagt Rosalie. »Ich glaube, du verarschst mich. Entschuldigung. Veräppelst mich. Ich glaube dir niemals, daß Geld nur Papier ist.«

»Aber warum denn nicht?« sagt Elisa. »Warum sollte ich dich denn anlügen?«

»Tust du nicht. Aber trotzdem. Dann irrst du dich eben! Geld ist nicht bloß Papier. Mama! Denk doch mal nach. Dann wäre es doch überhaupt nichts wert«,

»Stimmt«, sagt Elisa. »Ist es ja auch nicht. Es ist nur so lange was wert, wie alle dran glauben. So lange, wie alle es gemeinsam beschließen. Wenn plötzlich der Bäcker auf die Idee käme zu sagen, er will kein Geld mehr, er will lieber Eier oder Äpfel oder Ferkel für sein Brot, dann wäre das Geld auf einmal nur noch, was es eigentlich ist. Papier.«

»Gut«, sagt Rosalie. »Gut, daß ich das jetzt weiß. Ich nehme nur noch Münzen. Münzen sind aus Metall, das ist wenigstens nicht nichts. Also, wenn mir Opa Holger einen Schein gibt, dann sage ich, nein, bitte gib mir lieber Münzen. Schon gut, Mama. Ich sage es ja höflich.«

»Hm«, sagt Elisa. »Aber Münzen sind ganz schön unpraktisch. Und schwer! Wenn man die alle immer mit sich rumschleppen muß«,

»Egal. Dann bringe ich sie eben zur Bank. Ich nehme immer nur die mit, die ich gerade brauche, und den Rest kriegt die Bank.«

»Gut. Aber weißt du eigentlich, was die Bank damit macht? Die verleiht dein Geld an andere Leute.«

Rosalie starrt ihre Mutter an, ehrlich entsetzt.

»Mein Geld?« sagt sie. »Ohne mich zu fragen? Ja, dürfen die das? Warum tun die das denn?«

»Weil die Bank dafür Geld kriegt, von den Leuten, denen sie es geliehen hat. Zinsen. Und einen Teil von dem Geld geben sie dann wieder dir, zur Belohnung. Das sind dann die Zinsen auf deinem Sparbuch.«

»Und den Rest? Was machen die denn mit dem Rest? Den behalten die! Mama, das ist doch ungerecht! Sie verleihen mein Geld, dann sollen sie mir gefälligst auch alles geben. Mama, gleich jetzt gehen wir in die Stadt, und ich hole mein ganzes Geld von der Bank. Dann kann ich es doch selber verleihen. Dann kriege ich alle Zinsen allein – warte mal, Mama. Was wäre aber, wenn wirklich ganz viele Leute auf einmal sagen würden, sie wollen mein Geld gar nicht mehr? Wenn sie sagen würden, das ist ja in Wirklichkeit gar nichts wert«,

»Dann«, sagt Elisa, »dann müßte man was anderes nehmen. Man müßte sich auf etwas einigen, mit dem man bezahlen kann.«

»Warum denn?« sagt Rosalie.

»Na ja«, sagt Elisa. »Stell dir mal vor, du mußt jedesmal ein Ferkel mit zum Bäcker nehmen, wenn du Brötchen kaufen willst. Du willst aber vielleicht nur zwei Brötchen. Das Ferkel ist natürlich viel mehr wert. Wie soll der Bäcker dir denn dann herausgeben?«

»Er könnte mir Edelsteine dafür geben«, sagt Rosalie. »Das wäre toll. Ich gehe mit dem Ferkel zum Bäcker, und der gibt mir Edelsteine. Diamanten«,

»Die sind aber auch nichts wert«, sagt Elisa. »Diamanten sind auch nur was wert, weil die Leute es sagen.«

»Aber Diamanten sind schön«, sagt Rosalie. »Sie sind wirklich schön. Nicht nur, weil irgendeiner es sagt.«

»Manche Knöpfe sind auch schön«, sagt Elisa. »Die Knöpfe, die dir die Oma geschenkt hat. Die sehen doch aus wie Diamanten. Man könnte also genausogut Knöpfe nehmen. Oder Muscheln. Oder Fischschuppen«,

Rosalie schreit auf vor Begeisterung.

»Fischschuppen! Das ist gut. Statt Geld nehmen wir Fischschuppen. Oder Salzgurken. Oder Fahrradreifen. Oder Heringe! Oder Radiergummis. Oder Zöpfe. Oder abgeschnittene Zehennägel. Oder Popel«,

Rosalie krümmt sich vor Lachen, während sie den Scherz zu Tode reitet. Elisa wartet, daß es vorübergeht. Ihr Ungedulds-Thermometer zeigt im Moment einen noch annehmbaren mittleren Wert, obwohl Rosalie natürlich längst schlafen sollte, Rosalie ist ein Meister darin, kurz vor dem Schlafengehen Diskussionen loszutreten, denen Elisa nicht ausweichen kann, ohne das Gefühl zu bekommen, sie nähme ihre Pflichten als Mutter und Erzieherin ihrer Tochter nicht ernst genug.

Heute das Finanzwesen, gestern die Frage nach dem Wesen des Schicksals. Vorgestern durchaus scharfsinnige Mutmaßungen über den wahren Charakter ihrer bisherigen erst- und zweitbesten Freundinnen, überlegt Rosalie sich tagsüber Themen, die geeignet sind, den Zeitpunkt des abendlichen Einschlafens hinauszuzögern? Legt sie Listen an? Zuzutrauen wäre es ihr,

»Also, Kind«, sagt Elisa. »Jetzt ist es genug. Jetzt wird geschlafen. Morgen ist ein ziemlich langer Tag«,

»Ach, Mama! Ja. Und ich freue mich so. Ich freue mich so auf morgen. Ich freu mich so darauf, es allen zu verraten. Ich freu mich so auf Daniel, Mama, meinst du, Daniel wird sich wundern? Meinst du, alle werden sich freuen«,

Darüber, daß Elisa schwanger ist.

Daß Rosalie einen Bruder oder eine Schwester bekommen wird, Rosalie hat darauf bestanden, die Neuigkeit selbst verkünden zu dürfen. Elisa graut ein bißchen vor der unausgesprochenen, unaussprechbaren Frage, die im Raum stehen wird: War das denn wirklich nötig, mit beinahe vierzig Jahren? Gerade jetzt, wo Rosalie endlich aus dem Gröbsten heraus ist? Und wie wird Elisa denn ihren Beruf mit diesem Nachzügler vereinbaren?

Dabei ist das kein allzu großes Problem. Die Karriere kippt mit dem ersten Kind, nicht mit dem zweiten. Man muß eine Nische für sich finden: Seit die begabte Nachwuchsfotografin Elisa Siebeck vor fünf Jahren mit ihrer kleinen Tochter nach Neuenburg zurückgekehrt ist, fotografiert sie nicht mehr für Zeitschriften, sondern nur noch für Privatleute. Sie fährt zu Turnieren und macht dort Bilder von den Reitern, ihren Pferden, ihren Hunden und Partnern und Kindern und Freunden, die sie direkt vor Ort in ihren Computer speichert. Und dann klettern die Reiter in Elisas Lastwagen, auf dem in großen roten Lettern Elisas Name und ihre Internetadresse stehen, und suchen sich die Bilder aus, die Elisa ihnen schicken soll. Elisa kann ihr Baby mitnehmen, wenn sie fotografieren muß, genau wie sie Rosalie mitnimmt. Es wird schon gehen: Und Paul wollte nun einmal so gern noch ein Kind.

So hat er es ausgedrückt: noch ein Kind. Als wäre Rosalie seine eigene Tochter. Tatsächlich macht ja das neue Kind Paul und Rosalie miteinander verwandt, in gewisser Weise: Und Rosalie selbst hätte ohnehin am liebsten zehn Geschwister.

Sie hätte am liebsten eine große Familie, dazu eine Farm mit Kühen, Schafen, Pferden, Hunden, Schweinen, Hühnern, Enten, Gänsen, Kaninchen, Meerschweinchen, Springmäusen, Rotbauchmolchen, zahmen Tigern und Löwen und Geparden und Giraffen. Ihre Freundinnen und Freunde haben alle ähnliche Träume. Es scheint, als würden Kinder eines bestimmten Alters am liebsten in Rudeln leben, im Freien und zusammen mit ganz vielen Tieren.

Als würden sie am liebsten auf die Bäume zurückkehren oder wenigstens in die Höhlen, hoch oben über der Savanne: Und dann werden sie U-Bahnfahrer oder Kaufhausangestellte oder Sachbearbeiter in einem Großraumbüro oder Monteur in einer Fabrikhalle. Lassen sich von der Welt wegschließen, lebenslang bei Kunstlicht in Innenräume einsperren, die sie nicht ohne Erlaubnis verlassen dürfen, warum eigentlich? Warum türmen sie nicht?

Wahrscheinlich fürchten sie, es zahlt sich nicht aus. Sie haben Angst davor, daß es ihnen ergehen könnte wie Rosalies Feuerbauchmolch: der voll gläubiger Hoffnung auf den großen Teich aus seinem Aquarium ausgebrochen und anschließend unter der Wohnzimmercouch vertrocknet ist, Rosalie hat geweint. Sie hat über jedes ihrer toten Tiere Tränen vergossen. Am schlimmsten war es bei der Schildkröte. Die Schildkröte war noch klein gewesen. Sie war nicht größer als Rosalies kleine Hand. Sie war krank gewesen, oder vielleicht hatten sie etwas falsch gemacht,

Mama. Komm. Schnell. Die Schildkröte, Mama. Die Augen. Ihre Augen,

Die offenstanden, aber in die ledrige Haut eingesunken waren, wie vom Tod zurück in den Kopf gesaugt, Rosalie steckte sie alle an, mit ihrem Jammer. Selbst Paul weinte am Ende mit, Elisa im Licht der Nachtlampe beugt sich vor und küßt ihre Tochter. Rosalie murmelt etwas, das zärtlich und schon ein bißchen verschlafen klingt. Elisa steht leise auf und verläßt das Zimmer.

Sie geht den schmalen Flur entlang, die Treppe hinunter in das kleine Wohnzimmer, das ganze Haus ist klein: Paul hat es gekauft, lange bevor er Elisa kennengelernt hat. Sie haben überlegt, ob sie nächstes Jahr, wenn das Baby da ist, nicht anbauen sollten.

Oder sollen sie das Haus verkaufen, in ein größeres umziehen? Vielleicht könnten sie etwas finden, wo auch noch Pauls Kinderarztpraxis Platz hat: Aber Elisa will nicht. Sie will lieber hierbleiben. Natürlich wäre es schön, mehr Platz zu haben. Aber Elisa glaubt fest, daß Glück ein transportempfindliches Möbelstück ist.

Sie glaubt, daß die Liebe besser gedeiht, wenn man den richtigen Ort für sie findet. Sie glaubt noch immer, daß es zum Glücklichsein vollauf genügt, wenn man einander liebt: Oder eigentlich glaubt sie es jetzt zum ersten Mal, jetzt mit vierzig. Mit achtzehn hätte sie sich an die Stirn getippt, Santos kommt aus der Küche, als er Elisa hört.

Rosalies Hund. Ein zweijähriger Labrador, schokoladenfarben, den Paul Rosalie zum Geburtstag geschenkt hat, er begrüßt Elisa, als hätte er sie viele Stunden lang nicht mehr gesehen. Wackelt mit dem Hinterteil, streicht um ihre Beine wie eine Katze, schnaufend vor Erleichterung über ihre Rückkehr aus dem Kinderzimmer, der Trainer in der Hundeschule hat Elisa und Rosalie neulich zu erläutern versucht, daß Liebe ein rein menschliches Konzept sei.

Daß ein Hund gar nicht lieben könne: Der Hund hänge lediglich deshalb an ihnen, weil sie ihn füttern. Weil sie ihm Schutz und Geborgenheit bieten. Weil sie ihm Orientierung und Obdach sind, in einer Welt, die sonst ein kalter, gefährlicher, freudloser Ort wäre für einen armen Hund ganz allein, kurz, ein Hund sei nichts als ein Opportunist.

Rosalie hat sich das ganze angehört. Sie hat nichts dazu gesagt. Aber später, auf der Heimfahrt, hat sie sich plötzlich vorgebeugt,

Mama? Ich habe das vorhin nicht ganz richtig verstanden. Erklär mir das doch bitte noch mal. Was genau ist denn jetzt der Unterschied, zwischen jemanden lieben und Optunist sein oder wie das heißt?

Sarah ist allein. Ihre Eltern sind gerade gegangen. Ihre Mutter hat vorher noch die Vorhänge zugezogen. Sie hat Sarah einen Teller mit hausgemachten italienischen Vorspeisen und frischem Weißbrot serviert. Sie hat ihr etwas zu trinken neben die Fernsehzeitung gestellt, sie hat ihre Tochter geküßt, ihr einen gemütlichen Abend gewünscht und versprochen, so schnell wie möglich wiederzukommen, und dann ist die Tür ins Schloß gefallen, Sarah überlegt, ob sie Polly anrufen und sich mit ihr verabreden soll: Aber sie hat nicht die geringste Lust dazu.

Es ist wunderbar, das ganze Haus für sich allein zu haben. Sie lehnt sich auf dem Sofa zurück, atmet tief durch, Sarah kann jetzt machen, was sie will. Sie kann fernsehen. Lesen. Telefonieren. Sie kann baden, mit den Badeutensilien ihrer Mutter. Mandel-Körperpeeling, ätherisches Orangen-Zimt-Badeöl, passende Bodylotion: während das Haus weit und still um Sarah liegt und sie in seinem Zentrum geborgen ist, in der Münchner Wohnung, die Sarah sich mit Polly teilt, sind ja immer Leute.

Da ist der Kühlschrank immer leer, und der Korb mit der Dreckwäsche immer voll, und der Boden im Flur müßte mal wieder gesaugt werden und die Küche geputzt: Aber auf dem perfekt sanierten Bauernhof der Lehmanns waltet eben Barbara. Und Barbara saugt und lüftet und schüttelt Kissen aus und räumt auf. Sie stellt Blumen hin und dreht die Heizung auf, Sarah muß überhaupt nichts tun, wenn sie nicht will.

Sie kann zum Beispiel auch einfach nur durchs Haus streifen. Eine Walnuß knacken, ein Buch aufschlagen. In alten Fotoalben stöbern, die Zeit vergeht ganz anders als sonst, an solchen Abenden: Zeit ist ja normalerweise nichts, was Sarah merkt.

Zeit ist häufig nichts als eine zusammenhanglose Menge von

Momenten. Eine Handvoll Papierschnipsel, die einem aus den Fingern fliegen: Aber wenn Sarah in ihrem Elternhaus allein ist, dann sieht die Zeit mit einemmal unbenützt aus. Dann liegt sie unangebrochen vor ihr, vollständig wie ein Puzzle in der Originalverpackung, Sarah überlegt, daß sie auf jeden Fall später noch ihren Computer für die Fotoshow morgen abend in der Scheune aufbauen und die ganze Sache einmal durchlaufen lassen wird. Die Show ist ziemlich gut geworden. Es ist nur schade, daß sie keine Kinderbilder von ihrem Vater hat.

Das früheste Bild Gernots stammt von seiner Konfirmation. Sarah ist das ein Rätsel. Haben Gernots Eltern ihr Kind denn nicht fotografiert? Oder hat Gernot die Bilder nicht aufgehoben? Es ist nicht mehr herauszufinden. Man beginnt zu spät mit den Nachforschungen: Wenn man klein ist, interessiert einen die Vergangenheit nicht, und später ist die Hälfte der Leute schon tot, die man fragen könnte, Sarah steht auf und geht zum Telefon hinüber, um noch einmal ihre unbekannte Cousine Janine in Hamburg anzurufen. Sie hat es schon dreimal versucht: Aber Janine ist wieder nicht da. Sarah wählt Karims Nummer.

Stellt sich vor, wie sein Telefon klingelt. Versucht sich Karim vorzustellen, auf seinem Bett unter der bombenkackenden Taube, dann wird abgenommen.

»Karim? Hallo, ich bin's. Und? Was machst du gerade?«

»Nichts Besonderes. Ich weiß nicht. Ich habe gezeichnet. Diese transzendenten Kästen. Und dann habe ich ein bißchen gelesen. Bücher, die mir ein Freund geliehen hat«,

»Spannend?«

»Na ja. Interessant. Über den Koran. Über Ernährungs- und Kleidungs- und Scheidungsregeln und so was. Was meinst du zum Beispiel, wieviel Zeit nach dem Tod eines Ehemanns verstreichen muß, bis man der Witwe einen Heiratsantrag machen kann?«

»Keine Ahnung«, sagt Sarah.

»Genau vier Monate und zehn Tage«, sagt Karim. »So schreibt jedenfalls dieser Autor hier. Aber wenn die Frau schwanger ist, dann muß man wenigstens bis nach der Entbindung warten«,

Sarah lacht.

»Sehr schön«, sagt sie. »Und wozu liest du so was?«

Karim am anderen Ende der Leitung zögert. Dann sagt er: »Der Autor ist ziemlich berühmt. Und er ist Ägypter. Jeder versucht eben, auf seine Weise mit seinen Wurzeln in Kontakt zu bleiben«,

Sein Ton ist im letzten Satz eine winzige Spur schärfer geworden.

»Du bist daheim, in Neuenburg«, hört Sarah ihn in diesem Ton sagen, »und ich lese ein bißchen. Ist das soweit in Ordnung?«

»Klar«, sagt Sarah. »Natürlich. Was ist denn? Bist du sauer auf mich?«

»Absolut nicht«, sagt Karim. »Sollte ich denn?«

»Nein«, sagt Sarah. »Natürlich nicht«,

Eine Pause tritt ein.

Sarah sagt: »Und, was hast du nachher so vor? Oder willst du den ganzen Abend in deinen heiligen Schriften lesen?«

»Ich weiß noch nicht«, sagt Karim. »Mal sehen. Vielleicht bleibe ich tatsächlich zu Hause.«

Eine weitere Pause tritt ein.

»Ich kann dich ja nachher noch mal anrufen«, sagt Sarah. »Oder du rufst mich an. Okay? Ruf mich doch später einfach noch mal an.«

Gernot und Barbara stehen am Eingang der großen Sporthalle und wissen nicht wohin mit dem Fußball. Der Fußball ist peinlich. Er ist nicht zu übersehen: Er ist in knallbuntes, absichtlich geschmackloses Papier eingeschlagen,

»Aber das kann doch nicht sein!« sagt Barbara. »Es ist doch nicht möglich, daß ihm keiner was schenkt. Herrgott noch mal, Gernot. Ich habe dich doch extra gebeten, dich zu erkundigen«,

Das hat Gernot auch getan. Er hat den Schulze gefragt: der immerhin seit vier Jahren von seiner Türkin geschieden ist, Schulze hat die Mundwinkel nach unten gezogen, den Kopf gewiegt.

Was man schenkt, zu einer Beschneidungsfeier? Na ja. Halt

was für das Kind. Einen Fußball, das kommt immer gut. Und pack ihn schön bunt ein. Das mögen sie gern.

Und dann hat er gegrinst, der Schulze. Und nun steht Gernot da, mit dem verdammten Ball unter dem Arm, Gernot hat eine fürchterliche Wut auf Barbara. Wer hält denn eigentlich den Fußball, er oder sie? Na also! Er ist es doch, der dasteht wie ein Idiot, der Fußball leuchtet widerwärtig grell. Er scheint zu wachsen, sich zu Fesselballongröße aufzublähen unter Gernots Arm, mit jedem Neuankömmling, der nichts, aber auch rein gar nichts für das Kind mitgebracht hat, der Fußball ist kein Fußball, sondern ein Makel.

Er ist eine Manifestation mangelnden interkulturellen Einfühlungsvermögens, fehlender Weltläufigkeit, deutschen Spießertums, kurz: eine Blamage, womit hat Gernot das bloß verdient? Gernot ist in Wirklichkeit ganz anders! Er war schon immer eher links, politisch gesehen. Er käme nicht mal im Traum auf die Idee, irgendwo im Ausland Wurstel con Kraut zu bestellen. Er hat den Militärdienst verweigert, und während des Studiums hat er sogar mal eine Freundin gehabt, die in einer Band mit lauter Schwarzen gesungen hat.

»Hättest du dich eben selbst darum gekümmert!« zischt er Barbara an. »Ich kann schließlich auch nur wiedergeben, was man mir erzählt hat«.

Barbara stößt einen Laut der Verachtung aus.

»Der Schulze«, sagt sie. »Daß du auch ausgerechnet den fragst. Wo der doch schon seit Jahren von seiner Türkin geschieden ist«.

Ah! Natürlich. Das ist der ausschlaggebende Punkt. Ganz sicher haben sich die Beschneidungsriten der Türken in den letzten vier Jahren erheblich geändert. Aber das ist typisch Barbara. Sie überträgt ihm die Verantwortung. Sie gibt ihm einen Auftrag, und dann meckert sie an der Art herum, wie er die Sache erledigt, es reicht ihr nicht, daß er ihre Aufträge ausführt. Er hat sie auch noch genau so auszuführen, wie Barbara selbst es getan hätte, warum zum Teufel macht sie es dann nicht gleich selbst? Aber natürlich, dann hätte sie ja niemanden mehr, dem sie die

Schuld zuschieben könnte, einen Moment lang erwägt Gernot, den Ball einfach fallen zu lassen.

Den dämlichen Ball in den Saal zu werfen, sich auf dem Absatz umzudrehen und Barbara hier stehen zu lassen, allein inmitten von Mohammedanern: Aber das ist natürlich nicht möglich. Das ginge denn doch etwas zu weit, Gernot Lehmann faßt einen Entschluß.

»Komm«, sagt er zu seiner Frau. »Wir gehen jetzt rein.«

In der Tür zur Halle stehen ein paar junge Mädchen. Sie stehen links und rechts vom Eingang, wie die Beamten an einem Einreiseschalter für Nicht-EU-Bürger. Gernot geht entschlossen auf sie zu. Die Mädchen lassen ihn aber nicht passieren. Sie treten ihm in den Weg, kichernd und lachend, was wollen sie bloß von ihm? Man kann ja kein Wort verstehen, bei dieser Musik, die aus der Halle herausdringt! Gernot hebt fragend die Hände: Und bevor er noch eine Chance zur Gegenwehr hat, kippt ihm eines der Mädchen eine halbe Flasche Parfüm über die Finger. Gernot riecht nun nach synthetischer Marmelade. Aber er darf immerhin durch, der Lärm in der Sporthalle ist überwältigend.

Die Halle ist überfüllt. Mindestens vierhundert Leute drängen sich um die Tische. Sogar eine Bühne ist errichtet worden, auf der sich eine Menge wahrscheinlich türkischer Musiker tummelt, darüber hängt eine riesige Videoleinwand. Wo sollen die Lehmanns denn jetzt bloß hin? Gernot spürt Barbaras Hand, die sich unter seinen Ellenbogen schiebt. Gewohnheitsmäßig winkelt er den Arm an, drückt ihre Hand an sich, unter dem anderen Arm hat er noch immer den Fußball! Dies ist eine völlig absurde Situation. Sie sind orientierungslos, wie in einem fremden Land. Dabei ist dies doch die Halle, in der Gernot jeden Donnerstag Handball spielt, können sie nicht vielleicht einfach wieder verschwinden?

Aber dazu ist es zu spät. Die Lehmanns sind bemerkt worden. Ein großer Mann in einem eleganten schwarzen Anzug eilt auf sie zu, offensichtlich in der Absicht, sich ihrer anzunehmen, darf Gernot jetzt bitte endlich den Fußball loswerden? Die riesige Videoleinwand über der Bühne zeigt gerade ein paar junge Mädchen, die in der Mitte des Saales tanzen. Die Kamera, die sie filmt, ist auf ein Gerüst montiert. Gernot sieht das Gerüst auf sich zurollen. Näher, noch näher: Und dann erscheint auf mindestens zehn Quadratmetern Leinwand der Anwalt Gernot Lehmann, wie er dem Bruder des Gastgebers einen Fußball in schreiendbuntem Papier überreicht.

Der Tisch, zu dem sie geführt werden, steht direkt neben der Tanzfläche. Ein paar Leute sitzen schon da. Lauter Deutsche: Hansi und Petra Müller, die das Reisebüro am Salzmarkt haben. Gernots Kollege Manfred Weiler mit seiner Frau Gesine,

»Hallo, Gernot«, schreit ihm Hansi Müller entgegen. »Auch einen Fußball mitgebracht? Klasse. Ich auch! Hey, ist das nicht zum Totlachen?«

Gernot läßt sich auf einen Stuhl fallen. Barbara setzt sich neben ihn. Was Gernot jetzt bräuchte, das wäre ein Whisky. Oder vielleicht ein eiskalter Weißwein: aber auf dem Tisch stehen nur Cola, Fanta, Wasser. Eine einzige Flasche Bier, Gernot umfaßt sie. Schätzt ihre Temperatur auf knapp über dreißig Grad, dann nimmt er hastig die Hand weg: Mahmud kommt über die Tanzfläche, direkt auf den deutschen Tisch zu.

Er begrüßt die Männer mit Schulterschlag, die Frauen mit Wangenkuß. Auch er trägt einen Abendanzug. Und Gernot hat noch nicht einmal eine Krawatte um! Wie hätte er aber auch auf die Idee kommen sollen, im Abendanzug in eine Sporthalle zu gehen? Schulze hätte ihn wirklich vorwarnen können, oder Mahmud selbst: Sie kennen einander schließlich gut genug. Gernots Kanzlei ist schräg gegenüber von Mahmuds Feinkostladen. Die Lehmanns kaufen seit Jahren Obst, Nüsse und Gemüse bei Mahmud. Mahmud seinerseits konsultiert Gernot, wann immer er ein rechtliches Problem hat, es ist eine sehr vernünftige Basis, um miteinander freundschaftlich zu verkehren. Daß sie privat kaum Kontakt haben, ist letztlich sicher nicht mehr als ein Zufall, Mahmud strahlt. Er reibt sich die Hände. Fragt, ob alles in Ordnung ist, hier am Tisch. Ob alle gut versorgt sind, sich wohlfühlen, aber natürlich! Alles ist in bester Ordnung. Alles ist fabelhaft, ganz famos,

»Sag mal, Mahmud«, sagt Hansi Müller, »das ist ja eine Riesenveranstaltung hier. Hast du alle Türken der Stadt eingeladen oder was«,

Mahmud lacht.

»Was denkst du denn, Hansi!« sagt er. »Das hier sind nur die aus Ankara. Immerhin, fast fünfhundert Leute. Toll, was«,

Mahmud läßt seine Augen über den Saal schweifen wie ein Kapitän über sein Schiff. Er tänzelt hin und her, während er mit Hansi spricht: Er muß weiter, er hat zu tun, Gernot beneidet ihn um seinen festlichen Überschwang. Er beobachtet ihn, wie er seinen Gastgeberpflichten am nächsten Tisch nachgeht, hoffentlich wird sein Fest ein Erfolg. Aber wie muß ein türkisches Fest überhaupt verlaufen, damit es als gelungen gilt? Ein Fest, bei dem es noch nicht einmal was zu trinken gibt, Gernot wäre froh, wenn er sein eigenes Fest morgen abend schon hinter sich hätte.

Aber das ist nicht vergleichbar. Das frisch beschnittene Kind, das hier gefeiert wird, ist immerhin Mahmuds eigener Sohn. Zu Gernots Silberhochzeit kommt dagegen ausschließlich Barbaras Mischpoke. Schon deshalb ist Mahmud nicht eingeladen. Was soll er auch auf einem Danziger Familienfest? Es wäre doch sehr fraglich, ob er sich wohlfühlen würde: zumal der Alkohol sicher in Strömen fließen wird,

»Na, Gernot?« sagt Hansi Müller. »Wie geht's denn so? Wie läuft dein Laden? Du kannst ja wohl nicht klagen, nehme ich an.«

»Doch«, sagt Gernot. »Natürlich. Das wäre ja noch schöner«,

Der Witz ist uralt. Ein klassischer Anwaltswitz: den Gernot schon mindestens hundertmal angebracht hat, Hansi Müller lacht aber trotzdem.

»Der war gut, Gernot«, sagt er. »Der war echt gut. Natürlich kannst du klagen! Echt super! Aber jetzt sag mal. Kann ich morgen mal bei dir vorbeikommen? Ich hab schon wieder Ärger, wegen meinem Parkplatz vor der Tür. Ich kriege doch immer noch jedesmal ein Knöllchen, wenn ich einen Moment dastehe, um irgendwas ein- oder auszuladen! Obwohl du denen geschrieben hast«,

Manfred Weiler grinst. Er beugt sich zu Gernot, deutet mit dem Kinn auf Hansi,

»Hast du von seinem Schild gehört?« sagt er zu Gernot. »Er hat sich ein Pappschild gemacht, für sein Auto. Weißt du, was er draufgeschrieben hat? KOMME GLEICH WIEDER. BIN LADEN«,

Sie lachen. Hansi Müller lacht lautlos, aber mit offenem Mund, blitzenden Augen, an sich ist er ein ganz netter Kerl. Und Kollege Weiler ist vielleicht nicht ganz erste Sahne, aber er ist immerhin noch erträglich.

»Also jetzt mal im Ernst«, sagt Hansi. »Das mit dem Schild ist kein reines Geblödel. Ich meine, ich bin ja in der Tourismusbranche. Und wenn diese islamistischen – «,

Die Band auf der Bühne hört abrupt auf zu spielen. Hansi Müller kann seine Stimme nicht schnell genug senken. Sein nächstes Wort schallt deshalb weithin durch den Saal,

»– TERRORISTEN«,

Die Deutschen ducken sich.

Aber keiner beachtet sie. Hinter ihnen ertönt der Schlag von Trommeln. Schwillt an, immer stärker, und im Zentrum einer Prozession betritt Murat den Saal, Mahmuds sechsjähriger Sohn. Er trägt eine bestickte Jacke, silber- und goldglänzend wie ein Prinzenkostüm. Er sieht ernst aus, unbehaglich wie jemand, der zum ersten Mal einen Frack trägt, überall an den Tischen springen jetzt die Männer auf. Strömen auf die Tanzfläche, der Prozession entgegen, sie fassen einander an den Händen. Stampfen, springen, schwenken Taschentücher im Takt der Trommeln,

»Schaut euch das an!« sagt Gesine Weiler. »Ist das nicht toll? Lauter erwachsene Kerle. So was gibt's bei uns nicht! Das ist schon was anderes als eine Konfirmation«,

»Tja«, sagt Hansi Müller. »Aber die Frauen dürfen nicht mitmachen. Das weiß ich. Das ist ein reines Männerfest, so eine Beschneidung«,

Gernot trinkt einen Schluck Cola, aus Barbaras Glas. Die Cola ist schal und warm. Und rauchen kann Gernot natürlich auch nicht. Barbara sitzt ja mit am Tisch, warum hat er sich diese

Veranstaltung überhaupt angetan? Mahmud tanzt, zwischen seinem alten Vater und seinem kleinen Sohn. Sie halten einander an den Händen gefaßt,

»Wenn ich nicht tanzen würde«, sagt Gesine zu ihrem Mann, »dann würdest du auch nicht tanzen. Du würdest niemals tanzen, allein. Du tanzt doch nur, wenn ich dich dazu zwinge«,

Die Trommeln brechen ab. Die Tanzfläche leert sich. Dann legt wieder die Band los, und nun tanzt Mahmud mit seiner Frau. Andere Paare schließen sich ihnen an, im Nu ist alles auf den Beinen. Von wegen, türkische Frauen tanzen nicht! Das sind ja wohl keine Transvestiten, dort auf der Tanzfläche. Soviel also zu Hansi Müllers Kenntnis der türkischen Sitten, Gernot gibt auf und öffnet das warme Bier.

Gesine Weiler prostet ihm lächelnd zu, mit ihrem Wasser, eigentlich sieht sie gar nicht so schlecht aus. Sie hat aufgeworfene Lippen, einen Brustansatz wie eine Unterwäschereklame, was treibt sie wohl mit dem Kollegen Weiler, wenn sie mit ihm allein ist? Eine rasche Folge pornografischer Bilder zieht durch Gernots Vorstellung. Sie sind allerdings nicht beeindruckend genug, um irgendwelche körperlichen Reaktionen hervorzurufen. Oder vielleicht ist Gernots Penis auch inzwischen gründlicher sozialisiert als Gernots Gehirn, nacn zweiundfünfzig Lebensjahren,

»Komisch eigentlich«, sagt Petra Müller zu Barbara. »Daß Mahmud seinen Sohn hat beschneiden lassen. Er ist doch so integriert, habe ich gedacht. Und dann hängt er trotzdem noch an solchen barbarischen Bräuchen«,

»Wieso?« sagt Barbara. »Das ist doch nicht barbarisch. Die Penisbeschneidung verhindert Gebärmutterhalskrebs, hast du das nicht gewußt«,

Gesine Weiler beugt sich zu Petra.

»Die Amerikaner sind doch auch alle beschnitten«, sagt sie. »Bloß daß die das eben nicht feiern. Da ist das nicht mehr als ein chirurgischer Eingriff«,

Ein paar junge Männer haben damit begonnen, Teller mit Vorspeisen zu servieren. Paprika, Weinblätter, eingelegter Schafskäse,

»Jetzt sag doch mal, Gernot«, sagt Hansi Müller. »Die Perlingsache, die hast doch du. Was läuft denn da genau ab, im Moment.«

Sofort beugen die anderen sich vor. Gernot lächelt, schweigt aber,

»Ich weiß, ich weiß«, sagt Hansi Müller. »Du darfst dazu eigentlich gar nichts sagen. Das ist ja dein Mandant. Aber du mußt ja auch nichts verraten, sag nur deine Privatmeinung, also, meinst du, Jo packt seine Sachen tatsächlich? Ich denke, OB Vogel kann das nicht zulassen. Ich denke, er wird Jo sein Schild lassen, und damit fertig. Wie steht er denn da, wenn während seiner Amtszeit ein solches Traditionsunternehmen die Pforten schließt? So viele Jobs! Und dann die Gewerbesteuer«,

»Na ja«, sagt Kollege Weiler. »Die Gewerbesteuer ist es wohl nicht. Soweit ich weiß, zahlt Perling gar keine oder so gut wie keine. Es wird jedenfalls kolportiert, daß er jedes Jahr OB Franz Vogel in sein Büro bestellt. Vogel kommt. Jo bietet ihm einen Stuhl an und dazu einen bestimmten Betrag, den er an die Stadt abzuführen bereit ist, wenn die das Geld für genau die Projekte verwendet, die Jo genehm sind. Hier, die paar tausend, wenn ihr meine Bürgersteige renoviert. Hier, diese paar Riesen, wenn ihr mir den Parkplatz begrünt. Take it or leave it! Klar, der OB könnte auch beleidigt aus Perlings Büro stürmen. Dann zahlt Jo Perling seine Gewerbesteuer künftig eben woanders«,

»Es ist schon unglaublich«, schaltet sich jetzt Gesine Weiler ein. »Es ist unglaublich, was da passiert. Erst hat die Stadt Jo eine Ampel geschenkt. Dann hat sie ihm einen Zebrastreifen gemalt. Dann hat sie die Seitengasse hinter seinem Werk beleuchtet. Sie hat den Flugplatz für ihn modernisiert, sie hat ihm seinen Kreisel gebaut, und von welchem Geld? Gewerbesteuer hin oder her, das ist doch schließlich auch unser Geld. Das ist doch alles das Geld der Bürger von Neuenburg! Ich kann doch auch nicht bestimmen, wofür die Stadt meine Steuern ausgibt«,

»Na ja«, sagt Petra Müller. »Aber schaut euch doch mal an, wie es in der Weststadt aussieht! Alles tiptop! Alles picobello. Und die schöne Begrünung des Kreisels«,

»Die gesamte Verkehrsführung haben sie wegen Jo Perling geändert«, sagt Gesine Weiler. »Meine Mutter kommt überhaupt nicht mehr in die Stadt. Ich muß sie jedesmal fahren, und dann finde ich keinen Parkplatz in der Nähe der Fußgängerzone, Franz Vogel müßte mal so richtig auf den Pudding hauen. Er kann sich das einfach nicht länger bieten lassen. Oder er soll zugeben, wem die Stadt gehört. Soll er doch gleich jedem besseren mittelständischen Betrieb einen Stadtteil schenken! Sollen sie Neuenburg doch privatisieren! Alles aufsplitten und umbenennen. Perlingburg, Schillerburg, Manhardtburg«,

»Oder sie schreiben *designed by* drauf«, sagt ihr Mann. »Auf das Schild. *Welcome to Neuenburg, designed by Perling*«,

Allgemeines Gelächter.

»Der Kreisel ist jedenfalls gräßlich geworden«, sagt Barbara.

Gernot fährt hoch. Was hat sie vor? Barbara hält sich sonst doch immer zurück, wenn es um seine Mandanten geht. Immer! So haben sie es abgesprochen. Das hat er ihr eingebleut, sozusagen,

»Gräßlich«, sagt Barbara. »Vollkommen geschmacklos«,

Und ihr Ton! Es ist ein trockener, scharfer, irgendwie metallischer Ton, der Gernot an eine Heckenschere erinnert,

»Nichts als Koniferen!« sagt Barbara. »Fichten, Thujen. Lauter ökologisch sinnloses Zeug. Es wird ja jetzt schon braun, bei der Hitze«,

Es ist nicht zu fassen. Was, wenn das Jo zu Ohren kommt? Hat Barbara denn vergessen, wer Jo Perling ist? Hat sie vergessen, wer ihr die Butter aufs Brot schmiert?

»Mal ganz was anderes, Gernot«, sagt Hansi Müller. »Jo hat doch schon ewig ein Haus in Marbella. Und jetzt habe ich gehört, dein Cousin hat auch eins? Walter Lehmann, der mit der Möbelfirma. Der soll sich auch was in Marbella gekauft haben, weißt du da was darüber? Das ist doch dein Cousin, der Walter«,

»Ja«, sagt Gernot. »Wir stehen aber nicht in Kontakt. Sein Vater hat meinen Vater beschissen, damals vor der Währungsreform. Natürlich kann er selbst nichts dafür. Aber ich bin ja sowieso nicht so ein Familienmensch«,

Barbara lacht auf.

Ha ha ha: Schnipp schnipp schnapp. Es ist das Heckenscherenlachen, die Paare auf der Tanzfläche haben sich inzwischen getrennt.

Sie haben Kreise gebildet: die Männer außen, die Frauen innen. Jetzt lösen sich die Kreise auf, werden zu Schlangen, die einander umwinden, der Anführer der Männer ist ungefähr in Gernots Alter. Er lacht und schwenkt ein weißes Taschentuch, wie ein Siegeszeichen,

»Also, und was das alles gekostet haben muß!« sagt nun Petra Müller. »Ich meine, die Musik, die Videoinstallation. Das Essen, für fünfhundert Leute«,

Gesine Weiler lacht auf.

»Wieso«, sagt sie. »Das Essen stammt doch aus Mahmuds Laden. Und überhaupt, die verdienen doch mehr als wir, letztlich. Die, mit ihren Familienbetrieben. Die haben doch gar keine Personalkosten«,

Mahmud tritt aus der Menge heraus und an den deutschen Tisch. Er schwitzt. Er lacht. Hansi springt auf und umarmt ihn. Gratuliert ihm zu seinem Prachtsohn, zu seinem wunderbaren Fest, Mahmud dankt. Er fragt, ob das Essen denn zu ihrer aller Zufriedenheit sei.

Ja natürlich! Sie sind alle sehr zufrieden. Alles ist großartig, lecker, perfekt, Mahmud eilt weiter. Gernot sieht ihm nach, um herauszufinden, ob er sich auch an den anderen Tischen erkundigt oder ob sie als Deutsche hier womöglich eine Sonderbehandlung erfahren. Ein peinliches Plus an Aufmerksamkeit, wie Angehörige einer Kolonialmacht: Aber dies ist doch Gernots eigenes Land! Er hat es doch Mahmud nicht weggenommen, der zweite Gang wird serviert.

Brathuhn, Peperoni, Brot, die Teller sind ruckzuck verteilt. Der Service, die Organisation sind erstaunlich: Das sagen alle am deutschen Tisch, über die Großleinwand flimmern nun Fotos.

Mahmud und seine Frau, in herzförmigem Rahmen aus roten Rosen. Murat als Baby. Eine Moschee, die Gernot für die Blaue

Moschee von Istanbul hält, bis ihm einfällt, daß hier alle aus Ankara stammen, die Weilers und die Müllers erheben sich.

Sie müssen leider gehen. Sie sind noch woanders eingeladen, dummerweise, Mahmud weiß natürlich Bescheid. Sie haben es ihm schon vorher gesagt, tschüß dann also! Tschüß, tschüß, tschüß. Viel Spaß noch, euch auch, bis bald, dann sind sie alle weg. Gernot und Barbara bleiben allein zurück, unter fast fünfhundert Muslims.

Im Saal tanzen jetzt so gut wie alle. Alte Männer, die mit ihren Bartstoppeln und Mützen aussehen, als kämen sie gerade aus Anatolien. Junge Männer mit schwarzen Lederhosen, gegeltem Haar. Ältere Frauen mit Kopftüchern, junge Mädchen im Minirock, mit Jeans, bauchfreien Tops, kleine Kinder, die die älteren imitieren, Barbara und Gernot sitzen allein an ihrem Tisch, mit erstarrtem Lächeln. Schließlich wendet Barbara sich zu Gernot um,

»Gernot?« sagt sie. »Wollen wir auch mal?«

»Was denn?« fragt Gernot. Er ahnt es aber schon,

»Tanzen«, sagt Barbara.

»Unsinn«, sagt Gernot. »Also, ich jedenfalls nicht. Aber du kannst ja gehen, wenn du unbedingt willst«,

Die Türken tanzen schließlich nicht in Paaren. Sie tanzen in lockeren Grüppchen, oder sie halten einander an den Händen. Sie unterhalten sich miteinander, während sie tanzen. Sie lachen: während sie immer wieder dieselben Schrittfolgen wiederholen,

»Weißt du was?« sagt Barbara zu Gernot. »Mir gefällt es. Es ist alles so entspannt. So harmonisch. Findest du nicht? Alle Generationen, so friedlich zusammen. Nicht wie bei uns. Wo meistens so eine Spannung in der Luft liegt, bei Familienfesten«,

Das ist mal wieder typisch Barbara. Von allen Frauen der Welt kann doch wohl nur Barbara auf die Idee kommen, ausgerechnet das muslimische Familienleben zu idealisieren. Soll sie es doch mal selbst ausprobieren! Soll sie sich in ein schwarzes Tuch wickeln, an ihrem Platz in der Küche bleiben und ansonsten ihrem Ehemann gehorchen, Gernot hätte nicht das geringste dagegen einzuwenden: Aber es hat keinen Sinn, noch weiterzustreiten, das ist Gernot klar. Sie müssen jetzt zusammenhalten.

Sie sind jetzt schließlich allein: die einzigen Deutschen unter lauter Fremden. Und natürlich ist es ausgeschlossen, daß sie ebenfalls abhauen. Mahmud wäre zu Recht beleidigt. Wie würde das aussehen, wenn sich alle Deutschen verdrücken? Nein, jemand muß die Stellung halten,

»Schau mal«, sagt Barbara. »Da kommt ja Franz Vogel.«

Der Oberbürgermeister! Tatsächlich. Was will denn der hier? Die Türken dürfen den doch noch nicht mal wählen! Klar, ihm weist man natürlich einen Platz am Familientisch zu, wo er sofort ein Gespräch mit Mahmuds Vater beginnt, Gernot möchte jetzt wirklich dringend rauchen.

Er möchte etwas trinken: Aber den Alkohol verbietet ihm die Kultur des Gastgebers, und den Nikotingenuß macht ihm die Anwesenheit seiner Frau unmöglich, die Band auf der Bühne spielt eine Art Tusch.

Franz Vogel erhebt sich. Jemand reicht ihm ein Mikrofon. Franz beginnt zu reden. Er lobt das Fest, auf dem er gerade erst eingetroffen ist. Er lobt den Gastgeber, die Familie des Gastgebers: obwohl er die bestimmt genausowenig kennt, wie Gernot selbst Mahmuds Bruder übersetzt jedes Wort, als sei dies ein Staatsempfang. Und am Ende schießt Franzi den Vogel ab, sozusagen.

»Und für mich«, sagt Franz Vogel und hebt die Hand, »für mich gibt es in Neuenburg sowieso keine Türken und Deutschen. Sondern – nur – Neuenburger!«

Tosender Applaus.

Jawolljja, bravo! Ick bin ain Berliner! Bildet der Kerl sich neuerdings ein, er sei Kennedy oder was? Gernot wirft einen Blick auf die Uhr. Er braucht unbedingt ein kaltes Bier, jetzt sofort: Aber was er statt dessen bekommt, das ist Elvira Manns.

Eine alte Freundin Barbaras. Lehrerin an einer Grundschule. Sie hat keine Taille unter ihren Flatterklamotten. Sie hat streichholzkurzes eisenfarbenes Haar, eine Brille mit Goldrand. Elvira drängt sich an den Tanzenden vorbei in Richtung des deutschen Tisches. Barbara springt auf, um sie zu begrüßen. Elvira drückt Barbara an ihren Busen, heftig und innig wie eine lange verlorengeglaubte Nichte, dann streckt sie Gernot die Hand hin. Gernot, der sich erhoben hat, ergreift Elviras Hand.

Elvira drückt sie, fest wie ein Kerl. Sie sagt etwas, das in dem allgemeinen Krach untergeht, dann läßt sie Gernots Hand wieder los. Gernot setzt sich. Elvira nickt ihm zu, als wäre er ein Schüler, der seine Sache gut gemacht hat, sie hat etwas ausgesprochen Effizientes an sich. Etwas Lehrerinnenhaftes, das Gernot gräßlich auf die Nerven geht, andererseits ist Gernot jetzt frei.

Barbara ist ja nicht mehr allein. Und gleich gegenüber der Sporthalle, drüben auf der anderen Straßenseite, gibt es ein chinesisches Lokal, Gernot könnte doch rasch ein Bier trinken gehen?

Er könnte trinken und rauchen und seine Ruhe haben. Gernot ist schließlich ein erwachsener Mann. Er ist ein Bürger der westlichen Welt: Er erfreut sich vollkommener Freizügigkeit, innerhalb vernünftiger Grenzen. Er kann von der Türkei nach China hinüberwechseln, wann immer es ihm paßt, Gernot steht auf. Er beugt sich zu Barbara hinunter,

»Ich bin gleich wieder da«, sagt er.

Barbara nickt, ohne ihn anzusehen. Gernot zwängt sich zwischen den Tischen hindurch. Die Mädchen bewachen die Tür nicht mehr: Gernot kann ungehindert passieren, er tritt hinaus auf den Gang und atmet tief durch. Die Musik ist hier leiser. Gernot strafft die Schultern. Er zündet sich eine Zigarette an. Nun muß er nur noch diesen Gang hinuntergehen. Dann wird er hinaus auf die Straße treten, allein und frei in der milden Spätsommernacht,

»Ah, Gernot!« sagt jemand hinter ihm. »Und? Alles okay, soweit?«

Gernot dreht sich um. Es ist Mahmud. Mahmud kommt ihm entgegen, mit seinem Abendanzug und seinem strahlenden Lächeln, Gernot ist ertappt! Was soll er denn jetzt sagen? Wie soll er seine Anwesenheit auf diesem Flur erklären? Mit dem Bier beim Chinesen ist es jedenfalls Essig.

»Mahmud!« sagt Gernot. »Ein tolles Fest, wirklich. Wir freuen uns so, daß wir dabeisein können, Barbara und ich«.

Mahmud klopft Gernot auf den Rücken.

»Ich freue mich auch, Gernot«, sagt er. »Es ist schön, daß ihr gekommen seid. Aber warte mal ab! Später geht es erst so richtig los, hey, was ist denn das? Du rauchst wieder? Ich habe gedacht, ihr habt aufgehört, du und Barbara«.

»Haben wir auch«, sagt Gernot. »Haben wir, haben wir! Mir hat nur gerade jemand eine angeboten, und na ja, ich habe mir gedacht, ich mache mal eine Ausnahme«.

Gemeinsam gehen sie den Gang entlang, zu den Toiletten. Pinkeln ist das einzige, was Gernot jetzt übrigbleibt, die Frage ist allerdings, wie zum Teufel er das machen soll. Er hat schließlich den ganzen Abend lang noch nichts zu trinken bekommen, gemeinsam betreten Gernot und Mahmud die Herrentoilette.

Gemeinsam witzeln sie über einen Bekannten, der zum zweiten Mal in diesem Jahr einen Neuwagen zu Schrott gefahren hat. Gemeinsam knöpfen sie ihre Hosen auf, pinkeln in meditativem Schweigen, dann treten sie den Rückweg in die Halle an.

Am deutschen Tisch hat sich inzwischen ein einschneidender Bevölkerungswandel vollzogen. Elvira ist wieder verschwunden. Nur Barbara ist noch da, einsam inmitten einer türkischen Familie, die sich um sie herum niedergelassen hat, Gernot bleibt stehen.

Er kennt diese Familie. Vor einigen Jahren ist gegen ihr Oberhaupt ein Strafverfahren gelaufen: Der Mann hat seine Tochter krankenhausreif geprügelt, und sie hat ihn angezeigt. Gernot Lehmann war Vertreter der Nebenklage. Also, was nun?

Nichts, natürlich. Gernot wird jetzt zu seinem Tisch gehen. Er wird höflich grüßen, sich dann setzen, dies ist doch beileibe nicht das erste Mal, daß Gernot einen Prozeßgegner wiedertrifft! Die Tochter, die Gernot damals vertreten hat, ist natürlich nicht hier. Sie lebt nicht mehr in der Stadt. Gleich nach dem Prozeß ist sie weggezogen, Gernot weiß nicht wohin. Nicht daß ihr Vater ihr offen gedroht hätte! Oder wenn, dann weiß Gernot jedenfalls nichts davon, Gernot gibt sich einen Ruck.

Er marschiert auf den Tisch zu. Er hat eine kurze Vision: in der der Mann aufspringt, mit dem Finger auf ihn zeigt und ihn irgendeiner gräßlichen antiislamischen Tat beschuldigt, woraufhin sich sämtliche Türken im Saal auf Gernot stürzen,

»Da bist du ja endlich«, sagt Barbara. Schnipp schnapp. »Und? Wo bitte hast du so lange gesteckt?«

»Wieso«, sagt Gernot. »Ich war auf dem Klo. Ich habe mir erlaubt, auf die Toilette zu gehen«,

Er nickt dem Mann an seinem Tisch zu. Der Tochterprügler nickt zurück. Gernot setzt sich. Aus dem Augenwinkel sieht er, daß der Mann etwas zu seiner Frau sagt. Die Frau sagt etwas zu ihrem Sohn. Der Sohn sagt etwas zu seinem Vater. Eine Stimme hinter Gernot sagt: »Whisky oder Arrak?«

Gernot wendet sich um.

Hinter ihm steht ein junger Mann, der ihnen zwei ungeöffnete Flaschen entgegenhält,

»Whisky, bitte!« sagt Gernot. »Das ist ja sehr schön!«

Die Türken sagen nichts. Barbara lächelt den jungen Mann an,

»Ich glaube, ich probiere den Arrak«,

Der junge Mann lächelt zurück. Er stellt beide Flaschen auf den Tisch. Eilt dann weiter, zu weniger begriffsstutzigen Gästen: die wissen, daß sie sich alle zusammen eine Flasche aussuchen sollen, seit wann trinkt Barbara denn überhaupt Arrak? Hätte sie nicht einfach auch »Whisky« sagen können? Es ist nichts als ihr ewiger Widerspruchsgeist, der die Dinge immer kompliziert, der Frauenprügler mit seiner Familie erhebt sich. Er nickt Gernot wieder zu. Dann verschwindet er mit den Seinen im Gedränge, Gernot schenkt sich Whisky ein und trinkt einen großen Schluck.

Der Whisky begibt sich in Gernots Magen und dreht dort die Heizung auf. Gernot lehnt sich zurück. Betrachtet mit tiefer Befriedigung, wie Barbara nach dem ersten Schluck Arrak das Gesicht verzieht, ihr Glas von sich schiebt, Gernot hebt sein Glas und prostet ihr zu. Der Whisky klettert in sein Gehirn hinauf, beginnt die Synapsen dort auf Entspannung umzustöpseln, alles, was Gernot jetzt noch fehlt, ist eine weitere Zigarette. Das Problem sind nicht die Türken, wahrhaftig nicht.

Das Problem sind nicht die Türken, sondern die Frauen, Gernot läßt seinen Blick durch den Raum schweifen, auf der Suche nach jemandem, mit dem man sich nett unterhalten könnte. Vorn auf der Tanzfläche wird gerade Mahmuds Sohn auf einen Stuhl gehoben. Dann bricht die Musik ab.

Die Tanzfläche leert sich. Mahmuds Bruder springt auf die Bühne. Er verkündet etwas auf türkisch, das er dann übersetzt: Der Junge soll nun beschenkt werden, sagt er, Barbara und Gernot wechseln einen verblüfften Blick. Sie haben ihren Fußball doch schon abgegeben! Mahmuds Bruder wird ihnen das Ding doch nicht womöglich noch einmal zurückgeben? Aber danach sieht es nicht aus. Vor dem Jungen beginnt sich eine Schlange zu bilden, und wieder hält niemand etwas in den Händen,

»Mahmud Aydin schenkt seinem Sohn Murat Aydin eintausend Euro!«

Gernot und Barbara schnappen nach Luft.

»Erkan Aydin schenkt seinem Enkel Murat Aydin achthundert Euro!«

»Mehmet Aydin schenkt seinem Neffen Murat Aydin achthundert Euro!«

»Die Familie Cem schenkt Murat Aydin vierhundert Euro!«

»Hundert Euro!«

»Fünfzig Euro!«

»Zweihundert Euro!«

»Einhundert Euro und ein Goldstück!«

Keiner schenkt unter fünfzig Euro. Murat verschwindet allmählich unter den Banknoten, die seine Mutter an seiner Jacke feststeckt, Barbara beugt sich zu Gernot hinüber. Ihre Augen blitzen. Ihre Wangen glühen,

»Für eine Vorhaut!« sagt sie kichernd. »Denk mal. Für eine kleine Vorhaut! Jetzt kapiere ich das mit dem Fußball. Für einen mickrigen Fußball würde doch keiner seine Vorhaut hergeben, sag mal, Gernot, hast du denn nicht auch noch so ein Ding? Was meinst du? Brauchen wir das eigentlich noch«,

Barbara prustet vor Lachen. Was, wenn sie jetzt jemand hört? Gernot ist schließlich der einzige in diesem Saal, der noch über eine Vorhaut verfügt! Alle anderen haben längst keine mehr,

»Beherrsch dich bitte!« zischt Gernot sie an. »Das ist peinlich, verdammt noch mal«,

Und in eben diesem Moment muß Gernot feststellen, daß er seine Brieftasche vergessen hat. Und Barbara hat natürlich kein Geld dabei. Barbara verabscheut Handtaschen. Sie nimmt nie Geld mit, wenn sie Gernot mitnimmt, auch keinen Schlüssel, gar nichts, und jetzt? Wenn doch nur Manfred Weiler noch da wäre, oder Hansi Müller! Aber die haben sich sauber aus der Affäre gezogen. Die sind billig davongekommen: Und auch die Lehrerin Elvira scheint rechtzeitig verschwunden zu sein, wen kann Gernot denn nun anpumpen? Er muß doch jetzt doppelt großzügig sein! Er ist schließlich der letzte Deutsche hier: aber halt.

Das stimmt nicht. Es gibt noch einen weiteren Unbeschnittenen in diesem Saal. Franz Vogel, mit den Kennedy-Allüren, Franz muß Gernot unbedingt Geld leihen. Dies ist schließlich eine Notsituation. Eine Krise, in der man zusammenhalten muß, über alle Streitigkeiten, alle alten und laufenden Querelen hinweg, Gernot erhebt sich. Er überquert die Tanzfläche. Tritt an den Tisch, an dem Franz Vogel sitzt, im Gespräch mit Mahmuds Vater, Gernot muß ihn antippen, damit Franz ihn überhaupt bemerkt. Franz dreht sich um,

»Ach, hallo Gernot!« sagt er. »Du auch hier! Das ist ja prima. Hör mal, wir spielen im Moment ja gerade in gegnerischen Mannschaften, aber kannst du mir vielleicht trotzdem was leihen? Ich bin nicht mehr auf die Bank gekommen, blöderweise. Ich habe natürlich einen Umschlag fertiggemacht. Aber zwanzig Euro, das sieht doch popelig aus! Und bar habe ich bloß noch ein paar Münzen«,

»Scheiße«, sagt Gernot.

Deutschland ist pleite.

Auf der Heimfahrt schweigen die Lehmanns. Barbara sieht aus dem Seitenfenster. Sie ist garantiert stinksauer. Gernot hat sie blamiert, so wird sie das sehen. Die Lehmanns haben sich doch einfach verdrückt! Sie sind getürmt, außen herum, durch die Umkleideräume der Knaben, um niemandem in die Arme zu laufen, aber Gernot wird das Ganze wiedergutmachen. Er wird mit Mahmud reden, irgendwie hundert Euro nachreichen,

»Herrgott«, sagt Gernot zu Barbara. »Könntest du bitte endlich damit aufhören? Ich finde das ausgesprochen unfair von dir, deine ständigen stummen Vorwürfe. Du könntest ja ruhig auch mal selbst Geld mitnehmen! Ist das vielleicht emanzipiert oder was? Wenn du dich in allem auf mich verläßt«,

»Was?« sagt Barbara. Sie wendet den Kopf nicht zu ihm. »Entschuldige, aber was ist denn in dich gefahren? Ich habe doch überhaupt nichts gesagt! Was kann ich dafür, wenn du es nicht hinkriegst, dich zu erkundigen, wie so eine Beschneidungsfeier abläuft! Wenn du ausgerechnet den Schulze fragst. Und dann hast du ihm garantiert noch nicht mal richtig zugehört, so wie immer, und am Ende giftest du mich an«,

Gernot brüllt.

»Du machst mich immer für jeden Scheißdreck verantwortlich! Ich bin immer an allem schuld! Das geht mir so was von auf die Nerven, das kann ich dir gar nicht sagen. Gerade du! Wo du die Stirn hast, über Jo Perlings Kreiselbepflanzung herzuziehen, in aller Öffentlichkeit«,

Barbara schnaubt. Sie sitzt noch immer zum Seitenfenster gewandt,

»Sag mal, bist du jetzt völlig übergeschnappt?« sagt sie. »Was redest du denn da? Ich werde wohl noch sagen dürfen, was ich denke! Ich bin doch diejenige, die sich ständig anpassen muß. Ich darf ja nicht mal bestimmen, daß mein Cousin Thomas bei uns übernachtet. Nur weil du inzwischen so verknöchert bist, daß dich seine Kinder stören, Linus ist mein Patenkind! Mein eigenes Patenkind darf nicht bei mir übernachten«,

Aber das ist doch lächerlich!

Schlimmer noch, es ist eine Lüge. Barbara lügt, sie lügt wie gedruckt, Gernot hat ihr doch niemals verboten, Thomas in ihr Haus einzuladen! Wie käme er denn dazu? Das wäre doch in der Tat ganz unmöglich! Nein, in Wirklichkeit hat Gernot lediglich erwähnt, daß er nicht gerade begeistert davon ist, wenn Thomas auch noch über Nacht bleibt, mit seiner unerträglichen Familie. Er hat sich schlicht und einfach erlaubt zu fragen, warum Thomas denn eigentlich nicht am selben Abend noch nach Thüringen zurückfahren kann? Es ist doch gerade mal eine halbe Stunde Fahrtzeit! Und dann hat Gernot sich die Anregung gestattet, Thomas könnte zur Not vielleicht auch in einem Hotel übernachten, wenn er schon unbedingt meint, sich bei der Silberhochzeit seiner Cousine betrinken zu müssen, schließlich nagt der Mann doch beileibe nicht am Hungertuch.

Klar, er jammert ständig, aber das tun ja alle. Und sicher, er hat sich vielleicht wirklich ein bißchen übernommen, mit der Renovierung seines riesigen Mietshauses im Osten: Aber immerhin ist er Verkaufsleiter, bei der Spielzeugfabrik Eberle & Co. KG. Er hat doch garantiert ein Supergehalt, Gernot ist jetzt jedenfalls entschlossen, kein Wort mehr zu Barbara zu sagen. Wozu auch, wenn sie ihm doch nur irgendwelche Abstrusitäten unterstellt? Wenn sie ihn ständig mit Vorwürfen überhäuft, wenn sie niemals irgend etwas anerkennt, was er sagt oder tut, Gernot biegt in die Straße ab, in der das Lehmannsche Haus steht.

Im Wohnzimmer brennt noch Licht. Seine Tochter ist also zu Hause geblieben. Gernot hält vor der Garage, damit Barbara aussteigen kann. Barbara öffnet die Tür. Im Licht der Innenbeleuchtung sieht Gernot zu seiner Verblüffung, daß sie weint.

Gernots Cousin Walter und seine Frau Marianne sind von Tarifa zurück. Sie sitzen auf ihrer Terrasse, in ihrem in maurischem Stil erbauten Ferienhaus über Marbella. Marianne hat gerade die Teller abgeräumt. Am frühen Abend haben sie noch schnell im Supermarkt der Urbanisation eingekauft. Es ist ein kleiner Supermarkt, aber gut sortiert. Die Urbanisation hat auch ein sehr schönes Restaurant: Aber Walter wollte heute abend lieber zu Hause essen. Er hat eine Flasche Wein aufgemacht. Es ist noch immer warm. Das Haus liegt am Südrand der Urbanisation, so daß die Lehmanns einen schönen Blick auf das unter ihnen liegende Mittelmeer haben, hinter dem bei klarem Wetter schwach die Küste Afrikas zu erahnen ist, sie haben auch einen eigenen kleinen Pool, eine Palme.

Und einen offenen Kamin: den sie freilich niemals entzünden, wegen des Funkenflugs und der Brandgefahr, das Land ist vollkommen ausgedörrt jetzt im September, nach dem langen trockenen Sommer. Die Ferienhäuser in dieser Urbanisation gehören überwiegend Deutschen. Auch ein paar Engländer haben hier Häuser, sogar ein paar Madrilenen. Aber das macht nichts. Die Lehmanns sind jedenfalls nicht allein unter lauter Spaniern. Tatsächlich soll in dem Dörfchen oberhalb der Urbanisation im nächsten Jahr Deutsch als zweite Amtssprache eingeführt werden, damit man sich endlich problemlos mit den Beamten verständigen kann, Marianne war ja zuerst gar nicht begeistert davon, in eine Urbanisation zu ziehen.

Sie wollte etwas Romantischeres, eine richtige Finca zum Beispiel: Aber Walter hat sie schnell davon überzeugen können, daß so etwas viel zu unsicher ist. Ein alleinstehendes Haus? Das würde einem in Spanien doch ausgeräumt, sowie man dem Land den Rücken dreht. Unter den Deutschen kursieren Geschichten von Dieben, die über den Balkon ins Hotelzimmer einsteigen, während man unter der Dusche steht. Die am hellichten Tag Geldbörsen, Laptops, Fernseher und CD-Spieler aus den Ferienhäusern schleppen, während deren Bewohner gerade im Schlafzimmer Siesta halten, die Urbanisation der Lehmanns dagegen ist sicher. Sie ist von einer übermannshohen, mit Glasscherben bestückten Mauer umgeben. Die Schrankenwärter am Zufahrtstor lassen niemanden passieren, der nicht nachweisen kann, daß er von der Verwaltung bestellt ist oder von einem der Villeneigentümer erwartet wird. Rund um die Uhr wacht ein privater Sicherheitsdienst über die Bewohner und ihr Eigentum: *International Safety and Security Services*, ein international operierendes Unternehmen mit ausgezeichnetem Ruf. Und die Nordafrikaner, die in der Urbanisation die Gärten und die Pools pflegen und kleinere Reparaturen erledigen, müssen alle Uniform tragen, damit man schon von weitem erkennt, wer hierhergehört und wer sich vielleicht eingeschlichen hat,

»Wir müssen morgen noch einkaufen gehen«, sagt Marianne zu Walter. »Ich muß unbedingt zum Friseur. Ich brauche ein passendes Kleid, und du hast noch nicht mal einen Anzug dabei«,

Marianne ist in Hochstimmung. Vorhin hat doch tatsächlich das Telefon geklingelt, und Diane Perling hat aus Neuenburg angerufen, um Marianne ihre Einladung für den großen Sarao der Gräfin Oberloh morgen abend in Marbella anzubieten.

Für die große Wohltätigkeitsgala: Der Gesamterlös soll einem Tierschutzverein zugute kommen. Einem Tierheim mitten in Marbella, gegründet von ein paar sehr engagierten jungen Leuten, die das Elend der heimatlosen Hunde und Katzen Andalusiens nicht mehr mit ansehen konnten, die jungen Leute tun wirklich ihr möglichstes, hat Diane gesagt. Sie verdienen Unterstützung: Und deswegen hat es sich der Zirkel um die Gräfin Oberloh zum Ziel gesetzt, die Gehege, in denen die Schützlinge des Tierheims umsorgt werden, überdachen zu lassen, damit die armen Tierchen nicht mehr naß werden, wenn es regnet. Marianne war sprachlos.

Sie ist immer noch ganz überwältigt. Die Lehmanns hätten normalerweise nicht die geringste Chance, zu den Galas der Gräfin eingeladen zu werden: Aber nun können sie ihre Karten morgen vormittag bei Diane Perlings deutscher Haushälterin abholen. Natürlich hat Marianne sich erst ein wenig geziert, aber Diane hat darauf bestanden,

Ich bitte dich, Marianne. Wir können nicht gehen, also, was soll ich damit? Ich bekomme sie ohnehin nicht mehr los! Meine Freunde haben natürlich alle längst welche,

Hätte Marianne diese Bemerkung krummnehmen müssen? Aber nein. Diane hat es doch sicher gar nicht so gemeint. Und außerdem ist die Gala ja für einen guten Zweck, da muß man über Empfindlichkeiten hinwegsehen, Walter seufzt.

Er lehnt sich in seinem Stuhl zurück,

»Ein Anzug wird wahrscheinlich gar nicht reichen«, sagt er. »Wahrscheinlich werde ich einen Smoking brauchen. Oder womöglich einen Frack«,

»Nein«, sagt Marianne. »Einen Frack sicher nicht. Den brauchen nur noch Zirkusdirektoren oder Musiker, sag mal, Walter, du freust dich doch auch, oder? Du möchtest doch auch zu dieser Gala gehen«,

»Natürlich, Liebes«, sagt Walter. »Ich freue mich sehr. Und ich weiß, wie wichtig es für dich ist«,

Marianne lächelt Walter an. Aber sie ist mit seiner Antwort nicht ganz zufrieden. Sie kann sich des Gefühls nicht erwehren, daß sie die Vorfreude auf den Sarao nicht wirklich miteinander teilen,

»Walter?« sagt Marianne. »Sag mal. Es tut dir doch hoffentlich nicht leid, daß wir nicht zu Gernots Silberhochzeit gehen. Ist es das? Tut es dir leid, daß wir nicht zurück nach Neuenburg gefahren sind, zu deinen Verwandten, die wir überhaupt nicht kennen? Wärst du lieber heimgefahren, als hier in Marbella auf eine Gala zu gehen«,

»Nein«, sagt Walter. »Natürlich nicht«,

»Wir sind ja auch nicht etwa wegen der Gala hiergeblieben«, sagt Marianne. »Wir wußten doch gar nichts von der Gala, bis heute nachmittag. Aber du kannst deinen Cousin morgen ja mal anrufen. Du kannst ihm zu seiner Silberhochzeit gratulieren«,

»Ja«, sagt Walter. »Das sollte ich vielleicht tun«,

Er beugt sich vor und schenkt Marianne Wein nach.

Es ist ein sehr guter, wenn auch ziemlich schwerer Rioja. Marianne und Walter heben ihre Gläser. Sie sehen einander an, während sie sich zuprosten. Marianne schiebt ihre letzten Zweifel an der Echtheit von Walters Vorfreude beiseite. Sie verstehen sich immer so gut miteinander, wenn sie in Spanien sind! Walter ist viel netter geworden, seit er nicht mehr soviel arbeitet. Seit er sich weitgehend aus dem Geschäft zurückgezogen hat, anfangs war er ja skeptisch, ob er Mark die Firma tatsächlich überlassen kann.

Aber er selbst war schließlich noch um einiges jünger, als sein Vater starb. Mark ist immerhin schon über dreißig, und er hat sich wirklich gemacht in den letzten Jahren, gut, er hat noch immer ein paar Flausen im Kopf. Er bildet sich noch immer ein, aus einem Fischstand am Wochenmarkt könnte Feinkost Käfer oder das Kaufhaus des Westens werden, nur weil der Besitzer plötzlich Kaviar statt Hering in die Auslage legt. Er will noch nicht so recht wahrhaben, daß einer Firma wie Lehmann & Sohn die Globalisierung und all der andere Unsinn ungefähr soviel bringen wie einem Hering der Wegfall des Schleppnetzverbots: Aber Mark wird schon noch zur Vernunft kommen.

Jedenfalls hofft das Walter. Die Firma ist schließlich nicht nur Marks Erbe, sondern auch Walters und Mariannes Altersversorgung. Mark muß begreifen, daß Lehmann & Co. froh sein können, wenn sie die Krise überleben. Die Krisen. Neuerdings scheint eine in die nächste überzugehen, es ist eben alles nicht mehr das, was es einmal war.

Es ist nicht mehr wie damals, als Walter zusammen mit seinem Vater die Firma aufgebaut hat, Walter hat alles mitgemacht, im Laufe seines Lebens. Alle Höhen, alle Tiefen: Wirtschaftswunder, Rezessionen, erneute Aufschwünge, nun möchte er seine Ruhe haben. Der Mensch hat doch wohl ein Recht auf mehr als den bloßen lebenslangen Broterwerb? Walter jedenfalls hat das Gefühl, er hätte allmählich genug gearbeitet.

Er findet, er hat einiges nachzuholen: Er möchte zum Beispiel anfangen zu lesen, wenn er auch noch nicht genau weiß, was. Er möchte öfter Golf spielen als bisher. Er überlegt, ob er sich nicht einen Hund anschaffen sollte, für ausgedehnte Strandspaziergänge,

»Soll ich hineingehen und uns etwas Käse holen?« sagt Marianne.

»Laß gut sein«, sagt Walter. »Es ist gerade so schön hier«,

So ist es. Die Nacht fühlt sich weich an, warm wie Mariannes eigene Haut, Marianne nippt an ihrem Glas. Der Wein ist samtig, voll. Marianne lehnt sich wieder zurück. Sieht auf die weite nächtliche Bucht tief unter ihnen hinaus, auf dem dunklen Wasser blitzen die Lichter vereinzelter Boote. Es sind Fischerboote oder vielleicht auch die patrouillierenden Boote der Guardia Civil, der große Gummibaum unten an der Mauer des Grundstücks ist ein tiefdunkler Schatten vor der dunklen Nacht, umrahmt von Sternen. Die Hoffnung, die die Lehmanns von ihrer Heimat weg und hierher getrieben hat, scheint sich tatsächlich zu erfüllen: die Hoffnung auf ein besseres Leben nämlich.

III

Samstag

Familienfeier auf dem Lande

Die Ankunft der Gäste

On my way to Calamocarro, in the last assembly,
on my way to España,

Im Gegenlicht des Morgens gleichen die Plastikplanen dem Meer. Das Meer brandet gegen die verbrannten Berge an, bläulichweiß, vollständig lautlos. Hier und da ragt ein Kaktus aus seinen starren Wellen hervor, ein vertrockneter Baum. Diese Gegend zwischen dem Mittelmeer und den andalusischen Bergen war noch nie sonderlich üppig, sondern immer schon eine jener dürren Schönheiten, die allenfalls als Kulisse für einen Spaghettiwestern taugen. In den vierziger Jahren des letzten Jahrhunderts hatte Franco hier Bauern aus anderen Landstrichen ansiedeln lassen. Jeder von ihnen hatte zum Auftakt einen Hektar staubiges Land erhalten, mit einem winzigen Cortijo ohne Wasser und Strom, und was sich an halbzerfallenen Bewässerungsanlagen aus der Zeit der Maurenherrschaft auf dem jeweiligen Grund und Boden noch befinden mochte. Ein, zwei Jahrzehnte später sorgte die malerische Archaik dieser Lebensumstände dafür, daß die Leute in Scharen nach Norden flohen, um sich in der Schweiz, in Deutschland oder Frankreich zu verdingen. Das Leben als Gastarbeiter war trist, aber ihr Heimatland zu verlassen schien ihnen die einzige Möglichkeit, sich wenigstens ihr eigenes kleines Stückchen davon zu erhalten. Und immerhin konnten sie nun regelmäßig Geld nach Hause schicken und nebenbei auf eine Wasserpumpe sparen. Dann trat Spanien der EG bei. Prompt kehrten die spanischen Wirtschaftsflüchtlinge nach Hause zurück.

Sie brachten ihre Ersparnisse mit, Abfindungen, die Aussicht auf billige Kredite, auf EG-Subventionen, bald herrschte Aufbruchstimmung. Treibhaus um Treibhaus entstand. Agrargroßbetriebe kauften große Trockenlandstücke, auf denen ihre Agraringenieure unter hohem Kapitaleinsatz und mit modernster Technik Exportprodukte für den internationalen Markt produzierten. Winzige Nester, einst von Francos Ingenieuren für fünfhundert Seelen entworfen, wuchsen zu Städten heran, mit fünfzigtausend Einwohnern und einer Bankendichte wie in Madrid: während zugleich das Land selbst verschwand: Auf den Satellitenbildern, die die Vegetation der Iberischen Halbinsel in verschiedenen Rottönen zeigen, tauchen die dicht an dicht stehenden Paprikaschoten- und Tomatenstauden, die Erdbeeren, Gurken, Melonen und Zucchini für die Märkte Europas so wenig auf wie Vampire in den Spiegeln eines Ballsaals. Dieser Landstrich wirft im Jahr bis zu fünf Ernten ab: Und er ist ein weißer Fleck, auf der Karte der bekannten Welt,

On my way to Calamocarro, in the last assembly,
on my way to España

Aber das stimmt nicht mehr. Auch wenn ihm das Lied nicht aus dem Kopf gehen will: Inzwischen ist er angekommen. Er hat die Wüste und die See überquert. Er ist in Spanien. Er steht auf einem Pfad inmitten des Plastikmeers, hier und da ragt ein dürrer Baum empor wie ein anklagender Finger, ein Feigenkaktus wie eine Hand. Es ist sehr still. Wenn er die Augen hebt, sieht er die Plastikwellen gegen die fernen Berge anbranden. Wenn er die Augen senkt, sieht er die Ertrunkenen: die lautlosen Schemen der Arbeiter unter den Planen, er ist an diesem Morgen nicht unter ihnen.

Er ist nicht ausgewählt worden. Er hat mit den anderen unten am Platz gestanden, wo die Chefs morgens um sechs mit ihren Autos vorbeikommen,

Zehn Mann! Ich brauche heute zehn Mann, dreißig Euro für jeden,

Er hat sich gemeldet, wie jeden Tag.

Er meldet sich immer. Aber sie haben andere ausgewählt. Ihn wollten sie nicht. Er ist unten am Platz geblieben, bis die Sonne schräg über die Hausdächer schien und es keine Chance mehr gab, für heute noch Arbeit zu finden, einmal kam eine Polizeistreife vorbei. Später noch eine. Sie hielten nicht. Sie fragten ihn nicht nach Papieren. Das tun sie nie, in dieser Gegend: Schließlich muß das Gemüse geerntet werden. Und dafür braucht man Leute ohne Papiere. Leute mit Papieren machen das Gemüse zu teuer.

So ist es überall. Europa braucht Leute ohne Papiere. Es braucht Leute, die nicht nach Europa dürfen: als Putz- und Kinderfrauen, als Pflegekräfte für Kranke und Sterbende. Bei der Ernte in Italien oder Griechenland. Im Baugewerbe in Frankreich oder Deutschland, er will nach Deutschland.

Er will zu seinem Bruder. Sein Bruder lebt in Berlin. Mike: So heißt sein Bruder, in Berlin, Mike hat gesagt, es ginge ihm gut.

Er hat Geld nach Hause geschickt, Fotos, die das zu beweisen scheinen: Mike vor einem Obst- und Gemüseladen, lächelnd den Arm um ein blondes Mädchen gelegt. Mike auf einem Fahrrad, im Hintergrund ein leuchtendblauer See. Mike an einem Restauranttisch. Ihm gegenüber sitzt eine Asiatin, daneben ein blasser Mittvierziger mit Lederjacke, Ohrring, mausfarbenem Pferdeschwanz, der Vater war froh über das Geld, das Mike aus Deutschland geschickt hat.

Er hat nicht gefragt, womit Mike es verdient: Dem Vater hat es vollkommen gereicht zu wissen, daß Mike sich in Berlin offenbar eingerichtet hat. Früher in Afrika war Mike Tierarzt. Dann wurde der staatliche veterinärmedizinische Dienst aufgelöst, und Mike hatte mit einemmal keinen Beruf mehr, über dem Plastikmeer steigt die Sonne allmählich höher.

Der Himmel ist beinahe farblos. Die Sonne scheint auf das Plastik herab. Darunter steigt jetzt die Temperatur. Unter den Planen ist es immer heiß und feucht. Alles, was hier wächst, wächst unter Plastik. Das Saatgut, aus dem die Tomatenpflanzen und Paprikastauden und Melonen und Erdbeeren keimen, ist speziell für das Wachstum unter Plastik entwickelt worden. Alles wächst im Plastik: Es ist gar keine Erde mehr da. Die vergifteten, ausgelaugten, von falscher Bewässerung versalzenen Böden sind längst tonnenweise ins Meer gebaggert worden. Die Hummeln zum Bestäuben der Pflanzen werden in Kisten angeliefert. Die Pflanzen werden von Computern ernährt, die ihnen tropfen- und körnchenweise Flüssigkeiten und Pulver zumessen, sie in regelmäßigen Abständen mit Scharfem, Fauligem oder Beißendem bespritzen oder bestreuen. Wenn die Melonen und Tomaten eine bestimmte Größe erreicht haben, werden sie geerntet. Sie sind hart und grün. Die Erdbeeren sind weißlich und ohne Geruch, wie Murmeln. Es gibt kein Unkraut. Worin sollte es wachsen? Das Perlit-Substrat, in dem die Pflanzen stehen, muß regelmäßig ausgetauscht und entsorgt werden. Man sagt, daß damit die Strände aufgefüllt werden. Ihm kann das egal sein: Er geht nicht an den Strand.

Er steht unter dem Plastik, wann immer sie ihn nehmen, die Pflanzen unter dem Plastik stehen alle sehr ordentlich in dem Substrat.

Sie stehen in ordentlichen Reihen. Reihe um Reihe, Reihe um Reihe, auf den fußballfeldgroßen Plastikfeldern, er denkt bei sich, daß die Pflanzen Gift sind. Die Plastikplanen sind Gift. Die Pulver und Flüssigkeiten sind Gift, die in der Betonbaracke gelagert werden, wo er schläft. Die ordentlichen Reihen von Paprikapflanzen, die ordentlichen, vergifteten Reihen von Tomatenpflanzen laufen in der Ferne zu Tunneln zusammen.

Er denkt, daß er in einem dieser Tunnel verschwinden wird. Er wird ertrinken, unter dem Plastikmeer, er muß zu seinem Bruder! Aber er hat keine Papiere. Er hat nicht genug Geld. Und er hat sein Handy verloren: Das ist das schlimmste.

Das Handy war in seinem Bündel. Das Bündel ging verloren, als das Boot kurz vor der spanischen Küste kenterte. Alle ertranken, bis auf ihn. Ihn hat das Meer verschmäht. Er schämt sich dafür. Er hat nicht einmal jemanden gerettet. Er hat nicht versucht, jemanden zu retten, das Meer war ganz ruhig, bei der Abfahrt.

Es war nach Mitternacht. Er hatte Angst, obwohl das Meer ruhig war. Alle hatten Angst. Alle froren. Er mußte an die Ertrunkenen denken. Er versuchte, es nicht zu tun: Aber er konnte fühlen, wie sie sich unter dem Bootskiel drängten. Hunderte, Tausende von Toten. Tief auf dem Meeresgrund, in dem schwappenden Wasser unter dem Boot rieben sie ihre blankgewaschenen Knochen aneinander, das Meer war jetzt nicht mehr so ruhig.

Die Wellen wurden höher. Manche schwappten ins Innere des Bootes. Er schöpfte, zusammen mit den anderen. Sie schöpften mit ihren Händen, ihren Schuhen, ihren Kappen, das Meer wurde unruhiger, je weiter sie fuhren. Es dämmerte. Der Morgen zog herauf. Jede Welle schlug nun ins Boot. Es war taghell. Fähren kreuzten ihren Weg, gewaltige Frachter, hoch aufragend wie das Schicksal, jemand rief den Namen Allahs. Fast gleichzeitig begann ein anderer, einen christlichen Choral zu singen. Er selbst sang nicht, er betete nicht. Er schöpfte. Schöpfte wie von Sinnen, sie schöpften alle. Schöpften, sangen, flehten um ihr Leben zu ihrem jeweiligen Gott, sie waren schon fast am Ufer, als sie kenterten.

Er konnte nicht schwimmen. Schluckte Wasser, schlug um sich. Paddelte, wie ein Hund oder ein Verrückter, dann bekam er etwas zu fassen. Etwas Glitschiges, aus Plastik, er klammerte sich daran. Verlor das Ding wieder, ging gurgelnd unter. Kriegte es noch einmal zwischen die Finger, wunderbarer-, unfaßlicherweise, es war ein Ball. Ein großer bunter Wasserball, mit Bildern von Donald Duck und Onkel Dagobert, er umschlang den Ball. Preßte ihn gegen seine Brust, während er strampelte, kämpfte, irgendwann spürte er Sand unter den Füßen.

Auf allen vieren kroch er an Land. Übergab sich. Erbrach Meerwasser, auf den Knien. Spie auf den äußersten Rand Europas, im Schatten der Steilküste, die über ihm aufragte, er war sehr schwach. Er war schwach, weil er fror. Er fror, weil er naß war.

Weil er sein Bündel verloren hatte: seine trockenen, wasserdicht verschnürten Kleider, sein Handy. Eine Zwanzig-Euro-

Note. Die beiden Bücher, die sein Freund Steven ihm geschenkt hatte,

›Antike Sagen‹

›Lyrik Europas – Eine Auswahl‹

Für den Fall, daß er das Handy verlieren sollte, hatte er eine Liste mit wichtigen Telefonnummern zusammengefaltet und zwischen zwei Gedichte geschoben,

›Auch ich war in Arkadien geboren‹

›Die Schwalbe flog über den Erie-See‹

Er hatte das Handy verloren, und die Liste auch. Er kniete an einem fremden Strand, allein wie Odysseus. Wo war Nausikaa? Sie ließ auf sich warten. Er konnte aber nicht warten. Er hatte keine Zeit. Er kletterte die Klippen hinauf, schürfte sich dabei Arme und Knöchel auf. Hetzte über die Straße, verbarg sich in den Büschen auf der anderen Seite, er weinte. Die anderen waren alle tot. Das Meer hatte sie verschluckt, nur ihn allein hatte es wieder ausgespien, warum weinte er? Er hatte mit ihnen in einem Boot gesessen: Und nun war er allein übriggeblieben, verborgen im Gebüsch, zitternd vor Kälte spürte er, wie sich etwas auf ihn herabsenkte. Es war das Gewicht der Toten. Das gewichtlose Gewicht der Ertrunkenen. Die Last ihrer ungelebten Leben, die Gewaltigkeit ihres Glaubens, die Vehemenz ihrer Hoffnungen: die er nun auf sich nahm. Die er schulterte, wie er eine tote Ziege oder ein Lamm geschultert hätte, um sie nach Hause zu tragen, er allein war übriggeblieben. Er mußte sich auf den Weg machen. Er hatte sein Bündel verloren: Aber zum Glück hatte er die Telefonnummer seines Bruders auswendig gelernt.

Er kann sich nicht mehr an sie erinnern.

Er kann sich an gar keine Nummer mehr erinnern: nicht an Mikes Nummer, nicht an die seines Vaters, er hat alle Nummern verloren. Das heißt, er hat seinen Bruder verloren, zusammen mit den anderen Ertrunkenen, dies ist unerträglich. Dies ist ein vollkommen unhaltbarer Zustand: Ein Bruder ist wie die Hälfte des eigenen Körpers. Man kann nicht überleben, mit einem halben Körper, natürlich hat er längst bei der Telefonauskunft angerufen. Man hat ihm mitgeteilt, niemand mit dem Namen seines Bruders habe in Berlin einen Telefonanschluß angemeldet. Und die Nummer von daheim ist falsch. Wenn er sie wählt, ist die Leitung besetzt, besetzt, immer besetzt, wie kann das sein? Die Nummer muß falsch sein. Sein Bruder in Deutschland hat einen Telefonanschluß!

Er weiß das genau. Ein Irrtum liegt vor, oder man hat ihn belogen: Denn wie hätte er eine Nummer vergessen können, die es gar nicht gibt? Er muß nach Berlin fahren, um seinen Bruder zu finden. Er muß sich auf den Weg machen: Das ist die einzige Möglichkeit. Wohin?

Geradeaus.

Der Weg, auf dem seine Füße stehen, ist der Weg, den er geht: So einfach ist das, manchmal kommt es ihm vor, als wäre der Weg, auf dem er steht, eine Schnur.

Die Schnur rollt sich hinter ihm aus, während er geht, immer weitergeht, der Anfang ist an die Haustür seines Vaters geknüpft. Aber die Schnur ist kein Ariadnefaden. Er kann nicht an ihr zurückfinden: Er muß weiter und weiter, immer weiter, das Ende der Schnur liegt tief in seinem Bauch. Es liegt dort wie der Kopf einer zusammengerollten Schlange. Er wird dieses Ende erst in den Fingern halten, wenn die Schnur vollkommen abgespult ist. Und so lange muß er gehen. Zu Hause gibt es keine Straße, aus der es nicht jemand nach Europa geschafft hat. Keine einzige Straße, in der ganzen Stadt, wie ist es dann möglich, daß gerade er hier gestrandet ist, in diesem Niemandsland?

Denn dies ist nicht Europa, das weiß er genau. Er würde Europa wiedererkennen, wenn er es sieht,

Auf seine Freiheit verzichten heißt auf seine Würde als Mensch, auf die Menschenrechte, ja sogar auf seine Pflichten zu verzichten. Das ist von Jean-Jacques Rousseau,

Sein Freund Steven hat das gesagt. Sie konnten endlos miteinander reden: stundenlang, tagelang. Er hat Steven mit nach Hause genommen. Er ist mit Steven in das Dorf gefahren, aus dem der Vater stammt, Steven wollte alles wissen. Er fragte nach dem König des Stammes: dem allmächtigen Herrscher, Gott auf Erden und wertvollster Besitz seines Volkes, stimmte es, daß der König für das Volk unsichtbar war? Daß keiner den König sehen durfte? Daß der König nicht aß, nicht schlief, nicht mit seinen nackten Füßen den Boden berühren durfte, weil seine Königskraft sonst die Welt in Brand setzen würde, Steven hatte all das in irgendwelchen Büchern gelesen. Dort stand auch, der König bestimme über das Wetter, über Regen und Sonne. Es sei seine Kraft, die alles am Leben erhielte: Deshalb werde der König in den Himmel zurückgesandt, wenn er Zeichen des Alters oder der Krankheit zeige,

Das heißt, sie töten ihn, oder? sagte Steven. Zurückgesandt in den Himmel, das heißt doch, daß der König getötet wird,

Er hat versucht, es Steven zu erklären. Er hat gelacht, während er es erklärt hat, natürlich tötete man den König nicht. So etwas gab es schon längst nicht mehr. Natürlich aß der König: Er erhielt Opfergaben. Natürlich schlief der König: Er besuchte seine göttlichen Ahnen im Totenreich, man brauchte den König, auch wenn man nicht an ihn glaubte. Wer waren sie denn, ohne einen König? Er hat Steven ein Bild des Königs gezeigt, auf der Titelseite einer französischen Zeitschrift: Der König am Jachthafen von Saint Tropez, mit Sonnenbrille und Goldkette. Der König war längst in Europa angekommen,

Der Geist eines Menschen und nicht sein Herr machen ihn zum Sklaven. Das ist von Samuel Johnson.

Gerechtigkeit herrscht nur, wo sich die vom Unrecht nicht Betroffenen genauso entrüsten wie die Opfer. Das ist von Platon,

Stevens Bücher sind untergegangen, als das Boot kenterte.

Tag für Tag hat er in ihnen gelesen. Tag für Tag hat er auf der Dachterrasse der kleinen Pension in Tanger gestanden und nach Europa hinübergesehen. An manchen Tagen war dort kaum mehr als der milchig leuchtende Streifen der Küste. An anderen Tagen konnte er den Strand klar erkennen: einen Leuchtturm, die weißen Häuser einer kleinen weißen Stadt, es war, als könnte er über das Meer fliegen, mit einem einzigen gewaltigen Satz.

Als könnte er den Sand der anderen Seite unter den Fußsohlen spüren, die Luft Europas atmen, in gewaltigen freien Zügen, Tag für Tag hat er dort oben gestanden und herübergeschaut.

Nicht alle haben das gemacht. Viele, die schon seit Wochen auf ein Boot warteten, blieben inzwischen lieber in ihren Zimmern, mit den bis zur halben Höhe mit blaugrüner Ölfarbe gestrichenen oder mit Kacheln verkleideten Wänden, sie saßen auf den Betten und spielten Karten. Sie verkauften Wein, Haschisch. Hautbleichungscreme, Eintopf aus Gemüse und Fleischfetzen, er stand auf dem Dach, Tag für Tag.

Europa war ein Leuchtturm. Ein Strand.

Eine weiße Stadt, die in der Sonne glänzte, er geht noch immer durch das Plastikmeer. Wohin geht er?

Er nimmt an, er geht nach Europa. Er geht noch immer nach Europa: Aber er kommt dabei nicht von der Stelle. Es ist wie verhext. Er kann nicht zurück, und er kann auch nicht weiter, sein Vater hat eine Tankstelle betrieben. Es ging ihnen gut. Es ging ihnen besser als den Familienmitgliedern, die im Dorf zurückgeblieben waren: Der Vater verdiente fünfhundert Dollar im Monat. Das war viel. Ein-, zweimal im Jahr fuhr der Vater deshalb nach Hause ins Dorf, mit Geld und mit Essen, im Dorf warteten sie immer schon darauf, daß er kam.

Und dann wollten sie nicht mehr warten. Sie kamen in die Stadt. Zu Besuch. Erst kam ein Cousin, dann eine Nichte mit ihrem Baby. Natürlich wurden sie eingeladen, eine Weile zu bleiben, nun, da sie schon einmal da waren: Und sie blieben. Ein Neffe kam, dann noch einer.

Eine weitere Nichte, Cousins und Cousinen verschiedenen Grades, zuletzt waren sie dreizehn Leute, in dem kleinen Häuschen mit seinen zwei Zimmern. Der Vater kümmerte sich um sie. Er kümmerte sich um alle, das war selbstverständlich. Er schickte nicht nur seine Kinder aufs College, sondern auch zwei seiner Neffen. Für einen weiteren fand er Arbeit. Einer der Nichten gab er Geld, damit sie auf dem Markt einen Fischstand eröffnen konnte: Aber alle lebten von dem, was der Vater verdiente, auch die, die Arbeit hatten. Alle wohnten und aßen bei ihm, sie richteten sich nach ihm: Wenn der Vater schlafen ging, gingen alle schlafen. Wenn der Vater früh aufstand, standen alle früh auf, auch die Erwachsenen ohne Arbeit, er versorgte die Seinen.

Das war seine Pflicht. Er beklagte sich nicht: Seine Familie aß drei Mahlzeiten am Tag. Er hatte ein kleines klappriges Auto. Sie hatten einen Fernseher, eine Musikanlage, es war eine heilige Pflicht, für die Familie zu sorgen. Dann war sein ältester Sohn mit dem Studium fertig.

Mike: Er war Tierarzt geworden, bekam eine Anstellung beim staatlichen veterinärmedizinischen Dienst. Begann sich eine eigene Bleibe zu suchen. Griff dem Vater unter die Arme: Er unterstützte ihn finanziell und würde ihm bald ein paar der Neffen und Cousins abnehmen, dann wurde der veterinärmedizinische Dienst aufgelöst. Warum? Das wußte keiner. Mike verlor seinen Job. Er machte sich auf die Suche nach Arbeit, aber es gab keine. Mike begann mit den Neffen und Cousins vor dem Fernseher zu sitzen. Begann sich abends in den Bars herumzutreiben, der Vater verdiente fünfhundert Dollar im Monat.

Es ging seiner Familie nicht schlecht. Sie aßen drei Malzeiten am Tag, sie hatten ein kleines klappriges Auto, einen Fernseher, eine Musikanlage, der Vater verdiente viel. Er verdiente in einem Monat mehr als ein gewöhnlicher Arbeiter im Jahr: Er hätte längst ein eigenes Haus kaufen können, ein anständiges Auto, für sich und seine Frau und seine vier Kinder, er hätte es längst zu etwas gebracht: Aber da waren die Nichten, die Neffen und die Cousins, die er ernähren, kleiden, um die er sich kümmern mußte, der Vater verlor seine Gelassenheit.

Wurde launisch. Umarmte die Kinder, stieß sie einen Moment später von sich. Trank zuviel. Die Mutter wurde nervös, gereizt. Kommandierte die Nichten und Neffen herum, fuhr sie an, doch endlich den Müll rauszubringen, den Hof zu fegen, nicht so faul zu sein, Mike sprach davon, ins Ausland zu gehen. Nach Europa. Hier gab es keine Zukunft. Hier kam man zu nichts. Hier war jede Anstrengung umsonst, der Vater nickte.

Lieh sich zweitausend Dollar, um seinen Sohn nach Europa zu schicken, inzwischen hat Mike das Geld schon wieder zurückgezahlt. Er hat weiterhin Geld nach Hause geschickt, auch Fotos, die zeigen, daß es ihm gutgeht. Dann kam ein Brief,

Mein Bruder soll kommen,

Du gehst, hat der Vater gesagt. Also hat er sich auf die Socken gemacht. Er hat das College abgebrochen. Wozu studieren, wenn es keine Jobs gibt? Sein Vater hat ihm Geld gegeben, genau wie dem Bruder. Er hat einen Bus bestiegen. Hat unterwegs auf Farmen gearbeitet, Lastwagen beladen. Hat fast ein Jahr lang am Hafen geschuftet, nachdem er begriffen hatte, daß der Mann, der ihm das falsche Visum und das Flugticket von Abijan nach Paris hätte besorgen sollen, mitsamt der Anzahlung spurlos verschwunden war. Dann ist er durch die tiefe Wüste gegangen: zu Fuß gegangen, siebzehn Nächte lang, als die Jeeps eines Abends weggefahren und nicht mehr wiedergekommen waren, seine Zunge war dick wie die eines Ochsen. Seine Füße bluteten. Sein Atem hatte einen Rhythmus wie eine Rassel, die Welt hat sich verengt.

Ihm ist übel, von dieser schrumpfenden Welt. Er kann nicht zurück, ohne Geld. Er kann nicht vorwärts, nach Europa. Er kann nicht stehenbleiben: Die unerfüllten Schicksale, die vergeudeten Leben der Toten lasten auf seinen Schultern, der Himmel über ihm dröhnt vor Schweigen.

Darunter brandet das Plastik lautlos gegen die Berge an. Ein paar vertrocknete Büsche ragen daraus hervor. In ihren Ästen hängen Abertausende Plastikfetzen wie nach der Häutung eines großen Tieres. Zwischen den Treibhäusern gibt es Schluchten voll Plastik, Plastiksümpfe, schmorende Plastikhalden unter Schwaden giftigen Qualms, der über die verfallenden Reste der *acequias* hinwegzieht: der uralten maurischen Bewässerungssysteme, er hat jetzt wieder begonnen zu gehen.

Er folgt einem Pfad, der aus dem Plastikmeer herausführt. Er kommt an uralten Autos vorbei. Auf ihren Rücksitzen liegen Decken, Kleider. Er kommt an den Ruinen der Cortijos vorüber:

der ein- oder zweizimmrigen Steinhäuschen aus der Zeit Francos, dort, wo das Dach eingebrochen ist, sind Plastikfetzen über die Löcher gespannt. In der Düsternis darunter sind manchmal Decken zu erkennen, Matratzen. Manchmal liegen Männer darauf, die ihm nachsehen, während er geht, dies ist nicht Europa. Dies muß ein Irrtum sein.

Ein folgenschwerer Irrtum liegt hier vor, das ist offensichtlich. Aber wer hat ihn begangen? Wer hat ihn begangen?

Barbara stapft die Straße entlang, die hinter ihrem Haus durch das Neubaugebiet führt. Sie ist allein. Es ist noch sehr früh. Die Büsche und Bäume der Vorgärten kämmen die Strahlen der tiefstehenden Morgensonne zu hellen Strähnen, Barbara überquert die Straße.

Sie geht an einem Jägerzaun entlang, dann an einem Friesenzaun. Umrundet die Ausläufer des Neubaugebiets, dies hier war alles offenes Feld, als sie noch ein Kind war. Und selbst als die Lehmanns vor zweiundzwanzig Jahren den Hof kauften, gab es hier noch Wiesen und Felder. Inzwischen sind sie längst von den Wellen der Einfamilien-, Reihen- und Doppelhäuser weggespült, von den Festungen der immer neueren Neubaugebiete mit ihren bäumchenstarrenden Erdwällen erobert worden: wobei all die Schwarzwaldbalkone und Wintergärten, all die Sprossenfenster, schwedischen Holzfassaden und nostalgischen Eßzimmererker nichts anderes bezeugen als die rührende Sehnsucht ihrer Bewohner nach Geborgenheit, Harmonie, Frieden und Familienglück. Nach dem wahren, unverstellten Leben inmitten der freien Natur: die sie soeben unter Beton begraben haben, Barbara geht am Zaun der Kleingartenkolonie vorbei.

Im Schatten ist das Gras noch immer grau und schwer vom Tau. Barbara selbst fühlt sich grau und schwer. Sie ist müde. Sie hat mal wieder schlecht geträumt. Es sind Träume, die einem Besuch in der Unterwelt gleichen. Nach ihnen noch einmal einzuschlafen, ist völlig unmöglich: Barbara taucht aus ihnen auf wie aus dem schlammigen Wasser des Styx, das auch noch Stunden später an ihr herabrinnt, ihr manchmal tagelang in den Haaren und Kleidern klebt, in diesem Traum heute nacht wollte sie ihren Vater anrufen.

Sie hat sich Vorwürfe gemacht: Wie hatte sie ihn jemals vergessen können? Wie hatte sie auch nur einen Moment lang nicht daran denken können, daß er schwerkrank im Krankenhaus lag, nun mußte sie sofort versuchen, ihn zu erreichen.

Aber sie kam nicht durch. Und währenddessen mußte sie auch noch Auto fahren. Schalten, lenken, bremsen, Gas geben, aber Barbara kannte den Weg ja gar nicht!

Sie konnte nicht fahren. Der Wagen gehorchte nicht: Sie verlor laufend die Kontrolle über ihn, sie geriet auf die falsche Spur, bog falsch ab. Kam ins schlingern, konnte nur mit Mühe einem anderen Wagen ausweichen, sie mußte anhalten! Was sie hier tat, war lebensgefährlich: Aber sie konnte nicht anhalten. Sie war auf einer Autobahn, und es gab keinen Parkplatz. Der Wagen wurde schneller und schneller, er hatte keine Bremsen. Und etwas stimmte mit dem Handy nicht. Sie mußte telefonieren! Sie mußte ihren Vater sprechen, es war eilig, eilig: Aber es gelang ihr nicht, die richtige Nummer einzutippen. Ihre Finger gehorchten ihr nicht. Ihre Finger rutschten ab, die Tasten versagten. Sie traf ständig die falschen Tasten: Und als sich plötzlich doch eine Verbindung herstellen ließ, war eine fremde Stimme am Telefon, die etwas tschilpte oder kreischte, in einer unverständlichen Sprache, Barbara geht jetzt sehr schnell.

Sie muß den Traum abschütteln. Sie muß den Kopf freibekommen. Sie muß alles abschütteln: die Erinnerung an den gestrigen Streit mit Gernot, an die Unstimmigkeiten mittags mit Sarah, dies ist der Tag ihrer Silberhochzeit. Ein Festtag. Barbara erwartet Gäste. Ihre ganze Familie kommt. Es wird doch nicht so schwer sein, einmal einen Tag ohne Streit hinzukriegen? Barbara muß sich zusammennehmen: Zu allem schweigen, zu allem lächeln, unter keinen Umständen Unfrieden riskieren, Barbara biegt in den Hauptweg der Kleingartenkolonie ein.

Sie geht an dem Schaukasten vorbei, der die Öffnungszeiten der Kleingarten-Gaststätte bekanntgibt und die Mittagsruhe, während der nicht gemäht und nicht gehäckselt werden darf, dazwischen hängt eine Ankündigung für den großen Herbstball zu Erntedank in der Mehrzweckhalle.

Barbara bleibt stehen. Der Wortlaut, auch die Aufmachung des dreifarbig bemalten DIN-A-5-Zettels haben sich nicht wesentlich geändert, seit Barbaras Großeltern diesen Erntedank-Ball zu besuchen pflegten, Barbara weiß noch genau, wo Karl und Lilo Jensens Garten lag. Ganz hinten, direkt am Flußufer, Barbara schlägt den Pfad ein, der mitten durch die Kolonie führt.

Im Gehen sieht sie über die Maschendrahtzäune hinweg in jeden einzelnen Garten, um nicht zu verpassen, was es Neues gibt. Sie liebt Schrebergärten. Sie liebt die kleinen Kräuterbeete, mit ihren Ringelblumen und Malven am Rand. Sie liebt die geordneten Reihen von Lauch und Kohl und Möhren und Salat. Die altmodischen Obstsorten: Quitten, schlehensaure Trauben, alte Apfelbäume. Die Kapuzinerkresse und die Wicken am Zaun, das Leuchtfeuer der Dahlien in der morgenkühlen Luft. Und überall die kleinen Gartenhäuschen und Hüttchen, die zusammengebastelten Schuppen und Unterstände für Gartengeräte, ihre Außenseiten weiß verputzt oder teerpapperauh, schwarzgrau verwittert oder braun oder rot oder türkisblau gestrichen, die Gärten sind wie etwas aus Sarahs alten Bilderbüchern,

›Sommer auf dem Bauernhof‹,

›Das Gartenjahr für Kinder‹,

Und wieviel Mühe so ein Garten macht! Wieviel Zeit man dafür aufbringen muß. Welche Verantwortung es bedeutet, für seinen Flecken Erde zu sorgen, in Dürre- wie in Frostperioden, bei strömendem Regen wie bei sengender Sonne, die Kleingärtner sind niemals nachlässig. Sie binden Ranken hoch, jäten Unkraut. Düngen den Kohl und die Rosen. Pflücken Brombeeren, graben den Boden um. Ernten Äpfel, Kräuter, Tomaten: als könnte man all diese Dinge nicht genausogut kaufen.

Als könnte man nicht einfach in einen Laden gehen und sagen: einen Kopfsalat bitte, einen Bund Tulpen, ein Kilo Birnen, Barbara hat immer Angst, um die Kleingärten. Hoffentlich kommt kein Sturm und knickt die Sonnenblumen um, die der alte Mann in der blauen Joppe dort drüben im Frühjahr so sorgsam vorgezogen hat. Hoffentlich kommt kein Frost und läßt die Tomaten erfrieren, denen der Pächter von Parzelle 398 extra ein warmes kleines Häuschen aus Holz, Teerpappe und Plastikfolien gebaut hat, gegen die nördliche Nässe, einige der schönsten Gärten gehören Rußlanddeutschen oder Türken. Zuwanderern. Ihre Gärten sehen richtig aus, mit den selbstgebauten Pergolen aus alten Rohren, den aus Abbruchfenstern zusammengeschusterten Treibhäusern, den mit der Schnur gezogenen Beeten, auf denen jeder Zentimeter genutzt ist: Sie sehen aus wie der Garten von Barbaras Großeltern, Karl und Lilo hatten ihn dank Beziehungen bekommen.

Dank Tante Grete. Eine Schwester Lilos, die schon vor dem Krieg nach Neuenburg gekommen war und bei der die anderen Flüchtlinge nun nach und nach eintrudelten, zusammen mit ihren zahlreichen Sprößlingen: Tante Else mit ihren Kindern, Tante Anni mit ihren Kindern, Onkel Herberts Frau und die Kinder, Onkel Alberts Frau und die Kinder, dann Barbaras Großmutter Lilo mit ihrer Tochter Marie und schließlich Oma Jaschke mit ihren beiden jüngsten Töchtern und ihrer Enkelin, Maries Schwester Püppi,

Und wie es da zuging, Kind! Völlig unfaßbar. Das kannst du dir gar nicht vorstellen. Tante Gretes Wohnung war groß, aber zeitweise wohnten zwölf Leute in einem Zimmer. Und dann kamen auch noch die Männer dazu. Die Kriegsheimkehrer,

Dann gelang es Tante Grete, wenigstens ihre älteste Schwester Lilo mit ihrer Familie in eine Kleingartenlaube umzuquartieren. Es gab dort nur ein Plumpsklo, eine Pumpe im Garten: Aber die Jensens waren froh. Es war Sommer. Es war warm. Lilo und Karl bauten Gemüse an. Sie behielten den Garten auch noch, als sie endlich eine Wohnung gefunden hatten. Zogen weiterhin Zwiebeln statt Tulpen, Kartoffeln statt Chrysanthemen. Zogen Weißkohl, Bohnen, Erbsen, hielten Hühner, Tauben und ein paar Stallhasen, inzwischen sind die Frühbeete, die Hasen- und Hühnerställe natürlich längst verschwunden.

Die Parzelle selbst ist verschwunden. Sie ist aufgeteilt worden, in zwei Stadtfluchtwinkel mit Kinder-Klettergeräten und Sandkästen und Elektrogrills und fröhlich-dilettantischem Wildwuchs: Gänseblümchen und Butterblumen und Löwenzahn auf der Wiese, Tagetes und Basilikum und Zucchini in den Beeten, dort, wo die Nacktschnecken sie noch nicht völlig kahlgefressen haben, der Grenzzaun zwischen den beiden halben Gärten verläuft genau an der Stelle, wo früher die Bank stand.

Die Bank und der Tisch, die Karl Jensen gebaut hatte und um die sich bei schönem Wetter immer ein Haufen von Jaschkegeschwistern mit ihren Ehegatten, Kindern und Kindeskindern zu versammeln pflegte, eine der Schwestern brachte immer Kuchen mit. Eine hatte immer eine Thermoskanne voll Kaffee dabei. Sie saßen um den Tisch mit seiner Wachstuchdecke, auf den rostigen Gartenstühlen, den alten hölzernen Küchenstühlen, von denen die Farbe abblätterte, bei Regen oder Kälte trafen sie sich in Lilo und Karls überheizter Wohnung.

Sie lachten eine Menge, wenn sie zusammen waren. Sie redeten immer alle auf einmal: über das Wetter und die Finanzen, über ihre Kinder und Gesundheit, über Politik und Rezepte und Abwesende und überhaupt über alles, was sie gerade taten und planten. Und wenn es ein bißchen später wurde, dann redeten sie von früher,

Wißt ihr noch, wie wir uns immer vor Opa Jaschke in den Mülltonnen versteckt haben?

Sie sagten immer *Wißt-ihr-noch*, wenn sie von früher sprachen.

Wißt ihr noch, wie Hellchen umgekippt ist? Den ganzen Berg bist du runtergerollt, Hellchen, und unten ging die Tonne auf. Was den Deibel –! hat Opa geschrien,

Sie lachten. Sie nickten einander zu, wenn sie von früher sprachen. Wenn sie die alten Namen wiederholten,

Krantor Radaune Mottlau Jäschkentaler Weg

Sie sagten *Daheim-bei-uns*, wenn sie von früher sprachen, Barbaras Großvater Karl winkte ab.

Was vorbej ist, ist vorbej! sagte er in seinem ostdeutschen

Singsang. Was wollt ihr denn, mit eurem Danzig? Ich will nicht zurück. Mir ist es noch nie so gut gegangen wie hier,

Auf der Ablage neben der Stehlampe lag der Danziger Heimatkalender, darauf seine Krankenkassenbrille mit dem schweren dunklen Gestell. Seine Frau und seine zahlreichen Schwägerinnen stimmten ihm eifrig zu. Sie stimmten ihm immer zu, dem Mann ihrer ältesten Schwester.

Da hast du recht, Karl, da hast du recht,

Und dann sagte Tante Hella oder Tante Else oder Tante Anni: Wißt ihr noch? Weihnachten, bei uns daheim,

Zoppot, Brösen, Ostseestraße, Posadowskyweg,

Es waren alles vertraute Worte. Barbara konnte sie auswendig. Sie konnte sie schneller hersagen als die Namen der Gassen, die vom Neuenburger Marktplatz abgingen und die sie im Heimatkundeunterricht auswendig lernen mußte, sie war Lilos erstes Enkelkind. Die erste Urenkelin des alten Jaschke und somit die allererste jener neuen Generation, die im Westen geboren war. Die erste der Generation, die keinerlei Erinnerungen hatte an den Ort, wo die anderen alle herkamen,

Erzähl, Mama! Erzähl von damals, als du klein warst,

Abends kroch Marie zu Barbara unter die Bettdecke. Barbara kroch in den Arm ihrer Mutter. Sie machte es sich an ihrer Schulter gemütlich,

Erzähl, Mama. Erzähl von früher,

Das einzige Licht im Kinderzimmer kam von der Straßenlaterne. Sie lagen im Dunkeln, mit offenen Augen, aneinandergeschmiegt, ohne einander anzusehen, Barbara sah alles genau vor sich, was die Mutter beschrieb. Sie sah die Möwen, die kleinen Buden am Wasser. Sie sah den weißen Seesteg, der so weit ins Meer hinausragte, daß sein Ende im Sommerdunst verschwamm. Sie sah, wie der Winter armdicke Eiszapfen an den Seesteg hängte, im weiß- und blaublitzenden Sonnenlicht. Sah die Kinder: die unzähligen Enkel der Jaschkes, die alle zusammen an Weihnachten Zahlenlotto spielten, in den schummrigen, schlechtgeheizten Räumen der Jaschkeschen Wohnung, die Erinnerungen der Mutter waren wunderbar. Sie waren wie etwas aus Barbaras Lieblingsbuch: ›Wir Kinder von Bullerbü‹. Oder vielleicht waren sie sogar noch etwas schöner,

Erzähl, Mama, erzähl!

Im Winter hatten wir Eisblumen an den Fenstern, Kind. An jedem Wintermorgen Eisblumen so dick, daß man erst einmal mit dem Atem ein Loch hineinschmelzen mußte, um nach draußen sehen zu können. Und im Sommer war es immer sehr lange hell. Nach der Schule sind wir nicht nach Hause gegangen, sondern an den Strand. Oma Lilo hat dort schon auf uns gewartet, mit Broten und Saft und Suppe im Henkelmann,

Barbara beneidete die Mutter um ihre Erinnerungen. Die Erinnerungen der Mutter waren leuchtend deutlich. Sie waren bedeutungsvoll: unendlich bedeutungsvoller, leuchtender als Barbaras eigene, das Schreckliche in ihnen war schrecklicher. Das Zauberhafte war zauberhafter,

Oft fror das Meer im Winter zu. Man konnte dann darauf herumgehen, denk nur, mein Kind. Man konnte auf dem Meer Schlittschuh laufen,

Aber Mama, was war mit den Wellen? Waren das dann Berge aus Eis?

Nein. Das Eis auf dem Meer war ganz flach. Es war glatt und grau, so wie ein beschlagener Spiegel,

Über den Barbara nun selbst schwebte, an der Hand ihrer Mutter. Zusammen glitten sie über wogende Algenlandschaften, erloschene Feuerquallen. Über die frostgraue Bettdecke blitzender Heringsschwärme, Killerwale, kälteschläfriger Riesenkraken, die Mutter erzählte von Erdbeeren mit Sahne, am Pfingstsonntag in Oliva.

Barbara konnte diese Erdbeeren schmecken. Sie konnte Oliva sehen. Sie stellte es sich wie Italien vor, wo sie schon einmal Urlaub gemacht hatten: Olivenbäume, Palmen, weiße Häuser am Meer, sie roch das sommerheiße Harz der Kiefernwälder. Wanderte durch die weiten Felder nach Brösen zum Strand, mit ihrer Mutter und ihren Geschwistern, unter einem hohen, blassen Himmel voll unsichtbar singender Vögel, Barbara hatte längst begriffen, sie war nicht von Neuenburg.

Ihre Familie hatte die Welt, aus der Barbara eigentlich stammte, hinter sich lassen müssen. Es war nichts weiter als ein Zufall, daß sie hier geboren worden war: Das mußte ihr niemand extra erklären.

Ihr mußte nie jemand erklären, warum es »Muttersprache« heißt. Barbara sprach ja wie ihre Mutter: ein leicht nordöstlich gefärbtes Hochdeutsch, mit dem die anderen Mädchen sie aufzogen,

Wie du redest! Du redest so komisch. Du redest total eingebildet. Du bist eine ganz eingebildete Pute,

Barbara konnte kein Neuenburgerisch. Und sie wollte es auch gar nicht können. Sie fand es häßlich,

Wie du redest! Du redest so komisch. Du redest total eingebildet,

Die Mädchen, mit denen Barbara zur Schule ging, waren gemein. Barbara spielte nicht gern mit ihnen. Sie spielte lieber mit Thomas und Harry, ihren Cousins, oder sie spielte allein, sie wollte nicht aus Neuenburg stammen. Als sie älter wurde, begann man sie für ihr Hochdeutsch zu loben.

Sie sind sicher nicht von hier? Man hört überhaupt nicht, daß Sie von hier sind,

Dann war sie erfreut. Erklärte gern, wo sie herstammte,

Ich bin schon hier geboren, in Neuenburg. Aber meine Familie kommt aus Danzig,

Wohin sie erst viele Jahre später zum erstenmal reiste, zusammen mit ihrer Mutter und ihrer Großmutter Lilo: die lange genug am Leben geblieben war, um nun noch einmal den Seesteg von Brösen zu sehen. Um Arm in Arm mit Tochter und Enkelin am Ufer der Mottlau entlangzuspazieren, abends im »Lachs« zu essen, was sich die Jaschkes und die Jensens früher niemals hätten leisten können, und schließlich noch einmal vor dem Bonbonladen an der Ecke zu stehen, der nach fast vierzig Jahren noch immer den alten Schriftzug trug,

Kolonialwaren

Barbara erkannte den Laden.

Sie erkannte alles. Es war, als hätte die Mutter ihr nicht so sehr von Danzig erzählt als vielmehr ihre Bilder in ihrer Tochter aufbewahrt, wie Fotos in einer Mappe, Barbara erkannte den Seesteg von Brösen, den von Zoppot. Sie erkannte die Innenstadt, als wäre sie schon einmal hiergewesen, vor sehr langer Zeit,

Krantor Langer Markt Neptunbrunnen Jäschkentaler Wald Posadowskyweg

Dies waren natürlich nicht die Namen, die die Orte jetzt trugen. Viele dieser Orte konnte man überhaupt nicht finden, wenn man sie auf dem Stadtplan suchte. Die Ortsnamen Maries und Lilos waren wie Wörter einer sterbenden Sprache. Wie Wörter in Manx, Ubykh oder Tuscarora: bei denen die Zuordnung der Bezeichnungen zu den bezeichneten Dingen nur noch einigen letzten Eingeweihten gelang, Lilo, Marie und Barbara standen im Posadowskyweg.

Sie blickten auf den Kolonialwarenladen. Sie blickten über den Platz, um den herum die Jaschkegeschwister gewohnt hatten, Barbara erkannte den Platz. Sie erkannte den Laden, das Haus, in dem ihre Mutter aufgewachsen war, ihre Großmutter Lilo stützte sich auf ihren Arm. Sie deutete hinüber,

Da hat Tante Else gewohnt. Onkel Herbert da, Tante Anni da. Und dort Opa und Oma Jaschke. Meine Eltern. Deine Urgroßeltern. Dort drüben in dem Haus haben sie gewohnt.

Es folgten weitere Namen. Namen von Freunden, von toten Tanten. Namen, die Barbara kannte oder nicht kannte, schließlich sprach Lilo die beiden letzten Namen aus:

Dein Großvater Karl.

Der arme Fritz.

Lilos verlorener Sohn. Der hier gelebt hatte, in diesem Haus, sie standen lange davor. Lilo und Marie weinten. Irgendwann weinte Barbara auch. Dann gingen sie um das Haus herum. Dahinter war der verlorene Garten. Sie lehnten zusammen am Gartenzaun: Lilo, Marie und Barbara, drei Generationen von Jaschkeabkömmlingen,

Da hinten, siehst du, sagte Marie zu Barbara. Das ist der Schuppen, den mein Vater gebaut hat,

Der Anstrich blättert, sagte Lilo. Barbara, Kindchen. Siehst du? An der Ecke, wo die graue Farbe abgeplatzt ist. Darunter ist Grün. Siehst du das Grün? Mit dem hat dein Großvater den Schuppen gestrichen. Und der Baum daneben, der Apfelbaum. Das ist der Baum, den hat er zu Fritz' Geburt gepflanzt,

Barbara sah alles. Da war der Schuppen, dort war der Baum. Ein hoher Baum: der gerade blühte, tief unten zwischen seinen Wurzeln lag das Silber. Das wenige von Wert, was Lilo und Karl Jensen besessen hatten: Geschenke reicherer Verwandter zu ihrer Hochzeit, zur Geburt eines Kindes, Barbara hätte das Silber gern betrachtet.

Sie hätte es gern ausgegraben, berührt, dann den Wurzeln des Baumes zurückgegeben, natürlich war daran gar nicht zu denken. Über dem Silber wuchs Kohl, Salat. Barbara, Marie und Lilo konnten nicht in den Garten hineingehen. Der Schuppen war da, aber unbetretbar. Der Baum rauschte und blühte, hinter dem Zaun, alles war unerreichbar, für immer. Die Zeit war ja nicht vergangen, sondern abgerissen. Sie war ausgefranst, wie das Ende eines zerfetzten Stricks, den Barbara in der Hand hielt, Barbara ist im letzten Jahr noch einmal in Danzig gewesen.

Wieder standen sie vor dem Haus, die drei Generationen von Jaschke-Abkömmlingen: Marie, Barbara und Sarah diesmal, das Haus war inzwischen frisch renoviert. Es war grün gestrichen: ein fremdes Haus, Barbara hat ihre Mutter in seinem Eingang fotografiert.

Marie sah klein aus, im Sucher der Kamera. Sie wußte nicht recht wohin mit den Händen. Faltete sie, löste sie wieder, danach gingen sie nach hinten zum Garten,

Wo ist der Schuppen? fragte Sarah. Wo ist der Baum? Mama, du hast gesagt, da wäre ein Baum,

Der Schuppen war weg. Der Baum war gefällt worden oder vielleicht abgestorben, hatte man auch das Silber gefunden? Das Silber unter den Wurzeln des Baums, überall in den Gärten war Silber vergraben. Überall hatten die Fliehenden in den letzten Tagen des Kriegs verscharrt, was sie nicht mitnehmen konnten.

Die Frauen waren aus den Kellern gekommen, in der Stille zwischen zwei Angriffen, hatten einander die Spaten geliehen, was wäre zum Vorschein gekommen, wenn man Garten für Garten aufgegraben hätte, um der Erde zu entreißen, was die Fliehenden in ihr zurückgelassen hatten?

Tischuhren, Teekannen, Silberrahmen. Kinderbestecke mit Initialen und Datum, eingraviert in geschwungener Schrift.

MJ
6.3.1930

Und hatten die Frauen wirklich gehofft, eines Tages hierher zurückzukehren? Die Toten, die Überlebenden, die Flüchtlinge jenes Winters, jener Vorfrühlingstage 1945: Hatten sie ernsthaft geglaubt, eines Tages ihr Gepäck wieder abzustellen, in der Küche ihrer alten Wohnung? Sich aufzurichten, Atem zu schöpfen. Die Hände in die Hüften zu stützen, sich umzusehen, nach dem weiten Weg. Dann die Fenster zu öffnen. Die Schubladen und Schränke zu öffnen und auszuwischen, die Koffer auszupakken, schließlich in die Gärten hinunterzugehen und das Familiensilber wieder auszugraben, Barbara tritt jetzt zwischen den Gärten der Kleingartenkolonie hervor.

Sie ist wieder auf der Straße, in Neuenburg-Nord. Wenn sie dieser Straße folgt, wird sie nach der nächsten Biegung ihre Hecke sehen, dann den Giebel ihres Hauses, Barbara geht an einem Jägerzaun vorbei, einem Friesenzaun. Sie sieht die Hecke, den Giebel. Sie überquert die Straße. Sie geht an ihrer Hecke entlang: die sehr dicht geworden ist, im Laufe der Zeit, viele der Sträucher hat Barbara selbst gepflanzt.

Kolkwitzien, Deutzien, Heckenrosen, Pfeifensträucher, natürlich hat sich mit den Jahren auch eine Menge Wildwuchs angesiedelt. Holunder, Hartriegel. Haselnußsträucher, gesprossen aus den vergessenen Wintervorräten längst verstorbener Eichhörnchen. Ahorn- und Ebereschenschößlinge: Zuwanderer von den Feldern, Wäldern und Wiesen, die hier früher einmal waren und deren letzte Überlebende in Barbaras Hecke Wurzeln geschlagen haben, Barbara stößt das Tor zu ihrem Garten auf.

Der große Walnußbaum in der Mitte steht noch immer im vollen Laub des Sommers. An einem der Seitenäste baumelt Sarahs Kinderschaukel. Die Stricke sind morsch, das Sitzbrett verwittert, Barbara hätte die Schaukel schon längst abgenommen. Aber Sarah möchte, daß sie bleibt.

Sie möchte, daß alles so bleibt, wie es ist. Ihr Elternhaus soll sich so wenig verändern wie eine Fliege in einem Stück Bernstein: während Sarah selbst geht, zurückkehrt und wieder weggeht.

Während Barbara für immer hierbleiben soll: ein schützender Hafen, für Sarahs immer von neuem auslaufendes Boot, Barbara schließt die Tür zum Hauswirtschaftsraum auf. Sie zieht ihre Schuhe aus, stellt sie auf die schwarze Plastikmatte unter dem Waschbecken, neben der Waschmaschine stehen drei nagelneue Wäschekörbe. Ein roter von Sarah. Ein blauer von Gernot. Ein grüner, den sie sich selbst gekauft hat.

Gerda Siebeck steht in ihrem Bad. Es ist ein schönes Bad: Holger hat es ganz neu herrichten lassen, bevor sie hier eingezogen sind. Die Fliesen sind weiß, die Dusche hat einen Glasspritzschutz. Der Handtuchhalter ist heizbar. Das Fenster steht offen. Sie blickt über das Tal zu den Weinbergen auf der anderen Seite hinüber, der Himmel darüber ist weich und grau. Ein leichter Regen fällt. Es ist sehr still. Gerda kann die Tropfen auf den Blättern der Kastanie draußen im Garten knistern hören, wie Funken im Kamin. Aber die Luft ist mild, trotz des Regens. Der Hauch einer ersten herbstlichen Schärfe, der sich in ihr verbirgt, ist noch kaum spürbar, schwach wie eine Zukunftsahnung, Gerda beugt sich zum Spiegel vor und zieht ihre Brauen mit einem grauen Augenbrauenstift nach.

Sie bemalt sorgsam ihre Lippen, mit einem altrosa Lippenstift. Dann steckt sie die Schminksachen in ihr Kulturtäschchen und zieht den Reißverschluß zu. So. Fertig. Nur noch dieses Kulturtäschchen muß in den kleinen Übernachtungskoffer gepackt werden, den Gerda mit nach Neuenburg nehmen will: Und morgen wandert das Kulturtäschchen dann in den großen Reisekoffer, der für Danzig bestimmt ist.

Jedenfalls, wenn Holger seiner Frau nicht in letzter Minute einen Strich durch die Rechnung macht.

Wenn er nicht noch vorher krank wird. Wenn er nicht etwas ausbrütet: ein gräßliches Monster, das Gerda erst von Barbaras Silberhochzeit fernhalten und ihr dann Danzig vor der Nase wegschnappen wird, Holger ist vorhin nach dem Frühstück auf die Toilette gegangen und dann endlos lange dort geblieben. Gerda ist schließlich aufgestanden, um nach ihm zu sehen. Die Toilette war abgeschlossen, was Gerda einigermaßen überrascht hat, nach beinahe fünfzig Jahren Ehe, sie hat durch die Tür gerufen.

Holger? Hallo? Bist du da drin? Ist alles in Ordnung?

Von drinnen war halbverständliches Gebrummel zu hören: Es sei alles bestens, alles in Ordnung. Aber als Holger endlich wieder in die Küche zurückkam, sah er nicht danach aus. Er war sehr blaß. Er hat etwas von Durchfall gesagt, von Erbrechen. Konnte es vielleicht eine Magenverstimmung sein? Konnte es sein, daß etwas mit der Gänseleberpastete vom Vorabend nicht in Ordnung gewesen war? Aber Holger hat Gerda nicht in die Augen gesehen. Er hat gesagt, daß er sich müde fühlt, und dann ist er nach oben gegangen und hat sich wieder ins Bett gelegt, natürlich, wenn es Holger wirklich schlechtgeht, dann muß alles andere zurückstehen.

Das ist klar. Das versteht sich von selbst. Wenn Holger tatsächlich krank ist, dann hat das absolute Priorität, Gerda tritt aus dem Bad in den kleinen Flur.

An der Garderobe hängt das Kleid, das sie am Abend anziehen will. Es ist ganz neu. Sie hat es noch kein einziges Mal angehabt. Und sie hat es nicht etwa mitgehen lassen. Das ging leider nicht: Das Kleid war mit so einem Piepsdings gesichert, das man nicht entfernen kann, ohne Alarm auszulösen und ein großes Loch in den Stoff zu reißen, Gerda hat dieses Kleid also ganz regulär an der Kasse bezahlt. Es ist sehr schick. Es war teuer: Kleid mit passender Jacke, dunkelblau mit weißgepaspeltem Kragen, Holger wird ihr doch nicht wirklich in letzter Minute alles verderben?

Es ist alles gepackt! Der Karton mit der Hochzeitszeitung steht auf dem Rücksitz. Die Vogelhäuschen für die Kinder sind im Kofferraum, zusammen mit dem Zubehör für die Partyspiele, freilich, es gibt Leute, die solche Spiele albern finden. Aber Gerda lacht nun einmal gern, was soll daran falsch sein? Sie liebt Feste, sie ist gern gesellig, früher in Danzig kam die Familie so oft zusammen! Sie waren nie weniger als dreißig, zu Weihnachten bei Oma Jaschke, und das war nur der engste Familienkreis: Und könnte Gerda nachher zur Not auch allein zu der Silberhochzeit fahren?

Aber das geht natürlich nicht. Das ist ein unwürdiger Gedanke, bei dem Gerda sich nicht einmal selbst ertappen möchte. Entweder geht es Holger besser, und sie fahren gemeinsam, oder Gerda bleibt ebenfalls zu Hause. Holgers Gesundheit geht selbstverständlich vor, Gerda geht über den Flur, Richtung Schlafzimmer.

Davor hält sie inne. Es ist nichts zu hören. Gerda öffnet vorsichtig die Tür. Die beiden Reisekoffer für Danzig stehen unter dem Fenster, neben dem kleinen Übernachtungskoffer für Neuenburg. Unter der Decke des Doppelbetts liegt Holger.

Gerda kann seine Umrisse ausmachen. Er hat sich die Decke über den Kopf gezogen. Er regt sich nicht. Er scheint tatsächlich zu schlafen, Gerda macht ein paar Schritte ins Schlafzimmer. Holger bewegt sich noch immer nicht. Gerda tritt ans Bett. Sie beugt sich über ihren Mann, Holger hat die Augen geschlossen. Seine Lider zucken, kaum wahrnehmbar,

»Holger?« flüstert Gerda.

Sie flüstert so leise, daß er nicht unbedingt antworten muß. Daß er damit anfangen kann, was er will: Er muß ihre Stimme nicht unbedingt gehört haben, falls er lieber schlafen möchte, Gerda steht noch einen Moment vor dem Bett. Dann legt sie ihr Kulturtäschchen auf den Übernachtungskoffer und geht hinaus: vielleicht nicht ganz so leise, wie sie hereingekommen ist, sie schließt die Tür hinter sich.

Sie durchquert den Flur. Geht die Treppe hinunter, in ihre Küche, der Regen vor dem Küchenfenster ist fein und silbrig. Er überpudert die Scheibe, wie wäßriger Staub, der Staub formt sich zu Tropfen. Die Tropfen vereinigen sich zu Rinnsalen, laufen dann an den Scheiben herunter, Gerda sieht zu, ohne es wirklich zu sehen. Sie überlegt, ob sie jemanden anrufen soll. Ihre Tochter Elisa vielleicht, um sie zu warnen, daß etwas mit ihrem Vater nicht stimmt? Daß sie vielleicht nicht kommen werden, weder zu ihr noch zur Silberhochzeit der Lehmanns, weil Holger ihnen allen einen Strich durch die Rechnung macht: Aber das wäre voreilig. Vielleicht erholt er sich ja doch noch.

Vielleicht nimmt alles ein gutes Ende, auf dem Tisch stehen noch die Überreste des Frühstücks. Gerda räumt den Käse in den Kühlschrank, die Teller in den Geschirrspüler. Dann will sie den Geschirrspüler einschalten: Aber das hat natürlich gar keinen Zweck. Das Spülmittel ist ja nach wie vor alle.

Elisa, Rosalie und Rosalies Hund Santos sind auf dem Weg zum Wilhelmsturm. Der Pfad ist düster: Er führt steil bergan, zwischen hohen dichten Hecken hindurch, die sich über dem Weg miteinander vereinigen, so daß man wie durch einen Tunnel geht, erst oben auf der Hügelkuppe windet sich der Weg zwischen den Hecken hervor.

Mit einem Schlag ist das Licht da, als hätte jemand es angeknipst. Als wäre eine Tür aufgestoßen worden: hinter der die flachen Äcker und Wiesen nach allen Seiten in die Weite zu fliegen scheinen, weiter drüben weist eine schmale Allee über die Hügelkuppe hinweg in die Ferne, wie ein deutender Finger. Das Licht unter den Alleebäumen sickert grüngolden durch das Laub, dickflüssig wie Olivenöl, alles in der Nähe ist golden: das Laub, die Stoppelfelder. Die Mauern der Burg, auf der anderen Seite des kleinen Tales, in der klaren Luft haben sie nichts Verwittertes, vom Alter Verwaschenes. Jedes Detail an ihnen ist so deutlich und scharf, als wäre die Burg neu.

Als wäre sie in der Zeit zurückgewandert und nun wieder in ihrer eigenen angekommen, damals vor tausend Jahren, als Festungen noch Schutz bieten konnten vor den Gefahren der Welt. Von den Wällen bis hinunter zur Stadt zieht sich der Park, dessen Laubdach im Sommer die Dächer der Gründerzeithäuser und Villen am Burgberg verhüllt. Aber in ein paar Wochen, wenn die Blätter gefallen sind, kann man sie nackt am Hang liegen sehen. Dann kann man sie alle von hier aus betrachten: die weiße Jugendstilvilla der Schillers, das riesige alte Backsteinhaus der Manhardts. Den häßlichen Siebziger-Jahre-Bungalow der von Schmackers. Und auch das Perlingsche Anwesen, obwohl es sich zur Straße zu hinter einer drei Meter hohen Sandsteinmauer verbirgt, Elisas Blick schweift weiter. Jenseits ihrer Hügelkuppe, weit draußen rund um den Horizont liegt eine noch entferntere Zeit als die, zu der die Festung gehört.

Es ist, als wäre man in zwei Welten zugleich: Auf der Hügelkuppe ist alles golden. In der Ferne ist alles blau. Es sind milchige Schichten aus Blau, in denen die Hügel schwimmen und die dünner und dünner werden, je weiter sie sich am Horizont verlieren, undeutlich und leuchtend zugleich wie eine alte, halb vergessene Liebesgeschichte oder die Zukunft eines Glückskinds, früher fand Elisa die Gegend hier gräßlich.

Zahm. Bedeutungslos, unerträglich langweilig, sie sehnte sich nach dem Hochgebirge. Sie sehnte sich nach der Eiswüste, der Savanne, dem Dschungel, den Slums einer Großstadt: nach Drama und Abenteuern und starken Gefühlen, warum hatte sie ausgerechnet hier geboren werden müssen, in diesem banalen Hügelland? Hätte sie nicht von der Insel Mauritius stammen können oder aus Alaska? Aus Los Angeles oder Weißrußland oder Namibia. Oder wenigstens aus Danzig, so wie alle anderen in ihrer Familie?

Wie ihre Eltern, ihre Tante Marie, wie Oma Lilo und Opa Karl und alle Großtanten und Großonkel, Danzig war zumindest eine Großstadt. Und es lag am Meer.

Das sagte Elisas Mutter. An einem Meer mit Sand und Brandung und dem Geschrei von Möwen. Mit einem großen Hafen, von dem aus Schiffe in alle Welt fuhren, Elisas Vater sagte, Danzig sei eine Freie Stadt gewesen.

Das beeindruckte Elisa. Sie wäre sehr gern aus einer Freien Stadt gekommen, was immer das heißen mochte. Aber natürlich begriff sie bald, daß die Eltern, Tanten und Onkel von etwas sprachen, das es in Wirklichkeit gar nicht gab.

Danzig, Brösen, Oliva und alles andere: Es mochte wohl sein, daß diese Orte einst existiert hatten. Aber nun waren sie jedenfalls verloren. Waren untergegangen, wie Mesopotamien oder das Inkareich. Oder vielleicht waren sie nicht untergegangen: Aber sie waren jedenfalls unbetretbar geworden, unwiederbringlich in den Nebeln entschwunden wie das verborgene Reich der märchenhaften Insel Avalon, Elisa würde das Land also nie sehen, aus dem ihre Familie stammte.

Das Land hinter dem Vorhang: der aus Eisen war, wie ihre Mutter sagte, ganz und gar undurchdringlich, nun, da ließ sich also nichts machen.

Unter diesen Umständen würde Elisa eben ohne Heimat zurechtkommen müssen. Das war weiter auch kein Problem. Wozu brauchte man eine Heimat? Elisa würde eine Weltbürgerin werden, die sich überall zu Hause fühlte: nur nicht in Neuenburg.

Neuenburg war schlicht und einfach nicht akzeptabel. In Neuenburg gab es gar nichts: keinen Hafen, keine Freiheit, in Neuenburg gab es noch nicht einmal ein Meer. Nicht einmal einen anständigen See, allenfalls ein paar Karpfenteiche: und die Hügel natürlich.

Die flachen Ketten der Hügel, zwischen der Kuppe des Wilhelmsbergs und der Unendlichkeit, über denen sich der Dunst nun allmählich zu lichten beginnt, erste Details werden darunter erkennbar, wie Einzelheiten von Feenreichen tief unter dem Meeresspiegel. Ein Weg, der weiß aufblitzt, in der Morgensonne. Ein Hausdach, wie eine Insel im Dunst. Eine Baumreihe, zart, schwarz und deutlich wie eine Federzeichnung, Elisa ist sechzehn Jahre lang fortgewesen.

Wenn jemand sie fragt, wo sie in dieser Zeit gelebt hat, dann muß sie sich erst eine Weile besinnen. Und dann antwortet sie gern mit einem Zitat und mit einer gewissen Koketterie. Sie ist dort gewesen, wo die bösen Mädchen hinkommen, während die guten ja bekanntlich im Himmel landen: überall.

Und das ist wahr. Elisa war wohl kein gutes Mädchen. Sie ist jedenfalls nicht nur im Himmel gewesen, während ihrer Wanderjahre. Dennoch war ihre Rückkehr nach Neuenburg nur als Atempause geplant, als Rast, auf einer langen Reise, Santos bellt.

Er jagt neben Rosalie her, die ein paar Meter weiter drüben, parallel zu Elisa, über die Wiese galoppiert, weil sie ein Pferd namens Silberstern ist, der Name ist nicht unpassend. In der Morgensonne leuchtet ihr Haar beinahe weiß. Es ist nicht Elisas Haar, sondern das Kinderhaar ihrer Mutter Püppi: auch wenn Elisa ihre Tochter nach sich selbst benannt hat.

Unabsichtlich, natürlich. Es war Paul, der sie darauf aufmerksam gemacht hat: Wenn man das R und das O von Rosalie wegläßt, bestehen ihrer beider Namen aus denselben Buchstaben, seitdem sind Elisa eine Menge solcher Namensgebungen aufgefallen. Eine Katharina, die ihre Tochter Katja, eine Sonja, die die ihre Sophie nennt. Eine Elvira mit einer kleinen Evelin. Eva und Mirva, versuchen die Mütter unwissentlich, ihre Töchter nach ihrem eigenen Bild zu formen? Es ist vielleicht eine Art schlimmer Versuchung: obgleich Rosalie selbst sich über jede Ähnlichkeit mit ihrer Mutter freut. Wenn sie einen Leberfleck auf ihrer rechten Schulter entdeckt, muß sie sofort nachsehen, ob Elisa dort auch einen hat. Wenn Elisa etwas sagt, vertritt Rosalie diese Behauptung selbst noch, wenn sie ganz offensichtlich falsch ist. Elisa muß aufpassen: Was sie einmal gesagt hat, stimmt. Nicht einmal Elisa selbst hat dann mehr das Recht, sich zu korrigieren,

Mama! Du hast das aber gesagt!

Die Allee beginnt sich wieder ins Tal zu winden, auf der anderen Seite des Hügels. Rosalie Silberstern galoppiert auf ihre Mutter zu, gefolgt von ihrem Hund. Sie zerrt am rechten Ärmel ihres Pullovers,

»Mama! Der Omapullover kratzt.«

»Wieso denn«, sagt Elisa. »Auf einmal? Den hast du schon seit Monaten. Der kann doch nicht plötzlich zu kratzen anfangen«,

»Doch«, sagt Rosalie. Sie zerrt am linken Ärmel. »Ich zieh diesen blöden Pullover jetzt aus.«

»Gut«, sagt Elisa. »Okay. Aber nachher ziehst du ihn wieder an. Wenigstens am Anfang. Wenigstens, bis du die Oma begrüßt hast. Die Oma hat sich solche Mühe damit gegeben«,

Rosalie antwortet nicht. Sie hat sich der kratzigen Umarmung des Omapullovers entwunden, hält ihn ihrer Mutter hin, dann galoppiert sie wieder davon. Elisa legt sich den Pullover um die Schultern. Um den Hals hat sie bereits Santos' Leine. In der linken Tasche hat sie Rosalies Trinkflasche, in der rechten Santos' Hundekuchen und das Plastikpferd, das Goldmähne heißt und das Rosalie unbedingt mitnehmen wollte, es hat einst Zeiten gegeben, da konnte Elisa mit leeren Händen und Taschen herumlaufen!

Da paßten all ihre weltlichen Besitztümer in einen alten Kombi, und wenn sie zum Baden ging, nahm sie ein Handtuch und Sonnenmilch mit statt fünf Badelaken, eine Badetasche, einen kleinen Sonnenschirm, einen großen Cooler, einen Windschutz, eine Decke, einen aufblasbaren Riesendelphin, ein aufblasbares Gummiboot, eine aufblasbare Luftmatratze und eine Pumpe zum Aufblasen alles Aufblasbaren, manchmal wünscht Elisa sich die Besitzlosigkeit zurück. Jeder Gegenstand ist eine Belastung. Es wäre eine Befreiung, nur noch über das Allernotwendigste zu verfügen. Kamera, Zahnbürste. Turnschuhe, Hose und Hemd. Matte, Decke, einen Topf, eine Tasse, was braucht der Mensch mehr?

Eine Platin-Kreditkarte natürlich.

Denn es sieht wirklich nicht so aus, als würden die Dinge um Elisa in absehbarer Zeit weniger werden. Nicht jetzt, wo Elsa ein zweites Kind erwartet: Kinder haben ein bodenloses Bedürfnis nach Materiellem. Sie können sich von nichts trennen: nicht von den Möwenfedern, die letzten Sommer am Strand lagen, nicht von dem häßlichen blauen Plüschhasen mit rosa Schleife und Glotzaugen, es ist, als bräuchten sie möglichst viele Dinge, die sie auf dieser Welt festhalten.

Gewicht, das sie hier auf der Erde verankert: Bauklötze,

Lego, Barbiepuppen, Kisten und Kisten voll Playmobilmännchen und Stofftiere vom daumengroßen Mäuschen bis hin zum Schäferhund in Originalgröße, von der Allee geht nun ein Pfad ab.

Der Pfad führt über eine Wiese, die sich bis hinüber zum Fluß erstreckt. Rosalie und Santos sind schon vorausgerannt. Weiter drüben fliegt ein Graureiher auf, mit schwer schlagenden Flügeln. Wovon lebt das Tier nur? Die Frösche und Fische unten am Fluß müßten doch schon längst vergiftet sein, ausgerottet, Rosalie dreht sich nach ihrer Mutter um. Sie ruft, streckt den Arm aus. Elisa winkt zurück. Deutet auch auf den Vogel, um Rosalie zu zeigen, daß sie ihn gesehen hat, einen Moment lang sieht Elisa sich im Spiegel einer Damentoilette in einer Londoner Bar.

Sieht das schöne, betrunkene Gesicht der jungen Fotografin Elisa Siebeck, die Pupillen kokainschwarze Tunnel in wüstes Ödland, ein Chaos wie vor der Erschaffung der Welt, Elisa sieht sich in New York. Sie stand irgendwo in SoHo, vor dem Klamottenladen, über dem sie wohnte, und plötzlich hatte sie die Orientierung verloren.

Es dauerte nicht einmal eine Sekunde: Aber diesen einen winzigen, schwindeligen, übelkeiterregenden Moment lang wußte sie nicht mehr, wo sie war. Wie die Straße hieß, in der sie stand, wo Osten und Westen war. Wo sie überhaupt hinwollte, warum sie hier stand und was sie hier machte, Elisa hat viele solcher Bilder von unterwegs.

Es ist eine ganze Diashow, aufgenommen an wechselnden Orten, eines der letzten dieser Dias zeigt Elisa Siebeck, die Gattin des erfolgreichen Geschäftsmannes Martin Stein, in der prächtigen Küche ihres prächtigen Hauses mitten im Oslofjord, reglos auf einem Küchenstuhl, mit der winzigen Rosalie auf dem Arm, in der eisigen Düsternis eines norwegischen Novembernachmittags: der nicht enden wollte, niemals mehr enden würde, Elisa auf der Wiese am Fuße des Wilhelmsberges beginnt zu laufen.

Sie läuft über die Wiese zum Fluß hinunter. Läuft ihrer Tochter und ihrem Hund entgegen, ruft ihnen zu, das Wasser des Flusses ist immer noch niedrig, nach der Sommerhitze. Zwischen den Silberweiden und Bruchweiden am Ufer haben sich Plastikflaschen und Plastiktüten verfangen. Dazwischen sammelt sich gelber Schaum: Die dahinsiechende Industrie der Gegend verseucht noch schnell soviel Natur wie möglich, bevor sie endgültig vor die Hunde geht oder vollends gen Osten abwandert. Zwischen Büscheln wilder Sonnenblumen blühen mannshohe Stauden in rosiger Pracht. Eingeschlepptes Unkraut, das sich wild vermehrt, sich gegen jede Domestizierung wehrt, indem es erbärmlich stinkt, wenn man es pflückt: Und bald werden die Blätter fallen, und es wird frieren.

Dann werden sich in den Feldern lauter neue Wege auftun. Wenn Ferne und Nähe im Weiß der Winterdämmerung und des Frosts verschwimmen, wenn der Boden hart wird wie eine Trommel, unter galoppierenden Hundepfoten, wenn Rosalies gerötete Hände sich am Reißverschluß der Anoraktaschen schmerzhaft aufreiben, dann wird der weiche, krümelige Boden zwischen den Äckern begehbar. Jede Jahreszeit hat ihre eigenen Wege. Wenn der Frost den Boden verschließt, öffnet er die Feldraine: schmale Wiesenstreifen, tischtuchgroße Wiesenquadrate, die im Sommer unsichtbar zwischen den Ähren liegen und im Herbst zu sumpfig zum Betreten sind. Und wenn der nächste Frühling kommt, wird all dies verschwinden.

Dann wird hier eine Autobahn gebaut. Eine weitere Autobahn, die den Südwesten Deutschlands mit dem Osten verbinden und die Infrastruktur verbessern soll, damit die Firmen, die ihre Produktion irgendwohin an die russische Grenze verlegt haben, ihre Waren auch wieder zurück in den Westen karren können, die Neuenburger freuen sich auf die Autobahn. Diejenigen Neuenburger, die irgendwo weit weg von Neuenburg endlich wieder einen Job gefunden haben, können am Wochenende nun schneller heimkommen. Und wer noch immer in Neuenburg lebt, kann am Wochenende schneller irgendwo hinfahren, wo es keine Autobahn gibt.

Wo noch nicht alles zubetoniert ist bis auf ein paar kleine Enklaven wie dieses Stückchen Wiese am Flußufer, über das Santos jetzt stürmt, mit einer rostigen Bierbüchse im Maul, nein, dies ist wahrlich nicht die Riviera oder die Costa del Sol. Dies ist eine Wiese an einem verschmutzten Fluß, mit einem Fischreiher, Sonnenblumen, Elisa sieht ihre Tochter sich bücken und einen Stock ins Wasser schleudern. Der Hund springt hinterher, mit einem riesigen Satz. Wasser schäumt auf. Rosalie jubelt,

»Mama! Hast du gesehen? Ist Santos nicht toll? Haben wir es nicht schön hier, Mama«,

»Ja«, ruft Elisa zurück, »wunderschön«,

Der Hund nimmt das Flußufer mit zwei Sätzen. Schüttelt sich, tropfensprühend wie ein Rasensprenger. Stürmt Elisa entgegen, läßt den Stock vor ihr auf die Wiese fallen, Elisa hebt den Stock wieder auf. Sie schleudert ihn weit hinaus in den Fluß. Der Hund fliegt hinterher, noch bevor der Stock das Wasser berührt hat,

»Mama!« ruft Rosalie, »sind wir nicht glücklich? Ach, heute ist so ein wunderschöner Tag. Wirklich, Mama! Heute ist der wunderschönste Tag, in meinem ganzen Leben.«

Harry wacht auf, unter der Decke auf Mopps Sofa. Er hält die Augen noch geschlossen. Bleibt ganz still liegen, genießt den Moment, in Berlin verzichtet Harry manchmal darauf, überhaupt aufzustehen. An manchen Tagen kann er nicht aufstehen, beim besten Willen nicht, selbst wenn er wollte, etwas ist grundlegend schiefgelaufen, in Harrys Leben. Harry lebt allein, und das wollte er nie. Schon als Teenager hat er davon geträumt, mit DER FRAU zusammenzuleben. Mit ihr eine Familie zu gründen, eine große Familie, in deren Mittelpunkt er selbst stehen würde, von allen anerkannt, bewundert, geliebt, respektiert: Aber das Leben hat Harry übel mitgespielt. Es ist alles anders gekommen, und nun hat ihn sogar Kob verlassen, Harry schiebt den Gedanken weg. Er denkt an Mopp in der Küche. Mopp hat bestimmt schon für sie beide Frühstück gemacht. Gleich wird Harry aufstehen, in die Küche gehen, sie werden im Stehen zusammen Kaffee trinken. Sie werden Brötchen schmieren, über dies und das reden: den Tag planen, über einen Witz lachen, Harry kann den Duft des Kaffees riechen, bis ins Wohnzimmer. Er streckt sich, gähnt. Setzt sich auf. Schwingt die Beine vom Sofa. Angelt nach seiner Jeans, zieht sich an, geht dann barfüßig in die Küche, die Küche ist leer.

»Mopp?«

Niemand antwortet. Auf dem Küchenbüfett liegt ein Zettel, von einem Schlüssel beschwert,

Guten Morgen, Harry! Ich fahre jetzt los, zu Sigrid. Bin so gegen 16.00 Uhr zurück. Kaffee ist fertig, bedien dich mit Frühstück,

Bis später,

Mopp

Harry unterdrückt einen Fluch.

Der Kaffee in der Kanne der Kaffeemaschine ist dickflüssig wie Teer und schmeckt auch ungefähr so. Mopp muß ihn schon vor Stunden aufgebrüht haben. Harry schaltet die Maschine aus. Gießt den Kaffee weg, holt Milch aus dem Kühlschrank, dann wandert er durch die Küche.

Betrachtet die vertrauten Bilder: Sigrid mit dem Afrikaner, seinen beiden Söhnen. Harrys Großmutter Lilo und ihre Kinder, am Strand in Brösen. Harrys Großvater Karl Jensen, im Obstgarten. Harrys Tochter Julia: die heute abend aus Berlin kommen wird, zur Silberhochzeit der Lehmanns, Harry stellt sein Milchglas in die Spüle.

Dann geht er zurück ins Wohnzimmer und schaltet den CD-Spieler an. Peter Tosh erklärt, daß er bereit wäre, Marihuana zu bewerben, wenn es denn endlich legalisiert würde. Harry läßt sich auf das Bettzeug fallen, das noch immer auf dem Sofa liegt, und dreht sich einen Joint.

Mopp fährt auf einer Landstraße nach Nordosten. Er fährt schon seit einer ganzen Weile. Er hat bereits einen langen Tag hinter sich: Er hat die Küche aufgeräumt, den Komposthaufen für den Nachbarn zusammengebaut, Mopp hat das Radio eingeschaltet. Aber der Empfang ist miserabel, in dieser gottverlassenen Gegend. Mopp muß alle paar Kurven den Sender wechseln. Offenbar haben die Radiowellen noch nicht mitbekommen, daß die Mauer gefallen ist: Früher war hier auf drei Seiten Grenze, Mopp hört immer abwechselnd West und Ost, Ost und West. Die Bäume links und rechts der Straße sind lückenhaft, wie ein ruiniertes Gebiß.

Das liegt daran, daß er nur noch die moralisch integeren Bäume stehen. Die bösartigen sind einer nach dem anderen gefällt worden. Die schuldbeladenen Bäume: die irgendwann aus heiterem Himmel ihren Standort verlassen und sich perfiderweise mitten auf die Fahrbahn begeben haben, nur damit der nächste angetrunkene, vor Langeweile und Lebensdurst halb verrückte Jugendliche mit 160 Sachen gegen ihren Stamm donnert, Mopp versucht sich darauf einzustellen, daß er jetzt gleich Sigrid sehen wird.

Das ist nicht ganz einfach. Sigrid und Mopp kennen einander schon so lange. Sie waren sich so nah, und nun sind sie einander fern. Nun weiß Mopp nie mehr genau, wen er treffen wird, wenn er die Tür zu Sigrids Garten aufstößt, kennengelernt haben sie einander vor über dreißig Jahren bei Freunden.

Es war eine Art Abschiedsessen: das erste von vielen, das man für ihn gab, Mopp hatte sich gerade als Entwicklungshelfer verpflichtet. Er war jung. Er wollte fort aus Deutschland, hinaus in die Welt. Er wollte in seinem Leben etwas Sinnvolles tun: einem armen Land helfen, auf die Beine zu kommen,

Das kann doch nicht so schwer sein, sagte Mopp zu Sigrid. Ich bin am Ende des Kriegs geboren worden, mitten in die Ruinen hinein. Die Leute hungerten, die Leute froren. Es ging ihnen genauso schlecht wie heute den Menschen in Afrika. Und nun bin ich noch nicht mal dreißig, und es geht uns so gut. Also. Es geht. Man kann die Armut besiegen, binnen einer einzigen Generation,

Sigrid stimmte ihm zu. Mopp gefiel ihr. Sie war begeistert, von Mopp und von Mopps Idealismus, dies war zweifellos Aufgabe der Deutschen: die Fackel weiterzureichen.

Anderen zu helfen: so wie man ihnen selbst geholfen hatte,

Mopp, unterwegs zu Sigrid auf der hochmoralischen Landstraße, erinnert sich an einen Staudammbau, für den drei kleine Städte und zwanzig Dörfer vom Erdboden verschwinden mußten, und am Ende lief der Stausee niemals voll, weil man die seit hundert Jahren periodisch wiederkehrenden Dürreperioden offenbar übersehen hatte. Er erinnert sich an die Lastwagenfabrik inmitten von Hirsefeldern, die die Bäuerinnen mit der Hacke bearbeiteten: wo es nicht einmal eine Straße gab, auf der die fertigen LKWs zu möglichen Käufern hätten fahren können. Wie war so etwas überhaupt möglich? Wie hatte dergleichen geschehen können?

Es war nicht zu begreifen. Es mußte an den Afrikanern liegen: Die Europäer und die Amerikaner hatten schließlich die Erfahrungen des europäischen Wiederaufbaus.

Sie hatten bewiesen, daß sie die richtigen Lösungen hatten: Sie hatten die europäische Schwerindustrie auf die Beine gestellt, die Landwirtschaft modernisiert, die Amerikaner hatten ja extra die Weltbank und den Internationalen Währungsfonds gegründet, um dem zerstörten Europa zu helfen. Und deren Programme waren immerhin so erfolgreich gewesen, daß sie sich selbst damit um ein Haar überflüssig gemacht hatten.

Sie hatten sich dringend nach einem neuen Aufgabenfeld umsehen müssen, um ihre weitere Existenzberechtigung zu beweisen. Also hatten sie sich dem Aufbau der Entwicklungsländer zugewandt. Über sämtliche dafür nötige Lösungen verfügten sie ja bereits. Nun würde es sicher ein leichtes sein, die dazu passenden afrikanischen oder asiatischen Probleme zu finden: wobei man allerdings diesmal darauf achten würde, nie wieder so effizient zu sein, daß man sich selbst damit unnötig machte, Mopp in seinem Auto muß schon wieder den Radiosender wechseln.

Diesmal liest eine nuschelnde Frauenstimme Gedichte für Kinder,

»Der Hase
mit der blauen Nase«,

Mopp biegt von der Landstraße ab. Fährt zwischen Getreidefeldern hindurch, auf dem Weg zu seiner Frau Sigrid, er erinnert sich daran, wie er Sigrid kennengelernt hat. Wie verliebt sie ineinander waren. Wie verzweifelt er selbst darüber war, daß er in wenigen Wochen Sigrid wieder verlassen und nach Afrika gehen sollte, Sigrid lachte.

Sie konnte ja mitkommen, sagte sie. Nein, im Ernst. Das war doch überhaupt kein Problem. Sie legte wirklich keinerlei Wert darauf, hinter ihrem Sekretärinnenschreibtisch bei Perling zu vermodern. Wenn Mopp wollte, würde sie ihn begleiten. Sie würde mit ihm nach Afrika kommen: reisen, die Welt sehen und sie zugleich retten, sie heirateten unmittelbar vor dem Abflug.

Das Land, in das man sie geschickt hatte, war klimatisch angenehm, politisch ruhig. Sie wurden am Flughafen abgeholt, von einem Mitarbeiter der Organisation und einem einheimischen Fahrer.

Es war später Nachmittag. Die Hitze war enorm, brütend und dumpf wie der Bauch einer Henne im Nest. Das Stadtzentrum erinnerte Mopp an die ärmeren Viertel englischer Großstädte. Dahinter kamen Reihen und Reihen kleiner würfelförmiger Häuschen, an kahlen Straßen. Dann ließen sie die Stadt hinter sich.

Fuhren hinaus in die Savanne, hinein in die rasche afrikanische Nacht, der Mitarbeiter der Organisation vorn auf dem Beifahrersitz redete, erklärte. Der Fahrer schwieg. Er hatte ein schmales Gesicht mit schwarz tätowierten Lippen, einem schwarzroten Punktmuster auf der Stirn und den Wangen, Mopp und Sigrid im Fond sahen links und rechts aus den Fenstern. Sie hielten sich an den Händen.

Hielten sich aneinander fest, schwindlig vor Aufregung, die schon fast Glück war, dann sahen sie die ersten Herden, scharf umrissen und schwarz vor dem glühenden Himmel. Der Fahrer am Steuer des Jeeps hob die Hand vom Lenkrad. Aswads Vater: Er deutete nach Norden, wo in der Ferne ein Felsen einsam aus der Ebene emporwuchs,

See? sagte er. Lobo. *This is called Lobo*,

Lobo, sagte Sigrid.

Sie lächelte, während Aswads Vater die Bedeutung des Wortes erklärte. Wiederholte dann den Namen des Felsens noch einmal: Lobo, fortan nannten sie die gesamte Nordwestprovinz so, wenn sie unter sich waren, zur Erinnerung an Aswads Vater und an diesen ersten Moment.

Das Land, zu dem die Provinz von Lobo gehörte, trug einen weitaus hochtrabenderen Namen. Es war ein hochoffizieller Titel, bei dem Adjektive wie »frei« und »demokratisch« dem zentralen Wort »Republik« heiter voraustanzten wie Kinder dem Prinzenpaar beim Faschingsumzug, der Oberst hatte sich den Namen selbst ausgedacht. Er war von der ehemaligen Kolonialmacht eingesetzt worden, bald nach der blutig erkämpften Unabhängigkeit. Vor seinem Amtsantritt hatte es für kurze Zeit auch einmal einen freigewählten Premier gegeben. Aber der hatte bedauerlicherweise Selbstmord begangen.

Oder wie sonst sollte man es nennen, wenn ein frischgebakkenes Staatsoberhaupt mitten im Kalten Krieg ganz offen nicht nur politische, sondern auch Bündnisfreiheit forderte und zudem noch etwas gegen die wirtschaftliche Einflußnahme der ehemaligen Kolonialmacht hatte?

Dies waren ganz offensichtlich suizidale Tendenzen. Ein paar geschickte Leute eines ausländischen Geheimdienstes mußten lediglich ein wenig nachhelfen, und schon war Platz für den Oberst geschaffen. Und der Oberst enttäuschte seine Freunde nicht. Er ließ sich eine farbenfrohe Uniform anfertigen und begann zuverlässig mit dem Regieren, gut, er war nicht völlig perfekt.

Hin und wieder ließ er ein paar Untertanen mehr umbringen als wirklich nötig gewesen wäre, das war schon wahr. Auch ging das Gerücht, daß er gelegentlich ihre zarteren Körperteile verzehre, und zwar mariniert und gegrillt und an gebratenen Kochbananen. Aber er stand jedenfalls immer treu zum Westen. Er duldete keinerlei kommunistische Umtriebe in seinem Land. Er hetzte klaglos seine eigenen Leute in den Krieg gegen Nachbarstaaten, die Anstalten machten, ihrerseits treu zum Osten zu stehen. Es lohnte sich wirklich, in ihn zu investieren.

Und die Gelder, die man ihm zum Beispiel für Schulen oder den Aufbau seiner Infrastruktur zur Verfügung stellte, landeten ja schließlich nicht alle auf seinen Schweizer Konten. Hin und wieder sickerte tatsächlich etwas nach unten durch. Es war fast, als bemühte sich der Oberst, ganz nebenbei die schöne Theorie des *trickle down effect* zu beweisen: die bekanntlich besagt, daß man den Armen am besten hilft, wenn man dafür sorgt, daß die Reichen noch mehr verdienen. Irgendwann sind die Reichen dann nämlich so unfaßbar reich, daß sie freiwillig etwas von ihrem Reichtum abgeben, in Form überhöhter Trinkgelder zum Beispiel oder durch die Einstellung eines zweiten Bademeisters für ihre Pool-Landschaft oder indem sie eine westliche Baufirma beauftragen, ihnen ein bescheidenes Domizil in der doppelten Größe des Petersdoms in ihre Hauptstadt zu stellen. Und dann wird allmählich alles in Ordnung kommen. Dann werden die Armen an den Reichen verdienen: Und bis es soweit ist, müssen sie eben noch etwas Geduld aufbringen.

Ganz im Sinne dieses schönen und sozial wohltätigen Effekts besetzte der Oberst alle Ämter des Staates persönlich, und zwar ausschließlich mit Leuten, die das auch von ihm erwarten durften. Das war in seinem Stamm so üblich. Man kümmerte sich um seine Klientel. Schließlich war man auf sie angewiesen. Wer den Leuten nichts zu bieten hatte, der hatte keine Gefolgschaft, und wer keine Gefolgschaft hatte, der hatte keine Macht. Man sorgte also für die Seinen, und die sorgten für die Ihren und immer so weiter, bis der Niagarafall der Gelder tatsächlich irgendwann weit unten ankam, in Form feinsten Sprühregens natürlich und nur bei den richtigen Leuten.

Und das waren die Imalfu nicht.

Die Imalfu waren die falschen Leute. Oder der Oberst war der falsche Mann: Er war kein Imalfu, sondern ein Angehöriger jener seit Menschengedenken im Land ansässigen Bauernstämme, die von den Imalfu zutiefst verachtet wurden, die Imalfu selbst waren Viehzüchter. In Lobo lebten sie als Halbnomaden, die in der regnerischen Jahreszeit ihre Felder bestellten und in der

Trockenzeit mit ihren Herden umherzogen, auf der Suche nach Weideland und allem, was sich transportieren und unterwegs verkaufen ließ, sie waren groß, stolz und schmalnasig. Ursprünglich waren sie aus dem Nordosten eingewandert. Sie waren seit dem zwölften Jahrhundert islamisiert. Auf ihrem langen Zug gen Süden und Westen hatten sie alles darangesetzt, auch die Urbevölkerung zum wahren Glauben zu bekehren, wobei eine der effizientesten Methoden darin bestanden hatte, alle Nichtmuslime zu Sklaven zu machen. Zu Beginn des neunzehnten Jahrhunderts, nach einem kleineren Dschihad, herrschten sie schließlich über ein weitläufiges Reich südwestlich der Sahara.

Dann kamen die europäischen Kolonialmächte. Sie arbeiteten mit den Imalfu zusammen: Zum einen ließ die schmalnasige Eleganz der Imalfu-Gesichter sie fast vergessen, daß sie sich unter Negern befanden, und zum anderen war es natürlich auch einfacher, eine existierende Führungsspitze mit Zugeständnissen und Verhandlungen zur Zusammenarbeit zu bewegen, als das ganze System zu destabilisieren. Die Europäer teilten also das Stammesgebiet der Imalfu untereinander auf. Und als sie sich ein paar Jahrzehnte später wieder verzogen, fanden die Imalfu sich plötzlich nicht mehr in einem, sondern in fünf verschiedenen Ländern wieder, unter anderem in der Republik mit den vielen hübschen Adjektiven.

In der Nordwestprovinz, die Sigrid Lobo nannte, waren sie die größte Bevölkerungsgruppe. Aswads Vater war unter ihnen ein angesehener Mann. Er hatte viele Rinder. Er dichtete, sang. Er arbeitete nicht für die Europäer, die ihn entwickeln wollten: Er tat ihnen lediglich hin und wieder einen Gefallen, den er sich bei Gelegenheit entgelten ließ, Mopp freundete sich schnell mit ihm an.

Mopp, der gekommen war, um den Imalfu das Licht zu bringen wie einst Prometheus den Menschen das Feuer: Er half bei der Elektrifizierung der Dörfer in den Nordwestprovinzen, Aswad war damals zwölf.

Er war der älteste Sohn und begleitete seinen Vater häufig. Er hatte eine gelassene Art, die Mopp beeindruckte: Aber in den Augen der Imalfu war Aswad ja auch kein Kind mehr. Er war ein junger Mann, der in der Trockenzeit schon mit den anderen Männern und dem Vieh herumzog, statt daheim bei den Frauen zu bleiben, einmal nahmen er und sein Vater Mopp zu einem Fest mit. Ein Ochse wurde gebraten, es wurde gesungen, getanzt. Jemand trat hervor und erzählte eine lange Geschichte, aus der Zeit der Wanderungen des Stammes. Zwei Jungen in Aswads Alter schlugen unter den anfeuernden Rufen des Publikums mit Stöcken aufeinander ein, lachend und immer weiter lachend, bis der eine von ihnen zusammenbrach, Aswad lächelte. Er sagte: Er war sehr tapfer. Er hat gewonnen.

Als der Bürgerkrieg anfing, wohnte Mopp schon über zehn Jahre nicht mehr in Lobo, sondern in Neuenburg. Er las in der Zeitung, die Imalfu sträubten sich gegen Bestrebungen, sie zur Seßhaftigkeit zu zwingen: Aber in Wirklichkeit kämpften sie natürlich gegen den Oberst. Gegen die Laus vom Stamm der Sklaven, die sich erdreistete, über Imalfu-Krieger herrschen zu wollen, Mopp hat sich oft gefragt, warum er erst damals begonnen hat, sich ernsthaft für die Geschichte des Landes zu interessieren, dem er hatte helfen wollen.

Vielleicht war es Nostalgie. Vielleicht war es wie mit einer Ehe: in der man den anderen gedankenlos jahrein, jahraus an seiner Seite weiß, bis er auf einmal nicht mehr da ist, Mopp ist auf dem Weg zu seiner Frau Sigrid.

Zu Sigrid, die ihn verlassen hat, um in einer Hütte in der Wildnis zu leben: Und schuld daran ist der entsetzliche Brükkenwärter.

Deswegen hat Mopp sich einen Computer gekauft. Natürlich weiß er längst, daß nichts den Brückenwärter auslöschen kann. Aber er kann nicht aufhören zu hoffen: Vielleicht kann er etwas finden, das die Vergangenheit verändert, die Zukunft erleuchtet, Abend für Abend sitzt Mopp nun vor seinem Bildschirm, auf dem die Fischlein schwimmen. Abend für Abend wirft er das Netz aus, in der Hoffnung, daß sich irgend etwas darin verfängt: Und er hat auch schon eine Menge ans Ufer gezogen. Er weiß inzwischen immerhin, daß alles mit dem Bürgerkrieg angefangen hat.

Oder damit, daß der kalte Krieg zu Ende war: Denn in den goldenen Zeiten des Ost-West-Konflikts hätte der Oberst nie einen Grund gehabt, sich wegen ein paar aufständischer Imalfu zu beunruhigen.

Damals, als die amerikanischen Militärberater noch im Land waren und das Geld aus dem Westen stetig in seine Kassen floß, hätte ihn so eine kleine Rebellenbewegung rein gar nicht aus der Fassung gebracht. Aber inzwischen war dummerweise die Sowjetunion zerfallen. Zuerst war der Oberst darüber sogar noch ganz erfreut gewesen. Sie hatten immerhin gesiegt. Der Untergang des Kommunismus war doch das erklärte Ziel des Westens gewesen, oder hatte der Oberst da etwas falsch verstanden? Nun war dieses Ziel jedenfalls erreicht, und der Oberst hatte das Seine dazu beigetragen. Aber statt daß man ihn nun für seine Mithilfe belohnte, ließ man ihn mitsamt seiner bunten Uniform fallen wie ein Bonbonpapierchen.

Nun floß kein Geld mehr, aus dem Westen. Die Entwicklungshilfe blieb ebenso aus wie die Militärhilfe, bald konnte der Oberst nicht einmal mehr seine Soldaten bezahlen.

Große Teile der Armee liefen unverzüglich zu den Rebellen über. Sie waren keine Imalfu. Sie gehörten zu völlig anderen Stämmen. Aber das war ihnen ebenso egal wie den Imalfu, deren Reihen sie nun verstärkten: Gemeinsam zogen sie in den Busch, schmuggelten Diamanten und plünderten Bauern und Händler aus, der Oberst flehte die Welt um Hilfe an. Seine alten Verbündeten erklärten sich schließlich dazu bereit, noch einmal ein Sümmchen springen zu lassen, aber zunächst sollte der Oberst doch bitte seine staatliche Minengesellschaft privatisieren.

Der Oberst war baff. Er traute seinen Ohren nicht. Was meinten sie damit? Die Minengesellschaft war doch längst privatisiert. Die Minengesellschaft gehörte dem Staat. Und der Staat gehörte dem Oberst. Offenbar war der Oberst mit einmal unter Kommunisten gefallen. Offenbar wollte man ihn enteignen.

Man wollte ihm seine Minengesellschaft wegnehmen und sie der eigenen Klientel zuschustern, nicht daß der Oberst so etwas nicht verstand. Aber hatte er sich jahrzehntelang aufgerieben, im Kampf für westliche Werte und das Recht auf Privateigentum, nur damit sich jetzt irgendwelche multinationalen Konzerne seine Minengesellschaft unter die Nägel rissen?

Der Oberst war gekränkt. Er hatte keine Lust mehr. Also zog er sich in sein Geburtsdorf zurück und schuf sich dort mit den privaten Rücklagen, die er seinen Untertanen im Laufe seiner Regierungszeit vom Mund abgespart und von westlichen Banken sinnvoll hatte anlegen lassen, ein florierendes kleines Wirtschaftsimperium. Daß sich dieses Imperium auf das Gebiet des Nachbarstaats ausdehnte, war ihm ebenso egal wie der Rest seines Landes, den er den Warlords überlassen hatte: Der Oberst dachte in Wirklichkeit viel globaler, als die internationalen Wirtschaftsorganisationen das angenommen hatten.

Tatsächlich hatte er mit solch begrenzten Konzepten wie dem des Nationalstaats niemals etwas anfangen können. Vor der Kolonialzeit hatte es keinen Nationalstaat gegeben. In der Kolonialzeit hatte es keinen Nationalstaat gegeben. Der Nationalstaat war dem Oberst schnuppe. Wozu brauchte man einen Nationalstaat?

Die Warlords sahen das ganz genauso. Es gab inzwischen ja mehr als einen. Die Rebellenbewegung der Imalfu hatte sich längst aufgespalten. Warlord war schließlich in dieser Gegend ein Beruf mit einer gewissen Tradition: Im äußersten Südwesten, an der Küste, hatte es schon im 17. und 18. Jahrhundert die ersten Warlord-Verbände gegeben.

Zuvor hatten die europäischen Händler mit der Einfuhr von Alkohol, neuen Nutzpflanzen, Waffen und Missionaren den Handel und das Bevölkerungswachstum dermaßen belebt, daß ihnen gar nichts anderes übriggeblieben war, als den Überschuß als Sklaven auf den internationalen Markt zu werfen. Das wiederum zerstörte die betroffenen Stammesgemeinschaften beinahe so nachhaltig wie eine AIDS-Epidemie. Die versprengten

Übriggebliebenen lebten fortan von der Plünderung der Dörfer, ebenso wie die Sklavenhändler. Der Unterschied bestand lediglich darin, daß die einen nur die Produkte, die anderen gleich die Produzenten mitnahmen.

Die modernen Nachfolger dieser ersten Kriegsherren blieben der Tradition treu. Auch sie kümmerten sich um Menschen, denen die Weltwirtschaft keine Chance bot. Sie schufen Arbeitsplätze für unbesoldete Soldaten, landlose Bauern, herumirrende Kinder in AIDS-Gebieten, deren Eltern gestorben waren, bevor sie ihnen die Grundzüge des traditionellen Ackerbaus hätten beibringen können, natürlich machten sich die Motivierteren unter diesen Jugendlichen früher oder später selbständig und gründeten eigene Unternehmen.

Das hatte nichts mit Ideologien zu tun. Es war schlicht ein Fall von *job creation*: Warlord war schließlich ein reizvoller Beruf. Man verdiente gut. Man war selbständig, mit freien Arbeitszeiten, einem leistungsabhängigen Einkommen.

Abstrakte Nettigkeiten wie den Glauben an Freiheit oder Gerechtigkeit oder die Verteidigung der Interessen irgendwelcher unterdrückter Volksgruppen konnte man sich dabei so wenig leisten wie ein Manager Gerechtigkeitssinn. Dergleichen war natürlich schmückend im Umgang mit den Medien und unverzichtbar für den Peptalk vor einem wichtigen Termin, etwa einem Massaker. Aber für die Alltagsgeschäfte eines Warlord waren ethnische und ideologische Pfennigfuchsereien ungefähr so verpflichtend wie Wahlkampfversprechen. Schließlich war es auch so schon schwer genug, der Konkurrenz fähige Leute abzuwerben und zugleich ständig die eigenen Mitarbeiter zu motivieren, damit sie nicht irgendwohin wechselten, wo man die Bauern und Händler des Landes besser terrorisieren und ausplündern konnte. Was zählte, war Leistung. Wer in punkto Leistung vielversprechend wirkte, der konnte anheuern. Er brauchte dazu noch nicht einmal eine Green Card.

Nun lief eine große Privatisierungswelle an. Die Waffenlieferungen waren rein privatwirtschaftlich organisiert. Diamanten und Coltan wurden zuhauf privatisiert, und ihre unschlagbar niedrigen Preise bewiesen den hochzufriedenen multinationalen Konzernen einmal mehr, daß jeglicher staatliche Eingriff der Wirtschaft letztlich doch immer schadet. Dergleichen Dirigismus unterblieb nun. Die Lebensmittelverteilung wurde fortan strikt privatwirtschaftlich geregelt ebenso wie der Zugang zu Wasser, sauberem ebenso wie verseuchtem.

An den Grenzen schürften die politischen Führer der Nachbarstaaten auf eigene Faust oder jagten den dortigen Warlord-Verbänden ab, was sie kriegen konnten. Bald konnten sie sich viele neue Waffen kaufen und damit auf dem Staatsgebiet der Republik mit den fröhlichen Adjektiven gegeneinander einen Krieg anfangen. Alle verdienten sehr gut daran, auch der Oberst in seiner Privat-Enklave sowie diverse südafrikanische Söldnerfirmen.

Angefangen hatten diese Firmen genau wie die meisten Warlords mit der Rekrutierung demobilisierter Soldaten, die seit dem Ende des Ost-West-Konflikts und dem Zusammenbruch der Sowjetunion zu Hunderttausenden arbeitslos geworden waren und den freien Markt ebenso überschwemmten wie Handfeuerwaffen. Hier und da waren Kampfflugzeuge mit dazugehörigen ehemaligen Sowjet-Kampfpiloten hinzugekommen, Hubschrauber mit Besatzungen aus verschiedenen osteuropäischen Ländern, neueste Informationstechnologie aus Amerika, eine dieser südafrikanischen Firmen gehörte inzwischen einem englischen Unternehmen. Dieses Unternehmen war zusammen mit einer russischen und einer kolumbianischen Söldnerfirma und dem aufstrebenden europäischen Sicherheitsunternehmen *International Safety and Security Services* von einem amerikanischen Konzern aufgekauft worden, der über genügend Kapital verfügte, um nebenbei auch noch der US-Armee die besten Leute abzuwerben. Der Sold, den ein solches unter Gesichtspunkten der Rentabilität geführtes Privatunternehmen Elitesoldaten wie den *Green Berets* bieten konnte, war einfach interessanter als der irgendwelcher nationalen Streitkräfte. Aber solche Investitionen mußten sich für ein Unternehmen schließlich auch lohnen.

Man arbeitete deshalb möglichst für alle Seiten gleichzeitig. Das war kein Problem, wenn man nicht öffentlich in Erscheinung trat, sondern Aufträge an private Kriegsanbieter vergab, die wiederum mit unabhängigen Vertragspartnern zusammenarbeiteten, die unabhängige Vertragspartner größerer Sicherheitsfirmen waren. Ein Ende des Kriegs war also nicht abzusehen. Auch nicht, als die UN die Friedenssicherung in den rohstoffreichsten Gebieten des Landes einem Konsortium von amerikanischen und britischen Sicherheitsfirmen übertrug, weil die so viel kostengünstiger waren als die UN-Blauhelme.

Dabei hatte das Land inzwischen sogar wieder einen Premier. Den westlichen Regierungen und Firmen war die Situation allmählich doch ein wenig zu unübersichtlich geworden. Sie schätzten feste Ansprechpartner, bei denen man wußte, woran man war. Und bald hatte man auch einen sympathischen Kriegsherrn gefunden.

Gut, er hatte das eine oder andere Massaker verübt. Aber seine Umgangsformen! Er verfügte über hervorragende Umgangsformen. Er sprach ein nahezu akzentfreies Englisch. Er beherrschte alle fünfzig Vokabeln des *global speak*, jonglierte lässig mit Begriffen wie *expanding* und *niche markets*, *competitive advantage*, *synergy*, *strategic fit* und natürlich *win-win situations*, das war auch kein Wunder. Er hatte schließlich in Massachusetts erfolgreich ein Wirtschaftsstudium abgeschlossen. Man fühlte sich bei ihm rundherum wohl. Man fremdelte beinahe überhaupt nicht. Die Tochterfirma eines großen deutschen Chemiekonzerns kaufte ihm Monat für Monat riesige Mengen Coltan ab, das sie für die Handyproduktion brauchte. Es war eine klassische Win-win-Situation: Das Coltan war lächerlich billig. Und der sympathische Warlord bekam jeden Monat ungefähr eine Million Dollar, womit man 30 000 Kalaschnikows kaufen konnte und dann trotzdem noch genug übrig hatte, um ein paar Vakanzen mit neuen Mitarbeitern zu besetzen, der sympathische Warlord unterzeichnete überhaupt gern Verträge.

Er garantierte zum Beispiel mit Vergnügen die sofortige Privatisierung der staatlichen Minengesellschaft, sobald er erst einmal gesiegt haben würde. Es war ihm eine Ehre, an einen großen Konzern Schürfrechte in Gegenden zu vergeben, die gar nicht er selbst, sondern seine Feinde kontrollierten, in internationalen Wirtschaftszeitungen wurde der sympathische Warlord nun regelmäßig als realistisch und pragmatisch beschrieben. Bald wurden er und seine Marodeure von den westlichen Regierungen als offizielle Befreiungsbewegung im Namen der Menschenrechte und der Demokratie anerkannt: Und dann war er tatsächlich Premier.

Nicht daß er etwa das ganze Staatsgebiet kontrolliert hätte. Das natürlich nicht. Er kontrollierte noch nicht einmal seine gesamte Hauptstadt: Aber das war ja auch gar nicht nötig. Um Premier zu werden, brauchte man weder Territorium noch Wahlvolk. Man brauchte nur die Anerkennung der internationalen Gemeinschaft. Und die bekam man, sobald man den wichtigsten Nachrichtensender und den Flughafen der Hauptstadt im Griff hatte. Das hatte der nette Warlord geschafft. Nun war er das Staatsoberhaupt, und überall ging der Krieg munter weiter. Es gab nun siebzehn unabhängige Rebellentrupps, Armeeverbände aus sieben Staaten, drei offizielle Widerstandsfraktionen, unzählige Stammesmilizen und versprengte Söldnergruppen aus den Kriegen der Nachbarländer. Die Bevölkerung hungerte, versteckte sich in den Wäldern und wurde von sämtlichen Seiten beraubt und erschlagen. Man lebte völlig im Hier und Jetzt. Die Zeit war entwertet: die Zukunft ebenso wie die Vergangenheit, was zählte, war nur noch der einzelne Moment.

Flüchtlingsströme ergossen sich über die Grenzen.

Auch Aswad floh. Von seiner Familie war nur er übriggeblieben. Er verließ Lobo und ging über die Grenze nach Kangala. Internationale Organisationen hatten dort große Auffanglager errichtet: Aber in den Nordostprovinzen Kangalas lebten mehrheitlich Stammesbrüder der Imalfu, und so fanden viele Flüchtlinge privat Unterschlupf. Auch Aswad wurde von einem Onkel aufgenommen. Der Onkel gehörte der Oberschicht der Nordostprovinzen an: den Toroobe-Imalfu, die hier schon seit der Unabhängigkeit sämtliche wichtigen Stellen in der Verwaltung bekleideten, viele hielten durchaus auch noch ein paar Rinder. Aber ihre wahren Interessen lagen in anderen Bereichen. Ihre Gespräche drehten sich um Fragen der Verwaltung, der Gesetzgebung. Um Fragen der Religion, Aswads Onkel besorgte dem Neffen einen Job beim Emir von Kangala. Der Emir war eine wichtige Person. Er hatte keine eigentliche politische Macht, aber er verfügte über ein enormes Ansehen in der Bevölkerung, all das erklärte Aswad seinem guten alten Freund Mopp und dessen Frau Sigrid, die er eines Tages auf der Straße wiedergetroffen hatte.

Mopp und Sigrid waren nach Kangala gekommen, um ihre Ehe zu retten. Sie hatten eigentlich nach Lobo fahren wollen: dorthin, wo sie einst, in jungen Jahren, glücklich gewesen waren. Aber in Lobo herrschte Krieg, wie überall in der Republik mit den fröhlichen Adjektiven. Also waren Mopp und Sigrid ins Nachbarland geflogen, um den zerrissenen Faden ihrer Liebe neu zu knüpfen, Mopp hat die verfluchte Reise unzählige Male im Kopf durchlebt: die Ankunft in der Hauptstadt, wo sie in einem großen europäischen Hotel übernachteten, inmitten eines modernen Viertels mit breiten Straßen, Bürogebäuden und Geschäften. Die Woche in einem schönen Hotel, unter Palmen am Strand. Die organisierte Tour durchs Land, die Sehenswürdigkeiten: ein Wasserfall, ein altes Fort, eine Lodge, von der aus man Antilopen, Büffel und Elefanten fotografieren konnte. Der Busbahnhof: ein ungeteerter, staubiger, von Reifenspuren zerklüfteter Platz am Rande der Stadt, wo sie ohne erkennbaren Grund vier Stunden warten mußten, bis ihr Bus losfuhr und sie ins Hinterland brachte. In die kleine Provinzhauptstadt im Nordosten, gleich an der Grenze zu Lobo, wo sie Aswad begegneten, Aswad war inzwischen über dreißig. Er blieb stehen, starrte Mopp an. Lächelte dann, nannte halb ungläubig Mopps Namen,

Mr. Ulrich Jensen,

Mopp war bewegt. Aswad hatte ihn wiedererkannt. Hatte ihn tatsächlich erkannt, nach über zwanzig Jahren, Mopp drückte Aswads Hände. Sie umarmten einander. Aswad lud Mopp und Sigrid zu sich nach Hause ein. Führte sie am riesigen Palast des Emirs vorbei, der hinter hohen Lehmmauern lag wie eine Stadt in der Stadt, abgeschirmt von den Gassen mit ihren flachen Abwasserrinnen voll Unrat, den Ziegen und Hühnern auf der Suche nach Futter, den Ständen am Straßenrand mit Plastikschüsseln, Taschenspiegeln, Konservendosen, Kalebassen, Kühlschränken, dazwischen Fleisch über Holzkohlefeuern, Geruch von Urin und moderndem Müll in der Hitze, an Aswads Seite durften sie eines der bewachten Tore passieren.

Die Welt dahinter war ruhig und schattig. Hier gab es keinen Abfall. Hier gab es hohe Bäume zwischen den Haupt- und Seitenflügeln der Anlage, den niedrigeren Nebengebäuden, Aswad führte sie in ein kleines Haus. Sie saßen auf Matten, tranken Cola aus Dosen. Aswad erzählte, daß er verheiratet sei. Daß er zwei Söhne habe, jetzt neun und dreizehn Jahre alt, er hatte Glück gehabt. Sein Onkel kannte die richtigen Leute. Der Onkel hatte Aswad eine gute Position beschafft, über die Aswad sich nicht im einzelnen ausließ: Doch auch hier spitzte sich die Lage zu.

Es war in den letzten Jahren zu einigen Zwischenfällen gekommen. Eigentlich war es ein Stammeskonflikt, zwischen Alteingesessenen und Zugereisten: Die Stämme der christlichen Atrok behaupteten, sie allein hätten Anspruch auf das fruchtbare Land im Südwesten. Nur sie seien die wahren Söhne der Erde, denn nur sie hätten schon immer hier gelebt. Die Imalfu waren zwar auch schon seit ein paar hundert Jahren da, aber das reichte nicht. Man mußte immer hier gelebt haben, wie die Atrok: die aber vor der Kolonialzeit gar nicht in der Savanne gesiedelt hatten. Als die Imalfu gekommen waren, waren sie geflohen. Hatten sich in den Bergen verschanzt, um nicht als Sklaven verschleppt zu werden, erst unter dem Schutz der Europäer hatten sie sich wieder aus ihren Bergfestungen heraus und hinunter in die fruchtbare Ebene gewagt. Einige waren damals sogar in den Nordosten gezogen, und ihre Nachkommen wohnten immer noch hier, mitten unter den Imalfu: ganz so, wie auch Imalfu nach Südwesten gegangen und dort geblieben waren, das Land im Nordosten wurde ja immer karger.

Die Dürreflächen wuchsen. Die Weiden schwanden. Die Umwelt ging kaputt. Die Leute hier waren arm, sagte Aswad. Sie wurden immer ärmer, seit der Regen so häufig ausblieb: Und nun kamen mehr und mehr Imalfu über die Grenze. Es waren Flüchtlinge aus Lobo, wie Aswad selbst. Mehr und mehr Imalfu trieben in der Trockenzeit ihre Herden auf die Weiden im Südwesten.

Viele blieben. Sie blieben im Land der Atrok, machten sich die letzten Brachen zu eigen, die Atrok hatten begonnen, gegen den Zuzug zu protestieren. Sie behaupteten, die Imalfu trieben ihre Herden in ihre Felder. In einem Dorf hatten die Atrok die Moschee zerstört und sämtliche Imalfu vertrieben. In einem anderen Dorf hatten die Imalfu einen Markt angezündet, auf dem die Atrok Schweinefleisch verkauften: Und nun war zum ersten Mal in der Geschichte des Landes ein Atrok neuer Staatschef geworden.

Ein Bauer und ein Christ. Wie konnte das sein? Ohne Zweifel hatte er die Wahlergebnisse fälschen lassen. Die muslimischen Bundesstaaten im Nordosten Kangalas hatten sofort die Scharia eingeführt. Die dort lebenden Atrok hatten protestiert. Muslimische Milizen hatten daraufhin ein christliches Dorf überfallen, und dann christliche Milizen ein muslimisches Dorf, oder war es umgekehrt gewesen?

Aswad seufzte. Lud Mopp und Sigrid ein, zum Essen zu bleiben, seine Frau kennenzulernen, seine Söhne, er deutete hinüber, zum Hauptbau des Palasts: Der Emir wünschte den Frieden. Er verfluchte den Terror. Er war ein sehr alter, sehr kluger Mann. Er war weit gereist: Er war nicht nur mehrfach in Mekka gewesen, sondern einmal auch beim Papst in Rom, der Emir genoß allgemeine Ehrerbietung. Man hatte hier immer auf den Emir gehört: Aber nun war etwas im Gange.

Etwas geschah: etwas Unkontrollierbares, das von außen kam, die jüngsten Ausschreitungen gegen die Christen in der Stadt waren nicht von Einheimischen begangen worden. Keiner kannte die Täter. Es waren offenbar junge Hitzköpfe, Fremde, von irgendwem aufgestachelt, die in der Nacht gekommen und am Morgen wieder verschwunden gewesen waren, jemand hatte Interesse an diesem Konflikt.

Der ein Konflikt zwischen den Atrok und den Imalfu gewesen war. Zwischen Einheimischen und Zugezogenen. Zwischen Land- und Herdenbesitzern: Und nun war es auf einmal ein religiöser Konflikt. Muslimische Gruppen forderten die landesweite Einführung der Scharia und riefen zum Kampf gegen die Ungläubigen auf. Christen hatten im Süden fünfhundert Muslims massakriert, als Rache für einen Überfall. Die verarmten Menschen rannten in Scharen zu ihren jeweiligen Seelsorgern, natürlich war auch Aswad für die landesweite Einführung der Scharia.

Was sonst? Was blieb ihm übrig? Sollte er vielleicht die Vorherrschaft der Christen wünschen? Das wäre doch glatter Selbstmord. Aswad war gern bereit, mit Mopp einmal in die Savanne hinauszufahren und ihm die riesigen Gebetsarenen der Christen zu zeigen, die dort in den letzten Jahren entstanden waren: Da gab es das Neue Jerusalem mit angegliederter Universität, einem Hotel, mehreren Restaurants und Läden, wo ein einheimischer Reverend der Gemeinde jeden Sonntag versprach, daß sein christlicher Gott sie alle reich machen werde. Es gab die Arena des Himmelreichs, wo ein amerikanischer Prediger fünfzigtausend Menschen geschworen hatte, der christliche Gott werde alle, die sich an diesem Tag bekehrten, vor Ansteckung mit dem AIDS-Virus schützen, und dann werde er in einem großen Krieg die Bollwerke des Satans zerstören. Der Emir wußte, was damit gemeint war. Er wußte, wo sich nach Ansicht des Predigers diese satanischen Territorien befanden: Hier nämlich.

Gerade hier, wo sie Tee miteinander tranken. Mitten im Reich der Imalfu. Mitten in den Kerngebieten des Islams: im 10/40-

Fenster, dem islamischen Gürtel zwischen dem zehnten und vierzigsten Breitengrad, ein wiedergeborener deutscher Prediger ließ regelmäßig in der Savanne Zelte aufschlagen, fuhr dann mit seiner Limousine vor und hielt ein Erntefest der Seelen. Er wirkte Wunder. Er machte Blinde sehend, Lahme gehend, Taube hörend: bis auch die Armen und Ärmsten jubelnd ihre letzten Pennies in den Spendentopf warfen, Aswads Söhne kamen herein. Wurden den Gästen vorgestellt, setzten sich zu ihnen, Mopp, der auf dem Weg zu Sigrids Hütte ist, um sie zur Silberhochzeit der Lehmanns abzuholen, denkt, daß er keinen Instinkt gehabt hat, kein Gefühl für die Gefahr.

Er war blind und taub. Er hat nicht gehandelt. Es wäre noch Zeit gewesen zu fliehen. Erst zwei Tage später erschien in einer Zeitung der Hauptstadt der Artikel, in dem eine christliche Journalistin von den bezaubernden Teilnehmerinnen eines Schönheitswettbewerbs schwärmte. An solcher Pracht hätte wohl selbst der Prophet seine Freude gehabt, der doch so gern von den sinnlichen Freuden des Paradieses geschwärmt habe, der Artikel, etwas zurechtgedreht, war eine Lunte. Der heilige Zorn der muslimischen Jugend loderte hell auf. Es waren junge Männer, die nichts zu tun hatten: Und nun war der Name des Propheten beschmutzt worden, mit der zu Orgien und ungehemmter Promiskuität einladenden Schamlosigkeit halbnackter Weiber. Natürlich standen die christlichen Jugendlichen schon bereit zum Gegenangriff. Innerhalb einer Nacht brannte das ganze Land. Aswad verbarg Sigrid und Mopp in seinem Wagen. Versprach, sie zum Flughafen in der Nähe der Hauptstadt zu bringen, fuhr direkt dem entsetzlichen Brückenwärter in die Arme, Mopp in seinem Auto, auf der Fahrt zu Sigrid, hört noch immer der nuschelnden Frauenstimme zu, die Gedichte für Kinder rezitiert.

Er ist jetzt fast da. Das kleine Dorf hinter der nächsten Biegung hat es noch nicht einmal zu einem gelben Ortsschild gebracht.

Es ist nur ein Weiler. Eine Warze, am Arsch der Welt: vergammeltes Fachwerk, mit Eternitplatten ausgebesserte Schieferverkleidungen. Hier und da ein Hauch Glasbausteinschick aus den Sechzigern. Inzucht, Arbeitslosigkeit, Super-RTL, Schneemassen ab November, Sigrids Häuschen liegt noch hinter dem Dorf.

Es ist nur ein Gartenhaus. Oder ein Waldhaus: Der Garten, in dem es steht, ist inzwischen so zugewachsen, daß die Hütte von der Straße aus gar nicht mehr zu sehen ist, was mögen die Leute im Dorf von ihr denken? Wo ordnen sie Sigrid ein? Ein halbverrücktes Weib, das ganz allein in einem Gartenhäuschen im Wald lebt, Mopp biegt in einen Feldweg ein.

Fährt zwischen Wiesen hindurch bis zum Waldrand. Hält kurz vor der Böschung, auf der Tannen wachsen, Fichten, Preiselbeerbüsche, Mopp hupt zweimal, um sich anzukündigen. Zieht die Handbremse und steigt aus, geht den schmalen Pfad am Wald entlang, der zu Sigrids Gartentor führt, man kann nicht ganz an das Häuschen heranfahren.

Man kann es auch von hier noch nicht sehen: Die Holunderbüsche hinter dem Zaun stehen noch immer in vollem Laub, und vor den Zaun hat Sigrid Thujen gepflanzt, Eiben, Tannenschößlinge. Immergrün: damit ihr Häuschen auch im Winter verborgen bleibt, Mopp öffnet das Gartentor.

Sigrid tritt zwischen den Büschen hervor. Mopp sieht sie, und seine Stimmung sinkt. Er muß an eines der Gedichte denken, die er vorhin im Radio gehört hat,

Morgens früh um sechs
kommt die kleine Hex,

Sigrid ist schmutzig. Sie hat einen alten Overall an, der aussieht wie vom Sperrmüll oder aus der Altkleidersammlung, offensichtlich hat sie vergessen, daß heute Barbaras Silberhochzeit ist. Oder sie hat beschlossen, nicht mitzukommen, Sigrid bleibt stehen, ein paar Meter vor Mopp.

»Hallo«, sagt Mopp.

Er geht auf Sigrid zu. Legt die wenigen Meter zurück, die ihn von ihr trennen, wie ein große Strecke,

»Ich wollte dich abholen«, sagt Mopp.

Er beugt sich vor und küßt sie auf die Wange. Er muß die Luft dabei anhalten. Trotzdem nimmt er den strengen Geruch wahr, der von ihr ausgeht.

»Erinnerst du dich?« sagt er. »Barbaras und Gernots Silberhochzeit. Du hast gesagt, du kommst vielleicht mit«,

Sigrid tritt einen Schritt zurück.

»Ich weiß nicht«, sagt sie. »Ich habe soviel zu tun. Aber komm doch erst mal mit zur Hütte«,

Mopp folgt ihr.

Die Hütte ist aus Holz. Sie besteht nur aus einem einzigen Raum, vier mal drei Meter, den Mopp für Sigrid wärmegedämmt hat. Mopp hat auch eine kleine überdachte Veranda vor den Eingang gebaut. Und er hat alles gestrichen: grün von außen und weiß von innen, er hat einen Hühnerstall gebaut, ein Plumpsklo angelegt. Fließendes Wasser gibt es natürlich nicht. Aber es gibt die Pumpe im Garten. Es gibt auch keine Heizung, Mopp hat einen Ofen aufgestellt. Eine Art Heizkamin, teuer und ziemlich aufwendig, die Tür zur Hütte steht offen.

Morgens früh um sieben
sieht's aus wie Kraut und Rüben,

Auf dem Campingtisch steht ein Gaskocher, daneben eine Plastikschüssel mit Pflaumen. Auf dem Boden steht ein Spinnrad. Davor liegen Kissen, eine schmuddelige Decke. Schmutziges Geschirr, in einem rostigen Eimer. Vor der Hütte stehen Körbe aus Weidenruten, in verschiedenen Stadien der Vollendung. Mopp schiebt einen Korb weg und setzt sich auf die oberste Stufe der kleinen Veranda.

»Hast du Hunger?« sagt Sigrid. »Oder Durst?«

»Etwas zu trinken wäre schön«, sagt Mopp.

Sigrid geht in die Hütte. Als sie wieder herauskommt, hat sie zwei Becher in der Hand. Sie gibt ihm einen davon, setzt sich neben ihn, Mopp trinkt aus dem Becher. Es ist kalter Tee, dünn und ein wenig bitter. Mopp fragt sich, woraus Sigrid ihn gekocht hat,

Morgens früh um acht
wird Zaubertrank gemacht,

Fast wider Willen fragt Mopp: »Hast du deine Tabletten genommen? Hast du sie regelmäßig eingenommen?«

»Natürlich«, sagt Sigrid sofort, mit einem plötzlich entgegenkommenden Lächeln.

»Ich wünschte, du würdest nicht immer lügen«, sagt Mopp. »Ich wünschte, du würdest nicht gerade mich immer anlügen«,

»Warum nicht?« sagt Sigrid. »Möchtest du dich lieber selbst anlügen?«

Sie sagt es ganz ernsthaft. Sie sagt es, als erwarte sie eine ernsthafte Antwort, Mopp wirft ihr einen raschen Blick zu. Aber sie sieht völlig normal aus. Nicht so, als würde sie gleich anfangen, eine Menge unverständliches Zeug zu reden, manchmal kommt es Mopp vor, als hielte sie ihn zum besten. Als kokettierte sie mit ihren Anfällen von Verdrehtheit. Als könnte sie beschließen, ihnen nachzugeben oder auch nicht: Und wenn es ihr paßt, läßt sie sich einfach in sie hineingleiten, wie ein Kind eine schlammige Böschung hinabrutscht,

»Komm«, sagt Sigrid. »Ich zeige dir etwas«,

Sie steht auf und geht die Treppenstufen hinunter. Mopp folgt ihr. Sigrid geht, ohne sich nach ihm umzuwenden. Sie kann sich darauf verlassen, daß er ihr folgt, zuverlässig wie ein Schuldgefühl, sie geht auf den Waldrand zu. Zu den Felsen an der Böschung, die das Grundstück zum Wald hin begrenzen, sie wartet, bis er herangekommen ist. Dann bückt sie sich. Biegt ein paar dornige Sträucher auseinander, dahinter befindet sich eine Höhle.

Es ist kaum mehr als ein Felsenspalt, düster und schmal, im Inneren sieht Mopp Konserven. Er sieht Säcke, in denen Reis sein könnte oder Bohnen,

»Sigrid!« sagt Mopp. »Wie hast du das denn alles hierhergebracht? Hast du das allein heraufgetragen? Hättest du doch ein Wort gesagt! Ich hätte dir das doch abnehmen können«,

Sigrid richtet sich wieder auf. Sie sieht ihn an. Ein Lächeln kämpft sich durch den Schmutz auf ihrem Gesicht. Es ist ihr echtes, altvertrautes Sigridlächeln,

»Vorräte«, sagt Sigrid. »Wir brauchen Vorräte. Man weiß ja nicht, wann es losgeht. Und dann ist es zu spät zum Vorsorgen. Man weiß ja nicht, wie vielen Leuten aus unserer Familie es gelingt, sich hierherzuretten. Und dann noch die Jungen. Wenn die Jungen kommen, werden sie großen Hunger haben. Jungen essen viel, in dem Alter«,

Das ist Sigrids neueste Idee.

Seit ein paar Wochen bildet sie sich ein, die Jungen seien auf dem Weg zu ihr. Die Söhne von Aswad: die jetzt ungefähr fünfzehn und elf Jahre alt sein müßten,

Natürlich kommen sie, hat Sigrid gesagt. Wo sollen sie denn sonst hin, die Kinder? Sie haben niemanden mehr außer uns. Ihr Vater ist tot. Er ist gestorben, als er uns zum Flughafen bringen wollte, hast du das vergessen, Mopp? Wir sind daran schuld, daß er tot ist. Er könnte noch leben, wenn wir hiergeblieben wären. Wenn wir nicht nach Afrika gefahren wären,

Und das ist natürlich wahr. Das weiß Mopp selbst,

»Als nächstes muß ich Saatgut besorgen«, sagt Sigrid. »Du kannst mir dabei helfen, wenn du willst. Aber wir sollten uns beeilen, damit wir noch etwas kriegen, bevor es nur noch gentechnisch verändertes gibt. Bevor es nur noch steriles Getreide gibt, das selbst kein Saatgut mehr hervorbringt, und was machen wir dann? Wenn die Fabriken alle kaputt sind«,

Mopp spürt, wie er die eine Welt hinter sich läßt und eine andere betritt: Sigrids Welt, in der alles, was Sigrid tut, ganz normal ist, Sigrid muß sich noch immer regelmäßig in der Klinik melden.

Ob sie dem Professor dort etwas über ihr Leben erzählt? Von ihrer Hütte? Ob er irgend etwas von dieser Höhle weiß, Mopp nimmt an, daß Sigrid auch dem Professor etwas vorlügt. Aber das müßte er doch merken, bei seinem Beruf. Er müßte doch etwas unternehmen,

»Und noch etwas«, sagt Sigrid. »Du mußt einen Zettel an deine Tür hängen. An deine Haustür. Damit die Jungen wissen, daß sie richtig sind, wenn du vielleicht gerade nicht da bist. Damit sie vor der Tür auf dich warten. Und dann bringst du sie zu mir. Ich werde mir etwas überlegen, was du auf den Zettel schreiben kannst. Es muß etwas sein, das nur sie verstehen«,

»Sigrid«, sagt Mopp. »Sie wissen doch gar nicht, wo ich wohne. Sie haben doch meine Adresse gar nicht.«

»Sie werden uns schon finden«, sagt Sigrid. »Aswad hat gewußt, aus welcher Stadt wir kommen. Die Kinder werden uns finden, wenn sie erst einmal hier sind«,

Mopp geht auf Sigrid zu. Er versucht, sie in die Arme zu nehmen,

»Sigrid«, sagt er. »Komm doch wieder nach Neuenburg. Komm zurück zu mir«,

Er weiß, es hat keinen Sinn, aber er kann den Mund nicht halten,

»Du kannst doch bei mir auf die Jungen warten«, sagt Mopp. »Dann brauchen wir keinen Zettel an der Tür. Dann bist du da, wenn sie kommen. Was willst du denn hier? Was willst du denn ganz allein hier oben«,

In diesem gräßlichen Dorf, das Mopp vorkommt wie eine Filmkulisse für einen dieser sozialkritischen Streifen der vergangenen Jahrhundertmitte, Sigrid ist hier oben nicht sicher. Was denken die Leute hier wohl von Sigrid? Sigrid würde bestimmt wieder ganz normal, wenn sie nur mit Mopp nach Hause käme. Wenn sie wieder ein normales Leben führen würde, Sigrid lacht plötzlich, leise und meckernd. Sie lacht wie eine Hexe,

Feuert an um elf!

Dann brennt sie bis um zwölf,

»Du änderst dich nie, Mopp«, sagt Sigrid. »Du denkst immer nur an jetzt. An diesen einen Moment. Wo willst du denn hingehen, wenn ich hier nicht die Stellung halte? Wohin wollen wir alle uns denn dann retten?«

»Hör auf«, sagt Mopp. »Bitte, Sigrid. Hör jetzt auf. Komm, wir gehen. Wir fahren nach Neuenburg, zu Barbaras Silberhochzeit.«

»Ich weiß nicht«, sagt Sigrid. »Ich habe eigentlich gar keine Zeit. Ich muß noch soviel vorbereiten. Und außerdem denkt deine Familie, ich wäre verrückt. Deswegen bleibe ich hier. Oder? Ich bleibe bestimmt besser hier, weil ich völlig verrückt bin.«

Mopp läßt die Arme sinken.

»Gut«, sagt er. Er wendet sich ab. »Dann bleibe eben hier. Aber ich gehe jetzt. Ich fahre jetzt, hörst du? Auf Wiedersehen, Sigrid. Ich fahre zurück nach Neuenburg«,

»Warte«, sagt Sigrid. »Ich komme mit. Ich hole nur eine frische Hose. Ich habe keine saubere Bluse, macht das etwas? Ich bin gleich soweit, warte einen Moment«,

Mopp steht in Sigrids Garten und wartet auf Sigrid.

Jetzt, wo er allein ist, hört er die Stille. Die wilden Rosen haben Hagebutten bekommen. Der Feuerdorn hängt voller Beeren. Ein Rotkehlchen raschelt im Laub unter der Kastanie. Die Stille und die Art der Geräusche in der Stille erinnern ihn an das erste Mal in der Savanne. An das befreiende und demütige Gefühl, lediglich geduldet zu werden in einer Welt, die keine Menschen braucht, was, wenn Sigrid recht hat?

Ganz abgesehen von ihren Weltuntergangsvisionen: was, wenn ein Leben im Einklang mit der Natur, weitab von anderen Menschen, wirklich das richtige Leben wäre, Mopp schreckt hoch, weil irgendwo in unmittelbarer Nähe ein Handy klingelt.

Es ist nicht sein eigenes Handy. Es ist nicht das dreimalige Fiepen, das Mopp eingestellt hat, weil ihm die ›Kleine Nachtmusik‹ oder die Titelmelodie von ›Mission Impossible‹ oder irgendwelche Popsongs unerträglich auf die Nerven fallen. Es ist der ganz gewöhnliche Nokia-Sound,

didiDidi-dadaDada-didi-didadaa

Mopp sieht sich um. Aber niemand ist zu sehen. Der Klang scheint von irgendwo über ihm zu kommen. Aus der Krone des Kastanienbaums: Aber wer nimmt denn seine Anrufe im Wipfel von Sigrids Roßkastanie entgegen? Das Klingeln verstummt. Mopp geht um den Baum herum. Er sieht hinauf in seine Krone. Dort sitzt aber nur ein kleiner braunschwarz gesprenkelter Vogel. Der Vogel beäugt Mopp eine Weile gelangweilt. Dann wendet er sich ab und öffnet wieder seinen Schnabel: Und Mopp muß sich zu der Einsicht durchringen, daß in der Kastanie über ihm eine Spottdrossel sitzt, die klingelt wie ein Nokia-Handy.

Thomas Siebeck erwacht, im Behandlungsraum C der Zahnarztpraxis.

Nicht aufwachen. Bloß nicht aufwachen

Der Schlaf ist eine Schneedecke, dunkel und warm. Thomas vergräbt sich tiefer. Versucht, das aufkeimende Erwachen zurück in den Boden zu zwingen, zu den Wurzeln hinunter, noch weiß er so genau wie ein Tier, wer er ist,

ICH

Aber etwas zupft an der Schlafdecke. Zuppelt, zerrt. Reißt sie endlich weg, mit einem Ruck, das bloßgelegte Bewußtsein krümmt sich fröstelnd zusammen. Das Licht im Zimmer ist grau, dabei hell,

Welcher Tag ist heute?

O Gott. Schon wieder ein Tag

Mit schalem Biergeschmack hinten im Hals, hat er sich gestern abend betrunken? Im selben Moment beschleicht ihn ein schwarzes Gefühl. Ein Wissen. Heute ist ein entsetzlicher Tag, einige Momente versucht er noch, wieder in den Schlaf zurückzukriechen,

Der Retter hat gestern nicht angerufen

Heute ist Barbaras Silberhochzeit

Türenscharren, Stimmen, Lärm. Offensichtlich sind sie alle schon wach, Thomas gibt auf. Er schlägt die Decke zurück, zieht den Bademantel an. Ordnet seine Gesichtszüge mühsam zu einem Ausdruck gelassener Morgenheiterkeit, dann schlurft er über den Gang, ins ehemalige Wartezimmer der Zahnarztpraxis.

Christa stellt gerade die Eier auf den Tisch,

»Guten Morgen, Liebes«, sagt Thomas. »Wie hast du geschlafen?«

Christa schaut kurz auf, dann wieder weg.

»Es ging so«, sagt sie. »Ganz gut. Und du? Sei doch bitte so gut und hole die Jungs vom Fernseher weg. Ich habe schon dreimal gerufen, aber bisher ist hier niemand erschienen, wie du siehst«,

Christa geht an Thomas vorbei in die Küche. Die Küche ist nebenan, in Behandlungszimmer A. Die Spüle steht mitten im Raum. Dort, wo der Wasseranschluß ist. Wo sich früher die Patienten des Zahnarztes den Mund ausspülen durften, Thomas fehlt das Geld, um die Praxis zur Wohnung umrüsten zu lassen.

Das ist es ja eben. Damit hat Thomas ja erst die Entrüstung der

Bank auf sich gezogen. Er hat vorsichtig angefragt, ob man ihm den Dispo auf seinem Hauskonto nicht ein wenig erhöhen könnte, damit er die Spüle an die Wand rücken kann, wie alle vernünftigen Menschen.

Damit er die Bleiwände entsorgen kann, die das ehemalige Röntgenzimmer vergiften: Aber da war die Bank eingeschnappt, Thomas schlurft in Behandlungsraum B. Daniel hockt vor dem Fernseher. Linus hopst auf dem Sessel herum,

»Morgen Jungs«, sagt Thomas.

»Hi Papa«, sagt Daniel.

Sein Blick klebt am Bildschirm, wo gerade ein blonder Rockstar seine Gitarre in ein Schlagzeug schmettert. Tut man das tatsächlich immer noch? Thomas hätte geschworen, dergleichen wäre längst vollkommen out, Daniels Schultern wackeln und wippen im Takt der Musik. Er trägt riesige Jeans, ein riesiges T-Shirt. Schuhe wie Hufe, dazu eine Wollmütze: als wäre er auf den Straßen Detroits unterwegs, was schwebt ihm eigentlich vor, wenn er sich so verkleidet? Die amerikanischen Hiphopper oder die afrikanischen Kindersoldaten? Sie tragen ja alle dieselbe Kluft. Wer hat eigentlich wen kopiert, die Musiker die marodierenden Söldner oder die Soldateska die Stars auf den amerikanischen CD-Covers, die davon reich werden, daß sie so cool von Gewalt singen? Mord und Folter als Popkultur, genau wie in diesen gräßlichen Videospielen, gegen die Thomas nichts tun kann: Thomas ist wie die UNO. Er kann Resolution um Resolution verabschieden, aber Daniel muß sich nicht an sie halten. Er hat einen strategischen Vorteil, in jeder Auseinandersetzung. Er hat die Supermacht hinter sich. Er kann jederzeit zu Pia zurückkehren. Er kann zu seiner Mama gehen, wenn ihm hier irgend etwas nicht paßt, Linus krabbelt an Thomas hoch.

»Papi Papa!« kräht er. Er betont auf dem letzten Buchstaben, so daß es wie eine Polizeisirene klingt,

»Pap*i*pap*a*pap*i*pap*a*«,

Er strahlt. Er hat das ganze Gesicht voller grüner Streifen. Den Textmarker hält er noch in der Hand, Thomas nimmt Linus auf den Arm.

»Wie siehst du denn aus«, sagt er. »Das müssen wir aber noch abwaschen, bevor wir frühstücken«,

»Nein! Ich will nicht! Ich bin ein Tiger! Ich will ein Tiger bleiben«,

Daniel fährt aus seiner Erstarrung hoch.

»Mann, halt den Mund!« Er starrt Linus an, zornglühend. »Jetzt halt doch endlich einmal den Mund!«

»Denny«, sagt Thomas. »Komm, Denny. Jetzt sei doch nicht so«,

»Was denn! Wenn der mich auch die ganze Zeit stört! Mann!«

Linus entwindet sich Thomas. Krabbelt wieder auf seinen Sessel zurück, beginnt erneut zu hüpfen, er ist völlig unbeeindruckt von Daniels Anpfiff. Jetzt fängt er sogar noch an zu singen. Daniel wird gleich ausrasten! Er neigt dazu, schon seit frühester Kindheit. Thomas hat ihm seine Wutanfälle nie übelgenommen. Daniel hat ihm leid getan: Er war so wehrlos, vor der Gewalt seines eigenen Zorns, was soll Thomas jetzt tun? Dies sind seine Söhne, alle beide,

»Kommt ihr jetzt, Himmel Herrgott noch mal!« ruft Christa aus der Küche.

Aber Linus will nicht essen. Oder er will nicht die Eier essen, die Christa gemacht hat, auch nicht die Apfelschnitze und das Müsli.

»Du ißt«, sagt Christa. »Du ißt, hast du mich verstanden? Denkst du, ich mache das hier aus Spaß oder was«,

»Warte doch mal«, sagt Thomas. »Hör mal, Linus. Was würdest du denn gern frühstücken, ein Brot?«

»Cornflakes«, sagt Linus.

»Kommt nicht in Frage«, sagt Christa. »Er ißt immer nur Cornflakes. Was bin ich für eine Mutter, wenn ich das erlaube? Er ißt nur die ganz miesen Cornflakes. Die genmanipulierten, aus dem Supermarkt. Die aus dem Bioladen verweigert er«,

»Linus«, sagt Thomas. »Magst du nicht wenigstens den Apfel? Komm, Christa. Gib ihm ein paar Cornflakes, und dann ißt er noch den Apfel«,

Linus sagt nichts. Christa kneift die Lippen zusammen. Daniel beugt sich über seinen Teller. Er ißt mit deutlich zur Schau getragenem Genuß.

»Also mir schmeckt's«, sagt er. »Schmeckt super, Christa. Ich weiß echt nicht, was die Mickymaus da schon wieder hat.«

»ICH BIN KEINE MICKYMAUS! DU BIST SELBER EINE MICKYMAUS! DU BIST BLÖD! DU BIST SAUBLÖD!«

»Herrgott noch mal, Daniel!« Christa schlägt mit der flachen Hand auf den Tisch. »War das jetzt nötig, verdammt? Jetzt haben wir wieder das Gebrüll am Tisch, nein, Linus, du bist keine Mickymaus. Und entschuldige dich bei Daniel! Daniel ist nicht saublöd. Saublöd ist ein ganz häßliches Wort«,

»Doch ist er saublöd! Und du hast verdammt gesagt. Verdammt ist auch ein häßliches Wort. Es ist ein saublöd häßliches Wort«,

Thomas greift unter dem Tisch nach Daniels Hand, die Daniel ihm eilig entzieht. Thomas steht auf und holt die Cornflakes-Schachtel aus dem Schrank,

»So«, sagt er. »Hier sind deine Cornflakes, Linus. Und jetzt laßt uns einfach in Ruhe frühstücken.«

Er füllt Linus' Teller.

»Magst du vielleicht noch etwas Müsli?« sagt Christa zu Daniel.

»Klar«, sagt Daniel. »Immer. Und kann ich auch noch ein bißchen Saft haben, bitte«.

»Natürlich«, sagt Christa. »Gern. Ich freue mich, daß es wenigstens dir bei mir schmeckt«,

Christa schenkt Daniel Saft ein. Thomas geht zum Kühlschrank, um Milch zu holen. Linus beginnt mit seinen Cornflakes Muster auf den Tisch zu legen. Drei Cornflakes, zwei Cornflakes, eins. Dann wieder eine Zweierreihe. Dann eine Dreierreihe, warum muß es eigentlich überhaupt Cornflakes geben? Die Welt war doch ein wunderbarer Ort, auch ohne Cornflakes! Cornflakes sind nichts als eine weitere saublöde amerikanische Erfindung. Sie sind der reine Kulturimperialismus, Thomas sagt: »Hör bitte auf damit, Linus.«

Linus beginnt die Cornflakes zu essen. Erste Reihe, zweite Reihe, er tut, als hätte er gar nichts gehört. Er tut, als wäre Thomas unsichtbar, gar nicht auf der Welt, Thomas schreit.

»Linus! Du sollst aufhören, habe ich gesagt!«

Linus fährt hoch. Sein Gesicht ist erschrocken: als hätte man ihn geweckt, dann sieht er auf die Cornflakes herunter. Er zögert. Was soll er nun mit den Cornflakes machen? Sie einfach liegenlassen? Oder sie wegräumen: also noch mal anfassen? Christa hält den Teller unter die Tischkante. Fegt die Cornflakes auf den Teller zurück, kippt Milch darüber,

»Na, mein Schatz«, sagt sie. »Jetzt iß mal schön.«

In der Küche herrscht Schweigen. Linus rührt in seinen Cornflakes. Thomas rührt in seinem Kaffee. Nach einer Weile sieht Linus auf.

»Papa«, sagt er. »Ist alles wieder gut, Papa«,

Sein Ton ist vorsichtig. Neutral: Es läßt sich nicht feststellen, ob er eine Frage an seinen Vater richtet oder eine Feststellung getroffen hat, Thomas streckt die Hand über den Tisch aus, nach der Hand seines Sohns. Und dann klingelt sein Handy, draußen in seiner Jacke. Thomas springt auf und stürzt in den Flur. Reißt das Handy aus der Tasche, sieht auf das Display,

Büro ruft an

Es ist soweit! Das ist der Wendepunkt. Das muß er sein: der Käufer, der Retter. Das Wunder namens Müller. Das sie alle dorthin bringen wird, wo sie hingehören: ins Himmelreich,

»Ja?« sagt Thomas. »Hallo? Hier Thomas Siebeck«,

»Hallo«, sagt Pia. »Wo bist du denn gerade? Ich wollte eigentlich Daniel sprechen. Aber sein Handy ist aus, und das Telefon in eurer Wohnung ist ständig besetzt, ich wollte nur mal eben hören, wann ihr nachher losfahrt. Ob Daniel wirklich mitkommen will«,

»Ich denke schon«, sagt Thomas.

Er ist auf dem Stuhl im Flur zusammengesackt.

»Ich nehme es jedenfalls an«, sagt er. »Du kannst ihn ja fragen. Wieso ist das Telefon besetzt? Warte. Ich sehe nach. Ich verstehe das gar nicht! Wir frühstücken gerade«,

»Ah«, sagt Pia. »Halb zehn am Samstag, und du nicht im Büro? Du zu Hause? Die hat dich ja wirklich gut im Griff, deine Christa«,

Thomas geht zurück in die Küche. Reicht das Telefon seinem Sohn,

»Hallo Mama«, sagt Daniel.

Seine zweite Portion Müsli quillt unberührt in der Schüssel vor sich hin. Er steht auf und geht in den Behandlungsraum B, wo noch immer der Fernseher läuft. Linus läßt seine Cornflakes stehen und rennt Daniel nach. Aus Behandlungsraum B dringt ein Schrei,

»Kann man denn hier noch nicht mal in Ruhe telefonieren«, Christa schiebt ihren Teller weg.

Sie stützt die Ellenbogen auf, legt das Gesicht in die Hände, Thomas steht auf und beugt sich über sie. Er streichelt ihre Schultern. Sieht über ihren Kopf, über den Tisch hinweg. An der Wand hängt ein Kalender mit Literaturzitaten,

Der Reiz des Familienlebens ist das beste Gegengift gegen den Verfall der Sitten. (Jean-Jacques Rousseau)

Christa dreht sich um und schlingt die Arme um seine Hüften. Sie drückt ihr Gesicht in seinen Bauch.

»Ich liebe dich«, sagt Thomas.

Christa murmelt etwas, das er nicht versteht. Ihr Haar fühlt sich hart an, brüchig wie chinesische Glasnudeln. Haargel wahrscheinlich oder irgendein anderes Stylingprodukt, hat Christa das früher auch schon benutzt? Thomas kann sich nicht daran erinnern. Der Gedanke, sich das Leben zu nehmen, gewinnt zunehmend an Anziehungskraft.

Sarah wacht auf. Sie weiß sofort, wo sie ist: in ihrem Kinderzimmer. Das Gewicht der Bettdecke, der Geruch des Bettzeugs sind ihr so vertraut wie ihre eigene Haut, Sarah öffnet die Augen einen Spalt, dann schließt sie sie wieder. Dreht sich um, auf die andere Seite, in ihrem Kinderzimmer aufzuwachen ist im ersten Moment immer, als wäre sie nicht an einen Ort, sondern in eine Zeit zurückgekehrt.

Als wäre die lange vergangene Epoche Damals-als-du-noch-klein-warst ein Raum, den sie noch einmal betreten könnte: aber befreit von allen Nöten und Ängsten, die sie damals hatte, Sarah streckt sich.

Sie öffnet die Augen. Die Sonne scheint schräg durch die weißen Gardinen, die das einzig Neue in diesem Zimmer sind: Alles andere stammt aus der Zeit, als Sarah dreizehn war und endlich ihr altes Kinderzimmer abstreifen durfte. Der zweite Moment nach dem Aufwachen hier ist immer ein wenig befremdlich. Hat sie sich damals ernstlich für diesen schwarzen Schrank, für diese gräßlichen schwarzen Bücherregale entschieden?

Sarah schwingt die Beine aus dem Bett und steht auf. Sie zieht ihren Bademantel an, öffnet die Tür. Im Flur riecht es nach Kaffee. Unten klingelt das Telefon. Sarah bleibt stehen, hält den Atem an. Ihr erster Gedanke ist, daß dies Karim sein muß. Aber Karim kennt die Nummer ihrer Eltern ja gar nicht. Und ohnehin würde er Sarah auf ihrem Handy anrufen, Sarah steckt es in ihre Bademanteltasche. Karim ist gestern ein bißchen komisch gewesen, am Telefon. Ob er wütend auf Sarah ist? Ob er sich am Ende geärgert hat, daß sie ihn nicht mit nach Neuenburg genommen hat? Aber warum hat er dann nicht gesagt, daß er gern mitkommen würde, Sarah geht die Treppe hinunter.

Barbara steht in der Diele und telefoniert. Sie winkt Sarah zu, hält ihr lächelnd die linke Hand entgegen, Sarah lächelt ebenfalls. Formt lautlos mit ihrem Mund ein »Sehr schön!«, sie kennt den Ring natürlich, den der Vater der Mutter geschenkt hat.

Sie hat ihn schließlich ausgesucht. Sie hat die Ringgröße ihrer Mutter angegeben, während Gernot danebenstand und Männer-Armbanduhren besah, gestern abend ist Barbara weinend nach Hause gekommen. Sarah hat sich zu ihr gesetzt,

Aber Mama. Jetzt reg dich doch nicht wieder so auf. Was ist denn los,

Ach, Kind. Was soll schon los sein. Dein Vater. Du kennst ihn doch,

Sarah geht an ihrer Mutter vorbei in die Küche. Im Vorübergehen küßt sie ihren Vater auf die Wange,

»Alles Gute zur Silberhochzeit«,

Dann setzt sie sich auf ihren Platz am Frühstückstisch, gegenüber von Gernot. Dies ist ihre Chance. Solange Barbara telefoniert, kann sie vielleicht die Wogen von gestern glätten,

»Also«, sagt sie leise. »Papa. Jetzt sag mal. Was hast du denn gestern schon wieder – «,

»Psch-scht«, sagt Gernot und wedelt mit seinem Brötchen. Er hat den Mund voll. Aber er kaut nicht. Balanciert das Brötchen zehn Zentimeter über dem Teller, lehnt sich zur Seite, um zu hören, mit wem Barbara telefoniert, Sarah lauscht ebenfalls. Man kann immer hören, mit wem Barbara telefoniert,

»Tante Püppi«, sagt Sarah.

Gernot wirft ihr einen befehlenden Blick zu. Er kaut noch immer nicht. Sarah schüttet Müsli in ein Schüsselchen. Dann steht sie auf und holt sich einen Apfel aus dem Obstkorb auf der Ablage,

»Elisa«, sagt Gernot.

»Von mir aus auch Elisa«, sagt Sarah. Sie durchquert die Küche, um den Apfel in der Spüle zu waschen, »also, jetzt sag schon. Was war denn wieder los, gestern abend«,

»Was weiß denn ich«, sagt Gernot. Er beißt in sein Brötchen, kaut. »Nichts. Du kennst doch deine Mutter«,

Sarah durchquert die Küche ein weiteres Mal, um sich aus dem Schubladenschrank in der Ecke ein scharfes Messer zu holen. Sie geht zum Mülleimer, um den Apfel zu schälen, aber das Design dieser Küche ist ja völlig mißlungen! Wieso ist ihr das noch niemals aufgefallen? Vom Kühlschrank zum Herd, von der Arbeitsplatte zur Spüle: Es gibt zu viele unnötige Wege,

»Ihr habt heute Silberhochzeit«, sagt Sarah. »Vielleicht könnt ihr euch da mal ein bißchen zusammennehmen. Einen Tag lang müßte es doch ausnahmsweise mal klappen«,

»Klar«, sagt Gernot. »Gern. Von mir aus. An mir liegt's schließlich nicht«,

Sarah trägt den Apfel zurück an den Tisch.

Setzt sich wieder, schiebt den Blumenstrauß in dem alten Milchtopf, den handgeflochtenen Brotkorb, das Marmeladetöpfchen in Form einer Erdbeere zur Seite, es gibt viel zuviel Krempel hier. Zu viele Knoblauchzöpfe, zu viele kupferne Backformen. Zu viele Steingutkrüge vom Flohmarkt, in denen hölzerne Kochlöffel stecken, man müßte das alles endlich mal rauswerfen. Platz schaffen, die Idylle entkrampfen: Aber dann wäre es nicht mehr Sarahs Zuhause.

Zu Hause ist vielleicht, wenn man an dem ganzen Plunder auch noch hängt, den man überall sonst völlig inakzeptabel fände, Barbara kommt aus der Diele zurück.

Sarah fährt ihre Antennen aus. Wittert, um zu sehen, woher der Wind weht, wie die Stimmung ist, hoffentlich hat die Mutter dem Vater inzwischen vergeben. Es ist egal, was er getan hat! Es geht hier schließlich nicht um Gerechtigkeit. Es geht allein darum, daß Sarah sich nicht wieder so anstrengen muß, Barbara setzt sich.

Sie nimmt sich ein Vollkornbrot, bestreicht es mit Butter, der Diamantring an ihrem Finger blitzt auf. Funkelt, wie Straß,

»Es war Tante Püppi«, sagt Barbara. »Sie kommen vielleicht etwas später, sagt sie. Onkel Holger geht es offenbar nicht gut. Durchfall oder so, Püppi weiß es nicht genau, natürlich will er nicht zum Arzt. Es ist ja Samstag, da müßten sie ins Krankenhaus, Püppi sagt, sie hofft nur, daß es bis abends weg ist. Hoffentlich hat er keine Darmgrippe«,

»Darmgrippe«, sagt Gernot. »Na großartig. Damit er die ganze Mischpoke ansteckt. Sollen sie doch lieber zu Hause bleiben. Dann müßte ich morgen auch nicht die silbernen Löffel nachzählen«,

Barbara sieht ihn an, als habe er den Verstand verloren.

»Silberne Löffel«, sagt sie. »Welche silbernen Löffel denn bitte«,

Gernot seufzt.

»Es ist nur eine Redensart, Babsilein«, sagt er. »Weißt du? Eine Redensart. Silberne Löffel stehlen. So wie deine Tante, die Kleptomanin«,

»Aber Papa«, sagt Sarah schnell.

Sie muß schnell sein. Auf ihr lastet große Verantwortung. Sie ist nur eine Splitterpartei, so wie die FDP oder die Grünen vielleicht. Aber sie hat überproportionale Bedeutung: Mit wem sie koaliert, der gelangt sofort an die Macht. Jedenfalls bis zur nächsten vorgezogenen Wahl,

»Tante Püppi klaut doch wirklich keine Löffel«, sagt Sarah. »Gut, sie nimmt manchmal etwas mit, aber das ist ja nicht ihre Schuld. Sie kann gar nichts dafür. Und Onkel Holger schickt doch immer alles wieder zurück«,

»Liebes Kind«, sagt Gernot. »Mir scheint, du hast ein gebrochenes Verhältnis zu unserem Rechtsstaat. Aber das ist ja auch kein Wunder, bei der Familie«,

Barbara sieht auf.

Sarah sagt: »Das war ein Scherz, Mama.«

Einen Moment lang hängt alles in der Schwebe.

Dann beugt sich Barbara wieder über ihr Ei,

»Eßt anständig«, sagt sie. »Es gibt erst wieder am Abend etwas. Ich habe zuviel zu tun, um heute mittag zu kochen.«

Der Satz klingt eigentlich völlig neutral. Er klingt glatt, ungefährlich: Aber er ist ein Apfel, in dem eine Rasierklinge steckt. Und Gernot beißt natürlich hinein,

»Bitte, Barbara«, sagt er. »Fang jetzt nicht damit an. Ich habe es dir schon vorher gesagt. Ich habe gesagt, daß ich kaum in der Lage sein werde, dir zu helfen. Ich habe dir angeboten, im Schloßhotel zu feiern, aber du wolltest ja nicht«,

»Ich weiß«, sagt Barbara. » Es ist alles gar nicht nötig. Ich bin selber schuld, wenn ich mir die ganze Mühe mache. Du tust, was du kannst. Du bist immer nur darauf aus, mich zu entlasten. Du gibst ja seit neuestem sogar deine Hemden in die Wäscherei«,

Gernot läßt den Löffel sinken,

»Was soll denn das jetzt?« sagt er. »Beschwerst du dich etwa darüber, daß du nicht bügeln mußt?«

»Darum geht es doch gar nicht«, sagt Barbara. »Das ist nicht der Punkt. Du redest dir doch nur ein, du tätest das für mich. Aber in Wirklichkeit willst du dich freikaufen. In Wirklichkeit willst du am liebsten niemandem etwas schulden, niemandem etwas Gutes tun. In Wirklichkeit ist es dir einfach lieber zu bezahlen als einmal zu mir danke zu sagen«,

»Danke sagen?« sagt Gernot. Er wirft seine Serviette auf den Tisch. »Wofür sollte ich denn deiner Meinung nach danke sagen? Das möchte ich wirklich gern wissen. Aber bitte! Ich sage danke! Danke danke danke danke! Und danke!«

»Siehst du, wie du mit mir redest?« sagt Barbara. »Siehst du, was ich mir bieten lassen muß? Fünfundzwanzig Jahre. Fünfundzwanzig lange Jahre. Schon damals, als wir dieses Haus gekauft haben und ich Tag für Tag mit dem Kind allein –«,

Gernot wirft sich in seinem Stuhl zurück, mit einem Ruck. Er hebt den Blick zu dem kleinen Küchenschränkchen mit den Glastüren, für das Barbara selbst blauweiße Gardinen genäht hat,

»Sie hört nicht auf«, sagt er zu dem Schrank. »Sie hört nicht auf. Deine Mutter«, sagt er zu Sarah, »ist wie Adolf Hitler. Der hat auch niemals aufgehört. Der hat immer beim Versailler Vertrag angefangen«,

»Hör nicht hin«, sagt Barbara zu Sarah. »Hör einfach nicht hin«,

»Das tu ich auch nicht«, sagt Sarah wütend. »Man kann euch nicht zuhören, ohne das Heulen zu kriegen, euch allen beiden«,

»Sag mal, in welchem Ton redest du eigentlich mit uns?« sagt Gernot zu Sarah. »Was maßt du dir hier eigentlich an?«

»Das ist wieder mal typisch von dir«, sagt Barbara zu Sarah. »Habe ich deinem Vater vielleicht irgend etwas getan? Habe ich vielleicht angefangen, mit dem Theater? Habe ich mich benommen wie die Axt im Wald, gestern abend, aber das hätte ich mir ja denken können. Das ist ja normal. Daß du wie immer zu deinem Vater hältst.«

Sarah ist in den Garten gelaufen. Sie kämpft mit den Tränen. Sie hat noch immer den Bademantel an. Sie geht durch das morgenfeuchte Gras, am Walnußbaum vorbei, wo die Schaukel hängt, der Überdruß ist beinahe physisch, wie Ekel vor Erbrochenem. Aber inzwischen müßte sie doch wissen, daß ihre Eltern eine einzige Enttäuschung sind. Jedesmal wieder eine Enttäuschung, Sarah fischt ihr Handy aus der Tasche des Bademantels.

Sie wischt sich die Tränen ab. Wählt Karims Nummer. Sie lauscht dem Klingelton: einmal, zweimal, dreimal, warum hat Karim gestern abend nicht zurückgerufen, wie sie es eigentlich ausgemacht hatten?

Gut, er hatte es nicht wirklich versprochen. Es war nicht mehr als eine lose Abmachung. Eigentlich war es nicht einmal das. Es war nur ein Vorschlag Sarahs: So sagt es sich Sarah, während sie dem Klingeln des Handys lauscht,

»Hallo«, sagt Karim.

»Guten Morgen«, sagt Sarah. »Ich wollte mich nur mal melden. Was machst du denn so«,

»Nichts«, sagt Karim. »Ich wollte gerade was einkaufen gehen. Und du? Wo steckst du«,

»Ich bin im Garten«, sagt Sarah. »Bei meinen Eltern im Garten. Ich wollte nur mal hören, wie es dir geht. Ich wollte dir nur sagen, ich freue mich schon auf morgen. Auf dich. Ich freue mich darauf, wenn ich wieder heimkomme«,

Karim lacht auf. Es ist ein dunkles, sehr weiches Lachen,

»Wieso denn«, sagt er. »Wieso denn auf einmal? Ich dachte, genau da wärst du jetzt gerade. Das hast du doch die ganze Zeit gesagt: Ich fahre am Wochenende nach Hause. Und genau da bist du doch im Moment. Oder etwa nicht?«

Barbara räumt die Küche auf. Sie ist allein. Sarah ist im Garten. Gernot ist in die Kanzlei gefahren: nur auf einen Sprung, wie er gesagt hat, Barbara stellt die Teller in die Spülmaschine. Bislang ist der Tag ihrer Silberhochzeit genau so vollständig danebengegangen, wie sie es befürchtet hat. Barbara überlegt, ob man das Ruder noch herumreißen könnte. Wie könnte sie die Stimmung wieder heben? Soll sie eine Flasche Champagner aufmachen, wenn Gernot zurückkommt? Sollen sie miteinander, mit Sarah anstoßen, auf die vergangenen Jahre? Soll Barbara vorschlagen, die Festvorbereitungen stehen- und liegenzulassen und lieber einen Familienausflug zu machen, bei dem schönen Wetter: wobei es nicht so schön bleiben soll.

Laut Wetterbericht soll im Laufe des Abends von Westen her eine Regenfront aufziehen, und dann kann es rasch abkühlen, Barbara bückt sich und schaltet den Geschirrspüler an. Sie überlegt, daß es klug wäre, die transportablen Elektroheizkörper vom Dachboden zu holen und in die Scheune zu stellen, für den Fall, daß der Wetterbericht ausnahmsweise recht behält, der Traum von heute nacht flutet ein weiteres Mal zurück.

Die Selbstvorwürfe, das unkontrollierbare Fahrzeug. Ihre Finger, die ihr nicht gehorchen, das Versagen des Handys: Und als sich plötzlich doch eine Verbindung herstellen läßt, ist nicht ihr Vater am Telefon, sondern eine fremde Stimme, die etwas tschilpt oder kreischt, in einer unverständlichen Sprache.

Janine Lessing ist auf dem Weg nach Süden. Auf dem Weg nach Neuenburg, wo am Abend die Silberhochzeit ihres Onkels Gernot Lehmann und seiner Frau Barbara stattfindet, die Lehmanns wissen nicht, daß sie kommt. Janine soll eine Überraschung sein: Das hat Sarah gesagt, Janines Cousine, Janine kennt Sarah gar nicht. Sie kennt auch ihren Onkel Gernot nicht. Sie ist ja nur das Produkt einer Urlaubsliebelei, Ende der Sechziger. Ihr zukünftiger Vater Gunter Lehmann aus Neuenburg hatte wie so viele andere auch einmal zu oft ›Zorbas, der Grieche‹ gesehen, und nun suchte er auf den griechischen Inseln nach dem wahren Leben, bewaffnet mit einem großen Armeerucksack, einem großen Armeeschlafsack und einem schmalen Geldbeutel. In einer Strandtaverne auf Mykonos traf er Heide Lessing aus Lübeck. Heide war eigentlich mit ihrem Freund und ihrer besten Freundin unterwegs. Aber sie hatte die beiden dabei überrascht, wie sie miteinander auf der Matratze hinten in Heides VW-Bus herumrollten, Arme und Beine verschlungen wie die Strippen eines Gordischen Knotens, Heide hatte geheult.

Hatte den beiden eine ungeheuer bourgeoise Szene gemacht,

die sie ihr niemals vergeben würden: Und nun war Heide verständlicherweise schon etwas betrunken, als Gunter in die Taverne kam. Später schlief er mit ihr in ihrem VW-Bus, was die Matratze für Heide wenigstens wieder benutzbar machte. Zwei oder drei Tage später mußte sie sowieso zurück nach Deutschland. Sie bat Gunter, sie zu begleiten: Sie hatte keine Lust, die ganze lange Strecke allein zu fahren. Aber Gunter wollte nicht. Er hinterließ ihr seine Adresse, schulterte seinen Rucksack, bestieg eine Fähre und fuhr davon. Als er nach einigen Wochen endlich wieder nach Hause kam, lag bereits ein Brief für ihn da,

Alles Scheiße –

Deine Elli

Gunter wurde also Vater. Er hat auch meist halbwegs brav bezahlt, da kann Janine ihm nichts vorwerfen. Aber gekümmert hat er sich nie um seine Tochter. Er hat sie genau viermal besucht: einmal auf dem Weg nach Südschweden, zweimal auf der Durchreise nach Dänemark und einmal, als er ohnehin in Hamburg war, Janine ist sehr gespannt, auf Gunters Familie. Sie ist gespannt, wie man sie empfangen wird, am Rand der Autobahn taucht ein Hinweisschild auf,

Tanken WC Imbiß

Janine wirft einen Blick auf den Benzinstandmesser.

Na klasse. Danke, Philipp. Schön, daß du mir noch den Tank leergefahren hast, bevor du dich vom Acker gemacht hast,

Ohne Philipp wäre Janine sicher gar nicht gefahren. Oder mit Philipp wäre sie nicht gefahren: Aber Philipp ist ja tatsächlich mit dieser albernen Clique aus seiner Schulzeit nach Ibiza geflogen, ohne sie mitzunehmen. Damit war alles klar. Janine hatte wirklich keine Lust, das Wochenende ganz allein in Hamburg zu bleiben, Janine blinkt. Dann wechselt sie die Spur, um von der Autobahn abzufahren.

Janine steht an der Kasse. Sie hat getankt, sie muß nur noch zahlen. Sie ringt mit sich, ob sie Zigaretten kaufen soll oder nicht, eigentlich raucht sie schon seit zwei Monaten nicht mehr! Draußen vor der Imbißbude, die zu der Tankstelle gehört, steht ein junger Typ, vielleicht zehn Jahre jünger als Janine, und sieht zu ihr herein. Er hat blonde Dreadlocks. Ist das immer noch angesagt, seine Haare verfilzen zu lassen wie zu Zeiten Bob Marleys?

Der gestorben ist, als der Typ da draußen wohl noch nicht mal geboren war, ihre Blicke treffen sich. Janine bezahlt, ohne Zigaretten zu kaufen, draußen vor dem Laden kommt der kleine Dread auf sie zu. Erst jetzt sieht Janine, daß er keine Schuhe anhat.

»Hallo«, sagt er. »Entschuldigen Sie. Aber ich muß unbedingt nach Süden. Richtung Würzburg, erst mal, hätten Sie nicht vielleicht noch Platz für mich?«

»Nein«, sagt Janine. »Tut mir leid. Ich nehme keine Typen mit, die ich nicht kenne«,

Der kleine Dread geht weiter neben ihr her.

»Ich kann mich auch vorstellen«, sagt er. »Gar kein Problem. Also, Alfred Möbe mein Name«, seine Hand schießt hervor. »Amöbe, mit anderen Worten. Aus Berlin eigentlich«,

»Berlin?« sagt Janine. »Glaube ich nicht. Du bist nicht aus Berlin, du bist aus der Steinzeit. Ich wüßte wirklich nicht, wann mich das letzte Mal ein Tramper an einer Tankstelle angesprochen hat! Ich glaube, das war gar nicht ich. Das war meine Oma, der das passiert ist«,

»Ich muß nach Süden«, sagt Amöbe. »Ich war in Hamburg, auf einer Demo, aber jetzt muß ich unbedingt nach Süden. Nach Neuenburg. Kennen Sie das?«

»Neuenburg?« sagt Janine. »Nein. Kenne ich nicht. Tut mir leid. Und du? Warst du denn schon mal in Neuenburg?«

»Noch nie«, sagt Amöbe. »Ich weiß auch gar nicht genau, ob es so gut ist, daß ich da hinfahre. Aber ich habe da eine Freundin. Zu der möchte ich. Sie ist nämlich ganz allein losgefahren, ohne mich«,

»Ah«, sagt Janine. »Ja. Das kann manchmal ärgerlich sein. Also, na gut. Los, komm. Mein Auto steht da drüben«,

»Moment noch«, sagt Amöbe. »Ich muß noch – also, ich habe noch einen Hund.«

Janine stöhnt.

»Das ist nicht dein Ernst«, sagt sie.

»Es ist ein sehr lieber Hund«, sagt Amöbe.

Er pfeift. Janine erwartet, den einen oder anderen Zugvogel tot vom Himmel fallen zu sehen. Statt dessen kommt ein weißer Hund um die Ecke der Imbißbude auf sie zugerannt. Er scheint aus lauter schmutzigweißen Bindfäden zu bestehen, die jetzt waagrecht hinter ihm herfliegen,

»Das ist nicht dein Ernst«, sagt Janine noch einmal.

»Er hört doch super, finden Sie nicht?« sagt Amöbe. »Ich bin richtig stolz auf ihn. Er ist ein guter Hund. Ich habe ihn gut erzogen, glaube ich. Wenn man einen Hund hat, dann trägt man eben Verantwortung«,

»Gut«, sagt Janine. »Also gut! Meinetwegen. Dort drüben steht mein Auto. Wie ich schon sagte. Aber der Hund sitzt hinten.«

»Und, wohin fahren Sie?« fragt Amöbe.

Der Hund sitzt hinten. Amöbe sitzt auf dem Beifahrersitz. Janine wechselt gerade auf die linke Spur, um den Mercedes zu überholen, dessen Fahrer offensichtlich eingeschlafen ist,

»Ich frage nicht aus Neugierde«, sagt Amöbe. »Bloß um zu wissen, wie weit ich mitfahren kann«,

»Bis zum Ende«, sagt Janine. »Du kannst bis ganz zum Ende mitfahren. Ich will nämlich auch nach Neuenburg, denk mal. Und hör auf, mich zu siezen. Das macht mich nervös. Ich bin doch noch keine fünfzig. Sag mal, hast du zufällig eine Zigarette für mich?«

»Ich drehe dir eine«, sagt Amöbe. »Wenn dir das nichts ausmacht?«

»Puh«, sagt Janine. »Ich bin ein Glückskind. Na, dann dreh mal los«,

Eine Weile herrscht Ruhe. Dann hält Amöbe Janine die unverklebte Zigarette vor den Mund,

»Willst du selber anlecken?« sagt er.

Janine wischt seine Hand weg. Sie schreit.

»Bist du verrückt? Ich fahre 190, verdammt«,

Amöbe hebt leicht die Schultern. Er macht die Zigarette fertig, zündet sie für Janine an,

»Soll ich sie auch für dich rauchen?« sagt er.

»Seegangsforschung«, sagt Amöbe zu Janine. »Das heißt, du erforschst Wellen, oder? Cool. Wie macht man das denn, Wellen erforschen«,

»Da gibt es verschiedene Methoden«, sagt Janine. Sie wedelt mit der Hand, »im Moment arbeiten wir gerade an einem internationalen Projekt mit. Da geht es um Monsterwellen. Das sind Wellen, die können dreißig, vierzig Meter hoch werden«,

»Ah«, sagt Amöbe. »So was wie Tsunamis, ja? Wie in Asien. Wo ganze Strände und Häfen leergesaugt werden, und da liegen dann die Boote auf Grund, alles im Modder, und wenn einer gucken geht, was denn da los ist und wo das ganze Wasser hingekommen ist, dann ist er schon so gut wie tot. Weil das ganze abgesaugte Wasser mit einemmal zurückkommt, eine riesige Welle. Wenn man dann kein Frühwarnsystem hat, ist man tot. Oder man hat einen Hund. Hunde türmen rechtzeitig. Die spüren, wenn ein Tsunami kommt, auf die kann man sich verlassen«,

»Ja«, sagt Janine. »Oder nein. Ich meine, unser Projekt dreht sich nicht um Tsunamis. Tsunamis werden durch Erdbeben ausgelöst. Da kennt man die Ursachen. Aber von Monsterwellen weiß man immer noch sehr wenig. *Freak waves*, so heißen die Dinger auf Englisch, oder *rogue waves*, bis vor kurzem hat man gedacht, das wäre alles nur Seemannsgarn. Aber in den letzten Jahren sind ein paar wirklich schlimme Sachen passiert. Eine Menge wirklich großer, moderner Schiffe sind von solchen Wellen beschädigt oder vollkommen zerstört worden. Schiffe mit einer Länge von über zweihundert Metern! Die Monsterwellen entwickeln sich nämlich auf hoher See. Sagen wir mal, die signifikante Wellenhöhe des Seegangsfeldes ist zehn Meter, dann wäre eine Monsterwelle eine Welle, die mindestens zwanzig Meter hoch ist. Manche sehen aus wie eine weiße Wand. Oder es kommen drei hintereinander, die *Three Sisters*, die sind besonders gefährlich. Die erste zertrümmert die Scheiben auf der

Brücke und läßt die Schiffselektronik ausfallen, und wenn das Schiff dann hilflos seitlich zu den Wellen liegt, drehen es die zweite und dritte um wie einen Korken. Man weiß noch nicht genau, wie sie entstehen. Ein möglicher Auslöser kann das Zusammentreffen von Strömungen sein. Lange Wellen sind nämlich schneller als kurze. Wenn also eine lange Welle auf ein paar kurze Wellen folgt und sie einholt, dann addieren sie sich, und dann kann sich ganz unerwartet so ein riesiges Ding vor einem aufbauen«,

»Wow«, sagt Amöbe. »Ist ja doll. Kannst du dir vorstellen, wie das sein muß? Du sitzt auf einem Schiff, und alles läuft wie geschmiert. Und dann drehst du dich um und guckst mal so durchs Bullauge, und plötzlich türmt sich so eine Wasserwand vor dir auf. Und du weißt, sie wird sich jetzt auf dich draufstürzen und alles zerbrechen, aber sag mal, solche Wellen gibt es doch bei uns gar nicht. Die gibt es doch bloß in Asien, oder? Weil du sagst, das ist ein internationales Projekt. Was wollen die denn da mit den Deutschen dabei«,

»Na ja«, sagt Janine. »Sicher, am wildesten ist es natürlich woanders. Im Golfstrom, im Agulhasstrom, im Kuroschiostrom. Aber man darf auch das westliche Mittelmeer nicht unterschätzen. Oder die Nordsee. Klar, wir denken immer, hier bei uns wäre alles sicher und beherrschbar. Aber zum Beispiel im Südteil der Nordsee sind eine ganze Reihe Seegangsphänomene zu beobachten, die Schiffen schon oft zum Verhängnis geworden sind. Durch das Zusammenspiel von Gezeitenstrom und Seegang können sich lokal wirklich steile und auch relativ hohe Wellenberge ausbilden. Oder nimm die Kreuzseen im Lee der Doggerbank bei Sturm aus nördlicher Richtung. Die sind wirklich gefürchtet. Sie entstehen durch Refraktion der Wellenzüge beim Einlaufen in Flachwasser. Und diese Kreuzseen sind auch noch oft mit gefährlicher Grundsee verbunden. Am Neujahrstag 1995 ist in diesem Gebiet zum Beispiel der Seenotrettungskreuzer ›Alfried Krupp‹ gekentert. Trotz modernster Ausrüstung. Nördlich der Insel Borkum war das, bei schwerer See. Zwei Besatzungsmitglieder verloren ihr Leben. Und am 19. August 1932 soll angeblich eine

Riesenwelle über den Strand der deutschen Bucht weggefegt sein. Das ist alles dokumentiert, in Büchern über allgemeine Meereskunde«,

»Was du alles weißt«, sagt Amöbe. »Echt. Du weißt wirklich eine Menge«,

Janine wirft ihm einen raschen Blick zu, aus den Augenwinkeln. Aber es sieht nicht aus, als ob sich Amöbe über sie lustig macht. Er sitzt still. Er guckt ein wenig traurig. Er raucht eine dünne Zigarette, die aus seinem Mundwinkel ragt wie ein letzter Strohhalm. Er hat ein Bein über das andere geschlagen und betrachtet seinen Fuß. Der Fuß ist ziemlich schmutzig. Die nackte Sohle ist rotbraun verfärbt, wie Herbstlaub, oder wie mit Walnußschalen gefärbt,

»Was machst du eigentlich, wenn irgendwo steht: Bitte Schuhe ausziehen?« sagt Janine.

Amöbe schweigt.

»Entschuldige«, sagt Janine nach einer Weile. »War vielleicht ein blöder Spruch.«

»Geht so«, sagt Amöbe. »Man gewöhnt sich daran. Ich kriege noch viel blödere zu hören. Nein, ehrlich. Manchmal machen sie schon Theater, bloß weil man ohne Schuhe in den Supermarkt will. Da kommt irgend so eine Verkäuferin oder so ein Regalsortierer und erklärt mir, ich dürfte nicht barfuß in ihrem Laden rumlaufen, weil das zu gefährlich wäre, wegen Scherben und so was. Ich sage dann immer, das Risiko würde ich auf mich nehmen. Aber sie sollten doch besser ein Schild draußen anbringen, auf dem draufsteht: Sehr geehrte Kunden! Unser Geschäft ist dermaßen verkommen, daß Sie es zu Ihrer eigenen Sicherheit nur in Stiefeln und Schutzkleidung betreten sollten. Die Geschäftsleitung.«

Janine lacht.

»Hast du denn wirklich nie Schuhe an?« fragt sie. »Was machst du denn im Winter? Wenn es anfängt zu frieren?«

»Melkfett«, sagt Amöbe. »Oder Hirschtalg, das geht auch gut. Füße waschen, Zeug draufschmieren, fertig. Na ja, und einen Extrapullover, das hilft auch. Man verliert über die Füße ja eigentlich nicht mehr Wärme als über die Hände, wenn man keine Handschuhe anhat. Man muß nur die Gesamtkörpertemperatur hoch halten. Auf rauhen Oberflächen laufen, das hilft auch. Das hält die Füße warm. Weißt du, es gibt inzwischen schon eine ganze Menge von uns. Sogar ein paar Anzugträger sind dabei. Du mußt mal im Internet nachsehen, da bist du platt«,

Amöbe verstummt. Er sieht aus dem Fenster.

»Weißt du«, sagt er nach einer Weile, »es steht darüber sogar was in der Bibel. Das hat Julia mir mal vorgelesen. Es ist die Stelle, wo sich Mose mit diesem brennenden Busch unterhält. Der Busch ist in Wirklichkeit ja Gott, und er ruft Mose. Und Mose antwortet: Hier bin ich, und will auf den Busch zulaufen. Aber der Busch sagt: Komm nicht her. Zieh erst mal deine Schuhe aus, denn der Ort, auf dem du stehst, ist heiliger Boden. Und das glaube ich eben auch. Ich glaube, alles Land ist heilig. Die ganze Erde.«

Sie halten noch einmal an einer Raststätte. Sie sind inzwischen ein gutes Stück vorangekommen: Sie sind schon in Bayern, Janine will einen Kaffee trinken.

Amöbe will nichts. Er hat kein Geld, sagt er, Janine lädt ihn auf einen Orangensaft ein. Amöbe geht eine Weile unruhig zwischen den Ständern mit Reiseandenken, den Kühltruhen mit Cola, Red Bull und Bier hin und her, dann bleibt er vor einem Ständer mit Kassetten und CDs stehen. Die CD-Cover sind auf einer Leiste abgebildet, in doppelter Briefmarkengröße: ›Streßmanagement‹, ›Feng-Shui-Musik‹. ›Jungle Morning‹, ›Natural Life‹, ›Starry River‹. Darunter sind kleine Knöpfchen. Amöbe drückt eines davon, ›Summer Morning‹. Aus einem verborgenen Lautsprecher ertönt synthetisches Geklimper, unterlegt mit Vogelgezwitscher. Amöbe drückt ein anderes Knöpfchen. ›Morning by the Sea‹. Synthetisches Geklimper, unterlegt mit synthetisch klingendem Meeresrauschen. ›Forest Moonlight‹: Mozarts ›Kleine Nachtmusik‹, im Hintergrund rauscht diesmal der Tann. Dann beginnen Wölfe zu heulen. Erst einer, dann zwei, schließlich heult das ganze Rudel wie Schloßhunde bei der

Probe einer Koloratursopranistin, Janine hat ihren Kaffee ausgetrunken. Auf dem Weg zum Klo kommt sie an Amöbe vorbei,

»Mußt du auch mal?« sagt sie.

»Ja«, sagt Amöbe. »Aber ich gehe draußen. Ich pinkle in die Büsche«,

»Quatsch«, sagt Janine. »Hier, fünfzig Cent. Ich gebe einen aus.«

Sie geht an ihm vorbei, auf der Suche nach der Damentoilette. Das Klo ist kein Klo, sondern eine hochmoderne Bedürfnisanstalt. Die Zugänge sind effektiver abgeriegelt als in bescheideneren Ländern die Staatsgrenzen. Aber auch hier kommt man mit Bargeld weiter: Wenn man fünfzig Cent in den dafür vorgesehenen Schlitz geworfen hat, kann man das Drehkreuz passieren und erhält eine Art Bon, den Janine in ihre Hosentasche schiebt, im Waschraum quasselt eine Männerstimme.

»Hiposan-Sanitärtechnik«, sagt die Stimme. »Sauber, frisch, sicher, kultiviert. Guten Tag und herzlich willkommen, verehrte Gäste«,

Janine betritt eine der Toiletten. Die Toilette beginnt zu spülen. Ein Halter mit Schwamm fährt selbsttätig aus der Wand und setzt sich auf die Klobrille, die unter ihm zu eiern beginnt. In der Luft hängt ein Geruch nach Desinfektionsmitteln und künstlichem Moschus, Janine knöpft sich die Hose auf,

»Ich freue mich, Sie in unserem Hause begrüßen zu dürfen«, sagt die Stimme.

Janine hält inne, die Hose auf Kniehöhe,

»Diese Toilettenanlage ist zu Ihrer Bequemlichkeit mit der neuesten Hiposan-Sanitärtechnik eingerichtet«, fährt die Männerstimme fort. »Höchster Hygienestandard, modernste Sicherheitstechnik, Komfort wie zu Hause, das war unser Ziel. Am Eingang haben Sie einen Wertbon erhalten. Diesen Wertbon können Sie in unserem Restaurant oder in jeder anderen Rast- oder Gaststätte Bayerns einlösen, die über die neueste Hiposan-Sanitärtechnik verfügt«,

Die Klobrille ist zum Stillstand gekommen. Janine läßt sich vorsichtig auf ihr nieder. Die Brille ist ein bißchen feucht, was sicher am Desinfektionsmittel auf dem Schwamm liegt, aber trotzdem widerlich ist,

»Der Bon behält ein Jahr lang seine Gültigkeit. Das einzige, was Sie tun müssen, verehrter Gast, ist, ihn auch einzulösen! Vorzugsweise jetzt gleich, an unserer Bar oder in unserem gemütlichen Restaurant! Das Personal freut sich darauf, Sie bei uns begrüßen zu dürfen. Wir wünschen Ihnen einen angenehmen Aufenthalt und freuen uns darauf, Sie bald bei uns wiederzusehen. Hiposan-Sanitärtechnik. Sauber, frisch, sicher, kultiviert«,

»Hast du das auch gehört, im Klo?« sagt Amöbe.

Sie sind zur gleichen Zeit den gesprächigen Toiletten entkommen. Gehen nun gemeinsam die Treppe hoch.

»Ich verstehe das nicht«, sagt Amöbe zu Janine. »Hat sich bei dir im Klo auch einer darüber gefreut, daß du bei ihm pinkelst? Wieso freut sich der Kerl? Der kennt mich doch gar nicht. Der kann mich gar nicht sehen, der ist doch ein Tonband. Seit wann freut sich ein Tonband, wenn einer pinkelt? Weißt du, ich glaube beinahe, die wollten mich da drin verarschen«,

Sie sind oben an der Treppe angelangt. Amöbe dreht sich nach links. Er tritt an den Tresen, hinter dem eine ältere Dame mit Schürzchen Croissants und Schinkensandwiches in die Vitrine legt,

»Guten Tag!« sagt Amöbe herzlich zu ihr. »Ich wollte nur wissen, ob Sie sich darüber freuen, mich bei Ihnen begrüßen zu dürfen.«

Die Dame mit dem Schürzchen starrt Amöbe an.

»Freuen Sie sich, mich wiederzusehen?« fragt Amöbe. »Hoffen Sie, daß ich Sie bald wieder einmal beehre?«

»Junger Mann!« Die Schürzchendame richtet sich auf. »Jetzt werden Sie frech. Was wollen Sie denn? Ich kenne Sie ja überhaupt nicht!«

»Aha! Also doch!« sagt Amöbe und wendet sich zu Janine um. Er breitet die Arme aus, »die Leute hier kennen mich also gar nicht! Sie freuen sich nicht! Warum freuen sie sich nicht, bitte schön? Warum umgeben mich nicht lauter strahlende Gesichter? Was ist hier los? Ich bin wieder da! Ich bin zurückgekehrt! Ich löse jetzt meinen Hiposan-Sanitär-Bon ein! Warum umringt man mich nicht und heißt mich willkommen?«

Janine lacht und lacht.

»Vorhin, an der Tankstelle«, sagt Amöbe. »An der ersten Tankstelle. Wo ich dich angesprochen habe. Da hast du gesagt, du kennst Neuenburg nicht. Und jetzt fährst du hin. Warum? Wolltest du mich zuerst loswerden, und jetzt hast du es dir überlegt?«

»Kann sein«, sagt Janine. »Aber ich kenne Neuenburg wirklich nicht. Mein Vater ist dort geboren, das ist alles. Ich war noch nie dort«,

»Aha«, fragt Amöbe. »Und jetzt willst du dir ansehen, wo er aufgewachsen ist?«

»Na ja«, sagt Janine. »So ähnlich vielleicht«, Janine schiebt die Unterlippe vor, zieht die Mundwinkel nach unten. »Ich wäre wahrscheinlich gar nicht gefahren, wenn mein Freund am Wochenende in Hamburg geblieben wäre«, sagt sie. »Aber er ist nach Ibiza geflogen, mit irgendwelchen alten Schulkumpels.«

Amöbe sagt: »Ja. So war es bei mir auch. Ich hatte auch keine Lust, in Berlin herumzuhängen, wenn meine Freundin in Neuenburg ist. Also, eigentlich ist sie ja gar nicht meine Freundin. Eigentlich ist sie meine Nachbarin. Aber ich liebe sie eben. Und sie, na ja. Ich glaube, sie liebt mich nicht«,

»Wie heißt sie denn, deine Freundin?« fragt Janine.

»Julia«, sagt Amöbe.

Eine Weile fahren sie schweigend.

Dann sagt Amöbe: »Ich träume manchmal, von solchen Riesenwellen. Ich träume, ich stehe irgendwo, auf der Straße oder auf einem Platz, und auf einmal sehe ich die Welle kommen. Zwischen zwei Häusern hindurch. Sie türmt sich auf und wird immer höher und höher, und ich kann nicht mehr weg, und dann reißt sie mich mit. Aber ich sterbe zum Glück nie dabei. Ich darf mich nur nicht wehren, verstehst du? Ich darf keine Angst haben. Ich muß mich ihr vollkommen überlassen, dann spült sie mich nach einer Weile wieder nach oben. Oder sie setzt mich irgendwo ab. Manchmal kann ich dabei sogar atmen. Unter Wasser. Dann habe ich die Augen auf, und um mich herum strudelt das Wasser, hellblau und türkis und mit lauter Luftblasen. Und dann merke ich, daß ich auch unter Wasser atmen kann. Das ist schön.«

Mark Lehmann steht in der Küche seiner Dachwohnung, in der Neuenburger Altstadt, und packt seine Einkäufe aus. Die Wohnung ist ziemlich nobel: hell und geräumig, mit zwei Balkonen und einer tollen Aussicht über die vielen Türmchen und Giebelchen der Stadt. Sogar die Neuenburg kann man sehen, wenn man sich im Bad aus dem Fenster beugt, Mark ist sehr stolz, auf seine Wohnung. Wenn man ihm eine echte Freude machen möchte, dann bezeichnet man sie als Penthouse, Mark legt die Zigaretten aus dem erotischen Zigarettenladen auf den Küchentisch.

Drei Packungen liegen schon dort. Mark legt die vierte dazu, er ist in Hochstimmung. Er hat sich durchgerungen. Er hat das Mädchen gefragt, ob sie heute abend mit ihm ausgehen mag. Sie war überrascht. Sie hat nicht gleich zugesagt. Sie hat bereits etwas vor, heute abend: aber vielleicht in der nächsten Woche, Mark ist entschlossen, gleich Montag früh Zigaretten kaufen zu gehen. Und heute abend wird er nun eben tatsächlich auf das Fest seiner ihm kaum bekannten Familie gehen: auf die Silberhochzeit der Lehmanns, die Feindschaft zwischen Gernot und Walter Lehmann beruht auf einem Bruderzwist ihrer Väter, soweit Mark weiß.

Angeblich hat Sarahs Großvater Marks Großvater einmal die Treppe hinuntergestoßen und ihm dann noch den Stuhl, auf dem er gesessen hatte, hinterhergeworfen. Nachdem Marks Großvater sich wieder aufgerappelt, seine Knochen überprüft und festgestellt hatte, daß nichts gebrochen war, verfluchte er das cholerische Temperament seines Bruders und beschloß, mit diesem Teil seiner Sippschaft nie wieder etwas zu tun zu haben. Mark hofft, daß er heute abend keine ähnlichen Erfahrungen machen wird.

Er ist durchaus gespannt: Es ist eine Art Abenteuer, die Demarkationslinie zu überqueren und sich ins Feindesland hinauszuwagen. Andererseits, was soll schon passieren? Wenn Mark sich nicht wohlfühlt, kann er jederzeit gehen: auf einen Caipi in die Wunderbar oder ins Kino in die Spätvorstellung, oder er kann jemanden anrufen, Mark ist gerüstet. Er hat sich ein paar DVDs ausgeliehen. Er hat ein paar Flaschen Wein besorgt, dann noch Oliven und eingelegten Käse aus Mahmuds Laden, Mahmud war in Hochstimmung.

Er hat Mark von seinen Plänen erzählt: Er wird das Haus kaufen, in dem sich sein Laden befindet, Mark hat Mahmud dazu gratuliert. Er hat ihm auch zu der gelungenen Beschneidungsfeier seines Sohnes gratuliert, von der Mark am Morgen im Blue Morning Café gehört hat, Mark überlegt, wo er noch schnell einen Happen essen gehen kann, bevor er zu den anderen Lehmanns hinausfährt.

Er überlegt, ob er seine Eltern anrufen soll: Aber er hat keine rechte Lust dazu. Wenn er bis morgen wartet, kann er ihnen wenigstens gleich von seinen Erlebnissen jenseits der Demarkationslinie berichten.

Marianne und Walter sind in Marbella. Sie sind im Friseurstudio Haargenau, das zwischen der Käserei Bavaria und der Hundepension Beethoven liegt, Udo hat gerade Mariannes Tönung ausgespült. Walter sitzt hinten an der Theke und trinkt einen Kaffee. Er ist nicht ganz so guter Stimmung, wie Marianne es sich wünschen würde.

Das bedrückt Marianne ein wenig. Dabei war sie vorhin noch so froh! Sie haben die Karten für die Gala heute abend ja schon abgeholt. Gleich morgens sind sie zur Villa der Perlings gefahren, wo Gerlinde, die deutsche Haushälterin, die Lehmanns bereits erwartet hat, jetzt kann überhaupt nichts mehr passieren. Marianne denkt, daß Walter sich im Grunde auch freut.

Schuld an seiner schlechten Laune ist wahrscheinlich bloß der Wirt vom Fränkischen Schnitzelparadies, wo sie zu Mittag gegessen haben. Er ist ein etwas merkwürdiger Kerl: um die fünfzig, mit ganz kurzem Haar und einer kleinen Tätowierung auf dem Handrücken, er redet dennoch ziemlich gebildet. Er redet gebildeter, als er aussieht, vielleicht ist er eine Art Aussteiger. Wahrscheinlich wählt er in Deutschland die Grünen: Aber Marianne und Walter unterhalten sich trotzdem immer mit ihm. Sie kommen schließlich alle aus derselben Gegend, Walter hat die ›Sol-Nachrichten‹ gelesen, während sie auf das Essen gewartet haben.

Das Blatt für die deutschen Residentialtouristen: in dem diesmal ein Journalist allen Ernstes behauptete, die Spanier verlangten von den Deutschen, daß sie sich besser ins Land integrierten.

Die Deutschen sollten aufhören, sich in Ghettos einzumauern. Sie sollten endlich die Landessprache lernen. Sie sollten spanisches Fernsehen gucken, spanische Zeitschriften lesen, in spanischen Geschäften einkaufen und zu spanischen Chiropraktikern und Rechtsanwälten gehen, Walter hat den Kopf geschüttelt. Wozu sollte er spanisches Fernsehen gucken, das interessierte ihn doch überhaupt nicht! Und überhaupt war es frech. Statt daß die Spanier dankbar waren, für die deutschen Touristen,

Ohne uns könnten die hier doch dichtmachen! hat Walter zum Wirt des Fränkischen Schnitzelparadieses gesagt, als der Walters Gulaschsuppe gebracht hat. Was würde denn zum Beispiel aus der Gastronomie, ohne uns? Was würde aus der Baubranche, ohne die Deutschen? Das ginge doch alles bankrott, wenn die Touristen wegblieben,

Der Wirt hat gelacht.

Klar, hat er gesagt. Und vor allem, was würde aus der Mafia? Das muß man auch mal bedenken. Wo sollten die denn ihre Einkünfte aus dem Menschenhandel waschen, wenn sie hier keine Urbanisationen mehr bauen könnten? Aber noch schlimmer wäre natürlich eine Lockerung der Einreisebestimmungen für Afrikaner. Dann würde die Mafia noch nicht mal Geld verdienen, das sie waschen könnte. Dann hätten die armen Kerle nicht mal Zaster, um die Politiker zu bestechen, die die Baugenehmigungen erteilen,

Marianne ist davon überzeugt, daß der Wirt es nicht böse gemeint hat. Er hat es witzig gemeint, ganz bestimmt. Er ist im Grunde kein schlechter Kerl: Er hat Walter sicher nicht verletzen wollen. Er hat sich nur vorher nicht überlegt, was er sagen will. Er hat nicht nachgedacht, wie so viele Leute: Aber Walter kann manchmal unverhofft irgend etwas ganz fürchterlich krummnehmen,

Du willst doch nicht im Ernst behaupten, daß mein Haus hier irgendwas mit der Mafia zu tun hat! hat er den Wirt angeblafft. Das war ein deutscher Immobilienmakler. Unsere Urbanisation hat eine deutsch-spanische Verwaltung. Ein englisches Sicherheitsunternehmen. Einen spanischen Bauträger,

Marianne hat ihn unter dem Tisch gegen den Schenkel gestupst, um ihn zu beschwichtigen. Aber das hat nicht viel genützt. Walter hat das Gesicht verzogen, eine abwehrende Bewegung mit dem Arm gemacht: Und seitdem ist er einsilbig,

»Schön«, sagt Udo andächtig und tritt zurück. »Schön geworden, die Tönung, wirklich sehr schön«,

»Ja«, sagt Marianne. »Sehr schön.«

Udo hebt einzelne Strähnen an und läßt sie ehrfurchtsvoll wieder sinken. Ist das Kastanienrot der Tönung nicht vielleicht doch ein wenig zu blaustichig? Aber Marianne irrt sich bestimmt.

Sie muß sich irren: Udo ist dermaßen hingerissen, daß er gar nicht danebenliegen kann. Es ist sicher die richtige Farbe. Udo ist ein Fachmann! Und er hat sich heute besondere Mühe gegeben. Er war ja schwer beeindruckt, als Marianne ihm von ihrer Einladung bei der Gräfin Oberloh berichtet hat, das hat Marianne genau gemerkt, Udo nimmt ihr den Umhang ab.

Marianne erhebt sich. Auch Walter steht auf, zückt seinen Geldbeutel. Marianne nimmt die Tragetaschen vom Haken. Escada steht auf der einen, Armani auf der anderen, Udo hält ihnen die Tür auf. Wünscht viel Vergnügen, für heute abend, der Wagen steht vor der Tür, auf dem Kundenparkplatz des Haargenau.

Sie fahren durch die Außenbezirke. Fahren hinauf in die Hügel, auf ihre Urbanisation zu, die in der Sonne glänzt wie eine kleine weiße Stadt, Walter hält an einer Ampel. Ein Stück Zeitungspapier wirbelt im Wind hoch, klebt sich einen Moment ans Fenster, sinkt wieder herab, die Ampel schaltet auf Grün. Walter biegt ab, fährt bergauf, dann durch eine Pinienallee. Hält an der Schranke. Der uniformierte Wächter in seinem Häuschen erkennt ihn und öffnet die Schranke, sie fahren ein Stück die Hauptstraße hinauf, dann biegen sie ab. Sie sind zu Hause.

Marianne sitzt am Pool, mit einem Buch. Es ist ein spannendes Buch. Es erzählt die Geschichte einiger Aborigine-Mädchen, die von europäischen Einwanderern ihren Familien entrissen und in ein fürchterliches Kinderheim verschleppt werden, damit sie dort lernen, daß das christliche Abendland viel aufgeklärter, humaner und barmherziger ist als ihre eigene zurückgebliebene Kultur. Aber eines der Mädchen reißt aus. Ganz allein kämpft sie sich durch den australischen Busch, durch Hitze und Staub und Gefahren, auf dem Weg nach Hause, Marianne leidet sehr mit.

Sie ist allein im Garten: Walter ist geschwommen, und nun ist er ins Haus gegangen, um sich ein wenig hinzulegen. Marianne war nicht im Wasser. Sie wird sich auch nicht hinlegen: Das würde ihre Frisur ruinieren, sie hebt den Blick, um nach ihrem Glas zu greifen.

Der Mann steht ziemlich genau in der Mitte des Gartens.

Er ist sehr groß.

Er ist sehr schwarz: ein richtiger Neger, Marianne springt auf. Der Mann tritt einen Schritt zurück. Er hebt die Hände, mit den Handflächen nach außen. Die Handflächen sind sehr hell. Wo kommt er her? Aus dem Nichts. Der Mann beginnt zu sprechen. Marianne versteht kein Wort. Was soll sie tun? Um Hilfe schreien, weglaufen? Nach Walter rufen? Die Stimme des Mannes klingt jetzt sehr dringlich.

Marianne begreift, daß er abwechselnd spanisch und französisch spricht. Und nun wechselt er auch noch ins Englische, Marianne glaubt zu begreifen, daß er telefonieren will.

Telefonieren? Von ihrem Haus aus? Aber das ist doch vollkommen unmöglich. Wie kommt er denn nur auf eine solche

Idee? Wie kann er denken, daß sie ihn ins Haus lassen wird, Marianne überlegt, ob sie langsam rückwärts gehen soll, um sich dann mit einem Sprung in ihr Wohnzimmer zu retten und schnell die Tür zuzuschlagen. Andererseits kommt sie jetzt allmählich wieder zu sich. Der Mann will ihr vielleicht gar nichts Böses tun. Er hat ihr jedenfalls bis jetzt nichts getan. Daheim hat Marianne einen Volkshochschulkurs für Spanisch besucht! Aber jetzt fällt ihr keine einzige Vokabel ein,

»No!«

Das ist das einzige, was ihr einfällt.

»Sorry, no«,

Der Mann regt sich nicht. Er steht noch immer da,

»No! Go away. Go, go away«,

Sie macht dabei scheuchende Bewegungen mit den Händen, damit er sie auch wirklich versteht, auf einmal dreht er sich tatsächlich um. Geht durch den Garten zurück. Geht durch das offene Tor hinaus, wieso ist denn das Tor unverschlossen?

Walter hat es offengelassen!

Natürlich, seine Urbanisation ist ja hundertprozentig sicher. Seine Stacheldrahtmauern sind unüberwindlich. Sein Sicherheitsdienst sorgt dafür, daß niemand ohne Besuchervisum hier eindringen kann, Marianne steht mitten in ihrem Garten.

Sie wartet, bis der Mann um die Ecke gebogen ist, dann rennt sie durch den Garten zum Tor. Der Schlüssel steckt. Von außen! Marianne zieht ihn ab. Drückt das Tor zu, verschließt es, jetzt beginnen ihre Finger zu zittern. Marianne bricht in Tränen aus.

Karim sitzt auf seinem Bett. Er sitzt an die Wand gelehnt, ein Glas Milch neben sich und einen Haufen Bücher. Sein Handy hat er ausgeschaltet. Karim will jetzt nicht telefonieren, auch nicht mit Sarah. Vor allem nicht mit Sarah. Karim ist schlecht gelaunt. Er ärgert sich, daß Sarah ihn nicht gefragt hat, ob er mit nach Neuenburg kommen möchte, und noch mehr ärgert er sich darüber, daß ihn das ärgert, er hat nicht die geringste Lust auf Neuenburg!

Er hätte ohnehin abgelehnt: Also hätte sie ihn verdammt

noch mal auch fragen können, Karim hat nicht gleich gemerkt, daß er sich über Sarah geärgert hat.

Das geht ihm öfter so. Er braucht häufig eine Weile, bevor ihm klar wird, daß er gekränkt worden ist: Und dann ist er um so zorniger, Karim steht auf und betrachtet zum x-tenmal den Entwurf auf seinem Schreibtisch.

Dieser Entwurf ist ein weiterer Grund für Karims schlechte Laune. Es geht darum, für die alljährlichen Designtage Kästen zu gestalten. Die Kästen sollen an der Decke befestigt werden, und wenn der Betrachter seinen Kopf durch das Loch in ihrem Boden steckt, dann – ja, was dann?

Das diesjährige Motto der Designtage ist »Welterfahrung und Transzendenz«. Karim hat sich überlegt, daß die Atmosphäre in den Kästen vielleicht einen Einblick in die Grunderfahrungen des menschlichen Lebens bieten sollte: Geburt und Tod, Liebe und Haß, Glück und Verzweiflung, Geborgenheit und Angst. Nur hat er leider keine einzige Idee dazu, wie die transzendenten Kästen das transportieren sollen.

Das heißt, er hat durchaus eine Reihe von Ideen, aber keine taugt etwas. Es ist alles Unsinn: Moosgeruch und Düsternis für ein bißchen Gruftatmosphäre, Sphärenklänge und rotgoldenes Licht für die Zeit im Mutterleib, nicht gerade zündend. Eher stinkkonventionell: wobei das eigentlich auch schon egal ist.

Oder wird Karim mit diesem Projekt etwa in die Weltgeschichte eingehen? Werden seine Kästen jemandes Leben, jemandes Welterfahrung beeinflussen? Wird Karim mit ihnen eine Spur hinterlassen, auf der Welt oder wenigstens im Bewußtsein eines einzigen Menschen, so daß es einen Unterschied macht, ob er gelebt hat oder nicht?

Er kehrt zu seinem Bett zurück. Läßt sich zwischen die Bücher fallen, die dort in Stapeln liegen, ein Bekannter hat sie ihm geliehen. Ein Ägypter, der auch in Deutschland studiert, im Gegensatz zu Karim ist er nicht nur in Ägypten geboren, sondern dort auch aufgewachsen.

Im Gegensatz zu Karim ist er gläubiger Muslim. Karim ist zwar beschnitten, er kennt die fünf Säulen des Islam, und er hat auch kein Problem damit, laut auszusprechen, daß es keinen Gott außer Gott gibt und daß Mohammed sein Prophet ist. Aber er betet nicht, er fastet nicht während des Ramadan, er entrichtet keine Almosensteuer, er plant keine Pilgerreise nach Mekka, und er hat niemals Religionsunterricht bekommen, auch wenn seine Mutter sich als Muslima bezeichnet.

Aber sein Vater bezeichnet sich ja auch als Christ, und in Wirklichkeit ist er ein Konvertit. In Wirklichkeit interessiert ihn das Christentum so wenig wie Shinto oder der Konfuzianismus. Er gehört einer ganz anderen Glaubensgemeinschaft an: der der Ökonomen,

Es gibt keinen anderen Markt als den Markt, und Adam Smith ist sein Prophet.

Ich glaube an die lebenssinnstiftende Kraft der Unternehmen, an die schrankenlose Bewegungsfreiheit des Kapitals, an das unendliche Begehren und die Produktion überflüssiger Güter, an eine Ethik des Erfolgs, an die naturgegebene Existenz von Zinsen, an die anonymisierte und totale Konkurrenz aller Menschen zueinander, an die Propheten der Börsencrashs, Wachstumsraten, Währungsturbulenzen, Ölpreise, Warenterminwetten und Steuereinnahmen, an die pausenlose und sich jeden Tag erneuernde Feier des kapitalistischen Dauersonntags, an die unsichtbare Hand, die aus der Gier einzelner einst das Wohl aller hervorgehen lassen wird, an die Macht des Geldes, uns zu erretten aus der Sorge vor der nicht vorhersehbaren Zukunft, und an das natürliche Recht der Unternehmer, Manager und Neo-Feudalherren, zu herrschen in unumschränkter Glorie über die von ihnen umgestaltete Erde und alle ihre Geschöpfe, amen,

Karim lehnt sich auf seinem Bett zurück. Er schlägt eines der Bücher auf, in dem ein Stück Zigarettenschachtel als Lesezeichen klemmt, der Autor ist Ägypter, genau wie Karim.

Er war Literaturwissenschaftler, in den USA. Aber der Westen war ihm zuwider. Der amerikanische Lebensstil: seine Oberflächlichkeit, seine Banalität, mitten in Amerika ist er zum radikalen Muslim geworden. Er ist nach Ägypten zurückgekehrt und hat sich einer Bruderschaft angeschlossen, deren Mitglieder sich all jener körperlichen und geistlichen Nöte der Armen annahmen, die der ägyptische Staat ignorierte. Und er hat zu schreiben begonnen. Bald hatte er eine eigene Gefolgschaft, die sich nicht auf Ägypten beschränkte, Karim liest, der moderne Mensch sei innerlich zerrissen.

Er sei orientierungslos, ohne Kontakt zu seiner wahren Natur. Er sei leer trotz seines Reichtums, unglücklich trotz seiner zweifelsohne erfreulichen wissenschaftlichen und technischen Errungenschaften, in tiefster Seele angewidert von seinen banalen Vergnügungen und Ablenkungen, Karim hat schon eine Menge gelesen, das ähnlich klang.

Dichter und Denker beklagen ja regelmäßig den Zustand des modernen Menschen in der modernen Welt: wobei Karim vorwiegend westliche Dichter und Denker einfallen. Das ist eine weitere Sache, die Karim ärgert. Es ärgert ihn, daß ihm europäische und amerikanische Autoren vertrauter sind als dieser angeblich so berühmte Landsmann seiner Mutter, von dem er bislang noch nie etwas gehört hat. Es ärgert ihn, daß er zwischendurch Sarahs Stimme im Ohr hat,

Warum gehst du eigentlich nicht nach Ägypten zurück, wenn dich hier alles nur anekelt? Vielleicht gefällt dir das Leben dort besser. Vielleicht ist dort alles viel besser als hier,

Aber überall auf der Welt ist es gleichermaßen unerträglich: Das liest Karim, in den Büchern des Ägypters. Überall ist es das gleiche, weil der Westen die ganze Welt korrumpiert hat. Dabei ist der Westen im Grunde längst bankrott. Und genau deshalb setzt er seit jeher alles daran, den Islam zu zerstören: um seinen eigenen Bankrott zu verschleiern, Karim liest, daß alles, was der Westen berührt, zerbricht.

Alles, was von Natur aus zusammengehört, hat der Westen gespalten: Religion und Wissenschaft, Weltliches und Heiliges, Körper und Seele, Gott und Gesetz, Kirche und Politik. Und nach und nach hat er mit dieser Krankheit alle anderen Kulturen infiziert, bis keine mehr heil war, auch nicht die muslimische Welt mit ihren vom Westen vergifteten Machthabern und korrupten Kleptokraten, allesamt ausbeuterisch und dem Westen hörig und vollkommen gleichgültig gegenüber der Umma und dem eigenen Volk, den wahren Islam hat es nur eine kurze Weile gegeben. Nur zu Zeiten Mohammeds und der ersten vier Kalifen: damals, als die Gläubigen von der liebenden Fürsorge füreinander beseelt waren und von der reinen Liebe zu Gott, die sie einte und leitete. Alles, was danach kam, war ein Fehler, liest Karim.

All die Jahrhunderte islamischer Geschichte, all die regionalen Ausprägungen islamischer Kultur von Indonesien bis Usbekistan, von Malaysia bis Nigeria, das goldene Zeitalter des Islam zwischen dem 8. und dem 13. Jahrhundert, in dem Medizin und Architektur, Sprach- und Geschichtswissenschaft, Philosophie und Naturwissenschaften erblühten, die Offenheit des muslimischen Spanien, in dem Juden, Christen und Muslime friedlich zusammenlebten, bis die christliche Reconquista dem ein Ende bereitete, kurz, der gesamte historisch gewachsene Islam war nichts als ein gotteslästerlicher Irrtum. Nichts als Staub, der die wahren Wurzeln des Glaubens vergiftete, Müll, der sie erstickte und der in Flammen aufgehen mußte, um diese Wurzeln wieder freizulegen und Raum zu schaffen für die Rückkehr zu den wahren Prinzipien der Scharia.

Denn das war der einzige gangbare Weg. Das war die einzige Hoffnung der Welt: die Rückkehr zu Gottes eigenem Gesetz, in dem Irdisches und Göttliches, Wissenschaft und Religion, Seele und Körper eins wurden, die Scharia bedeutete Heilung der Zerrissenheit.

Sie war die Antwort auf jede Situation: ein umfassendes System für das menschliche Leben in allen seinen Aspekten, das zugleich die Banalitäten des irdischen Alltags heiligte und das Göttliche dem Irdischen zugänglich machte, die Scharia machte frei.

Sie und nicht etwa die Demokratie erlöste den Menschen wahrhaft aus der Unterdrückung: Die Scharia war eben kein wackliges menschliches Konstrukt, sondern göttlichen Ursprungs. Wo sie herrschte, mußte sich deshalb niemand mehr einem sterblichen Machthaber unterwerfen. Regierende wie Regierte waren ihr gleichermaßen unterstellt, und zwar ihr allein, begreiflicherweise sah die ägyptische Regierung der sechziger Jahre diese Dinge ganz anders.

Der Autor wurde eingesperrt, saß lange Jahre in Haft und wurde schließlich zum Tode verurteilt. Mehrere Länder boten ihm Asyl an, aber er lehnte ab: Er würde seinen Anhängern ein standhaftes Vorbild sein.

Er war bereit zu sterben. Er wollte sterben, dem Geist seiner Schriften getreu: Denn hatte er nicht selbst gelehrt, die einzige Chance der Welt liege in ihrem Untergang? Im heiligen Krieg: den es zu führen und in dem es zu sterben gilt, Karim senkt das Buch.

Er hat eigentlich keine große Lust, die Welt zu zerstören, damit sie überlebt. Er hat keine Lust, sie in eine Zeit zurückzubomben, die es niemals gab. In welche Zeit denn, in die der ersten vier Kalifen, in die der Urchristen? Wie wäre es mit der Epoche des Wirtschaftswunders und der Vollbeschäftigung? Oder der des Pyramidenbaus? Warum nicht überhaupt zurückgehen bis ins Mesozoikum, warum nicht baden gehen in der Ursuppe, Karim wirft einen Blick auf die Uhr. Es ist später, als er gedacht hat.

Er sollte jetzt aufhören zu lesen. Er sollte aufstehen und arbeiten: sich den transzendenten Kästen widmen, vorher sollte er sich aber noch etwas zu essen machen, Karim hat Hunger. Aber er hat keine Lust, zum Kühlschrank zu gehen. Wozu auch? Es ist sowieso nichts zu essen da. Dann muß er sich eben nachher auf dem Weg zur Taxizentrale einen Döner holen, oder einen Hamburger, wobei ihn diese Aussicht nicht etwa erfreut. Karim hat die Nase voll von dem ewigen Fastfood-Fraß.

Und er hat keine Lust, heute abend noch Taxi zu fahren: Aber sein Vater vertritt die Ansicht, daß es jungen Männern in Karims Alter gut bekommt, wenn sie finanziell ein bißchen kurz gehalten werden. Er glaubt, es verdirbt den Charakter, wenn junge Leute es zu bequem haben, Karim hat ihn einmal gefragt, wann sich das seiner Meinung nach ändert.

Ab welchem Alter Geld nicht mehr den Charakter verdirbt, sein Vater hat gelacht. Er hat die Frage nicht ernst genommen, Karim muß plötzlich an ein Spiel denken, das er als Kind mit seinem Vater gespielt hat.

Es war ein Frage-und-Antwort-Spiel, das sie zusammen erfunden hatten,

Papa, was bist du?

Ein Mann.

Was bist du noch?

Ein Ehemann.

Was noch?

Ein Sohn.

Was noch?

Ein Kaufmann.

Was noch?

Ein Zeitungsleser.

Was noch?

Ein Jazzfan.

Ein Tennisspieler, ein Theaterbesucher, ein Shakespeare-Leser, ein Autofahrer: bis zum letzten Was noch?, auf das die Antwort natürlich lauten mußte: dein Papa, gefolgt von begeistertem Lachen, Umarmungen,

Und, Papa, was bin ich?

Ein Fußballspieler, ein Bäumekletterer, ein Bildermaler, ein Fahrradfahrer. Ein Freund, ein Neffe, ein Sohn, ein Schulkind,

Der Reiz des Spiels bestand darin, daß sie beide so viele verschiedene Personen waren. Daß sie zu so vielen verschiedenen Gruppen gehörten, die gar nichts miteinander zu tun hatten: Und dennoch gehörten sie beide zusammen, Karim und sein Vater, Karim fragt sich, wie das Spiel liefe, wenn er es heute spielen würde.

Was bist du, Karim?

Ein Designer, ein Moslem, ein Deutscher, ein Ägypter. Ein Tennisspieler, ein Leser, ein Taxifahrer, ein Student,

Aber das Spiel macht Karim keinen Spaß mehr.

Es erfüllt ihn nicht mehr mit Glück, all diese Rollen zu spielen, all diese Zugehörigkeiten miteinander zu vereinbaren. Wer zu allen Gruppen gehört, gehört doch letztlich zu gar keiner wirklich. Wer von allem ein bißchen kann, ist in allem ein Dilettant. Und wer gleichzeitig dies ist und jenes und noch etwas anderes, ist am Ende möglicherweise gar nichts, Karim auf dem Bett schlägt das Buch wieder auf.

Die Eleganz des Stils ist jedenfalls fesselnd. Die gelassene Sprache: die in geradezu klassischer Gemessenheit die Muslime der Welt zum heiligen Krieg aufruft. Die an die Gläubigen appelliert, bereitwillig ihr Leben zu opfern: Man stirbt schließlich nicht wirklich dabei. Im Gegenteil: Wer für den Islam stirbt, erweitert sogar das Maß seiner Wirkungskraft.

Er wird einflußreicher als je zuvor. Er lebt weiter: und nicht nur im himmlischen Paradies, sondern auch hier, mitten in dieser Welt. Seine Tat formt doch das Leben, Denken und Handeln von Hunderten, ja Tausenden von Menschen. Seine Familie, seine Freunde, alle fühlen sich ihm verbunden. Er ist allen ein leuchtendes Vorbild. Er ist das Licht in der Finsternis, das ihnen die Richtung weist: und nicht nur seiner Familie, seinem Stamm und seinem Land, sondern auch seinen Glaubensbrüdern auf der ganzen Welt. Durch seinen Tod ist er ständig unter ihnen anwesend. Nie hat er aktiver, wirkungsvoller in Leben und Alltag der Menschen eingegriffen. Sein Einfluß wächst von Tag zu Tag, seine Wirkung breitet sich weiter und weiter aus, so daß er selbst lebendiger und lebendiger wird, Karim ist es, als öffnete sich vor ihm ein Tunnel.

Der Tunnel führt aus dem Alltag heraus. Wer ihn betritt, läßt das normale Leben weit hinter sich: Trauer, Sehnsucht, Langeweile und Unsicherheit, Geldmangel, Sorgen, Mühe und Angst. Dem Sog dieses Tunnels müßte man sich nur einen Moment lang hingeben, dann würde alles ganz einfach werden. Alles würde wie von allein geschehen. Das Leben liefe wie auf Schienen dahin: Zuerst würde man aufgenommen von der Gemeinschaft der Gläubigen. Man wäre geborgen, würde von der Gemeinschaft getragen: Und dann, während man sich seiner Aufgabe stellte, während man lernte, dem Tod gewachsen zu sein, würde man sich allmählich über alles erheben.

Während man immer mehr in der Achtung der Gemeinschaft wüchse, würde man zugleich jede Angst verlieren und mit ihr jedes Mitleid, jede Hemmung. Jede persönliche Eigenschaft. Man würde sämtliche Fesseln abstreifen. Man würde sich selbst abstreifen, den eigenen Character, die Herkunft, die Zukunft: Man träte ins Licht. Man ginge unter den anderen umher wie ein Engel auf Erden, ohne jede Bodenhaftung, nichts würde einem mehr nahegehen: der eigene Schmerz nicht und schon gar nicht der Schmerz der anderen, Karim steht auf.

Er geht zum Fenster. Öffnet es, sieht hinaus, ohne etwas zu sehen, Karim überlegt, wie es wohl wäre, eine Spur zu hinterlassen. Wie es wäre, für eine große Sache zu sterben. Sein Leben für etwas hinzugeben, so daß es von Bedeutung gewesen wäre, ob man gelebt hat oder nicht. Karim stellt sich vor, mit einer Bombe am Körper in einen Supermarkt zu gehen oder in das Stammhaus einer großen Bank. Er versucht sich die letzten Minuten vorzustellen: die Angst, die Kälte. Das durch die Adern rasende Adrenalin. Das vor Erregung stolpernde Herz. Die rauschhafte Macht über all diese fremden Menschen, die nah, fast hautnah an ihm vorübergehen, ohne zu wissen, daß sie gleich sterben werden. Daß sie zusammen mit ihm sterben werden, zerrissen werden wie er, so daß sich ihr Blut miteinander mischt.

Wer bist du, Karim?

Einer, der sein Leben hingibt

Dann kommt der letzte Moment. Der Kamm der Welle, das Innehalten der Zeit: Und dann wäre alles vorüber.

Gernot sitzt auf dem Klo. Er sitzt im kleinen Bad, wo die Dusche ist. Hier herrscht wenigstens Ruhe. Hier kann man in Frieden die Zeitung lesen. Hier kann man es sogar ganz besonders bequem tun: Gernot zieht dazu immer den viereckigen Hocker aus der Ecke heran, auf dem man die Zeitung ausbreiten kann wie auf einem Tisch. Er liest immer zuerst die Todesanzeigen, dann die Insolvenzmeldungen. Im Sportteil findet sich ein Foto von

OB Franz Vogel mit der Neuenburger Handballmannschaft, das Jo Perling ärgern wird. Im politischen Teil findet sich eine Reportage über die evangelikalen Christen in Amerika, die sich heroisch dem Zerfall aller Werte, der Zerrüttung aller Moral entgegenstemmen. Ein Dr. Edward P. Miller wird ausführlich zitiert: ein ehemaliger Fernsehprediger und jetziger Berater des Präsidenten, Dr. Miller sehnt sich offenbar nach der Apokalypse.

Er freut sich allen Ernstes auf den Weltuntergang, zusammen mit all den anderen wiedergeborenen, aber anschließend wohl nicht wieder vollständig enkulturierten US-Bürgern: in deren Augen die wirkliche Welt von Spitzbergen bis Kapstadt, von München bis Melbourne nichts als ein vorübergehender Irrtum ist. Ein Irrtum, den Gott hoffentlich demnächst berichtigen wird: Jeder gerodete Urwald, jedes zerstörte Biotop, jedes Anzeichen der drohenden Klimakatastrophe ist deshalb in Wahrheit ein Grund zum Jubel. Denn erst wenn endlich alles restlos zerstört ist, wird der Erlöser zurückkommen.

Und die Anzeichen dafür mehren sich. Alles deutet darauf hin, daß der Weltuntergang nicht mehr fern ist: Naturkatastrophen, Kriege im Nahen Osten, Terrorismus, der Zusammenschluß europäischer Staaten in der EU, die Existenz Israels, schwindende Ölressourcen, Seuchen, das wirtschaftliche Erstarken Chinas, bald wird sich der Antichrist an die Spitze der UN setzen. Er wird eine Weltregierung, eine Weltwährung und eine Weltreligion schaffen. Und dann kommt Armageddon. Die Schlacht am Ende der Weltgeschichte, die alles zu Asche macht und die Millionen von Amerikanern offenbar kaum noch erwarten können: Danach fängt schließlich Gottes tausendjähriges Reich des Friedens an, Gernot auf dem Klo fragt sich, ob es in Mr. Millers tausendjährigem Reich wohl hin und wieder auch ein kaltes Bier geben würde oder eine Jazz-CD.

Ob man gelegentlich mal nach London ins Theater jetten könnte oder zum Surfen in die Karibik: Aber er hegt den starken Verdacht, daß es damit wohl Essig wäre. Traditionell sind die Gründer tausendjähriger Reiche dergleichen Dingen wenig geneigt: Und nach Mr. Millers Armageddon wären ohnehin alle

Ferienanlagen, alle Kneipen, Theater, Bibliotheken und Kinos und der ganze bunte Rest zu giftigem Staub zerfallen.

Wenn Mr. Miller sich über die moderne Welt ärgert, dann richtet sich sein Zorn nämlich gegen solche Auswüchse wie die Schwulenehe oder die Abtreibung, nicht jedoch gegen Massenvernichtungswaffen. Die werden schließlich noch dringend gebraucht, für den Weltuntergang, *good bye, London! Ciao ciao, Roma!* Auf Wiedersehen, Kinder, wie lange würde das Millersche Millennium wohl dauern?

Möglicherweise deutlich länger als die zwölf Jahre, die sich das letzte gehalten hat. Vielleicht sogar mehr als nur ein Jahrtausend: Gernot hat neulich irgendwo gelesen, daß die Menschheit schon deshalb nicht in der Lage wäre, die Zivilisation ein zweites Mal zu erfinden, weil längst alle oberflächennahen Metalle abgebaut sind. Man bliebe für immer in der Steinzeit gefangen: Aber das wird Mr. Millers Gott sicher regeln, wenn er erst einmal da ist, etwas befremdet betrachtet Gernot die Bilder, die zu dem Artikel gehören. Eines stammt offenbar aus einer amerikanischen Werbekampagne,

Schlank werden – jünger aussehen – gesund und leistungsfähig bleiben bis ins hohe Alter? Vertrauen Sie auf die Halleluja-Diät! Der HERR selbst hat uns Tips gegeben, für eine gesunde Ernährung: Sehet da, ich habe euch gegeben alle Pflanzen, die Samen bringen, auf der ganzen Erde, und alle Bäume mit Früchten, die Samen bringen, zu eurer Speise (Genesis Kapitel 1, Vers 29).

Gott ist eben immer willens, den Gläubigen in *his own country* beizustehen. Er wird ihnen auch dabei helfen, ihre uramerikanische Neigung zu extremer Fettleibigkeit in den Griff zu kriegen: Und Reverend Donald McJenkins wird Ihn dabei unterstützen. Der Reverend hat lauter wohlschmeckende Gerichte kreiert, alle nach Genesis Kapitel 1, Vers 29: die er nun als ›God's Own Cookbook‹ äußerst erfolgreich vermarktet, das zweite Bild in Gernots Zeitung zeigt einen Mann mit Dornenkrone und Schwert.

Gernot betrachtet ihn stirnrunzelnd. Der Mann soll offenbar Jesus darstellen. Gernot ist weiß Gott kein Theologe, aber dieser

Gottessohn ist ihm jedenfalls fremd. Er hat so gar nichts gemein mit dem sympathischen, etwas hippieähnlichen Friedensbewegten, an den Gernot sich aus den Tagen seines Konfirmandenunterrichts erinnert. Er sieht eher aus wie Conan, der Barbar: ein Gewaltherrscher, mit dem verglichen die Reiter der Apokalypse wie Kinder auf den Holzpferdchen eines Karussells wirken, sein feuriger Blick wird seinen Gegnern das Fleisch von den Knochen brennen. Seine Stimme wird ihre Köpfe zerplatzen, ihre Gedärme in Flammen aufgehen lassen und so weiter und so weiter: Aber natürlich trifft das alles nur die Ungläubigen.

Die wahren Christen werden nämlich schon vorher gerettet. Die wahren Gläubigen werden in den Himmel entrückt, bevor das Gemetzel beginnt. Jeder einzelne von ihnen wird nach oben gebeamt werden, ganz plötzlich und unerwartet, egal ob er gerade einen vollbesetzten Jet fliegt oder den ersten Geburtstag seiner Tochter feiert oder im Atlas nach der ungefähren Lage des Landes sucht, in das er zur Zeit Menschenrechte und Demokratie hineinbomben läßt: Und dann können all diese Entrückten von oben zuschauen, wie unten auf der Welt der pilotlose Jet in das neuerbaute World Trade Center donnert, wie ihre vielleicht nicht ganz so christlichen Nachbarn, Freunde und Verwandten der Beulenpest, dem Hunger, der Folter, dem Atomkrieg, Meteoriteneinschlägen, Erdbeben und Vulkanausbrüchen erliegen und wie schließlich der Rest von Gottes heiligen Heerscharen zertrampelt wird.

Darauf freuen sie sich natürlich. Sie haben schließlich reservierte Sitzplätze für den wildesten Actionknaller, den es je gegeben hat. Logenplätze, auf der Erdumlaufbahn: Kein *special effect* wird ihnen entgehen, aber bevor es soweit ist, müssen Mr. Miller und all die anderen schnell noch mithelfen, Afrika möglichst gründlich zu missionieren.

Dort nämlich sind die Evangelikalen offenbar mit Erfolg tätig. Wie schaffen sie es bloß, daß ihnen die Afrikaner überhaupt Armageddon abkaufen? Die Afrikaner brauchen die Apokalypse doch sicher gar nicht. Gernot jedenfalls hätte geschworen, Afrika hätte mit der fortschreitenden Verarmung, der Verödung der Felder, den ethnischen Problemen, der Überbevölkerung, Unterernährung, AIDS, den Bürgerkriegen und blutrünstigen Potentaten schon mehr als genug eigene Sorgen, Gernot läßt seine Zeitung sinken.

Nimmt einen Moment lang mit Befriedigung zur Kenntnis, wie gemütlich und nett es sich auf seinem Klo sitzen läßt: Auf dem Fenstersims (weißschimmernde Fliesen) steht seine große blaugeblümte Tasse mit Milchkaffee. Vor ihm auf dem Boden (alte Holzdielen, abgeschliffen und geölt) steht der praktische kleine Schemel, auf dem die Zeitung ruht. Am Haken neben der Tür hängt sein vertrauter grüner Zweitbademantel. Auf dem Bord daneben reihen sich Fläschchen mit Rasierwasser, Flüssigseife, Eau de Cologne nebeneinander auf wie brave Soldaten, Europa ist wirklich der letzte Hort der Vernunft.

Eine letzte Festung der Aufklärung, ringsum bedrängt von Armut, Krieg, Krankheit und Heeren religiöser Fanatiker. Eine einsame Insel der Seligen, inmitten der heulenden See des Wahnsinns, im Lokalteil findet sich ein Interview mit Jo Perling.

Nanu? Davon hat Jo gestern gar nichts gesagt. Er muß das doch gewußt haben. Er muß dieses Interview spätestens gestern gegeben haben. Obwohl, dies ist überhaupt kein Interview. Es tut nur so, als wäre es eins. Aber nirgendwo ist der Name des Redakteurs zu sehen. Das Kürzel des ›Neuenburger Anzeigers‹ findet sich nicht vor den Fragen. Und den Text hat ganz offensichtlich die Pressestelle der Perlingwerke verfaßt,

– Herr Perling, Sie haben viel Lob für die Gestaltung der Gebäude im Westen unserer Stadt erhalten. Die gelungene Gesamtkonzeption ist ein echter Gewinn für Neuenburg. Warum liegt Ihnen nun die Innenstadt am Herzen?

– Ganz einfach. Es liegt im gesteigerten Interesse unseres Unternehmens, hochqualifizierte Führungskräfte nach Neuenburg zu ziehen. Naturgegebenermaßen sind solche Leute wählerisch. Sie verfügen weitgehend über die Möglichkeit, sich ihr Lebens- und Arbeitsumfeld selbst auszusuchen. Selbstverständlich besitzt der Name Perling weltweite Attraktivität. Aber das ist ja nicht allein ausschlaggebend. Das Umfeld, das man zu bieten hat, ist ebenso wichtig. Das gesamte Ambiente muß entsprechend ausgerichtet sein: die Infrastruktur, die Einkaufsmöglichkeiten, die Gastronomie, die Schulen, die Struktur der verfügbaren Immobilien, Freizeit- und Sportmöglichkeiten und so weiter. Ein schlüssiges Konzept für die Region zu erstellen wäre zudem auch im Interesse der alteingesessenen Bürger von Neuenburg.

– Welche konkreten Vorschläge würden Sie denn der Stadt unterbreiten?

– Für vollkommen unumgänglich halte ich es zunächst, daß eine Buslinie geschaffen wird, die vom Busbahnhof in die Innenstadt führt. Die Stadt ist damals bei der Erarbeitung des neuen Nahverkehrskonzepts bedauerlicherweise auf meine diesbezüglichen Anregungen nicht eingegangen, was nun die Bürger Neuenburgs ebenso büßen müssen wie der Einzelhandel. Dem Sterben der Innenstadt muß Einhalt geboten werden. Die Ansiedelung attraktiver Geschäfte muß durch geeignete städtebauliche Maßnahmen gefördert werden. Darüber hinaus muß der Marktplatz aufgewertet werden. Ich denke an Brunnen, Bänke, Wasserspiele. An eine geschmackvolle Begrünung, Bäume. Rosen vielleicht. Kugelrobinien. Wobei das alles nicht den geringsten Sinn macht, wenn man dem Vandalismus nicht Einhalt gebietet. Die Innenstadt ist zum Sterben verdammt, wenn sich die Bürger in ihr nicht sicher fühlen können. Es muß gewährleistet sein, daß mit öffentlichen Geldern erbaute Anlagen nicht jede Nacht beschmiert und vollgesprüht werden, daß Grünzonen nicht mutwillig zertrampelt und Passanten nicht belästigt werden. Erst letzte Woche ist ein Papierkorb auf dem Marktplatz in Brand gesetzt worden. Dergleichen tatenlos zu dulden ist absolut unverantwortlich. Ganz offensichtlich sind die Ordnungskräfte damit überfordert, die Sicherheit des öffentlichen Raumes zu garantieren. Die Verwaltung ist nicht in der Lage, die Ordnung aufrechtzuerhalten, die eine Grundvoraussetzung für jede weitere Maßnahme in der Innenstadt ist,

Gernot läßt die Zeitung sinken. Er kickt den Hocker weg. Steht auf, zieht seine Hosen hoch, betätigt die Spülung, was hat

Jo vor? Dieses Liedchen von Ordnung und Sauberkeit hat Gernot ihn noch nie pfeifen hören, Gernot geht den Flur entlang, dann durch den Hauswirtschaftsraum, an den drei Wäschekörben vorbei.

Er geht in den Garten, holt das Handy aus der Jackentasche und wählt Jo Perlings Nummer. Starrt zu seinem Haus hinüber, ohne es zu sehen. Bewegt Sarahs Schaukel, ohne es zu wissen: zieht leicht an einem der morschen Seile, läßt es wieder los, dann meldet sich eine Stimme. Aber es ist nicht Jo Perling.

Es ist Jos Frau Diane: die Gernot zu seiner Silberhochzeit gratuliert, Barbara grüßen läßt und glaubhaft versichert, Jo sei nicht da. Er habe sein Handy zu Hause vergessen und sei deshalb im Moment gar nicht zu erreichen.

Barbara räumt das Schlafzimmer auf. Dazwischen schaut sie hin und wieder ihren Ring an. Er ist schön. Der Diamant ist so in das Gold der Fassung eingelassen, daß es aussieht, als sei das Metall um den Stein noch weich. Als versinke der Stein allmählich darin, natürlich hat Sarah den Ring ausgesucht. Barbara ist froh, daß ihre Tochter einen so guten Geschmack hat. Wer weiß, was Gernot angeschleppt hätte!

Barbara schüttelt die Betten auf, schließt die Türen des Wandschranks. Rutscht unverhofft in eine ihrer Visionen hinein: was ihr häufig passiert, wenn sie einen Moment allein ist, seit dem Tod ihres Vaters. Wenn sie wieder aus diesen zwanghaften Bildern herausfindet, was immer lange dauert, bemüht sie sich, alles sofort auszulöschen. Es macht ihr angst. Es ist, als könnte sie das Gefürchtete herbeihexen, durch die Kraft, die die Bilder haben: Aber genau wegen dieser Kraft kann sie den Bildern nicht widerstehen, sie kann nur hinterher versuchen, das drohende Unheil abzuwenden. Den unsichtbaren Beobachter ihrer Visionen zu beschwichtigen: die allmächtige, gleichmütige Instanz, die alles wörtlich nimmt, als Wunsch auffaßt und es dem Menschen voll Großmut zuteilt,

»Löschen, löschen!« flüstert Barbara. »Ich habe dies nicht gemeint«,

Aber sie sieht ihre Mutter Marie tot.

Sie sieht das alte Gesicht klein werden, verfallen im Moment des letzten Atemzugs wie das ihres Vaters. Sie sieht ihre Tochter Sarah tot. Sieht sich selbst am offenen Sarg stehen und die Familie, die Freunde ihrer Tochter vorüberschreiten, sie überlegt, was sie ihrer Mutter und ihrer Tochter anziehen würde, auf dem letzten Weg. So wie sie überlegen mußte, was ihr Vater tragen sollte: worin man ihn im Ofen verbrennen würde, sie weiß, was sie nach der Beerdigung ihrer Mutter und ihrer Tochter täte. Sie würde sich das Leben nehmen. Sie hat die Details bereits festgelegt. Geht sie noch einmal durch: Sie sieht sich eine Liste anfertigen. Auf dieser Liste stehen die Namen ihrer Eltern, der Name ihres Kindes. Ihre Geburts- und Todesdaten: und zuletzt ihr eigener Name. Das Datum ihrer Geburt. Das ihres Todes: eben des Tages, an dem sie die Liste aufstellt, sie würde sie im Arbeitszimmer ihres Vaters schreiben, an seinem Schreibtisch.

Dort würde sie sich umbringen. Im Haus ihrer Eltern, das dann das ihre wäre, vorher würde sie den Schreibtischstuhl vom Schreibtisch weg ans Fenster rücken. Der Blick von dort geht ins Weite hinaus: über die Stadt hinweg zu den Hügeln jenseits der Stadt, sie würde zu den Hügeln hinübersehen. Dort würde man sie finden, mit nichts in der Hand als dem Blatt mit den Daten. Sie denkt nicht darüber nach, wer sie fände. Sie denkt keinen Moment lang an Gernot.

Marianne findet keine Ruhe. Sie hat schon die Küche aufgeräumt, jetzt nimmt sie sich das Schlafzimmer vor. Räumt Dinge in und wieder aus dem Schrank. Nimmt zusammengefaltete Sachen heraus, faltet sie wieder neu, sie sagt sich, daß sie sich beruhigen muß. Es ist doch alles gut ausgegangen! Walter hat sofort die Männer von *International Safety and Security Services* benachrichtigt, kaum daß Marianne ins Haus gestürzt war und ihn geweckt hat. Die Leute haben die Sache überprüft. Sie haben festgestellt, wie der Mann hereingekommen ist: Eine Kamera hat ihn dabei gefilmt, wie er das Gelände der Urbanisation betritt, man wird ihn sicher finden. Es besteht keinerlei Anlaß zur

Sorge. Wahrscheinlich war es bloß einer von den Marokkanern, die hier in der Urbanisation arbeiten, nur daß er aus irgendwelchen Gründen keine Uniform anhatte, natürlich gibt es auch schwarze Marokkaner! Walter hat Mariannes Hände genommen. Er hat sich mit Marianne auf das Sofa gesetzt, in ihrem maurisch eingerichteten Wohnzimmer,

Jetzt beruhige dich doch bitte, Marianne. Sag mir noch mal, was wollte der Mann? Telefonieren? Also hör mal, wahrscheinlich hast du ihn falsch verstanden. Du hast einen Schreck gekriegt, gut, das sehe ich ein. Aber es ist ja gar nichts passiert. Nun sag mal ehrlich, wärst du auch dermaßen außer dir, wenn es ein Deutscher gewesen wäre, oder ein Engländer? Oder meinetwegen sogar ein Spanier?

Nein. Natürlich nicht. Das hat Marianne sofort zugegeben. Sie hat ja selbst eingesehen, daß sie wahrscheinlich überreagiert hat. Sie hat es sogar eingesehen, während der Mann noch vor ihr gestanden hat: Nur deshalb hat sie ja den Mut aufgebracht, ihn zu verscheuchen. Und natürlich ist ihr jetzt auch wieder eingefallen, was sie zu ihm hätte sagen sollen,

Salga, por favor,

Und nun kommt Marianne ein neuer Gedanke. Der Mann kann ja nicht hinaus. Seine Hautfarbe macht ihn sofort als Eindringling kenntlich. Und die Grenzen der Urbanisation werden von Mauern, Glasscherben und ISS-Männern geschützt,

»Walter?« ruft Marianne zur Terrasse hinüber, wo Walter in einem Sessel sitzt und einen Apfel ißt. »Kannst du noch einmal anrufen, bei der Verwaltung? Kannst du sie noch mal fragen, ob sie den Mann inzwischen gefaßt haben? Oder ob sie ihn gefilmt haben, wie er die Urbanisation verläßt«,

»Natürlich«, sagt Walter.

Er legt den angebissenen Apfel auf das Tischchen neben der Terrassentür. Dann steht er auf, betritt das Wohnzimmer, Marianne hört, wie er ins Telefon spricht,

»Ja«, sagt Walter. »Gut. Ja, natürlich. Doch, davon gehen wir aus«,

Walter legt auf.

»Nichts«, sagt er zu Marianne. »Bis jetzt haben sie noch keine Spur von dem Kerl«,

»So«, sagt Marianne. »Na prima. Ganz großartig. Das heißt doch, er ist immer noch hier. In der Urbanisation. Walter, das ist unheimlich. Was um Himmels willen will denn der Kerl«,

Und gerade heute! Es ist so gemein. Es ist unglaublich, daß so etwas ausgerechnet heute passieren und ihr die Vorfreude auf die Gala verderben muß,

»Ich bitte dich«, sagt Walter. »Sie werden ihn schon noch finden. Sie finden ihn ganz sicher, reg dich nicht auf. Und dann wird sich alles aufklären. Wahrscheinlich ist es ein ganz normaler Angestellter. Wenn er hätte morden und stehlen wollen, hätte er dich wohl kaum gefragt, ob er dein Telefon benutzen kann, oder?«

On my way to Calamocarro, in the last assembly,
on my way to España,

Er hockt in einer Kammer. Er hockt zwischen Gartengeräten, Eimern, Schaufeln, die Kammer hat ein winziges Fenster, ziemlich hoch oben. Das Fenster ist vergittert. Die Tür war nicht abgeschlossen. Er konnte hinein: Aber er kann nicht wieder heraus. Die Kammer ist ein Gefängnis. Er weiß nicht, was er jetzt tun wird. Er kommt jedenfalls nicht an dem Wächter vorbei. Das ist ihm klargeworden, als er den Garten der Frau verlassen hat: Wenn er an dem Wächter vorbei will, wird er geschnappt. Dann wird man ihn fragen, wie er hier hineingekommen ist. Die Polizei wird kommen: Er befindet sich ja nicht mehr im Plastikmeer. Er ist zur Straße gelaufen und hat einen Bus genommen. Warum? Er hat den ersten Bus genommen, der kam, er wollte nur ein paar Stationen fahren. Die Richtung war egal. Der Bus fuhr mit ihm in Richtung Südwesten. Der Bus fuhr, und irgendwann schlief er ein. Als er erwachte, sah er die Stadt.

Es war eine weiße Stadt, hoch oben in den Hügeln. Sie glänzte in der Sonne. Der Bus fuhr darauf zu, Aufregung packte ihn. Er behielt die Stadt im Auge. Sie verschwand, tauchte wieder auf. Die weißen Häuser leuchteten im Nachmittagslicht, sie sahen aus wie Europa. Wie die Häuser auf der anderen Seite, die er vom Dach der Pension in Tanger gesehen hat: Aber diesmal war er der weißen Stadt näher.

Das Meer lag nicht mehr zwischen ihr und ihm: das Wasser, in dem sich die Ertrunkenen drängen, dicht an dicht, der Bus hielt am Anfang einer langen Pinienallee. Er stieg aus. Er ging die Allee entlang. Nun sah er, was die Stadt vor ihm war. Keine richtige Stadt, sondern ein Kunstgebilde: eine Urbanisation, von einer Mauer umgeben, mit einem Tor in der Mauer und einer Schranke und einem Wächter. hier wohnten Touristen. Leute aus England oder Deutschland oder aus dem Norden Spaniens, durch das Tor konnte er die weißen Häuser sehen, grünen Rasen glitzernd unter dem Wasser des Rasensprengers.

Der Gedanke kam ihm, sich dem Tor nicht ganz so offensichtlich zu nähern. Er sprang von der Straße hinunter, in einen Graben hinter den Pinien. Dann ging er weiter, gebückt. Kletterte schließlich wieder aus dem Graben hervor, sah durch das Tor, der Wächter stand mit dem Rücken dazu, kramte in einem Schränkchen. Bückte sich.

Er dachte nicht nach. Er rannte einfach los, durch das Tor am Wächter vorbei und über die Wiese dahinter: die ein federnder Teppich war, regenbogenbeglänzt und umsprüht von Wassertropfen, geduckt bog er in eine Gasse ein. Folgte ihrer Biegung, verbarg sich erneut hinter einem parkenden Wagen, in der Mauer hinter ihm war ein Eisentor. Es führte in einen Garten hinein. Ein Schild hing am Tor.

Lehmann

Ein deutscher Name. Deutsche Namen klangen immer seltsam. Sie klangen, als wäre man plötzlich in einen der amerikanischen oder englischen Nazifilme geraten, die sie zu Hause manchmal zeigten, dennoch begann sein Herz zu klopfen, mit plötzlicher Freude: Der Schlüssel im Tor steckte. Ein Zeichen.

Dies mußte ein Zeichen sein. Er öffnete vorsichtig das Gartentor. Sah Bäume, blühende Pflanzen in großen Kübeln, das leuchtendblaue Rechteck des Pools. Eine hellgekleidete, nicht mehr junge Frau, in einem tiefen Korbsessel versunken in einem Buch lesend, auf dem Tischchen daneben ein Strauß mit Blumen und ein hohes beschlagenes Glas, er hatte sich nicht geirrt. Dies war Europa. Allerdings wußte er nicht genau, was er jetzt tun sollte. Er mußte diese Frau ansprechen, mit ihr ins Gespräch kommen, ein Gedanke kam ihm: Vielleicht konnte sie ihm ja einen Rat geben?

Vielleicht wußte sie, wie er das Verlorene wiederfinden konnte: die deutsche Telefonnummer seines Bruders Mike, die Frau sah auf.

Sprang auf, so erschrocken, daß es ihn selbst erschreckte, er entschuldigte sich für sein unverhofftes Erscheinen. Er bemühte sich um Höflichkeit. Fragte auf spanisch, ob sie ihm vielleicht helfen könne: Aber offensichtlich verstand sie ihn nicht, er stellte die Frage noch einmal, diesmal in simpleren Worten. Sie verstand ihn immer noch nicht. Wie war das möglich? Sie wohnte hier. Wieso sprach sie nicht die Sprache des Landes, er wechselte ins Französische, ins Englische. Die Frau hob die Hände. Sie sagte etwas,

Go! Go away,

Sie machte Bewegungen, mit den Händen. Sie verscheuchte ihn. Nicht einmal wie einen Hund: eher wie einen Käfer, ein Insekt, das sie umflatterte, er ging rückwärts. Wandte sich um, verließ den Garten. Rannte dann: Er mußte schleunigst verschwinden. Sie würde sicher jemanden rufen. Ihm ging auf, was er getan hatte: Er war hier eingedrungen.

On my way to Calamocarro, in the last assembly,

on my way to España,

Die Schnur rollt sich weiter und weiter aus.

Ihr Anfang liegt in Afrika. Ihr Ende liegt in seinem Bauch, wie der Kopf einer zusammengerollten Schlange. Er sitzt auf einem Sack, der riecht wie die Säcke in den Lagerhallen des Plastikmeers. Dünger. Aber dies ist nicht das Plastikmeer. Dies ist das künstliche Ding, in das er eingedrungen ist, er weiß nicht, was er jetzt tun wird.

Er ist aufgeregt: Etwas ist in Bewegung geraten. Er hat Hunger, auch Durst. Er denkt, daß er auf die Nacht warten sollte. Dann muß er einen Entschluß fassen. Dann wird er sein Versteck verlassen müssen, das Gefühl in seinem Magen ist ähnlich wie damals, als er nach seiner langen Reise endlich an der Elfenbeinküste ankam und ihm klar wurde, daß der Mann, der ihm ein Flugticket und ein falsches Visum hätte besorgen sollen, mitsamt der Anzahlung verschwunden war.

Es ist ein Gefühl wie aus großer Höhe zu fallen.

Es ist wie das Gefühl damals, als die Jeeps wegfuhren, die sie durch die Wüste hätten bringen sollen, und am nächsten Abend nicht zurückkehrten. Als er begriff, daß sie in der Wüste festsaßen: sechzig Menschen, darunter Kinder, zusammen mit fünf anderen hat er sich auf den Weg gemacht.

Viele haben sich auf den Weg gemacht. Sie sind nachts marschiert, mitten in die Wüste hinein, einmal sahen sie in der Dunkelheit einen fernen Lichtschein. Einmal fanden sie eine Viehtränke. Einmal begegnete ihnen jemand, der ihnen etwas zu essen gab und den Weg zu einem Brunnen zeigte, seine Zunge war dick wie die eines Ochsen. Seine Füße bluteten. Sein Atem hatte den Rhythmus einer Rassel, am Ende waren sie noch zu zweit.

Das Ende kam nach siebzehn Nächten, in einem algerischen Grenzdorf. Das Dorf war voller Flüchtlinge, aus allen Teilen des Kontinents. Tausende. Und jeden Tag wurden es mehr: Sie alle warteten auf ein Boot, mit Lastwagen fuhr er weiter nach Norden.

Überquerte die Grenze nach Marokko zu Fuß, in Tanger fand er eine Pension. Alle in der Pension wollten nach Europa. Alle hatten ein Handy. Alle warteten, warteten, warteten: auf ein Boot, auf Geld,

You want watch? You want hash? You want girl, very nice, very young? You want passage to España,

Auf dem kleinen Platz gleich um die Ecke, im Gedränge zwischen Motorrollern und Kindern und Uhrenverkäufern, traf er jemanden aus seiner Gegend. Der Mann verlangte tausend Euro. Sein Bruder Mike schickte ihm das Geld für die Überfahrt, und für ein Handy. Dann reihte er sich ein, unter die Wartenden.

Spielte Karten oder Backgammon mit einem jungen nigerianischen Pastor, einem ghanaischen Autodieb, einem togolesischen Ingenieur. Die Mädchen flochten einander die Haare. Er stieg aufs Dach, jeden Tag, und sah nach Europa hinüber. Zu dem Ort, an dem alles beginnen würde: sein Leben, auf dem glitzernden Band des Golfs sah er viele Schiffe. Frachter, Boote der Küstenwache.

Deutsche Schlachtschiffe, von Europa geschickt als Schutz vor Terroristen, sein Bündel war bereit. Es war wasserdicht verpackt. Er hatte es bei sich, immer, einmal gab es eine Razzia. Er war gerade auf der Dachterrasse, floh über das Dach und das Nachbarhaus, abends war die Pension leer. Dann kamen die anderen wieder zurück. Der nigerianische Pastor, der ghanaische Autodieb, der togolesische Ingenieur, sie waren ja nur der Zoll, den Marokko an Spanien zahlte. An Europa: das Marokko Wirtschaftshilfe gewährte, Handelserleichterungen, solange es alle Leute aus dem Land warf, die vielleicht nach Europa hinüberwollten, im Niemandsland an der schon lange geschlossenen marokkanisch-algerischen Grenze waren sie alle aus dem Bus gestoßen worden. Waren über die Grenze gerannt, während die Marokkaner johlten und schrien, ihre Waffen schwenkten, auf der anderen Seite nahmen die algerischen Soldaten sie in Empfang.

Johlten und schrien, jagten sie nach Marokko zurück: wo die Lastwagen sie schon erwarteten, um sie nach Tanger zurückzubringen. Sie bezogen wieder ihre alten Zimmer. Spielten wieder Karten, Backgammon, flochten einander die Haare, er stieg hinauf auf die Dachterrasse. Starrte hinüber, zum äußersten Rand Europas, dann endlich kam der Anruf.

Er wurde am Abend abgeholt und zum Strand gebracht. Sie waren vierzig Leute, aus Marokko, Nigeria, Sierra Leone, sie warteten zwei Tage im Wald. Dann war das Boot da. Das Meer schien ruhig.

Er dachte an die Ertrunkenen, unter dem Kiel des Bootes. Als sie kenterten, paddelte er wie ein Verrückter. Ließ sich ausspeien vom Meer, kroch auf allen vieren an Land und erbrach Salzwasser, auf die Küste Europas, er war allein. Die anderen waren alle ertrunken. Nur er hatte überlebt, und sein Bündel war verloren. Sein Handy, seine Telefonnummern, er weinte.

Die Schnur rollt sich weiter und weiter aus.

Ihr Anfang liegt in Afrika. Ihr Ende liegt in seinem Bauch, wie der Kopf einer zusammengerollten Schlange, er sitzt auf einem Sack, der riecht wie die Säcke in den Lagerhallen des Plastikmeers. Dünger. Aber dies ist nicht das Plastikmeer. Dies ist ein Gefängnis, in einer künstlichen Stadt, wie ist er hierhergeraten? Er weiß es nicht genau. Er kann sich an keine Entscheidung erinnern. Er denkt manchmal, daß mit ihm etwas nicht stimmt. Daß etwas mit ihm passiert ist, vielleicht auf dem Boot oder kurz danach, er hat Hunger und Durst.

Er ist aufgeregt. Etwas ist in Bewegung geraten. Das Gefühl in seinem Magen ist ähnlich wie damals, als ihm klar wurde, daß der Mann mitsamt der Anzahlung für das Ticket und das Visum verschwunden war. Wie damals, als er in der Wüste festsaß, weil die Jeeps nicht wiedergekommen waren. Wie in dem Moment, als er am äußersten Rand Europas kauerte, Salzwasser spuckend, es ist das Gefühl, aus großer Höhe zu fallen.

Karim liegt auf dem Bett. Er hat die Bücher weggeschoben. Er ist müde, seine Lippen sind trocken. Sein Kopf fühlt sich dumpf an, wie nach einer langen Nacht mit zu vielen Zigaretten. Er steht auf, dann setzt er sich wieder. Steht wieder auf, gießt sich ein Glas Wasser ein, die Bücher des Ägypters liegen im ganzen Zimmer verstreut. Karim steigt über sie hinweg.

Er geht zu seinem Tisch. Starrt einen Moment auf den Entwurf der transzendenten Kästen, der dort liegt wie etwas längst Totes, Karim hat noch immer nichts gegessen.

Und jetzt muß er sich schleunigst auf die Socken machen: Er muß bei der Zentrale das Taxi abholen, in dem er dann die ganze Nacht lang kreuz und quer durch die Stadt fahren wird, nur um am Ende wieder genau da anzukommen, wo er losgefahren ist, Karim sieht durch das Fenster nach draußen, auf die Straße.

Draußen ist es grau. Eines der Küchenfenster im Haus gegenüber ist erleuchtet. Karim sieht einen alten Mann, der sich Tee kocht. Er sieht eine Frau in einem dunklen Mantel, die aus dem Haus daneben kommt und die Straße überquert, Karim wendet sich ab. Sein Leben kommt ihm vor, als säße er am Straßenrand und wartete darauf, daß der ADAC den platten Reifen an seinem Auto wechselt. Als wartete er ungeduldig: obwohl er doch genau weiß, daß auch der neue Reifen spätestens in der nächsten Kurve ein Loch haben wird, Karim nimmt seine Jacke vom Haken, steckt seine Schlüssel ein. Überlegt einen Moment, ob er sein Privathandy mitnehmen soll: Aber dann läßt er es abgeschaltet auf dem Tisch liegen.

Christa Siebeck steht vor dem Spiegel im Flur der Zahnarztpraxis. Das Licht ist ziemlich schlecht hier: Aber das winzige Bad steht voller Dampf, weil Thomas gerade duscht, es ist ohnehin ein Wunder, daß man Christa einmal einen Moment lang in Ruhe läßt.

Daß sie im Flur allein sein darf, um sich fertig zu machen: Normalerweise sind immer alle genau da, wo sie ist. Der eine kommt, weil er eine Frage hat oder sich langweilt oder augenblicklich einen Fruchtzwerg essen muß, und alle anderen folgen nach, die Wohnung wird auf diese Weise ganz winzig. Christa könnte auf dreihundert Quadratmetern leben, und dennoch hätte sie selbst nie auch nur einen Quadratmeter für sich ganz allein zur Verfügung, als Kind hatte Christa ein eigenes Zimmer!

Später war sie Arzthelferin und hatte eine eigene Wohnung: Und jetzt muß sie froh sein, wenn man sie zehn Minuten lang in Ruhe baden läßt. Wenn sie pinkeln gehen darf, ohne daß einer an der Tür scharrt,

Mama? Mama, warum hast du dich eingeschlossen? Mama, was machst du so lange da drin,

Christa betrachtet sich im Spiegel. Die Hose ist neu. Die Jacke ist von einem italienischen Designer, zum Glück ein Schnäppchen. Der dünne Pulli ist zwar schon älter, aber aus

Kaschmir, Christa weiß, sie gibt zuviel Geld für Kleidung aus. Wenn sie ihre Kreditkartenabrechnungen sieht, bekommt sie jedesmal einen Schock! Und dann braucht sie möglichst rasch einen neuen Schal, ein neues Paar Schuhe, um über ihre eigene Unzulänglichkeit hinwegzukommen, die Sache ist die, daß Christa bei jedem Klamottenkauf glaubt, diesmal endlich das finale Outfit gefunden zu haben.

Das Kleid Aschenputtels: das seine Trägerin nicht nur schmückt, sondern sie von Grund auf verwandelt. Das ihre eigene, wahre Schönheit endlich für alle sichtbar erstrahlen läßt, sie zu der macht, die sie eigentlich ist, das Gemeine ist, daß es häufig sogar klappt.

Im Laden klappt es immer. Erst wenn Christa das Zaubergewand zu Hause aus der Tüte holt, ist es wieder nichts als ein stinknormaler Fummel, Christa verteilt noch etwas mehr Gel in ihrem Haar.

Dann kämmt sie das Haar glatt zurück, so daß es anliegt wie eine Kappe, Christa würde heute gern gut aussehen. Andererseits, für wen? Wen will sie beeindrucken, ihren alten Schwiegervater Holger vielleicht? Gernot, den Silberbräutigam? Oder womöglich Harry, ihren verkommenen Schwager? Den sie nun wirklich nicht ausstehen kann: wobei ja behauptet wird, Frauen machten sich nie für Männer, sondern immer nur für die anderen Frauen schön.

Für Barbara also, die mit ihrem Herrenschnitt und ihren flachen Schuhen immer aussieht, als käme sie gerade von der Gartenarbeit. Für Püppi, in ihren Altfrauenkleidern. Oder für Elisa, die imstande ist, einen alten Lederrock aus ihrer Punkzeit mit einem Jackett ihres Mannes zu kombinieren, Christa tritt einen Schritt zurück.

Im Grunde ist es egal, was sie anzieht. Ob sie in einem bis zu den Nippeln dekolletierten Cocktailkleid von Gaultier kommt oder in einen alten Vorhang gewickelt: In den Augen des Jaschke-Clans wird Thomas sowieso nur eine einzige wahre Ehefrau gehabt haben. Pia, Daniels Mutter. Thomas streitet das natürlich ab.

Das ist doch nicht wahr! Das bildest du dir ein! Ich weiß genau, sie mögen dich alle,

Tatsächlich ist es etwas besser geworden, seit Linus auf der Welt ist. Seit auch Christa wenigstens einen kleinen Siebeck geboren hat: Aber gut genug für Thomas ist Christa deswegen noch lange nicht. Christa, die Sprechstundenhilfe: wo doch Pia studiert hat, Thomas tritt hinaus auf den Flur, im Bademantel.

»Du siehst gut aus, Liebes!« sagt er. »Sehr gut! Ich beeile mich, gleich bin ich soweit«,

Vergiß es, sagt Christa zu sich. Sie sagt sich diese beiden Worte oft. Sie weiß nicht genau, was sie damit meint. Wen sie meint: ob Thomas oder sich selbst,

Vergiß es!

Vergiß es vergiß es vergiß es,

Thomas geht in Daniels Zimmer.

Daniel sitzt vor dem Computer. Er dreht sich nicht um, als sein Vater hereinkommt. Auf dem Bildschirm robbt ein Soldat in der Uniform der US-Marines über nächtliches Gelände, das von Scheinwerfern angestrahlt wird, Thomas sucht nach dem richtigen Tonfall.

»Na, Denny? Spannend? Was spielst du denn gerade«,

Denny reagiert nicht.

»Denny?« sagt Thomas. »Hallo! Wir wollen gleich los«,

Das Knattern eines Maschinengewehrs, Salve auf Salve. Denny fährt herum.

»Na toll! Ehrlich super! Jetzt haben sie mich erledigt! Jetzt bin ich draufgegangen, nur wegen dir«,

Als Daniel vielleicht drei oder vier war, gingen Thomas und Pia mit ihm in ein Kasperle-Theater. Es war das übliche Personal: Kasper, Räuber, Gretel. Der übliche Plot: Am Ende gewann der Kasper, der Räuber kriegte Dresche, und alle Kinder jubelten. Nur Daniel weinte so herzzerreißend, daß Thomas und Pia mit ihm das Theater verlassen mußten,

»Sorry«, sagt Thomas zu seinem Sohn. »Tut mir wirklich leid. Was ist das denn überhaupt für ein Spiel«,

»Das willst du doch gar nicht wirklich wissen«, sagt Daniel. »Du findest solche Spiele doch blöd.«

»Nicht unbedingt«, sagt Thomas. »Ich mag es nur nicht, wenn du immerzu nur solche Spiele spielst«,

»Tu ich doch gar nicht! Ich spiele Fußball, und Basketball. Ich spiele auch ganz andere Spiele, die nichts mit Gewalt zu tun haben«,

»Welche denn«, sagt Thomas. »Zeig mir doch mal was. Oder zeig mir das da. Was genau muß man machen, bei diesem Spiel?«

Daniel wirft seinem Vater einen Blick zu.

»Willst du das wirklich wissen, Papa?« fragt er. Er richtet sich auf, holt tief Luft,

»Also«, sagt er. »Wenn du es wirklich wissen willst. Das hier ist ›Desert Storm 2‹. Man kann das auf verschiedene Arten spielen. Ich kann dir ja mal zeigen, wie es geht, wenn du willst. Ich spiele es normalerweise als Ego-Shooter«,

»Als was?« sagt Thomas.

Daniel starrt seinen Vater einen Moment lang an. Er faßt sich aber schnell wieder. Beugt sich zu ihm vor,

»Ich erklär es dir, Papa«, sagt er. »Es ist ganz einfach. Also, paß auf, Ego-Shooter, das ist, wenn du ganz allein kämpfst. Allein gegen alle, verstehst du? Du hast nur Gegner. Du bist in der Minderheit. Und da mußt du durch. Du mußt die anderen alle ausschalten, sonst bist du geliefert, komm, Papa, probier es aus. Spiel mal eine Runde, ich zeig dir, wie es geht. Ich zeig dir, wie du überall durchkommst«,

»Gern, Denny«, sagt Thomas. »Auf jeden Fall. Das mußt du mir unbedingt mal zeigen. Aber vielleicht nicht gerade jetzt. Es lohnt sich jetzt gar nicht mehr, wir müssen doch gleich los. Dann müßten wir mitten im Spiel abbrechen, das wäre doch schade. Aber ein andermal, ganz bestimmt. Morgen. Morgen zeigst du mir, wie es geht«,

Daniel schnaubt.

»Wirklich«, sagt Thomas.

»Klar«, sagt Daniel. »Du versprichst das. Du versprichst immer eine Menge. Aber dann hältst du dich doch wieder nicht dran. Vor allem, wenn du vorher schon soviel davon redest. Dann wird es nie was. Dann hast du wahrscheinlich das Gefühl, du hättest es schon gemacht«,

Linus streckt den Kopf durch die Tür. Daniel wendet sich ab, mit einem Ruck,

»Papa?« sagt Linus. »Papa, fahren wir bald? Meinst du, Rosalie ist schon da, wenn wir kommen? Meinst du, Rosalie bringt ihren Hund mit«,

Daniel schaltet den Computer ab. Er steht auf. Jetzt sieht Thomas, daß er ein neues Sweatshirt anhat. Es ist dunkelrot, mit einem kleinen Totenkopf auf dem Rücken,

»Wo hast du das denn her?« sagt Thomas, während er seinem Sohn in den Flur folgt. »Das Sweatshirt, meine ich. Ist das neu?«

»Hat Christa mir gestern aus der Stadt mitgebracht«, sagt Daniel. »Cool, was? Das ist von XXX, die sind ziemlich teuer. Papa, sag mal, Harry kommt doch auch, oder? Nachher zu Barbara, meine ich«,

»Ja«, sagt Thomas. »Ich nehme es an. Ich weiß, du magst Harry«,

Daniel zuckt die Schultern.

»Er ist lustig«, sagt er. »Harry ist lustig. Magst du ihn etwa nicht? Er ist doch dein Bruder«,

Thomas sieht, daß auch Linus etwas Neues trägt: einen richtigen kleinen Anzug, und was ist das überhaupt für eine Jacke, die Christa anhat? Gold und rot. Eine Art Brokat. Der Fummel sieht aus, als wäre er aus einem Altartuch geschneidert, ist Christa verrückt? Sie haben kein Geld! Sie sind absolut pleite: Und Christa kauft Jacken aus entweihten Kirchenstoffen, aber letztlich ist es vollkommen egal.

Es ist alles egal. Der verdammte Kerl hat nicht angerufen. Das Wunder namens Müller: Es hat sich nicht ereignet, eine Art kalte Fröhlichkeit überkommt Thomas. Asche zu Asche! Altartücher zu Damenjacken! Gold zu Gold, Schnaps für die Armen und mit dem gesamten beschissenen Rest zum Geier,

»Wißt ihr was?« sagt Thomas. »Ihr seht alle drei ganz wundervoll aus. Ihr seid wundervoll, alle miteinander, ich zieh mich jetzt schnell an, und dann fahren wir los. Wir machen es uns schön, heute. Wir werden heute einen richtig tollen Abend haben«,

Thomas hebt Linus hoch, setzt ihn wieder ab. Er legt die Hand auf Daniels Rücken. Legt den anderen Arm um Christas Schultern,

»Papa?« sagt Linus. »Wie lang müssen wir Auto fahren? Papa, meinst du, Rosalie ist schon da, wenn wir kommen? Und der Hund?«

Etwas piekst Thomas in den Handrücken. Es sind die Spitzen von Christas gegeltem Haar, die sich anfühlen wie Nylonfäden.

»Barbara!«

Gernot steht in der unteren Diele und schreit.

»Barbara!«

Stille.

»Barbara! Bar-bar-aa«,

»Was denn! Ich bin im Bad! Komm doch bitte rauf, wenn du was von mir willst!«

Gernot steht in der Diele und lauscht.

Ja, Barbara ist im Bad. Er kann es hören: das Klirren von Glas auf Glas, Barbaras Hüsteln, es sind vergleichsweise leise Geräusche. Aber er hört sie! Also, wieso hört Barbara ihn nicht, obwohl er doch aus vollem Hals brüllt?

Es ist nicht möglich. Es ist die reine Boshaftigkeit, Gernot stampft die Treppe hinauf. Die Badezimmertür öffnet sich, und Barbara kommt heraus. Sie ist im Bademantel. Es ist ein alter Bademantel ihres Vaters.

»Also«, sagt Barbara. »Was ist denn nun. Was hast du denn wieder von unten hochgebrüllt?«

Wieder? Wieso wieder? Das klingt ja, als ob Gernot immer nur brüllt, Barbara ist schon geschminkt. Der Bademantel läßt ihren Hals frei. Der Make-up-Rand an den Wangenknochen, am Kinn sieht aus, als hätte sie im Gesicht eine andere Haut als am Hals. Als wäre es das Gesicht von jemand anderem,

»Ich habe nicht gebrüllt«, sagt Gernot. »Ich habe versucht,

mich verständlich zu machen. Aber offensichtlich breiten sich Schallwellen besser von oben nach unten aus als andersherum«,

Barbara geht an Gernot vorbei Richtung Schlafzimmer. Die Haut über ihrem Dekolleté ist dünn. Die vom BH hochgeschobene Haut des Busens ist knittrig und schlaff, wie die Haut eines rohen Hühnerschenkels.

»Vielleicht«, sagt Barbara. »Keine Ahnung. Ich verstehe nichts von Physik«,

Das ist auch so etwas, was Gernot an Barbara aufregt. Barbara hat keinerlei Sinn für Ironie. An sie ist ein Witz so verschwendet wie ein Diamantring an eine Kuh.

Sarah in ihrem Zimmer kann nicht hören, worüber ihre Eltern reden. Aber sie kennt den Tonfall. Sie wirft einen Blick auf die Uhr. In einer halben Stunde geht es los. Sarah verläßt den Schutz ihres Zimmers und begibt sich hinaus aufs Kampfgebiet. Ihre Eltern sind im Schlafzimmer,

»Was ist denn wieder los?« sagt Sarah. »Streitet ihr etwa, direkt bevor eure Gäste kommen«,

»Nein, natürlich nicht«, sagt Barbara. »Es ist alles vollkommen harmonisch. Sei doch nicht immer so empfindlich, Kind«,

Sarah läßt sich auf Gernots Bett fallen. Die Betten sind getrennt. Es sind überbreite Betten. Dazwischen stehen die Nachttische, wie in den Filmen mit Doris Day und Rock Hudson,

Man kann mit deinem Vater nicht in einem Bett schlafen, Kind. Dein Vater dreht sich nicht um wie andere Menschen. Nein, er schleudert seinen Körper in die Luft, dreht sich im Flug und kracht einen Moment später zurück auf die Matratze. Und außerdem schnarcht er,

Aber daran ändert sich doch nichts, wenn man die Betten trennt? Warum richtet Barbara sich nicht ein eigenes Schlafzimmer ein, in dem Gästezimmer unter dem Dach zum Beispiel,

Gernot bindet sich die Krawatte.

Er sieht gut aus, findet Sarah. Er ist groß, mit kräftigen Gesichtszügen, auch Barbara hat sich gut gehalten. Sie hat noch immer ein schönes Dekolleté, einen schönen Mund, in den verspiegelten Schranktüren sind alle drei Lehmanns auf einmal zu sehen, wie auf einem lebensgroßen Familienfoto. Links Gernot, rechts Barbara. Dazwischen, ein Stück weiter nach hinten versetzt, ihr Produkt: Sarah selbst, Barbara klappt jetzt ihr Handtäschchen zu.

Sie ist fertig, viel früher als Gernot. Zu früh, genau wie immer: Sarah weiß, gleich wird sie anfangen, irgend etwas zu tun. Sie wird die Blumen gießen, die Zeitschriften ordnen oder den Geschirrspüler einräumen, und dabei wird ihr Haar in Unordnung geraten, ein Nagel abbrechen oder Ketchup auf ihr Kleid spritzen, so daß sie am Ende als letzte fertig ist und allen Beteiligten Anlaß zur Ungeduld gibt, Sarah steht auf und geht die Treppe hinunter. Sie geht durch die Diele hinaus auf den Hof, die beiden Biergartentische liegen in der vollen Spätnachmittagssonne. Sektgläser stehen bereit, Gläser für Mineralwasser. Teller mit Salzmandeln und Oliven, Sarah stellt sich vor, wie ihre Familie jetzt auf das Haus zufährt. Wie sie sternförmig anreisen, auf Sarah zu, sollte sie ihre Eltern jetzt noch schnell warnen?

Sollte sie beichten, in letzter Minute, daß sie Janine Lessing und Mark Lehmann eingeladen hat, Gernot kommt über den Hof. Er betrachtet prüfend die Tische. Wirft dann einen Blick hinüber zur Straße, Sarah holt tief Luft,

»Oma Marie kommt bestimmt zu spät. Sie kommt meistens zu spät, wenn sie die alten Tanten abholt.«

Gernot lacht auf.

»Vielleicht haben wir Glück«, sagt er, »und die Tanten bleiben uns ganz erspart.«

Sarah kichert. Das ist für ihren Vater. Sie sagt mahnend: »Papa!«

Das ist für ihre Mutter: die jetzt ebenfalls heruntergekommen ist, die Gläser auf dem Tisch hin- und herzuschieben beginnt,

»Paß auf, Mama«, sagt Sarah. »Nicht daß du dich jetzt noch mit irgendwas vollschmierst«,

Sie nimmt sich eine Salzmandel. Wozu beichten? Es ist sowieso zu spät. Sollen die Dinge doch ihren Gang gehen.

Marie sitzt an Dietrichs Schreibtisch, in Dietrichs Arbeitszimmer, und füllt Überweisungsformulare aus. Es ist mühsam. Sie ist nicht daran gewöhnt. Um den Papierkram hat sich immer Dietrich gekümmert. Dietrich, der Despot: der grundsätzlich alles allein entscheiden wollte, über Maries Kopf hinweg, weil er es sowieso besser wußte, Marie ärgerte sich darüber.

Sie war froh, daß sie unbehelligt blieb: In Grunde legte sie keinen Wert darauf, Formulare auszufüllen, Versicherungspolicen zu prüfen, nach Dietrichs Tod hat Barbara abendelang über den Papieren gesessen.

Hat mit Ämtern telefoniert, hat ihrer Mutter Listen geschrieben mit allem, was Marie selbst erledigen konnte oder mußte, es war eine merkwürdige Umkehrung der früheren Verhältnisse von Bedürftigkeit und Schutz. Barbara hat manchmal tatsächlich wie eine überforderte Mutter reagiert. Hat aufgestöhnt, die Augen verdreht. War wütend auf Marie: weil Marie den Antrag für den Erbschein wieder nicht weggeschickt, wieder die Arztrechnungen für die Versicherungen und die für die Beamtenbeihilfe durcheinandergebracht hatte, Marie hat geweint.

Barbara auch. Nebeneinander haben sie auf der Couch in Dietrichs Arbeitszimmer gesessen, Arm in Arm heulend zwischen kippelnden Stößen von Anträgen, Briefen, Rechnungen, Bankunterlagen und Versicherungsverträgen, Marie bemüht sich wirklich zu lernen!

Sie versucht durchaus, allein klarzukommen: Aber sie hat noch immer keinen Überblick. Noch immer treffen Rechnungen aus dem Krankenhaus ein. Manche sind fünf Monate alt, manche fast ein Jahr, Marie an Dietrichs Schreibtisch starrt eine Rechnung an, die heute gekommen ist, und fragt sich, ob sie dieselbe Rechnung nicht schon einmal bekommen hat. Oder ist dies eine Mahnung? Wo ist die frühere Rechnung, wenn es sie denn gibt? Und wie kann Marie herausfinden, ob sie bezahlt ist oder nicht, Marie muß Barbara fragen.

Barbara muß kommen und nachsehen, Marie überlegt, ob sie die Tageszeitung kündigen soll.

Die Nachrichten kann man ja im Fernsehen ansehen, und die lokalen Termine sprechen sich ohnehin herum, jeden Monat geht soviel weg, von Dietrichs Pension. Die festen Kosten sind enorm. Marie versteht es nicht: Wie kann das Leben für eine Person fast genauso teuer sein wie für zwei? Und nun hat der Schornsteinfeger auch noch behauptet, der Heizkessel müsse ausgetauscht werden. Er erfüllt irgendwelche amtlichen Bestimmungen nicht mehr. Er überschreitet irgendwelche Grenzwerte, was wäre, wenn Marie sich keinen neuen leisten könnte? Würde man ihr dann die Heizung abstellen? Müßte Marie frieren? Oder würde man sie mit Strafen belegen, womöglich einsperren: Aber das ist sicher Unsinn.

Und natürlich kann sich Marie den Kessel leisten. Natürlich wird sie nicht verarmen: Dietrich hat seine Frau abgesichert. Er hat ihr eine gute Pension hinterlassen, eine zusätzliche Rente. Er hat viel gearbeitet. Er hat nicht nur an seiner Schule unterrichtet, er hat auch Nachhilfestunden gegeben, Privatunterricht. Aber Marie hat nicht das Gefühl, daß Dietrichs Pension ihr allein gehört.

Das Geld ist ihr lediglich anvertraut. Marie versucht, möglichst viel davon für Barbara und Sarah zurückzulegen, Marie kommen die Tränen.

Ihr ist schon den ganzen Tag zum Weinen zumute: Sie hat schlecht geträumt. Obwohl, eigentlich war es sogar ein sehr schöner Traum, das ist es ja gerade. Im Traum hatte Marie Plätzchen gebacken. Dietrich und sie hatten Gäste, und Marie trug die Platte mit den Plätzchen ins Eßzimmer. Sie stolperte, und alle ihre schönen Plätzchen fielen auf den Boden, im Traum hat Dietrich gelächelt. Er ist aufgestanden, hat sie in den Arm genommen. Dann hat er ihr geholfen, die Plätzchen wieder aufzusammeln, im wirklichen Leben hätte er das nie getan.

Im wirklichen Leben hat er sich meistens aufgeregt, wenn Marie ein Mißgeschick unterlaufen ist: Und nun ist es zu spät, das jemals zu ändern.

Nun hat Dietrich keine Möglichkeit mehr, all die Male wiedergutzumachen, die er Marie gekränkt hat. Er kann sie nicht mehr um Verzeihung bitten, und Marie kann ihm nicht sagen, daß sie ihm verzeiht. Es tut Marie so leid! In alle Ewigkeit stehen nun die Brösel der Traumplätzchen zwischen ihnen, Marie sucht in den Tiefen der Schreibtischschublade nach einem Papiertaschentuch.

Sie darf sich nicht so gehenlassen. Sie ist doch eigentlich gar nicht der Typ, der sich in seinem Kummer wälzt. Sie ist mit den Sorgen und Leiden, die ihr das Leben in über siebzig Jahren beschert hat, immer zurechtgekommen: und zwar ohne psychologische Konfliktaufarbeitung, Traumabewältigung, Analyse, Atemtherapie, Familienaufstellung oder sonstigen modernen Schwachsinn, Marie ist bescheiden. Ihr hat das gute alte Verdrängen immer vollauf genügt, Marie reißt ein Päckchen Papiertaschentücher auf. Eines der fünf Päckchen, die in der Schublade liegen. Im Nachttischschränkchen, im Dielenschrank und im Vorratsregal im Keller finden sich noch viel mehr davon. Wahrscheinlich wird noch Barbara all diese Papiertaschentücher erben, Dietrich hat immer im großen eingekauft: vierzig Rollen Klopapier, vier Packungen Waschmittel. Fünf Tuben Zahnpasta, zehn Stück Seife, Marie putzt sich die Nase.

Sie denkt daran, daß sie beim Neuenburger Kulturverein ein Wochenende in Mailand gebucht hat, mit einem Besuch der Mailänder Scala. Und im Oktober fährt sie mit Karin Schubert eine Woche zum Wandern nach Südtirol, rechtzeitig zur Weinlese, Marie hat noch so viel Schönes vor. Sie darf sich nicht so gehenlassen, Marie an Dietrichs Schreibtisch unterschreibt noch eine Überweisung. Blättert dann die Seite des Terminkalenders um, der auf Dietrichs Tisch liegt,

Auto zur Inspektion bringen

Dietrichs Schrift.

Marie kommen schon wieder die Tränen. Sie muß immer weinen, wenn sie Dietrichs Schrift sieht: die hochfliegenden Buchstaben mit den langen Unterlängen, die Marie so vertraut sind wie ihre eigenen rundlichen Lettern. Sie muß weinen, wenn sie die Einträge liest, die er ihr hinterlassen hat. Dietrichs Kugelschreiber liegt noch immer auf der Schreibtischablage. Marie kann ihn in Dietrichs Hand sehen. Aber Dietrich ist fort. Dietrichs Hand, die diesen Stift gehalten und in den Kalender hineingeschrieben hat, gibt es nicht mehr. Dietrich gibt es nicht mehr. Marie glaubt nicht, daß sie sich jemals daran gewöhnt. Jeden Vormittag ruhte er sich in seinem Sessel aus, von den Atembeschwerden der Nacht: schöpfte Kraft, für den Nachmittag, jeden Nachmittag stieg er die Treppe hinauf, in sein Arbeitszimmer.

Er ging langsam, mit schweren Schritten. Öffnete die Tür, schloß sie leise hinter sich. Setzte sich an seinen Schreibtisch. Saß dann hier oben, allein, Nachmittag für Nachmittag, er wußte, daß er sterben würde. Daß die Entlassung aus dem Krankenhaus nur vorübergehend war: eine Art Heimaturlaub, ihm gewährt, damit er seine letzten Angelegenheiten regeln konnte, er blätterte in seinem Kalender: Juli. Er schrieb,

Auto zur Inspektion bringen

Marie würde nicht daran denken, wenn er es ihr nicht aufschrieb. Er blätterte weiter. Oktober, November,

Winterreifen aufziehen lassen

Das war wichtig. Im November konnte es schon recht heftig schneien. Der Schnee würde auf die Straße fallen. Auf sein Grab: Das war sehr wahrscheinlich. Dezember, Januar, Februar, März, April,

Sommerreifen aufziehen lassen

Heizöl bestellen (im Sommer billiger als im Winter!)

Dietrich sah auf. Er sah aus dem Fenster. Ließ seinen Blick weit über die frühlingsgrünen Gärten der Siedlungshäuschen hinwegschweifen, nach Nordosten, wo die südlichen Ausläufer des Thüringer Waldes im Frühlingsdunst gerade noch auszumachen waren, nichts war ihm vertrauter als dieser Blick.

Nichts war ihm vertrauter als dieser Schreibtisch mit seiner inzwischen ziemlich schäbigen Platte: Fast ein halbes Jahrhundert lang hatte er aus diesem Fenster gesehen, an diesem Schreibtisch gesessen. Oft hatte er gar nichts wahrgenommen: Aber auch dann war er hiergewesen, mitten auf der Welt, gefangen in seinem Leben, wie geblendet von dem, worüber er gerade nachzudenken hatte, wie konnten diese Hügel, der Wald in der Ferne weiterhin da sein, wenn er nicht mehr da war?

Wie konnte dieser Schreibtisch noch da sein, sein Haus: mit Marie, die durchs Wohnzimmer auf die Terrasse, von der Terrasse durchs Wohnzimmer in die Küche gehen würde, abends würde sie auf dem Sofa sitzen und vielleicht mit Barbara telefonieren oder mit Sarah. Würde Sarah sich in ein paar Jahren noch an ihn erinnern? Oder würde die Erinnerung allmählich verblassen, schließlich völlig ausgelöscht werden von all den viel wichtigeren Dingen, die ihr in ihrem Leben noch bevorstanden und von denen er nichts mehr erfahren würde,

Opapa, tirallala,

Opapa, tirallala,

Er dachte an das blonde kleine Mädchen, das um seinen Sessel herumgehüpft war, linkes Bein, rechtes Bein, linkes Bein, rechtes Bein, wie eine Wiedergeburt ihrer Mutter als Kind.

Wie seine kleine Tochter Barbara: die es nicht mehr gab, so wenig wie den jungen Mann, der damals ihr Vater gewesen war, wo waren sie eigentlich alle hin? Der Achtzehnjährige, der er einst gewesen war, der Zwanzig- und Dreißigjährige: Sie waren vergangen. Tot. Er konnte sich nicht einmal mehr in der Erinnerung in sie hineinversetzen. Konnte sie nur noch von außen sehen, wie Fotografien von einem Fremden, natürlich wußte er noch oder konnte sich doch denken, welche Träume, welche Bedürfnisse ein so junger Körper hatte oder gehabt haben mochte. Aber er konnte keines dieser Bedürfnisse mehr fühlen oder zum Leben erwecken. Sie waren tot, diese Bedürfnisse. Vergangen. Man verging andauernd, starb ununterbrochen. Nun war er Dietrich Schürer, ein sterbender Mann. Dies war das letzte Bild: Und einmal hatte er mit seiner Tochter Walzer getanzt, in einem jugoslawischen Restaurant. Ein Geiger hatte in der Ecke gestanden, mehr oder minder unbemerkt vor sich hingefiedelt,

Donau so blau so blau so blau,

Er hatte sich erhoben. Hatte seine Tochter zum Tanz aufgefordert, mit einer leichten Verbeugung, Barbara war damals vielleicht zwanzig gewesen. Sie war aufgestanden, lachend, unter Maries amüsiert-schockiertem Protest, sie tanzten miteinander durch das vollbesetzte Lokal. Drehten sich zwischen den engstehenden Tischen hindurch, wirbelten an Kellnern vorbei, die Platten mit gegrillten Fischen in die Luft rissen, der Geiger kam aus seiner Ecke hervor. Folgte ihnen begeistert durch das Lokal, selig fiedelnd wie ein Besessener: während Dietrich ihm Geld in die Tasche schob, Walzer und nichts als Walzer befahl, dies war es, was er liebte. Der Moment der Leichtigkeit, mitten in der Schwere der anderen, wenn er sich über alle erhob.

Der Moment des Muts: wenn er wagte, was keiner wagte, bis er die anderen mitriß, die Leichtigkeit sich ausbreitete, sie alle erfaßte und ihn in ihre Mitte trug, ihn hielt in ihrem schwebenden Mittelpunkt, wie den Fallschirm eines Löwenzahnsamens oder ein sonnenleuchtendes Staubpartikel, erst erhob sich hier jemand, dann dort. Erst waren es zwei Paare, dann drei, dann vier. Dann tanzte das ganze Lokal: während die Kellner schwitzten, verzweifelten, den Tanzenden auswichen mit Platten voll Cevapcici und gebratenem Fisch, die sie hoch über die Köpfe der Gäste hinwegbalancierten, Dietrich stieß die Türen zum Hof auf. Wirbelte hinaus ins Freie, seine lachende Tochter im Arm,

Donau so blau so blau so blau,

Ob das Lokal wohl noch stand? Ob die Kellner ein paar Jahre später, im Krieg, wohl den Geiger erschlagen oder die Kellnerinnen vergewaltigt hatten? Und wie merkwürdig willkürlich, daß man dieses und nicht ein anderes Leben gelebt, mit dieser und nicht mit einer anderen Frau sein Leben verbracht hatte, er erinnerte sich an ein Mädchen, das er im Krieg in Holland gekannt hatte. Sie hatte ihm ein Foto geschenkt, mit einer Liebeserklärung auf der Rückseite,

Deine Augen wie nordischer Meereshimmel,

Er besaß es noch, irgendwo eingeklebt in ein Album, in dem er die Bilder aus der Zeit vor Marie aufbewahrte. Bilder aus dem Mesozoikum, bevor er Marie kennengelernt, geheiratet hatte, bevor Barbara geboren worden war und er dieses Haus gekauft hatte, er holte das Album nicht hervor. Wozu? Er brauchte kein Foto. Er konnte sie lachen lassen, in seiner Erinnerung. Er konnte sie seufzen, sie singen lassen, für ihn.

Halli Hallo! Was macht der Harem?
Tanzt man den Swing, raucht man 'ne Salem,
Die Salem ist 'ne gute Zigarette,
doch besser ist ein nackter Mann im Bette,

Sie war so alt gewesen wie er. Ob sie noch lebte? Bestimmt. Frauen lebten länger. Die Männer starben immer zuerst, Dietrich dachte an seinen Vater. An den massigen, lebenshungrigen, cholerischen Mann, den Geiz und Bigotterie seiner Frau zu Tobsuchtsanfällen hingerissen hatten: Und einmal hatte er geweint, beim Anblick eines überfahrenen Hundes, er dachte daran, wie er als Kind neben seinem Vater gestanden hatte, eine Hand auf seiner Schulter, während sein Vater am Klavier saß und sang,

Freunde! Das Leben ist lebenswert!
Jeder Tag kann Schönes uns geben,
Jeder Tag ein neues Erleben,
Jede Stunde verjüngt sich die Welt!
Die herrliche Welt!

Sein Vater war bei einem Asthmaanfall erstickt. Würde auch er selbst am Ende ersticken? Er hoffte, es würde sich eine andere Lösung finden lassen. Dietrich an seinem Schreibtisch sah aus dem Fenster, weit über die frühlingsgrünen Gärten hin zu den fernen Hügeln, dann senkte er den Blick.

Ergriff seinen Stift. Runzelte die Brauen. Zog einen der komplizierten Anträge zu sich heran, die seine Frau sonst ohne seine Hilfe ausfüllen, bei Versicherungen und Ämtern würde einreichen müssen, er schrieb.

Antragsteller/in: Marie Schürer geb. Jensen
Geburtsort: Danzig
Familienstand: verwitwet

Marie fährt mit den beiden alten Tanten Richtung Neuenburg-Nord. Tante Grete sitzt vorn. Sie hat ein dunkelviolettes Kostüm an, mit einer hellvioletten Rüschenbluse. Sie war beim Friseur. Sie ist sehr gepflegt. Tante Grete ist immer sehr gepflegt. Tante Anni sitzt hinten. So war es schon immer. Alles andere ist undenkbar: Tante Grete sitzt vorn, Tante Anni sitzt hinten. Tante Grete wird zuerst abgeholt, dann Tante Anni, die Tanten sind Schwestern von Maries Mutter Lilo.

Zwei von den vier Jaschke-Geschwistern, die noch am Leben sind, Tante Grete ist achtundachtzig. Sie ist schon vor dem Krieg nach Neuenburg gekommen. Sie war sehr schön, als junge Frau. Sie hat einen Oberirgendwas hier aus der Gegend geheiratet: Hermann Rupp, einen hohen Beamten, der zum Glück der ganzen Familie nicht anständig entnazifiziert worden war, so daß er auch nach dem Krieg ein großes Haus führen und nebenbei die in alle Winde versprengten Jaschke-Geschwister bei sich aufnehmen konnte, inzwischen lebt Tante Grete in einem ziemlich feudalen Altersheim.

Sie ist sehr dünn. Sie wirkt gebrechlich. Aber Marie ist sicher, daß Tante Grete sie überleben wird. Tante Grete wird alle überleben: Sie ist unsterblich, das könnte Marie beschwören, Gretes Schwester Anni ist sechsundachtzig.

Sie ist dick. Sie raucht Pfeife, schon seit Jahren. Aber sie führt noch immer ihren eigenen Haushalt, in der zugigen Altbauwohnung, in der sie schon mit ihrem Mann John gelebt hat,

»Ich weiß wirklich nicht, warum Hanna und Hella nicht kommen wollen«, sagt Tante Grete. »Hanna hätte sich doch von ihrem Sohn herbringen lassen können! So schlimm wird es schon nicht sein, ihr Zucker. Meine Güte, sie ist doch noch jung. Fünfundsiebzig, das ist doch kein Alter. Und Hella hat das mit der Silberhochzeit wirklich lange genug im voraus gewußt. Es gibt keinerlei Grund, ausgerechnet jetzt nach Amerika zu fliegen«,

Hanna und Hella sind Gretes und Annis Schwestern. Die jüngsten der Jaschkegeschwister: gerade mal Mitte Siebzig,

»Na ja, Tante Grete«, sagt Marie nun. »Hanna ist doch wirklich sehr krank. Sie hat ein krankes Herz, genau wie Püppi, das weißt du doch. Und Tante Hellas Tochter hat gerade ein Kind bekommen, in Amerika. Da muß ihre Mama doch zu ihr fliegen«,

Tante Grete schnaubt.

»Hellas Tochter«, sagt sie. »Die muß doch schon über vierzig sein. Ich verstehe nicht, wie man in dem Alter überhaupt noch ein Kind bekommt«,

»Bei Hellas Geburt war eure Mutter doch auch schon über vierzig«, sagt Marie.

»Das waren andere Zeiten«, sagt Tante Grete. »Damals gab es noch keine Pille. Und du glaubst doch nicht, daß unser Vater ein Präservativ verwendet hätte«,

Das Wort »Präservativ« aus Tante Gretes Mund zu hören versetzt Marie einen leichten Schock. Die Tante hat sogar mit ihrem Stock auf den Boden des Autos gestoßen, um dem Wort Nachdruck zu verleihen, die Tantenstöcke haben manchmal etwas Bedrohliches. Marie hat versucht, sie vor Fahrtantritt in den Kofferraum zu packen: Aber die Tanten haben sie nicht hergegeben,

»Ich weiß einen Witz«, sagt Tante Anni auf dem Rücksitz. Sie fängt an, kackelnd zu lachen, »also, sagt der Bauer zu seiner Frau: Nächste Woche haben wir Silberhochzeit. Wollen wir da nicht ein Schwein schlachten? Sagt die Bäuerin: Was kann denn das arme Vieh dafür?«

Tante Grete schnaubt wieder. Tante Anni auf dem Rücksitz kackelt wie ein Huhn.

Marie hält an einer Ampel. Sie sind fast da. Wenn sie sich nach links beugt, kann Marie schon den Giebel des Bauernhauses sehen, ein Polizeiauto ordnet sich neben Marie ein. Marie tastet unauffällig nach ihrem Gurt. Sie hat ihn sich über ihre Brust gelegt, aber nicht eingeklinkt, sie hat keine Lust, sich das Kleid zu verknautschen. Es hat aber auch keinen Sinn, eine Geldbuße zu riskieren, Dietrich hat es gehaßt, wenn sie sich nicht angeschnallt hat. Barbara haßt es, daß sie den Gurt nicht einfach ganz wegläßt,

Eine mißglückte Rebellin, das bist du, Mama! Das seid ihr alle. Du mit deinem Gurt, Tante Püppi mit ihrer Klauerei. Ihr seid aufsässig, ohne daß es etwas bringt,

Aber wirkliche Rebellion fällt Marie nicht so leicht wie den heutigen Frauen. Wenn sie es versucht, einem unhöflichen Verkäufer gegenüber zum Beispiel, schlägt sie schnell über die Stränge: Und dann tritt Barbara einen Schritt zurück, als würde sie am liebsten nicht zu Marie gehören, das Kleid, das Marie heute abend nicht verknautschen will, ist beige, ärmellos, mit einer lockeren Jacke darüber.

Marie achtet auf sich. Sie hat immer auf sich geachtet. Als junge Frau hat man sie mitunter als schön bezeichnet, und auch heute bekommt sie noch regelmäßig Komplimente, Marie sieht ihrer Mutter sehr ähnlich. Lilo Jensen geborene Jaschke war eine schöne alte Dame, noch mit über achtzig. Sie ist sehr alt geworden, wie die meisten Jaschke-Geschwister: Aber wenn Marie an ihre Mutter denkt, ist Lilo viel jünger.

Die Alten verjüngen sich, durch ihren Tod. Sie bleiben ihren Kindern in Erinnerung, wie sie waren, als man sie noch brauchte. So gesehen könnte den beiden alten Tanten in Maries Auto nichts Besseres passieren als endlich zu sterben.

Sarah steht bereits am Tor, um Marie mit dem Urgroßtantenexpress zum Entladen in den Hof einzulassen. Der alte Mercedes fährt an ihr vorbei, langsam wie zu einem Staatsempfang, Tante Grete im Beifahrersitz hebt gemessen grüßend die Hand. Tante Anni auf dem Rücksitz wedelt Sarah gefährlich mit dem Knauf ihres Stocks zu, vor der Scheune wartet Barbara darauf, Tante Grete die Tür zu öffnen.

Tante Grete hebt erst ihren Stock aus dem Wagen, dann ihre Füße. Sie hat etwas von einem Vogel, mit ihren dünnen Beinen in den hellen Strümpfen, ihren dünnen Fingern, ihrem kleinen Kopf mit den kleinen Augen. Barbara reicht ihr die Hand. Der Weg aus den Tiefen des Autositzes hinauf in die luftige Höhe ist etwas beschwerlich, aber einmal oben angekommen steht Tante Grete so aufrecht wie ein Graureiher,

»Alles Gute zu deiner Silberhochzeit, mein Kind«, sagt sie zu Barbara. »Meine Glückwünsche für euch beide«,

Mit einer Hand stützt sie sich auf ihren Stock. Mit der anderen zieht sie Barbara zu sich, um sich auf die Wange küssen zu lassen. Ihre Wange riecht altmodisch, wie etwas, das lange in einer Truhe auf dem Dachboden aufbewahrt worden ist, Gernot hat inzwischen Tante Anni vom Rücksitz befreit.

Eine ungleich schwerere Aufgabe: Tante Anni ist nicht eigentlich fett, aber sie ist massig. Sie ist wie ein Tier, das von Natur aus einen gewissen Umfang benötigt. Wenn Tante Grete ein Vogel ist, dann ist Tante Anni eine Seekuh: die plump wirken mag, wenn man sie aus einem Auto schälen muß, aber in einer ihr gemäßen Umgebung wäre sie von ungeahnter Geschicklichkeit,

»Na, Tantchen«, sagt Gernot, während er ihr hilft, ihre Jacke zu ordnen, ihre Tasche, ihren Stock, ihren Schal einzusammeln. »Dir geht es gut, das kann man sehen. Du siehst jedesmal jünger aus. Bestimmt rauchst du immer noch deine Pfeife«.

Die Tante kackelt.

»Aber ja doch, mein Jungchen«, sagt sie. »Geräuchertes hält besser«, sie hebt die Hand und tätschelt Gernots Wange. »Na, dann man alles Gute für euch. Hast aber noch einen weiten Weg vor dir. Dreiundfünfzig Jahre haben wir miteinander geschafft, mein Johnny und ich. Ach, Sarahchen, Kindchen, da bist du ja«,

»Guten Tag, Sarah«, sagt Tante Grete. »Wie geht es dir?«

»Danke, Tante Grete, sehr gut«, sagt Sarah und küßt die Tantenwange.

Immer kommt zuerst Tante Grete, dann Tante Anni. Als Kind hat Sarah manchmal darüber nachgedacht, daß sie selbst ohne Tante Grete gar nicht existieren würde. Wenn Tante Grete nicht schon vor dem Krieg in Neuenburg gelebt hätte, wäre Sarahs Uroma Lilo nicht nach Neuenburg geflohen. Oma Marie hätte nicht Opa Dietrich geheiratet. Barbara wäre nicht geboren worden und also auch nicht Sarah, die Angehörigen des Jaschke-Clans hatten sich alle bei Grete verabredet. Hier wollten sie einander wiederfinden: Opa und Oma Jaschke, Lilo, Else, Herbert, Anni, Albert, Horst, Hanna, Hella und ihre Familien, wenn der Krieg verloren, Danzig zerstört und sie selbst in alle Winde versprengt sein würden,

Nach dem Krieg bei Tante Grete!

Wie? hat Sarah entgeistert ihre Oma Marie gefragt. Ihr habt das also alle gewußt? Du meinst, ihr habt fest damit gerechnet, daß es genau so enden würde, im totalen Ruin?

Aber natürlich, Kind, hat Marie gesagt. Wir waren vielleicht einfache Leute, aber wir waren nicht dumm. Was würdest denn du denken? Wenn du hören würdest, daß ein einziges Land die ganze Welt beherrschen will? Dann würdest du doch auch davon ausgehen, daß es in Ruinen endet,

Tante Anni nimmt jetzt ihre Urgroßnichte am Arm.

»Nu, Sarahchen«, sagt Tante Anni. »Laß dich mal ansehen. Wie du hübsch geworden bist. Eine richtig flotte Biene. Nun sage mal, wie schmeckt dir denn das Studium«,

Das fragt sie immer. So redet sie immer mit Sarah: im Jugendslang von vor einem halben Jahrhundert,

»Hilf mir mal, Kindchen«, sagt Tante Anni. »Ich mag nicht mehr stehen. Setz mich da drüben hin, an den Biertisch«,

Gernot bietet Tante Grete den Arm. Sarah, ihr Vater und die Tanten humpeln über den Hof mit seinem nicht ganz ungefährlichen Belag aus glatten grauen Kieseln, das Klackklack der Tantenstöcke ist nicht im Takt. Die Tanten setzen sie unterschiedlich auf, synkopisch, Tante Anni läßt sich aufseufzend in einen der beiden Korbsessel fallen, die Barbara extra für die alten Tanten an die Biertische gestellt hat.

»Und, was möchtet ihr trinken?« sagt Gernot. »Ein Gläschen Sekt vielleicht, Tante Grete? Oder lieber einen Orangensaft?«

»Danke«, sagt Tante Grete. »Aber wenn du vielleicht einen Tee für mich hättest, oder ein Glas Wasser«,

»Sekt stößt mir auf«, sagt Tante Anni zu Sarah. »Aber ein Bierchen, da würde ich nicht nein sagen. Und dazu ein kleines Schnäpschen, vielleicht«,

»Um diese Zeit?« sagt Tante Grete. »Also wirklich, Anni. Und dann noch in der Sonne! Warte doch wenigstens bis zum Abend«,

Tante Anni beachtet ihre Schwester nicht. Sie stellt ihre riesige Tasche vor sich auf den Tisch und beginnt darin zu kramen. Dann holt sie einen Lederbeutel und eine Pfeife hervor. Tante Grete fängt an zu husten.

Thomas parkt seinen Wagen am Straßenrand. Linus rüttelt an der Tür mit der Kindersicherung, bevor sein Vater noch die Handbremse angezogen hat.

»Papa! Ich bin kein Baby! Ich komme nächste Woche in die Schule! Mama! Mach, daß er die Tür aufmacht«,

Christa antwortet nicht. Über den riesigen Blumenstrauß hinweg, den sie auf dem Schoß hält, sieht sie zum Lehmannschen Hof hinüber, der im Licht der Spätnachmittagssonne liegt. Goldener Sandstein, restauriertes Fachwerk. Frisch gestrichene Fensterläden. Kletterrosen, Blumenkästen, es sieht aus wie aus einer Fernsehserie.

Ort der Handlung: ein alter Gutshof, seit Jahrhunderten Sitz der von Lehmanns, einer ebenso bodenständigen wie hochangesehenen Adelsfamilie, die noch immer über großen Einfluß innerhalb der Dorfgemeinschaft verfügt. Jüngst ist der Hof in eine Frühstückspension umgewandelt worden, auf Betreiben der rührigen Gutsherrin,

Und da kommt sie auch schon. Barbara Lehmann, in den üblichen flachen Schuhen und einem schwarzen Kleid, das bereits vor Jahren, bei Linus' Taufe, nicht mehr neu war, im Fond des Wagens werden die Türen aufgerissen: Thomas hat die Kindersicherung gelöst. Barbara bleibt in der Auffahrt stehen. Breitet die Arme aus, um Linus aufzufangen,

»Warte«, sagt Thomas zu Christa. »Ich helfe dir gleich, mit den Blumen«,

Er öffnet die Wagentür und steigt aus.

Barbara beugt sich hinab und küßt Linus. Dann begrüßt sie Daniel, dem das Halbwüchsigen-Kunststück gelingt, seine Tante ohne jeden Körperkontakt zu umarmen. Und dann kann Christa, von ihrem Blumenstrauß zur Unbeweglichkeit verdammt, ihrem Mann eine ganze Weile lang zusehen, wie er seine Cousine Barbara in beide Arme nimmt und innig an sich preßt.

Thomas ist ein wenig gerührt.

»Na, du Silberbraut«, sagt er leise. Er räuspert sich. »Fünfundzwanzig Jahre, Cousinchen«, sagt er. »Fünfundzwanzig Jahre. Ich gratuliere. Wie habt ihr das nur geschafft, Gernot und du«,

Barbara lacht auf. Sie löst sich aus Thomas' Umarmung, tritt einen Schritt zurück,

»Ich weiß auch nicht«, sagt sie. »Wirklich, ich weiß es nicht«,

Christa ist es inzwischen gelungen, die Autotür zu öffnen. Aber sie kann unmöglich aussteigen, ohne den Strauß zu gefährden: Und der war teuer.

Christa hat sich viel Mühe bei der Auswahl der Blumen gegeben. Barbara und Gernot haben ihre Gäste gebeten, auf Geschenke zu verzichten und lieber etwas für ein Hilfsprojekt im Amazonas-Dschungel zu spenden. Aber Christa hat sich nicht vorstellen können, daß die anderen Gäste tatsächlich mit leeren Händen kommen, Barbara wendet sich jetzt dem Wagen zu.

»Ah, hallo Christa!« sagt sie. »Thomas, laß uns doch mal deine Frau befreien«,

Christa schießt das Blut ins Gesicht. Ah, hallo Christa, in der Tat! Wie kriegt Barbara es bloß jedesmal wieder hin, so zu tun, als sei sie von Christas Anwesenheit überrascht? Christa streckt Thomas den Strauß entgegen, mit den Stielen voran wie das Heft eines Schwerts,

»Wunderbare Blumen«, sagt Barbara. »Das ist wirklich lieb von euch. Aber das war doch gar nicht nötig«,

Das findet Thomas allerdings auch. Das hat er schon vorhin gefunden, als Christa ihm den Strauß gezeigt hat: Doch er hat sich jeden Kommentar sorgfältig verkniffen, wie konnte Christa nur auf die Idee kommen, ausgerechnet einen Strauß zu besorgen?

Eulen nach Athen, Strauße nach Afrika und Blumen für Neuenburgs bekannteste Gärtnerin: die spezielle Beete in ihrem

Garten hat, auf denen sie das ganze Jahr über frische Schnittblumen zieht, Thomas und Christa folgen Barbara zum Haus. Barbara geht mit Daniel voraus, der wohlerzogen Barbaras Fragen beantwortet,

»Ja, es läuft ganz gut in der Schule, ja, ich gehe noch manchmal zum Schwimmtraining, ja, natürlich spiele ich Fußball«,

Barbara fragt nach den Spielergebnissen seiner Lieblingsmannschaft. Dann reden sie plötzlich über einen Film, von dem Thomas gar nicht wußte, daß Daniel ihn gesehen hat, ihre Stimmen klingen nun lebhaft. Sie lachen. Barbara hängt sich bei Daniel ein, der schon ein bißchen größer ist als sie, Christa kann sich genau vorstellen, was Thomas jetzt denkt.

Sie weiß es. Er hat es ihr oft genug gesagt,

Barbara hat eine so wunderbare Art, mit Kindern umzugehen. Sie hat so eine natürliche Wärme,

Im Gegensatz zu Christa natürlich. Was sonst sollte Thomas damit meinen? Barbaras Lachen, die lebhafte Stimme Daniels sind nichts als ein Vorwurf: ein weiterer Beweis ihres Versagens als Stiefmutter, Christa ist sicher, daß Thomas das denkt. Dabei ist es doch allein seine Schuld, wenn er nie zu Hause ist, um zu erleben, daß auch Christa und Daniel vertraute Momente miteinander haben, Thomas, der neben Christa hergeht, denkt, daß Barbara immer noch sehr gut aussieht.

Er denkt, daß sie Stil hat. Sie hatte immer Stil: schon damals, als Thomas, Barbara und Harry sich im Keller von Dietrichs und Maries Haus zu verkleiden pflegten, sie hatte Phantasie. Sie konnte aus dem Nichts die fantastischsten Kostüme erfinden. Barbara, Thomas und Harry waren Könige, im Keller des Schürerschen Hauses: Könige in seidenen Pyjamahosen, Westen aus Seidenpiqué. Feen und Prinzen, das waren sie, in abgelegten Abendkleidern Maries, Capes aus alten roten und blauen Wolldecken, Thomas überkommt eine neue Welle der Rührung.

Eilig legt er den Arm um seine Frau. Ihr Glasnudelhaar piekt wie starre Pinselborsten.

»Linus!« sagt Tante Anni. »Da ist ja das Jungchen! Komm doch mal her. Nein, wie du gewachsen bist. Du bist ja ein richtiger kleiner Mann«,

Linus gibt der Tante die Hand. Er sieht zu ihr auf. Er lächelt. Sein Blick gleitet vom Gesicht der Tante über den massigen Busen herab bis zu dem Bauch, auf dem der Busen aufliegt. Er kennt diesen Bauch. Er hat ihn einmal gesehen, durch die Badezimmertür, als er bei der Tante übernachtet hat, Linus holt tief Luft.

Er sagt aber nichts. Dies ist nicht der richtige Moment. Er steckt die Hand in den Keksteller, der neben ihm auf dem langen Tisch steht, Gernot klopft Thomas auf die Schulter.

»Na, mein Lieber«, sagt er, »wie laufen die Dinge. Was macht die Firma denn so. Ihr habt sicher kräftig zu tun. Das Weihnachtsgeschäft ist bei euch doch bestimmt längst angelaufen. Und jetzt, wo es aussieht, als ob sich die Konjunktur erholt«,

»Ja«, sagt Thomas. »Christa, möchtest du vielleicht einen Sekt«,

»Ich hole gleich noch ein paar Gläser«, sagt Barbara. »Sarah, sei doch bitte so gut und stell das hier da drüben in den Eimer«,

Christa sieht, wie Barbara im Vorbeigehen ihrer Tochter den Blumenstrauß hinhält wie einen nassen Regenschirm.

»Na, und du, Jungchen«, sagt Tante Anni zu Daniel. »Nun komm doch mal her. Du bist aber ein hübscher Junge geworden. Wie schmeckt denn die Schule? Du hast doch bestimmt schon eine Freundin«,

»Nein«, sagt Daniel. Er lächelt eisern an der Tante vorbei. »Im Moment gerade nicht«,

»Aber Anni«, sagt Tante Grete. »Das ist eine taktlose Frage. Wie kannst du nur das Kind so etwas fragen? Daniel, nun komm doch mal her. Sag mal, Kind, wie geht es denn Pia, deiner reizenden Mutter«,

Christa leert ihr Sektglas, in einem Zug.

Von der Straße ertönt Hundegebell. Türenschlagen. Eine hohe, befehlende Kinderstimme,

»Santos! Santos«,

»Rosalie!«

Linus reißt die Hand aus dem Keksteller. Rennt über den Hof, krümelstreuend wie Hänsel im Wald,

»Mama«, sagt Rosalie, unten an der Straße. »Soll ich es ihnen sofort sagen? Sobald wir drin sind?«

»Besser nicht«, sagt Elisa. »Besser wartest du, bis alle beim Essen sitzen.«

»Hm«, sagt Rosalie. »Also gut. Ich warte, bis alle sitzen. Dann schreie ich ›Ruhe‹, und dann sage ich: Wir wollen euch was sagen, ich und die Mama«,

»Hallo, Rosalie«, sagt Linus.

»Mama?« sagt Rosalie. »Kann ich jetzt Omas Kratzepullover ausziehen?«

Linus krault Santos hinter den Ohren. Er mag Hunde. Er hätte sehr gern einen Hund. Aber seine Mutter wird ihm nie und nimmer einen kaufen. Sie sagt, sie hätte schon genug Arbeit. Sie hätten schon jetzt viel zu wenig Platz. Sie sagt, sie wäre allergisch auf Tierhaare. Linus weiß, was das heißt. Es heißt, daß die Haare seine Mutter nicht mögen. Sie würde ihm nicht einmal ein Meerschweinchen kaufen, das weiß Linus genau,

»Ich habe auch einen kratzigen Pullover«, sagt er zu Rosalie. »Das ist eklig. Kratzige Pullover sind eklig, gell, Rosalie«,

»Ja«, sagt Rosalie. Sie wirft ihrer Mutter einen erbitterten Blick zu. »Absolut eklig«,

Linus ist ermutigt. Dies ist gut gelaufen. Er probiert noch etwas,

»Rosalie?« sagt er. »Weißt du was? Ich komme in die Schule. Nächste Woche, glaube ich. Ja, bestimmt. Ich komme nächste Woche in die Schule.«

»Toll«, sagt Rosalie. »Ich komme nächstes Jahr ins Gymnasium.«

»Ich auch«, sagt Linus und nickt heftig. »Ich bestimmt auch.«

Daniel sitzt nach vorn gebeugt, das Gesicht auf die Fäuste gestützt. Er liest eine Zeitschrift.

»Hallo Daniel«, sagt Rosalie. »Daniel, was liest du denn da?«

»Eine Spielezeitschrift«, sagt Daniel. »Computerspiele. Ich weiß nicht, ob dich das interessiert«,

»Total«, sagt Rosalie.

Sie zerrt an dem Omapullover, der nun vollends unerträglich geworden ist,

»Computerspiele interessieren mich total«, sagt sie. »Kann ich mich zu dir setzen, Daniel?«

»Klar«, sagt Daniel.

Er rückt sogar ein Stück auf der Bank, schiebt ihr das Heft hin,

»Was ist denn das?« sagt Rosalie.

»›Universe Exploiter‹«, sagt Daniel. »Das ist gerade erst rausgekommen. Da geht es darum, daß alle Rohstoffe auf der Erde verbraucht sind«,

»Zeig! Ich will auch sehen. Laß mich mal sehen, zeig«, schreit Linus, der sich neben Rosalie auf die Bank geschoben hat. »Ihr seid gemein! Ihr laßt mich nicht gucken«,

»Und jetzt mußt du Planeten finden, auf denen es noch Rohstoffe gibt«, sagt Daniel zu Rosalie. »Weil die auf der Erde ja alle verbraucht sind. Aber auf den anderen Planeten wohnen schon irgendwelche Außerirdischen«,

Thomas, der gerade seine Schwester Elisa begrüßt und über ihre Schulter zu den Kindern hinübersieht, überkommt eine weitere sentimentale Anwandlung.

Da sitzen Daniel, Linus und Rosalie auf der Bank, ganz wie früher Harry, Barbara und er selbst. Wie sie immer auf Oma Lilos altem Sofa gesessen haben, vor irgendwelchen altmodischen Kuchen: Thomas erinnert sich an Frankfurter Kranz, Napfkuchen, Mohrenköpfe, Tortenböden mit Dosenobst-Ikebana, die Pfirsichhälfte in der Mitte von der Konsistenz einer Nacktschnecke,

»Und die Außerirdischen mußt du zuerst plattmachen«, sagt Daniel zu Rosalie. »Sonst kommst du an ihre Rohstoffe gar nicht ran. Geile Grafik, finde ich«,

»Finde ich auch«, sagt Rosalie. »Total geile Grafik.«

»Aber wo steckt denn Paul?« sagt Barbara zu Elisa. »Ist er etwa gar nicht mitgekommen?«

»Er kommt nach«, sagt Elisa. »Er mußte noch schnell zu zwei Patienten. Unsere Privatnummer steht im Telefonbuch, damit man ihn jederzeit erreichen kann. Da rufen die Leute natürlich ihn an und nicht den Notarzt«,

»So ist er«, sagt Barbara. »Das ist typisch, für deinen Paul«,

Barbara mag Paul. Sie ist begeistert von Paul: Paul ist vollkommen anders als Gernot. Er hat so eine angenehm ruhige Art. Er ist ruhig, aber männlich. Er hat etwas Vertraueneinflößendes, das zugleich sexy ist. Wenn er eine Fernsehfigur wäre, dann wäre er entweder tatsächlich einer dieser unsäglichen TV-Ärzte oder aber ein erfolgreicher Serienmörder,

»Es ist auch wirtschaftlich richtig gedacht«, sagt Gernot. »Sicher wissen die Eltern den Service zu schätzen. Es gibt ja immer weniger Kinder. Da werden sie mehr und mehr zur umworbenen Zielgruppe«,

Er reicht Elisa ein Glas Sekt.

»Danke«, sagt Elisa. »Im Moment eher nicht. Aber wenn du einen Orangensaft hast«,

Tante Anni sieht auf. Sie kneift die Augen zusammen. Betrachtet Elisa einen Moment,

»Kindchen«, sagt sie dann. »Nu komm doch mal her zu mir.«

Elisa gehorcht. Die Tante zieht sie zu sich herunter. Tante Anni, die ehemalige Hebamme: Sie senkt ihre Stimme,

»Kindchen«, sagt sie leise, »ich freue mich. Das ist doch mal eine gute Nachricht. Wann ist es denn soweit? Laß mich mal schätzen. In vier, fünf Monaten, denke ich. Daß mir das aber auch wieder keiner gesagt hat«,

»Wie?« sagt Tante Grete mit weittragender Stimme. »Was hast du da gerade gesagt, Anni? Ist das wahr, Elisa? Bekommst du tatsächlich noch ein Kind«,

Einen Moment herrscht völlige Stille. Dann explodiert Rosalie.

»Ihr seid gemein! Ihr seid alle total gemein!«

Rosalie bricht in Tränen aus. Dreht sich auf dem Absatz um,

rennt in die Scheune, gefolgt von Linus, Tante Anni sieht ihr verblüfft nach.

»Was hat denn das Kindchen?« sagt sie. »Freut sie sich denn nicht, auf ihr Geschwisterchen?«

»Gehst du mit mir schaukeln, Rosalie?«

Rosalie antwortet nicht. Linus betrachtet sie, unschlüssig. Rosalie steht mit dem Rücken zu ihm, an der Scheunenwand,

»Nun heul doch nicht so«, sagt Linus zu ihr.

Er bemüht sich ganz genau den Ton seiner Mutter zu treffen. Es funktioniert aber nicht besonders gut,

»Ich heule nicht! Hau ab! Hau bloß ab«,

Elisa kommt herein. Sie bleibt hinter ihrer Tochter stehen,

»Rosalie?«

Keine Antwort.

»Rosalie. Bitte. Es sind doch noch gar nicht alle da. Du kannst es gleich den anderen sagen. Du kannst es der Oma Püppi sagen«,

Auch dies ist der falsche Text. Rosalies Kummer schwillt weiter an. Elisa berührt die Schulter ihrer Tochter. Rosalie schüttelt sie so heftig ab, daß sie mit der anderen Schulter gegen die Wand stößt, was der Sache nicht weiterhilft.

»Rosalie«, sagt Linus. »Warum heulst du denn so«,

»Haut ab! Haut doch alle ab«,

Elisa betrachtet ihre Tochter. Dann fährt sie Linus flüchtig über den Kopf und verläßt die Scheune. Linus bleibt.

»Rosalie?« sagt er, ohne viel Hoffnung auf Erfolg. »Gehst du mit mir schaukeln, Rosalie«,

Er bekommt keine Antwort. Er sieht sich unschlüssig um. Sein Blick fällt auf ein Brett an der Scheunenwand, wo allerlei Kleinkram in einer Schale liegt, Linus geht zu der Schale hinüber. In der Schale liegt ein Schneckenhaus. Es ist leer. Es ist gelb, mit einer schwarzen Spirale, Linus nimmt es heraus.

»Ich habe was gefunden«, sagt Linus. »Schau mal, Rosalie. Was ich gefunden habe«,

Rosalie antwortet nicht. Aber das Weinen ist ein wenig leiser geworden, Santos kommt in die Scheune herein. Linus streckt die Hand aus, lockt ihn. Santos kommt auf Linus zu, schwach wedelnd, stupst mit der Schnauze gegen seine Hand,

»Rosalie!« sagt Linus. »Dein Hund ist gekommen. Santos ist gekommen und spielt mit mir«,

»Nein!« Rosalie fährt herum. »Das ist nicht wahr! Er spielt überhaupt nicht mit dir. Er ist gekommen, um nach mir zu sehen. Er ist gekommen, weil ich weine. Santos, du bist doch gekommen, weil ich weine, oder?«

Elisa, die durch das offene Tor der Scheune beobachtet, wie Rosalie sich neben ihren Hund kniet, muß plötzlich daran denken, wie einmal Gott aus ihrem Mund gesprochen hat.

Es war ein paar Tage nach dem Tod der kleinen Schildkröte. Rosalie war ungefähr fünf. Sie saß in einer Matschlache, umgeben von ihren Plastik- und Gummidinosauriern. In ihrer rechten Hand hielt sie die Dinosauriermutter. Und dann sprach Gott aus ihr, und seine abgrundtiefe Stimme verriet, daß er mal wieder nichts Gutes vorhatte.

Und der Gott sagte: DIE ERDE WIRD MIR JETZT LANGSAM ABER WIRKLICH ZU SCHWER, MIT ALL DIESEN SCHWEREN TIEREN!

Die Dinosauriermutter sprang auf Rosalies Bein herum.

Aber Gott! Deswegen kannst du sie doch nicht alle töten!

DOCH. KANN ICH WOHL.

Aber das sind doch alles noch Kinder!

IST MIR EGAL.

Die Dinosauriermutter hielt inne.

Na gut, sagte sie mit entschlossener Stimme. Dann sprang sie von Rosalies Bein herunter und holte tief Atem,

Dann also. Bitte bitte bitte bitte bitte bitte bitte bitte BITTE! So,

Damit hatte sie natürlich gewonnen. Sie hatte es dem Gott gründlich gezeigt: Denn was konnte er einer solchen Bitte schon entgegensetzen, wenn er wollte, daß man ihn weiterhin ernstnahm? Er mußte tun, was sein Geschöpf verlangte. Er mußte sie wohl oder übel weiterschleppen, Rosalies schwere Welt voller Saurier, Verantwortung und Gerechtigkeit, Rosalie in der Scheune kauert auf dem Boden und umarmt ihren Hund, der sich nur ein ganz kleines bißchen sträubt.

Sie wischt ihr Gesicht an Santos' Fell ab: Tränen und Schnodder, Linus streckt ihr die Hand mit dem Schneckenhaus entgegen.

»Schau mal, Rosalie«, sagt er. »Das schenke ich dir, wenn du willst«,

Rosalie sieht auf. Sie nimmt Linus das Schneckenhaus aus der Hand. Dann kramt sie in der Tasche ihres Kleides nach einem Hundekuchen,

»Da«, sagt sie und gibt ihn Linus. »Damit kannst du Santos füttern. Damit er dich auch mag.«

Julia sitzt im Auto und sucht ihre Sachen zusammen. Schlüssel, Jacke, Handy, sie hat hinter dem Wagen ihres Onkels Thomas geparkt. Mopp ist noch nicht da. Auch der Wagen ihrer Großeltern ist nicht zu sehen, Julia blickt zu dem Haus der Lehmanns hinauf. Gleich wird sie aussteigen und zu den anderen gehen. Gleich werden die eintreffen, die noch fehlen: Onkel Mopp, Oma Püppi, Opa Holger. Tante Sigrid, der Julia dankbar sein sollte,

Ohne ihre Tante wäre das Kind womöglich in ein Heim gekommen,

Julia sieht an sich herunter.

Sie hat sich schön gemacht, für heute. Ihre Schönheit ist eine Rüstung: Sie hat ihre Haare hochgesteckt und das burgunderrote Kleid mit den schwarzen Spitzen angezogen, das sie letztes Jahr in einem Laden gekauft hat, der »Arwen & Galadriel« heißt, Julia öffnet die Autotür und steigt aus. Dies ist der schwierigste Moment. Der erste Moment der Rückkehr: Es ist dann jedesmal, als läge zwischen ihr und den anderen ein schwarzes Loch. Julia muß dieses Loch umgehen, bevor sie ankommen kann. Sie muß darüber hinwegsteigen, Julia erinnert sich an ein Leben, in dem es all diese Leute noch gar nicht gegeben hat.

Und dann, von einem Tag auf den anderen, gab es mit einemmal nur noch sie, Julia schließt ihr Auto ab. Sie stößt das Tor auf. Geht auf die Lehmannsche Scheune zu, Schritt für Schritt,

»Julia!«

Sarah winkt, kommt ihr entgegen.

Sie umarmen einander. Es ist eine vertraute Umarmung. Es ist immer wieder dieselbe Umarmung, seit Kindertagen: auch wenn die Körper, die sie ausführen, inzwischen erwachsen geworden sind, Sarah erinnert sich nicht an Julias Eintritt in die Familie. Für sie war Julia immer da. Sie hat zwar Erinnerungen, in denen Julia nicht vorkommt, aber sie erinnert sich nicht an eine Zeit, in der es gar keine Julia gab,

»Was du wieder für ein schönes Kleid anhast«, sagt Sarah.

»Du aber auch«, sagt Julia.

Sie atmet tief ein, dann wieder aus. Schiebt ihren Arm unter den Sarahs, geht mit ihr über den Hof, auf die anderen zu, Barbara hat alles sehr schön gemacht, für ihre Gäste. Die langen weißgedeckten Tische auf dem rauhen Pflaster, die festlich angezogenen Leute sahen aus wie etwas aus einem italienischen Film, Julia erinnert sich an ihren ersten Besuch hier.

An den sehnsüchtigen Neid auf Sarah: die eine Mutter hatte, einen Vater und einen Garten, groß wie ein Park, Daniel lehnt an der Scheunenwand. Er blättert in einer Zeitung.

Er steht nachlässig, leicht gebeugt, fast als wäre er zu kraftlos, um sich aufrecht zu halten. Oder als lohnte das Geradestehen den Aufwand nicht. Als hebe er seine Energie auf, spare sie auf für einen großen Moment in der Zukunft, er ist noch später dazugekommen als Julia. Julia erinnert sich an seine Ankunft in der Familie. Sie erinnert sich daran, wie Oma Püppi sie mitnahm, um ihren neugeborenen Cousin und seine Mutter Pia in der Frauenklinik zu besuchen, Elisa winkt ihrer Nichte Julia zu.

Ihre Tochter steht neben ihr. Rosalie hält Elisas Hand. Sie will irgend etwas von ihrer Mutter. Sie redet auf sie ein, zerrt ungeduldig an ihrem Arm, um die Aufmerksamkeit dieser einen Person zurückzugewinnen, deren Leben sie zu beherrschen gewohnt ist, einen Moment lang zieht sich etwas in Julia zusammen.

Es ist keine Erinnerung. Es ist keine Geschichte. Julia fällt es fast nicht auf, so gewöhnt ist sie daran, es ist nur dieses Bild: ein kleines Mädchen mit seiner Mutter. Dann hat der Strudel Julia erfaßt.

Trägt sie über den Rand des Lochs weg: Barbara umarmt sie, Gernot, sie wird weitergereicht an Tante Grete, an Tante Anni, Barbara sagt: »Und weißt du schon das Neueste, Julia? Elisa und Paul bekommen ein Kind.«

Noch einmal werden die Gläser gefüllt. Noch einmal muß angestoßen, Elisa umarmt werden, Julia küßt Elisa auf die Wange.

Sie mag Elisas Geruch. Elisa riecht nach Sonnenwärme, nach Hund. Ihre Umarmung ist ein Kokon, der Julia einen Moment fest umschließt. Das Gelächter, die Stimmen, die Wärme sind ein Kokon,

»Ah«, sagt Thomas. »Und da rückt nun auch endlich mein Bruder an, mit den letzten lebenden Jensens.«

Mopp und Sigrid kommen über den Hof. Sie tragen ein Paket, in dem sich eine alte Laterne für den Lehmannschen Garten befindet, die Mopp restauriert hat. Harry schlendert hinterher, mit leeren Händen. Er hat das sonnige Lächeln eines Mannes, der im Laufe des Tages den Jahresertrag eines kleinen Marihuanafeldes weggepafft hat, Julia ärgert sich. Kann er denn nicht ein einziges Mal clean bleiben? Muß er sich immer und überall den Kopf zudonnern, selbst vor einem Familienfest? Daniel hat sich von der Scheunenwand abgestoßen. Er geht seinem Onkel Harry entgegen,

»Hallo«, sagt er.

Dann tritt er einen Schritt zurück. Zu Anfang ist Harry ihm jedesmal fremd. Das liegt an der Liebe: an Daniels enormem Wunsch, alles richtig zu machen, Harry wendet sich seinem Neffen zu.

»Hi, Denny«, sagt er und klopft ihm auf die Schulter. »Hey! Hast du gestern Real Madrid gegen Bayern München gesehen? Der absolute Super-GAU für die Bayern, wenn du mich fragst«,

Daniel strahlt. Barbara lacht,

»Harry«, sagt sie und umarmt ihren Cousin. »Schön, daß du gekommen bist«,

Das Lachen überspielt einen leichten Schreck.

Barbara mag Harry. Sie mag ihre beiden Cousins: die ihr immer ein wenig wie zwei kleinere Brüder waren, sie könnte nicht sagen, wer ihr nähersteht. Harry hat sich das Leben jedenfalls schwer gemacht: Thomas bestand das Abitur. Harry blieb sitzen. Thomas suchte sich einen Job, kaufte sich ein Auto, fuhr vier Wochen nach Spanien und begann dann Betriebswirtschaft zu studieren. Harry war zur selben Zeit ein etwas verspäteter Hippie mit magerem Oberkörper, langem Haar, schmalem Gesicht und verletzlichem Mund, der einen durchaus glaubhaften Christusdarsteller abgegeben hätte. Thomas bereitete sich auf die Abschlußprüfungen an der Uni vor, trug coole Anzüge und einen Haarschnitt wie der junge blonde Sänger von ›Police‹. Harry rasselte durchs Abitur, brach die Schule ab, ging nach Berlin, mutierte zum Punk und kam mit mehreren Sicherheitsnadeln in den Ohren und grünrotem Hahnenkamm auf dem Kopf zu Besuch nach Neuenburg: Und so ging es weiter und weiter.

Thomas bestand das Examen, Harry trampte nach Indien. Thomas bekam einen guten Job, Harry bekam mit Gitti ein Kind. Thomas wurde befördert, Harry wurde verhaftet. Thomas arbeitete hart, investierte in ein riesiges Mietshaus in Schleusenfurt und kümmerte sich um seine Familie, Harry lag in Thailand am Strand, inmitten einer Marihuanawolke, die die sinkende Sonne mauvefarben tönte: Und jetzt, mit Mitte Vierzig, ist er auf einmal alt.

Nicht daß er schneller gealtert wäre als alle anderen, aber unvorteilhafter: als wäre er vom Zustand der Adoleszenz direkt ins Mittelalter katapultiert worden, ohne die Chance, dazwischen kurzfristig erwachsen gewesen zu sein, sein Gesicht hat etwas Ausgetrocknetes. Etwas Staubgraues, Rinnendurchzogenes, das Barbara an den Zustand einer ungeteerten Fahrstraße im Hochsommer erinnert: Und er riecht auch so. Alt, staubig. Er riecht nach Unglück, falls man Unglück riechen kann.

»Na, Sarah«, sagt Harry und läßt Barbara los. »Und, wie läuft es so? Sag mal, was hast du denn mit deinen Haaren gemacht? Warst du zum Färben beim Autospengler oder was«,

Gernot dreht sich zu Harry um.

»Und du?« sagt er. »Bist du immer noch Segelschullehrer? Was hast du dann so im Winter vor, gegen den ärgsten Hunger?«

»Du hast doch früher selbst mal rote Haare gehabt«, sagt Thomas zu Harry. »Rot und lila, wenn ich mich recht erinnere, zur Freude unserer Mutter«,

»Segelschullehrer?« sagt Harry zu Gernot. »Nee, das ist vorbei. Ich habe jetzt ein neues Projekt. Ich werde in Berlin einen Laden eröffnen«,

»Ach was«, sagt Gernot. Sein Lächeln vertieft sich. »Das ist ja wirklich interessant. Was für einen Laden denn, Harry«,

»Barbara«, sagt Marie. »Ärgere dich jetzt bitte nicht gleich wieder. Aber ich finde auch, daß dieses Rot Sarah nicht steht. Es ist so grell! Ihre Haare sehen aus wie eine Perücke, auf einem weißen Schaumstoffkopf.«

Julia umarmt Mopp. Mopp umarmt Julia.

»Kind«, sagt er. »Schön, daß du kommen konntest. Ein herrlicher Tag, nicht wahr? Was für ein Glück wir mit dem Wetter haben«,

Mopp lacht. Er legt den Arm um Julias Schultern, während sie zu den anderen hinübergehen,

»Na, dann erzähl mal«, sagt er. »Was gibt es denn so Neues, in Berlin«,

»Nichts Besonderes«, sagt Julia. »Aber du siehst aus, als gäbe es was Neues. Du siehst aus, als hättest du Geburtstag oder so«,

Mopp lacht wieder. Er winkt ab,

»Das wäre in meinem Alter kein Grund zur Begeisterung mehr«, sagt er. »Eher zur Besinnlichkeit«,

Aber Julia ist gekommen, und Sigrid ist gekommen. Mopp hat sie alle um sich, seine ganze Familie: Und Sigrid hat vorhin etwas gesagt, auf der Fahrt nach Neuenburg. Ein Wort. Eines ihrer alten Codeworte, aus der Zeit der Liebe,

Lobo

Mopp ist froh. Er ist beschwingt. Er fühlt sich, als hätte er plötzlich wieder Boden unter den Füßen, zum ersten Mal seit langer Zeit,

»Mopp sieht gut aus«, sagt Tante Anni zu Marie. »Männlich. Ein wirklich gutaussehender Mann, für sein Alter.«

»Er sieht aus wie sein Vater«, sagt Tante Grete. »Er sieht überhaupt nicht aus wie ein Jaschke oder ein Jensen. Je älter er wird, desto mehr sieht er aus wie sein wirklicher Vater.«

Sigrid geht auf Julia zu. Julia sieht sie auf sich zukommen, mit ausgebreiteten Armen, die seitlich abstehen, steif wie bei einer Schaufensterpuppe, Julia tritt zwischen diese Arme und küßt die Luft neben Sigrids Wangen. Dann will sie wieder zurücktreten: Aber Sigrid schließt die Arme um sie.

Hält Julia fest, zieht sie enger an sich, ihre Haare sind noch feucht vom Duschen. Julia kann die Seife riechen, die Sigrid verwendet hat. Sie kann das Schildchen sehen, das noch am Kragen von Sigrids Bluse hängt,

»Hallo, meine Tochter«, sagt Harry. »Und, gute Fahrt gehabt?«

Sigrid läßt Julia sofort los. Harry nimmt Sigrids Platz ein. Legt den Arm auf Julias Schultern ab, wie auf einer Tischplatte,

»Meine Tochter!« sagt er. Dreht Julia leicht, präsentiert sie der Versammlung, »na? Was sagt ihr zu meiner Tochter? Ist das nicht ein prachtvolles Weib geworden«,

»Das war sie schon immer«, sagt Sigrid.

Sie sieht Julia an. Läßt den Blick nicht von ihr: ein Blick, unter dem sich Julia vorkommt wie ein Pfauenauge, dem sich eine Stecknadel nähert,

»Ich bin immer sehr stolz auf sie gewesen«, sagt Sigrid, Julias Handy piept zweimal.

Das heißt, der Akku ist leer. Und er wird leer bleiben. Während Julia sich dem Griff ihres Vaters entwindet, vor Sigrids Stecknadelblick hinüber zu den Bierbänken flieht, zu Sarah und Elisa, hat sie eine gestochen scharfe Vision des Ladegeräts, das in Berlin in ihrem Bauwagen liegt, gleich neben der Salzdose und der alten Tasse mit Stiften, sie wollte es noch einpacken. Aber dann hat sie Amöbe mit in den Bauwagen genommen. Und dann hat sie es vergessen.

»Wir sind gleich da«, sagt Janine zu Amöbe. »Wohin mußt du denn in Neuenburg? Wo soll ich dich rauslassen?«

»Tja«, sagt Amöbe. »Gute Frage. Ich weiß auch nicht genau. Ich habe keine Ahnung, ehrlich gesagt. Ich muß erst mal Julia anrufen. Ich weiß nicht, wo sie ist. Bin mal gespannt, was sie sagt, wenn sie hört, daß ich da bin«, Amöbe lacht auf, schüttelt den Kopf. »Und du?« sagt er. »Wohin willst du«,

»Ich weiß es auch nicht genau«, sagt Janine. »Ich denke, ich sollte mir zuerst ein Hotelzimmer suchen. Meine Cousine hat mich zwar eingeladen, aber wir kennen uns ja überhaupt nicht. Ich kenne niemanden, von der Familie meines Vaters. Er hat sich ja nie um mich geschert. Und inzwischen ist er schon ein paar Jahre tot«,

»Ist ja komisch«, sagt Amöbe. »Was es für Zufälle gibt. Julias Vater hat sich nämlich auch nie um sie gekümmert. Er hat sie zu seinem Onkel und seiner Tante abgeschoben und sich so gut wie nie bei ihr blicken lassen, vielleicht ist das für Neuenburg typisch. Väter, die sich nicht um ihre Kinder kümmern«,

Zu ihrer Linken blitzen die Türme und Zinnen der Perlingschen Burg in der Abendsonne auf.

»Da wären wir«, sagt Janine.

Willkommen
Bienvenue
Welcome PERLING

»Das ist ja ein witziges Schild«, sagt Janine. »Wie dieser Song. Kennst du diesen Song? Aus ›Cabaret‹, diesem Film mit Liza Minelli. Wo sie eine Sängerin spielt, in einer Bar, vor dem zweiten Weltkrieg«,

Und dann singt Janine.

Willkommen, Bienvenue, Welcome!
Fremder, Étranger, Stranger!
Glücklich zu sehen,
Je suis enchanté,
Happy to see you,
Bleibe, reste, stay

»Da stand nicht mal der Name der Stadt drauf, auf dem Schild«, sagt Amöbe. »Das ist ja komisch. Und davor die zwei Typen, hast du die gesehen? Die standen da, als ob sie das Schild bewachen. Was das wohl soll«,

Janine fährt Richtung Stadtmitte,

»Weißt du was?« sagt sie. »Ich lade dich zum Essen ein. Wir gehen irgendwohin, wo man mit jemandem ohne Schuhe reingehen kann«,

»Das mußt du aber nicht«, sagt Amöbe. »Du mußt mich nicht immerzu einladen. Ich hab gar keinen so dollen Hunger«,

»Aber ich«, sagt Janine. »Und ich mag nicht allein sein. Du bist mein Begleitservice. Ich suche jetzt ein Parkhaus, und dann gehen wir bummeln.«

Janine, Amöbe und Amöbes Hund schlendern über den Marktplatz von Neuenburg. Vor noch nicht allzu langer Zeit hätten sie hier viele Blicke auf sich gezogen. Man hätte sich nach ihnen umgedreht, ihnen nachgestarrt: der hübschen Frau mit der teuren Sonnenbrille und dem locker um die Schultern geschlungenen Kaschmirpulli, ihrem um einiges jüngeren Begleiter, der keine Schuhe trägt und über dessen Rücken dicke blonde Dreads fallen wie Filzstränge, und dem großen Hund, der dieselbe Frisur hat wie sein Herr und der vorbildlich bei Fuß geht. Andererseits wäre damals die Innenstadt längst verödet gewesen, an einem Samstag um diese Zeit.

Jetzt hingegen haben die meisten Läden geöffnet. Viele Leute sind unterwegs, auch wenn sie mehr gucken als kaufen, die meisten sind in Neuenburg geboren, wie schon ihre Eltern. Aber unter sie mischen sich Menschen, die aus allen möglichen Weltgegenden stammen: Afrikaner, Türken, Russen, Armenier, Amerikaner, Iren, Italiener, Franzosen, Rumänen, Ungarn, Iraker und ein Dutzend anderer ließen sich problemlos auftreiben, wenn man aus den Einwohnern und Besuchern Neuenburgs eine Miniatur-UNO zusammenstellen wollte. Straßenmusiker unterhalten die Menge, Taschendiebe gehen ihren Geschäften nach. Wenn jemand wie Barbaras Großmutter Lilo direkt aus den frisch gebohnerten Fünfzigern in diese Straßenszene hineingezaubert würde, würde sie sich womöglich vorkommen wie im Mittelalter: Bettler mit krakelig beschriebenen Schildern kauern am Straßenrand, streicheln ihre Hunde oder verbergen ihre halbbetäubten Kinder unter Schultertüchern. Fahrende Händler bauen einmal in der Woche ihre Stände auf. In den Sommermonaten ziehen gelegentlich Gaukler und Jongleure durch, die in ihren bunten abgerissenen Klamotten wie Piraten aussehen. Dazwischen bieten türkische, italienische, chinesische Garküchen Mahlzeiten und Erfrischungen feil, es ist wirklich nicht weiter erstaunlich, daß Janine, Amöbe und Amöbes Hund kein allzu großes Aufsehen in der Neuenburger Innenstadt erregen.

Jedenfalls nicht mehr Aufsehen als in der Fußgängerzone von München oder Hamburg. Es gibt ja keine Provinz mehr. Es gibt in der Fußgängerzone von Neuenburg dieselben Geschäfte wie in den Fußgängerzonen von München und Madrid, Rom und Kopenhagen. Es gibt genau dieselben Jeans und T-Shirts und Glitzeraccessoires, dieselben Turnschuhe und Sandalen, Fischbrötchen und Hamburger und Verjüngungscremes und Musik-CDs und Buchtitel, Janine, Amöbe und Amöbes Hund gehen über den Neuenburger Marktplatz.

»Eigentlich ganz schön hier«, sagt Amöbe. »Schöne Häuser, findest du nicht? Alle so alt. Und so schön bunt«,

»Ja«, sagt Janine.

Sie sagt: »Weißt du, was komisch ist? Daß mein Vater hier gelebt hat, und ich kenne die Stadt gar nicht. Vielleicht wäre ich irgendwann mal hierhergekommen und hätte ihn besucht. Wenn er länger gelebt hätte. Er ist gestorben, als ich noch nicht mal zwanzig war«,

An der Ecke Marktplatz/Fußgängerzone steht ein Lastwagen. Ein paar Männer in Jeans und grünen Jacken sind dabei, Kübel mit etwa zwei Meter hohen Kugelrobinien abzuladen. Amöbes Hund bleibt stehen. Er bellt, mit hochgestelltem Nackenfell, geht dann hochbeinig rückwärts,

»Was hat er denn?« sagt Janine. »Er hat doch noch kein einziges Mal gebellt, seit er mir vorgestellt worden ist«,

Amöbe betrachtet seinen Hund.

»Ich glaube, es ist der Lastwagen«, sagt er. »Er mag keine Lastwagen. Zu Hause auf dem Bauwagenplatz verbellt er immer ihre Schatten«,

Amöbe beugt sich zu dem Hund hinunter. Er spricht mit ihm. Janine hört nicht, was er sagt: Aber offensichtlich erklärt er ihm, daß von diesem Wagen keine Gefahr ausgeht,

»Warum machen die das wohl?« sagt Janine. »Warum dekorieren die ihren Markt, am Samstag nachmittag, meinst du, hier ist heute irgendein Fest? Das wäre nett«,

»Ich weiß nicht«, sagt Amöbe. Er richtet sich auf. »Irgendwie ist es komisch hier. Schön, ja. Aber komisch. Also, zum Besuchen ist es ganz okay, kein Problem. Aber leben möchte ich hier nicht. Echt nicht. Ich möchte hier nicht mal tot über den Zaun hängen, ehrlich gestanden.«

Marianne steht im Bad in ihrem Ferienhaus in Marbella. Sie hat nur Unterwäsche an. Sie steht vor dem Spiegel und schminkt sich, für die Gala, sie und Walter werden nicht zu der Silberhochzeit von Gernot und Barbara gehen. Sie haben ja auch keine anständige Einladung erhalten. Natürlich erinnert das ein wenig an die böse Fee im Märchen. An die dreizehnte, deren Fluch man auf sich zieht, wenn man sie vom Fest ausschließt, Marianne sieht das allerdings anders. Sie findet insgeheim, daß Gernot ihr einen Gefallen getan hat. Wenn sie jetzt in Neuenburg-Nord in der Scheune der anderen Lehmanns säße, könnte sie kaum zugleich in Marbella auf eine Gala gehen,

»Walter?« ruft Marianne aus dem Bad.

Walter ist im Schlafzimmer. Wenn sie sich aus der Tür lehnt, kann sie ihn sehen, wie er im Kleiderschrank nach Socken sucht,

»Weißt du, was ich mir überlegt habe?« ruft Marianne aus dem Bad. »Ich habe mir überlegt, daß wir Gernot und Barbara vielleicht zu uns einladen sollten, wenn wir wieder in Neuenburg sind. Er ist immerhin dein Cousin. Und diese alte Geschichte mit euren Vätern gehört allmählich wirklich mal begraben«,

»Ja«, sagt Walter. »Wir hätten das längst in Ordnung bringen sollen, das ist wahr. Es ist letztlich nur die Trägheit, die einen daran hindert. Erstmal rufe ich bei ihnen an und gratuliere. Gleich. Sobald ich fertig bin«,

Marianne kommt aus dem Badezimmer. Sie geht ins Schlafzimmer und beginnt sich anzuziehen. Sie versucht, nicht mehr an den Mann zu denken, der in ihrem Garten gestanden hat, sondern sich auf die Gala zu freuen. Warum soll sie sich etwas verderben lassen, worauf sie sich dermaßen gefreut hat? Und der Mann wird bestimmt bald geschnappt werden.

Das haben ihr die Leute von der Verwaltung versichert. Marianne hat vorhin noch einmal angerufen. Der Mann von der Verwaltung hat gesagt, daß der Schwarze gar nicht unbemerkt aus der Urbanisation hinauskönne. Er hat gesagt, der Mann wäre mit Sicherheit ein Illegaler. Er wäre nicht nur widerrechtlich in die Urbanisation eingedrungen, sondern auch in Spanien und überhaupt in Europa. Wahrscheinlich wäre schon seine Ausreise aus seinem eigenen Land illegal gewesen, Marianne hat sich ein bißchen gewundert. Wie kann eine Ausreise illegal sein?

Wissen Sie, Frau Lehmann, hat der Mann von der Verwaltung gesagt, es gibt eigentlich nur einen einzigen Ort, an dem sich ein Afrikaner aufhalten kann, ohne daß es illegal wäre. Und dieser Ort ist Afrika,

Der Mann von der Verwaltung hat gelacht.

Es war kein schönes Lachen. Marianne hat sich auf einmal gefragt, was eigentlich mit dem Afrikaner passieren wird, wenn die Leute vom ISS ihn erwischen. Die Sicherheitsleute sind alle höflich und nett. Sie sind höflich und nett zu Marianne. Sie würden den Afrikaner doch sicher nicht schlagen? Wahrscheinlich würde er einfach abgeschoben. Vielleicht würde er in ein Land abgeschoben, wo er gefoltert wird. Und daran wäre dann Marianne schuld, Marianne ist dieser Gedanke nicht recht. Sie denkt, daß sie vielleicht gar nicht solche Angst vor ihm hätte haben brauchen.

Sie schämt sich ein bißchen: Sie hat sich ziemlich albern aufgeführt. Sie hätte ihn gar nicht wegscheuchen sollen. Warum hat sie nicht versucht, sich mit ihm zu unterhalten? Er war ja ganz offensichtlich gebildet. Er sprach spanisch, französisch, englisch: mehr Sprachen als Marianne, im Prinzip hätte sie ihn vielleicht sogar telefonieren lassen können! Er sah nicht eigentlich zum Fürchten aus.

Abgerissen, das schon. Marianne hätte ihm vielleicht irgendwas geben sollen, Geld oder etwas zu essen oder wer weiß was, Marianne in ihrem Schlafzimmer bückt sich und holt ihre Schmuckschatulle unter dem Kleiderschrank hervor.

Sie hat leider fast keinen Schmuck dabei. An sich ist das dumm. Ihr Haus in der Urbanisation ist sicher. Die Fenster sind nach außen vergittert: Aber sie hat ja vor ihrer Abreise nicht gewußt, daß sie zu einer Gala eingeladen wird. Ihre besten Stücke hat sie zu Hause gelassen, nun muß sie sehen, wie sie zurechtkommt, sie geht mit der Schatulle ins Wohnzimmer.

Schaltet die Lampe in der Ecke an, um im Kunstlicht besser beurteilen zu können, welchen Schmuck sie für den Abend auswählen soll, der Lampenschirm ist aus Zebrafell.

Er sieht exotisch aus, zu den spanischen Korbmöbeln: witzig, hat Mark gesagt, er hat sie seiner Mutter zum Einzug geschenkt. Er hat Marianne die Internetseite gezeigt, auf der er sie gefunden hat,

Für Afrika-Fans und Freunde des atmosphärischen Wohnens! »Heart of Africa« offeriert Ihnen ein afrikatypisches Angebot: Giraffen, Nashörner, Warzenschweine, Häuptlinge. Nein, nicht aus

Fleisch und Blut, sondern aus Holz geschnitzt, von 15 cm bis 1,20 m. Da bekommt man doch Lust, den Schwarzen Kontinent direkt zu besuchen,

Marianne in ihrem Wohnzimmer wünscht sich auf einmal, dem Afrikaner von heute nachmittag wäre die Flucht aus der Urbanisation schon gelungen. Sie wünscht, er wäre weit fort, und sie müßte nicht mehr an ihn denken. Sie wünscht ihm nichts Böses. Sie wünscht ihm alles Gute, wenn er nur einfach verschwinden würde. Er dürfte ruhig glücklich werden, reich und erfolgreich: aber bitte weit weg von Marianne, Marianne klappt ihre Schatulle zu.

Sie geht wieder in ihr Schlafzimmer, schiebt den Schmuck zurück in den Schrank, sie möchte jetzt nicht mehr nachdenken müssen. Marianne möchte den Mann vergessen.

Er sitzt noch immer in der Kammer. Er kann nicht fort. Sie suchen nach ihm. Er hat sich verborgen, hinter den Düngersäcken, nicht daß das ein echter Schutz wäre, wenn sie in die Kammer kämen. Ihm ist es ein Rätsel, daß sie noch nicht gekommen sind. Sie haben vor der Kammer gestanden, aber sie sind nicht hereingekommen. Er hat ihre Stimmen gehört, die Worte verstanden. Er ist hier nicht sicher. Er ist nirgends sicher. Er weiß, was passiert, wenn sie ihn hier fangen: Er hat unzählige Geschichten gehört. Einen aus den Plantagen in Tanger haben sie beim ersten Mal direkt an der Küste erwischt, gleich nach der Überfahrt. Er hatte sich irgendwie das Schlüsselbein gebrochen, konnte die Steilküste nicht hinaufklettern, er wurde in eine Turnhalle gesperrt, zusammen mit vielen anderen. Später kam ein Arzt. Er renkte das Schlüsselbein wieder ein, verband ein paar Wunden, zwei Tage hielt man sie eingesperrt. Dann trieb man sie hinaus, stieß sie in die Busse. Fuhr die Busse auf die Fähre nach Tanger, die Fahrer und Wachen gingen mit den Passagieren der anderen Wagen nach oben, an Deck. Die Flüchtlinge blieben in den Bussen. Sie waren eingesperrt. Die Klappen schlossen sich. Das Schiff legte ab. Durch die Fenster konnten sie die Schilder sehen, an den Wänden des Schiffs,

Queda prohibido permanecer en la cubierta de coches durante la travesía

Remaining on the car deck during the passage is not permitted

Aufenthalt auf dem Autodeck während der Überfahrt verboten

Es war laut. Es war heiß. Die Luft war stickig und wurde immer stickiger. Sie waren allein, hier unten im Schiffsrumpf, im Lärm der Maschinen, in der Hitze, das Schiff hob und senkte sich. Es schlingerte. Jemand mußte sich übergeben. Es stank. Sie durchquerten das Meer der Ertrunkenen, eingeschlossen wie im Bauch eines Wals, jemand fing an zu schreien, rüttelte an der Tür. Jemand wurde ohnmächtig, in der Hitze: Und was, wenn das Schiff ein Leck bekam? Wenn das Wasser mit einmal ins Autodeck hereinschoß, an den Fenstern der Busse hochstrudelte, sie konnten nicht hinaus!

Er kann nicht hinaus. Er ist eingesperrt. Er kauert hinter den Düngersäcken. Er darf nicht scheitern. Er fühlt die Last der Ertrunkenen auf seinen Schultern. Die Last der umsonst Gestorbenen, etwas muß ihm einfallen. Er hat Hunger, Durst. Er muß warten, bis draußen Ruhe herrscht.

Bis die tiefe Nacht kommt: Und dann muß er weg hier, aber wo kann er hin? Eine absurde Idee kommt ihm. Und wenn er sich im Auto der Deutschen versteckt? In ihrem Kofferraum. Dann würden sie ihn mit nach Deutschland nehmen: Aber das ist natürlich Unsinn. Sie werden ihre Koffer in den Kofferraum packen, wenn sie abfahren. Oder das Auto bleibt ohnehin hier, und sie fliegen nach Hause, wo sie noch ein Auto haben oder gleich zwei: Dergleichen ist ganz normal, in Europa, das weiß er, er hat jetzt Angst. Hier in dieser Kammer ist es nur eine Frage der Zeit, bis jemand hereinkommt und ihn entdeckt. Bis man ihn der Polizei übergibt und er sich im Bauch des Schiffs wiederfindet. Im Wasser. Unter den Ertrunkenen.

Alle geladenen Gäste sind nun eingetroffen. Gernot reicht weitere Gläser mit Sekt herum, plaudert, lacht, Barbara ist froh. Gernot ist ein guter Gastgeber, das muß man ihm lassen. Und sie haben Glück mit dem Wetter. Es ist spätsommerlich warm, und die paar Wolken am Horizont sehen nicht nach Regen aus.

»Ich kann es nicht fassen!«

Das sagt Püppi gerade zu ihrer Schwester Marie. Sie sagt es zum ungefähr dreißigsten Mal.

»Ich kann es einfach nicht fassen, daß Elisa mir nichts gesagt hat«,

Holger und Püppi sind vor einer halben Stunde angekommen. Seitdem läuft Püppi hin und her zwischen ihren Enkeln Linus und Rosalie, die im Garten auf der Schaukel herumturnen, und ihrer Tochter Elisa, die noch ein Kind kriegt,

Du wolltest doch der Oma etwas sagen? hat Elisa ihre Tochter gefragt.

Kannst du selber machen, hat Rosalie gesagt und ist davongerannt.

Was denn, Elisa? Was wollte das Kind mir sagen?

Püppi ist selig. Ein neues Kind kommt. Holger geht es wieder gut: Das Monster hat Püppi verschont, es hat ihr diesen Tag nicht weggefressen, ihn ihr nicht vor der Nase weggeschnappt, und übermorgen fahren sie nach Danzig,

»Neue Sorgen«, sagt Tante Grete düster zu Tante Anni. »Neue Kinder sind neue Sorgen. Vor allem in Elisas Alter. Schlimm genug, daß die Tochter von Hella ein Kind kriegt, aber die lebt ja auch in Amerika. Da kriegen sie ihre Kinder sowieso alle mit Kaiserschnitt«,

Barbara setzt sich zu ihrem Onkel Holger. Sie hängt sich bei ihm ein,

»Geht es dir denn wieder gut?« fragt sie.

»Es ist alles in Ordnung«, sagt Holger. »Alles in bester Ordnung«,

»Opa«, sagt Rosalie, die neben Holger steht. Sie zieht an seiner Jacke, »Opa, hat dir Barbara schon ihren Ring gezeigt? Sie hat von Gernot einen Ring bekommen. Mit einem Diamanten. Und Barbara glaubt, der wäre viel wert. Aber die Mama hat gesagt, das stimmt nicht. Sie sagt, Diamanten sind gar nichts wert. Sie sind nur was wert, weil wir daran glauben. Und so wäre es mit überhaupt allem, was man sich kaufen kann«, Rosalie denkt einen Moment nach. »Außer mit Santos natürlich«, sagt sie. »Santos ist etwas wert. Weißt du auch warum? Weil er atmet. Santos atmet genauso wie ich.«

Und dann atmet Rosalie, für ihren Großvater. Sie macht es ihm vor: legt den Kopf weit zurück, atmet ein, aus, ihre Nasenflügel werden ganz schmal, wenn sie Luft holt. Blähen sich weit, wenn sie die Luft wieder ausstößt.

Elisa fotografiert. Sie fotografiert ihre Brüder, ihre Mutter. Sie fotografiert Tante Grete und Tante Anni, Barbara und Gernot, Christa und Mopp und Sigrid und die Kinder: Rosalie und Linus, Daniel, Sarah und Julia. Sie fotografiert ihren Vater, der seine Söhne und Enkel filmt. Holger filmt seine Tochter Elisa, die seine Familie fotografiert,

»Was wäre unsere Mutter glücklich, heute abend«, sagt Püppi zu Marie. »Wenn sie das erleben dürfte. Alle ihre Kinder hier. Alle ihre Enkel«,

»Bis auf den armen Fritz«, sagt Tante Grete. »Und ich weiß wirklich nicht, warum Hanna und Hella nicht gekommen sind. Dafür gibt es keine Entschuldigung.«

Daniel sitzt neben Julia und Sarah. Er hat sich eigentlich neben Harry gesetzt, um mit ihm über Fußball zu reden oder über sonst irgend etwas, aber Harry ist aufgestanden und zu Barbara und Elisa hinübergegangen und hat Daniel zurückgelassen, Sarah und Julia reden über Sarahs Studium, über Julias Revue. Über Julias Bauwagen. Über Sarahs Freunde. Daniel sitzt dabei. Er versucht mitzureden. Er versucht zuzuhören. Er fragt, ob Sarah schon einmal etwas entworfen hat, was tatsächlich auch hergestellt worden ist. Er fragt, ob Julia in ihrem Bauwagen einen Fernseher hat. Ob sie nachher etwas vorsingen will, von den Liedern aus der Revue, von der sie Sarah erzählt hat, Daniel findet es cool, in einem Bauwagen zu leben und in einer Revue aufzutreten. Daniel ist nicht völlig ahnungslos: Er weiß, wie er sich zu benehmen hat.

Er weiß im großen und ganzen, wie die Dinge funktionieren: Er hat das Vogelhäuschen, das sein Großvater ihm vorhin geschenkt hat, in die Scheune gestellt. Aber vorher hat er sich bemüht zu zeigen, daß er sich freut. Er hat sich gefreut, auch wenn ihm nicht ganz klar ist, was er mit dem Vogelhäuschen anfangen soll, Daniel mag seinen Großvater sehr. Er findet es manchmal schwierig, Leuten, die er mag, zu zeigen, wie sehr er sie mag. Ihnen zu zeigen, daß er sich tatsächlich so freut, wie sie es von ihm erwarten, Daniel wünschte, das wäre einfacher. Er ist mit der Familie seines Vaters nicht sehr oft zusammen. Er würde gern sicherstellen, daß er seine Position hier für immer halten kann, auch wenn er nicht immer da ist: Dabei ist das ganz selbstverständlich.

Dies ist schließlich seine Familie. Daniel ist hier Enkel, Neffe, Cousin: Aber in Wirklichkeit ist es nicht selbstverständlich. Nichts ist selbstverständlich.

Marianne und Walter sitzen im Auto. Sie sind auf dem Weg zum Ambassador. Die Straßen sind voll abendlich-südlichen Lebens: bummelnde Leute, die Eis essen, Schaufenster betrachten, die Cafés sind voll. Die Palmen wiegen sich. Marianne sieht aus dem Fenster. Sie freut sich auf die Gala.

Doch, das tut sie! Nebenbei fragt sie sich allerdings, ob der Mann in ihrem Garten vielleicht einer von diesen Leuten ist, über die Marianne einmal in der ›Sol del Sur‹ gelesen hat.

Einer von diesen armen Kerlen, die mit irgendwelchen Booten aus Afrika herüberkommen und dann in diesen Treibhäusern aus Plastikfolie landen, eigentlich ist das ganz schrecklich. Eigentlich sollte man die Paprikaschoten und Tomaten aus den Treibhäusern überhaupt nicht mehr kaufen. Von allem anderen abgesehen sind sie auch noch ungesund: Aber man kriegt hier leider gar keine anderen, was soll man da machen? Und außerdem, würde man den Männern denn einen Gefallen tun? Sie hätten ja keinen Job mehr, wenn man ihr Gemüse nicht mehr kaufen würde, Marianne will nicht in den Kopf, warum immer alles so kompliziert sein muß.

Warum können nicht einfach alle Menschen auf der Erde in Frieden und Freiheit miteinander leben? Wenn sich alle vernünftig benehmen würden, gäbe es all diese Illegalen und Asylanten doch überhaupt nicht. All diese Wirtschaftsflüchtlinge, die bei sich zu Hause das Sattessen nicht haben, und ihre Regierungen sind sowieso korrupt, natürlich kann man die Leute verstehen, wenn sie wegwollen.

Aber das ist doch keine Lösung. Im Prinzip müßten sie sich vielleicht alle mal einen Ruck geben. Im Prinzip liegt es doch an ihnen selbst, mal richtig aufzuräumen, bei sich da unten. Mal ihre eigenen Länder in Ordnung zu bringen, statt immer nur wegzurennen und auf der Flucht zu sterben und kriminell zu werden und der Allgemeinheit in Europa zur Last zu fallen, es kann nun mal nicht jeder einfach abhauen, nur weil ihm die Bedingungen zu Hause nicht mehr gefallen.

Was wäre denn los, wenn das jeder täte?

Wenn jeder sich niederlassen könnte, wo es ihm gefällt. Wenn jeder seinen Standort verlegen könnte, bloß weil er davon Vorteile hat oder weil ihm die wirtschaftlichen Rahmenbedingungen in seinem Land nicht mehr passen. Wenn jeder einfach dorthin abwandern könnte, wo ihm die Arbeitsbedingungen genehmer sind, nein, das geht nicht, das sieht Marianne ein.

Es kann nicht jeder nach Gusto Handel und Wandel treiben. Das wäre ja die reinste Anarchie! Da hätte man ja keine Kontrolle mehr über die Leute. Da könnte ja jeder machen, was er will, sie fahren auf den Parkplatz des Ambassador, das im Glanz seiner Außenbeleuchtung strahlt wie ein Schloß.

Marianne spürt, wie die Aufregung alles andere verdrängt.

Sie beschließt, jetzt nicht mehr an all diese Dinge zu denken. Es hat ja im Grunde gar keinen Sinn. Marianne kann ohnehin nichts tun. Und was den Mann aus dem Garten betrifft: Der ist wahrscheinlich schon längst getürmt. Wahrscheinlich ist er entkommen, inzwischen meilenweit weg von der Urbanisation, und Marianne wird nie wieder etwas von ihm hören oder sehen: Und so oder so ist es nun zu spät. Was geschehen ist, ist geschehen. Marianne kann es nun nicht mehr ändern.

Das Fest

Lange Schatten fallen über den Hof. Es ist kühl geworden. Die Biertische vor der Scheune liegen verlassen. Ein kleiner braunschwarz gesprenkelter Vogel kommt über die Mauer des Gartens geflogen. Er landet auf dem hinteren Tisch. Pickt nach einem Kekskrümel, schaut sich um. Hüpft weiter, zwischen den Gläsern hindurch, pickt nach einem Olivenkern,

»Linus!«

Der Vogel fliegt auf.

»Herrgott noch mal! Was habe ich dir gesagt«,

Der Vogel flattert über den Hof. Überfliegt die Mauer, den Garten. Läßt sich auf einem Ast im Walnußbaum nieder. Flattert einen, dann noch einen Zweig weiter. Landet schließlich auf dem Ast, an dem Sarahs Kinderschaukel hängt. Spreizt das Gefieder, schüttelt sich wie ein Hund, der aus dem Wasser kommt,

»Jetzt hast du es wieder mal hingekriegt! Ich habe es ja gesagt«,

Vom Walnußbaum aus klingt die Stimme in der Scheune ganz leise. Der Vogel öffnet den Schnabel und singt

Didididi-dadadaaa-dididi-dadaa!

Drinnen in der Scheune ist das Büfett inzwischen eröffnet. Die Silberhochzeitsgesellschaft sitzt bei den Vorspeisen: Parmaschinken, mariniertes Gemüse, Vitello tonnato, Meeresfrüchtesalat, Linus hat gerade das Rotweinglas seiner Mutter heruntergeworfen. Thomas kauert auf dem Boden und sucht die Scherben zusammen. Über ihm ertönt Christas Stimme,

»Und ich habe dir noch gesagt, laß den Efeu liegen! Ich habe dir gesagt, du schmeißt gleich was um. Aber du hörst ja nicht auf mich«,

Was nicht wahr ist, genau genommen. Linus hat ausgezeichnet gehört. Er hat sogar aufs Wort gehorcht: Seine Mutter hat ihm gesagt, daß er garantiert etwas umwerfen wird, und prompt hat es geklirrt,

»Christa«, sagt Barbara. »Das macht doch nichts. Das kann jedem mal passieren. Linus ist doch noch ein Kind. Und außerdem war es nur ein ganz billiges Glas«,

Thomas ist wütend auf seine Frau. Er ist froh, einen Augenblick auf dem Boden zu knien, den Blicken seiner Familie entzogen, warum muß Christa nur immer so herumschreien? Merkt sie nicht, daß sie sich blamiert? Daß sie Thomas bloßstellt, vor seiner ganzen Familie: Barbara wird sicher denken, daß Christa eine schreckliche Mutter ist, widerstrebend steht Thomas auf.

Barbara hat eine Papierserviette über den Fleck gelegt. Sie hat Christa ein neues Glas geholt. Sie hält Thomas einen Papierkorb hin, für die Scherben, die er eingesammelt hat, Linus nimmt sich noch ein Stück Brot.

Er ißt schon die ganze Zeit trockenes Brot. Er beißt die Zähne zusammen, mit dem Brot dazwischen, Linus hat einen Trick entdeckt: Wenn man die Zähne ganz fest zusammenbeißt, dann hört man weniger. Es fühlt sich an, als würden die Ohren innen kleiner. Und gleichzeitig hört man etwas wie ein Rauschen, das die Geräusche von außen ein wenig übertönt, natürlich funktioniert es auch ohne Brot.

Aber Linus ißt gern trockenes Brot. Er ißt alles gern, was entweder süß schmeckt oder nach gar nichts: Löffelbiskuits, gekochten Reis, Zwieback, Grissini, trockene Nudeln, von der Seite sieht Linus zu seiner Mutter hinüber.

Sie schimpft jetzt nicht mehr. Sie sitzt da und starrt vor sich hin, Linus wendet den Blick rasch wieder ab. Seine Mutter sitzt oft so da. Er kann es nicht ausstehen, wenn sie so dasitzt: Sie sieht dann aus, als wäre sie gar nicht mehr ganz auf der Welt. Als wäre sie nicht mehr richtig am Leben, manchmal, wenn sie lange so dasitzt, gruselt es Linus. Er möchte dann abhauen, oder er möchte Quatsch machen.

Er möchte irgendwelchen Unsinn anstellen, der seine Mutter hochfahren, schimpfen und wieder auf die Erde zurückkehren läßt, Linus nimmt sich noch ein Stück Brot. Er kann überhaupt nichts dafür, daß ihm das Glas umgefallen ist. Wieso muß immer alles, was passiert, seine Schuld sein? Seine Mutter hat das Glas doch selbst genau auf die blöde Efeuranke gestellt, an der Linus gezogen hat. Linus war brav.

Er war sogar sehr brav. Er hat bisher noch nicht einmal gefragt, wann er endlich aufstehen darf, obwohl es am Tisch furchtbar langweilig ist, Linus zupft an Rosalies Ärmel. Zum Glück hat er wenigstens durchgesetzt, daß Rosalie auch neben ihm sitzt und nicht nur neben Daniel. Daniel hat die Augen verdreht, damit jeder sehen konnte, wie albern er Linus fand. Aber das war Linus egal. Er hat darauf bestanden, daß Rosalie und Daniel miteinander den Platz tauschen, und Rosalie hat nachgegeben.

»Rosalie«, sagt Linus. »Rosalie«,

»Gleich«, sagt Rosalie. »Warte«,

Sie macht eine abwehrende Handbewegung. Sie guckt Daniel an, der Onkel Harry gerade irgend etwas erzählt.

»Rosalie«, sagt Linus. »Schau doch. Komm, wir schauen uns noch mal das komische Bild an«,

Rosalie und Linus haben vorhin soviel Spaß miteinander gehabt! Sie haben so gelacht, über das Bild von Gernot und Barbara in Oma Püppis Hochzeitszeitung. Auf dem Bild ist Gernot zu sehen, wie er Barbara gerade hochhebt und dabei beinahe zusammenbricht. Linus kann sich vorstellen, daß Barbara schwer gewesen sein muß. Sie sieht schwer aus, auf dem Bild. Sie sieht dick aus, in dem riesigen weißen Kleid, das um sie herum absteht wie etwas, das weich war und dann fest geworden ist, auch Barbara hat das Bild schon gesehen.

Sie haßt dieses Bild. Sie hat es schon immer gehaßt. Sie hat sich schon damals bei der Hochzeit darüber geärgert, daß Gernot sie nicht einfach über die Schwelle tragen konnte wie jeder andere vernünftige Ehemann, sondern charmanterweise so tun mußte, als bräche er unter ihrer Last zusammen: Und ist es nicht mal wieder typisch für ihre Mutter, daß sie ausgerechnet dieses Bild ausgesucht hat? Ist es nicht typisch für Barbaras ganze Familie, allen Ernstes etwas so Idiotisches wie eine Silberhochzeitszeitung zu produzieren, Barbara möchte jetzt dringend rauchen.

Aber das geht schlecht. Das Büfett ist gerade erst eröffnet worden. Barbara hat schließlich Pflichten, als Gastgeberin, sie schlägt die Titelseite der Hochzeitszeitung um, damit wenigstens dieses Bild verschwindet. Auf der zweiten Seite steht ein Text,

Die Frauen im Vergleich mit den Erdteilen
20 Jahre: heiß wie Afrika
30 Jahre: wild wie Asien
40 Jahre: technisch auf der Höhe wie Amerika
50 Jahre: abgewirtschaftet wie Europa

Barbara schlägt die Zeitung zu und stellt ihren Teller darauf. Sie steht auf, murmelt irgendeine Entschuldigung, geht hinter Gernots Stuhl vorbei zur Tür, ihr Onkel Holger filmt sie.

Er filmt sie, wie sie die Scheune verläßt und hinaus auf den Hof tritt, um nach den Zigaretten auf dem Holzstoß zu suchen, Holger filmt schon die ganze Zeit.

Er hat das Büfett gefilmt. Er hat die beiden Tische gefilmt, aus verschiedenen Perspektiven: An dem einen sitzen seine drei Kinder, drei seiner vier Enkel, Christa, Sigrid und Mopp. An dem anderen sitzt das Silberhochzeitspaar mit Sarah, Julia, Marie, den alten Tanten und Holgers Frau Püppi, Holger filmt Mopp, der Sigrids Glas mit Wasser füllt. Er filmt Harry, Elisa und Daniel, die über Sport reden. Er filmt Christa, die ein Stück Brot zerpflückt, Thomas, der das Weinglas an die Lippen führt, es absetzt und wieder hebt, Holger filmt die Kerzen in ihren silbernen Kerzenhaltern, die Astern in ihren Vasen.

Er filmt Gernots weiße Manschette, die aus dem Ärmel seines Jacketts lugt. Er filmt Julias elegante Hände, die nach der Pfeffermühle greifen. Er filmt seine Frau, die etwas zu Julia sagt, ihr dann lächelnd mit dem Handrücken über die Wange streichelt, Linus' Zahnlücken, seine blitzenden Kinderaugen, jede dieser Einzelheiten ist kostbar.

Holger möchte sie festhalten. Er möchte jeden dieser Augenblicke einfangen, jedes unwiederbringliche Detail auf seinen Film bannen: auch wenn vielleicht nicht er es sein kann, der diese Filme in späteren Jahren noch einmal betrachten wird, Holger filmt die Weingläser und Wasserkaraffen. Er filmt die barocke Pracht der Trauben und Äpfel und Pfirsiche in der Fruchtschale. Die großen Platten mit rohem Schinken, mit Käse, Gemüse, er filmt Santos, schlafend unter dem Tisch zu Rosalies Füßen. Er filmt Mopp, der seine Jacke auszieht, Rosalies feines blondes Haar mit den bunten Spangen darin, das Totenkopf-Logo auf Daniels Sweatshirt, die Filmkamera ist Holgers einzige Waffe gegen den Schmerz. Gegen die Schwermut, die Verzweiflung, die ihn zu überfluten droht, Holger hat heute morgen begriffen, daß der üppige Frieden, den er jahrzehntelang genossen hat, nicht mehr lange währen wird.

Daß es vorbei ist, das selbstverständliche Glück, in dem er von Tag zu Tag geschwelgt hat, gedankenlos und in Sicherheit, Holger filmt Linus und Rosalie, die Sigrid Witze erzählen.

Sie tun das schon eine ganze Weile. Sie versuchen, einander zu übertrumpfen: was die Pointen ein wenig durcheinandergeraten läßt,

»Sagt die Mama zu Eva, Was machst du da? Eva sagt, ich wasche meine Haare, Mama«,

»Ich weiß auch noch einen!«

»– die Mama sagt: Aber die sind doch ganz trocken, Kind«,

»Ich weiß auch noch einen, ich weiß auch noch einen, der Peter findet auf dem Sperrmüll einen Spiegel und guckt rein und sagt, dieses blöde Bild hätte ich auch weggeworfen«,

»– und Eva sagt«,

»Peter sagt, ach Omi, die Trommel von dir war wirklich mein schönstes Weihnachtsgeschenk«,

» – Eva sagt, auf dem Shampoo steht doch auch: für trockenes Haar«,

»– Mami gibt mir jeden Tag fünf Euro, wenn ich nicht darauf spiele«,

Sigrid lächelt. Sie lacht. Sie schiebt sich kleine, in Olivenöl oder Tomatensoße getauchte Brotstückchen in den Mund,

» – ich weiß noch einen, ich weiß noch einen«,

Sigrid lächelt und kaut, lacht und kaut. Sie unterbricht die Kinder nicht. Sie flieht nicht vor dem Ansturm ihrer Aufmerksamkeit: Aber hört sie ihnen auch zu? Mopp weiß es nicht. Er betrachtet sie von der Seite. Er sieht die feinen Fältchen um ihre Augen. Er sieht die Muskeln ihres Kiefers sich bewegen, während sie ihre Brotstückchen kaut. Vorhin gab es einen schwierigen Moment, als sie gemerkt hat, daß man Julia nicht zu ihr, sondern an den Nachbartisch zu ihren Großeltern gesetzt hat. Aber auch Harry sitzt nicht in Julias Nähe, und das hat Sigrid wieder beruhigt, Mopp versucht, durch Sigrids lächelnde Maske hindurchzusehen, seine alte Sigrid darunter zu erkennen. Er denkt daran, was Sigrid auf der Herfahrt gesagt hat: Es war nur ein Wort. Eines ihrer alten Codeworte, aus der Sprache der Liebe

Lobo

»Ich weiß auch einen Witz«, sagt Daniel zu Harry und Elisa.

Er lächelt. Es ist ein ironisches Lächeln. Ein cooles Lächeln des Selbstschutzes, für den Fall, daß keiner seinen Witz lustig finden sollte,

»Also, Frau Schmidt ist sechzig. Sie geht einkaufen, in den Supermarkt. Der Mann an der Kasse fragt sie: Frau Schmidt, wollen Sie eine Tüte? Nein danke, bloß nicht, sagt Frau Schmidt. Wenn ich um diese Zeit schon einen rauche, dann bin ich den ganzen Tag benebelt«,

Harry brüllt vor Lachen. Rosalie und Linus wenden sich von Sigrid ab. Wenden sich diesem neuen Zuhörer zu, der offenbar dankbarer ist,

»Harry, ich weiß auch einen Witz«,

»Ich weiß auch einen, ich weiß auch einen«,

Holger filmt seinen Sohn Harry, wie er sich lachend im Stuhl zurückwirft. Er filmt seinen Sohn Thomas, der sich vorbeugt und Linus etwas von der Wange wischt, es ist Holger, als verlangsamte die Filmkamera jeden Moment. Als vergrößerte sie jedes Detail, bis es von unermeßlicher Bedeutung ist: jede Banalität eine Ungeheuerlichkeit, aus der sich sämtliche Weltfragen erschließen könnten, wenn man nur den richtigen Schlüssel besäße, die nötigen Sinne, das passende Wissen, die allerfeinste Wahrnehmung, Holger filmt seine Nichte Barbara, die wieder von draußen hereinkommt. Er filmt ihren frischgeschminkten Mund, ihre Hand mit dem Diamanten, der aufblitzt, als sie ihr Haar zurückstreicht, Holger filmt den Ehering seiner Tochter Elisa.

Er filmt die beiden übereinandergesteckten Eheringe an Tante Gretes Hand: ihren eigenen, der den größeren Ring ihres verstorbenen Mannes an ihrem Finger hält, Tante Grete tupft sich mit ihrer Serviette die Mundwinkel ab und beäugt Sarahs Teller.

»Köstlich«, sagt sie zu niemandem im besonderen. »Wirklich köstlich, vor allem dieses Kalbfleisch. Du solltest es probieren, Sarah. Oder ißt du etwa noch immer kein Fleisch? Also, ich glaube nicht, daß das gut ist. Ich esse ja auch nur sehr wenig Fleisch, vielleicht einmal die Woche, und dann meistens Geflügel. Aber gar keins? Da muß einem doch etwas fehlen, denke ich. Eiweiß. Bestimmte, ich weiß nicht, irgendwelche Stoffe«,

»Welche denn?« sagt Sarah. »Was muß einem fehlen, wenn man keine toten Tiere ißt?«

Tante Grete kräuselt die Nase.

»Tote Tiere«, sagt sie. »Wie das wieder klingt«,

Rosalie schreit vom Nebentisch herüber.

»Santos ist ein Tier! Und der ißt auch tote Tiere. Neulich hat er einen Vogel gefressen. Der hat sogar noch ein bißchen gelebt«,

Im letzten Wort war etwas wie ein Schluckser.

Ein Chor von Ausrufen bricht los. Ein griechischer Tragödienchor, der Schock, Erstaunen, Mitleid mit dem Vogel bekundet, Sympathie mit dem Hund, mit Rosalie, Rosalie wirft Daniel einen Blick zu. Hat er den Schluckser womöglich gehört? Hat er gemerkt, daß ihre Stimme um ein Haar gekippt wäre? Hoffentlich nicht. Das wäre furchtbar uncool. Rosalie weiß, was uncool ist und was cool. Daniel hat es ihr vorhin erklärt, aber Rosalie hat es vorher schon gewußt, cool ist, wenn man nicht richtig am Leben ist oder es wenigstens nicht so zeigt.

Wenn man sich über gar nichts aufregt. Wenn man nie heult und vor gar nichts Angst hat. Wenn einem niemals etwas unter die Haut geht, und man hat immer die richtige Antwort, und es ist einem vollkommen egal, was die anderen denken. Und alle bewundern einen und machen alles nach, was man tut, obwohl einem das natürlich vollkommen egal ist, Rosalie hat die Geschichte mit dem Vogel extra erzählt, damit Daniel sehen kann, wie cool Rosalie ist. Und jetzt hat der Schluckser womöglich alles verdorben,

»Das war schon ganz okay«, sagt Rosalie zu Daniel, im Versuch zu retten, was zu retten ist. »Nein, wirklich, das war schon ganz in Ordnung, das mit dem Vogel. Santos ist eben ein Hund, und die machen so was«,

»Ich sage euch was«, sagt Linus laut. »Das ist nämlich so: Tiere essen Tiere. Aber Menschen essen keine Menschen. Das machen nur die Menschenfresser. Und die gibt es gar nicht. Und das ist der Unterschied.«

Alle lachen.

Linus ist verblüfft. Er kann keinen Grund zur Heiterkeit erkennen. Es war ihm ernst mit dem, was er gesagt hat, andererseits schwingt in dem Gelächter kein Spott mit, eher eine Art Beifall,

»Du hast vollkommen recht, Linus«, sagt Harry. »Und abgesehen davon, liebe Tante, zu viele tierische Proteine verursachen Darmkrebs. Ich esse auch fast niemals Fleisch«,

Linus strahlt. Tante Grete zieht die Brauen hoch. Daniel

schiebt das Fleisch auf seinem Teller ganz an den Rand. Dann läßt er wie zufällig den Zipfel seiner Serviette darüber fallen.

On my way,
On my way,

Aber das ist er nicht. Er ist nicht mehr auf dem Weg. Er sitzt fest. Er kann nicht weiter. Draußen ist es still. Aber er hat keine Uhr: Er weiß nicht, wie spät es ist, möglicherweise sind die Leute draußen noch wach. Die Leute in ihren weißen Häusern, möglicherweise sitzen sie jetzt in ihren Häusern und essen.

Er möchte auch essen. Er hat Hunger.

Er hat großen Hunger. Er denkt an das Essen im Hause seines Vaters. Er weiß, daß das den Hunger nur verschlimmert, aber er kann nicht anders: Er denkt an das Festessen, das seine Mutter und seine Schwestern und die Cousinen und Nichten ihm und Mike auftischen würden, wenn sie beide nach Hause zurückkämen, mit Taschen voll Geld, es gäbe geschmortes Huhn mit Chilis, gebratenen Fisch. Reis, Suppe, fritierte Kochbananen, er sieht seine Familie im Wohnzimmer sitzen. Er sieht sie kauen und essen und dazwischen Limonade aus Flaschen trinken, sie sitzen auf dem Sofa, auf Stühlen, in Sesseln, jeder mit seinem Teller auf dem Schoß. Seine Mutter ißt draußen, im Hof hinter der Küche, zusammen mit den Kindern und einer Schwester. Alle werden satt. Für gewöhnlich bekommt man nichts mehr, wenn man nicht rechtzeitig zum Essen erscheint, aber heute wird selbst für die zu spät Gekommenen etwas aufgehoben: Erdnuß-Suppe mit Makrele, gestoßene Yams. Rindfleisch mit Okrasoße. Aloko, Bananensuppe, Lamm mit Karotten und Kichererbsen, er weiß, er wird nie wieder im Haus seines Vater sitzen und essen.

Denn sein Vater ißt ja nicht mit.

Wenn es etwas zu feiern gibt, wenn Gäste erwartet werden und alle satt werden sollen, dann behauptet sein Vater, keinen Hunger zu haben. Wie also kann er zu seinem Vater zurückkehren? Bevor er nicht ein reicher Mann ist, kann er so wenig zurück wie der Chef der Schlepperbande in Tanger. Wenn dieser Mann sich daheim blicken ließe, irgendwo in den Bars, auf den Straßen der Stadt, würden die Familien der Ertrunkenen ihn augenblicklich umbringen,

On my way to Calamocarro, in the last assembly

Aber er ist nicht auf dem Weg.

On my way to Calamocarro Calamocarro Calamocarro

Er ist über das Meer gefahren. Er hat den Sirenen gelauscht. Er war nicht vorgewarnt: Niemand hatte ihm geraten, die zauberischen Stimmen zu meiden,

Das natürliche Recht aber ist die Freiheit

Rette dich dir selbst

Der Geist eines Menschen und nicht sein Herr machen ihn zum Sklaven

Auch ich war in Arkadien geboren

In den Fernsehfilmen, die sie abends in ihrem Haus ansahen, wohnten ganz normale Leute in Lofts, so groß wie ein Dorf. Frauen in dünnen Kleidern hatten Liebesaffären auf französischen Landgütern. In englischen Villen inmitten von Parks frühstückte der Butler, auch wenn er am Ende der Mörder war, morgens in seinen eigenen Gemächern *ham and eggs* und Orangenmarmelade. In deutschen Fachwerkhäusern mit einem BMW in der Garage saßen Tankstellenbesitzer so wie sein Vater gutgelaunt und sorgenfrei mit ihrer Familie rund um den Braten, von einem Rind, das mit achthundert Euro pro Jahr subventioniert worden war: dem zweieinhalbfachen Jahresverdienst eines gewöhnlichen Afrikaners, er kauert hinter dem Düngersack.

Er hat Heimweh. Sein Heimweh zerreißt ihn: Es zieht ihn in zwei entgegengesetzte Richtungen,

Rette dich dir selbst

Der Geist eines Menschen und nicht sein Herr machen ihn zum Sklaven

Auch ich war in Arkadien geboren

Im Haus seines Vaters sitzen die Mitglieder seiner Familie im Wohnzimmer, ihre Teller auf dem Schoß. Sie unterhalten sich. Sie lachen leise. Sein Cousin steht auf und stellt seinen leeren

Teller auf den niedrigen Tisch. Er muß zum Nachtdienst beim ISS: dem Sicherheitsunternehmen, das das deutsche Konsulat vor Anschlägen schützt. Sein Neffe geht zu der Stereoanlage in der Ecke. Er schiebt eine Kassette in den Recorder

Africa Africa Africa

»Liebe Leute! Es ist wahr,
heut sind es fünfundzwanzig Jahr«,

Sarah und ihr Vater drücken einander die Hände, unter dem Tisch, in stiller Komplizenschaft. Sie lassen keinen Blick von Tante Püppi, die ihr selbstverfaßtes Gedicht vorträgt, Sarah sieht aus den Augenwinkeln, wie Elisa nach ihrem unverhohlen grinsenden Bruder Harry tritt. Daniel hat den Blick gesenkt, unsicher, ob die Loyalität zu seiner Großmutter oder die Zuneigung zu seinem Onkel Harry größer ist. Püppi ist inzwischen bei Gernots Heiratsantrag angekommen,

» – an diesem wunderschönen Tag
hat Gernot gefragt, ob Babs ihn mag«,

Julia hat sich zurückgelehnt. Sie lächelt entschlossen ihre Oma an, die dann und wann unsicher in die Runde blickt. Leicht beschämt löst Sarah ihre Hand aus der ihres Vaters. Wirft verstohlen einen Blick auf die Uhr, wo bleiben bloß Mark und Janine? Im Moment wäre sogar noch Platz: Paul ist noch nicht aufgetaucht. Und zwischen Sarah und Julia ist auch noch etwas frei. Man müßte nur den Neunertisch etwas vorziehen, den Barbara aus unerfindlichen Gründen mit der Stirnseite an den Balken geschoben hat,

»– und wünschen wir dem Jubelpaar
noch viele weitere glückliche Jahr'«,

Tante Püppi ist zum Ende gekommen. Stürmischer Applaus bricht los, übertönt von den begeisterten Zurufen Harrys,

»Bravo! Bravo! Zu-ga-be, Zu-ga-be«,

Püppi strahlt. Julia betrachtet ihren Vater einen Moment, dann sieht sie Sarah an und verdreht die Augen. Sarah lacht und klatscht. Holger filmt.

Er hat das ganze Gedicht lang gefilmt. Nun filmt er seine Frau, die sich wieder setzt, strahlend und mit geröteten Wangen. Er filmt Tante Grete, die ihr Besteck wieder aufnimmt, weil sie als letzte noch bei der Hauptspeise ist. Er filmt die Kinder, die verbotenerweise den Hund bei Tisch füttern,

»Nun sag mal, Vater!« ruft Harry durch den Raum. »Jetzt hör doch mal auf mit der Filmerei! Ist das denn ein Benehmen, die Damen ausgerechnet beim Essen zu filmen«,

Tante Anni lacht kreischend. Wendet sich um, versetzt Harry einen kräftigen Schlag auf die Schulter,

»Das Jungchen«, sagt sie zu Püppi. »Immer lustig. So war er schon immer. Haraldchen war schon immer so lustig«,

»Sieh an«, sagt Julia zu Sarah. »Harald Siebeck, der neue Knigge. Sir Harry, der Crack in Stilfragen«,

Holger hat die Kamera gesenkt und sich vorgebeugt. Drückt auf irgendwelche Knöpfe, betätigt irgendwelche Regler,

»Wirklich, Harry«, sagt Barbara. »Was hast du denn nur? Wir sind doch froh, daß Holger filmt«,

Holger legt die Kamera auf den Tisch. Dann setzt er sich wieder an seinen Platz, neben Püppi, Elisa beugt sich vor, um das Gesicht ihres Vaters zu sehen.

Er hat so gut wie nichts gegessen, das ist ihr aufgefallen. Er hat nicht einmal das Vitello tonnato gegessen, das er so gern mag, und auch nicht die Involtini, Elisas Blick trifft sich mit dem ihrer Mutter.

Püppi strahlt ihre Tochter an.

Marie kämpft mit den Tränen. Sie hat den Hauptgang ausgelassen. Sie sieht auf ihren Teller. Auf die Reste der marinierten Paprikaschoten, der Tomaten mit Büffelmozzarella: italienische Vorspeisen, wie bei ihrer eigenen Silberhochzeit in Italien am Gardasee, sie feierten auf einer Holzterrasse direkt am Wasser.

Es waren Verwandte da, Freunde. Sie alle waren extra für Marie und Dietrich nach Italien gekommen.

Extra für Maries und Dietrichs Fest, die Frauen trugen lange Kleider, die Männer Smoking. Die Musiker spielten Wiener

Walzer. Das Essen war wundervoll, auch der Wein. Kerzen brannten unter Glas, Lampions hingen in den Bäumen, und hoch darüber waren die Sterne, die Flaneure auf der Strandpromenade blieben stehen, um zu den Feiernden hinüberzusehen. Maries Kleid war eierschalenweiß, mit schmalen Trägern. Die Luft war weich wie der Atem eines Mannes, der seiner Partnerin beim Tanzen etwas ins Ohr flüstert. Nach dem Essen hielt Dietrich eine Rede,

Es muß was Wunderbares sein,
Von dir geliebt zu werden,
Ich will dich lieben,
Solang ich leb auf Erden,
Marie schiebt ihren Teller weg.

Sie bekommt diese Vorspeisen nicht hinunter. Sie will nicht an Italien denken, an ihre Silberhochzeit. Sie kann nicht an Dietrich denken, ohne zu weinen, Barbara müßte das eigentlich wissen!

Sie hätte wissen müssen, daß Marie heute traurig sein und ihren Mann vermissen wird. Sie hätte es gewußt, wenn sie auch nur einen Funken Einfühlungsvermögen besäße: Aber das hat sie nicht, so wenig wie ihr Vater, was um Himmelswillen hat Marie denn schon gesagt?

Sie hat Barbara noch einmal in den Arm genommen, ihr alles Gute gewünscht. Sie hat ihr gesagt, daß sie hübsch aussieht, wenn auch ein bißchen müde. Sie hat ihre Tochter gefragt, ob sie inzwischen die Pillen nimmt, die Marie ihr wieder und wieder empfohlen hat, Marie kennt eine Menge Ärzte, und sie alle schwören auf diese Pillen. Überhaupt nehmen doch alle Leute Nahrungsergänzungsmittel: alle außer Barbara, Barbara hat aufgestöhnt.

Mama, bitte. Mir geht es prima, auch ohne Vitamintabletten. Gut, vielleicht sehe ich müde aus. Na und? Ich *bin* müde. Ich hatte schließlich einiges zu tun, bei zwanzig Leuten, die zu bewirten sind,

Achtzehn, Barbara. Warum sagst du denn jetzt zwanzig? Im

Moment sind wir achtzehn. Ich habe nachgezählt. Und ich hatte dir meine Hilfe ja angeboten. Aber du hast darauf bestanden, alles allein zu machen,

Und das stimmte doch. Das war keine Kritik. Marie versteht nicht, wieso Barbara gleich wieder dermaßen über sie hergefallen ist. Marie hat lediglich eine falsche Zahl berichtigt: Aber Barbara ist überempfindlich, das ist das Problem. Sie fährt wegen jedem bißchen aus der Haut, genau wie ihr Vater,

Hör jetzt bitte auf, Mama. Sag du mir mal lieber, wie du dazu kommst, Tante Püppi ausgerechnet dieses bescheuerte Bild zu geben, für ihre alberne Hochzeitszeitung. Diesen miserablen Schnappschuß! Ich sehe aus wie in einer Torte aus Gips. Magst du es eigentlich, wenn ich mich lächerlich mache? Findest du das großartig oder was,

Wie konnte Barbara so etwas ernstlich behaupten? Sie mußte doch wissen, wie stolz Marie auf ihre Tochter ist. In Maries Augen ist Barbara immer die Schönste, die Begabteste und die Beste gewesen: Oder hat Marie sich etwa nicht unablässig darum bemüht, Barbaras Überempfindlichkeit, ihre Unbeherrschtheit, ihre Neigung zu Augenschatten und Trockenheitsfältchen, ihre, mit Verlaub, ausgetretenen Schuhe und all ihre anderen zahlreichen Fehler zu kaschieren und vor anderen zu entschuldigen? Und was war denn überhaupt so schlimm an dem Bild? Es war doch sehr nett. Es war sogar ausgesprochen lustig: genau die Sorte Bild, um die Püppi gebeten hatte, Marie ist wütend, auf ihre Schwester.

Wenn Püppi nicht immer diese albernen Einfälle für ihre albernen Hochzeits-, Geburtstags- und sonstigen Jubiläumszeitungen hätte, dann müßte Marie jetzt nicht mit ihrer Tochter streiten. Es ist alles Püppis Schuld, Marie sieht zu ihrer Schwester hinüber. Püppi redet gerade Julia zu,

»Wir können dir doch eine Wohnung zahlen, Kind. Wenigstens den Winter über. Im Winter ist es doch kalt, in so einem Bauwagen. Da mußt du doch frieren«,

Holger gießt Püppi Wein nach. Dann legt er ihr die Hand auf die Schulter, mit einer Zärtlichkeit, die so selbstverständlich ist, daß Püppi sie kaum zur Kenntnis zu nehmen scheint, Marie sieht weg.

Der Stuhl neben ihr ist leer.

Er ist tatsächlich leer, nicht nur metaphorisch: Barbara, deren Platz dies ist, ist schon wieder hinausgegangen. Sie ist schon mindestens dreimal hinausgegangen, und jedesmal ohne erkennbaren Grund,

»Was hast du eigentlich vor, wenn das mit der Schauspielschule nicht klappen sollte?« hört Marie Püppi zu Julia sagen. »Wir sind alte Leute. Wir werden nicht ewig leben. Wir sorgen uns um dich, Kind, das verstehst du sicher«,

Marie jedenfalls versteht es.

Marie, deren Enkelin Sarah in München erfolgreich Produktdesign studiert. Und Sarahs Vater ist ein erfolgreicher Anwalt, und Sarahs Mutter arbeitet für eine Zeitung, sie sind eine ganz normale, anständige Familie: während Püppis Kinder alle schon einmal geschieden sind und ihr Sohn Harald sogar im Gefängnis saß, Marie lehnt sich in ihrem Stuhl zurück.

Püppi kann einem wirklich leid tun. Marie dagegen hat allen Grund, auf ihre Tochter und ihre Enkelin stolz zu sein. Sie nimmt sich vor, Barbara nachher etwas Nettes zu sagen: wie gut das Essen war, wie hübsch Sarah in ihrem schwarzen Kleid aussieht. Wie stolz Marie darauf ist, daß Barbara es tatsächlich geschafft hat, endlich mit dem Rauchen aufzuhören, Barbara kommt wieder herein.

Sie setzt sich neben Marie. Sie riecht nach Parfum, und nach Atemspray,

»Wirklich ausgezeichnet, dein Büfett«, sagt Tante Grete zu Barbara. »Ich bin ja leider schon satt. Ich kann nicht mehr so viel essen«,

»Ach, Marie«, sagt Tante Anni. »Was wäre eure Mutter glücklich, heute abend. All ihre Kinder, und all ihre Enkel«,

»Alle, bis auf den armen Fritz«, sagt Tante Grete.

Gernot erhebt sich. Er räuspert sich. Klopft an sein Glas. Dies ist ein guter Zeitpunkt für seine Rede: nach dem Hauptgang, vor dem Dessert, an den Tischen hört man die üblichen Ermahnungen.

Psst, still jetzt. Gernot will eine Rede halten. Harry, bitte! Linus. Linus! Hörst du nicht, was ich sage? Still jetzt. Sarah, kannst du mir eben noch schnell das Wasser – ja, danke. Schsch. Schschschsch,

»Also«, sagt Gernot. »Zuerst möchte ich euch noch einmal ganz offiziell willkommen heißen. Barbara und ich freuen uns, daß ihr alle gekommen seid, sogar aus solch entlegenen Gebieten wie der Hauptstadt«,

Harry beginnt zu klatschen. Sarah und Julia tauschen einen Blick stummen Einverständnisses. Gernot ignoriert Harry und fährt fort: äußert sich humorig zu der Unvermeidbarkeit solcher Reden, schwört, sich kurz zu fassen, was ihm erneuten Applaus von Harry einbringt, Gernot spricht frei, ohne Blatt.

Er hat seine Rede nicht vorbereitet. Wozu? Dies ist schließlich kein Plädoyer. Man sagt doch letztlich immer dasselbe. Man macht ein paar Scherze, rekapituliert ein paar Kapitel der Familiengeschichte. Läßt das Eheweib hochleben, gedenkt der aus dem einen oder anderen Grunde Abwesenden,

»Silberhochzeit«, sagt Gernot zu seinen Gästen. »Das heißt, wir sind jetzt schon fünfundzwanzig Jahre verheiratet. Ein Vierteljahrhundert. Neulich habe ich das einem Kollegen aus der Anwaltschaft erzählt, einem Strafverteidiger. Und? hat er gesagt. Wie lange mußt du noch?«

Gernot macht eine Pause, für das Gelächter. Alle lachen, sogar Barbara. In einem anderen Kontext würde sie auf diese Sorte Scherz allergisch reagieren, das ist Gernot klar. Jetzt ist es ihr wichtiger, daß er witzig ist, bei ihrer Familie gut ankommt, sie nicht womöglich noch mit seiner Geistlosigkeit blamiert: Aber vorsichtshalber geht Gernot auf Nummer Sicher,

»Natürlich konnte er so etwas nur sagen, weil er meine zauberhafte Frau nicht kennt«, sagt er. »Sonst hätte er niemals einen so geschmacklosen Scherz gemacht, sondern mir im Gegenteil zu meinem Urteil gratuliert«,

»Hoo! Hoo!« ruft Harry, als treibe er ein Pferd an,

»Kennengelernt haben Barbara und ich uns bekanntlich vor mehr als einem Vierteljahrhundert«, sagt Gernot. »Vor über dreißig Jahren sogar. Es war auf einem Fest. Bei einem Lagerfeuer in einem Steinbruch, mit Leuten von einer dieser basiskommunistischen Schülergruppen, zu denen man damals gehören mußte. Ich war einundzwanzig und hatte gerade meinen Zivildienst beendet, und am nächsten Tag wollte ich nach München fahren, um mit dem Studium anzufangen. Es war also mein vorerst letzter Abend in Neuenburg. Und genau an dem Abend entschied sich mein Schicksal«,

»Hört, hört«, ruft Thomas und hebt sein Glas,

»Es war alles sehr romantisch«, sagt Gernot. »Kronkorkenwein, warmes Bier. Nudelsalat. Klampfenmusik«,

»Blowing in the Wind«, sagt Harry.

»House of the Rising Sun«, sagt Thomas.

Whisky in the Jar, denkt Barbara.

Sie erinnert sich ganz genau an den Gitarrespieler. Er war kräftig, mit dunklen Haaren. Er sah ausländisch aus, ein bißchen wie Che Guevara oder wie Barbara sich immer Rhett Butler vorgestellt hatte, er war später gekommen als alle anderen.

Hatte einen spektakulären Auftritt hingelegt: Hatte den Rand des Steinbruchs, auf dessen Grund das hohe Feuer brannte, dreimal auf seinem Motorrad umkreist und dabei eine flatternde rote Fahne gegen den Himmel gereckt, über den noch die letzten Reste des Sonnenuntergangs flackerten, wie in einem Film, alle waren aufgesprungen.

Alle hatten die Internationale gesungen, nur Barbara nicht, die den Text nicht konnte. Schließlich brauste das Motorrad den steilen Weg in den Kessel hinab, unter dem Jubel aller Anwesenden: Und dann setzte sich der strahlende Held der Revolution ans Feuer und spielte Gitarre, sang Lieder von Degenhardt und amerikanische Balladen, sein weißes Indienhemd leuchtete in der Dunkelheit. Von Zeit zu Zeit hob er den Blick und sah zu Barbara hinüber,

»– und genau mir gegenüber«, sagt Gernot, »saß ein äußerst anziehendes junges Mädchen. Ich habe mich natürlich sofort verliebt. Aber ich mußte ja am nächsten Tag nach München ziehen und Jura studieren und mich auf den Broterwerb in der kapitalistischen Gesellschaft vorbereiten«,

Gernot saß zufällig neben dem Helden der Revolution. Kam später zu Barbara herüber, und sie unterhielten sich eine Weile, Gernot war ihr sympathisch. Er war zurückhaltend, beinahe scheu: als stünde er zwischen Regalen voll dünner Gläser und wüßte, daß eine falsche Bewegung ihn teuer zu stehen kommen könnte,

»Und das schöne Mädchen«, sagt Gernot, »mußte erstmal die Schule in Neuenburg fertigmachen. Aber ich habe sie nicht vergessen. Im Gegenteil. Ich habe mir damals schon geschworen, auf sie zu warten«,

»Juhuhuhu«, Harry johlt wie bei einem Rockkonzert.

Tante Anni stößt Püppi an,

»Immer lustig, deine Jungchen«, sagt sie. »Haraldchen war schon immer so lustig«,

Sarah wundert sich über die Frechheit, die ihr Vater besitzt. In Gernots Arbeitszimmer gibt es ein Fotoalbum. Sarah kennt dieses Fotoalbum. Sie hat es vor Jahren entdeckt, auf der Suche nach einem leeren Aktenordner, die Bilder in diesem Album decken ziemlich genau die Jahre des Wartens ab, von denen Gernot gerade gesprochen hat.

Sie zeigen Gernot auf Partys, Gernot auf Konzerten. Sie zeigen Gernot im Park, Gernot auf Reisen, im Biergarten, in der Mensa: und immer hängt ihm irgendein Weib am Arm, Sarah nimmt an, daß ihre Mutter das Album ebenfalls kennt. Sie wirft ihr einen Blick zu. Barbara hat den Kopf gehoben. Sie sieht zu Gernot auf, mit einem halben Lächeln, Barbara denkt an den Jungen mit dem weißen Indienhemd.

Sie denkt daran, wie sein Motorrad schleuderte, oben auf dem Rand des Steinbruchs. Wie sein Haar flog, trotz der Bandanna: Und wie unglaublich schmeichelhaft es gewesen war, daß ihm von all den gläubig emporgereckten Mädchengesichtern ausgerechnet ihres am besten gefallen hatte.

Daß er gerade sie ausgewählt hatte, mit ihm und einem Joint und einer Flasche Rotwein die Nacht zu verbringen, auf einer flokatibelegten Matratze bei irgendwelchen Freunden, am nächsten Tag schwänzte Barbara die Schule. Stand am Straßenrand, während er sein Motorrad belud. Sah ihn dann in einer Staubwolke davonfahren wie Peter Fonda in ›Easy Rider‹, auf seinem Weg von Christiania nach Ibiza oder sonstwohin,

»Ob Zufall oder Fügung«, sagt Gernot, »ein Jahr später jedenfalls sah ich das schöne Mädchen wieder. Mitten auf der Leopoldstraße kam sie mir entgegen, ich weiß noch genau, was sie damals anhatte. Jeans, und eine weiße Spitzenbluse vom Flohmarkt«,

Und das ärgert Barbara. Gernot lügt. In Wirklichkeit erinnert er sich absolut nicht mehr daran. Barbara selbst hat ihm erzählt, was sie an jenem langvergangenen Abend getragen hat, in einem ihrer hoffnungslosen Versuche, ein wenig von der blaublumigen Verliebtheit ihrer ersten gemeinsamen Wochen in den Alltag hinüberzuretten. Die letzten Reste dieser rapide dahinwelkenden Pracht zwischen zwei Buchdeckeln zu pressen wie ein Veilchen. Sie in Essig und Öl einzulegen wie Gemüse für den Wintervorrat, in Formalin zu konservieren wie einen entzündeten Blinddarm oder einen Lurch mit zwei Schwänzen,

»– und ein Jahr darauf sind wir dann zusammengezogen«, sagt Gernot. »Nicht in eine normale Wohnung, natürlich. In eine WG, so wie es sich damals gehört hat«,

»Genau«, sagt Harry. »Regale aus Brettern und Backsteinen. Selbstgebautes Holzpodest mit Matratze. Spontisprüche an der Pinnwand in der Küche«,

»Die Phantasie an die Macht«, sagt Thomas. »Nieder mit den Alpen, freie Sicht zum Mittelmeer«,

»Ouzo statt Juso«, sagt Harry. »Mens sana in Campari Soda. Der Opi, der nahm Opium. Bums, da fiel der Opi um«,

»Eine Frau ohne Mann –«, sagt Barbara. Dann brüllen sie es im Chor: »– ist wie ein Fisch ohne Fahrrad«,

»Lieber reich und gesund«, sagt Tante Grete, »als arm und krank.«

Einen Moment lang sind alle still. Im folgenden Sturm des Gelächters beugt sich Gernot zu Barbara. Er ergreift ihre Hand,

»Und dann haben wir schließlich geheiratet«, sagt er.

Marie sieht ihre Tochter im Brautkleid vor sich, auf den Stufen der Johanniskirche.

Sie feierten im Saal eines Dorfgasthauses, das es inzwischen gar nicht mehr gibt. Marie und Dietrich hatten das Fest ausgerichtet, wie es sich für die Brauteltern gehört. Marie hatte die Hochzeitstorte bestellt, mit zwei weißen Tauben aus Zuckerguß obenauf. Barbara und Gernot eröffneten den Tanz. Marie hatte Barbara nie für sonderlich graziös gehalten, aber in der Wolke ihres Hochzeitskleides wirkte sie elegant, schwerelos schwebend, fußlos wie ein Engel, später tanzte sie mit ihrem Vater.

Dietrich hielt seine Tochter im Arm, als wäre es seine eigene Braut. Sang später mit ihr, begleitet von der Drei-Mann-Kapelle,

Es muß was Wunderbares sein,
von dir geliebt zu werden.
Ich will dich lieben,
solang ich leb auf Erden,

Die ganze engere Familie war da, so wie heute. Marie sieht ihre Mutter vor sich, in ihrem guten mauvefarbenen Kostüm mit der billigen Zuchtperlenkette, auf die sie so stolz war. Sie sieht ihren Vater, in einem von Dietrich geerbten schwarzen Anzug.

Karl Jensen: bei dessen Bestattung die Familie das nächste Mal zusammenkam, schon im Jahr darauf, am Anfang weinten alle. Dann heiterte sich die Stimmung allmählich auf. Und gegen Ende wurde erzählt und gelacht, erst hinter Lilos Rücken, dann ganz offen, und warum auch nicht? Dies waren doch schließlich die einzigen Gelegenheiten, zu denen sich die ganze Familie versammelte: Taufen, Hochzeiten und Bestattungen.

Das war es doch, was eine Familie war: Menschen verschiedenen Alters, verschiedener Generationen, verschiedenen Charakters und Einkommens und ganz verschiedener Interessen, die sich zusammengehörig fühlten, weil die wichtigsten Ereignisse sie alle betrafen: Geburten, Taufen, Hochzeiten und Sterbefälle. Wenn der eine den Bruder verlor, verlor der andere seinen Neffen oder Vater. Und wenn jemand heiratete oder ein Kind bekam, hatten alle anderen diese neue Person fortan zur Kenntnis zu nehmen,

» – möchte ich mit euch allen mein Glas auf meinen Schwiegervater erheben«, sagt Gernot.

Es wird ganz still. Gernot hebt sein Glas. Alle heben ihre Gläser. Barbaras Augen beginnen zu brennen. Sie sieht zu dem Balken am unteren Tischende hin. Zu dem leeren Platz: dem Platz ihres Vaters,

»Ich verdanke ihm viel«, sagt Gernot. »Barbara und ich verdanken ihm viel. Wir verdanken ihm mehr, als ich jetzt hier sagen kann«,

Marie schluchzt auf. Barbara tastet nach ihrer Hand. Gernot trinkt. Alle trinken. Linus unterdrückt einen Seufzer.

Er schiebt eine Hand in die eine, dann die andere Hand in die andere Hosentasche: Aber der Anzug ist zu neu, als daß sich etwas Überraschendes in seinen Taschen finden könnte. Kann Gernot nicht endlich aufhören? Linus läßt seinen Blick über die anwesenden Gäste schweifen. Tante Anni zündet gerade ihre Pfeife an.

Ihre Backen stülpen sich dabei nach innen. Es sieht aus wie etwas sehr Saures schmeckt. Es sieht aus, als ob die Tante nicht Rauch einatmet, sondern Feuer: Bei jedem Zug kriecht die Flamme des Feuerzeugs tief in den Pfeifenkopf hinein, dann strömt dicker Rauch aus dem Tantenmund, Linus überlegt, ob er die Tante nachher noch einmal fragen soll. Er hat sie vorhin schon einmal gefragt, vor dem Essen,

Tante Anni? Darf ich nachher deinen Bauch sehen, bitte?

Die Tante hat aber nicht geantwortet. Linus muß sie also noch einmal fragen. Nur muß er damit warten, bis Onkel Gernot endlich fertig ist, Linus überlegt, ob er zu Santos unter den Tisch kriechen kann oder ob seine Mutter dann wütend wird. Warum findet Onkel Gernot kein Ende? Linus jedenfalls hört ihm schon längst nicht mehr zu: Aber nun wird auf einmal rundum geklatscht.

Das ist ein gutes Zeichen. Linus richtet sich hoffnungsvoll auf. Harry pfeift einmal schrill durch die Finger. Santos kommt schwanzwedelnd unter dem Tisch hervor. Hat man ihn gerufen? Will man womöglich mit ihm spazierengehen? Er betrachtet Harry eine Weile erwartungsvoll, dann läßt er sich seufzend fallen, wo er steht, Gernot hat wieder zu einem leichteren Ton zurückgefunden.

Er hat seine Schwiegermutter gelobt, seine ganze Schwiegerfamilie,

» – und vor allem natürlich mein wunderbares Eheweib, das mich nun schon ein Vierteljahrhundert lang erträgt«, sagt Gernot gerade. »Wenn natürlich auch nicht immer ganz klaglos«,

Gernot macht eine kurze Pause, für das Gelächter. Dies ist der Teil der Rede, wo er brillieren kann. Der Teil, bei dem es darum geht, Barbara zu loben, sie vor den anderen glänzen zu lassen, Gernot darf es allerdings nicht übertreiben. Jeder in der Familie weiß schließlich, daß die Ehe der Lehmanns nicht gerade eine Paradebeispiel für Harmonie ist,

»Wie wohl jede Ehe«, sagt Gernot, »hatte auch die unsere gute und schlechte Zeiten. Oder sehr gute und weniger gute, sollte ich sagen. Ich bin mir der Tatsache voll bewußt, daß ich die sehr guten Zeiten ganz und gar meiner Frau zu verdanken habe: ihrem Humor, ihrer Klugheit, ihrer unerschöpflichen Energie und natürlich ihrem Charme. Und wenn es weniger gute Zeiten gab, dann lag die Schuld dafür ausschließlich bei mir. Das wird euch Barbara sicher bestätigen. Woran man einmal mehr unsere grundsätzliche Einigkeit in allen wichtigen Dingen erkennt«,

Wieder wird gelacht. Gernot wirft seiner Frau einen Blick zu. Barbara sieht zu ihm auf. Sie schüttelt leicht den Kopf, aber sie lacht mit den anderen,

»Ich möchte dir danken, Barbara«, sagt Gernot, »für all die Jahre, die du es jetzt schon mit mir ausgehalten hast«,

Und das ist die Wahrheit. In diesem Moment empfindet Gernot echte Dankbarkeit, ja fast Zärtlichkeit. Es ist wie bei den gelungeneren seiner Plädoyers, wenn seine eigenen Worte ihn zu tragen beginnen. Wenn sie ihn mitreißen, bis er so restlos von der Unschuld seines Mandanten überzeugt ist oder von der objektiven Berechtigung aller seiner Forderungen, daß die bloße Überzeugung jedem seiner Sätze den ehernen Klang der Wahrheit verleiht, er beugt sich über Barbara, zieht sie zu sich heran.

Sarah sieht ihre Eltern einander umarmen, unter dem Applaus der Gäste, sie applaudiert ebenfalls. Sie steht auf. Marie steht auch auf. Alle stehen auf. Gernot wendet sich seiner Tochter zu. Barbara umarmt ihre Mutter. Alle drängen sich um Gernot und Barbara, bestürmen die beiden, als kämen sie soeben aus der Kirche, irgendwo am Rande des Geschehens fällt Püppi ihrer Tochter Elisa um den Hals.

»Ach, ich bin so aufgewühlt! Ich freue mich so. Ich mache mir solche Sorgen, um dich. Was du dir da aufbürdest, mit einem neuen Kind«,

Daniel duckt sich unter den Tisch. Krault Santos, der zu seinen Füßen liegt, Daniel hat Barbara und Gernot vorhin schon alles Gute gewünscht. Er wird es doch nicht noch einmal tun müssen? Alle haben schon allen alles Gute gewünscht, können sie nicht allmählich wieder normal werden,

»Schaut mal!« ruft Püppi. »Schaut mal, wer da kommt«,

Sarah fährt herum. Aber es ist kein unerwarteter Gast. Es ist Paul, Elisas Mann.

»Mein lieber Schwiegersohn!«

»Paul, ich gratuliere! Wir haben schon gehört«,

Es ist ein Gezeitenwechsel. Die Gäste fluten weg von Gernot und Barbara, hin zu diesem jüngeren Paar. Rosalie tippt Daniel auf die Schulter.

»Daniel?« sagt sie. »Komm. Wollen wir weiter in deine Zeitung gucken?«

»Ich glaube, ihr Handy ist kaputt«, sagt Amöbe.

Sie sitzen in einer Kneipe in der Nähe des Marktplatzes. Es ist eine kleine Kneipe mit großen, eng zusammenstehenden Holztischen. Nach der Speisekarte zu urteilen verkehrt hier ein eher jugendliches Publikum,

Nachos mit Salsa
Salat mit Schafskäse und Oliven
Indisches Linsencurry mit Reis
Käsetortillas mit Guacamole

»Sie kann ihr Handy doch nicht einfach ausgemacht haben«, sagt Amöbe. »Ich kenne Julia. Sie würde ihr Handy nie den ganzen Abend lang ausgeschaltet lassen«,

»Vielleicht ist auch nur der Akku leer«, sagt Janine. »Und sie hat keine Möglichkeit, ihn aufzuladen. Oder sie hat das Ladegerät vergessen«,

Das Essen kommt. Janine hat einen Salat bestellt, Amöbe Nudeln mit Käsesoße, er sieht zu der jungen Bedienung auf.

»Habt ihr vielleicht auch was für meinen Hund?« sagt er. »Irgendwelche Reste. Irgendwas, das jemand vielleicht nicht aufgegessen hat. Das ihr sonst wegwerfen würdet«,

»Ich kann mal nachschauen«, sagt das Mädchen.

»Danke«, sagt Amöbe. »Es kann auch scharf sein, das macht ihm gar nichts. Hauptsache, er bekommt auch was zu essen.«

Auch Marianne und Walter haben sich inzwischen zu Tisch gesetzt. Sie sitzen im großen Speisesaal des Ambassador. Das Ambassador verfügt über mehrere Speisesäle. Es verfügt über alles: Golfplatz, Tennisplätze, Saunen, Dampfbäder, Pools, Seafood Bars, Restaurants, Marianne und Walter sind hungrig.

Sie sind nicht daran gewöhnt, so spät zu essen. Aber der erste Teil der Veranstaltung hat sich ein wenig in die Länge gezogen: der Champagnerempfang in den subtropischen Gärten des Ambassador, die Gärten haben alle Erwartungen Mariannes übertroffen.

Sie sind wie ein Traum aus Tausendundeiner Nacht, in der Dunkelheit: Das hat Marianne vorhin zu Walter gesagt, es gibt dort Blütenkaskaden, Rosenbögen. Fackeln brennen. Die Springbrunnen sind den maurischen Wasserspielen der Gärten des Generalife nachempfunden, aber sie sind zusätzlich bunt angestrahlt, Marianne ist noch immer wie berauscht.

Gut, mag sein, daß die Gräfin von Oberloh vielleicht ein wenig zu lange gesprochen hat. Aber sie trägt eine wunderbare Robe, sicherlich von einem Pariser Designer. Und dann ihr Schmuck! Marianne schämt sich für ihren kleinen Diamantring, ihre goldene Halskette. Sie hat auch ein paar schöne Stücke, zu Hause! Natürlich nichts, was sich mit den Juwelen der Gräfin vergleichen ließe: Leihschmuck, im Wert von eineinhalb Millionen Euro, wie vorhin jemand hinter Marianne geflüstert hat, Marianne hat das selbstverständlich nicht geglaubt.

Dergleichen ist bestimmt nichts als das übliche böswillige Geschwätz, die Gräfin hat den Champagnerempfang in den Gärten dazu verwendet, ihren Gästen ihr Wohltätigkeits-Projekt vorzustellen: das Tierheim Eurosilo, auf dessen Gelände mittlerweile fast dreihundert Hunde und über hundert Katzen leben. Es gibt eine Quarantänestation, ein großes Gebäude mit diversen Zwingern sowie mehrere Außengehege. Inzwischen ist sogar ein kleiner Operationssaal eingerichtet worden. Täglich kommt ein Tierarzt vorbei, um die Neuankömmlinge zu untersuchen, die Kranken zu behandeln und Kastrationen durchzuführen: wobei das Heim, dessen Name aus den spanischen Wörtern *asilo* und *europeo* gebildet ist, nicht etwa für eine dauerhafte Unterbringung der Tiere gedacht ist. Es dient eher als eine Art Auffanglager, dessen Insassen später auf Tierheime in England, Schweden und Deutschland weitergegeben werden, wo immer möglich,

Gemeinsam gelingt es uns inzwischen, über sechzig Prozent unserer Tiere innerhalb eines Jahres ein neues Zuhause zu vermitteln, hat die Gräfin gesagt. Natürlich ist das alles recht kostenintensiv. Unser Tierheim finanziert sich ja zum größten Teil durch Spenden, und deshalb haben wir uns für heute abend etwas Neues ausgedacht. Wir werden diesmal nicht Wertgegenstände aus dem Besitz unserer prominenten und großzügigen Förderer versteigern, sondern die Nutznießer Ihrer Spenden selbst. Mit anderen Worten, die Meistbietenden können einen Hund adoptieren. Insgesamt fünf Hunde sind heute zur Adoption freigegeben,

Marianne hat sich zuerst sehr gewundert. Wer will denn einen Hund aus dem Tierheim ersteigern? Aber natürlich muß man den Hund hinterher nicht etwa mit nach Hause nehmen.

Die Hunde bleiben im Tierheim, wo sie hingehören, und die glücklichen Adoptiveltern dürfen statt dessen eine berühmte Persönlichkeit an ihren Tisch bitten. Die Gräfin Oberlohn hat die Promi-Preise bereits präsentiert, damit es später keine Peinlichkeiten gibt: eine berühmte Schauspielerin, von der Marianne noch nie gehört hat, das Top-Model Birgitta Söderlund, der junge Erbe einer Supermarktkette mit seiner Frau sowie der Modeschöpfer Palmieri, der mit seiner neuen alten Liebe erschienen ist, dem fünfzehn Jahre jüngeren, inzwischen aber auch schon etwas abgetakelten unehelichen Sohn des Grafen von Großgarnau, Marianne und Walter werden nicht mitsteigern.

Der Gedeckpreis von dreihundert Euro pro Person hielt sich gerade noch im Rahmen, aber mehr Geld wird Walter keinesfalls ausgeben, Marianne und Walter sitzen an einem Sechsertisch mit dem ehemaligen Vorstand eines Lebensmittelkonzerns und einem Schönheitschirurgen und ihren jeweiligen Ehegattinnen. Man hat sich bereits miteinander bekanntgemacht, gut, dies sind vielleicht nicht die glamourösesten Tischpartner, die sich denken lassen. Aber dafür ist die Ehefrau des Vorstands sehr nett.

Gerade hat sie berichtet, daß sie ihren Sohn vor ein paar Jahren mit großer Mühe daran hindern mußten, in Griechenland eine Kneipe aufzumachen. Daß sie ihn immer ganz bewußt knapp gehalten haben, damit er das richtige Leben kennenlernt und nicht in einer Scheinwelt aufwächst,

»Ja«, sagt Marianne. »Man will ja keinesfalls so ein Söhnchen haben, das sich nicht schämt, ein Hobby einen Beruf zu nennen. Unser Sohn Mark zum Beispiel hat ja früher ganz wundervoll Klavier gespielt. Er hatte großes Talent, das haben alle seine Lehrer gesagt. Er hätte sofort Musik studieren können. Aber wir waren natürlich trotzdem sehr erleichtert, daß er vernünftig geblieben ist und sich für einen ordentlichen Beruf entschieden hat«,

Walter windet sich innerlich. Warum sagt Marianne so etwas? Walter versteht es nicht, Mark hat sich doch sogar mit der Blockflöte schwergetan, in der Grundschule! Er spielt miserabel Klavier. Er hat ja nie geübt. Er kann ein bißchen herumklimpern, das ist alles,

»Jeder muß sich nun mal nach der Decke strecken«, sagt der Vorstandsvorsitzende zu dem Schönheitschirurgen. »Jeder muß erst mal erkennen, auf welcher Seite sein Brot gebuttert ist«,

Die Damen stimmen ihnen zu. Die Frau des Vorstandsvorsitzenden beginnt eine Anekdote zu erzählen, in deren Mittelpunkt ihre Putzfrau steht. Ihr Mann neigt dazu, seine Frau zu berichtigen, wodurch sich die Anekdote ein wenig hinzieht, die Vorspeisenteller sind abgeräumt. Nun wird der Hauptgang serviert.

Die anderen Lehmanns sind bereits etwas weiter. Barbara hat gerade das Desserts aufgetragen, das sie dem Cateringunternehmen nicht zugetraut hat.

»Die Weinschaumcreme«, sagt sie zu Gernot, »ist wirklich ein bißchen zu fest. Ich habe es mir beinahe gedacht. Sie hätte einfach lockerer sein müssen.«

»Pscht«, sagt Gernot. »Hör auf. Das merkt doch keiner. Immer machst du dein Essen schlecht. Typisch Frau. Immer macht ihr euer Essen schlecht, euer eigenes, selbst zubereitetes Essen. Und dann beschwert ihr euch darüber, daß ihr es nicht schafft, in Führungspositionen aufzusteigen«,

»Ich beschwere mich ja gar nicht«, sagt Barbara zu Gernot. »Ich will gar keine Führungsposition. Aber klar, Männer würden natürlich immer ihr Essen loben. Auch wenn es der allerletzte Fraß ist«,

»Ich finde die Weinschaumcreme ausgezeichnet«, sagt Tante Grete.

»Ihr beiden«, sagt Tante Anni. »Ihr habt heute Silberhochzeit. Da werdet ihr euch doch nicht streiten wollen«,

Gernot lacht auf.

»Genau, Tante Anni«, sagt er. »Fünfundzwanzig Jahre! Es ist nicht zu fassen. Da sieht man doch mal, was der Mensch so aushält.«

Barbara sieht ihn an. Ihre Augen haben sich verengt. Ihre Mundwinkel haben sich gekräuselt,

»Genau«, sagt auch sie. »Sehr präzise ausgedrückt. Du hast mir die Worte aus dem Mund genommen, mein Lieber«,

»Mama«, sagt Sarah. »Er hat es doch gar nicht böse gemeint. Er hat doch nur einen Scherz gemacht«,

»Na und?« sagt Barbara. »Ich doch auch! Ich habe auch nur einen Scherz gemacht. Aber das verträgt dein Vater nicht. Dein Vater hat einfach keinen Humor. Er denkt, er hätte Humor, aber in Wirklichkeit ist er bloß gelegentlich witzig«,

»Ich weiß einen Witz«, sagt Tante Anni. »Sagt der Bauer zu seiner Frau: In drei Wochen haben wir Silberhochzeit. Wollen wir zu diesem Anlaß nicht ein Schwein schlachten? Darauf erwidert die Bäuerin: Was kann denn das arme Vieh dafür?«

Tante Anni gackert in sich hinein.

Mopp beobachtet Sigrid. Sie tut ihr Bestes. Aber sie ist nervös. Vielleicht ist sie es nicht mehr gewöhnt, unter so vielen Leuten zu sein. Sie knotet und entknotet die Zipfel der Bluse, die Mopp ihr vorhin noch schnell gekauft hat, während sie bei ihm unter der Dusche stand. Ihr Blick schweift von Rosalie zu Linus und Daniel, von den Jungen zurück zu Rosalie,

»Spielst du denn Fußball?« sagt sie zu Daniel.

»Wie bitte?« sagt Daniel und richtet sich auf. »Ob ich Fußball spiele? Klar. Alle spielen doch Fußball«,

»Ja«, sagt Sigrid. Sie nickt. »Das ist gut«, sagt sie. »Fußball ist ein gutes Spiel. Man braucht nichts dazu, nur einen Ball. Und man kann es überall spielen. Alle Jungen spielen Fußball, auch die Jungen in Afrika, wir haben immer Fußbälle nach Afrika mitgenommen. Weißt du noch, Mopp? Für Aswad und seine Brüder. Jedesmal haben wir welche mitgenommen«,

»Und wenn ihr auf Heimaturlaub gekommen seid, habt ihr uns immer etwas mitgebracht«, sagt Elisa. »Einmal habt ihr uns riesige Muscheln mitgebracht, die innen ganz rosa waren. Einmal eine Felltrommel. Und Kalebassen, die habe ich heute noch. Ketten, aus Samen und Nüssen«,

»Eine Statuette aus Ebenholz«, sagt Harry. »Künstlerisch, aber etwas obszön. Lauter menschliche Figuren, die aufeinander standen, übereinander, ineinander verkeilt, mich hat das damals ziemlich beeindruckt. Aber nur kurz. Unser Vater hat das Ding verschwinden lassen, kaum daß ihr aus dem Haus wart. Genau wie diesen kleinen ausgestopften Affen«,

»Den hat eure Mutter weggeworfen«, sagt Sigrid. »Den hat sie sofort in eine Mülltüte gestopft«,

»Er hätte ja Flöhe haben können«, sagt Harry. »Oder irgendwelche Krankheitskeime. Womöglich hatte er sogar AIDS«,

»Was habe ich euch bewundert«, sagt Elisa zu Mopp. »Daß ihr nach Afrika gegangen seid. Ich wollte auch ins Ausland gehen, sobald ich erwachsen sein würde, du hast immer gesagt, du nimmst mich mal mit, Mopp. Du hast gesagt, wenn ich älter bin, dann nimmst du mich mit«,

»Ja«, sagt Mopp. »Aber deine Mutter hat es nicht erlaubt. Du warst noch so jung. Und du hat uns ja auch gar nicht dazu gebraucht. Du hast dir die Welt ganz allein angeschaut«, er schüttelt den Kopf. »Und jetzt sind wir alle wieder hier«, sagt er. »Du, und ich, und Sigrid. Alle wieder in Neuenburg«,

Elisa lächelt Paul zu. Sie nimmt seine Hand.

Daniel sagt: »Aber ihr wart doch vor ein paar Jahren noch einmal in Afrika, oder? Ihr wart doch noch einmal dort, wo ihr früher gelebt habt«,

»Daniel«, sagt Thomas.

Daniel achtet nicht auf seinen Vater. Er weiß, etwas ist dort, in Afrika, geschehen, das man ihm verschweigen will,

»Es ist schon in Ordnung«, sagt Sigrid zu Thomas. Sie sagt zu Daniel: »Wir waren nicht ganz genau dort, wo wir früher gelebt haben. Dort war nämlich Krieg. Dort ist immer noch Krieg. Deswegen waren wir im Nachbarland. Und dort ist jetzt auch Krieg«,

»Aber warum denn?« sagt Rosalie. »Warum führen die überall Krieg, wo ihr hinkommt?«

Janine und Amöbe sitzen noch immer in der Kneipe oberhalb des Neuenburger Markts, wo sie zu Abend gegessen haben. Sie sind inzwischen nicht mehr allein: Ein Neuenburger Pärchen hat sich zu ihnen an den Tisch gesetzt, nachdem die Kneipe auf einmal ziemlich voll geworden ist. Sie haben einander bereits beschnuppert: Andy ist Anfang dreißig. Früher hat er mal BWL studiert, aber inzwischen nicht mehr. Inzwischen ist er Pferdetherapeut,

»Ich habe damals zu viel begriffen«, sagt Andy, während er eine Muschelschale aus seiner Paella pult. »Ich habe zu viel gelernt, um noch weiterzustudieren, versteht ihr? Ich habe gesehen, das ist der falsche Weg. Ich meine, habt ihr mal darüber nachgedacht, worauf der weltumspannende Erfolg westlicher Denkungsart wirklich basiert? Ich sag's euch. Auf dem allgemein akzeptierten Lehrsatz, nach dem sich der Grundwert eines Menschen direkt proportional zum Maß seiner Kaufkraft verhält. Das ist alles. Das ist die ganze Paella. Der Rest ist nichts weiter als das da«,

Andy zeigt mit der Gabel auf seinen Teller. Auf die Deko-Langustenschale, die oben auf der Paella liegt, Bille kichert.

Wenn Bille kichert, hält sie gern die Hand vor den Mund, oder die Serviette, Bille ist Andys Freundin. Sie ist ein paar Jahre älter als er. Sie hat eine kleine Tochter, die heute abend bei Billes Mama geblieben ist, eigentlich ist Bille Lichttechnikerin. Aber im Moment hat sie keinen Job. Sie müßte vielleicht von Neuenburg weggehen, um einen Job als Lichttechnikerin zu finden: Aber wenn Billes Mutter nicht mehr in Billes Nähe lebt, wer betreut dann Billes Tochter, wenn Bille arbeitet oder mit Andy ausgeht?

Und Andy will sie keinesfalls verlieren. Das hat Bille Janine und Amöbe soeben erklärt. Bille möchte nie wieder so allein sein, wie sie es ohne ihre Tochter und ohne Andy war: Obgleich sie inzwischen natürlich weiß, daß ihr Gefühl des Alleinseins nur eine Illusion gewesen ist.

Bille erklärt Janine und Amöbe ja gerade eben, daß die Menschen auf ihrem einsamen blauen Planeten in Wirklichkeit gar nicht so einsam sind, wie sie sich fühlen,

»Es gibt Tausende von Raumschiffen, die uns umkreisen«, sagt Bille. »Tausende. Es ist wie ein schützender Gürtel. Sie sind meistens unsichtbar, weil sie normalerweise der siebten Dimension angehören. Aber manchmal sehen wir eins von ihnen. In bestimmten Momenten. Sie sehen aus wie Ufo-förmige Wolken. Es sind unglaublich viele! Die Gesamtzahl ihrer Besatzungen geht in die Millionen«,

»Und wo kommen die alle her?« fragt Janine.

Sie bemüht sich, jeden ironischen Unterton zu vermeiden. Janine, die Wissenschaftlerin: Sie findet es nicht ganz einfach, so zu tun, als nähme sie diesen Unsinn ernst,

»Ach, die kommen von ganz verschiedenen Planeten«, sagt Bille. »Von höher entwickelten Planeten. Das ist ja klar. Sonst könnten sie schließlich gar nicht hierherkommen. Sie haben sich zu einer Allianz zusammengeschlossen, um uns zu helfen, die wichtigsten von ihnen sind die Santiner. Die wohnen auf einem Planeten in der Nähe von Alpha Centauri«,

»Aha«, sagt Janine. »Alpha Centauri. Das ist ja ziemlich weit weg. Und was treibt diese höheren Wesen ausgerechnet hierher, in diesen unbedeutenden Spiralarm einer abgelegenen Galaxie«,

Amöbe wirft Janine einen irritierten Blick zu. Er zieht warnend die Brauen zusammen,

»Sie wollen uns eben helfen«, sagt Bille. »Sie wollen uns retten. Uns evakuieren, bevor es zu spät ist, schau, es ist so: Diese Weltzeit geht zu Ende. Das ist ja klar. Das merken doch alle. Jeder merkt das, aber keiner weiß, woran es liegt. Nur die Amerikaner natürlich. Aber die halten das geheim, damit es nicht zu einer Panik kommt, das Problem ist nämlich das Magnetfeld, das um unsere Erde liegt. Dieses Magnetfeld ist wie eine Schutzhülle. Aber es ist sehr stark geschwächt. Und es wird immer schwächer werden, versteht du, immer schwächer, bis die Erdkugel ins Trudeln gerät. Dann werden riesige Meteoriten bei uns einschlagen. Klar, daß das alles auf der Erde vernichtet. Und außerdem gibt es wahnsinnige Erdbeben, Vulkanausbrüche und Stürme, und zuletzt werden die Kontinente auseinanderbrechen und überflutet werden oder total versinken. Die ganze Erde wird neu gestaltet. Manche Teile versinken, und andere steigen wieder aus den Wellen empor«,

»Zu den Wellen kannst du ruhig Janine fragen«, sagt Amöbe. »Janine kennt sich aus, mit Wellen und Überschwemmungen und mit so was. Janine ist für so was die Spezialistin. Die hat mir Sachen über Kreuzsee und Grundsee erzählt, da legst du die Ohren an, sag mal, welche Teile kommen denn wieder aus dem Meer nach oben? Ist da auch Atlantis dabei?«

»Klar«, sagt Bille. »Bestimmt ist da Atlantis dabei. Die ganze Erde muß ja umgestaltet werden. Sie muß neu werden. Rein. Nur darum passiert das alles. Durch die Überschwemmungen will sich die Erde von den negativen Schwingungen befreien«,

»Ja«, sagt Amöbe. »Das ist klar. Die sind überall, diese negativen Schwingungen. Und das schlimmste ist das Geldsystem«,

»Das dauert ja nicht mehr lange«, sagt Bille tröstend. »Das wird bald weg sein. Das können sie nur noch eine kurze Zeit lang künstlich aufrechterhalten, dann wird es total in sich zusammenbrechen. Das weiß doch jeder«,

»Ihr seid ja reizend«, sagt Janine. »Ihr scheint euch ja richtiggehend zu freuen, auf euren Weltuntergang. Das müßt ihr mir mal erklären. Was ist denn so toll daran, daß wir zum Zweck der Reinigung von der Erdoberfläche abgewischt werden sollen wie Mikroben von einer Klobrille?«

»Nein«, sagt Andy. »Halt. Du verstehst das nicht ganz richtig, Janine. Uns passiert ja gar nichts. Wir werden ja vorher gerettet, das ist es doch eben. Die Lichtstrahlschiffe werden uns evakuieren, unter dem Kommando von Ashtar-Sheran. Sie werden zur Erde herabgleiten, und dann werden wir sie sehen können. Dann werden sie ihre weißen Levitationsstrahlen aussenden. In die müssen wir eintreten, und dann werden wir in die Mutterschiffe hinaufgebracht«,

»Das ist ja sehr nett von ihnen«, sagt Janine. »Wirklich großzügig. Aber warum machen die das? Warum geben die sich soviel Mühe mit uns? Es kann ihnen eigentlich doch ganz egal sein, ob wir überleben oder sterben«,

»Nein«, sagt Andy. »Nein! Eben nicht. So denken sie nicht. Sie sind eben höher entwickelt als wir. Sie sind gereinigt, verstehst du? Deswegen ist es ihnen nicht egal, was aus anderen wird«,

Sie schweigen einen Moment. Dann sagt Janine: »Und wie geht es dann weiter? Wo bringen sie uns hin, nach dem Weltuntergang?«

Andy holt tief Luft.

»Also, das ist so«, sagt er. »Die Mutterschiffe, in die sie uns beamen, sind riesig. Sie sind so groß, daß es innendrin aussieht wie auf unserer Welt. Aber gleichzeitig ist es wie im Paradies. Es ist ein Übertritt in die vierte Dimension, verstehst du. In diesen Mutterschiffen und hinterher auf den Planeten, wo sie uns hinbringen, werden wir uns ein höheres Wissen aneignen. Und wenn die Erde umgewandelt ist und gereinigt, werden wir sie wieder neu besiedeln«,

»Toll«, sagt Janine. »Und sie werden uns alle mitnehmen?«

»Na ja«, sagt Andy. »Vielleicht nicht alle. Natürlich nicht alle. Nur wen sie eben mitnehmen können. Das hängt von jedem selbst ab. Man muß an sich arbeiten. Man muß sich reinigen. Also viel Rohkost essen, kein Fleisch und so. Und viel meditieren natürlich, Lichtarbeit machen«,

»Jetzt muß ich euch aber mal was fragen«, sagt Janine. »Woher, Entschuldigung, wißt ihr das alles?«

Bille und Andy schweigen einen Moment. Sie sehen einander an. Dann sagt Andy: »Das ist verkündet. Das haben die Aufgestiegenen Meister durch verschiedene Medien verkündet. Es ist schon länger her. Die Meister, das sind solche wie Kommandant Ashtar-Sheran«,

»Ah«, sagt Janine.

»Fleisch esse ich sowieso keins«, sagt Amöbe nach einem Moment. »Und das mit der Lichtarbeit ginge auch. Aber meint ihr denn, mein Hund dürfte mit?«

»In meiner Hütte«, sagt Sigrid zu Daniel, »brauche ich so gut wie kein Geld. Ich habe Gemüse im Garten. Ich habe Hühner, die Eier legen«,

»Gut«, sagt Daniel. »Okay. Aber Papa sagt, du hast keine Heizung. Du hast kein Bad, und –«

»Daniel!« sagt Thomas.

»Ich habe einen Brunnen«, sagt Sigrid zu Daniel. »Aus dem kann ich Wasser holen. Und ich habe einen offenen Kamin, da kann ich Feuer machen«,

»Cool«, sagt Daniel. »Sag mal, kann ich mal kommen und mir das ansehen? Kann ich auch mal da in der Hütte schlafen?«

»Gern«, sagt Sigrid. »Jederzeit.«

Mopp denkt an den letzten Winter. An die Wochenenden, wenn er mit Decken, zusätzlichen Wollstrümpfen, gefütterten Gummistiefeln zu Sigrid hinauffuhr, um ihr beim Holzhacken zu helfen oder beim Schneeschippen, und sie hinter der Hütte fand, eingemummt in Hosen und Wollröcke und Pullover und Windjacken, wie sie sich damit abmühte, Scheite für den Ofen zu spalten,

»Aber du hast keinen Fernseher«, sagt Daniel. »Und natürlich keinen Computer«,

»Nein«, sagt Sigrid. »Fernseher und Computer braucht man auch gar nicht«,

»Das stimmt«, schaltet sich Tante Grete vom Nachbartisch ein. »Im Fernsehen kommt sowieso nie was Anständiges. Und seit es die Computer gibt, ist alles viel langsamer geworden. Wenn man früher mit der Bahn gefahren ist, haben sie eine Fahrkarte abgerissen, von einer langen Rolle. Jetzt müssen sie immer erst alles in den Computer eingeben, und das dauert eine Ewigkeit, früher war die Bahn immer pünktlich. Seit es Computer gibt, haben alle Züge Verspätung. Und die Gewalt nimmt immer weiter zu. Diese Computerspiele und Horrorfilme im Fernsehen, das macht die Jugendlichen gewalttätig. Ich traue mich nachts gar nicht mehr auf die Straße. Das liegt nur an diesen Spielen und diesen Filmen, und am Verfall der Familie, sieht sich denn Daniel auch so etwas an, Thomas?«

»Wie?« sagt Thomas. »Nein.«

Christa wirft ihm einen Seitenblick zu. Thomas richtet sich auf.

»Daniel spielt Strategiespiele«, sagt er. »Gewaltspiele bringen höchstens mal seine Freunde mit, das kann sein. Aber Daniel selbst hat so etwas nicht.«

»Warum sagst du das?« sagt Christa zu ihm. »Das stimmt doch überhaupt nicht. Daniel hat durchaus Gewaltspiele, wie du das nennst. Was er nicht hat, das sind Freunde, zumindest bei uns im Osten nicht.«

»Quatsch!« fährt Thomas sie an. »Sei endlich still!«

Einen Moment herrscht erschrockenes Schweigen. Dann räuspert sich Tante Grete. Sie sagt: »Ich verstehe es jedenfalls nicht. Diese Gewalttätigkeit der Jugend. Früher bei uns, da gab es das nicht.«

Harry fängt an zu lachen.

»Nee, Tantchen, was?« sagt er. »Das glaube ich dir. Eure Jugend war nicht gewalttätig. Genau das hört man überall. Die war richtiggehend berühmt für ihre Friedfertigkeit, die Jugend früher. Überall auf der Welt sagen die Leute, ach, diese deutsche Jugend im Kaiserreich und dann unter Hitler, was waren die friedlich. Die reinsten Pazifisten. Was wären wir froh, wenn alle so wären.«

»Die Gewalt ist überall«, sagt Sigrid.

Sie hat sich kerzengerade aufgesetzt. Ihre Wangen haben sich gerötet. Sie sieht niemanden an: Sie sieht knapp an Daniel vorbei, auf die Scheunenwand.

»Die Gewalt ist hier«, sagt sie.

Ihr Blick huscht über die Scheunenwand, als suche sie sie dort. Als wäre die Gewalt ein Wesen: ein fratzengesichtiger Gnom, der sich hinter der Bodenvase in der Ecke verbergen könnte, hinter Barbaras alten Milchkannen auf dem Regalbrett.

»Es kann jederzeit losgehen«, sagt Sigrid. »Jederzeit, überall. Dann sind die Brücken gesperrt. Dann ist es zu spät. Dann stekken wir fest. Am Anfang geschieht alles ganz unmerklich. Es gibt Zeichen, aber die werden ignoriert. Und dann geht es los.

Dann mit einemmal ist die Gewalt da. Es geht plötzlich los, nicht allmählich. Es geht immer plötzlich los«,

Keiner sagt ein Wort. Alle blicken mehr oder minder betreten zu Boden. Ducken sich, unter den Maschinengewehrgarben von Sigrids Worten,

»Ihr habt keine Ahnung, was passiert, wenn alle Wege versperrt sind«, sagt Sigrid. »Ihr habt den Brückenwärter nicht gesehen. Ihr versteht nicht, daß wir uns jetzt ändern müssen, so lange noch nicht alle Wege versperrt sind«,

Sigrid spricht schneller und immer schneller. Mopp beobachtet sie besorgt. Er möchte eingreifen, aber er kann nicht: Dies ist er, der Rand der schlammigen Böschung, an der Sigrid ständig zu stehen scheint. Gleich wird sie sich hinabrutschen lassen, während die anderen dabeistehen, kopfschüttelnd oder gleichgültig oder mitleidsvoll,

»Wir müssen uns reinigen«, sagt Sigrid. »Wir müssen uns reinigen, von unserer Gier. Wir müssen bereit sein, die Kinder aufzunehmen. Aber das will keiner kapieren. Keiner außer meiner Julia. Meine Julia lebt ganz genauso wie ich. Ich habe sie großgezogen, und sie lebt genauso wie ich, in ihrem Bauwagen«,

»Wie bitte?« sagt Harry. »Was hat denn der Bauwagen meiner Tochter mit dir zu tun? Den Bauwagen hat sie doch nicht wegen deiner Theorien. Du hast in einem Reihenhaus gewohnt, früher«,

Unter dem Tisch tritt Elisa ihrem Bruder heftig auf den Fuß.

»Deine Tochter«, sagt Sigrid zu Harry. »Ja. Aber ich habe Julia großgezogen. Ich war ihr eine Mutter, willst du das bestreiten? Weil ich sie nicht geboren habe? In deinen Augen kann sie wohl nicht mein Kind sein, nur weil ich sie nicht geboren habe?«

»Harry, bitte sei still«, sagt Elisa.

Harry schüttelt den Kopf, mit einem breiten Grinsen,

»Das habe ich auch nicht, liebe Tante Sigrid«, sagt er. »Beruhige dich. Geboren habe ich Julia auch nicht«,

»Ist Christa etwa nicht wie eine Mutter für dich?« sagt Sigrid zu Daniel. »Wenn Pia tot wäre, wäre Christa dann nicht wie deine Mutter?«

»Sag nichts«, sagt Christa zu Daniel. »Du brauchst nicht zu antworten. Sag einfach gar nichts. Tante Sigrid ist krank«,

Nun herrscht Schweigen am Zehnertisch.

Christa sieht zu Boden. Thomas faltet seine Serviette, faltet sie wieder auf. Elisa hat das Handgelenk ihres Bruders Harry gepackt, mit eisernem Griff. Mopp hat den Blick auf Sigrid geheftet: Aber Sigrid scheint Christa gar nicht gehört zu haben,

»Kinder gehören allen«, sagt Sigrid. »Das versteht ihr nicht. Sie gehören nicht ihren Eltern. Sie sind kein Privateigentum, wie ein Auto oder ein Aktienpaket. Alle Menschen sind Geschwister, alle Menschen sind Mütter und Väter. Daran müßt ihr denken, wenn sie kommen. Wenn die Jungen kommen. Die Jungen sind auf dem Weg hierher. Sie werden bald da sein. Es sind unschuldige Jungen«,

»Wer?« sagt Daniel. »Welche Jungen denn?«

»Aswads Söhne«, sagt Sigrid. »Sie kommen aus Afrika. Ihr Vater ist tot, und sie kommen zu uns. Aber es ist ein langer Weg. Erst müssen sie Urwälder durchqueren, danach die Wüste. Und dann müssen sie über das Meer nach Europa. Sie müssen aufpassen, daß die Polizei sie nicht erwischt«,

»Warum?« sagt Linus vom Scheunenboden, wo er mit Rosalie sitzt und mit den Schneckenhäusern spielt.

Sie haben eine Menge Schneckenhäuser gefunden, ganz hinten auf einer Ablage in der Scheune. Sie sind dabei, sie nach Farben zu ordnen,

»Was würde die Polizei denn mit ihnen machen?« fragt Linus. »Würde sie auf sie schießen?«

»Nein«, sagt Thomas rasch, bevor Sigrid antworten kann. »Ganz sicher nicht, Linus. Wir sind hier in Europa. Wir schießen nicht auf Flüchtlinge. Schon gar nicht auf Kinder. Wir bringen sie höchstens wieder zurück nach Hause. Aber Sigrids Jungen würde die Polizei bestimmt zu uns lassen«,

»Bestimmt, Bruderherz«, sagt Harry. »Du blickst voll durch. Wir lassen die Kindlein zu uns kommen, wie Gott der Herr. Oder wir lassen sie absaufen«, Harry dreht sich zum Nachbartisch um. »Wie heißt das doch noch mal, Herr Anwalt, wenn es einem glatt am Hintern vorbeigeht, ob neben einem irgendwer stirbt? Den Tod von jemandem billigend in Kauf nehmen. So nennt ihr das doch, oder? Wie viele Jahre stehen da eigentlich drauf, wenn man den Tod eines anderen billigend in Kauf nimmt?«

»Harry«, sagt Elisa. »Hör auf. Laß es gut sein, bitte«,

»Wahrscheinlich müssen wir immer irgendwas haben, wofür wir uns schämen können«, sagt Harry. »Auschwitz beginnt ja allmählich zu verblassen. Also müssen wir jetzt dafür sorgen, daß wir uns in ein paar Jahrzehnten wieder reumütig an die Brust schlagen können, weil wir Tausende von Leuten an unseren Festungsmauern haben draufgehen lassen. Überhaupt, es ist doch allmählich bei uns wie früher im Osten. Wozu haben wir eigentlich die Mauer eingerissen? Bloß um sie rund um ganz Europa wieder aufzubauen. Wollen wir eigentlich die anderen draußen halten oder uns selber drinnen, das frage ich mich«,

»Sei nicht albern, Harry«, sagt Thomas. »Was redest du denn. Wir genießen meines Wissens nach noch immer volle Reisefreiheit.«

»Stimmt«, sagt Harry. »Die genießen wir. Wenn wir hier pleite gehen, brauchen wir nicht von der Stütze zu leben. Wir dürfen auch als Gastarbeiter ins Ausland gehen. Was meinst du, vielleicht suchen sie ja in Indien noch Leute für die telefonische Kundenbetreuung? Mr. Miller aus Ohio denkt, er redet mit seinem Banker in Boston, und in Wirklichkeit redet er mit Thomas Siebeck in Bangalore. Wir müßten nur noch ein bißchen an deinem englischen Akzent basteln, Brüderchen«,

Die Wirklichkeit trifft Thomas wie etwas, das hoch über ihm von einem Fensterbrett gefallen ist. Mr. Miller? Als Gastarbeiter ins Ausland? Thomas muß sein Glas abstellen, der Retter hat nicht angerufen. Das Wunder namens Müller hat sich nicht ereignet.

»Rosalie?« sagt Linus. »Paß auf. Ich weiß was. Wir spielen was anderes. Wir spielen, wir würden Flüchtlinge sein. Ja? Also, wir spielen, wir wären in so einem Boot. Und wir müßten über das Meer. Und die Polizei würde uns suchen«,

»Wer spielt die Polizei?« sagt Rosalie. Sie sieht von den Schneckenhäusern auf. »Ich spiele nicht die Polizei. Aber Santos könnte vielleicht die Polizei sein«, sie wendet sich nach ihrem Hund um, der zu Elisas Füßen liegt. »Santos? Möchtest du die Polizei sein? Nein. Ich glaube, er will nicht«, Rosalie denkt nach. »Obwohl«, sagt sie. »Wir brauchen die Polizei eigentlich gar nicht in echt. Wir stellen uns einfach nur vor, daß sie da wäre«, Rosalie beginnt sich für die Idee zu erwärmen. »Also, die Polizei wäre gar nicht zu sehen. Aber wir wüßten, die suchen uns. Und dann, und dann«,

»Dann würden die natürlich auf uns schießen«, sagt Linus.

Sarah geht über den Hof. Es ist dunkel. Der Himmel hat sich bewölkt. Es riecht feucht, nach Tau und Erde, Sarah wird jetzt gleich ihre Diashow vorführen. Vorher will sie noch einmal versuchen, Mark und Janine anzurufen. Sie will sich bestätigen lassen, daß die beiden nicht mehr kommen, eigentlich ist sie ganz froh darüber.

Sie ist sogar erleichtert: Es war letztlich eine Schnapsidee, zwei Fremde einzuladen, auf ein Familienfest, Sarah stößt die Pforte zum Garten auf.

Geht durch den Garten. Angelt ihr Handy aus der Jackentasche, setzt sich auf das Schaukelbrett ihrer alten Kinderschaukel: Aber dann wählt sie nicht Marks oder Janines Nummer, sondern Karims. In den Blättern über ihr wispert es leise. Offenbar beginnt es zu regnen. Sarah steht auf, geht durch den Garten zurück. Als sie in der Pforte zum Hof steht, sieht sie ihre Mutter.

Barbara geht um die Scheune herum. Bleibt stehen. Sieht zur Scheune hinüber. Stellt sich dann vor dem Holzstoß auf die Zehenspitzen, tastet, einen Moment später flammt ein Feuerzeug auf.

Sarah rührt sich nicht. Ihre Mutter raucht. Sie raucht heimlich im Garten hinter der Scheune, allein im Dunkeln, im Regen, während drinnen in der Scheune ihre Silberhochzeit gefeiert wird, was soll Sarah jetzt tun? Soll sie auf ihre Mutter zugehen? Sie fragen, was sie da treibt? Warum sie sich so erniedrigt? Warum sie sich versteckt wie ein Teenager: als hätte sie eine Strafe zu erwarten, wenn sie erwischt wird, eine monotonfreundliche Computerstimme säuselt Sarah ins Ohr, wieder und wieder

The person you have called is temporarily not available
The person you have called is temporarily not available
The person you have called is temporarily not available

Karim sitzt im Taxi und fährt durch die Münchener Innenstadt. Karim und sein Fahrgast: ein großer, kräftiger Mann Mitte vierzig, der am Hauptbahnhof eingestiegen ist, er ist Karim sofort aufgefallen. Vielleicht, weil er einen Gehfehler hat. Oder möglicherweise wegen des großen Pakets, das er bei sich trug?

Oder weil er direkt auf Karims Wagen zugegangen ist, wie auf den Wagen eines Bekannten: wobei das an sich nicht weiter verwunderlich ist.

Karims Taxi war schließlich sowieso an der Reihe. Es stand ganz vorn, vor den anderen Taxis, Karim ist ausgestiegen, um dem Mann mit seinem Paket zu helfen. Aber das hat der Mann nicht zugelassen. Er hat auch nicht erlaubt, daß Karim das Paket in den Kofferraum packt: Er hat darauf bestanden, es neben sich auf den Rücksitz zu stellen,

Es ist eine Uhr, wissen Sie, hat er gesagt. Ich habe sie repariert. Sie darf mir jetzt nicht wieder kaputtgehen. Ich hoffe nur, daß sie die Bahnfahrt heil überstanden hat,

Sie sind auf dem Weg nach Bogenhausen. Der Mann sitzt im Fond, schräg hinter Karim. Karim kann ihn im Rückspiegel sehen. Der Mann hat dunkles, ziemlich langes Haar, einen dunklen, sehr kurzgeschnittenen Vollbart. Er hat den Kopf abgewendet: Er sieht aus dem Fenster nach draußen, wo die Lichter der nächtlichen Stadt vorübergleiten, er scheint ein eher schweigsamer Typ zu sein.

Jedenfalls hat er nichts mehr gesagt, seit er Karim die Adresse genannt hat, Karim ist das nur recht. Er gehört nicht zu den Taxifahrern, die es als ihre Aufgabe ansehen, ihre Kunden zu unterhalten. Er spricht seine Fahrgäste niemals unnötig an. Er ist froh, wenn ihn die Leute in Ruhe lassen: Manche seiner Fahrgäste sind ungeheuer redselig. Bei manchen hat Karim das Gefühl, daß sie nur deshalb ein Taxi nehmen, weil ihnen das Geld für den Therapeuten fehlt, neben dem Mann auf dem Rücksitz liegt sein Paket.

Das ist alles, was der Mann bei sich hat: sein Paket. Und eine kleine, altmodische Aktenmappe.

Eigentlich ist das komisch. Der Mann wird doch bestimmt in München übernachten, sollte er da nicht wenigstens eine Zahnbürste bei sich haben?

Gut, die steckt vielleicht in seiner Aktenmappe, das wäre möglich. Aber was ist mit einer Haarbürste, frischer Wäsche zum Wechseln? Dafür ist die Aktenmappe zu schmal. Sie ist so schmal, als enthielte sie allenfalls einen Stoß Papiere, und zwar keinen allzu dicken: wobei manche Leute ziemliche Schweine sind, das muß man auch bedenken. Es gibt eine Menge Menschen, die sich nicht täglich waschen. Aber der Mann auf dem Rücksitz sieht nicht danach aus. Er sieht gepflegt aus, mit seinem kurzen Bart: Und welches Bein ist es gleich wieder, das er nachzieht?

Das linke.

Oder doch das rechte?

Es beunruhigt Karim, daß er sich daran nicht erinnern kann.

Er müßte sich eigentlich erinnern. Der Mann ist schließlich in den Fond seines Taxis gestiegen. Und Karim hat ihn dabei beobachtet. Wenn Karim sich diese Szene noch einmal geistig vergegenwärtigt, dann müßte die Behinderung des Mannes offenkundig werden: Aber es hilft nichts. Karim weiß nicht, mit welchem Bein der Mann hinkt. Er weiß auch nicht, warum ihn das beunruhigen sollte, Karim hält an einer Ampel. Er wirft wieder einen Blick in den Rückspiegel, der Fremde wendet den Kopf. Ihre Augen begegnen sich,

»Was ist das denn für eine Uhr, die Sie da haben?« fragt Karim, zu seiner eigenen Überraschung.

»Eine Barockuhr«, sagt der Mann. »Wiener Barock. Ein sehr schönes Stück«,

»Ah«, sagt Karim. »Und Sie haben die Uhr repariert«,

»Ja«, sagt der Mann. »Repariert und restauriert. Ich bin Uhrmachermeister. Und jetzt bringe ich die Uhr dem Kunden zurück«,

Die Ampel schaltet auf Grün. Karim fährt an. Sein Fahrgast sieht wieder aus dem Fenster. Karim öffnet den Mund, um noch eine Frage zu stellen. Dann macht er den Mund wieder zu. Was wollte er denn fragen? Was wollte er wissen, von dem Uhrmachermeister?

Der eine Barockuhr restauriert hat. Eine Wiener Barockuhr, ein schönes Stück, die Uhr ist sicher sehr wertvoll. Ihr Besitzer ist sicher kein armer Mann. Die Reparatur war garantiert nicht billig: Karims Fahrgast ist offenbar ein Spezialist, sonst hätte der Uhrenbesitzer seine Uhr doch wohl kaum zu einem auswärtigen Uhrmachermeister gebracht. Aber der Kunde hat seine Uhr nicht in der Werkstatt abgeholt oder abholen lassen. Er hat dem Uhrmachermeister auch nicht aufgetragen, sich einen Mietwagen zu nehmen. Statt dessen hat er ihn am Samstag abend erst in den Zug, dann in ein Taxi steigen lassen, zusammen mit der kostbaren Uhr, die der Uhrmachermeister nun mitten in der Nacht in Bogenhausen abliefern wird, Karim wirft wieder einen Blick in den Rückspiegel.

Der Mann sieht immer noch unverwandt aus dem Fenster. Und was, wenn er nicht die Wahrheit sagt?

Was, wenn in dem Paket etwas ganz anderes ist, Drogen zum Beispiel oder Falschgeld oder Waffen oder etwas, das –

– tickt.

Aber das ist ja Irrwitz. Das ist doch pure Idiotie. Wie kommt Karim nur auf einen solchen Schwachsinn? Er konzentriert sich. Er lauscht. Er wendet den Kopf, um die Geräusche im Fond klarer wahrnehmen zu können, natürlich tickt gar nichts, in seinem Auto. Karim sagt sich, daß allenfalls er es ist, der hier tickt: und zwar nicht mehr ganz richtig, Karim versucht sich zu erinnern.

Er ist dem Paket doch vorhin am Hauptbahnhof ziemlich nahe gekommen? Aber er hat es nicht selbst berührt. Das hat der

Mann nicht zugelassen. Der Mann hat es selbst auf die Rückbank gestellt. Es war offenbar ziemlich schwer. Es sah aus, als wäre sein Inhalt gut gepolstert, Karim hat jedenfalls kein Ticken gehört.

Natürlich herrschte ziemlicher Lärm, am Hauptbahnhof. Natürlich hatte Karim zu dem Zeitpunkt noch keinen Verdacht geschöpft. Er hat gar nicht darauf geachtet, ob das Paket tickt: Würde man eine Uhr überhaupt tickend transportieren?

Doch ganz sicher nicht. Man würde sie vorher anhalten. Man würde die Batterien rausnehmen, das Uhrwerk oder irgend etwas stoppen, was weiß denn Karim?

Die Uhr tickt.

Karim hört es.

Er ist beinahe sicher.

Er merkt, wie sich seine Hals- und Nackenmuskeln verkrampfen, sein Rücken. Er merkt, wie seine Hände feucht werden, das ist doch idiotisch! Warum sollte Karim etwas zu fürchten haben? Warum sollte dieser wildfremde Mann, dem Karim nie zuvor begegnet ist, dem Karim nie etwas angetan hat, sich selbst mitsamt Karim und dem Taxi in die Luft pusten wollen?

Karim muß wieder zu Verstand kommen. Er muß vernünftig sein. Er muß –

– sie tickt.

Karim ist sich jetzt ganz sicher. Er hört das Ticken. Das verdammte Paket tickt, was soll Karim bloß tun?

Anhalten, aussteigen. Unter irgendeinem Vorwand den Wagen verlassen, sich um die Ecke schleichen, dann schreiend flüchten: Aber würde sein Fahrgast das überhaupt zulassen? Wenn er Karim doch umbringen will?

Und die Bombe reißt vielleicht nicht nur Karims Taxi in Stücke, sondern auch ein paar unschuldige Passanten, andere Autofahrer, vielleicht ist es genau das, was der Mann will. Vielleicht ist das sein Plan. Vielleicht will er gar nicht Karim töten, sondern jemand anderen, und Karims Tod nähme er nur billigend in Kauf, sie sind inzwischen in Bogenhausen.

Karims Hände sind so naß, daß das Lenkrad davon ganz glitschig ist. Er fährt zu schnell. Er bremst ab, nur um gleich wieder zu beschleunigen, Karim will endlich ankommen! Er muß diesen Mann und sein Paket loswerden: Aber vielleicht soll die Bombe ja gar nicht in Karims Taxi hochgehen, sondern erst in einem bestimmten Haus, einem Mietshaus oder einer luxuriösen Villa,

»Da vorn bitte rechts«, sagt jetzt der Mann.

Er beugt sich ein wenig vor. Sieht durch die Windschutzscheibe,

»Kennen Sie sich aus?« sagt er. »Es ist da vorn. Erst rechts, und dann die nächste gleich wieder links«,

Karim biegt ab.

»Passen Sie auf«, sagt der Mann. »Hier sind –«

Aber es ist zu spät. Karims Taxi donnert über eine Bodenwelle, fliegt ein Stück und setzt dann hart auf wie ein kleines Boot bei hohem Seegang,

»Meine Uhr! Himmel! Haben Sie denn das Schild nicht gesehen«,

Das Warnschild: das Autofahrer darauf hinweist, daß sie von einer künstlich angelegten Bodenwelle zur Entschleunigung ihres Daseins gezwungen werden, Karim muß es übersehen haben. Er hat sich den Kopf gestoßen. Er entschuldigt sich. Seine Stimme klingt heiser, als hätte er viele Stunden nicht gesprochen, der Mann antwortet nicht. Er hält sein Paket jetzt in beiden Armen,

»Es ist hoffentlich nichts passiert«, sagt Karim. »Ihrer Uhr, meine ich«,

»Das hoffe ich auch«, sagt der Mann. »Das hoffe ich sogar sehr. Halten Sie bitte dort vorn am Tor – hier. Danke«,

Karim hält. Er zieht die Handbremse. Schaltet den Motor ab. Der Mann wirft einen Blick auf das Taxameter. Er hat seine Geldbörse gezückt,

»Eine Quittung«, sagt er. »Ich brauche eine Quittung.«

»Ja«, sagt Karim.

Im Auto ist es still.

Das Paket ist still: Es tickt nicht.

Natürlich tickt es nicht! Was sonst? Was hat Karim denn angenommen? Was hat er geglaubt? Der Fremde reicht ihm das Geld, dann schiebt er die Börse in eine Innentasche seiner Jacke. Aus der Jackentasche lugt neugierig der Kopf einer blauen Zahnbürste hervor wie der eines borstigen kleinen Tiers, Karim schreibt die Quittung. Reicht sie dem Mann nach hinten, der Mann steigt aus.

Er nimmt sein Paket in den Arm. Umfängt es, wie ein in Tücher gewickeltes Baby, dann hinkt er zum Tor. Es ist das linke Bein, das er nachzieht. Karim sitzt in seinem Taxi. Seine Nakkenmuskulatur schmerzt. Er versucht, seine Hände an seinen Jeans trockenzureiben. Er sieht, wie sich das Tor zum Garten der Villa öffnet, wie der Uhrmachermeister die Auffahrt zur Villa hinaufhinkt, Karim ist plötzlich, als würde sein Fahrgast sich nicht nur im Raum, sondern auch in der Zeit von ihm entfernen.

Als ginge er nicht nur auf die Villa zu, sondern entschwände zugleich im Nebel vergangener oder vielleicht auch kommender Jahrhunderte, Karim fährt sich über die Augen. Schüttelt heftig den Kopf. Reibt sich die verspannten Schultern, einen Moment lang überlegt er, ob er Sarah in Neuenburg anrufen soll.

Aber er hat ja sein Privathandy nicht dabei. Und außerdem ist Sarah auf einem rauschenden Familienfest, da kann sie seinen Anruf sicher gar nicht gebrauchen, Karim läßt den Wagen an. Während er den Gang einlegt und anfährt, beschließt er, daß niemand je von diesem Erlebnis erfahren soll.

In der Scheune hat sich die Sitzordnung inzwischen aufgelöst. Elisa ist zu ihren Eltern herübergekommen, Gernot sitzt bei Thomas und Harry, es wird geredet, gelacht. Draußen regnet es jetzt kräftig. Ein weicher Herbstregen mit dicken Tropfen, der die Luft rasch abkühlt: Und wenn ein Raum erst einmal ausgekühlt ist, dann wird er nicht so schnell wieder warm, Barbara hat die transportablen Heizkörper angeschaltet.

»Es wird kühl«, sagt Püppi zu Elisa. »Rosalie sollte sich etwas überziehen. Ich habe ihr doch extra so einen schönen Pullover gestrickt, genau richtig für die Übergangszeit. Wo ist der Pullover eigentlich?«

»Wir haben ihn mitgenommen«, sagt Elisa. »Rosalie wird ihn bestimmt anziehen, wenn ihr kalt ist«,

Aber es ist ja nicht kalt, dank der Heizkörper, Sarah kommt von draußen herein. Bleibt einen Moment in der Scheunentür stehen, der Regen rauscht in den Bäumen des Gartens, prasselt auf das Dach. Es ist ein schönes Geräusch, nach der langen Trockenheit des Sommers.

Es ist ein schöner Geruch: Es riecht nach dem Glück der Landstraße und nach nassem Staub, und was geht Sarah ihre Mutter an? Sarah ist nicht wie ihre Mutter.

Sarah macht eine Faust, öffnet die Hand wieder, was geht sie das Glück ihrer Mutter an? Soll Barbara doch draußen hinter der Scheune rauchen, heimlich und schuldbewußt wie ein Kind! Sarah braucht sich nicht darum zu scheren. Sie muß Barbara und Gernot endlich ihr eigenes Leben leben lassen: Sie ist nicht verantwortlich für das Glück ihrer Eltern,

»Aber Kind«, sagt Barbara. »Was hast du denn gemacht? Bist du draußen im Regen gewesen? Du hast ja richtig nasse Haare bekommen«,

Sarah sieht ihre Mutter an.

»Du auch«, sagt sie.

Der Hochzeitsmarsch ertönt. Auf der Leinwand erscheint das Titelbild. Das offizielle Lehmannsche Hochzeitsfoto: Barbara und Gernot Arm in Arm vor dem Portal der Johanniskirche, die üblichen Aaahs und Ooohs füllen den Raum. Dann beginnt die Rückblende, und Barbara hängt zahnlos strahlend, glatzköpfig und mit Schaum auf dem Kopf in Maries Arm in einer Kinderbadewanne, während die Musik zu einem Hit aus den Fünfzigern wechselt: ›Pepper Hot Baby‹, von J. P. Morgan. Es gibt Gelächter.

Die Bilder folgen einander, unerbittlich wie die verstreichende Zeit: Barbara am ersten Schultag, lächelnd mit Zahnlücke, Zuckertüte und gestärktem Blusenkragen über Oma Lilos selbstgenähtem rotgrün kariertem Trägerkleid. Barbara mit Haarknoten, in einem Ballett-Tutu, zu den Klängen von ›Schwanensee‹.

Barbara mit langen Zöpfen auf einer Parkbank, mit einem Schimpansen auf dem Schoß, zu den Klängen der ›Caprifischer‹.

»Das ist gemein!« ruft Thomas aus. »Ihr habt mich rausgeschnitten. Ich habe neben ihr gesessen, auf dieser Bank. Das war in Italien. Am Lido di Jesolo. Da war so ein Mann mit einem Affen, der hat dieses Bild gemacht«.

»Vielleicht wollte Sarah nur einen einzigen Affen auf dem Foto haben«, sagt Harry zu seinem Bruder.

»Dich hat sie aber auch weggeschnitten«, sagt Barbara. »Du warst schließlich auch dabei«.

»Das war ein schöner Urlaub«, sagt Püppi zu Marie. »Die warmen Nächte. Den ganzen Tag am Wasser, und abends mit den Kindern im Lunapark. Das erste Mal, daß wir Oliven gegessen haben. Und Auberginen«.

»Wir fanden sie gräßlich«, sagt Marie. »Wir haben sie heimlich wieder ausgespuckt, in die Serviette. Aber die schönen Ausflüge, nach Ravenna und überallhin«.

Thomas überschwemmt eine Welle von Wehmut. Damals ist man noch richtig gereist. Danach ist man nicht mal eben übers Wochenende nach New York, für fünf Tage auf die Bahamas gejettet, als wäre es gar nichts. Man fuhr an den Wörthersee oder allenfalls an die Adria: Und diese Reisen begannen schon Wochen vorher.

Alles mußte ja vorbereitet, von langer Hand geplant werden. Es gab schließlich noch keine riesigen Supermärkte, in denen man alles an einem einzigen Nachmittag besorgen konnte. An einem Tag wurden also Filme beschafft, in dem Fotogeschäft unten am Markt. Ein paar Tage später fand sich eine Flasche Sonnenöl unter den Einkäufen der Mutter, aus der Drogerie neben dem Gemüseladen. Die Zeichen mehrten sich: Auf dem Küchentisch lagen auf einmal Sonnenhüte. Dann tauchten Thermosflaschen auf, Plastikschüsseln mit festschließenden Deckeln für den Reiseproviant: Schinkenbrote, hartgekochte Eier, Bouletten, Äpfel, Kaffee, schon Tage vorher wurden die Koffer gepackt, mit Bedacht und Voraussicht und voll glücklicher Ungeduld. Und dann war es endlich soweit. Natürlich fuhr man in der Nacht los, meist gegen drei oder vier Uhr morgens,

Um die Zeit sind die Straßen frei, Kinder, und es ist noch nicht so heiß. Und wir kommen frühmorgens an und haben einen gewonnenen Urlaubstag,

Am Vorabend wurde der Wagen beladen. Holger stand draußen vor der Garage. Püppi rannte hin und her. Schleppte die kleineren Taschen mit Badezeug und Sandalen zum Wagen und stellte sie in den Kofferraum, aus dem Holger sie prompt wieder auslud, weil sie seine Logistik des Packens durcheinanderbrachten, auf dem Dach wurden Fahrräder befestigt. Auf den Rücksitz wurden Decken und Kissen gepackt, damit die Kinder auf der Fahrt schlafen konnten, Bücher, ein großes Küchentablett als Unterlage für Malarbeiten und Kartenspiele: Und dann mußte man ins Bett und lag wach. Zählte die Glockenschläge, die vom Turm der Johanniskirche herüberschwebten: bammm bammm für die halbe, bammm bammm bammm für die dreiviertel, bammm bammm bammm bammm für die volle Stunde. Bom bem bom bem bom bem bom bem bom bem bom für elf, bom bem bom bem bom bem bom bem bom bem bom bem für zwölf, schließlich bom für ein Uhr nachts, dann endlich schlief man ein.

Um kurz darauf wieder geweckt zu werden. Um hinter den Eltern herzutaumeln, auf dem Weg zur Garage, elend vor Müdigkeit, und die Sitze des Autos waren unangenehm kalt, und es roch nach dem Reiseproviant und sehr stark nach Auto, was ein widerlicher Geruch ist, die Diashow ist inzwischen bei Gernot angekommen.

Bei Gernot in seinem Konfirmationsanzug, zu den Klängen von ›Born to be wild‹: weshalb alle lachen, im nächsten Bild sieht man Gernot auf einem Motorrad, mit vorgeschobener Unterlippe und verhangenem Blick, im offensichtlichen Versuch, sexy zu wirken. Dann kommt schon das erste Bild von beiden gemeinsam: Barbara auf Gernots Schoß, mit Satinbluse und luftgetrockneter, sorgfältig durchgekneteter Dauerwelle, die Leinwand wird mit einem Schlag schwarz.

Das leise Surren des Computers erstirbt. Die kleine Lampe hinten am Balken flackert noch einmal blau auf und erlischt. Die Gäste sitzen in fast völliger Finsternis: Nur zwei Kerzen auf den Tischen brennen noch, einen Moment lang ist es still. Dann beginnen alle durcheinanderzureden,

»Ein Stromausfall«, sagt Harry.

»Der Computer ist schuld«, sagt Tante Grete.

»Die Sicherung«, sagt Mopp. »Es wird die Sicherung sein.«

»Der Computer«, sagt Tante Grete. »Es wundert mich nicht. Es wundert mich überhaupt nicht«,

»Gernot«, sagt Mopp. »Wo ist denn der Sicherungskasten?«

Aber es ist nicht die Sicherung. Es ist überhaupt kein privates Problem der Lehmanns: Auch alle Nachbarhäuser sind dunkel. Und die Kerzen in der Scheune sind schon ziemlich weit heruntergebrannt. Die eine der beiden droht zu erlöschen,

»Auch das noch«, sagt Barbara. »Sarah. Hol doch bitte ein paar neue Kerzen. Du weißt ja wo, in der Küchenschublade«,

»Ich helfe dir suchen«, sagt Julia.

Zusammen rennen sie über den Hof, durch den Regen. Sarah betätigt den Lichtschalter in der Diele, aus reiner Gewohnheit: Aber natürlich tut sich überhaupt nichts,

»Erinnerst du dich, wie wir uns früher immer Gruselgeschichten erzählt haben?« sagt sie zu Julia. »Wenn du bei uns übernachtet hast. Wir haben im Bett gelegen und uns Gruselgeschichten erzählt. Einmal haben wir uns so gefürchtet, daß wir das Licht anschalten wollten. Aber es ging nicht an«,

»Es ging an«, sagt Julia. »Und dann ging es wieder aus. Es wurde so komisch blaugrün, und dann ging es aus, ganz langsam«,

Sie lachen.

»Du hast immer beim Kraulen betrogen«, sagt Julia. »Wir haben ausgemacht, jeder krault dem anderen zwanzigmal den Rükken. Und dann hast du vorgeschlagen, ich sollte dich vierzigmal kraulen, dann würdest du mich anschließend fünfzigmal kraulen. Klasse Idee. Aber als ich fertig war, hast du gepennt. Und ich bin immer wieder darauf hereingefallen«,

In der Küchenschublade sind keine Kerzen. Sarah findet immerhin eine Taschenlampe. Mit Hilfe der Taschenlampe findet sie Gummiringe, Kugelschreiber, Heftpflaster, Reißzwecken,

»Vielleicht irgendwo anders?« sagt Julia.

Sarah schüttelt den Kopf.

»Hast du das vergessen?« sagt sie. »Hier ändert sich doch nichts. Hier bleibt immer alles genau, wo es war. Oder wie es war. Wenn hier keine Kerzen sind, sind keine im Haus.«

»Ich glaube es nicht!« sagt Barbara. »Daß ich keine Kerzen mehr habe. Ich muß selbst noch mal nachsehen. Ich war ganz sicher, sonst hätte ich doch welche gekauft«,

In der Scheune beginnt es jetzt ziemlich frisch zu werden. Es ist erstaunlich, wie schnell die Kälte in einen Raum kriecht, wenn die Heizung versagt,

»Am besten ist es, wir gehen heim«, sagt Holger.

»Ganz meine Meinung«, sagt Tante Grete.

»Ich will nicht nach Hause«, sagt Tante Anni.

»Nein, ich bitte euch«, sagt Barbara. »Das geht doch nicht. Es ist noch so früh. Ihr könnt doch jetzt noch nicht alle heimgehen«,

»Warum nicht?« sagt Tante Grete. »Es ist spät genug. Wir haben euch mehr als genug Umstände gemacht«,

»Hey«, sagt Harry. »Ich bin extra von Berlin gekommen. Es gibt doch bestimmt irgendwo hier in der Gegend eine offene Kneipe. Da könnten wir hingehen. In Kneipen ist es immer warm«,

»Nun ja«, sagt Gernot. »Morgen ist schließlich auch noch ein Tag. Vielleicht kannst du Barbara morgen noch mal sehen, Harry. Vielleicht könnt ihr morgen zusammen Mittagessen gehen«,

»Ich habe mir soviel Arbeit gemacht«, sagt Barbara. »Wozu habe ich mir soviel Arbeit gemacht, wenn ihr gleich nach dem Essen geht?«

»Schicksal«, sagt Gernot. »Höhere Macht«,

»Oder wir ziehen tatsächlich um, mit der ganzen Mannschaft«, sagt Sarah zu ihrer Mutter. »Warum gehen wir nicht alle ins Venezia?«

Draußen regnet es noch immer. Sarah hat alle Schirme verteilt, die die Lehmanns besitzen: Die Gäste haben beschlossen, die kurze Strecke bis zum Venezia zu Fuß zu gehen. Marie und Püppi haben die Evakuierung der Tanten übernommen. Marie geht über den Hof, um den Wagen zu holen. Es ist sehr dunkel. Das nasse Pflaster ist glitschig: nicht empfehlenswert für die Tantenstöcke, Marie ist froh, daß sie Sarahs Taschenlampe hat. Sie öffnet das Tor, tritt auf die Straße, auch die Straßenlaternen sind erloschen. Die Häuser der Nachbarn liegen im Dunkeln. Marie kann den schwachen Widerschein ihrer Kerzen sehen, irgendwo tief in den dunklen Zimmern. Sie fröstelt. Denkt einen Moment an die Düsternis zwischen den Ruinen, in der Nachkriegszeit. An die frierenden Menschen in den Ruinen, Marie öffnet ihre Autotür.

Steigt ins Auto, läßt den Motor an. Schaltet die Scheinwerfer ein. Beruhigend zuverlässig erhellen zwei Bahnen Licht erst die Straße und dann, als Marie gewendet hat, den Lehmannschen Hof, ihre Schwägerin Sigrid mit ihren Theorien kann Marie wirklich im Mondschein begegnen. Marie hat keinerlei Interesse an Sigrids einfachem Leben. Sie hatte mehr als genug einfaches Leben, Jahre bevor Sigrid geboren war,

»Ah«, sagt Püppi und bückt sich. »Da ist er also. Da ist Rosalies Pullover«,

Sie zieht etwas unter einer Bierbank hervor, das dort in einer stetig wachsenden Pfütze liegt,

»Das ist doch wirklich«, sagt Püppi, zu niemandem im besonderen. »Das ist. Also wirklich«.

Es ist lieblos. Es ist häßlich und kränkend. Wenn Püppi überlegt, wie lange sie an diesem Pullover gesessen hat! Wieviel Mühe sie sich gegeben, wieviel Arbeit sie sich gemacht hat, Püppi wringt den Pullover vorsichtig aus. Sie legt ihn auf den Biertisch, versucht ihn in Form zu ziehen: Aber da ist wenig zu machen, Püppi ruft sich selbst zur Ordnung.

Rosalie ist noch ein Kind. Sie hat es nicht mit Absicht gemacht. Sie hat ihre Oma nicht kränken wollen, bestimmt kann man den Pullover waschen, dann zwischen zwei Handtüchern auspressen und schließlich zum Trocknen auf den Tisch legen? Aber es hilft nichts. Püppi, die in das Auto ihrer Schwester steigt, kämpft mit den Tränen.

On my way to Calamocarro, in the last assembly,
on my way to España,

Er ist noch immer in der Kammer. Er steht hinter der Tür und lauscht in die Nacht, die vom Getrommel seines Herzens vibriert. Es ist alles dunkel. Er nimmt an, daß es schon spät ist. Er nimmt an, daß die Deutschen inzwischen in ihren Betten liegen und schlafen. Daß er sich in den Garten schleichen kann, ohne bemerkt zu werden, vielleicht kann er vom Garten aus fliehen? Über die Außenmauer: Das könnte klappen, er öffnet die Tür einen winzigen Spalt weit.

Ihm gegenüber ist eine Mauer. Nach links zu liegt die feuchtgrüne Rasenfläche. Der kleine Pfad rechts von ihm führt zurück zu dem deutschen Haus, das immerhin weiß er, er schiebt sich zentimeterweise durch den geöffneten Türspalt. Drückt sich gegen die Mauer. Kriecht an der Mauer entlang, bemüht, kein Geräusch zu machen, der Pfad ist zum Glück nicht sehr lang. An seinem Ende bleibt er stehen. Sieht hinüber zum Haus der Lehmanns, das im Dunkel liegt, vor dem Haus steht jetzt kein Auto mehr.

Sie sind nicht da. Mit solchem Glück hat er nicht gerechnet. Er überblickt den Pfad. Betrachtet das Tor in der Mauer. Rennt dann los, auf das Tor zu, das plötzlich aufflammende Licht des Bewegungsmelders fällt ihn an wie ein Tier. Er springt. Packt mit den Händen die Oberkante der Mauer, zieht sich hoch wie ein Ausbrecher aus dem Straflager, läßt sich auf der anderen Seite in den Garten fallen und rennt weiter.

Er rennt geduckt, mit rasendem Herzen, während das Licht immer weiter auf ihn einprügelt, am Ende des Gartens, gegenüber vom Pool, steht ein winziges Häuschen. Er rüttelt an der Tür: Aber sie ist verschlossen, dann endlich erlischt das Licht. Er kauert sich hinter dem Häuschen zusammen. Er liegt im Dunkel, bemüht, nicht zu keuchen.

Marie, Püppi und die alten Tanten stehen in der Gaststube des Venezia. Um diese Zeit befinden sich hier hauptsächlich Schüler, ein paar junge Paare vielleicht und hin und wieder eine Familie, die Pizza gegessen hat und nun zahlen will. Alle Gäste zusammengenommen sind nicht so alt wie die vier alten Damen, die noch immer nahe beim Eingang stehen.

»Ich hätte heimfahren sollen«, sagt Tante Grete. »Wir hätten alle heimfahren sollen. Es ist spät genug«,

»Ich will nicht nach Hause«, sagt Tante Anni. »Was soll ich zu Hause? Ich kann sowieso nicht schlafen. Ich kann nie schlafen, keine einzige Nacht. Ich gucke die ganze Nacht Phoenix, oder ich lege Patiencen«,

»Wir könnten fragen, ob der Nebenraum frei ist«, sagt Püppi.

»Aber da ist doch gar nichts vorbereitet«, sagt Tante Grete. »Nebenräume müssen doch immer erst vorbereitet werden.«

»Wir sollten auf Gernot warten«, sagt Marie. »Wir sollten meinen Schwiegersohn entscheiden lassen«,

Dem stimmen die alten Damen sofort zu. Marie führt ihr Trüpplein in die Gaststube. Giorgio kommt ihnen entgegen,

»Guten Abend«, sagt Tante Grete. »Wir würden uns gern setzen. Aber nur für einen Moment. Wir warten noch auf jemanden. Es kommt gleich eine größere Gesellschaft. Wir werden viel Platz brauchen«,

»Guten Abend, Giorgio«, sagt Marie. »Es geht um die Lehmanns. Familie Lehmann, hier aus Weidenbrück«,

Sie hofft sehr, daß Giorgio auf Anhieb weiß, wer gemeint ist. Daß er nicht die Stirn in Falten legt, Marie skeptisch betrachtet wie jemanden, der sich unter Vorspiegelung falscher Tatsachen in sein Lokal einschleichen will,

»Gernot und Barbara«, sagt Giorgio. »Natürlich. Aber die Lehmanns haben doch heute Silberhochzeit, was ist denn passiert? Und Sie sind Barbaras Mama, nicht wahr? Wir kennen uns doch«,

»Ja!« sagt Marie. »Ja, natürlich. Es gab einen Stromausfall, bei den Lehmanns zu Hause. Nichts funktioniert mehr in ihrem Haus, kein Licht, gar nichts«,

Giorgio ist gebührend geschockt. Er bietet Tante Grete den Arm, um sie zu einem Tisch zu führen. Tante Grete hängt sich vorsichtig ein. Sie hält sich so aufrecht wie möglich,

»Haben Sie denn überhaupt Platz?« fragt sie besorgt. »Es kommen ja alle Gäste, die auf der Silberhochzeit waren. Es sind fast zwanzig Leute. Bringen Sie die denn alle unter«,

»Aber sicher«, sagt Giorgio. »Gar kein Problem, Signora«,

Er lagert Tante Grete an einem Vierertisch zwischen. Tante Anni läßt sich auf den Stuhl neben ihrer Schwester fallen. Sie stößt ihre Nichte Püppi an,

»Schau, da«, sagt sie. »Der Mann, der da drüben an der Theke steht. Der jetzt gerade trinkt. Das ist Franz Vogel. Der Oberbürgermeister von Neuenburg«,

Marie wendet den Kopf.

Tante Anni hat recht. Franz Vogel hat sich tatsächlich in den Nordteil seines Machtgebietes verirrt, ausgerechnet heute, wo Maries Schwiegersohn ins Venezia kommt, die Tür geht auf, und Barbara betritt den Raum.

Giorgio umarmt sie. Drückt Gernot die Hände, küßt Sarah auf die Wangen, spricht seine Glückwünsche aus, hinter den Lehmanns drängen die anderen Silberhochzeitsgäste herein. Linus heult. Er ist unterwegs hingefallen. Rosalie schweigt, mit zusammengezogenen Augenbrauen: Ihre Mutter hat ihr Vorwürfe gemacht, weil sie den blöden Omapullover verbummelt hat. Die Vorwürfe waren vollkommen überflüssig. Rosalie weiß längst, daß die Oma diesen Pullover selbst gemacht hat.

Sie hat begriffen, daß sie ihn würdigen soll: den Pullover und die Mühe, die Wolle und die Zeit, die Arbeit, die Liebe, die Sorgsamkeit, Rosalie würdigt den Pullover ja auch, nach besten Kräften. Aber er kratzt. Warum müssen Omas überhaupt stricken? Warum bestehen sie darauf, ihren Enkeln die kratzigen Produkte ihrer Liebe aufzuzwingen, es ist ein blasphemischer Gedanke, das ist Rosalie klar. Sie erschrickt ein bißchen vor sich selbst. Barbara fragt Giorgio, ob der Nebenraum frei ist.

Gernot traut seinen Ohren nicht. Er will nicht in den Nebenraum. Er haßt den Nebenraum. Der Nebenraum ist einer dieser typischen kahlen Säle, wie man sie oft in Landkneipen findet, mit Holzboden, Holzstühlen und einer von einem staubigbeigen Vorhang verdeckten Holzbühne. Er ist riesig. Er faßt mit Leichtigkeit ein paar Schulklassen. Die Silberhochzeitsgesellschaft würde sich in ihm verlieren wie ein Floß auf dem Meer,

»Der Nebenraum ist leider belegt«, sagt Giorgio. »Ich habe da einen sechzigsten Geburtstag. Ulla Vogel. Die Schwester vom Oberbürgermeister«,

»Ich hätte heimfahren sollen«, sagt Tante Grete. »Wir hätten alle heimfahren sollen. Es ist spät, und wir machen nichts als Umstände.«

»Was soll ich zu Hause?« sagt Tante Anni. »Ich will nicht nach Hause. Ich kann sowieso nicht schlafen. Ich schlafe keine einzige Nacht.«

»Wieviel Mühe wir den Leuten machen«, sagt Tante Grete, die an Thomas' Arm hinter Gernot und Giorgio herhumpelt.

Giorgio hat Tische zusammenstellen lassen. Hat alle gebeten, ihm zu folgen: Frauen und Kinder natürlich zuerst,

»Wirklich, es gehört sich nicht«, sagt Tante Grete. »Zumal wir schon gegessen haben. Der Mann verdient ja kaum noch an uns«,

Aber die Stimmung steigt jetzt. Man nimmt Platz, unter Gelächter und Rufen, die über den Tisch schallen,

»Komm du hier, Tantchen, hier sitzt du nicht im Zug«,

»Linus, Kind, steh bitte auf. Komm am besten auf meinen Schoß«,

»Julia, Kindchen, setz dich zu mir«,

Sie fühlen sich, als wären sie endlich in Sicherheit. Als könnten sie nun aufatmen, nach den Strapazen, den Unwägbarkeiten der letzten Stunden. Als hätten sie den rettenden Hafen erreicht, nach einer langen, gefährlichen Überfahrt,

»Thomas, komm, wir rutschen zusammen«,

»Paul, wirklich, hier ist doch noch Platz«,

»Papa, wir stellen einen Stuhl an die Ecke«,

Giorgio nimmt die Getränkebestellung auf. Tante Püppi entfährt ein Schrei,

»Meine Spiele! Meine Partyspiele! Sie sind alle im Kofferraum, und das Auto steht bei euch vor dem Haus«,

Gernot gibt Sarah unter dem Tisch einen Stups. Sie sehen einander an. Kämpfen hart, um sich das Lachen zu verbeißen,

»Holger soll die Spiele holen«, sagt Püppi. »Nein, Elisa, wirklich, das kann dein Vater tun! Er kann Maries Wagen nehmen und die Spiele holen, ich habe sie doch nicht umsonst mitgenommen«,

»Ach Püppi«, sagt Marie. »Sei froh, daß du hier bist. Laß deinen Mann. Heute morgen am Telefon klang es noch fast so, als könntet ihr überhaupt nicht mitfeiern. Sei froh, daß es nichts Ernstes war«,

Nichts Ernstes wie bei Dietrich. Die unausgesprochene Vervollständigung des Satzes läßt die Unterhaltung am Tisch einen Moment stocken,

»Ich muß euch noch was erzählen«, sagt Barbara schnell. »Gestern waren wir doch auf dieser Beschneidungsfeier«,

Sarahs Handy klingelt.

Sarah schiebt ihren Stuhl zurück und steht auf. Holt dabei das Handy aus der Tasche, wendet sich vom Tisch ab, sicher ist es Karim. Karim muß doch irgendwann einmal anrufen, sie wirft einen Blick auf das Display,

Mark Lehmann

Sarahs Herz beginnt heftig zu klopfen.

»Hallo?« sagt sie leise in den Hörer. »Mark?«

»Hallo«, sagt Mark. »Wo bist du denn? Wo seid ihr alle? Ich stehe hier bei euch vor dem Haus. Ich stehe auf dem Hof, zwischen dem Haus und der Scheune, aber alles ist dunkel, und kein Mensch ist da. Wie? Wo? Im Venezia? Stromausfall, das ist ja ein Ding. Okay, kein Problem. Dann komme ich eben ins Venezia. Ist vielleicht sogar besser so. Dann sieht es aus, als wäre es Zufall.«

An den Tischen der Silberhochzeitsgesellschaft berichtet Barbara noch immer von Mahmuds Fest.

»Vierhundert Leute waren da. Und das waren noch längst nicht alle Türken, die in Neuenburg leben. Noch nicht einmal alle aus Ankara«,

»Man weiß ja gar nicht, wie viele von denen es bei uns gibt«, sagt Tante Grete. »Man bekommt das ja alles gar nicht mit. Die bleiben doch immer unter sich. Die gehen in türkische Läden und türkische Reisebüros, die müssen sich überhaupt nicht integrieren«,

»Ja«, sagt Harry. »Es ist wirklich schrecklich. Die Leute integrieren sich einfach nicht. Zum Beispiel die Amerikaner. Als die nach Amerika gekommen sind, haben sie sich kein bißchen integriert, in die einheimische Bevölkerung. Aber null! Die haben sich den Indianern überhaupt nicht angepaßt. Und die Spanier, bei den Inkas? Keine Spur. Und auch die anderen Europäer, in Afrika, in Asien, überall war es dasselbe. Und dann erst die Kreuzfahrer! Null Integration in die Gesellschaften, die sie vorgefunden haben«,

»Aber Harald, bitte, was redest du denn?« sagt Tante Grete. »Das ist doch etwas ganz anderes. Das waren doch Länder, die wir erobert haben. Hätten wir uns etwa den Wilden anpassen sollen? Das ist doch lächerlich. Hätten wir werden sollen wie die Hottentotten oder ein Haufen nackter Inselbewohner? Das ist doch absurd«,

Elisa hat eine kurze Vision von einem Palmenstrand, an dem äußerst respektabel gekleidete Einheimische einem Haufen nackter, tätowierter, an unglaublichen Stellen gepiercter Europäer Ganja, Heroin, Bananen, Mangos, Skorpione in Gießharz, farbenfrohe Gewänder, bunte Cocktails mit Schirmchen und nicht zuletzt Ketten aus Glasperlen anbieten. Die tschechische Bedienung, die am Wochenende immer im Venezia aushilft, serviert die Getränke. Die Tür des Venezia öffnet sich, und Mark Lehmann kommt herein.

Er bleibt mitten im Lokal stehen, läßt seinen Blick suchend über die Lehmannsche Tafel schweifen, Sarah steht auf. Das muß Mark Lehmann sein. Sie geht auf ihn zu. Sie ist aufgeregt, fast als hätte ein Geliebter den Raum betreten, nun hat Mark sie entdeckt: Sarah mit knallrotem Haar, in designertypischem Schwarz,

»Sarah?«

»Mark«,

Sie lachen. Sie zögern. Umarmen einander, verheddern sich dabei: Sarah versucht die Luft neben Marks rechter Backe zu küssen, Mark die neben Sarahs linker,

»Ich freue mich«, sagt Sarah. »Ich freue mich wirklich«,

Sie nimmt seinen Arm.

»Komm«, sagt sie. »Jetzt lassen wir die Bombe hochgehen«,

Gernot Lehmann blickt auf, gerade als Sarah mit Mark an den Tisch tritt. Aber der Knalleffekt bleibt aus. Gernot erhebt sich. Er begrüßt den Sohn seines Cousins, als wäre es ein guter Bekannter,

»Ihr kennt euch?« sagt Sarah.

»Natürlich«, sagt Gernot. »Wenn auch nur vom Sehen. Neuenburg ist eben ein Nest. Aber ich wußte gar nicht, daß ihr euch kennt«,

»Tun wir ja auch nicht«, sagt Sarah. »Bis gerade eben«,

Sie sieht ihren Vater an.

»Ich habe Mark eingeladen«, sagt sie. »Ich habe bei ihm angerufen und gesagt, daß er kommen soll«,

»Ach was«, sagt Gernot. »Wieso hast du mir nichts davon erzählt? Das war eine nette Idee. Es ist wirklich schade, daß wir Lehmänner so wenig Kontakt haben. Wie geht es denn deinen Eltern, Mark«,

»Gut, danke«, sagt Mark. »Soweit ich weiß. Sie sind zur Zeit in Spanien«.

»Ah ja«, sagt Gernot. »Ich habe schon gehört, daß sie da unten ein Haus gekauft haben«, er klopft Mark auf die Schulter. »Also, mein Lieber«, sagt er, »dann setz dich zu uns«,

Dies ist eine günstige Gelegenheit. Gernot ergreift sie sofort:

Er bietet Mark seinen eigenen Platz an, winkt Thomas, Harry und den anderen Männern zu, ihn an die Theke zu begleiten,

»Aber das ist ja Mark Lehmann!« sagt Barbara. »Nicht wahr? Wir kennen uns doch, zumindest vom Sehen. Das ist aber nett! Ein netter Zufall, wir feiern heute nämlich unsere Silberhochzeit. Wußtest du das? Ich darf doch Du sagen, oder nicht? Wir sind schließlich miteinander verwandt, sozusagen. Los, erzähl. Wie geht es deinen Eltern?«

Mark sitzt zwischen Barbara und Sarah. Er nickt und lächelt, lächelt und nickt. Fragt, beantwortet Fragen. Lacht, macht einen Scherz: konversiert mit dem Jaschke-Clan, es ist eine etwas unwirkliche Situation. Mark kennt niemanden von diesen Leuten. Er ist mit keinem von ihnen verwandt, aber sie behandeln ihn wie ein lange verlorenes Mitglied der Sippe. Normalerweise wäre Mark das unangenehm. Aber hier und jetzt erwägt er nicht einen Moment lang, möglichst bald wieder das Weite zu suchen. Barbara hat ihn und die anderen Gäste vorhin miteinander bekanntgemacht. Die meisten Namen hat er schon wieder vergessen,

Meine Mutter, Marie Schürer. Gerda Siebeck, meine Tante. Sigrid Jensen. Elisa Siebeck. Meine Tochter kennst du ja. Und das ist Julia Siebeck,

Von diesem Zeitpunkt an hat Mark der Namensliste nicht länger zugehört.

Mark spricht mit Barbara über spanische Immobilien. Julia spricht mit der Frau, die neben ihr sitzt, über Fotografie. Mit Elisa. Elisa Siebeck, Julia Siebeck: Sind die beiden Mutter und Tochter? Mark möchte das herausfinden. Er möchte alles über Julia herausfinden. Julia beugt sich zu Elisa vor, führt das Glas zum Mund. Sie nickt. Sagt etwas, das Mark nicht versteht, weil ihn jetzt eine dieser uralten Tanten bittet, ihr zu erklären, wie genau er denn mit ihr verwandt ist, Julia richtet sich auf.

Strähnt ihr Haar zurück, mit beiden Händen wie unter der

Dusche, beginnt zu lächeln, das Lächeln beginnt ganz langsam und wird allmählich intensiver. Es ist, als drehe jemand am Regler einer Lichtanlage: so daß das Licht heller und heller wird, bis es den ganzen Raum erleuchtet.

Paul, Holger, Gernot, Thomas und Harry stehen an der Theke. Die tschechische Bedienung hinter der Theke schenkt Grappa für sie aus, auf Gernots Wunsch, Gernot betrachtet sie. Ihm fällt schon wieder nicht ein, wie sie heißt. Er hat sie schon zweimal nach ihrem Namen gefragt und ihn jedesmal wieder vergessen: Dabei ist sie anziehend. Hübsch. In ihren engen sauberen Jeans, dem gestärkten weißen Blüschen, unter dem man die weißen Träger ihres BHs sieht, die Zartheit ihrer Taille ahnt, sieht sie frisch aus, neu, wie etwas, das man gerade erst aus dem Seidenpapier gewickelt hat, Paul, Holger, Gernot, Thomas und Harry heben die Gläser.

»Auf die Damen«, sagt Harry und deutet mit dem Kopf zum Silberhochzeitstisch hinüber, an dem von allen Männern nur Mopp sitzen geblieben ist. »Zu ulkig, oder? Irgendwann hocken immer die Frauen zusammen, und die Männer auch. Wie bei den Muslims«,

Die Tür zum Nebenraum öffnet sich, und Franz Vogel kommt in die Gaststube, zusammen mit Bauer vom Baumschutzamt, Rudloff vom Autohaus Herzl und Bernd Frisch, der in der Stadt eine Herrenboutique führt. Franz Vogel sieht aus, als wäre er nicht mehr vollkommen nüchtern. Er kommt direkt auf Gernot zu,

»Hallo Gernot«, sagt er und stützt sich schwer auf die Theke. »Herzlichen Glückwunsch. Giorgio sagt, ihr feiert Silberhochzeit. So ein Zufall, was? Ulla feiert nebenan ihren Sechzigsten. Erinnerst du dich an Ulla? Meine ältere Schwester. Die mit den langen roten Haaren. Die nach dem Abi nach Amerika gegangen ist. Sie ist wieder hier. Vor einem halben Jahr ist sie zurückgekommen«,

Gernot nickt. Was soll er auch sonst tun? Er erinnert sich durchaus an Ulla. Er erinnert sich sogar ganz genau: und das, obgleich Franz' Beschreibung ein wenig kurz greift, aufgrund brüderlicher Blindheit, Ulla Vogel hatte nicht nur rote Haare.

Sie hatte auch schiefe Zähne, ungewöhnlich lange Beine und ungewöhnlich große Brüste mit einer Haut, die Gernot an die von Milchpudding erinnerte: dick und weiß in den knappen Oberteilen winterlicher Partys, appetitlich mit dem Zimtzucker unzähliger Sommersprossen bestreut in den Bikinis des sommerlichen Freibads, leider ist zwischen ihm und Ulla niemals etwas passiert.

Und es wird nun auch nichts mehr passieren. Früher fand Ulla Gernot zu jung, und heute wäre ihm Ulla zu alt, Franz lacht leise in sich hinein.

»Weißt du was?« sagt er. »Eine Zeitlang war sie sogar mal die Geliebte von Donovan. Kannst du dir das vorstellen? Und jetzt ist sie sechzig. Und du? Du feierst Silberhochzeit«,

Franz schüttelt den Kopf. Reibt sich die Hände,

»Jana!« ruft er der tschechischen Bedienung zu. »Gib uns mal allen einen Grappa«, er dreht sich zu Gernot um. »Was ist mit euch?« sagt er. »Trinkt ihr noch einen mit?«

»Wir werden wahrscheinlich anbauen müssen«, sagt Paul zu seinem Schwiegervater. »Wenn das Kind etwas größer ist, wird es ein eigenes Zimmer brauchen«,

»Ich kann euch ein bißchen helfen, wenn ihr wollt«, sagt Holger. »Ich kann euch einen Entwurf machen, die Kostenvoranschläge einholen, ich bin ja froh, wenn ich mich nützlich machen kann. Fünf Enkel, und Püppi und ich sind schon so alt. Die meisten Tiere sterben, sobald sie zu alt sind, um sich fortzupflanzen«,

Paul lacht.

»Aber für die Aufzucht von Kindern braucht man ja eigentlich zwei Generationen«, sagt er. »Eine für die Brutpflege, eine für die Nahrungssuche. Vielleicht leben die Menschen nur deswegen so lange. Weil man ohne Oma und Opa kaum ein Kind großziehen kann«.

Holger hebt sein Glas und trinkt einen Schluck.

»Übrigens«, sagt er dann. »Was ich dich noch fragen wollte. Dich als Arzt, verstehst du, ein Freund hat mich gestern nachmittag angerufen. Er hat gesagt, er hätte Blut im Stuhl. Viel Blut, nicht nur ein paar Tropfen. Ich habe natürlich erst einmal abgewiegelt. Wie man das eben so macht. Ich habe gesagt, vielleicht hätte er Hämorrhoiden oder so. Aber ich habe ihm auf alle Fälle geraten, zum Arzt zu gehen«,

Paul wirft seinem Schwiegervater einen Blick zu.

»Das ist auf jeden Fall richtig«, sagt er dann. »So schnell wie möglich zum Arzt, das würde ich auch sagen. Es könnte schließlich auch Darmkrebs sein. Daran hat dein Freund sicher schon gedacht. Wobei das kein Grund wäre, sich verrückt zu machen. Darmkrebs bedeutet schon längst nicht mehr automatisch ein Todesurteil, ganz und gar nicht. Die Heilungschancen sind hervorragend, bei rechtzeitiger Diagnose. Da kannst du nach zwei Wochen schon wieder zu Hause sein«,

»Ich?« sagt Holger. »Wieso ich«,

»Im übertragenen Sinne«, beeilt sich Paul zu sagen. »Ganz allgemein gesagt, verstehst du«,

»Ah«, sagt Holger. »Natürlich«,

»Sicher«, sagt Paul.

Er betrachtet seinen Schwiegervater. Er mag ihn. Er wendet sich nach Elisa um, seiner Frau, Elisa sitzt bei ihrem Bruder Thomas und ihrer Schwägerin Christa. Sie hebt den Kopf. Sie sieht zu ihnen herüber. Zu Holger und Paul: ihrem großen schlanken Vater und ihrem kleineren, ein wenig stämmigen Mann, sie winkt ihnen zu.

Paul lächelt seine Frau an, über den Kopf Holgers hinweg. Er überlegt, ob er ihr verraten soll, was ihr Vater gerade gesagt hat,

HÖRT IHR LEUT UND LASST EUCH SAGEN!

Die Stimme von der Tür her ist dünn, dabei durchdringend. Der alte Mann, der hereingekommen ist, trägt eine Kutte, einen braunen Umhang aus Sackleinen. Einen zerbeulten Hut. Einen Beutel über der Schulter, einen dicken Holzstock. Er sieht aus, als wäre er einem Kostümfilm über die frühe Neuzeit entstiegen, »Wer ist das denn?« fragt Julia.

»Der Nachtwächter«, sagt Mark.

Er raucht. Er hat ewig nicht mehr geraucht. Der Nachtwächter schlurft mitten in die Gaststube des Venezia hinein. Bleibt stehen, schlägt dreimal mit dem Stab auf den Steinboden,

»Man kann ihn buchen, für Feste«, sagt Mark zu Julia. »Vielleicht haben ihn die Leute im Nebenraum bestellt«,

– HAT DIE UHR GESCHLAGEN,

»Sehr schöne Idee«, sagt Julia. »Das könnte sich einbürgern. Wenn die Renten knapp werden«,

Mark sieht sie an, von der Seite. Ihr Gesicht ist ernst. Sie ist nicht zynisch. Sie ist auch nicht geheimnistuerisch: Aber sie verwirrt ihn. Dabei ist sie offen, lebhaft: Sie hat ihm von ihrem Bauwagen erzählt, von der Revue, bei der sie mitmacht. Sie hat ihm von ihrem Tabak angeboten, zögernd, als würde sie ihm das Drehen von Zigaretten nicht zutrauen und wollte ihn nicht blamieren, Mark hat sofort zugegriffen.

Hätte er sagen sollen: Danke, ich rauche nicht mehr, ich habe es mir der Gesundheit zuliebe abgewöhnt? Mark bezweifelt, daß er abgelehnt hätte, wenn das Päckchen getrockneten Kuhmist enthalten hätte. Julia raucht. Sie sieht aus, als ob sie Wodka aus der Flasche trinken könnte. Sie sieht auch aus, als ob sie in einem Gourmetrestaurant die teuersten Rotweine sicher beurteilen und würdigen könnte, allein ihrer eigenen Zunge folgend: Aber wahrscheinlich würde sie sich lieber an ein Flußufer setzen, mit einer eiskalten Dose Billigbier,

BEWAHRT DAS FEUER, BEWAHRT DAS LICHT,

Giorgio eilt auf den Nachtwächter zu.

Nimmt ihn am Arm, sagt etwas zu ihm, der alte Mann nickt, zuckt die Schultern. Schlurft hinter Giorgio her zur Schiebetür, die den Haupt- vom Nebenraum trennt, Giorgio öffnet die Tür. Aus dem Nebenraum schwappt Gelächter herein, während zugleich der Blick auf Ulla Vogels heitere Geburtstagsgesellschaft freigegeben ist, der Nachtwächter bleibt auf der Schwelle stehen. Er beginnt jedoch nicht noch einmal von vorn. Er setzt seinen Spruch fort, als hätte die Gesellschaft dort drinnen den Anfang hören können,

DAMIT NICHT NOCH EIN UNHEIL BRICHT!

Walter und Marianne sind inzwischen mit dem Essen fertig. Die Teller sind abgeräumt. Gräfin von Oberloh ergreift nun wieder das Mikrophon. In einer Ecke des Saales gibt es einen Tumult. Jemand ruft etwas, es wird gelacht,

»10 000 Euro! Ich biete 10 000 Euro für den Tierschutzverein, wenn Bobby drei Songs für uns singt«,

Die Gattin des Vorstandschefs beugt sich vor. Weiht Marianne flüsternd ein: Der Bieter ist Braxton Louis, ein großes Tier bei irgendeiner Bank. Und Bobby ist Bobby James, der Sänger einer Boygroup. Er ist mit Friski gekommen: Prinzessin Irene Franziska von Hohenhausen, die Vorstandsgattin deutet diskret zu einem Tisch. Da drüben sitzen sie. Ja genau, der dümmlich lächelnde Anfangszwanziger mit dem blonden Pony,

»Zehntausend!« schreit Braxton.

»Das ist bestimmt für seine Tochter«, flüstert die Vorstandsgattin. »Die Blonde da, neben ihm. Das arme Mädel langweilt sich bestimmt. Er selbst wird doch nicht ernstlich Bobby James hören wollen«,

Bobby hat sich erhoben. Prinzessin Friski strahlt. Bobby schwankt. Gräfin von Oberloh ist alles andere als begeistert, das ist offensichtlich. Widerwillig händigt sie Bobby das Mikrophon aus, Bobby starrt glasig von der Bühne herunter. Der Applaus ist verhalten. Bobby murmelt etwas, das nicht recht zu verstehen ist. Etwas über *doggies and cats*, *poor things*, *a good cause*, dann beginnt er zu singen. Ohne Begleitgruppe, natürlich. Und er ist bedauerlicherweise nicht aus dem Material, aus dem A-cappella-Sänger sein sollten,

»Oh-ooh, BABY – whenever you're NEAR me –«

»Zehntausend von mir, wenn er aufhört!«

Das ruft der Vorstandsvorsitzende an Mariannes Tisch. Röhrendes Gelächter antwortet ihm. Bobby singt weiter. Er röhrt nicht. Er piepst sich durch sein Lied, reißt dann plötzlich die Arme hoch, fordert die Gesellschaft zum Mitsingen auf, der Saal schweigt. Alle bleiben stumm, auch Prinzessin Friski: Und nun ist Bobby aus dem Konzept. Er stockt. Er kommt nicht an, gegen das bleierne Schweigen. Er hat offenbar seinen Text vergessen. Singt dann aber weiter, Lalala gespickt mit Unsinnswörtern,

»My ba-by – dada da da da,
bimbimbim da da da da da«,

Marianne schämt sich unsäglich. Aber warum? Sie kennt diesen jungen Mann doch gar nicht. Sie kennt auch Prinzessin Friski nicht, sie kennt überhaupt niemanden hier: Und dennoch schämt sie sich, das passiert ihr öfter.

Es passiert sogar beim Fernsehen, wenn sie mit ansehen muß, wie sich irgendein Talkshow- oder Gewinnspiel-Teilnehmer zum Gespött macht, offensichtlich ergeht es der Gräfin ähnlich.

Entschlossen hat sie die Bühne erklommen. Fordert den Sänger auf, sich wieder zu seinem Tisch zu begeben: Aber Bobby will sich das Mikrofon nicht entreißen lassen. Er will den Abend retten, seinen Auftritt. Er will das Steuer herumreißen: wagt einen neuen Anfang, beginnt ein neues Lied, dreht sich dabei mit dem Mikrophon um die eigene Achse, damit die Gräfin es nicht zu fassen kriegt, im Saal wird gelacht. Ein paar Gäste sind aufgesprungen. Marianne greift nach Walters Hand, ungläubig. So hat sie sich eine Gala nicht vorgestellt,

»Laßt ihn doch die Versteigerung leiten!«

Eine Stimme aus dem Publikum.

»Soll er doch die Versteigerung leiten, wenn er das Mikrophon nicht abgeben kann«,

Dankbar greift die Gräfin die Idee auf. Übersetzt das Angebot. Brüllt, um das Mikrofon zu übertönen, der Junge starrt die Gräfin an, wie ein betrunkener Bluthund. Dann läßt er sich ohne weiteren Widerstand von der Bühne entfernen. Die Gräfin übergibt ihn den Kellnern und Prinzessin Friski, die ihn aus dem Saal geleiten,

»Ich finde, solche Leute haben hier nichts zu suchen«, sagt die Vorstandsgattin. »Wir haben ja auch wirkliche Künstler hier. Ich finde, solche wie diesen Bobby brauchen wir wirklich nicht«,

Marianne stimmt ihr zu. Sie weiß nicht, wer die wirklichen Künstler sind. Sie selbst kennt leider keinen einzigen Künstler, weder in Marbella noch in Neuenburg, aber der Vorstandsgattin traut sie zu, regelmäßig mit berühmten Tenören und Malern zu dinieren, das Gespräch hat sich jetzt den Reiseerlebnissen der Vorstandsgattin zugewandt.

Den marokkanischen Stränden, wo aufdringliche Afrikaner den Urlaubern unbedingt irgendwelche Schnitzereien und Kaftane verkaufen wollen,

»Es ist so lästig!« sagt sie. »Immerzu soll man etwas kaufen. Da liegt man in der Sonne und möchte einfach nur seine Ruhe haben, und dann soll man immerzu irgend etwas kaufen. Lauter Sachen, die man gar nicht braucht. Aber sie versuchen einem einzureden, man müßte diesen ganzen Kram unbedingt haben«,

Marianne weiß nicht genau, wie es kommt, aber plötzlich erzählt auch sie eine Geschichte. Sie berichtet von ihrem Erlebnis mit dem Schwarzen, in ihrem Garten, alle am Tisch hören ihr zu. Die Vorstandsgattin ist fassungslos. Das ist doch immer das Schöne an Marbella gewesen, daß hier von Drogensüchtigen, Prostituierten und Illegalen kaum etwas zu bemerken war. Daß alles so sauber ist, auf den Straßen,

»Telefonieren wollte der Kerl?« sagt ihr Mann. »Aber Frau Lehmann. Sie werden den Afrikanern doch nicht den Zugang zum Informationszeitalter verweigern«,

Alle lachen. Auch Marianne. Sie ist jetzt wieder vollkommen ruhig. Sie sieht ein, daß die Geschichte eine Anekdote ist, nicht Anlaß für sinnlose Panik, dann fällt ihr etwas ein.

»Hast du eigentlich deinen Cousin angerufen?« sagt sie leise zu Walter.

»Ja«, sagt Walter. »Aber es war wieder keiner da. Und auf den Anrufbeantworter wollte ich nicht sprechen, nach so vielen Jahren«,

»Da hast du recht«, sagt Marianne. »Ich möchte ja mal wissen, wie es Mark ergeht. Wie ihn Gernot und seine Familie aufgenommen haben.«

Mark wirft gerade eine Münze in den Zigarettenautomaten. Der Zigarettenautomat steht im Keller des Venezia, am Anfang des Gangs, der zur Herren- und der Damentoilette führt. Dieser Teil des Venezia ist nicht renoviert. Die Wände sehen aus, als hätte jemand Löcher in den graugelben Putz geschlagen, mit voller Absicht. Der Bodenbelag ist grünlich, wie Algenschlieren, Mark holt tief Luft. Er kann nicht glauben, was er da gerade tut.

Er kann nicht glauben, daß er jetzt und hier Zigaretten kauft: während sich zu Hause auf seinem Küchentisch die Packungen aus dem erotischen Zigarettenladen türmen, überflüssig und ohne jede Verführungskraft, der Laden, der Tisch in Marks Wohnung gehören zu einer anderen Welt.

Mark hat diese Welt hinter sich gelassen. Im Moment ist er auf der Reise. Er ist auf einem Strom unterwegs, in einem kleinen Boot, hat er wenigstens Segel, ein Ruder? Einen Anker? Kompaß? Mark, während er mit seinen Zigaretten wieder die Treppen zur Gaststube des Venezia hinaufsteigt, lacht leise auf, ohne zu wissen worüber.

Er geht schnell. Er geht schneller, je näher er der Gaststube kommt. Er rennt fast: Dabei ist doch vollkommen klar, daß sie noch da ist. Sie ist sicher nicht fort. Sie ist ja extra aus Berlin gekommen, zu dieser Silberhochzeit, Mark kann sicher sein, daß Julia noch da ist. Aber er ist nicht sicher. Gar nichts ist sicher.

»Der Wein hier ist gräßlich«, sagt Thomas zu Paul, mit dem er sich wieder an den Familientisch gesetzt hat. »Er ist zu gut, verstehst du? Rund, voll, fruchtig, vollkommen perfekt. Gefällig. Ohne jeden Charakter. Ein widerlich globalisierter Wein. Man merkt nicht, wo er gewachsen ist, wann er gewachsen ist, wer ihn gekeltert hat, nur eins merkt man. Alle Menschen auf der weiten Welt sollen ihn saufen. Genau wie den Kakao, durch den sie uns ziehen«, Thomas setzt mit Widerwillen das Glas ab.

»Weißt du«, sagt er, »an sich ist der Osten gar nicht so schlecht. Ich sage dir, letztes Jahr haben wir ein Fest gefeiert, mit dem Altstadtverein, das war ein Knüller. Ein Ostalgiefest. Konsumschilder an den Fenstern, das Ossi-Toastermodell auf der Theke, den Ossi-Volksempfänger, Plastikblumen auf den Tischen und Bier für 51 Cent der Schnitt. Fettbrote und die Puhdys und eine Hammerstimmung, die Leute haben uns die Bude eingerannt. Die können noch feiern, die Jungs. Da ist nichts mit bornierter Wessilangeweile. Und dann kam die Karnevalstruppe in NVA-Uniformen. Die haben gestrippt und am Ende im Ledertanga dagestanden, mit dem DDR-Stempel auf dem Hintern«,

Thomas ist betrunken. Er hört sich selbst beim Reden zu und ist verblüfft: Er redet, als gäbe es noch Rettung für ihn. Als wäre sein Haus noch zu halten. Als müßte er es sich schönreden, weil er noch ewig darin wohnen würde,

»Drei-Raum-Wohnung«, sagt Christa zu Elisa. »Drei-Raum-Wohnung zu vermieten. So muß man inserieren, damit die einen verstehen. Ich hasse schon den Ausdruck! Ich kriege einen ganz komischen Geschmack davon im Mund, wie von Maggisuppe oder aufgewärmtem Kohl. Ärmlich, trist, bedrükkend wie die Ewigkeit«,

»Das wirkliche Problem im Osten ist nur die Verwaltung«, sagt Thomas zu Paul. »Stell dir einfach mal Folgendes vor. Ich habe einen Kanal gebaut. Als ich das Haus gekauft habe, habe ich einen Kanal gebaut. 120 000 Mark hat mich der Spaß damals gekostet. Das war kein Pappenstiel. Und ich hatte nicht etwa nur eine behördliche Genehmigung, für diesen Kanal. Nein. Ich hatte die Auflage, genau diesen Kanal mit genau diesem Kanalanschluß genau so zu bauen, wie ich ihn gebaut habe. Und jetzt, ein paar Jahre später, bemerkt die Stadt auf einmal, daß das gesamte Wasser des Viertels seit Jahren ungeklärt in den Bach hinter der Schule läuft. Also, die Straße muß aufgerissen werden. Ein neuer Kanalanschluß muß her. Das Niveau des Kanals muß erhöht werden, sonst läuft es nicht ab, und wer soll das bezahlen? Ich soll es bezahlen. Und ich mache jetzt pleite! Und wer, frage ich dich, hat davon etwas«,

Thomas erschrickt.

Was hat er da eben gesagt? Er hat sich verraten. Er hat ein öffentliches Geständnis abgelegt, noch bevor er bei seiner Frau im stillen gebeichtet hat, gleich wird es zu einem Rieseneklat kommen! Aber Paul scheint nichts bemerkt zu haben. Vielleicht ist alles noch einmal gutgegangen, und er hat Thomas' ›ich‹ schlicht überhört,

»Die finanzielle Hauptlast liegt natürlich auf Thomas«, sagt Christa zu Elisa. »Er muß das ganze Geld verdienen. Der arme Kerl. Während ich ja noch nicht mal eine anständige Doppelbelastung habe«, Christa lacht auf. »Was mache ich denn schon?« sagt sie. »Ich putze die Wohnung, ich mache den Hausflur. Ich ärgere mich mit den Mietern herum, weil Thomas ja nie da ist, wenn was kaputt geht. Ich kümmere mich um die Kinder, um meine Eltern, um seine Freunde, von denen immer irgendwelche in irgendwelchen Nöten sind, und nebenher backe ich unser Brot selbst, und ich setze Ringelblumensalbe an gegen Schürfwunden, und ich mache beim Kinderschutzbund mit, und alle finden es großartig, was ich so alles auf die Beine stelle. Aber in Wirklichkeit zählt das alles rein überhaupt nicht. Weil ich damit nämlich kein Geld verdiene«,

»Ja«, sagt Elisa. »Ich weiß. So ist es«,

»Und dann dieses ganze Emanzipationsgeschwafel«, sagt Christa. »Wir sollen endlich auch Karriere machen? Wir sollen endlich die Möglichkeit haben, ganztags zu arbeiten? Ich sage dir, was wir sollen. Wir sollen unsere Kinder rund um die Uhr kostenpflichtig fremdbetreuen lassen, damit wir mit irgendeinem total sinnentleerten Job das Bruttosozialprodukt steigern helfen. Damit wir endlich dafür frei sind, als abhängig Beschäftigte den Müll wegzumachen, für den sich die Kerle zu schade sind«,

Elisa unterdrückt einen Seufzer.

Es ist ja nicht, daß Christa recht oder unrecht hat. Es ist Christas Tonfall: der intensive Dauerton rechtschaffener Entrüstung ohne einen Hauch von Selbstzweifel, der sich Elisa ins Ohr bohrt wie ein bösartiger Käfer in die Haut seines Wirtstiers, Elisa hat sich eine Zeitlang durchaus um ihre Schwägerin bemüht.

Sie hat ihr zugehört, sie getröstet, sie hat ihr gelegentlich Linus abgenommen: Und wenn Elisa Linus dann wieder zurückbrachte, war es, als hätte Christa ihren Monolog niemals unterbrochen,

Du hast leicht reden, Elisa! Du, mit deinem Paul. Du, mit deiner Fotografiererei. Aber was soll ich denn machen, bitteschön? Und Thomas ist so gut wie nie da. Ich hocke immer allein im Osten,

Elisa bemitleidet ihren Bruder. Sie weiß wirklich nicht, wie er Christa erträgt,

»Klar«, sagt Christa jetzt, »Ich verstehe es schon. Ich verstehe das alles, ich bin ja nicht blöd. Man muß eben alles im wirtschaftlichen Gesamtzusammenhang betrachten. Ich meine, was bringt es denn schon, wenn man selber bäckt, irgendwelche Salben zusammenpanscht, den Abfluß eigenhändig repariert, dem Mann Rühreier macht oder den eigenen Kindern den Hintern abwischt? Gar nichts bringt es. Es wird dabei ja gar nichts erwirtschaftet«,

Christa merkt voll Verzweiflung, daß sie plappert.

Und sie kann nicht damit aufhören, das ist das Schlimme. Wie soll sie damit aufhören, so lange Elisa Christa ansieht wie einen Roman, den man vor Wochen halb gelesen aus der Hand gelegt hat, und jetzt wundert man sich, daß das Ding immer noch daliegt? Christa kann das Gespräch nicht so enden lassen, Elisa sieht sich nach einer Fluchtmöglichkeit um.

Christa ist liebebedürftig und anstrengend wie Santos, wenn er sich langweilt oder nicht lange genug Gassi gegangen ist. Wenn er Elisa ans Bein stupst, seinen Kopf auf ihren Schenkel legt, ununterbrochen Pfötchen gibt, ihr auf den Schuh sabbert und sie generell in größter Freundlichkeit bedrängt, bis sie fliehen möchte: Aber Elisa kann nicht einfach türmen. Christa ist ihre Schwägerin. Irgendeiner aus der Familie muß sie hin und wieder auf sich nehmen.

»Paß auf«, sagt Elisa. »Wir sollten vielleicht mal ganz anders an die Dinge herangehen. Du solltest vielleicht damit anfangen, nicht deine eigene Familie zu versorgen, sondern meine. Dann hätte ich Zeit, mich um deine Familie zu kümmern. Und am Monatsende könnten wir uns gegenseitig bezahlen. Du könntest mir vielleicht tausend Euro geben. Dann hätte ich genug Geld, um dir auch tausend Euro zu geben. Und die paar hundert Euro, die uns übrigbleiben würden, nach Abzug der Steuern und der Sozialabgaben, dürften wir sogar für uns behalten«,

Christa fängt an zu lachen. Sie lehnt sich zu Elisa hinüber, legt ihr die Hand auf den Arm,

»Eigentlich eine teure Angelegenheit, so ein Job, was?« sagt sie. »Erstaunlich, daß sich immer noch so viele Leute einen leisten können«,

Sie lachen gemeinsam. Christa sieht anders aus, wenn sie lacht. Elisa kann sich dann einen Moment lang vorstellen, daß ihr Bruder vielleicht tatsächlich Christa haben wollte, nicht nur einen Pia-Ersatz,

»Habt ihr eigentlich einen Test gemacht, Paul und du?« fragt Christa nun.

»Einen Test?« sagt Elisa verblüfft.

»Na ja«, sagt Christa. »Ob das Kind okay ist oder nicht. Du bist ja immerhin auch schon vierzig«,

Wau wau wau, yippi yippi yippi, stups: Schon hat sie einen neuen Knochen gefunden, den sie benagen kann, Elisa reicht es allmählich. Sie zieht die Brauen hoch,

»Ah«, sagt sie. »Du redest vom Reklamationsrecht, nicht wahr? Nein, wir haben darauf verzichtet. Es bringt ja nichts. Selbst wenn die Ware laut Gutachten fehlerfrei ist, können doch später noch Schäden auftreten, die das Kind mehr oder weniger unbrauchbar machen. Bei der Geburt. Oder bei einem Fahrradunfall. Da kommt es manchmal sogar zum Totalschaden«,

Christa fährt zurück.

»Wie du redest«, sagt sie. »Wie kannst du nur so reden, Elisa? Du redest, als wäre dein Kind irgendein Ding«,

Elisa antwortet nicht. Auch Christa schweigt. Dann sagt sie: »Na ja. Jedenfalls hast du dir einen praktischen Vater ausgesucht. Ein Kinderarzt im Haus, das spart eine Menge Nerven und Zeit. Wenn ich mit Linus zu Doktor Höhner gehe, dann –«

Elisa erwischt sich bei einem miesen Gedanken.

Christa? Wenn ich dir ein Stöckchen werfe, gehst du dann weg?

Thomas ist inzwischen mehr als nur ein bißchen betrunken. Er befindet sich gerade in jenem seligen Stadium, in dem man sich selbst ziemlich beeindruckt dabei zuhört, wie man Dinge sagt, auf die man nüchtern nie gekommen wäre: Und beim Erwachen am nächsten Morgen beißt man dann vor Scham in sein Kopfkissen,

»Der Mensch ist eine Nummer«, sagt Thomas zu Paul. »Nein, falsch. Das war früher. Das war ja in Ordnung. Das war ja nicht weiter schlimm. Eine Nummer bezeichnet immerhin ein einzelnes Individuum. Frag mal den mit der Nummer eins. Aber das ist vorbei. Was ist der Mensch heute? Ein Nichts. Etwas, das anonymen Informationen über irgendeinen Kreislauf zugerechnet wird, der selber bloß virtuell ist. Ein namenloses Papierschiffchen, auf den transkontinentalen Kapitalflüssen, das in der nächsten Biegung absäuft«,

Thomas' Telefon klingelt. Er wirft einen Blick auf das Display,

Büro ruft an

Eine Rufumleitung. Wer ruft ihn denn im Büro an, um diese Zeit? Thomas hält das Telefon weg von seinem Körper, als hätte es das Hundertfache der Strahlungsstärke, die die Gesundheitsfanatiker Handys nachsagen. Er geht zur Tür, mit schnellen Schritten, noch in der Tür drückt er den grünen Knopf. Hält das Handy ans Ohr,

»Siebeck«,

»Müller«, sagt eine Stimme am anderen Ende. »Ich hoffe, ich störe nicht. Aber Sie sind ja offenbar noch im Büro. Also, ich rufe noch mal an wegen dem Haus.«

»God games?« sagt Rosalie. »Was ist das, Daniel?«

»Na, wenn du bei einem Computerspiel so tun kannst, als ob du Gott wärst«, sagt Daniel. »Du kannst einfach alles bestimmen. Du kannst einen Staat gründen und ihn wieder kaputtmachen. Du kannst bestimmen, was die Leute tun. Was für ein Land es ist. Was die Leute bauen, was sie essen, was für Städte sie haben, alles«,

»Und die machen dann alles genauso, wie ich es haben will?« sagt Rosalie. »Also, wenn ich sage, alle müssen sich blau anziehen und jeder muß sich drei Hunde kaufen, dann machen die das?«

Daniel überlegt einen Moment.

»Ja«, sagt er dann. »Im Prinzip schon. Es ist nur so, daß du nicht weißt, wie es dann weitergeht. Alles, was du entscheidest, hat irgendwelche Folgen. Zum Beispiel weißt du nicht, ob die Hunde sich mögen oder nicht. Oder ob genug Hundefutter auf deiner Welt wächst. Oder ob es Hunde gibt, die von der Farbe Blau krank werden«,

»Dann«, sagt Rosalie, »müßten die Leute sich alle gelb anziehen. Das würde ich bestimmen. Und wenn es nicht genug Futter für die Hunde gäbe, würde ich eben einfach bestimmen, daß das so ist«,

»Und dann«, sagt Daniel,

»Und dann«, sagt Linus,

»Dann«, sagt Rosalie, »würde ich Seen haben, für die Hunde. Wo sie drin schwimmen könnten, mit Fischen und Fröschen«,

»Und ein Meer«, sagt Linus, »mit einem Hundestrand wie im letzten Jahr an der Ostsee«,

»Und ganz viele andere Tiere, die sich alle mögen«,

»Und Wälder«, sagt Linus. »Mit Hasen drin, die es gern haben, wenn ein Hund sie jagt.«

Daniel sieht seinen Vater aufstehen.

Er sieht ihn zur Tür gehen, in sein Handy sprechen, dann das Handy wegstecken, Thomas ist mit einmal sehr blaß. Er sieht elend aus. Er sieht aus, wie er einmal nach einem Streit mit Christa ausgesehen hat, als er und Christa noch nicht verheiratet waren und Daniel noch klein war. Dann dreht sich Thomas um und verläßt den Raum.

Holger überlegt, wie lange er es noch erträgt, hierzubleiben. Er überlegt, wohin er fliehen soll: Aber es gibt keinen Ort, wo er sich verbergen könnte. Keinen Ort, wo sein Verrat nicht auffliegen würde, er überlegt, ob er noch einmal auf die Toilette gehen soll.

Er ist seit heute morgen andauernd auf die Toilette gegangen. Das Furchtbare hat sich bisher nicht wiederholt: Aber das ist auch nicht nötig. Holger weiß auch so Bescheid. Er weiß auch ohne den ärztlichen Rat seines Schwiegersohns, was es bedeutet, wenn die Toilettenschüssel aussieht, als hätte ein Metzger frische Abfälle hineingekippt. Als wäre ein kleines Tier hier ermordet worden: eine Blutlache, Blutspritzer an den Wänden,

Krebs

Das Wort war sofort da. Es ist ununterbrochen da, seit heute morgen. Was soll Holger nun tun? Hoffen. Paul hat ja recht: Es gibt schlimmere Tumore, ein Darmkrebskranker hat relativ gute Chancen auf Heilung. Aber was sind relativ gute Chancen? Was, wenn sich schon Metastasen gebildet haben? Was, wenn Holger stirbt: Und die Sache ist die, daß er auf jeden Fall sterben wird.

Das ist im Grunde der springende Punkt. Das ist es, was er bisher erfolgreich von sich fern gehalten hat: Irgendwann wird er sterben, soviel ist sicher. Holger ist neunundsechzig. Wenn ihn der Krebs nicht erwischt, dann ein Herzinfarkt oder schleichende Verkalkung. Und dann wird er tot sein, und seine Familie wird alles erfahren. Seine Frau, Thomas, Harald, Elisa: Sie werden alles herausfinden, vielleicht schon am Grab. Spätestens aber bei der Testamentseröffnung,

... hinterlasse ich, Holger Siebeck, meinem Sohn Benjamin ...

Der dieses Jahr vierzig geworden ist, genauso alt wie Holgers Tochter Elisa. Benjamin lebt in Köln. Bis vor einem Jahr war er Redakteur bei einer Kulturzeitschrift, die ihn dann hinausgeworfen hat, warum? Holger weiß es nicht. Benjamin hat eine Frau, einen Sohn.

Holger greift Benjamin finanziell unter die Arme, damit Benjamin trotz der Arbeitslosigkeit mit seiner Familie über die Runden kommt: Aber Holger hat Benjamins Frau noch nie gesehen, ebensowenig wie das Kind. Holgers Enkel. Holger hat Benjamins Wohnung nie gesehen. Er hat seine Universitätszeugnisse nicht gesehen: Er redet selten mit Benjamin, und wenn, dann nur am Telefon, aber Holger hat immer bezahlt.

Er hat nie versucht, sich vor den Alimenten zu drücken. Im Gegenteil, wenn Ulrike um zusätzliches Geld bat, hat er es ihr postwendend überwiesen, ohne lange zu fragen, wozu sie es brauchte, es war nicht nur die Angst davor, daß Gerda sonst von der ganzen Sache erfahren könnte.

Es war nicht nur die Angst vor einem Herzanfall Gerdas, vor einer möglichen Scheidung: Er hat immer schnell bezahlt, um mit der anderen Familie nicht mehr Kontakt als nötig zu haben. Er hat den Kontakt so gering wie möglich gehalten, um Gerda so wenig wie möglich zu betrügen, nicht daß das Gerda trösten würde.

Holger, der an den Tresen tritt und noch ein Bier bestellt, weiß, daß Gerda ihm seine Rücksicht sogar übelnehmen könnte. Püppi, die nie Sex haben wollte: Aber Gerda wollte Sex. Sie erfüllte ihre ehelichen Pflichten. Sie lag auf dem Rücken, streichelte seine Schultern sanft und mechanisch und starrte an die Decke, er verstand sie. Er verstand alles: Püppi war es widerlich, mit ihm zu schlafen. Aber Gerda wollte, daß Holger mit ihr schlief. Gerda wollte eine gute Ehe. Sie wollte Kinder, Holger weiß, daß Gerda doppelt von ihm enttäuscht sein wird.

Sie wird furchtbar gekränkt sein, daß er sie betrogen, belogen, das Geld ihrer Kinder für ein anderes Kind ausgegeben hat, über viele Jahrzehnte hinweg. Und sie wird entsetzt sein, daß ihr Holger, dieser wunderbare Ehemann und Vater, es fertiggebracht hat, seinen eigenen Sohn Benjamin ein Leben lang zu ignorieren.

Und was sonst hätte er tun können?

Was hätte er seiner Frau sagen sollen? Das Übliche natürlich: daß es nur dieses eine Mal war. Daß er die andere Frau nicht geliebt hat. Daß es auf einer Tagung in München passiert ist, und er war betrunken und neununddreißig Jahre alt, all das ist wirklich wahr. Und welchen Unterschied hätte das gemacht?

Oder hätte er etwas sagen können von Stimmung, von Überwältigung? Von seinem Sturz in diese leuchtenden Frauenaugen wie in Seen, von einem Sog, so unwiderstehlich, daß er sich kaum noch daran erinnern konnte, verheiratet zu sein, die Konferenz hatte neue Baustoffe zum Thema gehabt, das weiß Holger noch.

Gift. Wunderbare moderne Mittel, aber alle gesundheitsschädlich: so daß die Häuser, die Schulen und Büros, die sie damals gebaut oder modernisiert haben, inzwischen alle Sanierungsfälle sind, was hat er im Laufe seines Lebens nicht alles verbaut!

PCP, Formaldehyd, Asbest, mit Lindan verseuchte Holztäfelungen in den Eßzimmern kinderreicher Familien, vielleicht ist der Krebs die Strafe für die Sünden der Vergangenheit, die nun über Holger kommen. Vielleicht hat er Menschen auf dem Gewissen: Familienväter, die an Lungenkrebs gestorben sind wie sein Schwager Dietrich zum Beispiel, Dietrichs Haus hat Holger jedenfalls niemals renoviert! Und, hätte er es besser wissen können?

Man war doch optimistisch, damals. Man dachte an Optimierung, nicht an die Folgen, Holger, der an der Theke steht, denkt, daß sicher auch sein Krebs optimistisch ist.

Er stellt sich den Tumor vor wie ein florierendes Unternehmen. Dem Tumor geht es um nichts anderes als um Wachstum. Er hält Wachstum grundsätzlich für gut: auch ein Wachstum im Verborgenen, Holger stellt sich vor, daß die Zellen des Tumors sich verhalten wie internetgesteuerte Finanztransaktionen. Die innerhalb von Sekunden getätigt werden, innerhalb von Sekunden die Gesamtlage verändern, unnachvollziehbar für Kontrollinstanzen, was, wenn es in seinem Körper auch kein Kontrollorgan gibt, das die Vernetzung dieser Geschwülste überwacht?

Was, wenn das Wachstum nicht einzudämmen ist, weil alle Schranken, alle Grenzen zusammenbrechen, schon zusammengebrochen sind, so daß es den Zellen des Tumors freisteht, sich anzusiedeln, wo immer sie wollen, die Struktur ihres Wirts vollkommen zu verändern, zu zerfressen, ohne daß die übergeordneten Entscheidungsinstanzen noch erkennen könnten, wo welche Zellen ihr Werk begonnen haben. Ohne daß der Wirt sich wehren könnte, gegen das Wachstum. Gegen das ungehemmte, ungezügelte Wachstum, das allein dem Tumor selbst dienen würde: bis er mit seinem Wirt zugrunde ginge.

Thomas steht in der Toilette. Er wäscht sich die Hände. Er wäscht sie langsam, sorgfältig, er überlegt, was er jetzt tun kann. Er muß eine Bestandsaufnahme machen, das ist es. Er muß die Fakten auf die Reihe bringen, seine Situation mental abklären, alles, was er braucht, sind dreißigtausend Euro! Und die sofort. Also, wen kann er anpumpen? Harry hat nichts. Thomas' Vater hat auch nichts: Die Mutter hat erst neulich geklagt, sie kämen kaum mit der Rente hin, obwohl sie nicht ganz begreifen könne, woran das liegt, die Tür zum Korridor geht auf, und Daniel kommt herein.

»Papa? Was war denn los?«

»Wieso? Nichts«, sagt Thomas.

Daniel macht keine Anstalten, pinkeln zu gehen.

»Hast du schlechte Nachrichten bekommen?« sagt er. »Hast du dich mit Christa gestritten?«

»Nein«, sagt Thomas.

Er sieht seinen Sohn an. Er muß den Blick dazu nicht mehr senken: Er kann ihm fast gerade in die Augen sehen, Daniel war immer einer der kleineren, in seiner Klasse. Aber jetzt ist er fast so groß wie Thomas selbst, Thomas erkennt etwas von Pia, um seine Augen herum. Er sieht, daß Daniel denselben Mund hat wie er selbst: blasse Lippen, nicht voll, sondern fein und fast ohne Einkerbung in der Oberlippe,

»Ich schulde der Bank Geld«, sagt Thomas.

Er winkt ab. Wedelt mit der Hand, als verscheuche er eine lästige Mücke,

»Es ist nicht weiter schlimm«, sagt er. »Es ist nicht besonders viel«,

»Es ist wegen unserem Haus, oder?« sagt Daniel. »Du schuldest der Bank Geld, weil das Haus soviel gekostet hat«,

Er versucht gerade zu stehen. Er sieht seinem Vater gerade in die Augen, macht ein Gesicht, von dem er sehr hofft, daß es ernsthaft, vernünftig und seelisch sowie geistig reif wirkt,

»Ja«, sagt Thomas. »Genau. Ich habe Geld von der Bank geliehen, für das Haus. Und jetzt muß ich eine größere Summe wieder zurückzahlen. Und das ist nicht ganz einfach. Aber mach dir keine Sorgen, ich kriege das hin«,

Und plötzlich glaubt er das selbst. Er wird es hinkriegen. Warum? Weil er es hinkriegen muß.

Er hat keine andere Möglichkeit. Wie steht er denn sonst vor Daniel da? Wie soll das Leben werden, wenn sie in eine Sozialwohnung ziehen müssen, vielleicht könnte er seine Schwester fragen, und ihren Mann Paul.

Paul, der kein reicher Schönheitschirurg ist, sondern Kinderarzt. Elisa, die auf Reitturnieren fotografiert: Und sie wollen anbauen, weil Elisa zum zweiten Mal schwanger ist,

»Wieviel ist es denn, Papa?« sagt Daniel. »Das Geld, das du der Bank geben mußt?«

Dreißig Riesen. Dreißig Riesen in den Miesen, dreißig Riesen in den Miesen: Und Thomas könnte seiner Schwester die dreißigtausend ja nicht einmal zurückzahlen, jedenfalls nicht in absehbarer Zeit.

Er verliert ja auch noch seinen Job. Er wird arbeitslos. Wenn Elisa ihn jetzt vor dem Untergang bewahren würde, dann könnte sie genausogut gleich am Ufer des Bachs stehenbleiben, den ihr Bruder runtergeht, um ihn in der nächsten Biegung erneut zu retten,

»Willst du noch pinkeln oder mußt du gar nicht?« sagt Thomas zu seinem Sohn. »Sonst würde ich vorschlagen, wir gehen wieder rauf. Okay? Hier ist es ja nicht gerade gemütlich«,

Daniel nickt. Zusammen verlassen sie die Toilette,

»Ach, und Denny«, sagt Thomas. »Sag bitte den anderen nichts darüber. Okay? Ich werde das schon wieder hinkriegen. Ich will nicht, daß sie sich unnötig Sorgen machen, Oma Püppi und Christa und alle anderen. Und du mußt dir auch keine Sorgen machen. Okay? Es gibt im Moment gar keinen Grund dazu.«

Sigrid und Mark reden über Marks Möbel aus Weidenrohr, über Sigrids Versuche mit der Korbflechterei. Sie unterhalten sich über verschiedene Materialien und Stile, Mopp ist erstaunt, wieviel Sigrid weiß. Sigrid weiß, was ein Sonnengeflecht ist, ein Wiener Geflecht. Mopp ist erstaunt, wie nüchtern und normal sie sich diesem jungen Lehmannschen Cousin gegenüber geben kann, der ganz offensichtlich Julia anhimmelt, Sigrid redet mit Mark über das Flechten mit Seegrasschnur und Peddigrohr.

»Das stimmt, Peddigrohr ist unverzichtbar, für feine Arbeiten«, sagt Mark. »Aber ich möchte in erster Linie mit den traditionellen Rohstoffen unserer Gegend arbeiten«,

Er sieht Julia an. Julia lächelt. Mark kann ihr Lächeln körperlich fühlen, wie eine Fingerspitze, die sein Rückgrat hinabstreicht. Die über seinen Brustkorb fährt, seinen Bauch, er sieht Julia an und raucht. Julia ist warm, seidig. Sie entgleitet ihm. Sie gleitet durch seine Finger, wie teurer Stoff. Sie beantwortet alle seine Fragen, aber sie offenbart sich ihm nicht. Sie hat ihm mitgeteilt, daß sie Schauspielerin werden möchte, sie hat mit ihm über Kunst gesprochen. Über Musik. Sie hat von Lesungen in Kneipen erzählt, zu denen sie regelmäßig geht, Mark kommt sich neben ihr vor wie ein armseliger, ungebildeter Provinzler.

Zugleich gewinnt er an Bedeutung, durch ihren Blick. Ihr Lächeln macht ihn sich selbst wirklicher, gegenwärtiger als je zuvor, er wagt nicht zu fragen, ob sie einen Freund hat. Wenn, dann hat sie ihn jedenfalls nicht mitgebracht. Aber jemanden muß es geben, in ihrem Leben: Julia Siebeck schimmert. Sie leuchtet,

»Ich möchte mit nachwachsenden Rohstoffen arbeiten«, sagt Mark und sieht die Frau an, die ihm als Sigrid Jensen vorgestellt worden ist. »Mit Weide, Stroh, Schilf, Binse«,

Julia ist bei Sigrid Jensen und ihrem Mann aufgewachsen. Das hat sie Mark vorhin erzählt. Sigrid Jensen hat etwas Befremdendes an sich. Aber es ist Mark wichtig, ihr und ihrem Mann sympathisch zu sein. Sie sind schließlich so etwas wie Julias Eltern,

»Na, Julia? Alles in Ordnung?«

Das etwas merkwürdige Subjekt mit dem mausgrauen Pferdeschwanz, das Mark schon vorher an der Bar aufgefallen ist, läßt sich neben Julia auf einen Stuhl fallen. Legt einen Arm um ihre Schultern, läßt die Hand über ihrer Brust baumeln. Starrt Mark über ihren Kopf hinweg an, mit einem Lächeln so echt wie eine Cartier-Uhr aus Thailand,

»Und du bist also ein Verwandter von Gernot«, sagt er. »Ihr gehört doch zu diesen Neuenburger Möbeltypen, stimmt's? Und, wie läuft es denn zur Zeit so? Wohl nicht mehr so gut wie früher, nach allem, was man hört. Zwei von euch haben doch letztes Jahr Pleite gemacht«,

»Zwei von uns?« sagt Mark, das letzte Wort betonend. »Nicht daß ich wüßte. Uns geht es gut, besten Dank. Es waren zwei Konkurrenzunternehmen, die schließen mußten«,

Sigrid lacht. Harry starrt Mark an.

»Das«, sagt Julia zu Mark, »ist mein Vater.«

Die Jensengeschwister sitzen mit Elisa, Barbara und den alten Tanten zusammen und lachen.

»Weißt du noch?« sagt Püppi zu Marie. »Weißt du noch, bei Thomas' und Pias Hochzeit, in der Kirche? Was Sarah in der Kirche gesagt hat?«

»Natürlich«, sagt Marie. »Sie hat ja neben mir gesessen. Zwischen mir und Barbara. Direkt unter so einem riesigen Holzkruzifix. Mama, hat sie gesagt. Mama, wer hat denn den Mann da aufgehängt?«

Alle lachen.

»Sie hat es immer wieder gesagt«, sagt Marie. »Sie war ja erst vier, oder war sie fünf? Mama, wer hat den Mann da aufgehängt? Mama, wer ist denn der Mann? Mama, warum haben sie den da aufgehängt«,

Sie lachen und lachen.

»Sie hat Blumen gestreut«, sagt Marie. »Sie sah so niedlich aus, in ihrem rosa Kleid«,

»Wann fahrt ihr denn jetzt eigentlich los, nach Danzig?« fragt Barbara ihre Tante Püppi. »Gleich Montag früh?«

»Ja«, sagt Püppi. »Gleich nach dem Aufstehen. Ich freue

mich am meisten auf Brösen. Darauf, von Zoppot nach Brösen zu laufen, immer am Wasser entlang«,

»Und ganz hinten sieht man Neufahrwasser«, sagt Tante Grete.

»Und dann nach Oliva zu fahren«, sagt Tante Anni. »Herrlich. Wißt ihr noch, wie wir Pfingsten immer nach Oliva gefahren sind, um Erdbeeren mit Sahne zu essen«,

Barbara sieht ihre Mutter an, ihre Tanten. Sie drehen sie immer noch, die Gebetsmühle der alten Namen,

»Und wißt ihr noch, wie wir uns immer vor Opa versteckt haben, in den Mülltonnen?« sagt Marie nun.

Sie und Püppi lachen. Die alten Tanten lachen,

»Wir haben ja immer Unsinn gemacht«, sagt Marie. »Und dann kam Opa. Irgendwer hat geschrien: Der alte Jaschke kommt, der alte Jaschke kommt! Und wir nichts wie rein in die Mülltonnen, weißt du noch, wie du einmal die ganze Straße runtergekollert bist, Püppi? Wir haben in unseren Tonnen gehockt und genau gehört, wie deine umgefallen ist. Klack klack klackklack klackklackklack!«

Sie lachen Tränen.

»Immer schneller. Immer schneller! Und Opa Jaschke immer hinterher. Den Deibel auch! hat er geschrien. Er kam aus der Kneipe. Den Deibel auch! Und dann ist deine Tonne aufgegangen«,

Rosalie hat Linus im Stich gelassen. Sie ist auf den Schoß ihrer Mutter geklettert. Sie hört zu. Sie hört sehr gern die Geschichten von früher. Sie kann sich ihre Oma Püppi unmöglich in einer Mülltonne vorstellen, beim besten Willen nicht, Julia sieht zu Rosalie hinüber, auf Elisas Schoß.

Sie spürt eine Art Ziehen. Es ist aber gar nichts. Es ist nicht einmal eine Erinnerung. Es ist nur dieses Bild: ein Kind, lachend auf dem Schoß seiner Mutter, Julia war acht, als ihre Mutter starb.

Julia erinnert sich nicht an ihr Gesicht. Sie erinnert sich an Augen, Mund und Nase: Aber sie kann die Einzelheiten nicht zum Gesicht ihrer Mutter zusammensetzen, es sei denn, sie betrachtet ein Foto. Sie erinnert sich an ihr Haar. Es war schwarz und glanzlos vom Färben, wie dunkle Watte. Dafür glänzten ihre Kleider. Kleider aus Lack, Leder, Satin. Kühle glatte Materialien, die den Händen keinen Halt boten, Julia erinnert sich an viele Leute: die kamen und gingen, kamen und gingen, sie war selten mit ihrer Mutter allein. Sie erinnert sich an Streitereien. An das Klirren zerbrechenden Geschirrs. An die Angst, jemand könnte ihre Mutter verletzen.

An Tiefkühlpizza, Vanillepudding mit Sahne aus Plastikbechern, wenn Julia Hunger hatte und nebenan bei Svenja klingelte, Julia erinnert sich an das Lachen ihrer Mutter, wenn Julia auf ihrem Schoß saß und ihr Geschichten erzählte.

Julia gab sich immer viel Mühe, die Geschichten lustig zu machen, damit ihre Mutter lachte. Die Mutter blies meistens Rauch aus, durch Nase und Mund, während Julia erzählte: Marihuanarauch, Zigarettenrauch, manchmal kitzelte sie Julia, mit einem Finger. Stupste sie mit der Nase an, knabberte an ihrem Ohr oder ihrer Schulter, Julia erinnert sich an die leicht feuchte Wärme, wenn sie nachts zu ihrer Mutter ins Bett kroch und sie sich auf der Matratze aneinanderschmiegten. Die Matratze war ein Boot, das sie gemeinsam durch die lange Nacht trug, sicher und geborgen, dann ging die Mutter fort.

Verschwand. War tot.

Und dann tauchte Harry auf. Stellte sich als Julias Vater vor, nahm sie mit, reichte sie weiter, weil er sie nicht wollte, niemand hat Julia genug geliebt, um bei ihr zu bleiben: ihr Vater nicht und ihre Mutter auch nicht, Amöbe hat das einmal zu Julia gesagt. Er hat gesagt, daß sie damals bestimmt sehr wütend gewesen ist. Das mag sein. Aber sie kann sich nicht daran erinnern.

Vielleicht hat sie sich keine Wut erlaubt. Denn natürlich wäre es böse gewesen, auf eine tote Mutter wütend zu sein: Und Julia erinnert sich, daß sie sich ohnehin für ziemlich böse gehalten hat.

Wie sonst hätte die Mutter denn sterben können? Es war eine Strafe für Julia. Sie hatte den Tod der Mutter herbeigeführt, anders konnte es kaum sein. So entsetzlich die Vorstellung war, barg sie andererseits auch eine Chance: Wer schuld ist, ist nicht machtlos. Wenn sie den Tod ihrer Mutter verursacht hatte, weil sie böse gewesen war, konnte sie die Sache vielleicht wieder in Ordnung bringen. Sie konnte versuchen zu verhandeln: Möglicherweise ließ sich Gott auf einen Kompromiß ein. Wenn Julia von nun an ein gutes Mädchen sein würde, dann würde die Mutter vielleicht wieder zu ihr zurückkommen.

Abends in ihrem Hochbett in Neuenburg stellte sie sich vor, wieder auf der Matratze zu liegen, daheim bei ihrer Mutter.

Sie stellte sich alles haargenau vor: hier die Wand, da die Tür. Dort die Decke, vor dem Fenster an die Wand genagelt, morgen mußte sie ein ganz besonders gutes Mädchen sein. Dann würde sie sicher bald nach Hause zurückkehren dürfen. Tagsüber, in der Schule und bei Sigrid und Mopp, versuchte sie, ein gutes Mädchen zu sein: Aber es klappte nicht. Die Mutter kehrte nicht zurück. Julia hatte versagt.

Nun wurde sie sehr traurig. Nun war sie beinahe ein gutes Mädchen, so traurig war sie: Aber nun war es zu spät, das wußte sie genau, sie stellte sich nicht mehr vor, daheim bei ihrer Mutter zu schlafen. Sie stellte sich die Wand nicht mehr vor, auch nicht die Tür, die Bilder begannen zu verblassen.

Verschwammen, verschwanden schließlich fast ganz: Und letztes Jahr ist sie dann plötzlich auf den Gedanken gekommen, ihre alte Wohnung aufzusuchen. Sie hat Oma Püppi um die Adresse gebeten. Stand dann auf der Straße, vor dem hohen grauen Haus, sie erinnerte sich nicht an seine Fassade.

Aber an die Eingangstür. An das Quietschen der Eingangstür, die ausgetretenen Steinstufen, die Türklingeln waren alle nach unten gerutscht. Befanden sich plötzlich auf Brusthöhe statt irgendwo über ihrem Kopf, auf dem Klingelschild ihrer Mutter stand kein Name.

Sie stieg hinauf in den zweiten Stock. Der Geruch ließ ihr Herz rasen, trieb ihr Tränen in die Augen wie der Dunst von Zwiebeln, sie betrachtete zuerst Svenjas Wohnungstür. Ein türkischer Name stand auf dem Schild.

Sie drehte sich um, betrachtete die Holztür, hinter der Gitti ihr Kind auf dem Arm gehalten hatte, sie klingelte nicht. Die

Tür ging dennoch auf. Eine junge blonde Frau stand da, mit einem kleinen Kind auf dem Arm. Sie hatte einen Mantel an. Sie war offenbar im Begriff auszugehen,

»Ja?« sagte sie laut, erschrocken. »Wollen Sie zu uns?«

Es waren Kasachen. Deutschrussen, vor ein paar Jahren zugezogen, Julia erklärte, daß sie früher hier gewohnt hatte, mit ihrer Mutter, die nun schon lange tot war. Die junge Frau sah sie mitleidig an. Bat sie herein, bot ihr Kaffee an, Saft,

Sehen Sie sich um! Sehen Sie sich ruhig alles an,

Sie folgte Julia von Zimmer zu Zimmer. Redete, erklärte dabei,

Das Bad haben wir neu gemacht. Und wir haben alles gestrichen. Mein Mann hat alles selber gemacht. Er ist sehr begabt, mein Mann, handwerklich. Wenn er von der Arbeit kommt, geht er sofort zu Freunden oder Bekannten und renoviert dort die Wohnungen,

Julia hörte zu und auch wieder nicht. Sie ging durch die Zimmer, in denen sie nichts an früher erinnerte, nicht einmal das Licht, das durch die unverhängten Fenster fiel, Julia bedankte sich und trat wieder auf den Flur hinaus.

In den Geruch, der das einzige war, was geblieben war, sie setzte sich auf die Treppe und heulte. Die Frau setzte sich neben sie. Schaukelte ihr Kind auf dem Schoß, streichelte Julias Arm,

Ich weiß, sagte sie. Ich weiß, ich weiß,

Sie sagte: Wir sind von Kasachstan fort, ohne alles. Wir durften so wenig mitnehmen, wissen Sie. Wir haben überlegt: Was ist das Notwendigste? Was werden wir brauchen? Wir haben Töpfe mitgenommen und Winterjacken, nach Deutschland. Unsere Fotoalben haben wir verbrannt. Die alten Briefe haben wir zerrissen. Wir haben Decken mitgenommen, nach Deutschland, und Kopfkissen. Solche Sachen wie meine Großmutter, damals, als Stalin sie von der Wolga nach Kasachstan zwangsumgesiedelt hat, weil sie Deutsche war. Dort waren wir Deutsche. Und hier sind wir Russen,

»Wir waren in Danzig auch einmal in unserer alten Schule, Püppi und ich«, erzählt Marie den alten Tanten.

Sie sagt: »Weißt du das noch, Püppi? Sie waren alle so nett. In den Räumen ist jetzt ein Amt. Aber sie haben uns in unser altes Klassenzimmer gelassen. Sie sind mit uns mitgekommen und haben uns alles gezeigt. Sie haben uns verstanden«,

»Ich werde klingeln«, sagt Püppi. »Das habe ich mir fest vorgenommen. Dieses Mal klingle ich, an unserem Haus«,

»Ihr müßt auf jeden Fall nach Hela«, sagt Marie. »Wir waren ja letztes Jahr zusammen in Danzig, Barbara, Sarah und ich. Da waren wir auch auf Hela. Ihr müßt unbedingt nach Hela«,

Die Halbinsel Hela. Die wie ein krummer Finger in die Bucht von Gdansk ragt, fünfunddreißig Kilometer lang, an der schmalsten Stelle kaum zweihundert Meter breit, Barbara fuhr. Marie saß neben ihr. Sarah beugte sich vor, ihr damals noch nicht brandroter Schopf zwischen dem ihrer Mutter und ihrer Großmutter, hier also war es gewesen.

Diesen Weg waren sie gekommen, in den heißen Märztagen '45, als Sarahs Urgroßmutter Lilo mit zweien ihrer drei Kinder von Danzig über die Halbinsel Hela floh, zu den letzten Schiffen, die ablegten, Barbara kennt die Geschichte.

Sie kannte sie schon als Kind: Barbara war eingeweiht. Sie wußte Bescheid, über den Krieg. Ihre Schulfreundinnen nicht. Die Mädchen, mit denen sie zur Schule ging und die sie aufzogen, weil sie nicht Neuenburgerisch sprach,

Wie du redest! Du redest so komisch. Du redest total eingebildet,

Die Mädchen waren gemein. Sie kränkten Barbara. Aber in Wirklichkeit hatten sie keine Ahnung: Und Barbara erzählte ihnen auch nichts. Sie wäre nicht im Traum auf die Idee gekommen. Keiner in ihrer Familie sprach über den Krieg oder über die Flucht, nicht außerhalb der Familie.

Niemand, den Barbara kannte, sprach öffentlich über den Krieg: Das gehörte sich nicht. Aber Barbara kannte alle Geschichten. Natürlich hatte man sie ihr nicht erzählt, als sie klein war.

Barbara ist sehr behütet aufgewachsen. Sie durfte nach acht nicht mehr fernsehen, selbst als die Schürers sich endlich auch einen Fernseher angeschafft hatten. Sie durfte keine Nachrichten hören: Die Welt war zu grausam. Ihr Meerschweinchen war angeblich weggelaufen, obwohl Barbara ganz genau wußte, daß es gestorben war. Aber wenn sich die Jaschkegeschwister bei ihrer Großmutter Lilo versammelten, dann saß Barbara unter dem Tisch und spielte, und ihre Anwesenheit wurde von der Mutter vergessen.

Die Erwachsenen saßen um den Tisch herum. Sie lachten viel, wenn sie zusammen waren. Barbaras Mutter Marie lachte nie so viel mit Barbaras Vater, wie sie mit ihrer Familie lachte, sie redeten über ihre Kinder, ihre Enkel. Sie redeten über Geld. Übers Wetter, über geplante Unternehmungen, manchmal über Politik. Dann, wenn es später wurde, redeten sie über früher. Zwischendurch nickten sie einander zu, seufzten. Dann lachten sie wieder. Sie sagten die Namen auf, immer wieder dieselben Namen, Barbara verstand jedes Wort. Sie wußte Bescheid. Sie wußte von der Hitze jener späten Märztage,

Danzig brannte. Die ganze Stadt brannte lichterloh. Aus den Bäumen baumelten die Leichen der erhängten Deserteure, am Anfang rannten wir noch, Fritz und ich. Am Anfang hatten wir noch unsere Rucksäcke und unsere Jacken, die ließen wir später irgendwo liegen, es war sehr heiß. Erst ließen wir die Rucksäcke zurück, dann die Jacken. Ich hatte ein gestricktes Winterkleid an, es war ja erst März. Am liebsten hätte ich auch noch das Kleid ausgezogen und weggeworfen,

So daß Barbaras Mutter nichts mehr besessen hätte als ihre Haut. Die dünne, verletzliche Haut einer unterernährten Fünfzehnjährigen, die ihre Mutter anflehte, in den Bombenlöchern liegenbleiben und schlafen zu dürfen,

Aber sie hat mich nicht schlafen lassen. Sie hat mich hochgerissen und weitergezerrt, wenn die Flieger weg waren, am Anfang rannten wir noch, Fritz und ich. Am Anfang hatten wir noch unsere Rucksäcke und unsere Jacken, die Rucksäcke mußten wir auf den Anhänger legen. Sie haben geschrien: Alle Koffer auf den Anhänger! Frauen und Kinder auf den Lastwagen! Und dann ist der Lastwagen ohne den Anhänger losgefahren. Als wir aus der Stadt heraus waren, mußten wir wieder absteigen und zu Fuß weitergehen. Wir waren so müde. Aber wir mußten laufen. Wir waren krank. Ein paar Tage vorher hatten sie die Vorratslager geöffnet, weil die Russen kamen, und wir hatten Zucker und Mehl und Fett geholt und daraus kleine Krapfen gebacken. Nach Wochen mit nichts als gekochten Kohlrüben! Wir konnten so etwas gar nicht mehr verdauen. Wir haben gebrochen, und wir hatten Durchfall, Fritz und ich, und die ganze Zeit sind wir gelaufen und gelaufen. Wenn die Tiefflieger kamen, hat Lilo uns jedesmal in einen Bombenkrater gestoßen. Dann hat sie sich über uns geworfen, mit ausgebreiteten Armen, ich habe gedacht: Und wenn sie jetzt stirbt? Was wird dann aus mir? Wie soll ich jemals wieder hervorkriechen, unter meiner toten Mutter,

Barbara unter dem Tisch spielte Bombenalarm. Der Tisch war die Kellerdecke. Unter der Barbara kauerte, zusammengekrümmt, die Bomber kamen im Tiefflug. Barbara konnte die Detonationen hören, wenn sie genau über ihr waren, und dann? Nichts. Weiter ging es nicht, das Spiel. Es war nicht sehr lang: Nach einem Bombenangriff ist man entweder tot, oder man kriecht aus dem Keller hervor, als nächstes spielte Barbara also, daß sie in den Ruinen herumstreifte.

Und dann fand sie ein Baby. Das Baby war die Puppe, die die Bomben unter einem Haufen Bücher oder Kissen oder einer Decke begraben hatten, nun mußte Barbara sie wieder ausbuddeln. Das Herz wollte ihr brechen vor Mitleid mit dem armen kleinen Kind! Zum Glück war es unverletzt, bis auf ein paar Kratzer, die Barbara verband, dann spielte sie, daß sie sich in einem U-Boot befand.

Einem Minenzerstörer auf Feindfahrt. Durch das Fenster des U-Boots konnte sie Kraken beobachten, Killerwale. Ein junger Soldat sah sie seelenvoll an, dann starb er seufzend in ihren Armen, ihre Mutter war auf einem solchen Boot geflohen. Auf einem U-Boot, das mit seiner Last von Flüchtlingen und sterbenden Soldaten abtauchte und auf Feindfahrt ging, Barbara sah alles ganz genau vor sich.

Sie sah ihre Mutter aus der brennenden Stadt fliehen. Sah sie über die Halbinsel fliehen zum Hafen von Hela an der äußersten Spitze, alle Schiffe lagen mit dem Bug nach See zu. Kriegsschiffe, Handelsschiffe, Fischerboote sogar, die Tiefflieger kamen, Welle um Welle. Die Schiffe schossen zurück, mit ihren Flakwaffen. Der Himmel war übersät von Leuchtspurgeschossen: von Leuchtgranaten, Leuchtfallschirmen, Leuchtkugeln, die rote, grüne und weiße Spuren zogen. Im Lärm der Schiffsgeschütze, der sich immer wieder herabstürzenden Flugzeuge, der im Hafen und zwischen den Schiffen detonierenden Bomben schrien die Menschen, stießen einander, drängten kopflos und blind nach vorn, übereinander stolpernd: eine Woge von Menschenleibern, unter deren Gewicht sich die schmalen Übergänge zu den Schiffen durchbogen. Weiter vorn war ein Kindertransport, inmitten von Versehrten. Versprengte Soldaten duckten sich zwischen die Flüchtlinge, verzweifelt entschlossen, nach Hause zu gelangen. Ein alter Mann brach neben Marie zusammen, zwei Frauen zerrten ihn wieder empor. Wuchteten ihn über die Köpfe der Menschen hinweg: die ihn nach vorn weiterreichten, von Hand zu Hand wie ein Paket, noch weiter vorn stürzte jemand.

Rutschte ab, fiel ins Wasser. In die eiskalte Ostsee, wo schon andere trieben: Ertrunkene, Verstümmelte, Tote der Bombenangriffe, ein paar, die noch lebten, paddelten herum und schrien um Hilfe: Und jetzt waren Marie, Fritz und Lilo fast auf dem Bootssteg. Wurden gestoßen, vorwärts geschoben,

Halt deinen Bruder fest, Marie!

Marie klammerte sich an ihre Mutter. Überall schrien Kinder. Kinder blieben allein zurück: Die Schiffe legten sofort ab, wenn sie voll waren, Marie hatte entsetzliche Angst, von ihrer Mutter getrennt zu werden. Sie klammerte sich an die Hand ihrer Mutter, klammerte sich an Lilo: Und dann verlor sie ihren Bruder.

Fritz' Hand entglitt der Hand Maries: Und um den Tisch in Lilos Wohnzimmer saßen die Tanten und weinten, und auch die Onkel weinten alle. Barbaras Mama Marie weinte. Ihre Oma Lilo weinte, das Gesicht in den Händen, Barbara unter dem Tisch weinte auch.

Sie weinte aber nicht um Fritz. Niemals! Sie konnte Fritz nicht leiden. Sie weinte, weil ihre Mutter keinen Puppenwagen gehabt hatte, sondern nur einen Pappkarton. Weil sie, Barbara, natürlich drei Puppenwägen hatte, dazu wunderbare Puppen in wunderbaren Kleidern, mit echten Haaren zum Kämmen und kleinen bunten Schuhen und mit sinnigen Vorrichtungen im Bauch, die sie *Mama!* rufen ließen, wenn man sie auf den Rükken drehte und dann mit Gewalt wieder hochriß, Barbara wußte genau, wie die Puppen ihrer Mutter und Tante Püppis ausgesehen hatten.

Sie waren einander sehr ähnlich gewesen. Der einzige Unterschied hatte in der Farbe der Stoffetzen bestanden, die an ihren Kartoffelköpfen befestigt gewesen waren: Und wie sollte Barbara unter dem Tisch das je wieder gutmachen?

Wie sollte sie es gutmachen, daß Fritz, eben der Fritz, um den sie jetzt alle Rotzblasen heulten, die einzige echte Puppe aus dem Fenster geworfen hatte, die ihre Mutter je besessen hatte? Eine richtige Puppe mit Porzellankopf und Haar und einem schönen Kleid, die Lilos Bruder Herbert ihr zu Weihnachten aus dem besetzten Frankreich mitgebracht hatte, nur einen halben Abend lang hatte Marie diese Puppe haben dürfen.

Dann hatte Fritz sie aus dem Fenster geworfen, nein, Barbara würde bestimmt nicht um den blöden Fritz heulen. Aber wie sollte sie es bloß gutmachen, daß ihre Mutter in Flüchtlingslagern gewesen war?

Daß sie Abend für Abend die Läuse aus den Nähten ihrer Kleider hatte kratzen müssen, daß im Lager in Kopenhagen Nacht für Nacht Steine durch die Fenster geflogen waren, die ihre Mama hatten treffen und verletzen sollen: ihre Mama, die damals noch ein Kind war. Wo doch die Schneebälle auf dem Schulhof schon immer so weh taten, wenn die Jungen nur ein paar kleine Kiesel mit hineinkneteten,

Was hätte ich denn machen können? sagte Marie am Wohnzimmertisch zu ihrer Mutter. Du weißt doch, wir wurden geschoben, gestoßen,

Und Fritz' Hand glitt aus der seiner Schwester Marie. Die

Menge riß ihn mit sich fort. Lilo stemmte sich gegen sie an. Kämpfte gegen die Nachdrängenden, versuchte ihrer Flut zu entkommen. Wurde auf das U-Boot geschwemmt, mit dem einzigen ihrer drei Kinder, das ihr geblieben war, das Boot verschwand mit ihnen in den Tiefen der See, in den allerletzten Tagen des Krieges,

Wir wurden ständig beschossen, da unten im Wasser, sagte Marie, abends am Bett ihrer Tochter.

Barbara war gewachsen. Sie war schon viel größer und älter. Sie fragte die Mutter: fragte nach der Flucht,

Wir haben gedacht, uns geht es wie der Gustloff, sagte Marie. Meine Mama hat zu einer der Frauen gesagt: Wenn wir jetzt sterben, dann ist wenigstens noch meine andere Tochter übrig. Sie hat Püppi gemeint. Püppi war ja bei Oma Jaschke geblieben. Die ganze Familie war auseinandergerissen. Fritz war verloren, die Männer waren im Krieg, und wo Lilos Schwestern waren, wußten wir nicht. Im Flüchtlingslager in Kopenhagen waren nur noch wir beide übrig, Mama und ich. Nachts flogen Steine durchs Fenster. Wir waren ja der Feind. Danach hat man uns nach Kiel gebracht. Wieder ins Lager. Und dann hierher, nach Neuenburg, aber meinst du, Barbara, hier hätten sie uns geliebt? Nein, das haben sie nicht getan. Flüchtlinge werden niemals geliebt. Die Leute mögen einfach nicht glauben, daß Flüchtlinge ganz normale Leute sind. Daß es Leute wie sie selbst sind, Angestellte, Juristen, Kaufleute, Arbeiter, nein, Flüchtlinge müssen Gesindel sein. Anständige Leute finden doch immer einen Ausweg, oder? Sonst spräche ja nichts mehr dagegen, daß die anständigen Leute selbst als nächste drankommen. Daß sie selbst nur der Zufall vom Flüchtlingsgesindel trennt, der hauchdünne Zufall. Aber das wollen sie nicht wissen. Spottgedichte haben sie auf uns gemacht,

Unsere Farben sind blauweiß,
unser Feind, das ist der Preuß.
Die Flüchtlinge fressen sich dick und fett
und stehlen uns noch das Letzte weg.

Sie haben keinen Glauben und keinen Namen,
Sie seien dreimal verflucht, in Ewigkeit, Amen,

Und dann war Barbara fünfzehn, hatte einen kommunistischen Freund und erfuhr, daß ihre Mutter selbst an ihrem Elend schuld gewesen war.

Daß sie sogar glimpflich davongekommen war: Die Strafe hätte gut und gern noch höher ausfallen dürfen. Abend für Abend warf Barbara nun ihrer Mutter die Judenverfolgung und die Kriegsverbrechen vor, die Marie begangen hatte. Es nützte nichts, daß Marie sich herausreden wollte,

Aber ich war ein Kind! Ich war drei Jahre alt, als Hitler an die Macht kam. Ich war fünfzehn, als der Krieg zu Ende war,

Dergleichen ließ Barbara ihrer Mutter nicht durchgehen. Fünfzehn? Genauso alt war sie schließlich selbst: Und sie hätte die Judenverfolgung niemals geduldet, da war sie ganz sicher, Marie konnte es nicht fassen.

Wie war es möglich, daß ihre Tochter ihr solche Vorwürfe machte? Sie mußte sich doch ein wenig einfühlen können! Aber das war es ja eben: Barbara fühlte sich ein. Sie geriet außer sich, wenn sie an die Rampe von Auschwitz dachte, an die Mütter und Kinder an der Rampe, sie wollte nicht aus Deutschland kommen. Sie wollte nicht aus Neuenburg sein und nicht aus Danzig und überhaupt nicht aus einem Land, für das man sich so furchtbar schämen mußte. Sie wollte nicht von Leuten abstammen, die Mörder und Kriegsverbrecher waren,

Warum habt ihr das zugelassen? schrie Barbara ihre Eltern an. Wie konntet ihr das nur zulassen,

Was sie wirklich meinte, war dies: Habt ihr denn gar nicht an mich gedacht?

Im Flüchtlingslager hatte Marie davon geträumt, eines Tages Pharmazie zu studieren.

In Neuenburg hatte sie wieder zur Schule gehen wollen: Aber daran war gar nicht zu denken. Die wenigen Neuenburger Gymnasiumsplätze standen den Einheimischen zu, nicht dem Flüchtlingspack, Marie konnte froh sein, als Lehrling in der Lohnbuchhaltung der Firma Perling untergekommen zu sein. Ihren Verdienst gab sie zu Hause ab. Sechs Tage die Woche wanderte sie jeden Morgen eine Stunde zu den Perlingwerken hinaus und jeden Abend wieder eine Stunde zurück. Die unendlichen Stunden dazwischen schlug sie sich mit Zahlenkolonnen herum, und mit dem kleinen Thronfolger Jo: Seine Tante war die Chefin der Lohnbuchhaltung.

Sie vergötterte ihren Neffen. Jo selbst war ein klebriges, verzogenes kleines Monster, das die Angestellten tyrannisierte und sich brüllend auf den Boden warf, sobald etwas nicht nach seinem Kopf ging. Das an Maries Rocksäumen zerrte, auf ihre Blusen sabberte, ohne daß sie sich dagegen hätte wehren dürfen, kurz vor der Währungsreform lernte Marie Dietrich kennen, auf einem Faschingsfest.

Sie trug ein Kleopatra-Kostüm, geliehen aus dem Theaterfundus. Dietrich lud sie zu einem Sekt an der Bar ein. Wie es weiterging, weiß Barbara nicht genau. Sie nimmt an, daß die Geschichte ihrer Eltern eine ziemlich typische Geschichte ist, für die Paare jener Zeit: Aber vielleicht gleichen sich die verschiedensten Lebensgeschichten einander immer mehr an, je weiter sie zurückliegen. Je stärker das Persönliche, Individuelle zurücktritt, hinter die Absonderlichkeiten einer vergangenen Epoche, am Abend nach dem Faschingsball stand Dietrich jedenfalls vor dem Tor der Perlingwerke und wartete auf Marie.

Es muß was Wunderbares sein,
von dir geliebt zu werden,
Ich will dich lieben,
so lang ich leb auf Erden,

Von da an gingen sie miteinander, wie man das früher nannte. Nach der Währungsreform begann Dietrich zu studieren. Marie studierte nicht: Aber sie konnte immerhin mithelfen, Dietrichs Studium zu finanzieren. Abends, wenn sie mit ihrer Arbeit bei Perling fertig war, verkaufte sie deshalb sentimentale Porzellanfigürchen von Kindern mit Regenschirm, Vögeln oder kleinen Kätzchen an die amerikanischen Besatzungssoldaten, dann machte Dietrich Examen, bekam eine Stelle in Neuenburg, heiratete Marie, und sie zogen in eine Wohnung, die zur einen Hälfte unter dem Dach, zur anderen Hälfte drei Stockwerke tiefer im Erdgeschoß lag. Wenig später wurde Barbara geboren, und endlich war Marie ihre wirtschaftliche Unabhängigkeit los.

Sie arbeitete nun nicht mehr bei Perling, sondern als Hausfrau und Mutter. Sie schob Barbaras Kinderwagen durch den Park am Burgberg, holte Kohlen aus dem Keller und heizte den Ofen an. Sie besuchte ihre Mutter, kochte Windeln aus in einem Topf auf dem Herd, mittags hatte sie pünktlich das Essen auf dem Tisch. Und als Barbara vier war, kauften die Schürers das kleine Siedlungshaus, in dem Marie noch immer wohnt, Barbara hatte nun ein eigenes Zimmer.

Sie lernte reiten, Klavier und Tennis spielen. Sie spielte mit Puppen, deren Haar man waschen und kämmen konnte. Sie hatte drei Puppenwagen, weil ihre Mutter keinen einzigen gehabt hatte. Sie spielte Gummitwist auf dem Pausenhof des Gymnasiums, und danach studierte sie in München, Barbara, an den zusammengestellten Tischen des Venezia, betrachtet ihre Mutter.

Da sitzt sie: eine Witwe, zäh und verletzlich, in ihrem hübschen Kleid, mit ihrer hübschen Frisur, und lacht mit den Tanten. Die die alten Namen wiederholen,

Krantor Radaune Jäschkentaler Weg

»Und ich könnte schwören, da war kein Wald«, sagt Marie zu Püppi. »Ich könnte schwören, es war alles kahl, die ganze Halbinsel. Es gab nichts, wo man sich vor den Bomben verstecken konnte. Aber das kann ja gar nicht sein. Es kann nicht sein, daß da kein Wald war«,

In der Mitte der Halbinsel Hela, zwischen den Stränden zu beiden Seiten, war der Boden unter den hohen, lichten Nadelbäumen so weich, daß Barbara, Sarah und Marie die Schuhe auszogen und barfuß durch den Wald liefen. Die Farne waren riesig, höher als Barbara. Von der nördlichen Strandseite hörte man die Brandung, es war wie im Süden.

Wie Oliva. Das Oliva, das Barbara sich immer vorgestellt hatte. Das sie gemalt hatte, für ihre Mutter oder vielleicht für sich selbst, die Bilder zeigten immer den Ostseestrand, mit spielenden Kindern. Den weißen Seesteg von Brösen. Und ganz im Hintergrund, hoch oben auf einem Hügel, hatte sie jedesmal die weiße Stadt Oliva erbaut, inmitten von Palmen, Farnen und Olivenbäumen,

Dies ist der Ort, wo ich in Wirklichkeit herkomme

Nun waren sie da. Barbara kam nicht von hier. Aber es war schön. Es war wie im Urlaub. Sie waren im Urlaub,

Ich kann nicht fassen, daß ich auf Hela bin, sagte Marie. Ich kann nicht glauben, daß ich hier sitze, in der Sonne,

In Jurata, einem Badeort wie in Italien. In einer Tex-Mex-Kneipe, wo sie Salsamusik hörten, Tacos und Enchiladas und Margharitas bestellten,

Einmal haben wir in einer Schule geschlafen. Ich habe zu meiner Mutter gesagt, bitte laß mich hier sterben. Laß mich nicht weitergehen müssen, ich kann nicht mehr,

In die Fischerhütten des Dorfes Hela am äußersten Ende der Halbinsel waren hier und da Boutiquen, Schmuckgeschäfte, Restaurants eingezogen. Es gab eine Fußgängerzone. Es gab eine gotische Backsteinkirche, in der sich ein Fischereimuseum befand. Auf der Seite der Bucht war das Wasser warm, obwohl es bereits September war. Der Strand war hier weich, fast südlich. Es gab einen Radweg, langes Dünengras, auf der anderen, dem offenen Meer zugewandten Seite der Halbinsel rollten die Wellen heran wie am Atlantik, gewaltig, als kämen sie den ganzen langen Weg von der Arktis oder von Amerika, Marie, Barbara und Sarah faßten sich an den Händen.

Der Wind war sehr stark. Der Sand war leuchtend weiß, karibikfein. Kilometerlang gab es nichts als diesen Sand, vor dem grünen Saum des Waldes, im Wind drehte Sarah sich um sich selbst und schrie.

Es war ein langer, hoher Ruf, gegen den Wind, wie sie ihn das letzte Mal als Kind ausgestoßen hatte: Und Marie stimmte ein. Zu dritt rannten sie den Strand entlang, mit dem Wind heulend wie die Wölfinnen, weiter unten am Wasser lagen ein paar Fischerboote kieloben.

Perfekte Verstecke. Die Möglichkeit, sich zu retten, zu verbergen, später schrie irgendwo eine Möwe. Auf den Dünen wehte das Gras. Es war lang und grün, dünn wie Frauenhaar, sie gingen durch den lichten Wald zurück zum Auto. Die Flüchtlinge jener Märztage hatten hier keine Spur hinterlassen. Nichts war von ihnen zurückgeblieben, auf diesem Boden: der blutgetränkt war, todesangstgesättigt wie jeder Meter des alten Europa, das sich mit seinen Kriegen jahrhundertelang selbst verheert hatte, nun herrschte Frieden. Nichts anderes war mehr vorstellbar hier, nichts als Frieden, über den Plattenweg am Wasser schoben ein paar verspätete Septembertouristen ihre Kinderwägen. An der Promenade war ein Stand mit Töpferware. Barbara kaufte einen Keramikteller. Später saßen sie auf einer Bank im spätnachmittäglichen Herbstsonnenschein, wie es zu dieser Stunde, an diesem Tag sicher auch viele Leute in Paris taten, in München, in Venedig oder Stockholm, Warschau oder Marbella,

»Was wollt ihr?« sagt Thomas. Er stützt beide Hände auf den Tantentisch. »Mal wieder Lebensraum im Osten? Habe ich! Kommt zu mir. Kommt alle zu mir. Ich habe nämlich den Krieg gewonnen. Ich, Thomas Siebeck. Ich habe massenhaft Lebensraum im Osten. 1193 Quadratmeter Lebensraum. Leider nicht heizbar, zum großen Teil. Aber das war ja schon beim Rußlandfeldzug ein Problem, wenn ich mich recht erinnere«,

»Ich glaube, das Jungchen ist ein bißchen angeschickert«, sagt Tante Anni zu Püppi.

»Tjaja, die Männer«, sagt Tante Grete. »Die trinken gern mal ein bißchen mehr.«

Rosalie sitzt noch immer auf dem Schoß ihrer Mutter. Sie findet es verrückt, von Oma Jaschke zu hören und von ihren Kindern. Von dem unmöglichen Opa Jaschke, der der Großvater ihrer Oma Püppi gewesen ist, es ist unglaublich, daß Rosalie selbst so weit zurückreichen soll! Es ist ein Gefühl wie das, was sie auf ihr Heimat- und Sachkundeheft geschrieben hat,

Rosalie Siebeck
Finkenweg 5
Neuenburg
Oberfranken
Bayern
Deutschland
Europa
Eurasien
Die Welt
Das Sonnensystem
Die Milchstraße
Das Universum

»Es ist, weil Andy von einem anderen Stern kommt«, sagt Bille zu Janine und Amöbe.

Sie stehen an der Kneipentür und warten auf Andy, der an der Theke offenbar noch jemanden getroffen hat. Sie wollen umziehen, in eine andere Kneipe: Das haben Andy und Bille vorgeschlagen, und Janine und Amöbe haben zugestimmt, was ist los mit Janine? Es kann doch gar nicht sein, daß sie immer noch hier ist! Schließlich ist sie nicht zum Vergnügen in Neuenburg, sondern zur Familienzusammenführung. Und warum hat sie sich noch nicht zu diesem Fest aufgemacht? Sie ist ein bißchen beschwipst, na gut. Sie hat beschlossen, ihr Auto im Parkhaus stehen und sich im Taxi zu den Lehmanns kutschieren zu lassen: Aber jetzt noch nicht. Dazu hat Janine zu viel Spaß.

Sie will schließlich auch mal ihren Spaß haben. Sie hat viel zu lange mit Typen wie Philipp herumgehangen. Sie war zuviel mit dieser Sorte glatter Typen unterwegs, die Gesichtscreme benutzen, Sushi zum Lunch essen und sonntags im Wellnessbereich des Schwimmbads die In/Out-Liste von ›Men's Health‹ auswendig lernen. Die die anwesenden Frauen nicht so sehr begehrlich als selbstgefällig mustern, mit einer Art kolonialem Blick: so wie ihn der große weiße Bwana über seine afrikanischen Ländereien schweifen läßt, die er nicht mal mehr erobern muß, weil sie ihm sowieso längst gehören. Und wenn er sich dazu aufraffen sollte, sie heute Nacht zu plündern, dann weil er ein Recht darauf hat,

»Deswegen hat Andy sein Studium abgebrochen«, sagt Bille. »Deswegen ist er jetzt Pferdetherapeut, er kann mit anderen Wesen sprechen. Er kann mit ihnen ganz anders sprechen als ein Mensch, das hat ihn schon immer gewundert, und dann bei der Lichtarbeit ist er dahintergekommen. Die Sternenflotte, also die Ufos, die haben nämlich Botschafter auf der Erde. Mitarbeiter. Das sind entweder Santiner oder Leute von Alpha Centauri, die freiwillig menschliche Gestalt angenommen haben. 144 000 gibt es davon. Sie haben sich hier auf der Erde inkarniert. Das heißt, sie sind richtig hier geboren, verstehst du. So wie Andy. Andy ist schon ziemlich viele Inkarnationen hier. Und jedesmal mußte er seine wahre Herkunft erst wieder neu entdecken! Erst wenn man das geschafft hat, kann man nämlich Kontakt mit der Sternenflotte aufnehmen. Dann kann man Botschaften von ihnen empfangen, direkte Anweisungen. Andy kann das. Er kann auch mehr hören als andere. Und er kann Astralfarben sehen, und sogar Elfen«,

Sie bricht ab, weil Andy endlich kommt. Janine und die anderen folgen ihm auf die Straße. Sie gehen Richtung Marktplatz. Es regnet ein wenig, aber nicht stark, Bille klappt den Kragen ihrer Jacke hoch. Sie lächelt Janine an, von der Seite. Dann beugt sie sich zu Amöbes Hund hinunter, der zwischen ihr und seinem Herrn geht, und streichelt seinen Kopf. Der Hund wedelt schwach. Hebt im Gehen den Kopf, stupst ihre Handinnenfläche mit der Nase,

»Das ist ein lieber Hund«, sagt Bille. »So einen Hund hätte ich auch gern. Meine Tochter wird sicher einen Hund haben wollen, wenn sie älter ist. Sie sollte einen haben. Aber bei uns ist Haustierhaltung verboten«,

Janine, in einer plötzlichen melancholischen Anwandlung, denkt, daß Bille es im Leben sicher nicht leicht hat.

Sie denkt, daß sie selbst es nicht leicht hat, wie auch sonst keiner aus ihrer Generation. Zu Jugendzeiten ihrer Mutter waren die Dinge noch einfacher. Der Druck war geringer: Wenigstens konnte man es damals noch relativ bequem auf die Gesellschaft schieben, wenn das eigene Leben nicht funktionierte. Und vorher konnte man das Schicksal verantwortlich machen, wenn man nicht schön, reich, gesund und glücklich war, und noch früher vielleicht die göttliche Fügung: Aber inzwischen gilt es lediglich als beschämender Beweis mißlungenen Selbstdesigns, wenn man ab einem gewissen Alter noch immer nicht von der Aura eines erfüllten Lebens umgeben ist. Als Zeichen eigenen schuldhaften Versagens: War man vielleicht zu dumm für einen brauchbaren Lebensentwurf? Hat es an Selbstmotivation gemangelt, an Kreativität, an Durchsetzungsvermögen? Oder war die gesamte Denke falsch? Die Ernährung, der Wohnstil, das Fitneßprogramm: Und warum hat man sich dann nicht beizeiten um seine Persönlichkeitsdefizite gekümmert, die notwendige Anzahl von Therapie- und Selbstverbesserungsseminaren in Anspruch genommen,

»Janine?« sagt Bille leise. »Weißt du was? Aber sag es nicht Andy. Eigentlich hoffe ich, daß sie die Welt nicht vernichten. Wenigstens noch nicht gleich. Manche sagen nämlich, die Santiner könnten den Zusammenbruch der Erde noch etwas aufhalten, und andere sagen sogar, sie hätten die Erde schon längst gereinigt. Dann bräuchten wir gar keinen Weltuntergang. Dann würden wir ganz allmählich in die gereinigte, paradiesische Zeit übergehen«, Bille seufzt. »Aber so sieht es nicht aus, oder?« sagt sie. »Es sieht nicht aus, als ob die Erde allmählich zum Paradies würde«,

»Nein«, sagt Janine. »Nicht sehr.«

Bille seufzt noch einmal.

»Zuerst die Kinder«, sagt sie. »Zuerst retten sie die Kinder, hat Andy gesagt. Und das ist es eben. Ich habe so Angst, daß wir uns auf der Flucht verlieren. Ich hoffe so sehr, daß ich nicht auf ein anderes Schiff komme als meine kleine Tochter.«

Sie biegen auf den Marktplatz ein. Bille bleibt stehen,

»Schaut mal«, sagt sie. »Das ist ja ganz neu. Da sind ja überall Bäumchen aufgestellt worden.«

»Ja«, sagt Janine. »Das haben sie gemacht, als wir heute nachmittag hier angekommen sind. Wir haben uns schon gefragt, ob hier irgendein Fest stattfindet«,

»Nicht daß ich wüßte«, sagt Bille. »Aber es ist komisch. Wer stellt denn in der Stadt Bäume auf, einfach so, am Samstagnachmittag?«

Gernot sitzt immer noch an der Theke. Er redet mit Dieter Rudloff über das neue Mercedes-Modell. Er redet mit Bauer über die geplante Privatisierung der Wasserwerke und des Landkrankenhauses. Er beobachtet die tschechische Bedienung in ihren engen Jeans, ihrem gestärkten weißen Blüschen mit den weißen BH-Trägern darunter: Jana,

»Sag mal«, sagt Franz Vogel zu Gernot, »wie hast du dich eigentlich gestern aus der Affäre gezogen? Am Ende dieser Beschneidungsfeier. Mein lieber Schwan, war das unangenehm. Ich bin getürmt, um ehrlich zu sein. Ich habe mich verdrückt. Nicht sehr elegant, aber was willst du machen, wenn du nicht zahlen kannst«,

Er schüttelt den Kopf. Hält Gernot eine Packung mit Zigaretten hin. Gernot nimmt sich eine, zündet sie an, Franz deutet zu dem Tisch hinüber, wo Sarah mit Julia und Mark zusammensitzt,

»Ist das da deine Tochter, die mit dem roten Haar?« fragt er. »Kompliment, mein Lieber. Wie die sich entwickelt hat. Ist ewig her, daß ich sie zum letzten Mal gesehen habe«, Franz lacht auf, schüttelt den Kopf. Stößt Gernot leicht an, »das hätte man dir gar nicht zugetraut«, sagt er. »Früher hast du dich mehr durch brutale Kraft hervorgetan als durch die Produktion von Schönheit. Ich habe den Schneidezahn noch, den du mir damals ausgeschlagen hast«,

»Das kann gar nicht sein«, sagt Gernot. »Ich habe dir nie einen Zahn ausgeschlagen. Der Zahn war nur ein bißchen lokker, das war alles, ich konnte gar nichts dafür. Du bist nur blöd gefallen, auf dem Schulhof«,

Franz Vogel fletscht die Zähne. Dann klopft er mit dem Fingernagel auf den rechten Schneidezahn,

»Da«, sagt er. »Siehst du? Ein Implantat. Nein, ehrlich. Gut, am Anfang hatte ich da einen Stiftzahn. Aber vor ein paar Jahren hat sich die Wurzel entzündet«, Franz winkt der tschechischen Bedienung. »Jana, noch mal zwei Grappa, für mich und den Staranwalt hier«, er beugt sich nach vorn und sieht Gernot an.

»Hör mal«, sagt er. »Du hast heute morgen doch bestimmt auch das Pamphlet von deinem Mandanten im Anzeiger gelesen, oder? Diese Mitteilung seiner Presseabteilung, die fast ausgesehen hat wie ein echtes Interview. Entschuldige mal, aber was redet Perling da eigentlich, von einer Begrünung des Marktplatzes? Und kannst du mir bitte erklären, wie er darauf kommt, die Verwaltung wäre nicht in der Lage, die öffentliche Ordnung aufrechtzuerhalten?«

»Nein«, sagt Gernot. »Das kann ich nicht. Ich darf mit dir überhaupt nicht darüber reden, das weißt du genau«,

»Ja«, sagt Franz Vogel. »Ich nehme dir auch nicht übel, daß du ihn vertrittst. Das ist nun mal dein Job. Wir müssen alle von irgendwas leben«, Franz hebt die Hände. »Aber bitte, Gernot!« sagt er. »Weißt du, wie lange der Stadtrat ihn angefleht hat, wenigstens diese Zubringerbuslinie zu akzeptieren? Kam nicht in Frage. *Njet.* Alle Busse runter vom Markt, sonst könnt ihr die nächste Theaterpremiere vergessen, und den Handballverein auch«,

Gernot schweigt. Er ist dem Anwaltsgeheimnis dankbar: Tatsächlich könnte er Franz Vogel nichts über Jos neueste Pläne sagen, selbst wenn er es wollte. Er ist nicht eingeweiht. Er hat keine Ahnung. Er hat nie eine Ahnung gehabt: Jo hat ihn von Anfang an über den Tisch gezogen,

Mensch, Gernot! Hast du dich nie gefragt, warum das mit dem Kreisel alles so glatt gelaufen ist? Wir haben das vorher abgesprochen, der Zweite Bürgermeister und meine Leute. Das war eine abgekartete Sache. Aber klar, es sieht besser aus, wenn man hinterher seinen Anwalt die Verträge machen läßt,

»Wie lange wir uns schon kennen, du und ich«, sagt Franz wehmütig. »So viele Jahre. Den Zahn, den du mir damals ausgeschlagen hast, den habe ich immer noch. Eine tolle Zeit. Wir hatten doch wirklich eine tolle Zeit miteinander. Unsere Prügeleien auf dem Schulhof. Und dann später im Fußballverein. Ich wäre ja lieber dein Freund gewesen. Aber du warst so ein arroganter Hund. Ein richtig arroganter Hund«,

Gernot nickt. Lacht auf, reuevoll,

»Das war ich wohl«, sagt er. »Das war ich wohl wirklich«,

Er winkt der Bedienung.

»Jana«, sagt er. »Jana. Gib uns doch bitte noch zwei kleine Grappa«,

Franz beugt sich wieder zu ihm vor.

»Hör mal«, sagt er. »Wir könnten diese Streiterei doch zusammen in Ordnung bringen. Wir beide, du und ich. Dieses Theater mit Jo. Dieses bescheuerte Kreiselding, den ganzen Ärger, Mensch, als junger Mann warst du Kommunist. Das kann doch gar nicht in deinem Sinne sein, was hier passiert. Du kannst dir das doch nicht wünschen, diesen Kotau der Verwaltung vor dem Kapital«,

Gernot betrachtet Franz' Gesicht. Er betrachtet den implantierten Schneidezahn, vorne rechts. Dann sieht er Jo Perling in seinem Sessel sitzen, mit dem Jagdhund zu seinen Füßen,

Gernot, bleib schön ruhig. Halt bloß deine Fresse. Klar war das alles abgekartet! Was regst du dich so auf? Du durftest doch immerhin die Verträge machen, du Würstchen du,

Ja, das durfte Gernot Lehmann.

Gernot darf gern den Neuenburger Kleinkram erledigen, für Jo Perling: Aber die wirklich wichtigen Sachen kriegen natürlich andere. Damit geht Jo zu Schrievers & Partner in Düsseldorf, zu Ehler in München,

»Also«, sagt Gernot Lehmann langsam und richtet sich auf. »Dann sag jetzt mal, Franz. Sag deine Meinung. Was meinst du? Wie kriegt man die Kuh wohl wieder vom Eis?«

»Ich weiß nicht genau«, sagt Franz Vogel. »Ich denke, man muß einen Schlußstrich ziehen, unter die verdammte Kreiselgeschichte und die Sache mit den Bussen. Aber dann? Wie soll es dann weitergehen? Perling gibt ja keine Ruhe. Er will nicht einfach nur mich weghaben und Gauer auf meinen Platz setzen, weil der zu seiner Clique gehört. Er will auch die Führungsspitze der hiesigen Industrie- und Handelskammer stürzen, und den Leiter der Polizeidirektion«,

»Er will was?« sagt Gernot. »Was will er?«

»Er will überall seine eigenen Leute haben«, sagt Franz. »Und es gibt ja genug, die ihn unterstützen. Sie sind noch nicht mal alle gekauft. Manche von denen glauben tatsächlich all das wirre Zeug, das er redet«, Franz senkt die Stimme. »Persönlich denke ich manchmal, daß er verrückt geworden ist. Verstehst du? Übergeschnappt, irgendwie«,

»Franz«, sagt Gernot. »Woher weißt du das mit der IHK und der Polizeidirektion? Wer hat dir das gesagt?«

Franz hebt sein Grappa-Glas, winkt der Bedienung,

»Ich will dir was verraten«, sagt er. »Jo Perling hat Spitzel im Stadtrat sitzen. Gewählte Bürgervertreter, die ihm jedes Protokoll einer geheimen Stadtratssitzung am nächsten Morgen persönlich vorbeibringen. Das ist ein Ding, was? Aber gut, ich höre auch einiges. Mir kommt auch dies und das zu Ohren, weißt du, daß er dabei ist, die halbe Stadt aufzukaufen? Er hat das alte Lichtspielhaus gekauft. Er will den alten Lokschuppen kaufen. Er will die Sozialwohnungen drüben am Herrnhügel kaufen, und was sollen wir machen? Wir brauchen das Geld. Wir verkaufen. Klar verkaufen wir. Vielleicht wird er als nächstes die Burg zu kaufen versuchen und den Marktplatz dazu, was weiß denn ich? Am liebsten würde er über Neuenburg herrschen wie ein Feudalherr. Am liebsten würde er den Stadtrat abschaffen und die Neuenburger Polizei, und dann könnte er hier mit seinen privaten Sicherheitsleuten herrschen wie irgendein Ölkonzern in Afrika«,

Rudloff vom Autohaus Herzl tritt an die Theke und legt Franz die Hand auf die Schulter.

»Franz«, sagt er. »Deine Schwester schickt mich. Sie wundert sich, wo du bleibst. Wenn du Freunde getroffen hast, sollst du sie einfach mit hineinbringen, sagt sie«,

»Ja«, sagt Franz. »Ja, gute Idee. Hör mal, Gernot, komm doch eben mit rüber in den Saal und gratuliere Ulla. Sie freut sich bestimmt. Und wir können uns noch ein bißchen unterhalten«,

Gernot steht auf. Greift nach der Theke, um sein Gleichgewicht zu stabilisieren. Wirft einen Blick zu den Tischen hinüber: Barbara redet mit ihrer Mutter und den Tanten,

»Aber nur einen Moment«, sagt Gernot. »Wirklich nur einen Moment.«

Linus steht neben Tante Anni. Er langweilt sich. Rosalie sitzt noch immer auf dem Schoß ihrer Mutter, und der Hund liegt unter dem Tisch und schläft, die Tante raucht ihre Pfeife. Sie hat sich zurückgelehnt. Hockt inmitten von Qualmwolken, die sie träge umstrudeln, schiebt das Mundstück zwischen ihre Lippen, die Hände von Tante Anni sind voll brauner Flecken. Ihre Haut sieht krumpelig aus, wie dünnes, zerknülltes Papier.

»Tante Anni?« sagt Linus.

Die Tante wendet sich zu ihm um. Ihre Augen sind klein. Sie sehen trübe aus, wie etwas auf dem Grund eines Teichs. Wie etwas, das schon sehr lange her ist,

»Nun, Jungchen?« sagt die Tante zu Linus. »Was ist?«

Sie spricht langsam. Sie bewegt sich langsam, wie ein Dinosaurier vielleicht, die Tante stammt ja auch aus der Urzeit. Sie ist Linus' Urgroßtante, die Tante kratzt sich am Kinn, mit dem Stiel ihrer Pfeife. Es macht ein schabendes Geräusch, wie bei einem Mann. Linus reckt sich zum Ohr der Tante,

»Tante?« flüstert er. »Darf ich nachher deinen Bauch sehen? Bitte?«

Die Tante lacht. Sie lacht lautlos, aber man sieht ihre Zähne dabei, es sind sehr schöne Zähne. Sie sind wesentlich neuer als der Rest der Tante. Ganz weiß sind sie und regelmäßig, die Tante kann sie sogar herausnehmen. Linus schläft manchmal bei der Tante, wenn seine Eltern ohne ihn ausgehen und niemand sonst auf Linus aufpassen kann. Er weiß, nachts liegen die Zähne der Tante auf dem Nachttisch und fletschen sie an. Oder lächeln sie ihr zu?

Linus gähnt. Seine Augen füllen sich mit Tränen dabei, die Tante legt ihre Pfeife weg. Sie greift nach ihrem Stock, beginnt sich mühsam zu erheben,

»Wo gehst du denn hin?« sagt Linus. »Gehst du aufs Klo?«

»Ja«, sagt die Tante. »Willst du mir helfen?«

Die Tante steht auf. Sie humpelt zur Tür. Linus folgt ihr. Er hält ihr die Tür zum Gang auf. Die Tante legt eine Hand auf Linus' Schulter. Sie stützt sich auf ihn, aber nicht allzu schwer, so humpeln sie den Gang entlang, die Treppe hinunter in den Keller. Von irgendwoher dringen Stimmen herüber, das Geschepper von Töpfen. Dann wird es still. Der Gang, der zu den Toiletten führt, ist lang, düster und schmuddelig. Der Stock der Tante klingt wie das Ticken einer langsamen Uhr. Tock, tock, tock, tock, es ist ziemlich kalt. Die Wände sehen aus, als hätte jemand Löcher in den graugelben Putz geschlagen, mit voller Absicht. Der Bodenbelag ist grünlich wie Algenschlieren, vor ihnen liegen nun die beiden Türen. Die mit dem Bild eines kleinen Jungen, die mit dem kleinen Bild einer Frau, Linus hält die richtige Tür auf. Die Tante humpelt hinein. Linus folgt. Die Tür fällt hinter ihm zu.

»Schließ ab«, sagt die Tante.

Linus schließt ab. Er lehnt sich mit dem Rücken gegen die Tür. Er versucht möglichst wenig Platz einzunehmen: Die Tante braucht viel Platz, um aufs Klo zu gehen. Sie zieht ihr Kleid sehr langsam hoch. Sie schnauft ein bißchen dabei. Ihre Schenkel stecken in Strumpfhosen. Es sind andere Strumpfhosen als die seiner Mutter. Sie sind dick, glatt. Sie sind undurchsichtig, hautfarben, die Tante hängt sie abends über einen Stuhl. Dann sehen sie aus wie dicke Haut. Wie eine Haut, in der kein Mensch mehr drinsteckt, jetzt pellt die Tante die Strumpfhosenhaut ab.

Die Haut darunter ist nicht glatt. Sie ist auch nicht dick. Eine Strumpfhose aus Tante Annis richtiger Haut wäre dünn und knittrig, wie die zarten Strümpfe der Mutter, Tante Anni zieht ihren Schlüpfer herunter. Linus bückt sich, um besser zu sehen. Die Tante hebt den Rock jetzt etwas höher. Nun sieht Linus den Bauch der Tante. Die Haare darunter sieht er nicht: Der Tantenbauch hängt bis zu den Oberschenkeln herab, in mehreren zitternden Faltenwürfen wie die gerafften Vorhänge über den Fenstern der Prinzessin, in Linus' Märchenbuch. Linus streckt seine Hand aus. Er berührt eine der Falten mit dem Finger. Die Haut ist weich und gleichzeitig rauh. Sie ist uneben, wie manche schweren Stoffe, Linus legt die ganze Hand auf den Bauch der Tante. Die Tante steht still. Sie sagt nichts. Sie tut nichts. Sie schnauft nur ein bißchen, wie immer. Dann, nach einer Weile, nimmt sie Linus' Hand wieder weg.

Sie legt ihre eigene Hand auf seine Schulter. Nun stützt sie sich schwer auf ihn. Linus knickt ein, wankt: Aber die Tante läßt erst los, als sie sitzt. Linus lehnt sich wieder an die Tür. Die Tante pinkelt. Sie sitzt mit geneigtem Kopf. Sie sieht über Linus hinweg, schwermütig wie ein Hund oder eine Kuh, Linus sagt: »Sind da mal Kinder rausgekommen, aus deinem Bauch?«

»Ja«, sagt die Tante.

Linus nickt. Er läßt seine Augen halb zufallen. Er denkt an gar nichts. Es ist bestimmt schon sehr spät. Linus denkt, daß er nachher unbedingt jemanden fragen muß, wie spät es genau ist, damit er am Montag im Kindergarten erzählen kann, wie lange er wach war, die Tante pinkelt lange. Irgendwo weit weg schlägt eine Tür. Jemand ruft etwas den Gang herunter, dann ist es wieder still,

»Hilfst du mir?« sagt die Tante.

»Ja«, sagt Linus.

Er bückt sich, damit die Tante sich auf ihn stützen kann. Dann sieht er zu, wie sie den Schlüpfer hochzieht, die Strumpfhose. Er reicht ihr den Stock, hält ihr die Tür auf. Geht hinter ihr her, den Gang entlang. Hilft ihr die Treppe hinauf, hält ihr die Tür zur Gaststube auf, drinnen ist es hell. Es ist warm und laut. Linus läßt die Tante stehen. Er rennt auf seine Mutter zu, legt die Arme um sie,

»Mama«, sagt er. »Ich habe Durst. Ich habe Hunger. Nimmst du mich auf den Schoß?«

Harry braucht Ablenkung. Er ist zornig. Er ärgert sich über diesen jungen Schnösel, der seine Tochter anmacht. Über diesen Glitsch von einem Möbelfuzzi, Harry hat vorhin versucht, sich mit einer kleinen Bemerkung in das Gespräch einzuschalten.

Aber der Fuzzi ist unverschämt geworden. Und Julia hat ihren

Vater glatt auflaufen lassen, Harry muß wirklich noch einmal mit Sigrid und Mopp darüber reden, wie sie dieses Kind erzogen haben. Warum sie seine Tochter gegen ihn aufgehetzt haben: Anders ist es doch nicht zu erklären, daß Julia sich noch nicht einmal ansatzweise Mühe gibt, ihren eigenen Vater zu verstehen, Harry sieht sich um.

Christa hat die Arme vor sich auf den Tisch gelegt, schiebt mit abwesendem Blick ein Salzfäßchen hin und her, nach vorn und wieder zurück, Harry steht auf.

»Liebe Schwägerin«, sagt er. »Was hältst du davon, wenn ich dich zu einem Drink an die Bar einlade?«

An der Theke bestellt er Champagner. Läßt die Flasche auf Gernots Rechnung setzen, rückt Christa einen Stuhl zurecht, Christa ist erstaunt. Bisher war sie immer sicher, daß Harry sie nicht besonders mag. Bisher sind sie nie richtig miteinander warm geworden: Aber sie haben ja auch nur selten Gelegenheit, sich einmal ernsthaft miteinander zu unterhalten,

»Wo hast du eigentlich deine Frau?« sagt Christa. »Deine Thailänderin. Warum hast du die nicht mitgebracht?«

Harry hebt die Schultern.

»Sie wollte nicht«, sagt er. »Sie wollte nicht mitkommen. Und ich vermisse sie auch nicht. Wenn sie mich nicht genug liebt, um mich zu meiner Familie begleiten, was soll ich dann mit ihr«,

»Ja«, sagt Christa. »Ja, sicher. Aber sie hat doch bestimmt einen Grund, für ihr Verhalten«,

Der Champagner kommt. Christa und Harry stoßen an.

»Ich will dir mal was sagen«, sagt Harry. »Ich kapiere das alles nicht. Mir ist es immer nur um Liebe gegangen. Um nichts anderes. Mein ganzes Leben lang ist es mir immer nur um Liebe gegangen«,

»Ja«, sagt Christa. »Um Liebe, und um Achtung. Darum geht es, um nichts sonst«,

»Ja«, sagt Harry. »Liebe Schwägerin, du hast es drauf. Du blickst voll durch. Mein Bruder kann froh sein, daß er dich hat«,

Christa lacht, es ist ein unfrohes Lachen.

»Von wegen«, sagt sie. »Frag ihn doch mal. Weißt du, was er dir sagen wird? Daß ich unerträglich bin. Daß ich den ganzen Tag an ihm herummeckere. Er ist so unfair. Er überlegt nie, ob an meiner Kritik vielleicht etwas Wahres dran sein könnte. Er will nur, daß ich den Mund halte, das ist alles. Und das versuche ich ja sogar. Jeden Morgen nehme ich mir vor, kein einziges Wort zu sagen. Jeden Morgen nehme ich mir vor, heiter und gelassen zu sein, alles so zu akzeptieren, wie es nun mal ist. Aber ich kann es nicht«, Christa neigt sich zu Harry vor. »Manchmal sitze ich einfach auf einem Stuhl und starre vor mich hin«, sagt sie. »Verstehst du? Wenn sie weg sind. Wenn sie endlich alle weg sind, Thomas und die Kinder. Dann sitze ich da und starre und starre, eine ganze Ewigkeit lang, und ich beobachte mich dabei und denke: Wer ist bloß diese komische Frau, die da auf dem Stuhl sitzt? Und ich denke: Ich habe soviel zu tun, ich darf hier nicht einfach so herumsitzen. Aber ich kann nicht aufstehen. Ich bleibe sitzen. Eigentlich denke ich noch nicht mal wirklich dabei. Höchstens habe ich Angst davor, daß ich vielleicht eine schlechte Mutter bin«,

»Quatsch«, sagt Harry. Er winkt Barbara zu, über Christas Kopf hinweg. »Wieso schlechte Mutter? Du machst das schon. Du machst alles prima, garantiert. Du hast es drauf, Schwägerin, willst du noch Schampus«,

Christa hält ihm das Glas hin. Harry füllt nach. Richtet sich auf, schaut sich um. Lächelt die tschechische Bedienung an. Betrachtet dann wieder mit Abscheu den Möbelfuzzi, der über seiner Tochter sabbert wie ein Pawlowscher Hund beim Fütterungs-Klingelzeichen,

»Stell dir das vor«, sagt Christa. »Wenn das stimmen würde. Wenn ich wirklich eine schlechte Mutter wäre. Ich mache alles, ich opfere mein ganzes Leben, und dann mache ich es noch nicht einmal gut. Dann ist es für nichts und wieder nichts. Mein ganzes Leben«,

Harry trinkt. Stellt das Glas ab. Sieht Giorgio zu, der eine Weinflasche entkorkt,

»Ich habe mir das alles anders vorgestellt«, sagt Christa. »Ich habe gedacht, es käme nur auf die innere Einstellung an. Ich habe gedacht, ich würde alles prima meistern, mit meiner Einstellung. Ich habe mich auf die Geburt gefreut. Kannst du dir das vorstellen? Ich war ja so was von positiv. Ich habe Vitamine genommen, Yoga gemacht. Ich habe Linus Mozart vorgespielt. Ich habe uns schon vor mir gesehen: die strahlende junge Mutter, der stolze Vater«,

Drüben, wo das Klavier steht, ertönt ein Akkord.

Paul hat Rosalies Geschmeichel und dem sanften Drängen der restlichen Gesellschaft nachgegeben: Er hat sich bereit erklärt, für Stimmung zu sorgen. Nacheinander schlägt er drei Akkorde an. Macht eine winzige Pause, wie einen Atemzug. Und dann hämmert er ›Crocodile Rock‹ in die Tasten, Thomas stößt einen Entzückensschrei aus. Er springt auf, zieht Barbara hoch,

I remember when Rock was young,
Me and Susie had so much fun,

Barbara lacht. Dreht sich in Thomas' Arm, dreht sich wieder heraus, Harry sieht zu, wie Thomas Barbara über die Tanzfläche wirbelt.

»Und dann hat die Geburt zwanzig Stunden gedauert!« schreit Christa Harry ins Ohr. »Und am Ende brauchte ich trotzdem einen Kaiserschnitt, weil Linus keinen Bock hatte, geboren zu werden. Und er hatte auch keinen Bock, an der Brust zu trinken«,

»Elisa!« ruft Harry seiner Schwester zu.

Er ist aufgestanden. Singt laut mit, während er Elisas Hand ergreift, seine Schwester an sich zieht, im Rhythmus wieder von sich stößt, Thomas läßt die aufkreischende Barbara zwischen seinen gespreizten Beinen hindurchgleiten. Zieht sie mit Schwung wieder hoch, dreht sie um sich selbst wie einen Kreisel, eine wilde Stimmung hat ihn ergriffen.

Eine gefährliche Stimmung. In einer solchen Stimmung haben Leute schon Haus, Hof und Ehefrau verpokert, die Uhr ihres Großvaters auf die zweiunddreißig gesetzt, sich bei der Fremdenlegion beworben, den Verbrauch fossiler Energiequellen angekurbelt oder mit ihrem Berechtigungsschein für eine ermäßigte Beförderung im Personennahverkehr ihre letzte Davidoff angezündet, Christa ist an der Theke zurückgeblieben.

Harry hat sie offenbar glatt vergessen. Er hat nicht einmal eine Entschuldigung gemurmelt, als er aufgestanden ist. Christa ist nicht verblüfft. Klar, was soll er sich anhören, wie sie über seinen Bruder schimpft? Harry kann zweifelsohne sehr gut allein über Thomas schimpfen. Er braucht dazu gar keine Schwägerin, Christa könnte heulen.

Die Welt ist so verflucht bescheuert. Es ist so wahnsinnig anstrengend zu leben und zugleich so sterbenslangweilig: Und wenn Christa dann einmal einen kleinen Glücksmoment hat, einen Moment der Versunkenheit in einem Kaufhaus zwischen den Regalen mit Lippenstiften, drei Minuten der Freude beim Autofahren, weil plötzlich die Sonne durch die Wolken kommt, während im Radio gerade die richtige Musik läuft, dann passiert garantiert sofort etwas, das ihr alles verdirbt.

Wenn es einen Augenblick der Selbstverlorenheit gibt, wo Christa nichts mehr an Christa erinnert, dann passiert garantiert irgend etwas, das alles zerstört, befleckt, verätzt, die Erinnerung verdirbt, es ist genau wie damals, im Kino.

Sie war mit einer Freundin ins Kino gegangen. Sie muß ungefähr zwölf oder dreizehn Jahre alt gewesen sein. Ein Trickfilm lief: irgend etwas von Walt Disney, mit Katzen, links neben ihr saß ein fremder Mann. Er war nach ihr gekommen. Sie wußte nicht, wie er aussah: Sie hatte ihn nicht angesehen, als er sich neben sie gesetzt hatte, seine rechte Hand lag ganz am Rand des Plüschsitzes.

Irgendwann legte sie ihre daneben. Schob ihre Hand näher, näher. So nahe, daß sich ihre kleinen Finger beinahe berührten. Daß die feinen Härchen an seinen Fingern sich aufrichteten, ihre Haut streiften, sie glitt noch näher. Nicht einmal einen Millimeter: aber jetzt kam er ihr entgegen.

Streckte den kleinen Finger aus, berührte ihre Hand mit der

Fingerspitze, sie konnte das Zittern seines Fingers spüren. Sie hatte das Gefühl, daß er viel älter war als sie, bestimmt schon an die dreißig. Er ließ einen Finger über ihren Handrücken gleiten. Nahm dann einen zweiten dazu, einen dritten. Begann ihren Handrücken rhythmisch zu reiben, bis Christas Hand sich freiwillig auf den Rücken drehte, mit geöffneten Fingern, nun streichelte er die Innenseite. Ließ seine Finger in das weiche Innere ihres Handtellers gleiten, in die Höhlung, Christas Hand umschloß ihn.

Hielt ihn fest. Erlaubte seinem Finger aber, sich zu bewegen, sie wurden heftiger. Ihre Hände umklammerten, rieben, preßten. Krampften sich schweißnaß ineinander, dann begann der Mann zu pfeifen.

Er pfiff durch die Nase. Offensichtlich war in seiner Nase ein Popel getrocknet. Ein Läppchen aus bröselig hartem Rotz saß irgendwo fest, das flatterte, wenn der Mann Luft holte: Und der Mann holte viel und heftig Luft. Der Pfeifton war mehrstimmig, dissonant. Er klang ungefähr so, wie die letzte Luft klingen muß, die aus einem Akkordeon entweicht, bevor man es nach dem Spielen wegpackt, Christa hat jahrelang versucht, diesen Ton zu vergessen.

Ihr erstes erotisches Erlebnis, versaut von etwas so Unappetitlichem! Als der Film zu Ende war, drehte Christa sich eilig nach rechts, der Fremde nach links. Aber kurz bevor sie das Ende der Reihe erreicht hatte, drehte sie sich doch noch einmal um. Sah seinen Rükken, dann kurz darauf das nichtssagende Profil eines mittelgroßen, etwas pummeligen Mannes, den sie auf Mitte Zwanzig schätzte, sie wandte sich rasch ab: bevor ihre Blicke sich womöglich noch begegnen würden.

Gernot sitzt zwischen Ulla und Franz. Sie reden über gemeinsame Schulfreunde. Sie lachen eine Menge, Ulla ist noch immer eine gutaussehende Frau. Sie sieht überhaupt nicht aus wie sechzig: Gernot findet, daß sie nicht einen Tag älter als Barbara aussieht. Vielleicht ist sie ja geliftet: Schließlich hat sie bis vor kurzem in Amerika gelebt,

»Kennt ihr Michael Lechner noch?« sagt jetzt Bauer vom Baumschutzamt, der Gernot schräg gegenübersitzt.

Neben ihm sitzt Fritsche, und daneben Zahnarzt Schelling, Gernot kennt so gut wie alle, an diesem Tisch. Hier ist es viel netter als auf seiner Silberhochzeit. Dennoch müßte er allmählich mal wieder nach nebenan gehen, das ist ihm klar,

»Michael Lechner?« sagt Gernot. »Klar!« Er greift nach seinem Grappa-Glas. »Michael Lechner war in meiner Parallelklasse«,

»Er war im Knast«, sagt Bauer. »Wegen Scheckbetrugs. Es heißt, sie haben ihn in Handschellen abgeführt«,

Ulla fängt an zu lachen. Sie lacht und lacht,

»In Handschellen?« sagt sie. »In Handschellen? Na toll. Das wird ihm gefallen haben«,

Ihre Gäste betrachten sie mit gewissem Erstaunen. Ulla schüttelt den Kopf, hebt die Hände,

»Michael Lechner steht doch total auf Handschellen«, sagt sie. »Sagt bloß, ihr wißt das nicht. Sagt bloß, ihr habt das damals nicht in der Zeitung gelesen. Er hatte doch ein Verhältnis mit irgend so einer Schauspielerin, vor ein paar Jahren. Niemand Berühmtes, nur irgend so eine Serienbiene. Und die hat ihn wohl regelmäßig mit Handschellen an ihr Bett gefesselt. Nackt natürlich. Und dann ist sie einkaufen gegangen oder Kaffee trinken, und er mußte warten, bis sie wiederkam. Na, und einmal muß sie wohl unterwegs den Schlüssel für die Handschellen verloren haben. Sie bekamen die Dinger einfach nicht mehr ab. Am Ende mußte sie die Polizei alarmieren, damit die Michael Lechner befreien«,

Gernot und Franz lachen. Sie lachen alle,

»Ich weiß nicht«, sagt schließlich Bernd Frisch, der in der Stadt eine Herrenboutique führt. »Sich anketten lassen, und dann geht die Frau Kaffee trinken? Kein guter Sex, oder? Komischer Geschmack«,

»Mein Gott, Bernd«, sagt Ulla. »Denk nach. Vorher hat sie ihn natürlich scharf gemacht«,

Sie beugt sich über den Tisch. Ihre Jacke springt auf, und Gernot hat auf einmal einen perfekten Ausblick auf die beiden Milchpuddings in einer schwarzen Korsage,

»Den Kaffee ist sie doch erst später trinken gegangen«, sagt Ulla. »Erst hat sie ihn scharf gemacht, und dann mußte er warten. Was weiß ich, warum die das toll fanden.«

Paul spielt jetzt die Titelmelodie aus dem Film ›Der Clou‹. Barbara, Thomas, Elisa und Harry haben aufgehört zu tanzen. Sie sitzen am Tisch und reden über früher,

»Wie wir uns immer verkleidet haben«, sagt Thomas gerade. »Bei euch im Keller, mit all den alten Decken und Schlafanzughosen und Kissenhüllen, du warst meistens eine Prinzessin oder ein Filmstar. Und ich war dein Prinz, oder dein Filmpartner«,

»Genau«, sagt Harry. »Und ich war euer Kind. Ich mußte immer irgendwo liegen und schlafen. Die ganze Zeit. Mit geschlossenen Augen. Oder ich war Reporter und mußte euch fotografieren. Mit so einem Plastikfotoapparat, wo Bilder von der Adriaküste drin waren. Ich mußte knipsen und knipsen. Hundertausendmal habe ich mir die Stadtansicht von Rimini angesehen oder den Strand von Jesolo. Aber am allerbesten war die Tierarztpraxis. Ihr wart beide Tierärzte, und ich war ein lahmes Pferd oder ein blinder Setter oder ein Kater mit einem Furunkel am Bauch«,

HÖRT IHR LEUT UND LASST EUCH SAGEN,

Der Nachtwächter ist wieder da.

Giorgio eilt ihm entgegen. Öffnet die Tür zum Nebenraum, schiebt den Nachtwächter hinein. Gibt den Blick frei auf Ulla Vogels Geburtstagsgesellschaft, Barbara sieht Gernot neben Ulla Vogel sitzen, zusammen mit seinem Intimfeind, dem Oberbürgermeister von Neuenburg. Der Nachtwächter setzt seinen Spruch fort, als hätte Ulla Vogels Gesellschaft auch den Anfang hören können,

BEWAHRT DAS FEUER, BEWAHRT DAS LICHT,
DAMIT NICHT NOCH EIN UNHEIL BRICHT,

Franz stößt mit Ulla und mit Gernot an.

»Auf dein Wohl, Schwesterchen«, sagt er. »Prost, Staranwalt«.

Gernot trinkt, stellt sein Glas ab. Ulla lacht Gernot zu. Sie sagt irgend etwas darüber, daß Gernot der hübscheste Freund ihres Bruders gewesen ist, vielleicht ist sie ja gar nicht geliftet. Vielleicht ist ihre Haut noch so straff, weil sie ein bißchen draller geworden ist. Ihre Brüste sind jedenfalls straff und drall. Sie liegen gut sichtbar im Ausschnitt der Korsage. Zugegeben, wenn Gernot die Augen zusammenkneift, den Blick scharfstellt, dann kann er erkennen, daß ihre Haut doch ein winziges bißchen knittrig geworden ist. Der Pudding ist inzwischen ein wenig abgekühlt: Aber es gibt ja gar keinen Grund, die Augen zusammenzukneifen.

Das Leben ist viel schöner, wenn man mit großen Kinderaugen über all seine Unzulänglichkeiten hinwegsieht, Gernot fragt sich, was genau die Schauspielerin wohl mit Michael Lechner gemacht haben mag, bevor sie Kaffee trinken gegangen ist und die Handschellenschlüssel verloren hat. Er versucht sich vorzustellen, daß Ulla genau dasselbe mit ihm tut: Aber eigentlich hat sie es ja getan.

Sie hat ihn warten lassen, fast vierzig Jahre lang, Gernot richtet sich auf. Er wendet seinen Blick von Ullas Dekolleté ab,

»Ich werde dann mal«, sagt er, mit einer Zunge, die ihm nicht mehr richtig gehorchen will. Er setzt erneut an, »ich werde dann mal, nach nebenan. Zu meiner Frau«,

Ulla legt ihm die Hand auf den Arm.

»Ach komm«, sagt sie. »Bleib noch ein bißchen. Neben deiner Frau sitzt du doch schon seit fünfundzwanzig Jahren.«

Donau so blau so blau so blau

Paul spielt jetzt Wiener Walzer. Thomas tanzt mit seiner Schwester, Harry mit Rosalie. Mark tanzt mit Julia. Sie liegt gewichtlos in seinem Arm, anschmiegsam, als hätte sie das Walzertanzen vor einer Ewigkeit in seinen Armen erlernt, er sieht in ihr Gesicht hinab. Er möchte sie küssen. Er möchte sie sehr gern küssen, aber nicht hier, vor den Augen ihrer gesamten Familie, Püppi sieht Julia und Mark zu.

Julia hat den Kopf zurückgelegt.

Püppi sieht ihr Gesicht. Sie muß daran denken, was Julia gesagt hat, als Mopp ihr das Fahrradfahren beigebracht hatte und sie ihrer Oma zum ersten Mal diese allerneueste Kunst vorführte,

Oma? Ob meine Mama im Himmel mir böse ist, wenn ich mich so freue?

»Der arme Mopp«, sagt Tante Anni zu Marie. »Er sieht so traurig aus. Er sollte auch tanzen. Weißt du noch, wie er getanzt hat, auf seiner Hochzeit mit Sigrid«,

»Er hat sie geheiratet«, sagt Tante Grete, »und jetzt ist sie eine Belastung für ihn«, Tante Grete schüttelt den Kopf. »Er sieht wirklich nicht aus wie einer von uns«, sagt sie. »Er sieht aus wie sein Vater. Je älter er wird, desto mehr sieht er aus wie sein wirklicher Vater.«

»Sigrid?« sagt Mopp. »Wollen wir tanzen?«

Sigrid antwortet nicht. Sie ist still geworden, seit sie ins Venezia gekommen sind. Sie ist abwesend. Mopp hat sie vorhin gefragt, ob sie lieber gehen möchte. Aber da hat sie den Kopf geschüttelt,

»Mopp?« sagt sie jetzt. »Kannst du dich erinnern, als Julia klein war? Ich war ihr eine gute Mutter. Du warst ihr ein guter Vater. Sie hat mir soviel Freude gemacht. Und jetzt ist sie mir entglitten. Sie hat den ganzen Abend kaum mit mir geredet. Ich weiß gar nicht, warum sie mir so entglitten ist.«

Barbara sieht den anderen beim Tanzen zu. Gernot ist noch immer im Nebenraum. Nachdem er die eine Hälfte seiner Silberhochzeit möglichst weit weg von Barbara an der Theke gesessen hat, möchte er die andere Hälfte offenbar lieber auf Ullas Geburtstag verbringen, Barbara will nicht daran denken.

Sie hat es satt, an Gernot zu denken. Sie hat es satt, immer nur traurig zu sein. Sie wird jetzt aufstehen, jemanden finden, der mit ihr tanzt, Barbara kann die Stimme ihres Vaters hören, sein

Lachen. Sie kann seine Hand auf ihrem Rücken fühlen. Auf dem Stoff ihres Brautkleids, heute vor genau fünfundzwanzig Jahren: als sie mit ihm Walzer getanzt hat, während Gernot schon damals lieber mit seinen Freunden an der Theke stand, Barbara hat in den letzten vier Monaten alles zusammengesammelt, was sie über ihren Vater weiß.

Es war eine Ernte. Sie hat unter dem Laub der Jahre nach Erinnerungen, bedeutsamen Ereignissen gesucht wie früher als Kind nach Walnüssen, oben auf der Wiese am Wilhelmsturm: die sie mit nach Hause nahm, damit ihr Vater sie knackte, die dünne Innenhaut mit dem Taschenmesser abzog und ihr die Kerne zu essen gab, die süß und bröcklig waren wie weiches Wachs, ihr Vater war eine robuste Natur, mit einem unerschütterlichen Zutrauen in die eigenen Fähigkeiten.

Er war vom Glück begünstigt: Er fand immer einen Parkplatz. Er bekam das letzte freie Hotelzimmer in der Hauptsaison. Wenn er ein vollbesetztes Lokal betrat, wollten die Gäste am besten Tisch gerade zahlen, er war auch ziemlich bequem durch den Krieg gekommen. Nach dem Notabitur hatte man ihn für die kurze Zeit, die das tausendjährige Reich noch währte, als Funker ins besetzte Holland geschickt. Im ganzen Zweiten Weltkrieg hat Barbaras Vater sein Leben nur ein einziges Mal riskiert: in jener Nacht, als er heimlich die Kaserne verließ, um mit einem Mädchen, das ihm gefiel, auf die Hochzeit ihrer Cousine zu gehen, damals war er noch rothaarig.

Später wurde sein Haar aschblond, dann weiß, er war sommersprossig, mit einer Neigung zur Stämmigkeit. Er war kein schöner Mann: Aber er hatte Witz, Schlagfertigkeit. Ausstrahlung. Er hatte grüne Augen, mit langen Wimpern. Er kultivierte einen gewissen Blick,

Augen wie nordischer Meereshimmel

Nach dem Krieg kehrte er nach Neuenburg zurück. Er war zweiundzwanzig Jahre alt, Schwarzhändler und Schieber. Dann eröffnete er ein Kabarett. Ganze Familien hausten in einer winzigen Kammer: Aber Dietrich, der Kabarettdirektor, bewohnte ein eigenes Zimmer über dem Saal des Neuenburger Brauhauses, wo man spätnachts häufig noch die eine oder andere Varieté-Künstlerin antreffen konnte, Barbara weiß nicht viel, über diese Zeit. Es war eine Epoche, von der ihr der Vater wenig erzählte, auf die er aber oft anspielte,

Ja, damals! Das war eine verrückte Zeit,

Er lachte dann auf, wiegte den Kopf. Sein Blick war abwesend. Wanderte wohl eine der langen Chausseen entlang, die in die Vergangenheit führten,

Meine Güte, sagte er. Wenn ich daran denke,

Barbara denkt an die letzten Wochen im Krankenhaus.

Sie kam jeden Tag. Sie saß an seinem Bett, eine Stunde oder zwei, es war ihr lästig. Nicht wegen der Zeit, die sie aufbringen mußte, sondern wegen des Todes: Sie wollte sich nicht mit dem Tod beschäftigen. Er wollte es auch nicht. Er tat es nicht. Benahm sich, als hätte er noch eine lange Zeit vor sich: schimpfte über die Politik, beschwor seine Tochter, zur demnächst anstehenden Wahl zu gehen, warum interessierten ihn die Beschlüsse irgendwelcher Politiker, deren Folgen er nicht mehr erleben würde? Er mußte sich doch allmählich lösen. Diese Dinge mußten doch nun allmählich verblassen, in den Hintergrund treten, draußen im Hof vor dem Krankenhaus saß ein Verrückter aus der psychiatrischen Abteilung und zählte.

EINS! zählte er. ZWEI!

Wenn er bei fünfzig angekommen war, fing er wieder von vorn an. Er hatte eine undeutliche Aussprache, vielleicht einen Sprachfehler. Auch der Vater hatte eine undeutliche Aussprache: Er hatte einen Schlaganfall gehabt,

Wie weit ist er jetzt? fragte der Vater.

Uie ueit isch ea schesch,

Zweiundvierzig, sagte sie.

Der Vater lachte auf, leise, wiegte den Kopf. Sein Lachen hatte der Schlaganfall nicht verändert. Es war ein vertrautes Lachen. Es war das Lachen, mit dem er an früher zu denken pflegte,

Ja, damals! Das war eine verrückte Zeit, damals,

Er würde sicher nicht sterben, solange er noch so lachte. Wenn er hätte sterben müssen, hätte er nicht so gelacht: nicht weil der Zählende auf dem Hof keinerlei Anlaß zur Heiterkeit bot, sondern weil er über zu viele andere Dinge in seinem Leben auf diese Weise gelacht hatte, um jetzt dieses Lachen hervorzuholen für seinen eigenen Tod,

FummZISCH! zählte der Verrückte draußen vor dem Fenster. Begann dann von neuem,

AANSCH! SCHWAAAI! DRAAAI,

Sie half ihrem Vater beim Duschen, solange er noch aufstehen konnte. Half ihm in die Kabine, auf den Sitz, drehte das Wasser an, sie kannte ihn nackt. Als Kind hatte sie gern auf dem Klodeckel gesessen, wenn er morgens im Bad stand und sich rasierte. Wenn er duschte, sich nach dem Duschen abtrocknete, ihr Vater sang unter der Dusche. Sie sang mit, aus voller Kehle und zum halb belustigten Entsetzen Maries,

Halli hallo. Wie geht's dem Harem?

Tanzt man den Swing, raucht man 'ne Salem.

Die Salem ist 'ne gute Zigarette

doch besser ist ein nackter Mann im Bette,

Warum bringst du dem Kind so etwas bei? sagte Marie. Dietrich, wirklich. Das geht doch nicht,

Dietrich und Barbara sahen einander an und lachten. Sie waren Verschwörer. Sie hielten zusammen, immer und überall. Barbara saß auf dem Klodeckel, und der Vater duschte. Sie sangen gemeinsam, aus voller Kehle,

Dein ist mein ganzes Herz,

Wo du nicht bist, kann ich nicht sein,

Nackt war er ein massiger Mann gewesen. Nun war nicht mehr viel von ihm da. Barbara stand vor der Duschkabine im Krankenhaus und wusch seine mageren, faltigen Schultern, seine Arme. Den faltigen Bauch. Kauerte sich dann nieder, wusch seine Beine, sein Geschlecht. Als Kind hatte sie es betrachtet wie alles andere an ihm auch. Jetzt mußte sie es zum ersten Mal berühren. Ein leichter Schwindel überkam sie, ein Erschrecken, wie eine Art Kälte. Sie dachte: Damit hat er mich gemacht, vor fünfzig Jahren. Sein Penis verschwand fast in den drahtigen Haaren, unter den Hautfalten des abgemagerten Bauches. Es war, als hätte er sich jetzt, am Ende, wieder zurückgezogen in seine Wurzel, so wie die Blätter mancher Pflanzen es tun, nach ihrer Blüte.

Gernot und Ulla stehen in dem verlassenen Biergarten, hinter dem Venezia. Gernot weiß nicht genau, wie sie dort hingekommen sind. Er hat viel zuviel getrunken. Auch Ulla hat zuviel getrunken: Sie hat gesagt, sie müßte dringend für einen Moment an die Luft, ob er sie nicht begleiten könnte, sie sind nicht durch den Hauptraum hinausgegangen, sondern durch den Seitenausgang in den Biergarten des Venezia. Ulla lehnt neben ihm an der Wand. Sie kichert. Sie erzählt irgend etwas, über eine Freundin, die Gernot nicht kennt, Gernot hält sich an ihren Schultern fest. Er sagt: »Deine Brüste«,

Brüschschde. Gernot hat Mühe, das Wort zu artikulieren. Seine Zunge ist lahm, wie ein Fisch, der erstickt.

»Deine Brüste sind immer noch wie Milchpudding«,

Ulla fängt wieder an zu kichern.

»Wie was?« sagt sie. »Milchpudding?«

Sie schlägt ihr Jackett zurück. Senkt das Kinn, um ihre Brüste zu betrachten,

»Ich kann sie gar nicht richtig sehen«, kichert Ulla. »Wieso Milchpudding«,

Sie hebt ihre Brüste mit beiden Händen an. Hebt sie nach oben, um sie besser betrachten zu können, Gernot legt seine Hände unter ihre Hände. Er taumelt ein bißchen, fängt sich aber wieder, Ulla zieht vorsichtig ihre Hände weg. Ihre Brüste füllen Gernots Hände. Ulla lehnt den Kopf zurück, gegen die Hauswand. Gernot greift in die Korsage und hebt erst die eine, dann die andere Brust heraus, der Rand der Korsage klappt um. Preßt die Brüste nach oben, so daß sie abstehen wie bei einem Mädchen, Gernot fällt die tschechische Bedienung ein, mit ihrer schmalen Taille, ihren BH-Trägern unter der sauberen weißen Bluse. Die weißen Blusen, die weißen Busen Ulla Vogels, als junges Mädchen, Gernot beginnt die Brüste zu küssen. Ulla fährt ihm mit der Hand über den Rücken. Fährt ihm mit der Hand über den Hintern, zieht ihn an sich, Gernot klemmt ihren Schenkel zwischen seine Beine. Er hebt den Kopf, küßt ihren Mund, während er den Reißverschluß ihrer Hose öffnet,

»Du bist verrückt«, flüstert Ulla, an seinem Ohr. »Wir können doch nicht hier. Du bist völlig verrückt«,

Sie beginnt seine Hose aufzuknöpfen.

Sarah steht auf der Straße, vor dem Venezia. Und nun? Weiter kann sie nicht fliehen. Sie sitzt fest. Sie kann ja nicht weg, von dieser bescheuerten Silberhochzeit, ob sie will oder nicht, Sarah hat sich mit Mark gestritten.

Sie weiß nicht recht, wie es dazu gekommen ist. Irgendwie sind sie auf den alten Familienzwist zu sprechen gekommen, nicht daß Sarah heute abend überhaupt viel mit Mark oder Julia geredet hätte!

Mark und Julia waren ja beschäftigt. Sie haben den ganzen Abend lang so getan, als wäre Sarah gar nicht da. Julia hatte die Füße auf die Verstrebung von Marks Stuhlbeinen gestellt. Mark hat Julia angesehen, als würde er sie am liebsten entführen. Sarahs verlorener Cousin Mark: Er hat Julia betrachtet, als würde er sie am liebsten aus dieser Silberhochzeitsgesellschaft herauslösen wie eine einzelne perfekte Beere aus einer schon etwas angegammelten Traube,

Weißt du eigentlich, warum Marks Vater und mein Vater keinen Kontakt miteinander haben? hat Sarah Julia irgendwann gefragt. Mark, erzähl du doch mal. Deine Version dieser alten Geschichte,

Was weiß ich, hat Mark gesagt. Also, soweit ich weiß, waren unsere Großväter Brüder. Ihre Eltern hatten einen Bauernhof. Und diesen Hof hat mein Großvater geerbt. Er allein. Seinen Bruder sollte er auszahlen. Aber als er mit dem Geld ankam, wurde er nicht etwa freundlich empfangen, sondern dein Großvater hat ihn die Treppe hinuntergestoßen. Er soll ihm sogar noch einen Küchenstuhl hinterhergeschleudert haben,

Mark hat die Hände gehoben, als wolle er sich bei Sarah für ihren Großvater entschuldigen.

Eine alberne Geschichte, was? hat er gesagt. Aber das ist ja alles lange her. Es hat mit uns überhaupt nichts zu tun,

Die Geschichte ist nicht albern, hat Sarah gesagt. Sie ist totaler Quatsch. Warum hätte mein Großvater seinen Bruder die Treppe runterwerfen sollen, wenn der ihm sein Erbe vorbeibringt? Ich will dir mal sagen, wie es wirklich war. Dein Großvater hat meinen ausgezahlt, das stimmt. Auf Heller und Pfennig hat er ihn ausgezahlt, und zwar genau eine Woche vor der Währungsreform. Für zweihundertfünfzig Reichsmark bekam man ein Pfund Butter. Für sieben Reichsmark bekam man eine einzelne Amizigarette. Klar hat mein Großvater deinen die Treppe runtergeworfen. Klar hat er ihm noch den Küchenstuhl hinterhergeschleudert, auf dem er gesessen hatte, das war doch sehr prophetisch. Ihr habt schließlich eine Möbelfabrik gegründet, als der Wiederaufbau begann. Ihr seid reich geworden, mit eurer Möbelfabrik. Und woraus habt ihr eure Möbel gebaut? Aus dem Erbe meines Großvaters. Aus dem Holz der Wälder, die zu dem Hof gehört haben,

Während Sarahs Großvater sich von seinem Erbe auf dem Schwarzmarkt ein paar Stangen Zigaretten gekauft hat: die er vor Wut auch noch selber rauchte, statt sie gegen ein paar in Zeiten des Hungers und des Nikotinentzugs nutzlose, später aber durchaus wertvolle Gegenstände wie silberne Mokkalöffel einzutauschen. Und während Marks Großvater reich wurde, starb Sarahs Großvater an Luftröhrenkrebs, wie Sarahs Oma Lehmann nie müde wurde zu berichten,

Sag mal, Sarah, hat Mark gesagt. Ich will jetzt gar nicht wissen, welche Geschichte stimmt und welche nicht. Das mit dem Holz aus den Wäldern ist ziemlicher Schwachsinn, aber egal. Aber wenn du mir das alles persönlich übelnimmst, warum hast du mich dann überhaupt eingeladen?

Sarah steht vor dem Venezia. Sie kann Karims Stimme hören,

Und was erhoffst du dir, von diesen verlorenen Cousins?

Sarah fragt sich, wo sie hingehen soll. Sie wollte ihrem Vater eine Freude machen! Sie wollte ihn mit seiner Familie versöhnen. Sie wollte die verlorenen Lehmanns heimholen: Aber ihr Vater hat ja den ganzen Abend kaum ein Wort mit Mark gewechselt.

Wo ist er überhaupt? Sarah kann sich nicht recht erinnern, wann sie ihren Vater das letzte Mal gesehen hat, sie geht langsam um das Venezia herum. Geht über den Parkplatz hinter dem Venezia, am Zaun entlang, der den kleinen Biergarten vom Parkplatz trennt, Sarah hört jemanden flüstern, kichern. Sie bleibt stehen. Sie beugt sich vor. Hinten an der Mauer des Venezia, nur unzureichend abgeschirmt von einem Busch, steht ein Pärchen. Die Frau lehnt an der Wand. Der Mann steht vor ihr. Sein Rücken ruckt, sein Hintern: der nackte Hintern von Sarahs Vater, die Frau kichert.

»Laß doch«, sagt sie leise. »Du hast zuviel getrunken. So kommst du da niemals rein. Laß, ich kann die Beine ja gar nicht richtig breitmachen, mit dieser Hose, die mir um die Knöchel hängt. Komm, wir hören auf. Wir versuchen es ein andermal«,

Gernot antwortet nicht. Er schiebt die Hand zwischen seine Beine. Sein Rücken ruckt, sein Hintern, die Frau kichert.

»Mist«, sagt Sarahs Vater.

Donau so blau so blau so blau

Barbara tanzt mit Marie. Marie hat das Gesicht zu ihrer Tochter emporgehoben. Barbara hat ihre Mutter aufgefordert, und Marie hat gelacht, als hätte ihr Barbara etwas geschenkt,

Mein Kind! Aber gern,

Es war ein überraschtes Lachen, das Marie verletzlich machte, weil es so voll verletzbarer Freude war. Es hat Barbara an Maries Puppe erinnert. An die Porzellanpuppe, die Marie einst ein paar Stunden lang besessen hatte, bevor sie unten auf dem Pflaster zerschellte,

Ein ganzes Leben, denkt Barbara unklar.

Ein ganzes langes Leben, mit Hoffnungen und Schicksalsschlägen und Glücksfällen. Mit Demütigung und Zorn und Freude und Angst. Mit all den Heimlichkeiten der Kindheit und Jugend und dann der Ehe, mit der vertrauten Geborgenheit des

Ehebettes, wenn es in manchen Nächten einer warmen, vom Rest der Welt abgeschirmten Insel glich und der einsamen Trostlosigkeit, wenn in anderen Nächten diese Insel zwischen zwei feindlichen Völkern aufgeteilt war wie Zypern, und auf einer Seite der Demarkationslinie schlief einer tief und fest, und auf der anderen lag der andere wach, gestrandet, verzweifelt in die Dunkelheit starrend: Und am Ende steht man allein an einem offenen Grab, in das eine Urne voll Asche gestellt wird wie in einen Schrank, die letzten Töne des Walzers verklingen.

Barbara und ihre Mutter stehen da und sehen einander an, ein wenig außer Atem,

»Mama«, sagt Barbara. »Mama, warum hast du eigentlich nicht später noch studiert? Warum hast du nicht das Abitur nachgemacht, als ich schon auf der Welt war? Oder als ich erwachsen war, meinetwegen«,

»Was?« sagt Marie. Sie lacht. »Kind«, sagt sie. »Du kommst auf Ideen. Wie hätte das denn gehen sollen? Du hast doch studiert. Hätte dein Vater uns etwa beide finanzieren sollen? Wie hätte er das denn machen sollen? Und dein Vater hat mich gebraucht. Und meine Mama auch«,

Marie lächelt. Sie hebt die Hand und streicht ihrer Tochter über die Wange,

»Es ist schon gut, Barbara«, sagt sie. »Wirklich. Es ist alles in Ordnung.«

Karim ist auf dem Weg nach Fürstenfeldbruck. Genauer gesagt, er ist auf dem Weg in ein winziges Nest namens Nannhofen, von dem er noch nie etwas gehört hat und das irgendwo hinter Fürstenfeldbruck in einem der angrenzenden Landkreise liegen soll, die Frau auf der Rückbank hat das Taxi telefonisch bestellt. Karim hat sie in Haidhausen abgeholt. Sie ist aus einem Mietshaus gekommen und auf sein Taxi zugegangen, mit den schwerfälligen Schritten einer Hochschwangeren, in der Hand trug sie ein kleines Köfferchen. Sie war allein. Karim ist sofort ausgestiegen. Er hat ihr Köfferchen in den Kofferraum verfrachtet, ihr dann die Fondtür aufgehalten. Er hat den Beifahrersitz nach vorn geschoben, um es ihr bequemer zu machen, sie hat ihm gedankt. Hat dann diese merkwürdige Adresse genannt, irgendwo hinter Fürstenfeldbruck,

Ich weiß, wo es ist, hat sie gesagt. Und von Bruck aus ist sowieso alles beschildert. Ach ja, und machen Sie sich bitte keine Gedanken, falls ich mal stöhne. Das sind nur die Eröffnungswehen. Bis das Kind kommt, dauert es noch ziemlich lange. Das ist so, beim ersten Kind, das haben mir alle gesagt. Aber die Wehen sind jetzt schon regelmäßig. Da habe ich mir gedacht, ich mache mich besser mal auf den Weg,

Karim hat geglaubt, nicht richtig zu hören.

Es geht mich ja nichts an, hat er gesagt, während er sein Taxi in den Verkehr einfädelte. Aber wäre es nicht besser, Sie gingen in ein Krankenhaus? Soll ich Sie nicht lieber nach Großhadern bringen,

Aber warum denn?

Ihre Stimme klang ungeduldig, als hätte sie dies schon viele Male erklären müssen.

Ich bin doch nicht krank, sagte sie. Ich bekomme ein Kind, das ist keine Krankheit. Ich will ins Geburtshaus. Da, wo wir hinfahren, in Nannhofen, gibt es ein Geburtshaus. Meine Freundin arbeitet da. Sie ist Hebamme. In einem Geburtshaus kann man seine Kinder ganz natürlich auf die Welt bringen, ohne Medikamente und so was. So wie die Naturvölker das auch machen. Oder wie die Frauen früher, die ihre Kinder am Feldrand bekommen haben, und anschließend haben sie einfach weitergearbeitet. In einem Krankenhaus wird man doch behandelt wie ein Objekt. Aber im Geburtshaus kann man sein Kind selbstbestimmt kriegen. Man muß auch nicht liegen. Man kann sich während der Geburt auf einen Hocker setzen, oder man kann ein heißes Bad nehmen,

Karim hat die Frau im Rückspiegel angesehen, um dahinterzukommen, ob es ihr ernst war mit dem, was sie sagte. Er hat sich bisher nicht allzu viele Gedanken über Geburtshilfe gemacht: Aber er kann sich nicht vorstellen, daß die Frauen bei den Urvölkern ihre Kinder in der Badewanne bekommen, die Frau auf dem Rücksitz verzieht in regelmäßigen Abständen schmerzlich das Gesicht.

Sie kneift die Augen zusammen, sie bläht die Nasenflügel. Sie rutscht auf dem Sitz herum, als suchte sie eine bequemere Lage, sie ist noch ziemlich jung. Sie ist bestimmt kaum älter als Sarah. Ihre Haare hängen in dünnen, ungewaschenen Strähnen um ihr Gesicht. Ihre Gesichtszüge sind verschwommen, unscharf wie ein verwackeltes Foto. Ihr Umfang ist monströs, angsterregend, Karim fragt sich, wo der Vater des Kindes steckt. Warum er nicht hier ist und seine Frau begleitet: die jetzt schon wieder zu stöhnen begonnen hat, vielleicht war die ganze Sache dem Kindsvater unheimlich.

Karim ist es unheimlich. Er wünschte, er wäre diese fremde Frau los. Er wünschte, sie wäre nicht ausgerechnet in sein Taxi gestiegen. Er wünschte, er könnte sie ausladen, einem Fachmann übergeben,

»Sind Sie sicher, daß Sie nicht lieber in die Klinik wollen?« sagt er. »Wir sind gleich in Fürstenfeldbruck. Ich könnte Sie hier in ein Krankenhaus bringen«,

Die Frau antwortet nicht. Im Rückspiegel kann Karim sehen, daß ihre Augen geschlossen sind,

»Kann ich irgend etwas tun?« sagt Karim. »Kann ich, ich weiß nicht, soll ich mal anhalten oder so«,

Die Frau schüttelt den Kopf. Dann öffnet sie die Augen wieder. Sie öffnet sie weit. Sie sieht in die Ferne, als konzentriere sie sich auf einen an den Nachthimmel geschriebenen Text,

»Ich muß richtig atmen«, sagt sie. »Das ist das wichtigste. Atmen. In den Schmerz hineinatmen«,

Karim verzieht das Gesicht. Er kennt sich nicht aus, mit solchen Dingen! Wie atmet man bitte in einen Schmerz hinein? Was soll das überhaupt heißen? Und warum muß dies ausgerechnet Karim passieren? Irgend etwas läuft schief, heute nacht, soviel steht fest. Erst der Uhrmachermeister mit seiner Paketbombe und nun eine Gebärende, stimmt vielleicht irgendwas mit der Strahlung seines Taxis nicht? Hat Karim eine verschobene Wahrnehmung? Steht der Mond im falschen Haus? Sie sind nun an Fürstenfeldbruck vorbei.

Karim fährt durch die Nacht. Er ist mit dieser Frau allein, auf der dunklen Landstraße. Sein Taxi ist ein Schiff, einsam auf den Wellen des Weltmeeres. Oder vielleicht ist es auch ein Planet, in der unendlichen Weite des Alls. Ein verlorener Planet: dessen Bahn sich nur alle paar Lichtjahre einmal mit der eines anderen Himmelskörpers kreuzt, wie jetzt, wenn sich die Scheinwerfer eines Autos nähern, Karims Taxi erfassen, gleichgültig vorüberziehen und im Rückspiegel verschwinden, was, wenn jetzt irgend etwas passiert?

Was, wenn Karim sich verfahren hat. Wenn er zu spät kommt, dieses Geburtshaus nicht mehr rechtzeitig erreicht, die Frau hat gesagt, er solle einfach immer geradeaus fahren. Sie hat gesagt, dies wäre die richtige Straße,

»Sind wir denn richtig?« sagt Karim. »Sind wir hier denn immer noch richtig? Sie haben gesagt, Sie kennen den Weg«,

Die Frau hinter ihm stöhnt.

»Sie hätten besser jemanden mitgenommen«, sagt Karim. »Eine Freundin, oder, na ja«,

Den Vater des Kindes: Aber der hat sich noch rechtzeitig verdrückt, die Frau antwortet nicht. Einen Moment später sagt sie: »Bitte. Bitte, können Sie einen Moment anhalten, bitte«,

Karim schluckt trocken und muß husten. Er blinkt. Blinkt, ganz allein auf einer menschenleeren Landstraße, hält dann am Straßenrand. Schaltet die Warnblinkanlage ein, dreht sich zu der Frau um,

»Was ist?« sagt er. »Was ist passiert, alles in Ordnung? Soll ich einen Krankenwagen rufen«,

Die Frau schüttelt den Kopf, wortlos. Hält dann eine Hand vors Gesicht,

»Es ist alles naß«, sagt sie leise. »Meine Hose, der Sitz. Alles naß. Ich glaube, die Fruchtblase ist geplatzt«,

Karim steigt etwas in der Kehle hoch. Etwas Bitteres, so daß er schluckt und schluckt,

»Warten Sie«, sagt er. »Ich helfe Ihnen. Ich helfe Ihnen beim Aussteigen. Sie können sich nach vorn setzen, auf den Beifahrersitz«,

Die Frau stützt sich schwer auf seinen Arm. Er hilft ihr auf den Vordersitz, schließt die Tür, geht um das Taxi herum,

»Danke«, sagt sie, als er neben ihr sitzt.

Karim nickt stumm. Er fährt wieder an. Schaltet den Warnblinker aus, wirft der Frau einen Blick zu, sie hat die Augen wieder geschlossen. Karim sieht weg. Er fährt. Dann wird ihm klar, daß er zu schnell fährt. Er beißt die Zähne zusammen, nimmt den Fuß vom Gas,

»Hören Sie«, sagt er. »Ist das hier der richtige Weg? Sind Sie ganz sicher? Bitte, Sie haben doch gesagt, Sie kennen den Weg«,

»Ja«, sagt sie leise. »Ich glaube. Ich weiß nicht. Ich kenne den Weg. Aber ich war noch nie nachts hier. Es sieht alles so anders aus. Es sieht alles ganz anders aus, in der Nacht«,

»Hören Sie«, sagt Karim. »Ich rufe jetzt doch einen Krankenwagen. Ich kann diese Verantwortung nicht übernehmen«,

»Nein«, sagt die Frau. »Bitte. Bitte tun Sie das nicht. Die bringen mich doch ins Krankenhaus. Ich will aber – ich will – zu meiner Freundin, bitte«,

Und nun fängt sie an zu weinen. Ihr Schluchzen ist rauh, wie ein Hustenanfall. Dazwischen ringt sie nach Luft. Ihr Gesicht ist verzerrt, wie erstarrt in ihrem Schmerz,

»Ja«, sagt Karim. »Nein. Ist ja schon gut. Bitte nicht weinen, ich fahre Sie ja. Bitte, regen Sie sich nicht auf«,

Er streckt seine Hand nach der fremden Frau aus. Die Frau ergreift sie, hält sie fest. Beginnt sie zu pressen. Preßt fester und fester, bis er beinahe aufschreit, dann läßt der Druck plötzlich nach. Der Kopf der Frau sinkt nach hinten, gegen die Kopfstütze. Die Frau läßt seine Hand los, atmet,

»Wie heißt du überhaupt?« sagt sie etwas später. »Ich heiße Bernadette. Bernadette Waiblinger. Ein langer Name, schrecklich. Lange Namen werden immer verstümmelt, von den Leuten. Mein Kind soll Jan heißen. Mein Sohn. Er soll einen kurzen Namen haben«,

Einen Moment später beginnt sie wieder zu stöhnen. Windet sich, streckt die Hand blind ins Leere, er ergreift sie. Sie preßt. Karim preßt die Lippen zusammen, entschlossen, standzuhalten, ein entsetzlicher Gedanke kommt Karim.

Was, wenn sie stirbt?

So etwas passiert. Frauen können sterben, bei der Geburt. Auch die Kinder können sterben, bei der Geburt, sie soll nicht sterben. Jedenfalls nicht hier! Nicht in Karims Taxi: Karims Taxi ist der falsche Ort zum Kinderkriegen und zum Sterben, die Hand in seiner erschlafft. Die Frau wischt sich das Gesicht ab, mit dem Ärmel,

»Es tut weh«, sagt sie leise. »Ich habe nicht gewußt, daß es so weh tun würde«,

Sie bricht ab. Karim kann sehen, daß die Schmerzen so plötzlich über sie hereinbrechen wie eine Naturkatastrophe.

Und was, wenn das Kind jetzt kommt? Wenn sie es nicht mehr rechtzeitig schaffen, und sie bekommt das Kind hier, in Karims Wagen, was soll Karim denn dann tun? Was braucht man, wenn jemand ein Kind bekommt? In Filmen schreien die Leute immer nach heißem Wasser. Karim hat nie begriffen warum. Aber ein Laken zu haben wäre sicher gut. Ein sauberes Laken: Aber Karim hat nur den Erste-Hilfe-Koffer dabei, der voll ist mit Verbandsmaterial, die Frau sagt: »Es tut so weh. Es tut jetzt immerzu weh, auch dazwischen«,

Dann verstummt sie wieder, preßt die Hand gegen den Mund, sie soll nicht sterben. Das Kind darf nicht sterben, weder in Karims Taxi noch woanders, es steckt jetzt noch in ihr, irgendwo in ihrem Bauch. Versucht sich einen Weg ins Freie zu bahnen, blind, rücksichtslos, es will in die Welt. Es hat keine Ahnung, was es dort erwartet. Aber es will auf die Welt kommen. Es will ein Leben haben, ein eigenes Leben, Karim findet das plötzlich unglaublich. Er findet es unglaublich mutig, von diesem Baby, auch wenn das sicher nicht der richtige Ausdruck ist,

Nannhofen

Vor ihm liegt das Ortsschild. Sie sind da. Sie haben es geschafft,

Zum Geburtshaus

»Wir sind da«, sagt Karim. »Wir haben es geschafft«,

Die Frau antwortet nicht. Karim biegt rechts ab, gleich darauf links. Dann sieht er das Haus: ein langgestrecktes Bauernhaus mit einem lebensgroßen Storch auf dem Giebel, Karim hält. Er hupt, rücksichtslos, er steigt aus, klingelt Sturm. Rennt dann zum Taxi zurück, öffnet die Beifahrertür, er beugt sich in den Wagen. Er legt den Arm um die wimmernde Frau. Sie riecht nach Angst, nach Schweiß. Nach ungewaschenen Haaren,

»Wir haben es geschafft«, sagt Karim.

Er legt seine Wange gegen ihr Haar. Tränen schießen ihm in die Augen,

»Wir sind da«, sagt Karim. »Wir haben es geschafft.«

Das Venezia ist inzwischen sehr viel leerer geworden. Bis auf ein paar Schüler an einem Tisch in der Ecke sind nur noch die beiden Festgesellschaften da: der sechzigste Geburtstag im Nebenraum und die Silberhochzeit in der Gaststube, zu der sich nun auch Sarah wieder gesetzt hat, sie ist entschlossen, die Episode im Biergarten für sich zu behalten.

Sie wird ihrer Mutter kein Wort davon sagen. Wozu? Ihre Mutter würde ganz sicher albern reagieren. Sie würde überreagieren. Sie würde etwas hochspielen, was in Wirklichkeit nichts war als ein banaler, unbedeutender Zwischenfall, es kann gar nichts anderes sein. Die andere Frau war ja alt! Sie sah wesentlich älter aus als Barbara, selbst im schwachen Licht der vom Laub der Bäume gefilterten Straßenlaterne. Und eigentlich ist auch gar nichts passiert. Gernot hat diese Frau ja gar nicht richtig gevögelt.

Er konnte nicht. Er hat sich lediglich lächerlich gemacht, vor dieser betrunkenen Frau, die ihn ausgelacht hat, etwas in Sarahs Magen krümmt und windet sich wie ein Aal.

Sie möchte türmen. Aber sie kann nicht. Sie möchte in ihr Auto springen und nach München zurückfahren, zu Karim: Aber dort ist ihr Auto ja eben. Es steht in München, vor Karims Wohnung, Sarah ist schließlich mit Polly nach Neuenburg gekommen.

Es ist wie immer. Genau wie damals, als Sarah noch bei ihren Eltern gewohnt hat. Als sie noch ein Kind war, unfrei und abhängig und immer auf andere angewiesen: Sarah hängt im Venezia fest. In Neuenburg-Nord, aus dem kein Bus mehr hinausfährt,

»Ruhe bitte! Tante Grete will singen!«

»Tante Grete will singen, jetzt seid doch mal ruhig«.

Tante Grete steht neben dem Klavier, kerzengerade. Püppi klatscht. Paul spielt leise einen Akkord. Beginnt dann: eine einfache Melodie, Tante Grete erhebt die Stimme.

Mein Mädel hat einen Rosenmund,
Und wer ihn küßt, der wird gesund,

Harry feixt. Stößt Elisa in die Rippen, flüstert ihr etwas ins Ohr, Elisa verbeißt sich das Lachen. Tante Grete steht da, in ihrem feinen Kleid, mit ihrem ondulierten Haar. Ihre Stimme ist ein wenig zittrig, aber hoch und klar,

O du, o du, o du,
Du läßt mir keine Ruh,

Harry flüstert Elisa wieder etwas zu. Sie kichert und schlägt nach seinem Arm,

Die Wangen sind wie Morgenröt',
Wie sie steht überm Winterschnee,

Tante Grete holt Luft. Harry beginnt zu klatschen. Elisa rempelt ihn so heftig an, daß er stolpert. Tante Grete merkt nichts von alledem. Sie steht auf ihren Stock gestützt und sieht über alle Köpfe hinweg, zur Wand gegenüber oder durch sie hindurch,

O du, o du, o du,
Du läßt mir keine Ruh,

»Hör auf!«

Tante Anni ist aufgestanden. Ihr Stuhl ist umgefallen. Mit einer Hand klammert sie sich an die Tischkante. Mit der anderen zeigt sie auf ihre Schwester,

»Du«, sagt sie. »Du. Du hast ihm die Haare gekämmt. Ich bin hereingekommen, und du hast ihm die Haare gekämmt«,

Püppi und Marie sind aufgesprungen. Püppi nimmt Tante Annis Arm,

»Tante Anni«, sagt sie. »Tante Anni, beruhige dich. Komm, setz dich wieder, es ist doch nichts passiert«,

Aber Tante Anni bleibt stehen. Klammert sich weiter an den Tisch,

»Mein John«, sagt sie. »Sie hat meinem John die Haare gekämmt«,

Dann bricht sie in Tränen aus. Püppi stützt sie, hilft ihr, sich zu setzen. Tante Anni zittert. Sie quillt über den Stuhl. Sie quillt aus ihrem Kleid, Marie schickt Daniel nach einem Glas Wasser.

»Aber Tante«, sagt Püppi. »John? Dein Mann ist doch schon seit zehn Jahren tot. Wie soll ihm denn Grete da die Haare gekämmt haben«,

»Am Tag von Daniels Taufe war das«, flüstert Tante Anni. »Wir wollten alle zusammen in die Kirche fahren. Grete war bei uns. Ich bin hinausgegangen und habe meine Tasche geholt. Und als ich zurückgekommen bin, saß mein John in seinem Sessel, und sie, sie hat hinter ihm gestanden und ihm die Haare gekämmt«,

Julia rechnet nach. Onkel John muß damals fast achtzig gewesen sein. Und die Tanten waren über siebzig,

»Mein Leben«, flüstert Anni. »Mein ganzes langes Leben«,

Julia sieht Onkel John vor sich.

Sie sieht die Wohnung vor sich, die zugige Altbauwohnung von Tante Anni und deren längst verstorbenem Mann John, mit riesigen Räumen, die von oben bis unten mit Schnickschnack vollgestopft waren, Onkel John hinkte: eine Kriegsverletzung. Er züchtete Kaninchen, in einem Schuppen im Hinterhof. Weiße Kaninchen, mit roten Augen, die Julia immer besuchen wollte, der Onkel erlaubte es gern. Und er kam immer mit.

Julias Oma, Sigrid, die Tanten nickten wohlgefällig, wenn Julia mit dem Onkel hinunter in den Stall ging, wo er ihr ein Kaninchen zum Streicheln auf den Arm setzte und dann, wenn sie keine Hand freihatte, um ihn abzuwehren, ihren kleinen Po betastete, ihre Kinderschenkel, Julia hat nie jemandem etwas davon erzählt. Wenn es herausgekommen wäre, hätte sie bestimmt die Kaninchen nicht mehr besuchen dürfen. Es war ja auch nicht weiter schlimm. Es tat nicht weh oder irgend so etwas. Es war auszuhalten. Wenn sie dann wieder hinaufgingen, durfte Julia aus einem Glas ein wenig von Tante Annis Eierlikör lecken. Der Likör war selbstgemacht, da konnte es dem Kind doch kaum schaden, die Karaffe stand auf der Anrichte aus Nußbaumholz, zusammen mit einem riesigen schwarzen Radio, einer weißen Porzellantänzerin und einem Bild von Annis und Johns Sohn Michael. Michael war tot.

Er war unmittelbar nach dem Krieg gestorben, an einer Mittelohrvereiterung und dem fehlenden Penicillin, das es in Europa nur zu den horrenden Preisen des Schwarzmarkts gab, später, direkt vor dem Heimgehen, ging stets die ganze Familie noch einmal in den Stall. Oma Püppi und die Tanten und Sigrid wunderten sich dann regelmäßig über die ungeheure Sauberkeit, die im Kaninchenstall herrschte,

Essen könnte man von deinem Boden, John, sagte Julias Oma Püppi. Wirklich, essen könnte man davon,

»Mein Leben«, flüstert Tante Anni. »Mein ganzes langes Leben«,

Tante Grete sitzt hoch aufgerichtet und blaß auf einem Stuhl.

»Was ist denn passiert?« sagt Mark zu Julia. »Was war das denn eben für eine Geschichte?«

Julia hebt die Schultern.

»Ach«, sagt sie. »Bloß eine von diesen Familiengeschichten. Soweit ich weiß, wollte Annis Mann John zuerst wohl eigentlich ihre Schwester Grete heiraten. Das war noch in Danzig, vor dem Zweiten Weltkrieg. Und Tante Grete war auch verliebt in John. Er muß ein ganz flotter Bursche gewesen sein. Aber er war Seemann, und das war ihr nicht gut genug. Grete war angeblich ziemlich hübsch. Sie hat sich Chancen ausgerechnet. Sie wollte eine bessere Partie machen. Also hat sie seinen Antrag abgelehnt, wenn auch schweren Herzens. Und John in seinem Unglück hat sich dann von ihrer Schwester Anni trösten lassen.

Die hat das so gründlich gemacht, daß sie im Jahr darauf heiraten mußten. Und sieben Monate später bekamen sie ein prächtiges, über sechs Pfund schweres Siebenmonatskind. Aber geliebt hat er immer noch seine Grete. Anni hat er angeblich nur genommen, weil er dachte, dann könnte er für immer in der Nähe ihrer Schwester bleiben. Die hat dann kurz darauf einen gewissen Hermann Rupp kennengelernt und ist mit ihm nach Neuenburg gezogen. Und John zog in den Krieg. Bevor sie sich wiedersahen, mußte also erst einmal das tausendjährige Reich untergehen. Anni ist ja nach dem Krieg hierhergekommen, zu ihrer Schwester Grete. Und alle anderen auch«,

Mark schüttelt den Kopf.

»Und jetzt«, sagt er, »sind sie an die hundert und liefern sich ein Eifersuchtsdrama, weil die eine dem Mann der anderen vor Jahrzehnten die letzten Strähnen auf der Glatze zurechtgeklebt hat«,

Julia verzieht das Gesicht.

»Es ist eine merkwürdige Familie«, sagt sie.

Sie fährt sich mit den Fingern durchs Haar. Strähnt es über ihre Schultern zurück,

»Hast du meinen Vater gesehen?« sagt sie. »Wie er sich benommen hat, als Tante Grete gesungen hat? Manchmal weiß ich gar nicht, was ich hier will. Was ich mit dieser Familie zu tun habe. Ob ich wirklich zu diesen Leuten gehöre. Ob ich überhaupt dazugehören will«,

Mark sieht sie an: ihr schmales Gesicht, ihr langes Haar. Ihr Hals, über den Spitzen des Elfenkleids, sie sieht aus, als wäre sie vom Himmel gefallen: ursprungslos, perfekt, ein Geschenk der Götter,

»Na ja«, sagt Mark. »Aber alle Familien sind merkwürdig. Schau dir die Geschichte an zwischen Sarah und mir. Zwischen ihrem und meinem Großvater«, Mark lacht auf. Er sagt: »Ich kenne die Geschichte, obwohl ich damals noch nicht auf der Welt war. Und du kennst die Geschichte von deinen beiden alten Tanten. Also ist dies deine Familie. Das ist der Beweis. Wenn man die Geschichten kennt, gehört man dazu, ob man will oder nicht.«

Auf der Gala der Gräfin Oberloh ist die Tombola inzwischen vorbei. Marianne und Walter sitzen noch immer am Tisch des Vorstands und seiner Gattin,

»Dabei muß ich wieder an die Geschichte in Ronda denken«, sagt die Vorstandsgattin gerade zu Marianne. »Waren Sie schon in Ronda? Wir kennen Ronda ja wirklich gut. Also, da ist uns eine Geschichte passiert, als mein Mann und ich das erste Mal da waren«,

»Bist du sicher, daß es in Ronda war, Liebling?« schaltet sich nun der Vorstand ein. »Wenn du das mit der Katze erzählen willst, das war nicht, als wir das erste Mal in Ronda waren.«

»Doch, Liebling. Doch. Ich bin mir ganz sicher. Da war doch diese halbverhungerte Katze, weißt du nicht mehr? Also, Frau Lehmann. Wir sitzen im Speisesaal dieses wunderbaren Paradors in Ronda, und da kommt eine Katze herein. Eine ganz kleine Katze. Offensichtlich halbverhungert, das arme Ding«,

»Liebling, entschuldige. Aber ich glaube wirklich nicht, daß du Ronda meinst. Du meinst Jerez, meines Erachtens. Also, falls du die Geschichte meinst, wo der Kellner die Katze weggejagt hat, und dann ist die Dame am Nebentisch aufgesprungen und der Katze nach«,

»Nein, Liebling. Die meine ich überhaupt nicht«,

Marianne ist nicht mehr ganz so begeistert von dem Vorstand und seiner Frau, wie sie es am Anfang war. Sie ist, in der Tat, ein wenig enttäuscht: Dies ist die siebzehnte Anekdote, die die Vorstandsgattin beginnt, aber mit keiner ist er zum Ende gekommen. Keine einzige hat die Pointe erreicht, Marianne sieht zum Nebentisch hinüber, wo gerade gelacht wird.

Wahrscheinlich haben sie Pech gehabt, mit ihrem Tisch. Wahrscheinlich hat man sie an einen schlechten Tisch gesetzt, was ist schon ein Vorstandsvorsitzender? Die Gräfin Oberloh hat sich erhoben und ist ans Mikrophon getreten. Es wird still im Saal,

»Liebe Freunde und Förderer von Eurosil«, sagt die Gräfin Oberloh. »Im Namen der Hunde und Katzen, die wir in unserem

Heim betreuen, möchte ich Ihnen allen für Ihre großzügige Unterstützung nochmals meinen herzlichsten Dank aussprechen. Sie alle haben heute abend das Ihre dazu beigetragen, ein paar schutzlosen, unschuldig ausgesetzten Wesen ein würdiges Leben in Sicherheit und Geborgenheit zu ermöglichen. Lassen Sie mich Ihnen deswegen noch rasch etwas über unsere Pläne verraten. In Zukunft wollen wir nicht nur Tiere unterstützen, sondern auch und gerade Menschen. Viele unserer Schützlinge sind ja ausgesetzt worden, und das nicht immer aus reiner Boshaftigkeit, sondern oft auch aus Überforderung oder reinem Unverständnis. Psychische und physische Probleme eines Hundes können mitunter zu einer hohen Belastung werden, der der Halter nicht immer gewachsen ist. Wir wollen deshalb etwas tun, um die Betroffenen und damit das Tier selbst zu unterstützen. Unser Zentrum für Hundespychotherapie befindet sich ja bereits im Aufbau. Und für nächstes Jahr planen wir zusätzlich noch ein Zentrum für Hunde-Hydrotherapie. Die Wasserbehandlung ist nämlich eine wunderbare Methode, während der Heilung einer Verletzung einen eventuellen Muskelschwund zu verhindern, der hinterher das Tier zu einer Belastung für seinen Herrn werden lassen könnte. Der Pool soll über eine Gegenstromanlage verfügen, die an das individuelle Leistungsvermögen des Patienten angepaßt werden kann. Das Schwimmtraining kann auch dazu dienen, die Herz- und Lungenfunktion zu stärken, und es hilft stämmigeren Hunden Gewicht zu verlieren. In der Natur wird es ja leider immer schwerer, sichere und saubere Badeplätze zu finden. Viele Gewässer sind verunreinigt. Zu kaltes Wasser hemmt zudem die Durchblutung. Unser Pool wird deshalb auf siebenundzwanzig Grad temperiert sein. Geplant ist auch ein Whirlpool mit vierzig Grad, wo Hunde mit Kreislaufproblemen inmitten perlender Bläschen wunderbar entspannen können.

Parallel denken wir darüber nach, einen Betreuungs- und Bestattungsservice aufzubauen. Der Tod eines Haustiers ist ja häufig für die ganze Familie traumatisch. Wer sich die Belastung nicht zutraut, den Hund auf seiner letzten Reise zu begleiten, könnte sich dann an unsere Spezialisten wenden. Diese Spezialisten können den Betroffenen die Formalitäten abnehmen und die Familienmitglieder in der Bewältigung ihrer Trauer unterstützen. Kein Hund und keine Katze sollte mehr ins Meer oder auf eine Müllkippe geworfen werden! Bald werden wir hoffentlich in der Lage sein, eine würdige Bestattung oder Einäscherung zu arrangieren. Hinterher kann dann an unserer Mauer der Erinnerung eine Plakette mit Namen und Daten des jeweiligen Tiers angebracht werden, wo man als Zeichen der fortdauernden Liebe zu seinem Gefährten regelmäßige Gaben ablegen kann.«

Er hat Wasser getrunken, aus dem dunklen Pool. Er hat sich auf den Boden gelegt, das Gesicht ins Wasser getaucht und getrunken, bis es weh tat: wie er nicht mehr getrunken hat seit seinem langen Marsch durch die Wüste, er ist müde. Er würde gern schlafen, aber das wagt er nicht. Er hat eine Weile im Schutz des kleinen Häuschens auf dem Rücken gelegen. Dann hat er die Mauer untersucht: Aber hier führt kein Weg hinaus. Die Kronen der Außenmauern sind mit Glasscherben gespickt, und dahinter fällt der Fels senkrecht ab, es ist nicht leicht, die Panik in Schach zu halten.

Er nähert sich dem Haus. Geht an dem Sessel vorbei, in dem am Nachmittag die Frau gesessen hat, die Toten sind jetzt sehr schwer. Sie sind nah. Sie ziehen an ihm, umdrängen ihn, er überquert die überdachte Terrasse. Drückt die Türklinke: Aber natürlich ist alles verschlossen, er hat Hunger. Auf dem Tisch neben der Tür liegt ein angebissener Apfel. Er nimmt ihn und beißt hinein. Dann ißt er ihn auf.

Janine fühlt sich, als wäre sie auf einer Zeitreise. Sie weiß nicht, wann sie zum letzten Mal in dieser Sorte Kneipe war, das Mädchen hinterm Tresen hat bis über die Ohren abgeschorene Haare, eine Lederjacke. Metallnieten: aber nicht in der Jacke. Im Gesicht. Nase, Ohren, Unterlippe, Augenbrauen: Alles ist gepierct, Janine, Andy, Bille und Amöbe stehen am Tresen. Janine ist ein bißchen betrunken. Andy erzählt irgend etwas von einem Freund, mit dem er gestern Ärger gehabt hat, eine seiner

Augenbrauen ist schief, wie ständig leicht hochgezogen. Seine Ohren stehen im oberen Drittel ab, wie bei Mr. Spock, vielleicht ist er wirklich ein Außerirdischer. Das wäre ein Ding! Dann könnten sie alle in ein Raumschiff steigen und der Welt den Rücken kehren, Janine erinnert sich an eine Erzählung, die sie mal in irgendeinem Sci-Fi-Bändchen im Urlaub gelesen hat und in der alle Außerirdischen sexbesessen waren.

Oder nein, es war andersherum. Die Erdlinge waren besessen davon, mit den Außerirdischen Sex zu haben, weil das das sternenhaft megamäßigste war, Janine sieht sich um. Amöbe hat sich auf eine Bank an der Wand gesetzt und starrt vor sich hin. Bille tanzt, allein in einer Ecke. Andy ist verschwunden, Janine weiß nicht wohin. Ein Typ namens Günter, den sie vorhin kennengelernt hat, redet mit einmal auf sie ein,

»Du bist aber bestimmt nicht von hier, oder. Ich wette, du bist nicht von hier«,

»Nein«, sagt Janine. »Ich bin aus Hamburg«,

Janine möchte plötzlich gehen, von einem Moment auf den anderen. Günter haut mit der Hand auf die Theke.

»Is ja doll«, sagt er. »Is ja ein irrer Zufall, ich bin doch auch da oben gewesen! Drei Jahre lang, dolle Zeit war das«, Günter schüttelt den Kopf.

Kratzt sich am Bauch, bestellt noch ein Bier, das Mädchen hinter dem Tresen nickt wortlos. Zapft. Kneift die Augen zusammen gegen den Rauch ihrer Kippe, ihr gegenüber steht ein Kerl mit geschorenem Kopf. Er beugt sich über den Tresen zu ihr. Er sagt: »Ey.«

Das Mädchen reagiert nicht.

»Weißte, was ich auf der Brust habe?« sagt der Kerl. »Na? Weißte nicht? Ein Hakenkreuz. So ein großes Hakenkreuz habe ich da.«

Das Mädchen zapft Bier, völlig reaktionslos. Ihre Unterlippe sieht aus, wie sich Lippen nach einem Zahnarztbesuch mit Betäubung anfühlen,

»Hamburg«, sagt Günter zu Janine. »Schöne Stadt, echt. Hat mir echt leid getan, wieder abzuhauen«,

Janine denkt, daß sie jetzt gern von den Santinen hochgebeamt würde. Sie stellt sich vor, in einem Raumschiff geborgen zu sein, in dem es aussieht wie unter dem freien blauen Himmel der Erde, der Kerl mit der Glatze beugt sich vor, schnappt der Bedienung die Kippe weg und steckt sie sich in den Mund. Das Mädchen sieht auf. Ihr Blick knallt gegen seinen wie ein Armeejeep,

»Mach das noch mal«, sagt sie, »und ich drück sie dir an der Backe aus, Arschloch.«

Sie hat gesprochen, ohne die Stimme zu erheben. Sie sieht aus wie sechzehn, allerhöchstens, der Kerl grinst.

»In Walddorf drüben«, sagt er zu ihr, »da kenn ich eine, die sagt, die liebt mich.« Er schüttelt langsam den Kopf. »Und weißte was? Die hat ganz weiße Zähne.«

Er sieht an dem Barmädchen vorbei, zwinkert gegen den Rauch ihrer Zigarette in seinem Mund an. Er lacht auf. Er sagt: »Ganz weiße Zähne hat die. Stell dir das vor«,

»Hamburg«, sagt Günther zu Janine. »Weißt du, ich hab sogar noch ein Kind, da oben«,

Es klingt, als spräche er von einer Wohnung. Von einem Koffer: den er in Hamburg vergessen hat, vielleicht bei Gelegenheit abholen wird,

»Haste schon mal einen gesehen, der einen Adler auf dem Rücken hat?« sagt der Kerl am Tresen zu dem Barmädchen. »Nee? Willste mal einen sehen? Steht genau vor dir. Den Adler haben sie mir im Knast gestochen. Acht Jahre Knast, wegen Totschlag, aber die haben mich früher rausgelassen. Weil ich so ein netter Kerl bin. Willste wissen, was passiert ist? Ich habe irgendwie mal mit einer Türkin losgemacht. Ihr Bruder kommt an, will mir was. Ich sage zu ihm, wie! Ihr fickt unsere Frauen, aber wir sollen eure in Ruhe lassen? Ist eben blöde gefallen, der Kanake. Mit dem Genick auf die Theke, willst du jetzt das Hakenkreuz sehen?«

Er hebt sein Tshirt hoch, *Pit Bull* steht darauf. In deutscher Schrift, schwarz auf grün, sein Brustkorb ist überall tätowiert. Adler Rosen Love Hate Anker Wolfskopf blutende Herzen: die ganze Knast-Ikonografie. Nirgends ein Hakenkreuz,

»Bist du drauf reingefallen, was. Hast du echt geglaubt, ich bin einer von denen, ey, ich bin doch nicht blöd. Die Typen verarschen uns auch bloß, das hab ich im Knast doch längst gerafft. Ist sowieso alles bloß eine einzige Verarsche. Absolut alles. Ey, mein bester Freund im Knast, der war Türke. Der ist immer noch mein Freund. Der schreibt mir immer noch, verstehste, ich schreib ihm auch. Und du hältst mich für so eine Scheißglatze. Ach geh mir weg.«

Das Mädchen spült Gläser. Der Kerl raucht. Amöbe sitzt auf einer Bank an der Wand. Bille tanzt vor sich hin, allein in einer Ecke. Der Kerl betrachtet die Flaschen hinter dem Tresen. Er sagt: »Die hat ganz weiße Zähne, die drüben in Walddorf. Das glaubste nicht. Einen ganz weißen Bauch hat die. Und unten einen ganz schwarzen Busch.«

»Mein ganzes Leben«, sagt Harry zu Barbara. »Verstehst du? Mein ganzes Leben habe ich immer bloß Angst gehabt, daß ich aus Versehen meine Mutter umbringe. Deswegen bin ich so ein Versager. Genau deswegen. Ich habe immer Angst gehabt, ich könnte meine Mutter erschrecken oder ärgern, und dann würde sie sofort tot umfallen, mir hat man doch immer gesagt, ich hätte sie schon mit meiner Geburt fast umgebracht. Nimm Rücksicht auf deine Mutter! Nimm Rücksicht auf deine Mutter, verdammt noch mal, und nein, du kannst wirklich keine Freunde mit heimbringen. Stell bitte den Fernseher leiser. Du bringst deine Mutter noch unter die Erde! Und am schlimmsten war es, wenn sie mich dann auch noch in Schutz genommen hat. Ach laß das Kind doch, Holger. Laß den Jungen. Da konnte man überhaupt nichts mehr sagen. Da war man wehrlos. Da hat man sich nur noch wie Scheiße gefühlt«,

»Du?« sagt Thomas. »Du hast Rücksicht genommen, auf irgend jemanden? Du? Du hast dir alle Freiheiten genommen, das hast du gemacht. Du hast gemacht, was du wolltest, sonst überhaupt nichts, und alles andere ist an mir hängengeblieben«,

»Na und?« sagt Harry. »Dafür warst du der King. Mamas und

Papas Liebling. Der große Hoffnungsträger, und ich war der Loser«,

»Ich kann es nicht mehr hören«, sagt Julia.

Sie hat sich umgewandt. Sie hat sich halb aufgerichtet, hat die Hände auf die Tischkante gestützt,

»Hör auf«, sagt sie zu Harry. »Hör endlich auf. Und hack vor allem nicht mehr auf deiner Mutter herum. Ich kann es nicht mehr hören. Du bist doch inzwischen erwachsen, oder nicht? Hör auf, immer andere verantwortlich zu machen, für den Mist, den du produziert hast, stell dir mal vor, ich würde das machen. Wer wäre denn dann wohl an meinem Mist schuld? Du doch, oder nicht? Du. Also, laß gefälligst meine Oma in Ruhe. Meine Oma hat mich großgezogen, nicht du«,

Sigrid fährt auf. Sie sitzt Julia schräg gegenüber. Sie beugt sich vor, streckt die Hand nach ihr aus,

»Julia!« sagt Sigrid. »Aber was redest du denn? Das ist doch nicht wahr. Ich habe dich zu mir genommen. Ich habe verhindert, daß du in ein Heim kommst. Ich war wie eine Mutter zu dir. Und dein Onkel Mopp war dir wie ein Vater. Wer ist denn mit dir zum Schwimmen gegangen?«

»Sigrid«, sagt Mopp. »Nun laß doch, Sigrid«,

»Wer hat dir das Fahrradfahren beigebracht?« sagt Sigrid. »Wer hat deine Geburtstage ausgerichtet, deine Wäsche gewaschen, dein Essen gekocht«,

Julia antwortet nicht. Sie muß an sich halten, bei dem verdammten Refrain,

Das ARME Kind, ohne seine Tante und seinen Onkel wäre es in ein HEIM gekommen,

»Ich danke dir«, sagt Harry zu Sigrid. »Ich danke dir herzlich, liebe Tante. Glaub nicht, daß ich nicht genau weiß, wer Julia gegen mich aufgehetzt hat. Glaub nicht, daß ich nicht weiß, wem ich dafür zu danken habe. Du und meine Mutter, ihr habt mir mein Kind entfremdet. Jawohl, du und meine Mutter. Eigentlich ist so etwas doch kriminell. Es müßte strafbar sein, ein Kind gegen den eigenen Vater aufzubringen: Aber ich habe natürlich nichts in der Hand. So geht es ja immer, bei Harry Siebeck«,

»Halt jetzt den Mund!«

Julia ist aufgesprungen. Mopp nimmt Sigrid am Arm,

»Komm«, sagt er. »Es ist besser, wir gehen. Komm, laß uns heimgehen, Sigrid, bitte«,

Harry spürt die Wut wie eine Droge in sich aufsteigen, wie Alkohol oder eine Line Koks. Es ist eine große Wärme. Es ist eine Bestätigung seiner Existenz, ein Zuwachs an Macht und Lebendigkeit. Es ist, als säße er auf einem großen schwarzen Pferd, aus dessen Nüstern das Feuer sprüht: Und nun läßt Harry dem Hengst die Zügel schießen, vertraut sich seinem kraftvollen Lauf an,

»Komm, Sigrid«, äfft er Mopp nach. »Komm, Sigrid, wir gehen. Ja, klar. Geht doch. Laßt mich nur hier sitzen. Geht ihr gemütlich nach Hause, du und Sigrid und Julia, und den Möbelfuzzi da könnt ihr auch gleich mitnehmen, spielt ihr ruhig Familie, mit meinem Kind. Du bist doch genauso wie alle anderen, Mopp. Du bist kein Freund. Du hast dich als Vater aufgespielt, all die Jahre, aber in Wirklichkeit hast du mir mein Kind abgeschwatzt, ich höre es ja noch! Ich höre genau, was du damals gesagt hast. Nur für eine Weile, Harry, wir wollen dir dein Kind nicht wegnehmen, wir wollen dir nur helfen. Ja, ja. Bla, bla, bla«,

»Und?« sagt Sigrid. »Wolltest du sie vielleicht wiederhaben? Hast du irgendwann mal gesagt, ach Sigrid, sei doch so gut, gib mir bitte mein Kind zurück?«

Aber Harry hat sie gar nicht gehört,

»Ihr habt sie gegen mich aufgehetzt«, schreit er. »Du, Mopp. Du, mit deinem Vatergetue. Dabei bist du noch nicht mal ihr richtiger Onkel«,

Das schwarze Pferd stoppt, mitten im rasenden Lauf. Harry spürt den Schock im Magen, im Rückgrat. Er sieht sich um. Er steht auf einer einsamen Ebene. Hier wächst nichts. Hier pfeift nur ein dünner Wind, eiskalt,

»Was meinst du denn damit«, sagt Mopp in das plötzliche Schweigen hinein.

»Ach, was weiß ich«, sagt Harry. Er steht auf. »Ich haue jetzt ab«, sagt er. »Ich haue ab, ich bin todmüde. Und hier wird es ja wohl nicht viel lustiger werden«,

Niemand antwortet ihm.

»Harry«, sagt Mopp. »Was hast du gemeint?«,

»Du mußt es doch endlich auch mal erfahren«, sagt Harry. »Du kannst doch nicht ewig in Unkenntnis bleiben. Du mußt doch auch mal die Wahrheit wissen«,

Püppi beginnt zu weinen.

»Du Arschloch«, sagt Thomas zu seinem Bruder. »Was bist du nur für ein Arschloch.«

»Geh jetzt, Harald«, sagt Holger. Er legt eine Hand auf die Schulter seiner Frau, »Thomas, bitte bring deinen Bruder hier weg«,

»Mama«, sagt Thomas.

»Geh ruhig«, sagt Püppi. »Bring die Kinder nach Hause.«

Thomas schließt die Autotür auf. Christa steigt neben ihm ein. Harry sitzt zwischen den Jungen, auf dem Rücksitz. Thomas läßt den Motor an. Der Wagen rollt langsam vom Parkplatz des Venezia. Fährt durch Neuenburg-Nord, Richtung Osten,

»Ich weiß was, Papa«, sagt Linus. »Papa, ich weiß was, Rosalie hat es mir vorhin erklärt. Rosalie hat gesagt, wir gehen bis zu den Amöben zurück. Die Amöben sind das allerallererste, was gelebt hat. Die waren schon ganz am Anfang da. Und daraus sind wir gekommen, hat Rosalie gesagt. Wir alle. Alles, was es gibt. Und deshalb sind wir auch alle miteinander verwandt. Wir alle miteinander, und mit allen Menschen, und mit allem, was es gibt. Papa, wir sind sogar mit Santos verwandt.«

Bille, Janine, Amöbe und Amöbes Hund sind auf dem Weg zum Marktplatz. Andy ist nicht dabei. Bille heult.

»Ich verstehe das nicht. Wieso ist er einfach gegangen? Ich verstehe nicht, daß er einfach gegangen ist, er hat das noch nie gemacht! Was habe ich ihm denn getan? Er hat sich nicht mal von mir verabschiedet. Er ist einfach abgehauen, ich verstehe das nicht«,

»Vielleicht haben ihn die Santinen hochgebeamt«, sagt Janine. »Vielleicht kommt jetzt der Weltuntergang«,

»Nicht, Janine«, sagt Amöbe.

»Er hat gesagt, ich wäre sein Dual«, schluchzt Bille.

»Sein was?« sagt Janine.

»Sein Dual«, sagt Bille. »Die menschlichen Inkarnationen der Santinen haben alle ein Dual. Eine Zwillingsseele, entweder auf der Erde oder in einem der Raumschiffe. Jemanden, mit dem sie wirkliche Liebe verbindet. Wirkliches Verständnis. Wo man sich wirklich zu Hause fühlt. Und Andy hat gesagt, ich wäre sein Dual, und jetzt ist er einfach gegangen, und ich bin mir doch sowieso nicht sicher, ob ich überhaupt zu den Santinen gehöre. Ich bin mir nicht sicher, ob ich nicht einfach nur von der Erde bin. Wahrscheinlich bin ich nur von der Erde, und jetzt hat er es gemerkt. Wahrscheinlich ist er deshalb gegangen«,

Keiner antwortet. Amöbe pfeift beim Gehen leise vor sich hin. Sein Hund trabt neben ihm her, die Nase am Boden. Liest im Rinnstein und an den Wänden der Häuser das, was Amöbe vorhin als Pee-Mails bezeichnet hat: früher am Abend, als sie noch alle gelacht haben, Janine überlegt, was sie jetzt tun soll.

Sie ist wieder ein bißchen nüchterner: Sie hat einen Kaffee getrunken, ein großes Glas Wasser, am Marktplatz soll ein Taxistand sein. Das hat Bille gesagt. Aber wohin soll das Taxi Janine eigentlich fahren? Es ist nach Mitternacht. Janine hat kein Hotel gebucht.

Sie ist nach Neuenburg gekommen, um ihren Onkel kennenzulernen, ihre Cousine, den Neffen ihres Vaters, die Stadt ist um diese Zeit ziemlich leer. Der Platz rund um die Kneipe war noch einigermaßen belebt, aber die Gassen hier sind wie ausgestorben. Es sind schmale Gassen, begrenzt von hohen schmalen Häuserfronten mit spitzen Giebeln. Ihre Schritte hallen. Etwas plätschert: ein Brunnen, der mit Geranien bepflanzt ist und mit Männertreu, dahinter ist ein Laden mit Neuenburger Memorabilien. Alte und neue Postkarten, alte und neue Stadtansichten. Mundartdichtung. Nachdrucke historischer Werke über Neuenburg, im Haus daneben ist ein Bekleidungsgeschäft. Auf seinen Schaufenstern kleben Schilder

20% 40% 60%
TOTALAUSVERKAUF
WG. GESCHÄFTSAUFGABE

Noch ein Haus weiter ist eine Kleintierhandlung. Amöbes Hund ist vor dem Schaufenster stehengeblieben und betrachtet die Meerschweinchen und Zwerghasen hinter der Scheibe. Er wedelt schwach mit dem Schwanz,

»Was hat er denn?« sagt Janine zu Amöbe. »Hat er Hunger?«

»Wie?« sagt Amöbe. »Ach so. Nein. Er mag Meerschweinchen. Ich glaube, sie erinnern ihn an seine Kindheit. Er ist doch im Tierheim aufgewachsen. Er ist als Welpe im Tierheim abgegeben worden, und da waren viele Meerschweinchen«,

Sie kommen an einem Buchladen vorbei. Es ist ein alter Buchladen. In den Sandstein über dem Eingang ist der Name des Besitzers eingemeißelt,

BUCHHANDLUNG STEININGER

Darunter, auf den dunklen leeren Fenstern, kleben weiße Computerausdrucke.

LADEN ZU VERMIETEN
Immobilienbüro Leisegang
Neuenburg 42848

Zwei Häuser weiter ist ein Waffengeschäft. Taschenmesser sind ausgestellt, Jagdmesser. Revolver, Gewehre mit Zubehör,

»Janine«, sagt Amöbe. »Ich habe einen Schlafsack, in deinem Auto. Wir können mit dem Auto irgendwo rausfahren und uns den Schlafsack teilen«,

»Ja«, sagt Janine. »Klar. Ich habe ungefähr dreißig Promille, aber was macht das schon? Dann lasse ich eben mein Auto in Neuenburg stehen, so ein, zwei Jahre lang, bis ich meinen Führerschein wiederkriege«,

»Ich kann fahren«, sagt Amöbe. »Ich habe gar keinen Führerschein.«

»Ihr könnt doch bei mir schlafen«, sagt Bille. »Bei mir und Andy. Ach bitte, schlaft doch bei mir«,

Janine und Amöbe wechseln einen Blick.

»Meinst du denn, das wäre Andy recht?« fragt Janine.

»Bestimmt«, sagt Bille und fängt wieder an zu weinen. »Ganz bestimmt. Er hat euch doch vorhin so nett gefunden«,

»Wenn Julia nur nicht ihr Handy ausgeschaltet hätte«, sagt Amöbe düster. »Dann hätten wir zu Julia gehen können. Sie hat gesagt, ihre Tante hätte eine große Scheune. Da hätten wir bestimmt prima schlafen können«,

»Hör zu«, sagt Janine. »Ich nehme jetzt ein Taxi und fahre zu meinem Onkel. Zu meiner Cousine. Und dich nehme ich mit, Amöbe, und deinen Hund auch«, Janine fängt an zu lachen. »Die werden sich freuen«, sagt sie. »Die werden den Schreck ihres Lebens kriegen, wenn wir da einlaufen«,

Sie gehen an einer Apotheke vorbei, biegen um die Ecke und stehen auf dem Marktplatz.

Auch hier ist es sehr still. Die alten Häuser mit den hohen Giebeln liegen im Dunkel. Man hört das Wasser eines weiteren Brunnens. Überall stehen große Kübel, mit Kugelrobinien darin. Nirgendwo ist ein Taxistand zu sehen,

»Au verdammt«, sagt Bille. »Das hatte ich ganz vergessen. Es gibt ja gar keine Taxis mehr hier. Den Taxistand haben sie aufgelöst, als sie die Busse vom Markt weggemacht haben. Ich weiß gar nicht genau, wo man jetzt nachts Taxis findet«,

Bille setzt sich auf die Kante eines der Kübel. Der Kübel wakkelt. Bille fängt wieder an zu weinen,

»Alles mache ich verkehrt«, sagt sie. »Alles geht schief. Nichts kann ich richtig machen«,

Amöbe legt ihr die Hand auf die Schulter,

»Nicht weinen«, sagt er. »Das kommt schon alles wieder in Ordnung. Dein Andy kommt sicher wieder zurück. Das ist eben ein Spinner, dein Andy. Ein ziemlicher Spinner ist das«,

Keiner geht darauf ein. Bille umarmt den dünnen Baumstamm der Robinie. Der Hund läßt sich mit einem Seufzer vor Amöbe aufs Pflaster fallen,

»Ich habe meine Julia ja auch nicht gefunden«, sagt Amöbe

zu Bille. »Überhaupt, habe ich euch schon gesagt, daß meine Julia singt? Sie singt Lieder von einem, den sie in Auschwitz erschlagen haben. Sie haben ihm seine Lieder weggenommen und ihn erschlagen, weil er ein Jude war. Oder vielleicht weil er ein alter müder Mann war und nicht mehr schnell genug arbeiten konnte«,

Über den Platz kommen zwei Männer. Sie tragen graue Anzüge, die über ihren Schultern spannen,

»Er hat gesagt, er würde mich nie verlassen«, schluchzt Bille. »Er hat gesagt, die Santinen hätten die Menschen erschaffen, und deswegen würden sie uns nie verlassen. Sie wären wie unsere, wie unsere Väter. Er hat gesagt, daß sie unsere Sternengeschwister sind. Daß er nicht nur mein Lover ist, sondern auch mein Bruder«,

Amöbe hat leise zu singen begonnen. Er singt mit der leicht abwesenden Hingabe eines Betrunkenen, der den Boulevard der Erinnerungen hinunterwankt und voraussichtlich eine Weile brauchen wird, bis er wieder in der Gegenwart ankommt,

Freunde, das Leben ist lebenswert,

Die beiden Männer sind nähergekommen. Der Hund hat sich erhoben. Er macht zwei Schritte, ihnen entgegen,

»Ich habe eine solche Scheißwut«, sagt Bille.

Sie steht vom Rand des Kübels auf. Sie dreht sich zu der Kugelrobinie um. Schreit den Baum an,

»Eine echte Scheißwut! Immer passiert mir das. Immer und immer und immer wieder passiert mir so was, mit diesen Scheißtypen«,

»Was ist denn hier los?« sagt der rechte der beiden Männer in Grau.

Er ist ungefähr dreißig. Er hat eine weiße Narbe auf der Backe. Er ist so braungebrannt, daß die Narbe selbst im fahlen Licht der Straßenlaternen zu leuchten scheint. Offenbar hat er den schönen Sommer in vollen Zügen und mehrheitlich im Freien genossen, der Hund macht einen weiteren Schritt nach vorn. Er knurrt nicht. Er steht nur sehr hochbeinig,

»Binden Sie den Hund an«, sagt der linke Mann.

Er hat einen ganz leichten Akzent. Es ist nur die Spur eines Akzents: nur ein Hauch,

»Hunde müssen in Neuenburg angebunden werden«, sagt er. »Los.«

»Quatsch«, sagt Bille. »Neuenburg hat keinen Leinenzwang. Das ist ein netter Hund. Also lassen Sie uns in Frieden«,

Der Mann mit der Narbe beugt sich zu Bille vor.

»Leinen Sie den Hund an«, sagt er. »Und gehen Sie von den Robinien weg. Die Robinien sind Privateigentum der Firma Perling. Hören Sie auf zu randalieren und gehen Sie nach Hause. Sie stören die Nachtruhe der Neuenburger Bürger«,

Bille starrt den Mann an.

»Jetzt sagt mal, was seid ihr denn für zwei?« sagt sie. »Ihr habt mir überhaupt nichts zu sagen. Dies ist der Marktplatz, und ich bleibe hier, solange ich Lust habe. Wenn ich Lust habe, tanze ich hier Rock'n'Roll, mit dem Hund. Ihr habt hier überhaupt nichts zu befehlen. Ihr seid schließlich nicht die Polizei«,

»Bille«, sagt Amöbe.

Er hat die Männer genau gemustert. Es stimmt. Sie sehen nicht nach Polizei aus. Sie sehen eher wie Ordner auf Rockkonzerten aus oder wie Leute, die im Auftrag der Sicherheitskräfte dafür sorgen sollen, daß eine Demonstration nicht ganz so gewaltlos abläuft wie von den Veranstaltern beabsichtigt,

»Janine«, sagt Amöbe.

»Wir gehen jetzt«, sagt Janine. »Komm, Bille. Komm, Amöbe. Es wird allmählich spät«,

»Amöbe?« sagt der Graue mit der Narbe. Er grinst. »Amöbe? Das ist ja toll. Das ist echt toll. Was ist denn das für ein Name? Das ist doch kein Name. Das werden wir klären müssen. Zeigt mir doch freundlicherweise mal eure Ausweise«,

Amöbe weicht zurück.

»Ihr seid keine Bullen«, sagt er. »Euch zeige ich gar nichts«,

Über den Platz kommen jetzt zwei Männer in Jeans und grünen Jacken. Amöbe sieht sie. Er sieht, wie sie direkt auf ihn und die anderen zukommen,

»Janine«, sagt Amöbe.

Janine wendet sich um.

»Was wir hier brauchen, ist die Polizei«, sagt der Graue mit der Narbe. Dann brüllt er um Hilfe, auf Zimmerlautstärke, »Polizei? Huhu. Hallo. Ist hier irgendwo Polizei«,

Die Männer in den grünen Jacken haben sich voneinander getrennt. Sie laufen im Bogen nach rechts und links auseinander, als wollten sie die kleine Gruppe mitten auf dem Marktplatz in die Zange nehmen, Amöbe sieht von einer Seite zur anderen. Dann rennt er los. Der Graue mit der Narbe packt Janines Arm. Der andere hält Bille fest, die nach ihm tritt, spuckt, ihn zu beißen versucht, Amöbe rennt den Weg zurück, den sie vorhin gekommen sind.

Rennt auf die Gasse bei der Apotheke zu, gefolgt von seinem Hund: der aufgeregt blafft, freudig an Amöbe hochspringt wie auf einem Spaziergang, wenn sein Herr aus reiner Lust am Leben plötzlich mit ihm um die Wette läuft, Janine sieht, daß einer der Männer mit den grünen Jacken etwas aus der Tasche zieht. Amöbe und sein Hund haben jetzt den Rand des Marktplatzes erreicht. Der Mann in der grünen Jacke bleibt stehen und hebt den Arm. Amöbe taucht ein, in das mittelalterliche Netz der Gassen und Gäßchen. Der Hund umtanzt ihn, immer noch blaffend, alles geht auf einmal sehr langsam. Janine hätte Zeit zu schreien. Sie sagt sich, daß sie unbedingt schreien muß,

»Lauf«, flüstert Amöbe seinem Hund zu. »Lauf, du, lauf«,

Der Mann in der grünen Jacke hat den Arm ausgestreckt. Der Knall ist gedämpft, fast ohne Widerhall auf dem nächtlichen Platz. Amöbes Hund wird ein Stück in die Luft gerissen. Er bellt einmal, dünn und schrill, als hätte man ihn allein in den Keller gesperrt, und nun flehte er darum, wieder zu den anderen ins Zimmer zu dürfen. Dann fällt sein Körper auf die Erde und liegt still,

Jede Stunde verjüngt sich die Welt!
Die herrliche Welt!

Walter und Marianne sitzen im Auto. Sie fahren durch die Nacht, von Marbella heim in ihr Haus in der weißen Urbanisation,

»Es war trotzdem wunderbar«, sagt Marianne. »Ich finde, es war wirklich wunderbar«,

Walter schweigt.

»Es war doch ziemlich glamourös, oder?« sagt Marianne. »Die Gärten. Der Champagnerempfang in diesen herrlichen Gärten, das hat dir doch auch gefallen. Du hast gesagt, daß es dir gefallen hat«,

»Natürlich«, sagt Walter. »Der Champagnerempfang hat mir sehr gefallen. Die Gärten waren wirklich beeindruckend«,

Er hört selbst, daß das wahrscheinlich nicht reicht. Aber er ist müde. Ihm fällt nichts ein, womit er Marianne jetzt glücklich machen könnte: Oder vielleicht gönnt er ihr insgeheim ihre Enttäuschung sogar. Vielleicht hofft er, daß es sie von weiteren Saraos kuriert,

»Obwohl wir vielleicht ein bißchen Pech mit unserem Tisch hatten«, sagt Marianne. »Obwohl die Gräfin schon sehr ausführlich gesprochen hat. Sehr ausführlich. Ich meine, ich finde es bewundernswert, wie sie sich für eine gute Sache einsetzt. Aber letztlich gehen die Leute doch nicht auf so eine Veranstaltung, weil ihnen diese Hunde am Herzen liegen«,

»Ich frage mich«, sagt Walter, »warum Leute überhaupt auf so eine Veranstaltung gehen.«

»Walter!« sagt Marianne. »Dann hat es dir also überhaupt nicht gefallen.«

»So kann man es auch nicht sagen«, sagt Walter. »Ich meine nur, daß die Gräfin sehr lange geredet hat. Und dieser Vorstand mit seiner Frau hat keine einzige Anekdote zu Ende erzählt«,

Marianne lacht, erleichtert. Sie schiebt ihre Hand unter Walters, die auf dem Schaltknüppel liegt,

»Ja«, sagt sie. »Und ich bin ein bißchen vom Ende enttäuscht. Ich hätte nie geglaubt, daß irgend so ein Halbwüchsiger ein so glamouröses Fest einfach sprengen kann. Sich dermaßen danebenzubenehmen! Er soll ja der Stiefsohn des Schwiegersohns der

Gräfin aus erster Ehe sein. Das haben sie am Nebentisch gesagt, ich habe es gehört. Also, das heißt, die Gräfin hat eine Tochter, und die hat einen Mann geheiratet, der ein Kind mit in die Ehe gebracht hat. Das Kind seiner ersten Frau, nicht sein eigenes. Etwas so Kompliziertes kann ja nicht gutgehen. Und dann prügelt er sich mit einem Gast. Wie peinlich. Das war wirklich peinlich, für die arme Gräfin«,

»Der Gast soll schlecht über seine Mutter geredet haben«, sagt Walter. »Das habe ich gehört. Falls dich das nun auch noch interessiert«,

»Natürlich interessiert mich das!« ruft Marianne aus. »Aber das ist doch dann etwas völlig anderes. Das gibt der Sache ein ganz anders Gesicht. Womöglich ist seine Mutter schon tot, und er hat deswegen bei seinem Stiefvater bleiben müssen. Und dann redet jemand schlecht über sie, nein wirklich. Das arme Kind. Nur die eigene Familie ist nun mal die Familie, hör mal, Walter, ich habe den ganzen Abend an deinen Cousin denken müssen. Ruf ihn doch bitte unbedingt morgen früh an. So eine Chance gibt es vielleicht so schnell nicht wieder, für eure Versöhnung«,

»Ja«, sagt Walter. »Das werde ich tun.«

Harry ist gegangen. Thomas, Christa und die Jungen sind gegangen. Am Tisch der Silberhochzeit herrscht Schweigen,

»Sagt es mir«, sagt Mopp zu seinen Schwestern. »Sagt mir, was Harry gemeint hat.«

Püppi preßt das Taschentuch gegen den Mund.

»Marie«, sagt Mopp. »Es hat mit meinem Vater zu tun. Nicht wahr? Mein Vater war nicht wirklich mein Vater«,

Mopp sieht von einem zum anderen. Er sieht Holger an und Elisa, Paul, Tante Anni, Tante Grete, Barbara und Sarah,

»Püppi«, sagt Mopp. »Wer ist mein Vater?«

Püppi nimmt das Taschentuch vom Mund. Sie läßt die Hände in ihren Schoß sinken,

»Unsere Mutter war schwanger«, sagt sie. »Unser Vater war im Krieg. Mehr weiß ich nicht. Mehr weiß niemand«,

Mopp sagt: »Ihr habt es gewußt. Ihr habt es alle gewußt. Ihr habt gewußt, daß Karl nicht mein Vater ist«,

»Ich nicht«, sagt Julia. Sie dreht sich zu Mark um, »ich habe es nicht gewußt«, sagt sie. »Das habe ich nicht gewußt. Diese Geschichte kenne ich nicht.«

»Wer ist mein Vater?« sagt Mopp noch einmal. »Marie?«

Marie sieht ihren Bruder an.

»Karl Jensen natürlich«, sagt sie.

Die Tür zum Nebenraum öffnet sich.

Die Gäste von Ulla Vogels sechzigstem Geburtstag treten in die Gaststube, in Gruppen und Grüppchen, lachend, angetrunken,

– sehen wir uns ja spätestens Mittwoch beim Tennis, hast du dein Handy wieder eingesteckt, Liebling, also, wenn ihr im Herbst zur Messe geht, dann kommt aber diesmal unbedingt bei uns vorbei, und nochmals ganz ganz herzlichen Dank, Ulla, es war wunderschön –

Franz Vogel kommt auf Barbara zu. Er schwankt. Er setzte die Füße auf, als läge der Boden voll roher Eier oder voller Tischtennisbälle,

»Abend auch«, sagt er allgemein in die Runde. »Ich wollte nur sagen«, sagt er zu Barbara. »Gernot ist noch drüben. Er ist eingeschlafen. Ich habe gedacht, wir lassen ihn noch ein bißchen liegen. Wir lassen ihn in Ruhe. Dann geht es ihm nachher sicher wieder besser.«

Walter steuert den Wagen durch die Schranke. Er fährt an der Rasenfläche dahinter vorbei, an der Kammer für Gartengeräte. Biegt in die Gasse zu seinem Haus ein, hält. Atmet auf. Zieht die Handbremse an,

»So«, sagt er. »Da wären wir wieder«,

Sie steigen aus. Der Bewegungsmelder taucht den Vorplatz des Hauses in weißes Licht. Walter schließt das Tor zum Garten auf. Hinter Marianne schließt er es wieder zu, Walter ist sehr müde.

Er ist froh, daß dieser Tag vorüber ist. Er hat manchmal ein schlechtes Gewissen, gegenüber seiner Frau. Er ahnt, daß sie sich ein anderes Leben gewünscht hätte: ein schillernderes, abenteuerlicheres, er schließt die schmiedeeisere Terrassentür auf. Sein Blick fällt auf das Tischchen daneben, auf dem ein Apfelgrips liegt, etwas ist merkwürdig an diesem Grips. Aber Walter fällt nicht ein, was, er schließt die innere Terrassentür auf, die aus Glas ist.

Im Haus ist es dunkel. Es riecht ein wenig muffig, wie immer. Walter weiß nicht, woran das liegt. Vielleicht an der Klimaanlage, Walter knipst die Lampe in der Ecke an. Die afrikanische Zebrafell-Lampe, die Mark für seine Eltern im Internet gefunden hat,

Für Afrika-Fans und Freunde des atmosphärischen Wohnens! »Heart of Africa« offeriert Ihnen ein afrikatypisches Angebot: Giraffen, Nashörner, Warzenschweine, Häuptlinge. Nein, nicht aus Fleisch und Blut, sondern aus Holz geschnitzt, von 15 cm bis 1,20 m. Da bekommt man doch Lust, den Schwarzen Kontinent direkt zu besuchen,

Marianne geht an Walter vorbei in die Küche.

»Ich werde dann gleich ins Bett gehen, denke ich«, sagt Walter. »Ich bin wirklich erschossen. Kommst du auch bald oder soll ich die Terrassentür offen lassen«,

»Ich komme auch«, ruft Marianne aus der Küche. »Aber laß ruhig noch einen Moment auf, bitte. Es riecht so komisch. Ich glaube, irgend etwas stimmt mit der Klimaanlage nicht«,

Walter geht ins Schlafzimmer. Er zieht sich aus, hängt seinen Anzug auf den Bügel, zieht seinen blauen Schlafanzug an, dann geht er ins Bad. Er wäscht sich die Hände, putzt sich die Zähne. Betrachtet sein Gesicht dabei wie jeden Abend, abwesend und ohne es richtig zu sehen, gibt ein paar Tropfen Mundwasser in den Plastikbecher. Spült den Mund aus, gurgelt, dann geht er über den Flur zurück ins Schlafzimmer, wo Marianne gerade die Gläser mit Wasser auf die beiden Nachttische stellt.

Sie tut das jeden Abend. Marianne hat oft Durst in der Nacht. Walter nie. Aber sie stellt auch ihm Wasser hin, Abend für Abend, Jahr um Jahr. Dann geht Marianne ins Bad. Sie beginnt sich abzuschminken,

»Hast du die Terrassentür zugemacht?« ruft Walter aus dem Schlafzimmer.

»Noch nicht«, ruft Marianne zurück. »Aber bleib ruhig liegen. Ich mache es gleich«,

Sie putzt sich die Zähne. Reibt ihr Gesicht mit Gesichtswasser ab. Klopft trotz ihrer Müdigkeit die verjüngende, nährende, straffende und natürlich sündhaft teure Nachtcreme mit den Fingerspitzen in die Haut ein, wie die Kosmetikerin es ihr empfohlen hat, dann geht sie zurück ins Wohnzimmer.

Sie schließt die schmiedeeiserne Gittertür ab, schließt die Glastür. Einen Moment lang muß sie wieder an den Mann denken, der heute nachmittag in ihrem Garten gestanden hat. Sie fragt sich, ob man ihn wohl inzwischen gefaßt hat oder ob es ihm gelungen ist, an dem Wächter vorbei hinauszugelangen.

Ihre Türen sind verschlossen. Vor den Fenstern sind Gitter. Hier kommt niemand so einfach herein: Und außerdem ist seit heute nachmittag so viel passiert, daß es ihr vorkommt, als läge der ganze Vorfall schon ewig zurück. Als ginge er sie gar nichts mehr an.

Er kauert unter dem Küchentisch. Er weiß nicht, wie es jetzt weitergehen soll. Er ist ihnen ins Haus gefolgt, weil er Hunger hat. Er wird etwas essen, dann wird er wieder gehen: Oder er könnte die beiden auch ansprechen. Er könnte sie bitten, ihn von hier wegzubringen. Er könnten sie zwingen, ihn in ihrem Auto zurückzufahren zu den Plastikplanen oder sonstwohin, es ist jetzt alles still.

Es ist schon länger alles still, wohl seit mehr als einer Viertelstunde, er kriecht unter dem Tisch in der dunklen Küche hervor. Er kriecht zum Kühlschrank. Öffnet den Kühlschrank, der nur einmal leise quietscht, im Kühlschrank ist alles.

Milch. Schinken. Salami. Käse. Butter. Joghurt. Auch Tomaten, Paprikaschoten, Auberginen, Gurken, die er aber nicht anrührt. Außerdem Sahne, Marmelade. Vanillepudding. Ein paar kalte gekochte Kartoffeln, in der Schale, er stopft sich den Mund voll. Stopft in sich hinein, was er finden kann. Trinkt

Milch aus der Tüte, leckt sich die Finger, er denkt jetzt an gar nichts. Es ist ganz still. Das Essen, die Wärme, die das Essen in seinem Bauch erzeugt, gibt ihm ein wunderbares Gefühl der Geborgenheit,

»Walter?« flüstert Marianne.

Sie hat sich aufgerichtet. Beugt sich nun zu Walter hinunter,

»Walter«, flüstert Marianne.

Walter knurrt.

Marianne sitzt aufrecht im Bett. Sie hat das Quietschen der Kühlschranktür gehört,

»Da ist wer«, flüstert Marianne. »Hör doch, Walter«,

Walter richtet sich nun ebenfalls auf, ein wenig mühsam. Sie halten beide die Luft an und lauschen. Es ist nichts zu hören. Aber es ist etwas da. Etwas wie die noch nicht wahrnehmbare Vorform eines Geräuschs: eine gespannte Stille, die die Luft in Schwingung versetzt. Die sirrt, wie eine zu straffe Gitarrensaite, Walter schiebt die Decke weg und schwingt die Beine über den Bettrand. Marianne legt ihm eine Hand auf den Arm,

»Nein«, flüstert sie. »Bleib hier. Bitte bleib hier, das ist er. Das ist er, ganz bestimmt, wie ist er denn nur hereingekommen? Es ist doch alles vergittert. Wir müssen Hilfe holen, Walter«,

»Wie denn?« flüstert Walter. »Wir können hier doch gar nicht hinaus. Wie du sagst: Alles ist vergittert«,

Marianne preßt die Hand auf den Mund. Sie gibt einen Laut von sich, der klingt wie ein Auflachen oder ein Schluchzen. Sie starren einander an. Sie lauschen. Eigentlich ist gar nichts zu hören. Walter jedenfalls hört nichts. Er hat nichts gehört, die ganze Zeit nicht, wahrscheinlich ist nichts. Wahrscheinlich ist niemand da, und Marianne hat sich alles nur eingebildet, Walter steht auf.

»Walter«, flüstert Marianne.

Sie flüstert mit einem Ausrufezeichen. Sie ist ebenfalls aufgestanden, kommt um das Bett herum auf ihn zu,

»Da ist keiner«, sagt Walter. »Ich gehe jetzt nachsehen. Aber ich wette, da ist keiner«.

Er überquert den Flur, schaltet das Licht an. Betritt das

Wohnzimmer, schaltet die Zebralampe an, in der Küche steht ein Mann.

Es ist ein Afrikaner. Er ist noch jung. Er ist sehr schlank. Mager. Er hat ein Stück Brot in der einen, ein Brotmesser in der anderen Hand. Er hat den Mund voll, aber er hat aufgehört zu kauen. Steht mit vollem Mund da, starrt Walter an, Walter denkt, daß dies der Mann sein muß, den Marianne heute nachmittag aus dem Haus gewiesen hat. Sie stehen einander gegenüber, nicht lange und sehr lange. Die Situation ist weniger beängstigend als vielmehr peinlich, Walter überlegt, daß er jetzt etwas sagen sollte. Er spricht keine einzige Fremdsprache fließend, aber er kann ein wenig radebrechen, auf englisch und in den Sprachen gängiger Urlaubsländer

Bon jour, bon soir, thank you, the bill please, grazie tanto, por favor,

»Was wollen Sie?« sagt Walter.

Er sagt es in allen ihm möglichen Sprachen oder versucht es zumindest,

Was wollen Sie *what do you want que voulez-vous che cosa voi qué desea usted,*

Der Mann sagt kein Wort. Einen Moment lang überlegt Walter, ob er ihm anbieten soll zu telefonieren.

Marianne hat gesagt, der Mann wollte telefonieren: Aber das ist doch absurd. Wenn man lange nach Mitternacht in der Küche seines verbarrikadierten Ferienhauses einen Eindringling vorfindet, fragt man ihn doch nicht, ob er telefonieren will. Und ganz offensichtlich ist dieser Mann da keineswegs gekommen, um zu telefonieren, sondern –

– um zu essen.

Um zu essen und vielleicht auch, um etwas zu stehlen. Walter geht zur Tür.

Er läßt den Mann nicht aus den Augen. Er sagt: »You can go.«

Er schließt die innere Glastür auf, in deren Schloß der Schlüssel noch steckt. Er zieht den Schlüssel ab. Schiebt den anderen Schlüssel ins Schloß der Eisentür, er sagt: »Vous pouvez partir.«

Er dreht den Schlüssel im Schloß der Eisentür. Er sagt: »Vai via. Salir, salir«,

Er legt die Hand auf die Klinke der Tür, um sie aufzustoßen.

»Stop«, sagt der Mann.

Seine Stimme ist überraschend tief. Walter hält inne. Der Mann kommt auf ihn zu. Walter tritt einen Schritt von der Tür zurück, die Frage ist, ob Walter sich verteidigen könnte. Er ist kräftiger als der andere, kompakter. Aber er ist bestimmt vierzig Jahre älter. Und der andere hat noch immer das Brotmesser in der Hand, auch wenn er es hält, als hätte er es längst vergessen, der Mann bleibt stehen, zwei Meter vor Walter. Er hebt die freie Hand, zeigt ihm die Handfläche.

»Stop«, sagt er noch einmal.

Walter überlegt, wie er erklären kann, daß nicht er gehen will, sondern daß er seinem ungeladenen Gast die Möglichkeit zur Flucht geben möchte.

»Salga, por favor«, sagt Walter. »Salga«.

Er macht eine Handbewegung, damit er auch wirklich verstanden wird. Weist zur Tür, mit einer raschen, weitausholenden Geste, der Mann starrt ihn an. Sein Körper strafft sich. Dann beginnt er zu reden. Er redet spanisch. Er redet schnell: Walter versteht kein Wort.

»No comprendo«, sagt Walter. »No comprendo«.

Der Mann scheint seinerseits Walter nicht zu verstehen. Er redet weiter auf ihn ein, nervös, aufgeregt, dann bricht er plötzlich ab.

Sieht zur Tür, wo Marianne steht, Marianne und der Mann starren einander an. Walter nützt den Moment. Er geht rückwärts. Das Telefon liegt drüben auf der Kommode, neben der Zebralampe. Die letzte Nummer, die gewählt worden ist, war die der Verwaltung. Wenn Walter unbemerkt die Wahlwiederholungstaste drücken könnte, würde sein Anruf zum Nachtservice des Sicherheitsunternehmens durchgestellt, der Mann dreht sich nach ihm um. Walter steht still. Marianne rennt los.

Flieht quer durchs Wohnzimmer, an dem Mann vorbei, reißt die Gittertür auf, flieht in die Freiheit, mit einem Satz ist der Mann hinter ihr. Walter jagt ihnen nach. Er versucht den Mann zu packen. Er hat ihn schon gepackt, an den Schultern, der

Mann fährt herum. Das Messer trifft Walter in die linke Brust. Er stürzt, erst auf die Knie, dann aufs Gesicht, Marianne schreit. Sie ist stehengeblieben. Der Mann packt sie und versucht ihr den Mund zuzuhalten, mit einer blutigen Hand. Sie versucht ihn zu beißen. Er preßt die Hand um ihre Kehle. Umfaßt ihren Hals, drückt, rückwärts taumelnd stolpert er über etwas.

Es ist der Stuhl.

Der Stuhl, in dem sie heute nachmittag gesessen hat, als er in den Garten gekommen ist, er stürzt. Schlägt mit dem Kopf auf dem Rand des Pools auf. Dann fällt er ins Wasser, die reglose Frau mit sich ziehend, für Bruchteile von Sekunden verliert er das Bewußtsein. Im Wasser öffnen sich seine Augen wieder. Einen Moment lang wäre es ihm möglich zurückzukehren: Dann wird ihm klar, was er in der Hand hält.

Es ist das Ende der Schnur. Über ihm ist die gläserne Fläche des Wassers. Durch das Wasser sieht er den Mond, einen fleckigen Schein weißen Lichts. Das Gewicht der Ertrunkenen weicht von seinen Schultern, ihr Gewisper verstummt. Sie breiten die Arme aus. Er atmet ein.

Am Familientisch herrscht noch immer Schweigen.

Dann steht Mopp auf. Er nimmt seine Jacke, die über einem Stuhlrücken hängt, Julia legt ihm die Hand auf den Arm.

»Ich komme morgen bei dir vorbei«, sagt sie. »Bevor ich nach Berlin zurückfahre«,

»Ja«, sagt Sigrid eilig. »Komm bei uns vorbei. Und dann kommst du mit zu mir, in meine Hütte«,

»Laß uns gehen, Sigrid«, sagt Mopp.

Er greift nach ihrem Arm. Sigrid streift seine Hand ab. Julia nimmt ihre Tasche vom Tisch. Mark steht auf. Julia geht auf Sarah zu und umarmt sie,

»Ich rufe dich an«, sagt sie.

»Julia«, sagt Sigrid. »Bleib hier«,

Julia umarmt Elisa. Sie umarmt Barbara, Paul, ihre Oma Püppi, ihren Opa Holger,

»Komm morgen in meine Hütte«, sagt Sigrid zu Julia. »Du mußt in meine Hütte kommen«,

»Auf Wiedersehen, Sigrid«, sagt Julia.

»Du verstehst nicht«, sagt Sigrid. »Sie haben Aswad getötet, aber uns nicht. Verstehst du? Warum verstehst du das nicht? Es war ein Versehen. Sie haben uns übersehen. Sie haben uns übriggelassen, damit wir erzählen können, was sie getan haben«,

»Auf Wiedersehen, Frau Jensen«, sagt Mark. »Auf Wiedersehen, Sarah. Vielen Dank für alles«,

»Sie werden kommen«, sagt Sigrid zu Julia. »Sie werden sich an uns erinnern. Sie werden uns nicht übriglassen, bestimmt nicht«,

»Sigrid«, sagt Mopp, »bitte, Sigrid. Bitte, nicht heute. Ein andermal«,

»Der Emir hat uns beschützt«, sagt Sigrid. »Draußen in der Stadt waren die Mörder. Christliche Mörder, muslimische Mörder, es ging die ganze Nacht. Es ging den ganzen Tag. Aswad hat uns beschützt, im Palast des Emirs«, Sigrid starrt angestrengt vor sich hin, mit einem Gesichtsausdruck, als entzifferte sie eine zu kleine Schrift. »Gegen Abend wurde es ruhiger«, sagt sie. »Wir hatten Angst. Wir hatten solche Angst. Aswad hat uns beruhigt. Er hat gesagt, er würde uns zum Flugplatz fahren. Er hat uns aus der Stadt hinausgebracht, durch Seitengassen, überall waren Tote. Dann waren wir draußen, auf dem offenen Land. In den Bäumen hingen die Leichen von Erhängten. Am Horizont sahen wir Qualmwolken, von brennenden Dörfern«,

Mopp hat sich wieder an den Tisch gesetzt. Er hat Sigrid den Rücken zugewandt. Er sieht sie nicht an, er will ihr nicht mehr zuhören,

»In der Dämmerung kamen wir an die Brücke«, sagt Sigrid. »Es war schon fast dunkel. Die Brücke war bewacht. Aber das wußten wir nicht. Die Männer hatten sich zu beiden Seiten im Busch versteckt, und dann auf einmal waren sie da, sie haben die Autotüren aufgerissen. Sie haben uns aus dem Wagen gezerrt. Sie haben gebrüllt: Muslim oder Christ, Muslim oder Christ, wir wußten nicht, was wir tun sollten. Wir hatten solche Angst.

Aber wir hatten Glück, die Männer waren Christen. Sie haben unsere Gesichter gesehen, unsere europäischen Gesichter, und da haben sie auch uns für Christen gehalten«,

»Sigrid«, sagt Mopp. Er sieht sie nicht an. »Sigrid, bitte hör auf«,

»Aswad trug ein T-Shirt und Jeans«, sagt Sigrid. »Er trug kein traditionelles Gewand. Fast hätten sie ihn auch für einen Christen gehalten. Fast hätten sie uns weiterfahren lassen. Aber dann wollte einer, daß Aswad aus der Bibel zitiert. Johannes Kapitel 3, Vers 16. Aswad kannte es nicht. Ich kannte es auch nicht«,

»Sigrid«, sagt Mopp.

»Denn also hat Gott die Welt geliebt, daß er seinen eingeborenen Sohn hingab, damit alle, die an ihn glauben, nicht verloren gehen, sondern das ewige Leben haben«, sagt Sigrid. »Ich habe es zu Hause nachgeschlagen. Sie haben gebrüllt, Muslim, Muslim. Sie haben Aswad geschlagen. Dann haben sie Aswad einen Autoreifen um den Hals gelegt. Dann haben sie den Reifen mit Benzin bespritzt und angezündet. Es brannte so hell. Da habe ich erst den Brückenwärter gesehen. Es war schon fast dunkel, aber Aswad brannte so hell, der Brückenwärter saß an einem Pult, wie ein Schreiber. Vor ihm lag ein Buch. Er hielt einen Kugelschreiber in der Hand. Neben ihm steckte ein Pfahl im Boden, darauf steckte sein Kopf. Hinter ihm war sein Darm über die Brücke gespannt, als Absperrung, wie ein Seil oder eine Schnur«,

»Rosalie!« schreit Elisa auf. »Rosalie«,

»Hier, Mama«, sagt Rosalie unter dem Tisch. »Ich bin hier, Mama«,

Elisa zieht Rosalie unter dem Tisch vor. Zieht sie an sich, sieht ihr ins Gesicht,

»Rosalie«, sagt Elisa. »Was hast du gehört? Hast du das etwa alles gehört«,

»Nein, Mama«, sagt Rosalie. »Nein. Ich habe gar nichts gehört«,

Rosalie lächelt. Sie streicht ihrer Mutter sanft über den Kopf.

Didididi-dadadada-dididi-dadaa

Didididi-dadadada-dididi-dadaa

Das Geräusch frißt sich in Gernots Kopf wie ein Parasit. Gernot stöhnt. Ihm ist übel. Sein Körper fühlt sich an, als schwirrten Insekten in seinen Adern. Und etwas schnurrt, in seiner Hose. Schnurrt, vibriert, an seinem Oberschenkel,

Didididi-dadadada-dididi-dadaa

Gernot versucht die Augen zu öffnen, aber es will ihm nicht gelingen,

Didididi-dadadada-dididi-dadaa

Allmählich wird ihm klar, daß er mit dem Kopf auf einer Tischplatte liegt. Daß das Vibrieren in der Hose und das schmerzerregende Geräusch dieselbe Quelle haben, Gernot hebt vorsichtig die Hand, tastet nach dem Handy. Hebt es blind ans Ohr, krächzt einen Laut, den ein gutwilliger Zuhörer als ein Ja? interpretieren könnte,

»Gernot?« sagt Jo Perling. »Hallo. Tut mir leid, daß ich dich jetzt noch belästige, auf deiner Silberhochzeit. Aber es hat schon wieder einen Vorfall gegeben. Ärger auf dem Marktplatz. Betrunkene haben einen Hund auf Passanten gehetzt. Natürlich war mal wieder weit und breit kein Polizist in Sicht. Aber glücklicherweise waren ein paar meiner Sicherheitsleute da. Ich habe mich nämlich entschlossen, einen Beitrag zur Belebung des Marktplatzes zu leisten. Ich werde der Stadt ein paar Bäume als Leihgabe überlassen. Anfang der Woche werden noch Bänke folgen. Ich denke, die Neuenburger werden das begrüßen. Die Aktion soll unter anderem signalisieren, daß ich meinerseits ernsthaft an einer Versöhnung mit dem Oberbürgermeister interessiert bin. Klar, daß sich meine ISS-Männer auch für meine Bäume verantwortlich fühlen. Heute abend konnten sie gerade noch rechtzeitig eingreifen. Sie konnten diesen offenbar äußerst gefährlichen Hund gerade noch erschießen, bevor er jemanden ernstlich verletzt hat. Der Halter ist offenbar ein polizeibekannter Randalierer und Staatsfeind, aus Berlin. Auch zwei Frauen waren dabei, eine von ihnen Hamburgerin, es ist eine sehr dubiose Geschichte. Aber das zu klären ist nun ja Sache der zuständigen Behörden. Inzwischen sind die Leute selbstverständlich der Polizei übergeben worden. Ein Beispiel für fruchtbare Zusammenarbeit. Ich hoffe, das wird gebührend honoriert. Wenn der Staat nicht mehr genug Geld hat, um Beamte dort aufzustellen, wo sie die Sicherheit der Bürger gewährleisten können, dann ist das nicht zu ändern. Aber ich bin mir jedenfalls meiner Verantwortung für die Stadt bewußt, als führender Unternehmer Neuenburgs. Ich werde mich mit meinen privaten Mitteln dafür einsetzen, die öffentlichen Plätze wieder sicherer zu machen. Und dann werden wir weitersehen.«

IV

Sonntag

Ausklang der Feierlichkeiten

Thomas fährt. Christa schweigt. Harry sitzt hinten, zwischen den beiden Jungen. Er sitzt unbequem, mit den Füßen auf dem erhöhten Stück in der Bodenmitte, Linus schläft, in seinem Kindersitz. Daniel starrt aus dem Fenster, in die Dunkelheit. Er ist von Harry abgerückt, so weit wie nur möglich, sie fahren durch ein Industriegebiet.

Fahren vorbei an langgezogenen Fabrikhallen, fahlgrün schimmernd in der künstlichen Nachtbeleuchtung, vorbei an verödeten Einkaufscentern und Autohäusern inmitten riesiger Parkplätze,

»Okay, es ist schiefgelaufen«, sagt Harry. »Scheiße, okay? Aber was kann ich denn dafür? Es ist von Anfang an schiefgelaufen«,

»Bitte, Harry«, sagt Christa. »Halt bitte den Mund. Bitte erspar uns deine Show«,

Harry verstummt. Linus schläft. Daniel ist so tief in die äußerste Ecke des Wagens gekrochen, daß er mit der Nase an die Scheibe stößt. Sie überqueren den ehemaligen Todesstreifen. Gleich dahinter folgen weitere Möbelcenter, Einrichtungscenter, Gartencenter und Großtankstellen. Dann windet sich die Straße ein Stück empor, zieht sich an den schwarzen Hängen des Thüringer Waldes hin, Harry sieht zwischen den beiden Vordersitzen hindurch nach draußen auf die Straße.

Er sieht den weißen Strichen in der Mitte zu, die dem Wagen durch die Dunkelheit entgegenkommen wie kostbare Momente, an ihm vorüberflutschen wie verpaßte Gelegenheiten,

»Warum hast du das gemacht«, sagt Thomas dann. »Warum hast du das bloß gemacht.«

Harry antwortet nicht. Sie kommen in die Stadt. Die Fenster

der leerstehenden Häuser glotzen düster auf sie herab, trostlos wie die Unendlichkeit, Thomas biegt auf seinen Parkplatz ein, neben der Baubrache, wo die Brauerei abgerissen worden ist. Er stellt sein Auto neben das von Christa. Stellt den Motor ab, sieht zu seinem Haus auf, das dunkel in der Nacht liegt, Christa schnallt sich ab und steigt aus. Sie öffnet die Tür neben Linus. Beugt sich in den Wagen, löst den Sicherheitsgurt, Daniel ist schon ausgestiegen. Er ist schon an der Haustür. Thomas dreht sich zu seinem Bruder um, der noch immer still dasitzt,

»Komm«, sagt er. »Komm jetzt, Harry. Warte, Christa, ich nehme Linus«,

Christa beachtet Thomas nicht. Weder Thomas noch Harry. Sie hebt Linus aus dem Wagen, mit einiger Mühe. Sie geht an dem Wagen vorbei, auf das Haus zu,

»Komm«, sagt Thomas zu seinem Bruder.

Er steigt aus. Harry steigt aus. Sie überqueren den Parkplatz. Thomas schließt die Haustür auf. Tritt beiseite, um Christa mit Linus, Harry und seinen Sohn Daniel vorbeizulassen, hintereinander steigen sie die Treppe zu der Zahnarztpraxis hinauf. Das alte Holzgeländer ist perfekt aufgearbeitet. Die Kabel und Rohre liegen unter Putz. Die Stufen sind abgezogen, jede einzelne, Thomas schließt die Tür zu der Zahnarztpraxis auf.

Sieht Christa nach, die mit Linus in Linus' Zimmer verschwindet,

»Papa?« sagt Daniel und bleibt stehen. »Kommst du noch mal zu mir, wenn ich im Bett bin?«

Harry und Thomas stehen in Behandlungsraum B.

»Ich habe gedacht, daß du Mopp magst«, sagt Thomas zu seinem Bruder. »Wenigstens Mopp, wenn schon sonst niemanden. Willst du was trinken?«

Harry schüttelt den Kopf. Thomas geht in die Küche, kommt mit einem Bier wieder. Harry sitzt auf dem Sofa und starrt auf den Boden zwischen seinen Füßen. Thomas stellt sich ans Fenster. Lehnt sich gegen das Fensterbrett, trinkt Bier aus der Flasche, Harry sieht auf.

»Verlogen«, sagt er. »Das ist das schlimme. Verlogen, unsere ganze Familie. Alles Lüge. Alles nichts als eine einzige verlogene Scheiße. Da belügen sie meinen Onkel sein ganzes Leben über seine Abstammung, und dann bin ich schuld, wenn die Sache auffliegt«,

»Ich bin pleite«, sagt Thomas zu dem dunklen Fenster.

Harry sieht auf.

»Was?« sagt er. Er zieht die Brauen hoch. »Wirklich? Ich glaub's nicht. Du bist pleite? Sunny Thommy hat kein Moos mehr?« Harry lacht auf. »Na«, sagt er. »Dann kannst du unsere Familie ja endlich mal kennenlernen. Dann kannst du sie erleben, wie sie wirklich sind. Vor allem unser Vater. Der wird nämlich gar nichts für dich tun. Der wird dir keinen Pfennig geben. Ich bin schließlich auch pleite, ich kenne das, ich kapiere es einfach nicht. Ich kapiere diese Welt nicht. Ich kapiere überhaupt nicht, wie man so sein kann. Wie man damit leben kann, daß man den anderen ständig was vormacht. Daß man sich selbst ständig was vormacht. Dieses ganze Familiengetue! Ach, wie sehr lieben wir einander, ach, wie halten wir zusammen. Verlogen. Ich hatte immer das Gefühl, daß alles verlogen ist, du etwa nicht?« Harry schnaubt, schüttelt den Kopf. »Vielleicht sind wir gar keine richtigen Brüder«, sagt er. »Vielleicht bin ich gar nicht Holgers Sohn. Oder vielleicht haben wir jede Menge Halbgeschwister, irgendwo auf der Welt«,

Thomas schnaubt.

»Unser Vater«, sagt er. »Genau. Holger Siebeck ist fremdgegangen und hat außereheliche Kinder gezeugt. Bitte, Harry, mach dich nicht lächerlich«,

Harry holt Blättchen, ein Feuerzeug und ein Stückchen Haschisch aus der Jackentasche. Er beginnt einen Joint zu bauen,

»Die sollten sich doch alle erst mal selbst einen Spiegel vorhalten«, sagt er. »Die sollten sich doch erst mal selbst klarmachen, wie sie sind. Aber das können sie nicht. Sie können nur anderen die Schuld zuschieben. Schau unseren Vater doch an. Du bist pleite. Und, hilft er dir? Gar nichts tut er, so wenig wie für mich«, Harry richtet sich auf, zündet den Joint an. Inhaliert, bläst Rauch aus, »hör zu«, sagt er. »Du kannst bei mir einsteigen, wenn du willst. Ich habe da diese total geile Idee, für einen Laden«,

»Entschuldige mich«, sagt Thomas. »Ich muß Daniel gute Nacht sagen.«

Daniel liegt im Bett. Er liegt auf der Seite, den Kopf in die Hand gestützt, und blättert in einer Basketballzeitschrift. Er hebt den Blick, als sein Vater hereinkommt,

»Na, Denny«, sagt Thomas.

Er setzt sich auf die Bettkante. Nimmt die Zeitschrift vom Bett, legt sie auf den Boden,

»Dann leg dich mal hin«, sagt er. »Dann schlaf mal, es ist ziemlich spät«,

Daniel lehnt sich zurück.

»Papa?« sagt er. »Hör mal. Wenn du das Geld nicht hast, dann nehmen sie uns das Haus doch weg, oder? Wo werden wir denn dann wohnen? Gehen wir dann wieder in den Westen zurück?«

»Ich weiß nicht«, sagt Thomas. »Noch ist ja gar nichts entschieden«, sagt er. »Noch ist ja überhaupt nichts geklärt«,

Daniel sieht seinen Vater nicht an. Er blickt auf die Wand gegenüber seinem Bett, die mit Limp Bizkit- und Metallica-Plakaten sowie einer Auswahl von Basketballheroen zugeklebt ist,

»Ich meine ja nur«, sagt er schließlich. »Wenn das passieren würde. Dann könnten wir uns doch eine Wohnung suchen, die in der Nähe von Mamas Wohnung ist. Das wäre doch gut. Dann könnte ich immer von einem zum anderen gehen. Dann müßtet ihr mich nicht immer holen und bringen«,

Thomas beugt sich über seinen Sohn. Er zieht die Decke zurecht, fährt ihm mit der Hand durchs Haar,

»Papa«, sagt Daniel. »Ich fand das nicht gut, was Harry heute gemacht hat. Ich fand das gemein. Warum hat er das gemacht«,

»Ich weiß nicht«, sagt Thomas. »Es ist ihm so rausgerutscht, nehme ich an«,

Thomas steht auf. Er knipst die Nachttischlampe an Daniels Bett aus,

»Schlaf jetzt erst mal«, sagt er. »Sei nicht allzu enttäuscht von Harry. Er ist schon ganz in Ordnung. Er hat eben nicht viel aus seinem Leben gemacht«,

Im Gegensatz zu Thomas Siebeck, mit dreißig Riesen in den Miesen, dreißig Riesen in den Miesen,

»Papa?« sagt Daniel. »Bin ich wirklich dein Sohn?«

Mopp steht in seiner Küche. Er steht an den Kühlschrank gelehnt, mit dem Rücken zu den Bildern über der Anrichte, er muß die Bilder nicht ansehen. Er weiß, was sie zeigen.

Jedenfalls hat er das bisher geglaubt. Er hat geglaubt, über der Anrichte hinge ein Foto von seinem Vater. Aber das stimmt nicht. Das Foto zeigt nur Karl Jensen: den Mann seiner Mutter, der einst mit seiner Familie in Danzig gelebt hat, Mopp kennt diesen Mann überhaupt nicht. Er kann sich den Tisch nicht vorstellen, an dem Karl Jensen abends gegessen hat, mit seiner richtigen Familie: mit seiner Frau, seinen beiden Töchtern. Mit Fritz, seinem einzigen Sohn, Mopp kann sich das Bett nicht vorstellen, in dem seine Mutter Lilo mit Karl Jensen geschlafen hat.

Das Bett, in dem sie mit Mopps Vater geschlafen hat, während Karl Jensen im Krieg war. Während der Apfelbaum wuchs und weiterwuchs, draußen neben dem Schuppen, Mopp in seiner Küche dreht sich um.

Er geht auf das Bild zu, bleibt davor stehen. Starrt das Bild an, bis die Gesichtszüge des Mannes darauf zu verschwimmen beginnen, Karl Jensen steht gebückt, im Begriff sich aufzurichten. Er lächelt in die Kamera, erfreut und überrascht, Mopp erinnert sich genau, wie das Bild entstanden ist. In der Küche der kleinen Mietwohnung war nur seine Mutter Lilo gewesen. Sie schickte Mopp in den Garten des Nachbarn, wo Karl das Fallobst einsammelte, all die schönen Äpfel! Ohne Karl Jensen wären sie auf dem Kompost verrottet, Mopp ging die drei Treppen nach unten.

Beobachtete seinen Vater, wie er hinter dem Zaun des Nachbargartens auf der Wiese stand und sich nach den Äpfeln bückte, in seiner alten Joppe, mit seinem alten Filzhut, im schläfrigen

Septemberdunst von Gärung, feuchtwarmem Moos, Mopp pirschte sich an, mit gezückter Kamera. Dann rief er,

Papa!

Karl Jensen hob den Kopf. Sein Gesicht wurde hell, in freudiger Überraschung,

Sieh an. Mein Sohn! Das ist aber schön,

»Mopp«, sagt Sigrid.

Mopp wendet sich um. Sigrid kommt auf ihn zu. Sie legt die Arme um Mopps Hals. Mopp steht einfach da. Er denkt an seine Mutter: die Mopps Vater mit Mopps Vater betrogen hat, sie hat Mopp betrogen. Mopp ist nie an der Hand seines Vaters durch Danzig gegangen. Nicht an der Hand Karl Jensens, nicht an der des gesichts- und namenlosen Mannes, über den er nun niemals mehr etwas erfahren wird, lebt der Mann noch? Weiß er von Mopp? Hat er weitere Kinder: Mopps Halbgeschwister,

»Julia kommt morgen«, sagt Sigrid. »Sie hat es versprochen«,

Und einmal als Kind ist er an Karls Hand zur Neuenburg hinaufgewandert.

Unterwegs sahen sie einen Raubvogel. Es war ein großer Vogel, ein Habicht vielleicht, Karl legte den Kopf in den Nacken. Sah dem Vogel nach, unter der Krempe seines alten Huts hervor, Mopp folgte Karls Blick. Hielt sich an seiner Hand fest, um nicht schwindlig zu werden, die Balance zu verlieren, sie sahen den Vogel steigen und steigen: der seine Kreise immer weiter zog, immer höher, bis er sich auflöste im lichtflirrenden Himmel und Karl Jensen den Blick wieder senkte, lächelnd zu dem kleinen Jungen an seiner Hand hinabblickte, Mopp in seiner Küche legt die Wange auf Sigrids Haar.

Er hat es gewußt. Er hat es immer gewußt.

Daniel liegt im Bett. Er hat die Augen geschlossen. Er ist sehr müde. Die Müdigkeit läßt ihn schwer werden und zugleich leicht, wie manche Erinnerungen es sind, Daniel erinnert sich an sehr vieles. Er erinnert sich weit zurück: Er weiß noch ganz genau, wie es war, als er klein war. Daniel ist mit vier in den Kindergarten gekommen. Keiner glaubt ihm, wenn er sagt, daß er sich an die Zeit davor erinnert.

Aber er erinnert sich. Er erinnert sich genau. Er konnte damals etwas, was keiner konnte. Seine Eltern lebten noch zusammen. Daran erinnert sich Daniel nicht. Er weiß auch nicht, ob es mit ihrer Trennung zu tun hat, daß er das, was er konnte, plötzlich nicht mehr konnte, oder ob es am Eintritt in den Kindergarten lag. Er weiß nicht, womit es zu tun hat, daß er die Fähigkeit verloren hat. Irgend etwas ist passiert. Eine Verhärtung, ein Starrwerden. Eine Zunahme des Gewichts. Als wäre er mit einem Mal von allem getrennt gewesen, ein einzelnes schweres Ding, das die Luft nicht mehr tragen konnte: Aber davor konnte er fliegen.

Er weiß es genau. Er rannte, auf einem Feldweg. Er sprang. Er kann noch immer seine roten Gummistiefel sehen, das spritzende Wasser. Er sprang in jede Pfütze. Rannte und sprang, rannte und sprang, und dann gab es einen bestimmten Moment, und er konnte fliegen.

Er flog nicht weit. Er flog nicht besonders hoch. Es waren nur ein paar Meter, dann war es vorbei: Aber er spürte diesen Moment, wenn der Boden unter ihm wegglitt und die Schwerelosigkeit ihn aufnahm, die Geborgenheit in der Luft, die ihn trug, die ihn umgab wie Wasser einen Fisch, er war vollkommen frei. Er war Teil der Welt, gedankenlos: Sie nahm ihn auf, kam ihm entgegen, ergriff ihn wie ein starker Wind, hob ihn auf und trug ihn, trug ihn über sich hinaus, er hat nie jemandem davon erzählt.

Er ist zu klug, um jemandem davon zu erzählen. Keiner würde ihm glauben. Er glaubt sich ja selbst nicht! Er ist kein kleines Kind mehr: Er weiß, was es gibt und was es nicht gibt. Er weiß, daß niemand auf der Welt fliegen kann. Aber gleichzeitig weiß er, daß er es konnte. Daß es so war.

Harry liegt auf dem Sofa von Behandlungsraum B. Er hat die Augen geschlossen, aber er schläft nicht. Harry denkt nicht an Mopp und nicht an seinen Bruder. Er denkt an Gitti.

Daran, daß auch Gitti und er in zwei Jahren Silberhochzeit gefeiert hätten, wenn Gitti bei Harry geblieben wäre, was ist nur geschehen?

Harry ist allein. Er war immer allein, er hat keine Familie. Er hat keine Frau: Kob ist fort, und Gitti ist tot, Harry hatte vor, alles richtig zu machen. Er war sicher, sein Leben würde gelingen. Er hat es versucht, Harry denkt an seine Hochzeit mit Gitti.

Er denkt an Gittis Brautstrauß. Harry hatte ihn persönlich bestellt. Er hatte Maiglöckchen bestellt. Hatte an ein rundlich-weiches Büschel gedacht, an einen zarten, duftenden Strauß für sein zartes Mädchen: Aber der Strauß, den die Floristin gebunden hatte, war eine harte, stachlige Kugel. Er sah aus wie ein Igel, oder wie einer dieser giftigen Fische vielleicht, bei deren Verzehr die Japaner ihr Leben riskierten, die Floristin hatte die Blumen gedrahtet. Alle Blumen, jeden einzelnen zarten Stiel, Harry war zu überwältigt, um etwas zu sagen. Er zahlte. Er ging. Gitti kämpfte mit den Tränen, als sie sah, was er ihr brachte,

Sie sind wie gekreuzigt, diese Blumen! Sie sind wie gefoltert,

Harry hatte eine Idee. Sie würden die Drähte einfach herausnehmen. Sie setzten sich zusammen an den Tisch. Lösten die dünnen Stiele von den Drähten, eines nach dem anderen: Und am Ende lag ein Haufen Drähte auf dem Tisch, ein paar zerdrückte weiße Glöckchen, Harry hat oft an diesen Strauß gedacht.

Er hat daran gedacht, als Gitti tot war. Als er den Sargschmuck aussuchen sollte: Und konnte er wenigstens dies wiedergutmachen? Konnte er wenigstens diese eine Sache nachträglich noch in Ordnung bringen? Maiglöckchen gab es natürlich nicht, um diese Jahreszeit. Aber Harry glaubte sich zu erinnern, daß Gitti auch Rittersporn gerngehabt hatte. Er bestellte ein Gesteck aus Rittersporn: aus himmelblau und tiefblau leuchtenden Rispen. Als er ein paar Tage später die Aussegnungshalle betrat, seine Tochter Julia an der Hand, sah er sofort, daß auch dies wieder schiefgelaufen war. Auf Gittis Sarg lag ein Gesteck aus dunklem Moos und dunklem Immergrün, trist und wie schon beerdigt, in das sein Rittersporn irgendwie hineingeschoben worden war:

ein paar lieblose, welkende Stengel, die an den Seiten herunterhingen, Harry weinte. Neben ihm saß seine Tochter. Sie machte sich steif, wenn er sie berührte.

Sigrid liegt im Bett, neben Mopp. Sie ist wach. Ihre Augen sind geöffnet. Sie überlegt, daß noch immer kein Zettel an der Haustür hängt, für die Jungen. Sie kann das offenbar nicht Mopp überlassen. Er wird keinen Zettel aufhängen. Sigrid muß die Sache selbst in die Hand nehmen, wie alles andere auch, jede Kleinigkeit zählt. Jedes einzelne gefährdete Ding, jedes Wesen ist es wert, von Sigrid gerettet zu werden. Sigrid wird sich bemühen müssen. Sie wird alles allein retten müssen: Und nun weiß sie das Wort. Das Wort für den Zettel. Es ist eines ihrer alten Geheimworte. Ein Codewort, aus der Sprache der Liebe,

Lobo

Sie waren gerade in Afrika angekommen. Wurden am Flughafen abgeholt, von einem Mitarbeiter der Organisation und einem einheimischen Fahrer, es war später Nachmittag. Die Hitze war brütend und dumpf wie der Bauch einer Henne im Nest. Sie fuhren durch die Stadt. Ließen dann die Stadt hinter sich, fuhren hinaus in die Savanne, hinein in die rasche afrikanische Nacht, der Mitarbeiter der Organisation vorn auf dem Beifahrersitz redete, erklärte. Der Fahrer schwieg.

Aswads Vater. Der Großvater der beiden Jungen, er hatte ein schmales Gesicht mit schwarz tätowierten Lippen, einem schwarzroten Punktmuster auf der Stirn und den Wangen. Mopp hielt Sigrids Hand. Sie hielten einander fest, schwindlig vor Aufregung und Glück, dann sahen sie die ersten Herden, scharf und schwarz vor dem glühenden Himmel. Aswads Vater hob die Hand vom Lenkrad. Er deutete nach Norden, wo weit hinten ein Felsen einsam aus der Ebene emporwuchs,

See? sagte er. *Lobo. This is called Lobo. Lobo, that means: That One Thing. That only thing. That one thing that exists only once. Like one rock. Like one tree. Like one man, standing alone in the endless plain.*

Gerda, die von ihren Geschwistern noch immer Püppi genannt wird, sitzt auf Rosalies Bettrand. Das Nachtlämpchen brennt: eine Glühbirne in einem Salzstein, die das Kinderzimmer in ein rosiges Licht taucht, Gerda liest ihrer Enkelin eine Geschichte vor. Jetzt noch, nach Mitternacht? Elisa war dagegen. Aber Gerda hat so selten Gelegenheit, ihrer Enkelin etwas vorzulesen. Sie war allerdings ein wenig verblüfft darüber, was Rosalie sich für ein Märchen gewünscht hat,

Es hatte ein armer Mann zwölf Kinder und mußte Tag und Nacht arbeiten, damit er ihnen nur Brot geben konnte. Als nun das dreizehnte zur Welt kam, wußte er sich in seiner Not nicht zu helfen, lief hinaus auf die große Landstraße und wollte den ersten, der ihm begegnete, zu Gevatter bitten. Der erste, der ihm begegnete, das war der liebe Gott. Der wußte schon, was er auf dem Herzen hatte, und sprach zu ihm: »Armer Mann, du dauerst mich, ich will dein Kind aus der Taufe heben, will für es sorgen und es glücklich machen auf Erden.«

Der Mann sprach: »Wer bist du?«

»Ich bin der liebe Gott.«

»So begehr' ich dich nicht zu Gevatter«, sagte der Mann, »du gibst den Reichen und läßt den Armen hungern.«

Also wendete er sich von dem Herrn und ging weiter. Da trat der Teufel zu ihm und sprach: »Was suchst du? Willst du mich zum Paten deines Kindes nehmen, so will ich ihm Gold die Hülle und Fülle und alle Lust der Welt dazu geben.«

Der Mann fragte: »Wer bist du?«

»Ich bin der Teufel.«

»So begehr' ich dich nicht zu Gevatter«, sprach der Mann, »du betrügst und verführst die Menschen.«

Er ging weiter, da kam der dörrbeinige Tod auf ihn zugeschritten und sprach: »Nimm mich zu Gevatter.«

Der Mann fragte: »Wer bist du?«

»Ich bin der Tod, der alle gleichmacht.«

Da sprach der Mann: »Du bist der Rechte, du holst den Reichen wie Armen ohne Unterschied, du sollst mein Gevattersmann sein.«

Der Tod antwortete: »Ich will dein Kind reich und berühmt machen, denn wer mich zum Freunde hat, dem kann's nicht fehlen«,

Meistens hört Gerda sich selbst nicht so genau zu, wenn sie ein Märchen vorliest. Meist ist sie mit ihren Gedanken woanders: Bei drei Kindern hat sie in ihrem Leben so viele Märchen vorgelesen, daß die Worte wie von selbst kommen. Aber bei dieser Geschichte ist sie auf der Hut. Vielleicht muß man kürzen, etwas auslassen: Aber Rosalie kennt das Märchen auswendig, Wort für Wort. Ihre Lieblingsstelle hat sie mitgesprochen,

Und der Tod führte den Arzt in eine unterirdische Höhle. Da sah er, wie tausend und tausend Lichter in unübersehbaren Reihen brannten, einige groß, andere halbgroß, andere klein. Jeden Augenblick verloschen einige, und andere brannten wieder auf, also daß die Flämmchen in beständigem Wechsel hin- und herzuhüpfen schienen

»Das ist schön«, sagt Rosalie, als ihre Großmutter fertig ist. »Diese Höhle. Die finde ich so schön. Oma? Meinst du, man kann diese Höhle jemals sehen? Meinst du, man sieht sie, wenn man stirbt? Oder vielleicht, bevor man geboren wird. Vielleicht habe ich sie schon gesehen. Vielleicht finde ich sie deswegen so schön«,

»Ich weiß es nicht«, sagt Gerda. »Vielleicht. Aber jetzt mußt du wirklich schlafen, sonst schimpft uns deine Mama«,

Gerda steht auf. Sie beugt sich über Rosalies Bett. Zieht die Bettdecke noch einmal zurecht, in alter Gewohnheit,

»Oma?« sagt Rosalie. »Ich bin froh, daß du auf der Welt bist.«

Gerda lacht leise auf, überrascht und gerührt.

»Na«, sagt sie, »das ist aber lieb. Ich bin auch sehr froh, daß du auf der Welt bist«,

»Das wäre ich ja eben gar nicht, ohne dich«, sagt Rosalie. »Wenn du zum Beispiel im Krieg verschwunden wärst, so wie dein Bruder Fritz, dann wären ich und meine Mama doch gar nicht geboren. Dann wären wir nicht nur tot. Dann wären wir überhaupt niemals auf der Welt gewesen, verstehst du? Und meine Kinder auch nicht. Meine drei Kinder, die ich kriegen werde. Zwei Mädchen und ein Junge. Und die Kinder von meinen Kindern, und die Kinder von diesen Kindern, und ihre Kinder und ihre Kinder und immer so weiter, die alle wären tot gewesen. So viele Leute. Die hätte es alle überhaupt nicht gegeben, wenn du damals verlorengegangen wärst. Und du bist nur ein einziger Mensch.«

Gerda sitzt auf der Kante der Gästecouch, im Haus ihres Schwiegersohns. Holger liegt neben ihr. Er scheint schon zu schlafen. Auch Gerda ist sehr müde. Sie nimmt eine Tablette, dann noch eine aus einer anderen Packung, dann löscht sie das Licht und kriecht unter die Decke. Holger stöhnt leise.

Er dreht sich um, mit der Schwerfälligkeit, die das Alter bringt, Gerda schließt die Augen. Sie denkt an ihren Bruder Mopp, an ihren Sohn Harry. Sie denkt an die Kerzenlichter in Rosalies Höhle. Sie denkt daran, was Rosalie gesagt hat,

Wenn du verlorengegangen wärst,

Aber zum Glück ist nur Püppi verlorengegangen. Gerda ist noch da. Püppi ist nicht mit ihrer Mutter und ihren Geschwistern geflohen. Sie war nicht dabei, als Fritz' Hand aus der Maries glitt, am Hafen von Hela: Sie ist in Danzig geblieben, bei Oma und Opa Jaschke. Aber warum? Warum ist sie nicht mit ihrer Mutter geflohen? Warum ist Püppi verlorengegangen, im Keller der Jaschkes,

Maikäfer, flieg
Dein Vater ist im Krieg
Deine Mutter ist in Pommerland

Wo Püppis Mutter Lilo das dritte Zimmer der Wohnung vermietete. Püppi schlief im Bett ihrer Eltern. Fritz schlief in der Kammer hinter der Küche. Marie schlief im Wohnzimmer, auf dem Sofa. Im dritten Zimmer schliefen Soldatenfrauen, die ihre in der Stadt stationierten Männer besuchten. Die Frauen wohnten dort eine Weile, dann fuhren sie wieder nach Hause zurück. Und ihre Männer blieben.

Sie blieben bei Lilo. Einmal kam Püppi nachmittags ins Schlafzimmer, wo sie mit ihrer Mutter allein schlief, seit der Vater im Krieg war, und da lag Lilo mit einem von ihnen im Bett.

Püppi ging wieder hinaus. Sie schloß die Tür hinter sich. Sie dachte sich nichts weiter dabei: Sie hatte keine Ahnung von Sex. Allenfalls fand sie es etwas komisch, sich am hellichten Tag ins Bett zu legen, wenn man nicht krank war. Deshalb erzählte sie Fritz davon.

Fritz wurde sehr zornig. Er regte sich auf. Er sagte, wenn der Vater davon erfahren würde, würde er sie vielleicht alle verlassen, Marie sagte nichts.

Sie stand auf Lilos Seite. Sie stand immer auf der Seite der Mutter, so wie Püppi immer auf Seiten ihres Vaters stand. Falls der Vater seine Familie wirklich verlassen sollte, würde sie ihn begleiten. Sie würde hier auf ihn warten, bis er aus dem Krieg zurückkam. Und dann würde sie mit ihm gehen.

Eines Nachts nach einem Bombenangriff kam Lilo mit ihren Kindern aus dem Keller, und in der Hauswand war ein Loch, durch das man in Lilos Schlafzimmer und in ihre Küche hineinsehen konnte. Hier konnte man nicht bleiben. Hier konnte Püppi nicht auf den Vater warten. Die Mutter zog mit Fritz und Marie in das Lazarett, in dem sie arbeitete. Mit zwei von ihren drei Kindern: Denn Püppi kam nicht mit. Sie zog über die Straße zu Oma und Opa Jaschke in den Keller. Zu Hanna und Hella, ihren jungen Tanten, Hanna und Hella waren sechzehn und vierzehn. Püppi war neun, in den letzten Tagen des Krieges.

Sah aber aus wie sieben, unterernährt, wie sie war, deswegen mußte immer sie schreien.

Schrei, Püppi, schrei!

Manchmal half es. Manchmal, wenn Püppi schrie, ließen die siegreichen Soldaten wenigstens Oma Jaschke in Ruhe, sie kamen für gewöhnlich bei Nacht. Drangen in den Keller ein, polterten die Treppe herunter, Hellas Augen blieben immer weit offen. Hanna weinte oder wimmerte, wenn sie zu Boden gestoßen wurde. Püppi stand in der Ecke und zählte. Manchmal mußte sie nur bis hundert zählen. Manchmal bis fünfhundert. Bis tausend, zehntausend, manche der Männer keuchten, wenn sie den Mädchen die Kleider hochrissen. Bekamen leere gierige

Augen, zeigten die Zähne, manche blieben völlig gelassen. Holten ihr Ding aus der Hose wie auf dem Klo. Unterhielten sich, während sie den Frauen die Schenkel auseinanderzwangen, scherzten mit den Wartenden: die lachten, rauchten, bis sie an die Reihe kamen, sie saßen auf Oma Jaschkes Tisch, ihren Stühlen. Spuckten auf Oma Jaschkes Boden. Öffneten die Schränke, untersuchten den Inhalt. Betasteten die Teller und Tassen, von denen die Oma und die Mädchen aßen: hartes Brot, Kohlrüben.

Kartoffeln, Eier: die es manchmal gab, wenn Püppi für die Soldaten gesungen hatte, drüben in der Schule, wo sie einquartiert waren, Püppi hatte eine sehr schöne Stimme. Sie hatte im Kinderchor des Rundfunks gesungen. Die Russen mochten am liebsten schwermütige Lieder. Sie waren sehr kinderlieb. Steckten Püppi hinterher immer etwas zu: Nahrungsmittel aus irgendeinem geplünderten Vorratslager, einmal erkannte sie einer von ihnen wieder, in Oma Jaschkes Keller.

Er war jung, mit einem Bubengesicht. Er deutete auf Püppi, sagte etwas zu den anderen. Bedeutete Püppi dann zu singen, Püppi sang. Das Heideröslein. Die Loreley. Sie sang »Der Mond ist aufgegangen«, »Es war ein König in Thule«: während Hanna und Hella auf dem Boden lagen, über den Boden gestoßen wurden, Püppi sang

Wochenend und Sonnenschein,
Und dann mit dir alleine sein,
Weiter brauch ich nichts zum Glücklichsein

Die Soldaten lachten, tätschelten sie. Einer griff in die Tasche, drückte ihr ein Stück Zucker in die Hand. Fuhr ihr mit der Hand übers Haar. Öffnete dann seine Hose. Bestieg Püppis vierzehnjährige Tante: die die Augen geöffnet, die Fäuste geballt hatte, wenn die Soldaten fertig waren, dann gingen sie. Sie beachteten die Frauen nicht mehr.

Ließen die Türen offen, polterten über die Treppen hinauf, langsam stand Oma Jaschke auf. Beugte sich über ihre Töchter, Püppi hörte auf zu zählen. Holte einen Topf aus dem Schrank. Machte Wasser heiß.

Dann, eines Tages, nahmen die Soldaten Hanna und Hella

mit. Sie erklärten nichts. Oma Jaschke schrie. Sie schrie und schrie. Als ihre Kinder fort waren, hörte sie auf zu schreien. In der Nacht ging sie mit Püppi an den Strand,

Komm, sagte sie. Los, Püppi. Wir müssen ins Wasser.

Aber Püppi wollte nicht. Sie klammerte sich an ihre Oma, zerrte an ihrem Mantel. Zog an ihrer Hand. Redete auf sie ein, begann dann zu heulen,

Laß uns doch wieder heimgehen, Oma. Mir ist kalt. Bitte, liebe Oma, das Wasser ist kalt. Ich will nicht ins Wasser, bitte, laß uns nach Hause gehen,

Oma Jaschke hörte sie gar nicht. Sie stand da und sah übers Wasser. Das grau war, sehr still, sie stand Stunde um Stunde, die ganze Nacht. Dann, irgendwann gegen Morgen, wandte sie sich ihrer totmüden Enkelin zu.

Komm, Püppi, sagte sie. Wir gehen nach Hause.

Ein paar Tage später kehrten ihre Töchter zurück. Oma Jaschke führte sie zurück in den Keller. Sie führte sie durch die Tür in einen kleinen hinteren Raum, in dem früher Werkzeuge aufbewahrt worden waren, Gartengeräte. Dort mauerte sie sie ein. Ließ nur ein paar Backsteine lose, um ihnen Essen zuschieben zu können: Und wo war eigentlich Opa Jaschke?

Er saß in dem Kabuff unter der Kellertreppe, in das ihn die Sieger eingesperrt hatten. Sie hatten eine alte Bahnwärteruniform gefunden, in irgendeiner Kiste. Hatten Opa Jaschke da hineingezwungen,

Du SS! Du Nazi, SS,

Die Ärmel der Uniform reichten ihm bis zu den Ellenbogen. Die Hosenbeine reichten ihm bis zu den Knien: Aber es stimmte dennoch. Opa Jaschke war wirklich ein Nazi gewesen.

Er war der Verwalter der Arbeitersiedlung gewesen, in der sie alle gewohnt hatten: alle neun Kinder der Jaschkes, Opa Jaschkes Wohnung war riesig gewesen. Er brauchte ja auch viel Platz, bei seinen neun Kindern, den vielen Enkeln, Oma Jaschke ging putzen, nahm Wäsche an. Der alte Jaschke trug seinen Verdienst meist in die Kneipen.

Zu einem Fabrikmädchen, einer Rotkreuzschwester. Zu einer aufgetakelten Sängerin, die er geräuschvoll in Oma Jaschkes Speisekammer vernaschte, hinterher ließ er seine Frau, seine Kinder in der Küche antreten, damit die Sängerin ihnen noch etwas vortragen konnte. Sie sang »Das Heideröslein«, »Die Loreley«, die Hitze im Keller der Jaschkes war bedrückend.

War greifbar wie ein Lebewesen, wollte nicht weichen: obwohl die Reichsbanner, die gerahmten Verbrecherporträts von den Bürowänden Opa Jaschkes längst im Kanonenofen zu Asche zerfallen waren, Oma Jaschke kauerte vor dem Kabuff unter der Kellertreppe.

Sie hatte ein Loch in die Holztür gebohrt. Fütterte den alten Jaschke mit einem Stück Brot, wie einen Stallhasen, die Tür des Kabuffs war verschlossen. Alle anderen Türen hatten unverschlossen zu bleiben. Nacht für Nacht flog die Kellertür auf. Soldatenstiefel polterten die Kellertreppe hinunter, Püppi wußte, sie konnte Hanna und Hella nicht helfen.

Aber sie konnte schreien. Wenn sie schrie, ließen die Soldaten meist wenigstens die Oma am Tisch sitzen. Sie zündeten immer eine Kerze an, bevor sie Hella und Hanna auf den Boden warfen. Und Oma Jaschke blies sie wieder aus. Sie zündeten die Kerze an, und Oma Jaschke blies sie ihnen wieder aus, es machte die Soldaten zornig. Sie brüllten, schlugen mit Fäusten auf den Tisch und einmal auch nach der Oma, Püppi wünschte, die Oma hätte die Kerze brennen lassen. Aber sie blies sie immer wieder aus, der Opa hockte in seinem Kabuff. Starrte durch das Loch in seiner Stalltür, wenn die Kerze brannte, sah die Soldaten auf seinen Töchtern, eines Tages nahmen die Soldaten die Töchter mit. Oma Jaschke ging mit Püppi fort. Dann kehrte sie wieder zurück, vom kalten Rand der See.

Mauerte ihre Töchter ein. Ließ nur Püppi frei: damit sie sang, für die Soldaten. Damit sie allein loszog über die Felder, hinaus aus der Stadt auf der Suche nach Essen, am Straßenrand lag eine tote Frau, die Röcke hochgeschoben bis übers Gesicht. Am Straßenrand lag ein totes Mädchen mit taillenlangen, blutigen Haaren. Wenn Püppi mit Essen in den Keller zurückkam, kniete die Oma sich vor das Kabuff. Zog dann den Backstein aus der Mauer. Fütterte ihre Familie im Schein ihrer Kerze: die wenigen, die ihr von ihren neun Kindern, ihren vielen Enkeln geblieben waren, Püppi wußte nun, was der fremde Soldat im Bett der Mutter getan hatte. Was es war, das Männer mit Frauen taten. Püppi hatte nun Ahnung von Sex.

Gerda Siebeck: die mit offenen Augen auf der Couch ihrer Tochter neben ihrem offenbar fest schlafenden Mann liegt, sie hat sich nicht wieder zurückverwandelt, auch heute nicht.

Sie wird sich niemals zurückverwandeln, niemals. Sie wird Gerda Siebeck bleiben, für immer. Sie wird nie wieder die sein, die sie einmal war: Püppi Jensen.

Rosalie liegt noch wach. Sie denkt an die drei Kinder, die sie haben wird und von denen sie der Oma erzählt hat: an die beiden Mädchen und den Jungen, die Mädchen werden Jessica und Johanna heißen. Das steht fest. Den Namen für den Jungen kann sich sein Vater aussuchen. Der Vater steht natürlich noch nicht fest. Rosalie wäre es lieb, wenn es Daniel wäre. Aber entschieden ist das noch nicht.

Es könnte ja auch ein Sohn von Fritz sein. Rosalie ist es ein Rätsel, wie man einen völlig fremden Mann heiraten kann: Aber mit Fritz' Söhnen wäre sie schließlich verwandt. Sie stellt sich oft vor, sie würde eines Tages Fritz' Kindern begegnen. Zuerst wären sie Fremde. Sie würden gar nicht wissen, daß sie miteinander verwandt sind. Aber dann würde es sich irgendwie herausstellen, und Rosalie würde Fritz nach Neuenburg bringen.

Sie kämen im Triumph, zusammen mit Fritz' Kindern und mit deren Kindern, Rosalie stellt sich vor, wie glücklich alle wären, einander wiedergefunden zu haben. Sie würden sich gegenseitig erzählen, wie sehr sie einander immer vermißt hätten, sie würden einander versprechen, nun für immer alle miteinander vereint bleiben zu wollen. Und dann würde Fritz von all den Gefahren und Abenteuern berichten, die er erlebt hat, seit er verlorengegangen ist.

Rosalie stellt sich vor, daß er vielleicht in ein Waisenhaus gekommen ist, wo er schlecht behandelt wurde. Dann ist er von dort weggelaufen. Rosalie weiß, wie schrecklich Waisenheime und Kinderheime früher waren. Tante Marie hat es ihr erzählt. Tante Marie war einmal in einem Kindererholungsheim und mußte dort immer Sauermilch essen. Sie ekelte sich, erbrach in den Teller und mußte dennoch davor sitzenbleiben und es noch mal zu essen versuchen, Tante Marie hat Rosalie erklärt, was man tun muß, wenn man in eine solche Situation gerät.

Man muß weglaufen. Fliehen. Und Rosalie weiß auch, wie man dann wieder nach Hause findet. Tante Marie hat ihr sogar das verraten,

Eines Nachts bin ich fortgelaufen, zusammen mit einem Dutzend anderer Kinder. Ich habe zu ihnen gesagt, los, wir hauen hier ab. Wir gehen nach Hause,

Sie gingen am Strand entlang. Immer am Wasser entlang. Sie hörten das Meer rauschen, in der Dunkelheit. Sahen das Wasser glitzern, unter den Bahnen von Mond und Sternen,

Ich wußte, ich würde nach Hause kommen, hat Tante Marie zu Rosalie gesagt. Ich wüßte, ich würde heimfinden, wenn ich nur immer am Wasser bliebe. Wenn ich immer weiter am Meer entlangginge,

Rosalie hört dieses Meer. Sie hört das leise Swischschsch-Swischschsch seiner langen langsamen Wellen, sie hört das Meer gern. Es ist viel besser, dieses Meer zu hören als die große Stille im Zimmer.

Die schweigende Präsenz der Dinge, die Rosalie immer zu spüren beginnt, wenn sie spätabends im Bett liegt und sehr müde ist. Das Eigenleben der Dinge, in der Dunkelheit: ihre Kleider über einem Stuhl, ihre Bücher auf dem Bord. Die Stofftiere auf der Spielzeugkiste. Die Puppen, denen Rosalie die Kleider ausgezogen hat, um sie dann in die Ecke zu werfen und niemals mit ihnen zu spielen, die Gummi- und Plastikdinosaurier und die Basteleien aus dem Kindergarten und die Tierfigürchen aus buntem Muranoglas, die Rosalie sammelt, die Taschen und Täschchen und Krimskramsbeutelchen aus klarem oder buntem Plastik, in denen früher mal Haarspangen waren oder Mädchenslips mit rosa Spitze am Rand oder ein winzigkleiner Block und ein Bleistift. Die Kästchen mit Lippenstiftresten und fast leeren Parfumflaschen und Modeschmuck und ausländischen Münzen: Beute aus den Beständen ihrer Mutter, Rosalie fühlt sie alle.

Sie fühlt ihre stumme Gegenwart, abweisend, spät in der Nacht ist es, als gehörten die Dinge gar nicht Rosalie, sondern allein sich selbst. Als störte Rosalie sie nur bei dem, was sie sind. Als warteten sie bereits darauf, daß Rosalie endlich verschwindet.

Elisa liegt im Bett. Sie hat den Kopf an Pauls Schulter geschmiegt. Paul scheint schon zu schlafen. Draußen ist es still. Einmal, von der Straße her, das Geräusch von Autoreifen, gedämpft von der Entfernung und der Stille der Nacht, das Kind in Elisa bewegt sich sanft. Preßt sich an Elisas Bauchdecke, von innen: an den Rücken seines Vaters, an den Elisa sich schmiegt, Elisa glaubt genau zu wissen, wann es gezeugt worden ist.

Es war im April. Es war Samstag. Paul hatte Rosalie schon morgens zu einer Freundin gefahren. Elisa stopfte Wäsche in die neue Maschine im Bad. Sie fühlte sich erkältet, ein wenig müde. Beschloß, noch einmal ins Bett zu kriechen. Lag da und trank Tee, sah in den Himmel hinaus, aus dem Schnee fiel: dicker nasser Aprilschnee aus einem blassen Frühlingshimmel, dann hörte sie Paul zurückkommen. Er kam die Treppe herauf. Beugte sich über Elisa, küßte sie. Lachte leise,

Gnädige Frau. Sie sehen aus, als hätten Sie es so richtig gemütlich.

Habe ich auch. Kommen Sie rein, mein Herr, hier ist es warm,

Paul streifte den Pullover ab, die Schuhe, die Jeans. Sie liebten sich, gelassen und hingegeben, Dahintreibende in einer warmen Strömung. Lagen dann zusammen, schläfrig wie Tiere, im Bad war die neue Waschmaschine inzwischen ebenfalls fertiggeworden. Signalisierte die Beendigung ihrer Tätigkeit mit einer melodischen Folge dreier Töne statt mit einem lauten Summton wie das Vorgängermodell. Elisa wollte aufstehen und sie abschalten. Paul hielt sie zurück,

Laß dich doch nicht terrorisieren!

Das leise Lachen, in ihrem Nacken.

Das ist eine Waschmaschine! Das ist ein Sklave. Das ist nicht dein Muezzin, der dich zur Ordnung ruft, weil du um zehn noch immer im Bett liegst,

Elisa blieb liegen, in der warmen Kuhle aus Pauls Beinen und Bauch. Das Gebimmel im Bad ging weiter. Elisa glaubte, Paul sei eingeschlafen. Schloß selbst die Augen, zog seine Arme fester um sich, Paul murmelte schläfrig etwas in Elisas Haare

Es ist eine Quinte.

Und in diesem Moment ist das Baby entstanden. Dies ist der Moment gewesen, als der Samenfaden das Ei gefunden hat. Eine der blinden Kaulquappen verschmolz mit seiner weichen, monumentalen Fruchtbarkeit, Elisa in ihrem Bett, fest an Paul geschmiegt, erinnert sich plötzlich daran, wie es war, ein junges Mädchen zu sein.

Sie erinnert sich an einen Tag im Frühsommer, an Morgenstunden nach einem Fest. Sie ging rasch auf der Straße, in gewichtlosen Sandalen, im Geruch von Asphalt und Flieder: Und sie wußte, daß sie jedem Mann alles sein konnte, wenn sie das nur wollte. Daß sie jedem das sein konnte, wovon er träumte, und daß sie zugleich eine ganz andere war, von der niemals einer erfahren würde, aus irgendeinem offenen Fenster flatterten die verzerrten Töne einer E-Gitarre wie ein Schwarm exotischer Motten. Es klang, als begänne ein neues Fest. Es war, als wäre sie eine Feder, die der Wind aufhob und vor sich hertrug, in die Zukunft hinein, in die noch nicht angebrochene Zeit, ihr Leben lag vor ihr wie ein versiegeltes Parfum.

Und bald würde sie das Siegel erbrechen und den Flakon öffnen. Dann würde der Duft den ganzen Raum füllen: überwältigend, ekstatisch.

Und dann schwächer und immer schwächer, von Tag zu Tag, Elisa, die an Pauls Schulter liegt, spürt, wie das Kind sich in ihr bewegt. Es dreht sich um: sucht eine bequemere Position, vielleicht. Liegt möglicherweise jetzt mit dem Kopf nach unten, hat den Finger im Mund. Und wenn dieses Kind geboren sein wird, dann wird Elisa nicht mehr jung sein.

Sie wird nie wieder jung sein. Früher hat sie das Voranschreiten der Zeit ersehnt. Hat es herbeigebetet mit Sätzen, die alle mit einem Wenn begannen: Wenn ich die Schule hinter mir habe, das Studium. Wenn Rosalie geboren sein wird. Wenn Rosalie erst einmal im Kindergarten, in der Schule, aus dem gröbsten heraus ist: Und nun ist die Zeit vorangeschritten.

Und sie schreitet weiter, plötzlich sehr eilig: auf das Alter zu, auf den Tod, das Baby bewegt sich träge in Elisas Bauch. Rollt sich in seinem warmen Pool. Paul liegt neben Elisa, atmend und warm. Er wird der letzte Mann sein, in ihrem Leben. Natürlich ist er nicht unsterblich. Es mag sein, daß er zuerst geht. Es mag sein, daß dann nach ihm doch noch ein anderer kommt,

Aber du wirst der letzte gewesen sein, der mich jung gekannt hat. Du hast mich nach Hause gebracht. Du hast mich ankommen lassen,

Es ist Pauls Liebe. Seine undramatische Liebe: die sich Elisas Glück wünscht, weiter nichts. Pauls Arme schließen sich fester um Elisa.

Ich muß ihr sagen, daß ihr Vater höchstwahrscheinlich Krebs hat, denkt Paul. Morgen muß ich es ihr sagen.

Barbara wandert noch durch ihr Haus. Das Licht brennt: Der Strom funktioniert inzwischen wieder. Sarah ist schon zu Bett gegangen. Gernot ist zu Bett gegangen, mit Hilfe seiner Tochter. Die Hochzeitszeitung liegt auf dem Tisch,

Damit ihr wißt, was vor euch liegt:
Perlenhochzeit: nach 30 Jahren,
Leinene Hochzeit: nach 35 Jahren,
Rubinhochzeit: nach 40 Jahren,
Messinghochzeit: nach 45 Jahren,
Goldene Hochzeit: nach 50 Jahren,
Diamantene Hochzeit: nach 60 Jahren,
Eiserne Hochzeit: nach 65 Jahren,
Steinerne Hochzeit: nach 67,5 Jahren,

Gnadenhochzeit: nach 70 Jahren,

Barbara wendet sich ab.

Sieht sich in ihrem Wohnzimmer um, allein in der Nacht ihrer Silberhochzeit, Barbara zieht den Ring von ihrem Finger. Das Geschenk von Gernot: Und was hätte ihr Vater ihr wohl geschenkt, wenn er noch lebte?

Als sie ein Kind war, bestand sein Geschenk immer darin zu bezahlen, was Marie für Barbara ausgesucht hatte. Erst an ihrem achtzehnten Geburtstag hatte er plötzlich ein eigenes Päckchen für sie. Er überreichte es ihr ganz zum Schluß, als sie alles andere schon ausgepackt hatte.

Stand dann da in stummer Erwartung, ließ kein Auge von ihr, in dem Päckchen war ein Taschenrechner. Einer der ersten Taschenrechner, die überhaupt auf dem Markt waren, Barbara umarmte ihren Vater stürmisch. Er hätte ihr auch eine Kastanie aus dem Garten einpacken können oder eine Muschel vom Ostseestrand, Marie sagte: Aber Dietrich. Ein Taschenrechner? Findest du nicht, daß ein hübscher Schmuck passender gewesen wäre? Ein kleiner Diamantring vielleicht,

Barbara spürte den Zorn des Vaters in ihrem eigenen Körper aufsteigen, noch bevor sie ihn in seinem Gesicht sah. Sie fuhr ihre Mutter an, bevor er es tun konnte,

Mama! Verdirb doch nicht immer allen den Spaß. Laß ihn mir doch schenken, was er will,

Zu Weihnachten bekam sie von ihm eine Uhr, die auf Knopfdruck die Ortszeit in Tokio und in New York anzeigte. Dann kam ein Kugelschreiber, mit dem man im Liegen, im Weltraum und unter Wasser schreiben konnte, Barbara freute sich über jedes dieser Geschenke.

Natürlich brauchte sie keinen Stift, der unter Wasser schrieb. Die Ortszeit in Tokio war ihr egal: Aber die Uhr, der Taschenrechner, der Stift verbanden sie mit ihrem Vater. Er hatte sie ihr geschenkt, weil er davon überzeugt war, daß sie an technischen Spielereien genausoviel Freude hatte wie er selbst. Daß sie war wie er selbst: was sicher nichts anderes hieß, als daß er sie liebte, zum Abitur schenkte er ihr einen Stadtrundflug.

Es war kurz bevor Barbara wegging, zum Studium, wie mochte er darauf verfallen sein? Wollte er vielleicht noch einmal mit ihr auf die Stadt hinabsehen, in der er sie großgezogen hatte und die sie jetzt verließ?

Aber er flog gar nicht mit. Er übergab Barbara dem Piloten, am Rande des Rollfelds. Dann stand er da und sah ihr zu, wie sie einstieg. Als das Flugzeug startete, winkte er. Wandte sich genau in dem Moment ab, als auch das Flugzeug abdrehte, ihn endgültig Barbaras Blicken entzog: ein mittelgroßer, massiger Mann mit einer abgetragenen Lederjacke und einer grüngraukarierten Schiebermütze, der leicht hinkte, weil ihn sein Hüftgelenk schmerzte, Barbara lehnte sich in ihren Sitz zurück.

Sie sah aus dem Fenster. Sah die Stadt von oben: Johanniskirche, Rathaus, die Burg, dann flogen sie über ein Industriegebiet.

Schauen Sie mal, rief der Pilot ihr zu. Da unten. Sehen Sie das? Schauen Sie ganz genau hin,

Barbara gehorchte. Unter ihnen lagen jetzt Felder, in hellem Grün. Zuerst sah sie nicht, was der Pilot meinte. Dann sah sie es doch. Das Feld unter ihr war voller Zeichen. Es waren keine organischen, sondern geometrische Formen: Linien, Rechtecke.

Fundamente! rief der Pilot. Fundamente von Hütten. Über ihren Steinen wächst das Korn schlechter. Da unten war mal ein Dorf. Im Dreißigjährigen Krieg ist es zerstört und nie mehr besiedelt worden,

Barbara blickte hinab auf das im Acker begrabene Dorf. Hatte einen Moment lang eine Art Vision: Frauen in sommerstickigen Hütten, die Suppe kochten im Qualm der Feuerstelle, Kinder zwischen Hühnern und Ziegen, dann waren die Söldnerheere gekommen.

Waren von Osten nach Westen, von Norden nach Süden und wieder zurück über das Land hinweggeflutet, das sich selbst gar nicht im Krieg befand, die Heere der Söldner stahlen, mordeten. Plünderten die Bauern aus, verschleppten sie, zwangen sie in den Heerdienst, die Felder fielen wüst.

Aus den brandschwarzen Ruinen der Dörfer wucherten Haselschößlinge, Brombeergestrüpp. Ihre Mauern sanken allmählich in den Boden zurück. Fielen wieder der Wildnis anheim: an der aber hier und da ein Dorfname haften blieb, Aubach hieß ein Waldstück mit Disteln, Silberspinnfäden im Septemberlicht.

Moorsbrück: ein Tümpel mit Entennestern im raschelnden Schilf. Heimstedt: eine Lichtung, über die die Wolfsrudel zogen, in der violetten Winterdämmerung. Herrnhof: ein Acker, auf dem das Korn wuchs, und hoch darüber am Himmel hatte einst ein kleiner Flieger seine Kreise gezogen, an einem Frühsommertag in den siebziger Jahren des letzten Jahrhunderts, Barbara steht noch immer in ihrem Wohnzimmer, mit dem Diamantring in der Hand.

Sie weiß nicht recht, wo sie jetzt hingehen soll. Sie möchte jedenfalls nicht zu Gernot ins Schlafzimmer. Sie möchte auch nicht hier im Wohnzimmer bleiben. Sie möchte nach Hause. Barbara weiß, daß sie das ihr ganzes Leben gedacht hat: Ich will nach Hause. Ich will heim. Aber es gab nie einen Ort, den sie damit gemeint hat. Vielleicht war »zu Hause« also ein Zeitpunkt.

Ein lange vergangener Moment, den Barbara nie mehr erreichen kann: Aber was ist überhaupt los mit Barbara? Dies hier ist doch ihr Zuhause. Dies ist ihr geliebter Garten, das geliebte Haus, in dem sie allein ist in der Nachtstille: Und so wird es enden.

Nichts wird am Ende bleiben, nur eine große Stille. Eine alte Frau, die durch die leeren Flure ihres Bauernhofs humpelt, ein übriggebliebenes Häuflein Staub, zusammengehalten von nichts als dem Frost der Einsamkeit, nur die Pflegerin, die Barbaras Essen wärmt, wird einmal am Tag vorbeikommen. Sie wird freundlich sein, auf eine robuste Art. Kompetent, mit einem Gesicht wie ein Notizzettel, auf dem steht, wann ihr nächster Termin ist, Barbara wird am Küchentisch sitzen und ihren Rücken ansehen.

Sie wird nichts sagen. Es wird ja niemanden mehr geben, der ihre Erinnerungen teilt. Niemanden, der lacht oder weint, wenn Barbara von ihrem Vater spricht. Niemanden, der lächelt, wenn er mit Barbara an Sarahs vierjähriges Haar denkt, draußen im

Sommerwind auf der Schaukel, Barbara wird die letzte Überlebende eines ausgerotteten Stammes sein.

Dann wird alles vorüber sein. Das Leben Barbaras, Maries und Lilos, das Leben Dietrichs, Karls und Gernots: Es wird gewesen sein wie ein Film, der ein einziges Mal gezeigt worden ist, vor einem leeren Saal. Barbara ist die letzte Spule. Und während sie noch für eine kurze Weile die Treppen ihres Hauses hinauf- und hinunterhumpelt, wird das Haus selbst allmählich um sie verfallen: bis es am Ende wieder aussieht wie einst.

Wie es an jenem Frühsommertag ausgesehen hat, als Gernot und sie unter dem Walnußbaum standen und sich ausmalten, wo sie Sarahs Schaukel hinhängen würden, und der Wind trieb Wolken über die Felder wie Flocken verfrühten Samenflaums,

Es muß was Wunderbares sein,
von dir geliebt zu werden,
ich will dich lieben
solang ich leb auf Erden,
Barbara weint.

Sie ist ins kleine Bad gegangen. Ins Gästeklo: In den Raum des Hauses, der am wenigsten der ihre ist, sicher, morgen wird Barbara sich auf ihr Sofa setzen, ein Buch aufschlagen, sich eingehüllt fühlen in die Wärme der sie umgebenden Objekte. Sicher wird es so sein. Aber jetzt möchte Barbara unter keinen Umständen von jemandem ertappt werden. Sie möchte nicht gefragt werden, was denn nun schon wieder mit ihr los ist. Sie möchte nicht, daß Gernot oder Sarah diese Tränen auf sich bezieht, Barbara weint nicht um ihre Ehe oder ihr Verhältnis zu ihrer Tochter. Sie weint um ihr Haus. Um ihr Zuhause: wo man zum Heulen aufs Gästeklo geht. Um all die Jahre, die sie ihren Garten bestellt hat, sie weint nach ihrer Mama, wie ein Kind.

Aber Marie ist alt. Barbaras Mama ist jetzt erwachsen: Sie lebt ihr eigenes Leben, allein, ohne Dietrich, Barbara weint um ihren Vater.

Um ihren herrlichen Vater: wie er mit großer Geste zu singen pflegte, abends, wenn er mit Freunden beim Wein saß,

Freunde! Das Leben ist lebenswert!

Er nahm seine Tochter in den Arm. Seine schon lange erwachsene Tochter, er zog sie an sich. Hob mit der anderen Hand das Glas, trank seinen Gästen zu, die nun ihrerseits ihre Gläser erhoben,

Jede Stunde verjüngt sich die Welt!

Die herrliche Welt!

In den Gängen des Krankenhauses war es sehr still. Die Stille war ein hörbarer Hintergrund: ein weißes Rauschen hinter den rasselnden, schmerzenden Atemzügen des Mannes im Bett, an den sie nicht denken konnte wie an ihren Vater. Dies war ein alter Mann, der sie seit vielen Stunden nicht mehr angesehen hatte, sie hatten ihr einen Stuhl hingestellt, auf dem sie saß, mit verstellbarer Rückenlehne, verstellbaren Fußstützen. Der Stuhl erinnerte sie an etwas. Sie wußte aber nicht woran. Sie verstellte die Rückenlehne, verstellte die Fußstütze, sie hatte auch ein Buch mitgenommen. Dies konnte schließlich noch lange dauern: Tage, eine Woche womöglich, hatte der Arzt gesagt, das Buch hatte sie schon einmal gelesen.

Sie hatte nach etwas Aufheiterndem gesucht, bevor sie ins Krankenhaus gefahren war. Hatte schon mit der Tasche in der Hand dagestanden, mit griffbereitem Autoschlüssel. Hatte ihren Blick über das Regal schweifen lassen, sie hatte es eilig. Sie war fahrig, nervös und erschöpft. Hatte sich vage erinnert, daß dieses Buch lustig war: Aber sie hatte vergessen warum. Es war lustig, weil es so absurd war.

Eine absurde Geschichte über den Tod. Über Kannibalismus: einen Zirkel von Freunden, die einander aufzuessen beschließen, um einander nie verlorenzugehen, immer beieinander zu bleiben, nun saß sie im Krankenhaus, mit diesem Buch.

Das sie weglegte, wieder aufnahm, sie las, ohne lesen zu wollen. Hielt dabei seine Hand: Aber dies war gar nicht sie. Ihr konnte das unmöglich passieren: daß sie hier saß, neben ihrem sterbenden Vater. Der Mann war nicht ihr Vater. Sie war nicht sie selbst. Würde vielleicht nie wieder sie selbst sein: nicht die, die sie gewesen war, sie hielt seine Hand, während der rasselnde Atem weiterging. Las dann wieder, was sollte sie sonst tun? Das Buch war furchtbar. All die abstrusen Szenen, die sie so erheitert hatten, waren furchtbar, von einem grauenhaften Realismus, und was, wenn der Vater wußte, was sie da las? Was, wenn er etwas von dem spüren konnte, was in ihrem Gehirn vorging, sie legte das Buch weg. Sah den alten Mann an, der nicht mehr zurückblickte. Feuchtete dann seinen Mund an, wie die Schwester es ihr gesagt hatte, sie hatte das Gefühl, daß ihm das nicht gefiel. Sie tat es trotzdem: wollte alles richtig machen, er wurde wieder unruhig.

Warf sich hin und her. Griff nach oben, ins Leere, wonach? Wessen Hand wollte er erreichen? War es eine Hand? Sie stand auf, bot ihm ihre Hand an. Er griff vorbei. Sie nahm seine Hand: die er losließ, um wieder danach zu greifen, vorbeizugreifen keuchend und keuchend mit geschlossenen Augen, ob er Angst hatte? Schmerzen? Die Schwester kam herein.

Ist er unruhig?

Ja, sagte sie.

Die Schwester ging, kam wieder und gab ihm eine Spritze. Morphium, damit er ruhiger würde, er wurde ruhiger. Sie war froh, daß er ruhiger wurde. Machte sich gleich darauf Vorwürfe, warum hatte sie ihm eine Spritze geben lassen? Vielleicht hatte er die Spritze gar nicht gewollt. Vielleicht hatte sie ihm damit etwas genommen: eine Erfahrung, eine Begegnung, der er nun nicht mehr gewachsen sein würde oder die er verpaßt hatte, unwiderruflich verpaßt, weil ihm keine Zeit mehr blieb, sie war dem nicht gewachsen.

Nichts in ihrem Leben hatte sie auf dies vorbereitet. Nichts hatte ihn darauf vorbereitet, die Schwester kam wieder. Sie redeten, mitternächtlichen Small talk: Die Schwester erzählte, daß sie sich einen Hund anschaffen würde. Sie redeten über den Hund, über Hundedecken. Barbara erzählte von ihrer Tochter: von der Freude, die es bedeute, eine Tochter zu haben, die Schwester wurde gerufen und ging.

Barbara blieb zurück: die Tochter eines Sterbenden, aber das konnte nicht sein. Er konnte nicht sterben. Die Mutter war nicht da. Er würde doch sicher auf Marie warten? Aber so war es nicht. Barbara würde dies hier allein zu erledigen haben, mit ihm: Und das war richtig. Vielleicht war dies das einzig richtige, sie stand und sah den alten Mann an. Sein Gesicht war schlaff, abgemagert, verschwunden in einem Zuviel an Haut, die in Falten hing,

Papa, sagte sie. Papa.

Dann wußte sie, daß sie tatsächlich etwas sagen sollte.

Es gab etwas, das sie zu sagen hatte: einen Text, der richtig sein würde, sie sagte: Ich habe dich lieb. Ich habe dich so lieb.

Das war es nicht gewesen. Die Worten waren flach, ohne Nachhall. Nichts veränderte sich. Die Zeit ging dahin, tropfende Sekunden wie aus einer dünnen Pipette. Sie setzte sich in den Stuhl, verstellte die Lehne zum hundertsten Mal. Es war ein Stuhl wie der seine. Wie der Sessel zu Hause, dessen Lehne zu verstellen er geliebt hatte: Aber daran dachte sie erst Tage später, sie griff wieder nach seiner Hand.

Spürte, wie wichtig es war, diese Hand zu halten, ob nun für ihn oder für sie selbst, sie griff nach dem Buch. Sie spürte, daß es falsch war, dies jetzt zu lesen. Falsch für ihn oder falsch für sie? Sie mußte ihn begleiten! Aber wie? Gab es etwas, was sie ihm hätte vorlesen sollen? Ein Gedicht, ein Lied, einen heiligen Text? Es gab etwas, das sie sagen sollte, aber was? Woran hatte man zu denken, am Bett eines Sterbenden? Was waren die richtigen Gedanken? Wieder war ihr, als könnte er fühlen, was sie dachte. Konnte er fühlen, daß sie auf die Uhr sah? Sicher hatte er doch Mitleid mit ihr.

Dies war ihr Vater, und sie war sein Kind. Sicher fand er es verständlich, daß sie nicht wußte, wie sie es richtig machen sollte. Sicher hätte er ihr gern geholfen, wenn es ihm möglich gewesen wäre. Sicher verstand er, daß sie es unfaßbar fand, wie die Zeit nicht verging, worauf wartete sie? Darauf, daß sie gehen konnte? Oder darauf, daß er ging. Daß er all diesem ein Ende machte, sie und sich und ihre Mutter befreite, sie stand auf. Sie sagte, sie würde sofort wieder da sein. Beschwor ihn,

Ich bin sofort wieder da,

Dann ging sie nach draußen. Stand einen Moment am offenen Fenster, im Flur, atmete, die Nacht war heiß. Eine Sommernacht. Die Luft war ein Streicheln auf den nackten Armen. Sie ging wieder hinein. Nichts hatte sich verändert. Inzwischen war es ein Uhr. Sie stand am Bett. Hielt die von unzähligen Nadeln zerstochene Hand, das Gefühl, etwas sagen zu müssen, war sehr stark. Sie sagte: Du warst ein so lieber Papa.

Korrigierte sich sofort, heftig,

Bist. Du bist ein so lieber Papa. Mein lieber Papa,

Aber sie fühlte nicht, was sie sagte. Es mußte wieder das Falsche gewesen sein: Aber war es nicht das, was er immer von ihr hatte hören wollen?

Du warst ein guter Vater. Du hast alles richtig gemacht,

Warum war es dann jetzt das Falsche? Es war das Falsche. Sie setzte sich und hielt seine Hand. Das Rasseln seines Atems. Das Rasseln seines Atems. Unverändert, Stunde um Stunde, das Rasseln des Atems vor dem Hintergrund der Stille, so daß sie selbst sich ständig räuspern mußte, sie stand auf, streichelte sein Gesicht. Befeuchtete seinen Mund, sah auf die Uhr. Dachte: fünf Stunden noch, dann löst meine Mutter mich ab. Sie beugte sich über ihn. Das Rasseln seines Atems. Die wahnsinnige Anstrengung, die es ihn kostete zu atmen, woher nahm er die Kraft? Woher nahm dieser ausgemergelte, elende Körper die Kraft zu einer so ungeheuren, wahnwitzigen Anstrengung wie dieser: weiterzuleben, weiterzuatmen, so daß der Brustkorb sich hob und senkte, hob und senkte wie bei einem, der tausend Meter, tausend Meilen gerannt ist, der immer noch rennt, aber wohin? Was trieb ihn zu dieser Anstrengung? Denn er kam ja nicht vom Fleck. Er war immer noch hier, kam nicht von der Stelle, was hielt ihn hier? Warum tat er sich das an? Die Falte zwischen seinen Augenbrauen war ihr vertraut. Es war die Falte äußerster Konzentration. Der Mund hing lose, alle Kraft konzentrierte sich auf den Atem, dann waren die richtigen Worte da.

Die Tränen schossen über ihr Gesicht. Sie sagte: Laß es gut sein, Papa.

Dies waren die richtigen Worte, sie wußte es sofort. Sie sagte: Es ist alles gut, Papa. Ich komme schon klar. Wir werden klarkommen, ich verspreche es dir. Es ist alles gut,

Wiederholte es noch einmal.

Du hast es gut gemacht. Du kannst jetzt ruhig gehen, Papa. Ich habe dich lieb. Laß es jetzt einfach gehen,

Es waren die richtigen Worte gewesen! Sie wußte es. Aber nichts veränderte sich. Nichts geschah. Sie stand und hielt seine Hand und ließ Tränen und Rotz aus Augen und Nase rinnen, während er keuchte und keuchte, sie sagte: Ich komme gleich wieder. Gleich, in einem Moment, ich bin sofort wieder da,

Sie floh aus dem Zimmer. Stand einen Moment am Fenster, atmete selbst, in der warmen Luft, wie lange hatte sie dort gestanden? Eine Minute, zwei? Als sie ins Zimmer zurückkam, bemerkte sie die Veränderung sofort.

Er atmete noch. Aber der Rhythmus hatte sich verändert. Sie stürzte ans Bett. Er atmete, noch einmal. Noch einmal. Er wandte den Kopf, nun waren seine Augen offen. Aber sie sahen nicht Barbara. Er atmete noch einmal, ein. Dann machte er eine winzige Bewegung. Ein kleiner Ruck ließ sein Kinn auf die Schulter zuzucken, wie in einer Geste der Ergebung: na gut. Von mir aus. Oder war es eher ein Abwenden des Kopfes? Eine schmerzliche Bewegung des Widerstrebens: ach nein, bitte nicht?

Vielleicht war es beides zugleich, beides in einem. Dann war der Blick fort. Der alte Mann lag vollkommen still. Sie blieb dort stehen, weinend, wie sie jetzt weinte um ihren Vater, der tot war, sie hielt seine Hand. Die in ihrer zu erkalten begann, während er still lag, endgültig aufhörte, er zu sein: so wie sie nicht mehr sie war, nie wieder sie selbst werden würde, denn wer war sie denn gewesen?

Die Tochter ihres Vaters. Die Tochter ihres Vaters, draußen begann ein furchtbarer Sonnaufgang.

Der erste Sonnenaufgang, der ihn nicht mehr sah. Der erste seit dem Anbeginn ihrer Welt, der sie allein vorfand, vaterlos, und warum hatte sie ihm die Spritze geben lassen? Warum hatte sie mit der Schwester über den Hund gesprochen? Warum, warum nur hatte sie dieses furchtbare Buch gelesen?

Marie liegt in ihrem Bett, allein im Dunkel. Sie liegt in ihrem Ehebett: auf der linken Hälfte des Bettes, Marie will nicht an ihre Silberhochzeit denken. Sie will nicht an die Papiere denken, die Dietrich zurückgelassen hat. An die Anträge, die er für sie ausgefüllt hat,

Versicherungsnehmer: Marie Schürer geborene Jensen

Familienstand: verwitwet

Er war allein in seinem Zimmer gewesen, als er das angekreuzt hatte. Dann war er ins Krankenhaus zurückgekehrt. War gestorben, an Lungenkrebs und einer Herzinsuffizienz. Einer tödlichen Unfähigkeit des eigenen Herzens also: so daß er an sich selbst ertrunken war, an dem Gewebewasser in seiner Lunge, in seinem sauberen europäischen Krankenhausbett, Marie bemüht sich, ihre Gedanken in die Gegenwart zu bannen.

Sie denkt an ihre Tochter. An ihre Enkelin Sarah. Sie denkt, daß sie die Tanten versöhnen, Mopp sofort morgen besuchen muß. Sie denkt an ihre Mutter. An Lilo Jensen, die zu ihr gesagt hat: Marie, halte die Familie zusammen. Aber einer in der Familie fehlt.

Fehlte schon bei Lilos Tod, fehlte beinahe von Anfang an, Marie denkt an Fritz. Sie denkt an Fritz' letzte Nacht auf der Halbinsel Hela, von der Marie und Lilo nie jemandem erzählt haben, sie waren den ganzen Tag vor den Bombern geflohen. Nun lagen sie in einer Schule. Sie lagen auf dem Fußboden. Es gab kein Licht. Die Schule war zum Bersten überfüllt. Sie lagen auf dem Boden durcheinander, im Dunkeln: Flüchtlinge und Verwundete, die jammerten, stöhnten, am nächsten Morgen konnte Fritz nicht mehr aufstehen.

Sein Kopf hatte die ganze Nacht auf dem Bauch eines verletzten Soldaten gelegen. Auf dem Bauch eines Toten: Der Mann war in der Nacht gestorben, unbemerkt von Lilo und den Kindern, nun konnte Fritz den Kopf nicht mehr heben. Sein weißblondes arisches Haar klebte fest im getrockneten Blut des Toten. War darin festgebacken wie in getrocknetem Schlamm, Lilo nahm ein Messer.

Halt still, sagte sie. Dann schnitt sie ihren Sohn los. Fritz rollte sich zu Boden, dann stand er auf. Sein Haar blieb auf dem Toten zurück. An seinem stopplig-kahlen Hinterkopf klebte ein kleiner Fetzen Stoff vom Hemd des toten Mannes. Den ganzen Tag konnte Marie das fremde Blut an ihm riechen, wenn sie in den Bombenkratern kauerten, unter den heulenden Fliegern, inmitten der Schreie der Sterbenden, Marie in der Dunkelheit ihres Schlafzimmers denkt an Brösen.

Sie denkt an den Seesteg bei Brösen, der weit ins Wasser hinausreichte, es war der letzte Sommer vor Beginn des Krieges.

Sie waren Kinder: Marie und Fritz und die kleine Püppi, der Seewind roch klar und sauber, ohne den Geruch von Tang. Sie jagten einander. Rollten im Sand, bis sie Sandpuppen waren, tauchten dann in das kalte Wasser, Marie denkt an die lange Wanderung zum Strand, über die offenen Felder, dann unter den Nadelbäumen entlang. Sie denkt an die Wanderung in den nachmittäglichen Sonnenglast hinein, mit Sand in den Schuhen, die Wanderung in die Zukunft eines Kindes, leuchtend und hell. Milchighell: nicht zu durchdringen mit Plänen, noch ganz gestaltlos. Ein Kind, das glücklich ist auf einem Sandweg, der zum Ufer des Meeres führt, es denkt nicht darüber nach, was die Zukunft bringen wird. Es weiß, was sie bringt: Sonne, Meersand in den Schuhen, das Rollen in warmem Sand und am Ende das Wasser, angenehm kühl oder vielleicht schmerzhaft eisig, am Ende des langen heißen Weges, wer weiß das? Das Kind blickt in die Zukunft wie in die Sonne. Ins Licht. Ins weiße blendende Licht.

Das allmählich über der Erde aufgeht. Es kommt von Osten. Ergießt sich über die Danziger Bucht, mit ihren weißen Seestegen. Kriecht weiter nach Westen. Berührt die Wände eines Penthouses, in dem Mark und Julia auf dem Bett liegen und einander ansehen, sie sind nackt. Ihre Gesichter sind kaum eine Handspanne voneinander entfernt. Sie sehen einander an. Mark bewegt sich fast nicht, in Julias Körper. Julia hält fast still. Manchmal hört man einen tiefen Atemzug. Manchmal schließt einer von ihnen für einen Moment die Augen. Dann öffnet er sie wieder: während das Licht weiterkriecht, seine Finger über Marks Rücken, über Julias darüber verschlungene Schenkel hinwegwandern läßt, in Mopps Küche fällt das Licht auf die Küchenwand.

Auf ein Foto von Julia Siebeck, an ihrem neunten Geburtstag, verkleidet als kleiner Wolf mit Ohren aus Plüsch, ein Fahrrad umklammernd in der Einfahrt eines Reihenhauses. Auf ein Foto von Karl Jensen, Flüchtling und Vater von Flüchtlingen. Auf ein Foto von Sigrid, mit Aswad und den Jungen, das Licht fällt durch das offene Fenster in der Küche. Draußen singen die Vögel in den beginnenden Morgen. Direkt vor dem Fenster, auf Mopps Fensterbrett zwischen den Blumentöpfen, sitzt eine Drossel,

Didididi-dadadada-dididi-dadaa!

Karim sitzt in einem Straßencafé. Er trinkt Latte Macchiato. Er ist sehr müde. Karim hat ein Buch dabei. Er hat oft ein Buch bei sich, wenn er ins Café geht. Diesmal ist es ein Buch über altägyptische Literatur, das seine Mutter ihm einmal zum Geburtstag geschenkt hat, von Zeit zu Zeit schlägt Karim das Buch auf und liest.

Schön erscheinst du im Horizonte des Himmels, du lebendige Sonne, die das Leben bestimmt! Du bist aufgegangen im Osthorizont und hast jedes Land mit deiner Schönheit erfüllt. Schön bist du, groß und strahlend, hoch über allem Land. Deine Strahlen umfassen die Länder bis ans Ende von allem, was du geschaffen hast. Fern bist du, doch deine Strahlen sind auf Erden,

Karim sieht auf. Ein kleiner Vogel hüpft unter dem Tisch herum, auf der Suche nach Frühstück. Auf der Straße zieht eine junge Frau schimpfend ihr Kind hinter sich her. Zwei Männer radeln vorbei, tief über ihre Lenker gebückt, in voller Montur mit Helm und Trikot. Zwei türkische Mädchen überqueren die

Straße, das Haar zurückstreichend, albern miteinander kichernd, wie sehr junge Frauen es tun, die sich ihrer Anziehungskraft noch nicht sicher sind, Karim hat heute morgen, gleich nach dem Aufwachen, in Nannhofen angerufen. Im Geburtshaus. Er hat sich nach Bernadette erkundigt, und nach ihrem kleinen Sohn Jan. Er hat sogar kurz mit Bernadette gesprochen,

Danke, Karim. Für gestern nacht,

Sie hat ihm ihre Adresse gegeben. Sie hat ihn eingeladen, ihren Sohn anzusehen: Sie wird in ein paar Tagen wieder zu Hause sein, Karim weiß noch nicht, ob er ihrer Einladung folgen wird. Er denkt an Sarah.

Er stellt sich vor, wie er Sarah heute abend erzählen wird, was ihm in der vergangenen Nacht passiert ist. Wenn er sie nicht schon vorher anruft, gegen Mittag vielleicht: Da müßte sie sich von dem gestrigen Fest allmählich erholt haben, die Morgensonne schillert in einer Ölpfütze.

Streift einen Rosenbusch in einem Kübel, mit späten Blüten, färbt die Häuserwand dahinter golden, Karim schlägt das Buch auf, an der Stelle, wo er den Finger zwischen die Seiten gehalten hat. Es ist der Sonnengesang Echnatons,

Deine Strahlen säugen alle Felder – wenn du aufgehst, leben sie und wachsen für dich. Du schaffst die Jahreszeiten, um alle deine Geschöpfe sich entwickeln zu lassen – den Winter, um sie zu kühlen, die Sommerglut, damit sie dich spüren. Du hast den Himmel fern gemacht, um an ihm aufzugehen und alles zu schauen: Städte, Dörfer und Äcker, Wege und Strom. Alle Augen sehen sich dir gegenüber, wenn du als Sonne des Tages über dem Land bist.

Auch über Marbella strahlt längst der Morgen. Über der kleinen Urbanisation: der weißen Stadt hinter ihren weißen Mauern, zwei Mitarbeiter des Sicherheitsdienstes *International Safety and Security Services* brechen gerade das Tor der Lehmanns auf. Nachbarn haben sie alarmiert. Sie haben gemeldet, das Auto der Lehmanns stehe vor dem Haus, aber niemand habe bis jetzt die Fensterläden geöffnet wie sonst jeden Morgen. Außerdem hätte man in der Nacht einen Schrei gehört, dem man zu diesem Zeitpunkt aber keine Bedeutung beigemessen hätte, die ISS-Männer betreten den Garten. Es ist ein schöner Garten, mit schattigen Büschen, Bäumen, einem blauen Pool. In dem Pool treiben zwei Tote. Ein weiterer Toter liegt auf der Terrasse. Einer der beiden ISS-Männer greift nach seinem Handy. Er verständigt seinen Chef. Der Chef wird die Verwaltung der Urbanisation anrufen. Die Verwaltung wird die Hinterbliebenen verständigen, einen Arzt schicken und die Guardia Civil, es wird Ärger geben, soviel ist sicher. Es wird großen Ärger geben.

Die Sonne steigt höher. Ihr Licht fließt über die Ebene, dickflüssig wie Sirup. Über die Ruinen von Hütten, die schon wieder dabei sind, in den Boden zurückzusinken, dem sie entstammen. Über zerbrochene Wasserkrüge, eine tote Ziege, Stücke korrodierten Wellblechs, die Morgensonne scheint in einen Slum, am Rande einer Großstadt. Auf eine Hütte aus Blech und Müll, in der die Hitze schon jetzt den dicht an dicht Schlafenden den Schweiß auf die Oberlippen und Stirnen treibt. Noch bevor er erwacht, ist der Schrecken da.

Es ist nicht der Hunger. Es ist die Angst vor dem Moment, wenn der Hunger beginnt. Die Angst davor, daß die Angst beginnt, mit dem Erwachen, der Hunger ist das Ende der Zeit.

Er ist die völlige Gegenwart: Er vernichtet die Vergangenheit und die Zukunft. Er vernichtet alles, so wie der Schrecken. Wo der Schrecken ist oder der Hunger, kann nichts anderes sein, er öffnet die Augen. Es ist dunkel in der Hütte. Der Hunger ist da.

Er richtet sich auf. Er muß etwas zu essen besorgen. Er kriecht durch den Ausgang der Hütte, hinaus ins Freie. Er muß etwas zu essen besorgen. Aber es gibt nichts. Sie sind in die Stadt gekommen, weil sie gehofft haben, hier gäbe es etwas zu essen. Drinnen ertönt das dünne Quäken eines Babys. Gleich werden die anderen Kinder erwachen. Die Frau. Der Mann steht vor der Hütte. Er muß etwas tun. Er muß irgendwohin gehen. Aber wohin? Alle haben Hunger. Fett ist allein die Stadt geworden, die sich an den Scharen der Flüchtlinge sattfrißt, aus allen Nähten platzt, er muß etwas zu essen besorgen. Die Angst ist jetzt so enorm, daß ihn schwindelt. Die Angst rührt von der einfachen Frage her, wo er hingehen soll. Es gibt keinen Ort. Wo immer er hingeht, ist nichts, für das sich das Gehen lohnt: so daß das Gehen ist wie ein Alptraum, in dem der Träumende rennt und rennt, ohne jemals von der Stelle zu kommen. Wenn es nirgendwo etwas gibt, für das sich das Gehen lohnt, ist überall nirgendwo. Das heißt, er kann nur nirgendwo hingehen: Und dann geht er los. Er geht nach links. Er geht langsam, Schritt für Schritt. Er denkt nicht an seine Familie. Welche Familie? Das Entsetzen über den Hunger der Kinder läßt einen die eigenen Kinder hassen. Aber zwei seiner Söhne hungern nicht mehr.

Die Söhne seiner ersten Frau: Sie sind fort. Sie sind zur Küste gegangen, dann mit dem Boot hinübergefahren auf die andere Seite, dem Großen fehlte ein Ohr. Der Kleine hatte seinen Lastwagen dabei, aus roten Coladosen und Draht, sie sind sicher längst angekommen. Sie sind sicher längst in Europa geborgen, kann er ihnen folgen? Er hat kein Geld. Aber er hat Füße. Er könnte jetzt gehen. Er geht schon. Er würde überall hingehen, um die Angst loszuwerden. Die Angst, die aus dem Schrecken kommt und dem Hunger, die Angst ist jetzt größer als der Hunger. Es ist die Angst vor der Unsäglichkeit des Hungers und dem Hunger der Kinder: der schlimmer und schlimmer wird, den ganzen Tag lang schlimmer, das Licht kriecht über die Ebene.

Pfade ziehen sich über die Ebene hin wie ein Netz. Auf diesen Pfaden sind Leute. Sie gehen. Bei jedem Schritt stoßen sie den Stock auf den Boden, um Schlangen zu vertreiben. Manchmal geht nur ein Mann, manchmal eine Familie. Manchmal sind es Frauen: zwei, drei Frauen, Kinder verschiedenen Alters, die meisten haben Töpfe dabei, ein paar Decken. Manche haben einen Karren. Manche haben eine letzte Ziege, um ihre Füße wirbelt der Staub auf, während sie gehen. Sie gehen und gehen. Manche haben Waffen.

Er müßte auch eine Waffe haben. Das wäre besser. Alles ist einfacher mit einer Waffe, Milizen sind überall.

Muslimische Milizen, christliche Milizen, sie halten sich an keine Staatsgrenzen: Ihre Führer halten sich an keine Staatsgrenzen. Die Milizen überfallen die Dörfer und kleinen Städte. Sie plündern, bevor sie morden. Sie morden nur die Zivilbevölkerung. Einander tun sie nichts. Sie wollen nicht siegen: Wenn einer von ihnen siegen würde, wäre für alle der Spaß vorüber, besonders gefährlich sind Brücken.

Oft ist auf der einen Seite einer Brücke eine christliche, auf der anderen Seite eine muslimische Straßensperre eingerichtet. Jeder, der sich der Brücke nähert, wird angehalten. Wer der falschen Glaubensgruppe angehört, wird getötet. Wer der richtigen Glaubensgruppe angehört, darf passieren.

Er darf die Brücke überqueren. Darf ungewarnt hinübergehen auf die andere Seite: wo er denen ins Messer läuft, für die er der falschen Gruppe angehört, dennoch gehen die Menschen weiter. Auch er geht weiter. Es gibt einen Punkt, von dem an man nichts anderes mehr tun kann als zu gehen, überall gehen Menschen. Sie gehen nach Norden. Er muß das Meer erreichen, das weiß er. Er muß seinen Söhnen folgen.

Die Sonne steigt höher.

Sigrid wacht auf, neben Mopp, der noch schläft. Er liegt auf dem Rücken, einen Arm über die Augen geworfen, leise steht Sigrid auf. Sie sammelt ihre Kleider ein, schleicht sich aus dem Zimmer, in der Küche nimmt sie einen Zettel vom Tisch. Sie schreibt etwas darauf. Nach einigem Suchen findet sie eine Rolle Tesafilm. Sie nimmt den Tesafilm mit, und den Zettel. Dann verläßt sie leise die Wohnung. Zieht die Tür hinter sich zu, geht die Treppen hinunter. Öffnet die Haustür, schließt sie hinter sich, sie hält den Zettel gegen das Milchglas. Reißt ein Stück Tesafilm ab, klebt es über den oberen Rand, klebt ein weiteres über den unteren, nun hängt der Zettel an Mopps Haustür. Nur ein einziges Wort steht darauf. Wenn die Kinder es lesen, werden sie wissen, daß sie angekommen sind: Das Wort bezeichnet den richtigen Ort. Der richtige Ort ist dort, wo das einzelne zählt. Wo das zählt, was es nur einmal gibt,

Wie ein einzelner Fels, ein einzelner Baum. Ein einzelner Mensch, allein auf der endlosen Ebene,

Sigrid betrachtet das Wort, das auf ihrem Zettel steht.

LOBO

On my way to Calamocarro, in the last assembly

Aber Calamocarro gibt es nicht mehr. Calamocarro ist aufgelöst worden: das Auffanglager von Ceuta, der spanischen Enklave mitten in Marokko, früher warteten hier manchmal an die zweitausend Flüchtlinge auf eine temporäre Arbeitserlaubnis oder die Anerkennung als Asylant oder die Abschiebung. Nordafrikaner, Súbsaharianos, Ceylonesen, Nepalis, für die Muslime gab es ein Moscheezelt. Für die Christen gab es ein Kapellenzelt, mit einem Kreuz aus zwei Stoffbahnen: unter dem sich die Neuankömmlinge niederwarfen, um vor der Gemeinde Zeugnis abzulegen von ihrer fuchtbaren Reise, laut riefen sie die Namen der Toten. Die Namen der Weggefährten, mit denen sie unterwegs gewesen waren, auf einer oder vielleicht zwei Etappen, nachts flammten zwischen den überfüllten Zelten Feuer auf. Trommeln wurden geschlagen. Tagsüber wurden kleine Unternehmen gegründet: ein Zigarettenladen, auf ein paar Brettern. Ein Kiosk mit Süßigkeiten und Batterien, schön sortiert auf drei großen Steinen. Ein Friseursalon mit einer Schere, einem Rasierer und ein paar Strähnen Kunsthaar zum Einflechten. Ein Restaurant mit einem Topf Suppe über einem kleinen Feuer: Und wenn man den Hügel des Lagers erklomm, konnte man nach Tarifa hinübersehen, Tarifa sieht man immer noch.

Aber die Zelte sind fort. Calamocarro ist aufgelöst worden. Die neuen Auffanglager befinden sich außerhalb von Ceutas Grenzen, auf marokkanischem Boden. Ceuta selbst hat sich verbarrikadiert. Der letzte Außenposten Europas mitten in Afrika hat einen eisernen Vorhang errichtet: zwei stacheldrahtbewehrte Zäune, die sich parallel zueinander von Küste zu Küste durchs Bergland ziehen, zwischen den Zäunen sind Sensoren installiert, die bei jeder Erschütterung des Bodens Alarm auslösen. Ferngesteuerte Kameras und Mikrofone bewachen das marokkanische Umland. In der Dunkelheit beleuchten Flutlichtlampen den Grenzstreifen. Mit Nachtsichtgeräten können die Mannschaften auf den Dutzenden von Wachtürmen einen Kilometer weit nach Marokko hineinschauen: Aber jetzt ist es Tag.

Die Sonne steht hoch über Ceuta. Die Wachtürme stehen leer. Die Stacheldrahtzäune sind über Meter niedergerissen: Die Mauer ist gefallen. Begonnen hat es in den letzten dunklen Stunden der vergangenen Nacht, als plötzlich Kinder über den Grenzzaun gehoben wurden, an einem Dutzend Stellen zugleich. Sie trugen Zettel, auf denen ihre Namen standen, die Namen ihrer Väter oder Mütter: Und während die Beamten von den Türmen herabstürzten, Stimmen erschallten, Hunde bellten, brachen an hundert Stellen zugleich Menschen durch den Zaun.

Sprangen über die Zäune hinweg, dort, wo die Wanderdünen sich gegen sie schmiegen. Nahmen den ersten Zaun in einem letzten großen Satz, nach all den Tausenden von Kilometern, die sie zurückgelegt hatten, um bis hierher zu kommen, schnitten den zweiten Zaun auf, krochen durch die Drainagerohre, rannten hinein in die Nacht. Rannten geradewegs in das Licht der Flutlichtlampen, rannten weiter, überall gleichzeitig gab es Alarm. Überall schlugen Hunde an. Zerrten ihre Führer hierhin und dorthin, im Licht der Scheinwerfer zuckten die Fliehenden auf, verschwanden wieder, Verstärkung wurde angefordert: Aber überall klingeln jetzt die Telefone.

Überall fordern die Mannschaften Verstärkung, auf dem kleinen italienischen Inselchen Lampedusa, zwischen Sizilien und Tunesien, geht die Badesaison allmählich ihrem Ende entgegen. Nur noch wenige Feriengäste breiten ihre Handtücher an den Stränden aus. Bislang haben sie wenig von den Booten bemerkt, die in der Nacht an den Küsten anlegen. Sie haben wenig bemerkt von den Schiffen der Küstenwache, die von Zeit zu Zeit auslaufen, um letzte Überlebende irgendeiner katastrophalen Schiffspassage zu bergen: Dabei hat die Küstenwache in den vergangenen Wochen hier etwa vierzig oder fünfzig Menschen am Tag eingefangen, aus den Maghrebländern, dem Sudan, aus Ghana, Nigeria, Kurdistan, Bangladesch, auch auf den Kanaren glauben die Touristen aus dem Norden für gewöhnlich, sie wären die einzigen, die diese Gegend bereisen. Aber gestern vormittag sind an der Küste Fuerteventuras hundertfünfundsiebzig Ostafrikaner zusammengetrieben und in eines der Abschiebelager gebracht worden, und in den Abendstunden dann noch einmal hundertvierzig Männer, Frauen und Kinder aus Westafrika. Gegen Mitternacht ist über hundert Südamerikanern und Asiaten der gefährliche Seeweg von Afrika nach Gran Canaria geglückt, wo sie sofort in ein Auffang- und Abschiebelager verbracht worden sind, all das ist natürlich nichts Besonderes.

All das ist normales Tagesgeschäft, für jemanden wie Pedro Gil-Delgado, der seit vielen Jahren bei der Guardia Civil Dienst tut, heute ist Pedro im Büro, am Hafen von Fuerteventura. Jemand draußen ruft seinen Namen. Pedro hebt den Blick von seinem Computer. Er traut seinen Augen nicht.

Aber überall werden jetzt Namen gerufen. Überall klingeln Telefone. Überall schreien die Grenzschützer nach Richtlinien, nach Verhaltensmaßregeln: während Boote vom algerischen Maghnia losfahren, von Tunis und von Tarfaya am Cap Juby, neunzig Kilometer über den Atlantik, während Menschen sich zu Fuß von Laayoune aus zu den Ufern der Westsahara aufmachen, während in Teneriffa, in Fuerteventura, an der Küste des sizilianischen Inselchens Lampedusa die letzten Septembertouristen von ihren Badelaken aufspringen, übers Meer deuten,

Gerechtigkeit herrscht nur, wo sich die vom Unrecht nicht Betroffenen genau so entrüsten wie die Opfer

Die Straße von Gibraltar ist schwarz von Booten. Die Passagiere beten, singen. Manche schöpfen Wasser, mit ihren Mützen. Manche weinen. Manche umarmen einander, als die weiße Stadt näher rückt.

Marbella Malaga Tarifa Cadiz: wo nun die Guardia Civil ausschwärmt, Truppen aufmarschieren, Armeeverbände in Stellung gehen,

Wer sagt: hier herrscht Freiheit, der lügt, denn Freiheit herrscht nicht.

Die Sonne wandert weiter. Sie steigt höher. Sie scheint jetzt nicht mehr in das Schlafzimmer hinein, in dem Mark schläft, Julia in seinem Arm, fest schläft, das Gesicht in ihrem Haar, als wäre dies die seine. Als wären sie schon lange zusammen. Als wäre dies nicht ihre erste Nacht, ihr erster Morgen, den sie zusammen verschlafen, Mark regt sich im Schlaf. Auch Julia bewegt sich. Aber sie wenden sich nicht voneinander ab. Wenden sich miteinander um, als wüßten sie schon, wie der andere im Schlaf von dieser in jene Position gleitet, Julia drückt im Schlaf ihre Wange gegen Marks Rücken: während in Marks Wohnzimmer nun das Telefon klingelt.

Einmal, zweimal, dreimal. Dann springt der Anrufbeantworter an.

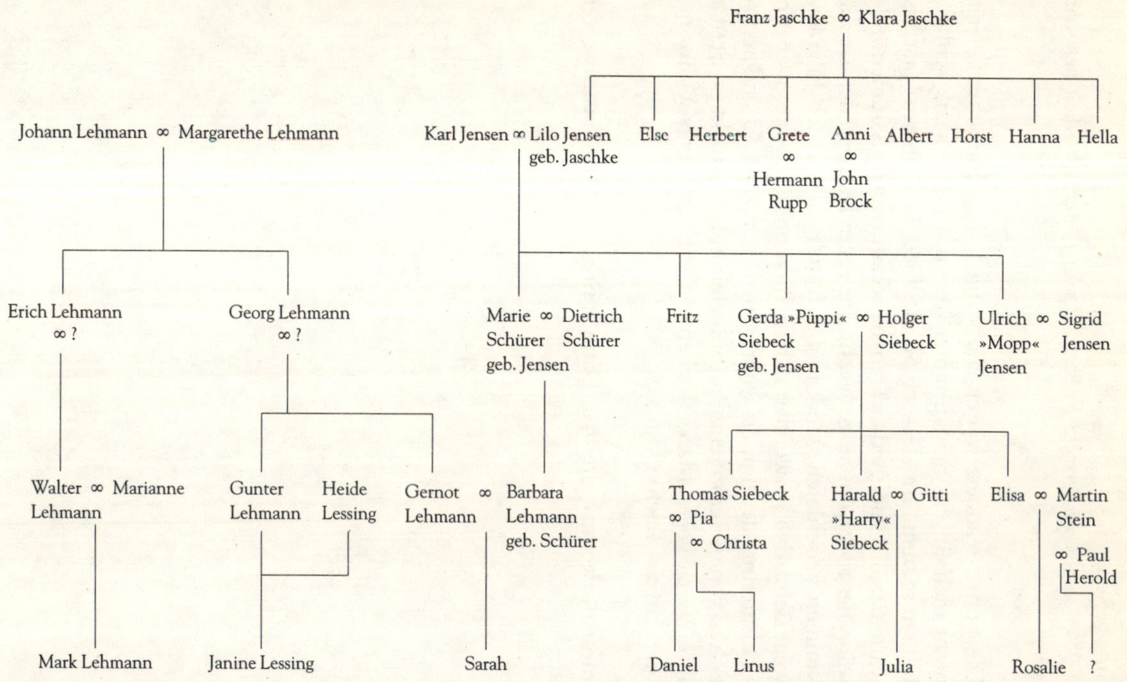
Franz Jaschke ∞ Klara Jaschke
Johann Lehmann ∞ Margarethe Lehmann
Karl Jensen ∞ Lilo Jensen geb. Jaschke
Else
Herbert
Grete ∞ Hermann Rupp
Anni ∞ John Brock
Albert
Horst
Hanna
Hella
Erich Lehmann ∞ ?
Georg Lehmann ∞ ?
Marie Schürer geb. Jensen ∞ Dietrich Schürer
Fritz
Gerda »Püppi« Siebeck geb. Jensen ∞ Holger Siebeck
Ulrich »Mopp« Jensen ∞ Sigrid Jensen
Walter Lehmann ∞ Marianne
Gunter Lehmann
Heide Lessing
Gernot Lehmann ∞ Barbara Lehmann geb. Schürer
Thomas Siebeck ∞ Pia ∞ Christa
Harald »Harry« Siebeck ∞ Gitti
Elisa ∞ Martin Stein ∞ Paul Herold
Mark Lehmann
Janine Lessing
Sarah
Daniel
Linus
Julia
Rosalie
?

Inhalt

Für Inspiration, Geduld und tatkräftige Hilfe möchte ich Kathrin Abeldt, Stefan Eckerlein, Alena Friedrich-Vaida, Peter Kleine, Anja Lenßen, Philipp Loßmann und Tuncer Yilmaz herzlichst danken, die sich alle auf die eine oder andere Weise um dieses Buch verdient gemacht haben.

Und natürlich ganz besonders danke ich Joachim Jessen von der Agentur Thomas Schlück und, wie immer und vor allen anderen, meinem Mann Matthias.